맘브루

MAMBRÚ
by Rafael Humberto Moreno-Durán

이 도서의 국립중앙도서관 출판예정도서목록(CIP)은 서지정보유통지원시스템 홈페이지(http://seoji.nl.go.kr)와 국가자료공동목록시스템(http://www.nl.go.kr/kolisnet)에서 이용하실 수 있습니다.
(CIP제어번호: CIP2015015466)

세계문학전집
127

R. H. Moreno-Durán : Mambrú

맘브루

R. H. 모레노 두란 장편소설

송병선 옮김

문학동네

내 동포들을 화장했던 마지막 화염이여, 증명하라. 그들이 쓰러져 죽을 때 나는 그 어떤 무기도, 전투의 계속된 운명도 피하려 들지 않았음을……

베르길리우스

『아이네이스』, 431~434쪽

상처는 꽃처럼 엉망이 되었다. 피로에 지친 병사들은 낮게 드리운 비참한 하늘 아래 흙투성이가 되어 기운 없이 투덜댔는데, 질척질척한 시커먼 진흙탕을 몸부림치며 헤치고 가는 그들의 모습은 기다란 기차처럼 보였다. 그러나 그는 미소지었다. 비록 많은 사람들이 세상은 저주와 권력의 지팡이로 이루어져 있다고 여길지라도, 그는 그 세상이 자기에게 꼭 맞게 만들어진 세계라는 사실을 알았기 때문이다. 그는 이미 전쟁의 자줏빛 고통에서 벗어났다. 질식할 것 같은 무시무시한 악몽은 이미 과거가 되어버렸다.

스티븐 크레인

『붉은 무공훈장』, 24장

모니카와 알레한드로에게

차례

비르힐리오의 비행기는 태평양 위 3만 피트 상공에서 나아가고 있다. 아래로는 푸른 남빛 바닷물이 하얀 항적을 그린다. 삼십육 년 전과 동일한 목적지로 향하는 에이킨 빅토리호가 지나가며 남기는 흔적이다. 같은 하늘, 같은 바다, 동일한 여정, 변경 불가능해 보이는 항로. 첫 번째 원정의 결과를 생각하며, 이 새로운 여정의 끝에는 어떤 운명이 우리를 기다리고 있을까, 나 자신에게 물어본다. 나는 북적거리는 수행원들을 바라본다. 자문 위원들과 장관들, 기자들과 승무원들, 정치인들과 사무장들이 비르힐리오를 에워싼다. 여행중에 발생한 사건들과 여행의 고단함으로 인해 헝클어져 있는 백발, 마지막 기착지에서부터 그의 얼굴에서 사라지지 않는 고통스러운 일그러짐, 비르힐리오는 지옥이 어떤 적절한 처분을 내릴지 꿰뚫고 있는 것 같다. 그 여정, 두 개의 층으로 이루어진 지옥. 위쪽에서는 고위 관리들이 탑승한 비행기가 의전이 치러지고 파티가 열릴 목적지인 서울로 향한다. 아래쪽에서는 판단력을 상실한 군인들을 태운 배가 부산을 향해, 아무도 참전의 이유를 알지 못하는 한 전쟁을 향해 간다. 두 개의 층, 공포 속에 맞닥뜨리게 되는 두 개의 평행선. 그곳에는 기자를 위한 공간도 있다.

나는 영웅의 아들이라는 강한 확신 속에 자랐다. 그 사실을 여섯 살 때 알았다—아니 그럴지도 모른다고 생각했던 것 같다. 나는 아주 단정하게 상복을 입었고 검은색 완장을 찼다. 완장은 너무 검은 나머지 검은 옷 위에서도 눈에 띌 정도였다. 비애가 그렇듯이, 검은색에는 다양한 색조가 있기 때문이다. 누군가가 나를 꼬집는 바람에 국기로 덮인 관 앞에서 비명을 질렀다. 나는 무슨 일이 일어나고 있는지 전혀 알지 못했다. 군인들과 정치인들이 긴 연설을 하고 있었지만 그들의 시선과 표정이 암울한 이유는 알 길이 없었다. 노인들, 어쨌거나 그전까지 본 적이 없는 사람들이었다. 지금 생각해보건대, 우리 어머니는 슬픔에 잠겨 있었지만 다른 사람들의 슬픔을 실망시킬 만큼은 아니었다. 어머니가 괴로워하는 모습을 보았을 뿐 나는 어머니의 눈에서 눈물을 보지 못했다. 입에서 나오는 한마디 말이나 탄식도 듣지 못한 것 같다. 어머니의 얼굴은 슬픔과 비탄을 당당하게 이겨내려는 것처럼 보였다. 어쩌면 우리집 거실에서부터 짧은 장례식이 치러진 성당에 이르기까지 쉬지 않고 두런거리며 내가 이해할 수 없는 말들을 하던 모든 사람들에게 안 좋은 인상을 남기지 않으려던 것이리라. 나는 사람들이 내게 애도의 말을 건네는 대신 우리 아버지의 죽음이 승리인 양 축하하는 이유 또한 이해하지 못했다. 내게는 아버지의 시신을 보는 일조차 허락되지 않았다. 관 창窓은 닫혀 있었고, 군모와 몇 가지 제물이 그 위를 덮고 있었기 때문이다. 책상과 탁자에 기도서와 조의문이 수북했고 집안은 화환과 조화로 발 디딜 틈도 없었다. 화환과 조화마다 짙은 보랏빛 리본이 달려 있었고 아버지의 이름이 금박으로 새겨져 있었다. 나는 이미 글을 읽을 줄 알았기 때문에 조의문을 보낸 사람들의 이름을 기억한다. 영어로 쓰인 카드와 메시지도 있었다. 추도사 시간이 되자 관 위에는 삼색 국기 옆으로 성조기와 함께, 아주 흥미로워 보이는 또다른 국기가 놓였다. 그것은 가운데에는 축구공처럼 보이는 붉고 푸른색 공이, 네 귀퉁이에는 검은 막대기가 그려진 흰색 천이었다. 그 기를 놓은 사람은 우리말을 전혀 몰랐다. 우리는 그의 말을 한마디도 알아들을 수 없었고, 게다가 그는 영화에 나오는 후만추*처럼 못생긴 사람이었다. 눈은 저금통 구멍처럼 가늘게 찢어졌고 피부색은 삼색 국기의 윗부분보다 더 노랬다.** 아구델로 대령이 수많은 조의문 중 하나를 집어 읽자 많은 사람이 기립자세를 취했다.

"궁에서 보낸 조의문입니다." 그가 말했다. 하지만 나는 그것이 무슨 의미인지 알지 못했다.

사람들이 그 조의문을 보낸 이가 얼마나 높은 사람인지 설명해주었는데도 내가 그 말을 이해하지 못하자 어머니는 신문에 나온 사진 한 장을 보여주었다. 가슴에 삼색 띠를 두른 노인이었다. 그제야 나는 그가 대통령이라는 것을 깨달았고, 어느 오후 아버지가 비슷한 사진을 보

---

* 1913년 영국 작가 삭스 로머의 소설에 등장한 중국인 양의사. 이후 텔레비전 드라마, 영화 등에도 악당 캐릭터로 등장하곤 했다.

** 콜롬비아 국기는 노란색, 파란색, 빨간색 가로줄로 구성되어 있다.

면서 내게 어떤 일이 있어도 그의 이름을 입에 올리지 말라고 신신당부했던 일이 떠올랐다. 아마도 그래서 대령이 조의문을 읽을 때 그 이름이 누구를 지칭하는지 이해하지 못했던 것 같다. 아직도 나는 그 사람을 보고 내가 얼마나 겁에 질렸었는지 기억한다. 머리에서 떨어져나올 듯 커다란 귀, 백발에 번들거리는 퉁방울눈, 해골 같은 광대뼈, 웃는 게 아니라 마치 욕을 퍼붓는 듯 벌어진 입. 그리고 이는 잔뜩 독이 오른 이웃집 개의 이빨 같았다. 차이점이라면 거품이 없고 짖지 않았다는 것뿐. 그 사진을 보고 너무 놀란 나는 꼬집는 사람도 없는데 울음을 터뜨리고 말았다. 아구델로 대령이 나를 달래주었다. 그는 관 앞에서 말을 가장 많이 한 사람 중 하나였다. 하지만 내가 대령을 본 것은 그때가 처음이 아니었다. 아버지가 살아 계셨을 때, 그러니까 전쟁터로 파견되기 전 대령은 가끔씩 우리집에 들러 함께 점심식사를 하곤 했다. 아버지가 작전 수행중이던 어느 날 밤에는 우리집에서 밤을 보낸 적도 있었던 것 같다.

나는 사람들이 그날처럼 힘주어 많은 말을 하는 것을 들어본 적이 없었다. 나중에 산 바르톨로메 학교의 예수회 신부들이 내게 조국의 상징물들이 무엇을 의미하는지 가르쳐주었다. 하지만 나는 그들이 하는 말을 좀처럼 알아들을 수 없었다.

"그래서 상징인 거야." 신부들은 이렇게 설명할 뿐이었고, 나는 설명을 듣기 전과 같은 상태, 아니 그보다 더 못한 상태가 되었다.

나는 국기 게양식을 하는 동안 왜 내게 한 발 앞으로 나오라고 하는지도 알 수 없었다. 아이들은 나를 후빌 듯이 쳐다보았다. 아첨쟁이, 비굴한 놈, 알랑방귀나 뀌는 놈. 나는 궁에서 조의문을 보낸 사람의 사진을 떠올리며 왜 조국이 나를 광견병에 걸린 길거리의 똥개로 만들어버렸는지 이해할 수 없었다. 사닌 신부가 내게 가까이 다가왔다. 그의 눈을 보자 긴장이 되기 시작했다. 그는 큰 소리로 내 이름을 부르더니 내 아버지가 아시아의 참호에서 얼마나 용감했는지에 대해 말했고, 나는 가슴을 내민 채 친구들의 질투 어린 시선을 참아내는 수밖에 없었다. 그것은 마치 나는 영웅의 아들로, 그애들은 개의 자식처럼 자라왔다는 것을 내게 확인시켜주는 것 같았다.

나는 국기에 새겨진 문장紋章을 주의깊게 살펴보았다. 아래쪽에 무엇이 있는지 보고 싶었던 나는 관의 나무판자를 더듬었다. 은으로 만든 것 같은 경첩이 몇 개 보였고 썩은 꽃 냄새가 끔찍하게 나를 휘감았다. 가슴 정도 부근에는 이미 말했듯이 군모가 놓여 있었는데, 아버지의 근사한 정복과 메달 몇 개와 훈장들 그리고 할머니의 스카풀라*와 근사하게 어울렸다. 한쪽 구석에서 집안 여자들과 함께 있던 할머니는 진심으로 눈물을 흘리는 유일한 사람이었다. 아구델로 대령은 마치 내가 자기 휘하의 군인이라도 되는 것처럼 내 어깨에 손을 얹었다. 그러고는 어깨를 꽉 잡으면서 장례식이 끝나간다고, 루비아노 신부와 복사들이 기다리고 있는 공원 모퉁이의 엑세 오모 성당으로 걸어가는 얼마 안 되는 시간 동안 내가 그와 어머니 곁에서 앞장서야 한다고 일러주었다. 우리 어머니는 미망인이었지만 그날 그 누구보다도 옷을 잘 입었고 가장 예뻤고 가장 침착했다.

내가 군인의 발길을 따라간 것은 그때가 처음이 아니었다. 열네 달

---

* 보통 직사각형 모양의 작은 천조각 또는 얇은 종잇조각 두 개로 이루어져 있으며, 종교적 도상이나 문구가 새겨져 있다. 앞뒤로 목에 걸어 착용한다.

인가 열다섯 달 전 어머니는 내게 새 옷을 입히고 삼색 풍선들을 선물했다. 한국으로 파병되는 부대가 행진할 때 아버지가 우리 앞을 지나면 날리라고 준 것이었다. 그 부대는 산 디에고에서부터 의사당까지 행진했다. 대통령 경호부대의 트럼펫 연주가 울려퍼졌고, 사람들은 모두 손에 작은 깃발을 들고서 병사들이 지나갈 때 그것을 흔들었다. 아무도 감히 그 이름을 입에 올릴 수 없었던 대통령은 상류층 귀부인들이 수를 놓은 국기를 기수에게 건네주었다. 그러고는 매우 심각한 표정으로 그를 쳐다보더니 알아들을 수 없는 얘기를 했다. 기수와 사람들이 그가 한 말의 의미를 몰랐던 게 아니라, 말을 한 사람이 우물거렸던 것 같다. 성당에서 미사가 거행되었다. 주교가 국기를 축성하고 깃발에 성수를 뿌리고는 라틴어로 큰 소리를 내어 기도하자 모든 사람이 무릎을 꿇었다. 행진이 끝나자 예포가 발사되었고, 병사들은 화재로 거의 파괴되어버린 7번 대로로 나아갔다. 이제 생각해보니 도시 전체가 거대한 충치 같았다. 그 당시도 그랬지만 지금도 나는, 썩은 도시가 악취를 풍기며 고통스러워한다는 느낌을 받는다. 그러나 이 모든 것에도 불구하고, 겉모습만은 유지하고 있다. 보고타는 짐짓 예의 바른 모습으로 자신을 드러내고 싶어하고 유용한 존재가 되고 싶어한다. 관 앞에 있던 아버지의 친척들처럼 말이다. 왜 그들 중 아무도 운구하여 성당으로 향하지 않았는지 나는 모른다.

불현듯 나는 비행기 안이 소란스럽다는 것을 깨닫는다. 전쟁터로 가는 병사들의 행진이 있었던 머나먼 시절과 마찬가지로, 지금 역시 입에서 나오기 전에 죽거나 변해버려 아무것도 알아들을 수 없는 누군가의 말을 듣는다. 하지만 그때의 대통령과는 달리 비르힐리오는 대법원 판사처럼 당당하다. 백발에 대주교의 안경 같은 것을 쓰고 있다. 비행기가 이륙한 순간부터 그는 세사르 아우구스토와 보좌관들에 둘러싸인 채 세계지도를 가지고 유희를 시작했다. 그들은 아시아에 있는 우리의 목적지로 가는 최단 거리 항로를 두고 내기를 하면서, 지구본의 좌표를 보며 자신들의 계산을 설명하고 있었다. 비르힐리오는 배에서 이상한 꾸르륵 소리가 나는 와중에, 박식한 사람의 목소리로 앵커리지에서 출발하는 것이 최선이라고 자신 있게 말했다. 그러더니 마치 재봉사가 줄자를 들 듯 넥타이를 들고서 알래스카가 있는 지점과 서울 사이의 거리를 쟀다. 잠시 후 자문 위원들과 관리들이 법석거리는 가운데 그가 나를 뚫어지게 쳐다보더니, 나를 선택하고, 내 자리로 다가왔다. 그리고 들릴락 말락 한 목소리로 그토록 잡다한 수행원들 사이에 내가 섞여 있게 된 연유를 설명하려 들었다.

"교수님은 우리 여행에 최고 적임자입니다. 부친께서 영웅이셨지요? 1951년 저곳에서 말입니다. 아니 1952년이었나요?" 그러고는 내 어깨를 툭툭 쳤다. 삼십 년도 훨씬 전에 아구델로 대령이 내게 했던 행동이 떠올랐다.

세사르 아우구스토도 내 곁에서 멈춰 섰다. 비단처럼 부드러운 그의 미소는 비르힐리오의 말을 증명이라도 하려는 듯 보였다.

"이번에 우리는 평화의 전쟁을 치르게 될 겁니다." 자문 위원이 말했다. 그는 방금처럼 멍청한 말을 하는 경향이 있긴 하지만, 무시할 수 없는 작자인 듯했다. 옥좌 뒤의 권력이지, 하고 사람들은 말했고 그는 정말 그런 존재인 것처럼 뒤에서 움직였다.

역사학 교수로서가 아니라 영웅의 아들이란 이유로 서울에 초대된 거라고? 나는 조금 비탄에 젖어 자문했다. 내 머릿속에 영웅이라는 말이 들어오자, 이제 사건에 대한 가상의 진실에 의문을 던질 시간이라는 생각이 들었다. 나의 조국이 몇몇 국제분쟁에 가담한 동기를 연구하기 시작하면서, 특히 아마존 지역에서 페루와 벌인 트라페시오 전투, 한국의 삼팔선 전쟁, 그리고 비교적 규모가 작은 수에즈 전쟁을 연구하면서 나는 공식 보고서와 기록이 말하는 것과는 달리, 아직 청산되지 않은 여러 가지 문제가 남아 있다는 것을 알게 되었다. 그래서 세상 반대편으로 가는 수행원으로 초청됐다는 사실을 통보받았을 때 아무런 주저 없이 수락했다. 내가 한국 방문 수행단에 포함되게 된 동기가 무엇이든, 내 관심사는 함께 그곳으로 향하고 있는 다른 이들의 임무와 아무런 관련이 없다. 그들의 사명은 경제학적 미사여구로 '극동의 작은 용'이라 불리는 국가들과 협정을 체결하는 것이니까.

내 동료 정권태 교수가 서울에서 나를 기다리고 있다. 그의 마지막 편지 이후, 나는 작업에 도움이 될 만한 내용을 질문지에 많이 적어넣었다. 시간이 속히 흘러 그와 만나게 되기만을 고대한다. 지난 육 년 동안 나는 한국에 관한 심도 있는 작업을 해왔다. 내 작업에서는 국내외 문서보관소와 도서관에서 찾은 막대한 자료보다 내가 만난 수많은 참전용사들이 제공한 생생한 기록이 더 소중하고 가치 있다. 나는 그들의 증언을 녹음하고 그것을 글로 옮기면서 반복과 모순, 의문점들과 몇 가지 불분명한 내막이 있음을 깨닫고는 서둘러 별도 조사에 착수했다. 하지만 자료의 마그마 속으로 들어가면서, 나는 여러 기록들이 서로 양립할 수 없음을 알게 되었다. 군사 보고서의 냉정한 통계 또는 자서전이나 회고록의 흥겨운 어조는 참전용사들이 육성으로 제공한 기록과 일치하는 바가 없었다. 나는 최선을 다해 몇몇의 거짓말과 원한 맺힌 기억, 그리고 내가 만난 사람들 대부분이 들려준 과도하게 자기중심적인 이야기를 배제했다. 또한 개인적 경험들을 가능한 한 존중하면서, 인간적으로 이해할 수 있는 그 경험들을 묘사했다. 그리고 그 기록을 병사들이 관여됐던 주요 사건, 즉 입대와 훈련부터 이동과 참전에 관한 증언과 비교했다. 내 자료는 이런 다양한 목소리들로 이루어져 있다. 장대한 기록이며, 큰 수정 없이 발표했다 해도 문제없을 합창곡이다. 그러나 그럴 수 없었다. 이야기를 듣는 과정에서 그 안에 내가 포함되어 있음을 깨달았기 때문이다. 아니, 내가 아니라 내 아버지가 개입된 것이지만 결과는 마찬가지다. 바로 그런 상황이었을 때, 서울대학교의 내 동료와 서신을 교환하면서 내 연구는 갑작스럽게 다른 방향으로 나아가게 되었다. 너무나 놀라운 나머지 새로운 자료에 기초한 글을 몇 편 발표했지만, 학자들과 관리들, 심지어 몇몇 참전용사들조차도 내 결론을 부정확하며 헛되다고 여기고는 수용하지 않았다. 뿐만 아니라 그들은 내가 공식 역사를 개인적으로 왜곡했다고 비난하기까지 했다. 그래서 나는 수행단의 일원으로 초청된 사실이 의아하다. 자료가 이미 언론매체에 흘러들어가기 시작했기 때문에, 그들은 이것이 논란을 잠재우는 최고의 방법이라고 믿고 있는 것이 틀림없다. 문제를 말끔히 해결하는 데, 의심 많은 역사가이자 참전용사의 아들인 사람을 불러들여 스스로 자신의 오류를 수정하게 하는 것보다 더 그럴듯한 방책이 있을까? 만일 정권태 교수와 대화를 나누고 그가 비장의 계책이라고 말한 것을 알 수 있는 기회가 없었다면, 나는 초청을 수락하지 않았을 것이다. 가끔은 이 초청이 일종의 포상이라는 생각도 든다. 하지만 내가 전쟁으로 아버지를 여읜 유일한 사람일까? 1951년과 1953년 사이에 전선에서 스러져간 콜롬비아 군인은 수백 명에 달했고, 사회통계학 전문가가 아니더라도 전국적으로 수많은 미망인들과 어머니들이 생활 전선으로 뛰어들어야만 했음을 알 것이다. 정부는 몇 킬로그램에 달하는 땡그랑 소리 나는 메달들을 나누어주었다. 그리고 나는 궁에서 수많은 조의문을 보냈을 것이라고 생각했다. 하지만 그건 잘못된 추측이었다. 아버지를 기리는 이상한 의식을 치른 지 몇 년이 지나서야 나는 그들이 전사자의 계급 때문에 지극한 경의를 갖추어 우리 가족을 대했다는 것을 알았다. 장교였던 아버지는 우수한 인재였고, 시쳇말로 '군대에 선사된' 여타의 사람들과는 다른 존재였다. 그런 말이 나온 이유는 반항적이고, 아무짝에도 쓸모없고, 가족에게 두통거리에 불과한 아들들이 군대에 선물로 바쳐졌기 때문이다. 가진 것도, 삶에 대한 희망도 없는 사람들, 다시 말해 일할 곳 없는 노동자, 구두닦이, 재주 부릴 곳 없는 광대, 택시 운전사, 농사짓던 땅에서 쫓겨난 농민 들 역시 사정은 다르지 않았다. 학생들도 있었지만 극히 예외적이었다. 학생들은 장학금을 준다는 약속 때문에, 또는 다른 세상을 알 수 있는 기회를 잡기 위해 입대했다. 아니면 그저 강제징병되었기 때문에 카키색 제복을 입고서 그곳에 있기도 했다. 보고타 북쪽 주둔부대에서 넉 달에 걸쳐 행해진 첫 훈련 기간 동안 아버지는 부대에 갇혀 아무도 만나지 못했다. 아버지는 어머니에게 편지로 자기 같은 직책을 맡은 사람들의 조건과 임무에 관해 말했다. 아버지는 파시피코 지방의 흑인들과 아틀란티코 지방의 물라토들, 산탄데르와 나리뇨 지방의 시골뜨기들, 안티오키아 지방의 소작농들과 마그달레나 지방의 뱃사람들, 파산 직전의 공장 노동자들과 미래 없는 일꾼들, 청년들, 그러니까 더는 잃을 게 없는, 반대로 군복을 입으면 미국인들과 정부가 약속한 모든 것을 손에 넣을 수 있는 사람들과 함께 막사를 쓰고 있었다. 자유가 존재하지 않는 나라의 이름으로 자유를 위해 투쟁하기 위해 지구 반대편에 가는 것은 모순이 아니었다. 어찌 보면 자연스러운 일이었다. 무분별과 분파주의가 권력층에 만연해 있었기 때문이다. 그리고 입에 이름을 올리기만 해도 혀에 독이 오르는 그 작자가 우리나라에서 까옥대며 불평하고 있었다면, 미국에서는 콤플렉스로 가득차 사방에 적을 두었던 인간, 그러니까 전 세계를 벌벌 떨게 했던 상원의원 조지프 매카시가 독불장군 같은 목소리로 지껄이고 있던 시기였다. 몇몇 장교들과 부사관들은 지극히 비정상적인 이런 상황에 대해 잘 알고 있었다. 입대한 몇 안 되는 학생들과 직업도 없고 어디서 왔는지도 모를 여섯 명가량의 사람들도 마찬가지였다. 그들은 처음부터 특이한 모습과 행동 때문에 눈에 띄었다. 다른 병사들과 달랐고, 동물적인 경계심으로 인해 그들과 가장 과격한 군인들 사이에는 거리감이 생겨났다. 그들이 찾아간 징병 사무소에서는 그들의 이름을 애매한 곳에 적어넣었다. 인생 경험을 찾아다니는 사람, 사랑에 상처 입은 사람, 인생의 운을 시험해보는 사람 등등이 적혀 있는 칸이었다. 거기에 이름이 적힌 사람들 중의 하나가 알폰소 카다비드였다. 아버지는 북쪽 주둔부대에서 훈련을 받던 시절부터 그와 친하게 지냈다. 그는 젊어서 기자생활을 시작했고 한눈에도 유복한 집안의 아들이었기 때문에 사람들은 모두 그가 왜 전선으로 와 운명의 주사위를 던져야만 했는지 의아해했다. 상냥한 그는 모두의 친구였다. 그래서 '친절한 사람'이라는 별명이 붙었고, 이 별명은 대대大隊에서 가장 얌전하고 내성적인 사람들 사이에서 그의 권위를 더욱 돋보이게 했다. 아직도 나는 그 오래된 사진을 기억한다. 그가 부에나벤투라에서 출항하기 직전 에이킨 빅토리호의 함교 위에서 아버지와 '고졸' 야네스와 함께 있는 모습이 선명하게 떠오른다. 넓은 이마, 환한 미소, 가냘픈 몸매, 그리고 무서운 아이의 눈빛. 몇몇은 그가 '라 사마리타나'라는 매음굴에서 즐기다가 일제 검문에 걸렸다는 사실을 알고 있었지만, 그는 얼굴색 하나 변하지 않은 채, 어머니를 견딜 수 없어 자기 자신을 군대에 선사했다고 말했다. 그러나 궁금증이 많고 그 어떤 대학에도 명예로운 학과가 없다고 주장하는 학생이었던 마리오 야네스는 다른 의견을 펼쳤다. 두 사람은 떼려야 뗄 수 없는 친구였다. 어느 날 야네스는—아버지가 편지 중 하나에서 회상한 내용이었다—농담 반 진담 반으로 '친절한 사람'은 어머니에게서 도망친 것이 아니라 오히려 어머니를 자랑스러워해, 갈수록 그분의 사랑에 걸맞은 사람이 되고 싶어했다고 했다.

"이 문제에 관해 이러쿵저러쿵할 필요 없어. 사실 카다비드는 오이디푸스콤플렉스가 너무 심해서 그런 이야기까지 지어낸 거야." '고졸' 마리오 야네스가 말했다.

이 말을 알아들은 사람은 거의 없었다. 연병장 인간들은 기지를 드러내는 데 뛰어나지 못하기 때문이다. 어쨌거나 수많은 신병들은 카다비드와 야네스와는 다른, 심지어 더 비밀스럽기까지 한 이유로 입대를 결정했다. 그들의 말에 따르면, 입대를 한다는 것은 보고타 사람이 된다는 것, 그러니까 덕분에 해안이나 농촌 지역에서 이주해 그곳의 관습을 단 하나의 고상한 목표로 받아들이는 것이었다. 보고타 사람이 된다는 것—보다 정확하게 말하자면 진짜 보고타 사람이 된다는 것—은

촌놈이 되지 않는 것이었고, 그렇게 되려면 군대라는 체를 통과하는 편이 훨씬 나았다. 어쨌든 그들을 한국으로 내몬 유일한 동기는 살아남아야 한다는 거스를 수 없는 당위였다. 좌우간 배치 불가로 등록된 지원자들의 입대 동기는 너무나 다양했고, 사람들은 처음부터 그들을 '정실파'라는 별명으로 묶어버렸다. 그들의 참전 동기는 그들과 속마음을 털어놓는 사람만이 알 수 있었다. 내가 바로 그런 사람에 속했다. 하지만 고백하건대 그것 역시 전쟁이 끝나고 몇 년이 지난 후 연구를 하면서 내게 불현듯 떠오른 질문들 덕분이었다.

아버지는 편지에서 '고졸' 야녜스와 카다비드뿐만 아니라 올리베리오 로차도 언급했다. 그는 내가 상상조차 하지 못했던 것들을 밝혀줄 인물이었다. 로차는 서민이 아니었고, 전쟁 내내 시골뜨기들 사이에서 길을 잃은 귀족처럼 행동했다. 그래서 나는 궁으로부터의 조의가 일부 가족에게만 전해졌을 거라고 믿는다. 또한 같은 이유로 나는 비르힐리오가 겨우 들리게 말한 공치사와 세사르 아우구스토의 입술 사이에 밴 희멀건 침이 내가 초청된 진짜 이유를 확실히 말해준다고 믿는다. 오랜 시간이 흐른 후, 그의 아들을 통해, 어느 한국전 영웅의 업적을 인정하는 것. 갑자기 나는 화장실에 가고 싶어져 자문 위원들, 비서들, 부관들 그리고 기내에서 대화를 나누는 다양한 부서의 장관들 무리를 헤치며 길을 터나간다. 그러자 저 안쪽으로 홍보 비서관인 라비니아 엔리케스가 보인다. 상상의 바람결에 그녀의 아름다운 붉은색 머리카락이 하늘거린다. 갈수록 아름다워지는 라비니아는 건조한 기내에서 나에게 필요한 한 모금의 시원한 물 같은 존재다.

"지난번 봤을 때보다 머리가 꽤 자랐네요." 나는 그녀의 뺨에 살짝 키스하면서 말한다.

"내 머릿속에 똥이 너무 많아서 그럴 거예요." 그녀는 붉은 머리카락을 이리저리 흔들면서 마치 각주를 달 듯 이렇게 덧붙였다. "거름이 좋으면 무엇이든 훨씬 빠르고 훌륭하게 자란다네요."

또 한번의 키스를 통해 멋진 유머 감각을 칭찬하려고 했건만, 바로 그때 너무나도 명명백백한 아첨쟁이가 우리 사이로 지나갔다. '더부살이'로 알려진 사람이었다. 그는 키가 크고 뚱뚱했으며, 뺨은 불그스레하고, 눈은 개구리처럼 불거지고, 결코 정면을 바라보는 법이 없었다. 많은 사람들은 그의 두 눈 중 하나가 세사르 아우구스토의 침대를 달궈준다고 말한다. 라비니아가 달콤하고 부드러운 목소리로 자문 위원 아리스티사발이 내게 하고 싶은 말이 있다고 전하는 동안, 나는 아름다운 그녀가 걸음을 옮길 때 남기는 향내를 뒤로한 채 저편 끝으로 멀어진다. 라비니아.* 나는 그녀의 이름을 느긋하게 음미한다. 그 이름은 황홀, 원시의 방탕한 파티, 광란의 불꽃으로 환하게 빛나는 밤 같은 분위기를 풍긴다. 모든 게 아주 로마풍이야, 나는 생각한다. 그러자 분노가 불알을 꼬집는 느낌이 든다. 왜 이 나라는 작명마저도 출세 지향적일까? 너나없이 유명한 사람의 이름을 빛내고자 한다. 마치 자신의 볼품없는 뼈대에 영웅적인 조상을 되살려내려는 것 같다. 전화번호부를 가득 메우고 있는 수많은 허영 덩어리 이름들. 물론 정치 지도자들의 이름이다. 언젠가 로돌포 몬살베가 국가적 차원의 격조 높은 우둔함과 연결시켜 훌리오 세사르와 벨리사리오, 비르힐리오와 세사르 아우구스

* 트로이의 영웅 아이네아스의 아내의 이름이 라비니아였다.

토* 같은 이름을 '고전적 전통'이라고 불렀던 것이 생각난다. 오라시오와 아니발, 다리오와 후베날, 아우렐리오와 옥타비오, 심지어 플리니오와 아풀레요 등 짝지을 수 있는 이름의 목록은 하염없이 길게 나열될 수 있다. 그런데 왜 이 나라에는 브루투스 같은 인물은 단 한 명도 없을까? 내 품위를 떨어뜨린 '더부살이'의 더러운 시선에서 해방되어, 나는 3만 피트 상공에서 잘난 체하고 있는 모든 관료주의자들 속에서 자문위원 아리스티사발을 찾는다. 비르힐리오는 자기 자리로 돌아가 있다. 그는 편하게 있을 수 있도록 항공기 뒤편에 마련된 사무실에 틀어박힌다. 그다음으로 붉은 머리의 라비니아가 수첩에 메모를 하면서 재빨리 사라진다. 그녀 대신 제공되는 보상 차원인지 몰라도, 자문 위원을 찾아 뒤로 도는 순간 나는 정부에서 가장 고집 센 여성 관료 중 한 명인 에비타 멘도사와 마주친다. 작은 체구에 날씬하며 몹시 매력적인 그녀는 모든 것을 환하고 단호한 미소로 처리한다. 그녀는 임기응변이 뛰어나기로 유명한데, 그녀의 능숙한 손에서 식어버린 뜨거운 감자가 한두 개가 아니다. 그녀는 이웃 열강 중의 하나와 폭발할 듯 평행선을 달리던 문제를 해결했으며, 건강하고 팔팔한 남자라면 그 누구도 거스를 수 없는 약속으로 카리브 해의 흑인 외교사절 모두를 유혹했다. 그리고 이제는 우리나라를 위해 아메리카 대륙 최고 기관 중 하나를 통제하려 한다. 에비타 멘도사는 항상 단순하고 분명하게 서명한다. 그러나 그토

---

* 각각 훌리오 세사르 투르바이 대통령, 벨리사리오 베탕쿠르 대통령, 비르힐리오 바르코 대통령, 세사르 아우구스토 가비리아 대통령을 가리킨다. 훌리오 세사르, 벨리사리오, 비르힐리오, 아우구스토는 라틴어로 율리우스 카이사르, 벨리사리우스, 베르길리우스, 아우구스투스에 해당한다.

록 단순명쾌한 여자지만 배우자를 숨기는 탓에, 그녀의 남편을 본 사람은 아무도 없다. 그녀의 남편이 무슨 일을 하는지조차 아무도 모른다. 하지만 부부문제를 제외한다면 그녀가 가장 능력 있는 자문 위원 중 하나라는 사실을 모두 잘 알고 있다. 우리가 복도에서 마주친 순간, 비행기가 갑작스럽게 요동치는 바람에 그녀가 내 품에 안기다시피 한다. 처음의 놀라움이 지나자 우리는 동시에 폭소를 터뜨리고, 그러자 가까이 있던 사람들이 즉시 우리를 주목한다.

"당신도 한국에 가나요?" 그녀가 인사 삼아 내게 묻는다. 맥스팩터 화장품 냄새가 풍기는, 너무 과하다 싶게 풍기는 빰인사를 받으면서 나는 너무 분명한 사실 아니냐고, 비행기가 여러 곳에 기착하겠지만 우리는 한 명도 빠짐없이 모두 범죄 현장으로 돌아간다고 말한다.

"아리스티사발과 할 얘기가 있어요." 나는 그녀에게 말한다. 그리고 그녀를 등지고는 아리스티사발이 있는 쪽으로 향한다. 조금 전 폭소가 터졌을 때 나를 쳐다본 그는 자기 옆으로 와서 앉으라고 손짓한다. 에비타가 가까이 있는 여행객들의 관심을 살 만한 말을 한다.

"우리는 언제쯤 함께 앉아 젊은 예술가에 관한 이야기를 나눌 수 있을까요?"

나는 온몸이 오싹하다. 모두 마치 내가 그런 조숙아 그룹, 그러니까 세사르 아우구스토가 갈수록 개신교도적 열정을 가지고 '조지 더 키드'와 공개적으로—몇몇 사람들은 '뻔뻔스럽게'라고 말한다—경쟁하는 그 조숙아 그룹의 일원인 것처럼 쳐다보기 때문이다. 나는 앞으로 걸어가면서, 나를 그런 유와 비교하다니, 생각하고는 갑자기 불쾌해진다. 정말 에비타는 조심해야 할 여자일까? 그녀에 관해서는 의견이 분분한

데 몇몇 의견은 단호하게 부정적이다. 젊은 예술가? 여기에 미스터리는 없다. 로욜라*의 추종자들 사이에서는 실제로 오가는 농담이기 때문이다. 어쨌건 나는 속담 하나를 떠올린다. '예수회 교육을 받은 여자들은 자신의 음부에 비싼 값을 매긴다.' 어쨌거나 자기 자신을 극진하게 꾸미는 여자이지만, 그녀의 이름에 담긴 의미처럼 위험하다고 여기는 사람도 있다.**

"에비타와 상대하지 마." 어느 날 오후 엔리케 몬칼레아노가 내게 말했다. 우리는 라파엘 온티베로스, 마르코 팔라시오스, 가브리엘 레스트레포와 함께 술집 '찰스턴'에서 음담패설을 늘어놓고 있었다. 나는 모두가 그 경고의 의미를 알고 있었을 거라고 생각한다. 바로 그날 오후, 내가 한국으로 가는 이유와 내 연구가 가져올 결과에 관해 말할 때, 카다비드라는 이름이 번쩍이며 등장했다. 도대체 어디에 처박혀버린 것일까? 그는 아이다 가예고스와 헤어진 후 종적을 감춘 것 같았다. 그는 광고계를 개판으로 만들었다. 아니, 업계 사람들의 말에 따르면 아마도 광고계가 그를 버린 것 같았다. 마이애미에서 사업을 했을까? 멕시코에서 언론인으로 일했을까? 카라카스에서 보험회사 고문으로 있었을까? 무엇을 했든 그가 버뮤다 삼각지대에서 움직였다는 것은 분명했다. 오륙 개월 전 언론 보도가 우리가 접한 유일한 정보긴 했지만 그는 이런 모든 일을 할 수 있는 사람이었다. 어쨌거나 '친절한 사람'은 구제불능인데다 어디에 있건 입방아에 오른다. 간단하게 말하자면 여자를 잘 구슬린다는 것이 문제의 핵심이었다. 그는 미인대회에서 아깝게 낙

---

* 스페인의 신학자이자 예수회 창설자.

** '에비타'는 스페인어로 '피하라'는 뜻이다.

선한 어느 여자아이를 유혹했다. 그 아이는 삼등인가를 차지했고, 심야 연속극 시청률이 증가 추세라는 걸 알고 나체로 포즈를 취했다. 그런데 어느 날 푸에르토리코의 감옥에서 그 미녀가 모습을 드러냈다. 관련해서 아직 아무것도 확실히 밝혀지지 않고 있는 일련의 부도수표를 가지고 푸에르토리코의 고급의상실 중 반을 파산시켰다는 혐의였다. 그 불쌍한 여자아이는 카메라 앞에서 쉬지 않고 울었고, 그저 카다비드라는 자기 애인의 이름을 언급할 뿐이었다. 우리는 신문을 읽거나 텔레비전 뉴스에서 사진을 보자마자 그가 '친절한 사람'이라는 것을 단박에 알았다. 물론 늙었지만, 여전히 그 어떤 여자도 쉽게 넘어갈 만한 용모였다. 얼굴은 햇볕에 그을려 까무잡잡했고, 눈은 신학생의 안경 너머에서 반짝반짝 빛났으며, 관자놀이께 머리카락은 희끗희끗했고, 비뚜름한 입술은 음탕해 보이기까지 했다.

"저 능구렁이는 희대의 사기를 치면서 잠자리를 한 게 분명해." 레스트레포는 질투를 이기지 못한 표정으로 말했다. 우리는 미인대회에서 삼등을 차지한 여자의 이국적인 얼굴을 또렷이 기억하고 있었다. 이르마 레알 혹은 그 비슷한 이름이었는데, 까무잡잡한 피부에 몸매가 어찌나 근사하고 요염한지 그녀가 조금만 움직여도 그녀의 희생자가 됐으면서, 다들 그녀가 순진해서 그랬다고 용서하는 지경이었다.

"그런데 왜 그런 애가 '친절한 사람'의 마수에 걸려든 것일까?" 온티베로스가 투덜댔지만, 그는 유명 여배우 에스테파니아 산타나와 남들이 모두 부러워하는 관계였기에 우리 중 불평을 늘어놓을 자격이 제일 없었다.

우리는 '뷰캐넌'을 따 '친절한 사람'의 행운을 축하했다. 나는 친구들과 작별하고 나서 아버지가 집으로 보냈던 오래된 사진에 대해 다시 생각하기 시작했다. 사진 속에서 아버지와 환하게 웃는 카다비드는 '고졸' 야녜스의 호위 아래 뱃전에 팔꿈치를 괴고서 카메라를 뚫어지게 응시하고 있었다. 그리고 그때 야녜스가 모든 것의 열쇠를 쥐고 있다는 사실을 알게 되었다. 파티뇨, 폰테베드라, 호르헤 알리 같은 극단 사람들 덕분에 나는 즉시 그의 소재를 알아낼 수 있었다. 이 주 후 우리는 참전용사들이 자주 드나드는 술집인 '엘 카루셀'의 테이블에서 보오르케스라는 성을 가진 자와 함께 대화를 나누었다. 카다비드가 〈엘 임파르시알〉*에 기사를 썼다는 사실과, 그가 자신의 초기 기사들에서 한국에 관해 아는 모든 것을 이야기했다고 말해준 것도 바로 야녜스였다. 일인칭으로 작성된 기사들은 다른 참전용사들의 기록에 이의를 제기하고 있었다. 특히 그즈음 가브리엘 가르시아 마르케스 기자가 제대군인들을 취재해 '한국에서 현실로'라는 무척이나 의미심장하고 눈에 띄는 제목으로 발표한 글의 논조와도 달랐다. 기사들을 다시 읽고 내가 연구한 내용과 비교하면서, 나는 카다비드의 증언에, 그리고 일반적으로 이런 부류의 작업에 곧바로 적용할 수 있는 무언가를 알아낼 수 있었다. 그것은 전쟁을 치러낸 사람들의 증언을 통해 그 실상과 결과에 접근하는 것이 그 어떤 방법보다 효과적이라는 사실이었다. 가장 생생하고 현실성 있는 기록은 전쟁이 끝나자 실업자 신세로 전락하여 콜롬비아의 거리와 마을을 배회하던 사람들의 목소리다. 범죄와 사회적 물의를 일으켜 신문 사회면을 장식한 참전용사들의 심리적 트라우마에

* '공명정대'라는 뜻.

불평을 늘어놓는 동포들의 몰이해 역시 생생한 기록이다. 나는 다시 한번 내 글을 살펴보았고, 모든 것이 맞아떨어진 그 순간 카다비드의 이야기가 토대이자 핵심이 되었다는 사실을 확인했다. 그러자 갑자기 한 가지 의문이 나를 엄습했다. 당시 젊은 가르시아 마르케스가 종군기자로 입대하려 했지만 마지막 순간에 포기했다는 사람들의 말은 사실일까? 이 문제는 다음에 다시 다룰 기회가 있을 것이다. 나는 다시 한번 아버지와 그의 친구들이 담긴 사진을 본다. 세월의 흐름과 더불어 빛이 바랜 이 사진은 내가 수없이 던지고도 아무런 답을 얻을 수 없었던 질문을 다시금 던지게 된 최고의 동기라고 생각한다. 그는 아버지에 관해 무엇을 알고 있을까? 그의 마지막 나날은 어땠을까? 전선에서는 무슨 일이 일어났던 것일까? 개인적인 이유가 훨씬 크지만, 내가 한국으로 가는 공식적인 이유 중 하나는 역사가로서 우리나라의 한국전 참전에 관한 모호한 측면을 정확하게 밝히는 것이다. 나는 이 년 전부터 정권태 교수와 연락하면서 소중한 관련 자료를 손에 넣었다. 그러나 다른 한편 레오넬 갈린데스라는 사람의 이야기를 들어보고 싶은 호기심 또한 억누를 수 없었다. 참전용사인 그는 처음에는 실종자로 분류되었는데, 실제로는 도쿄에 체류하다가 서울로 이주한 것이었다. 정권태 교수는 그의 소재를 확인해줄 수 있었다. 나는 그의 소재가 적힌 편지를 고이 간직한 채, 그의 증언을 듣게 되길 초조하게 바라고 있었다. 갈린데스는 카다비드와 야녜스와 로차처럼 훈련 시절부터 '정실파'의 일원이었기 때문이다. 게다가 야녜스와 달리 갈린데스는 아버지가 돌아가신 날 그가 지휘했던 정찰대 대원이기도 했다. 콜롬비아의 한국전 참전에 대해서는 많은 글이 발표되었지만, 병사들의 개인적 참전 동기에 대해

선 알려진 바가 많지 않았고 수많은 병사들이 사망하게 된 상황에 관해서는 더더욱 그렇다. 그래서 몇 달 전부터 나는 불면증에 시달렸다. 먼 거리에도 불구하고 정권태 교수는 주저하지 않고 전화를 걸었고, 대단히 중요한 자료를 내게 제공하여 연구 방향을 수정하게 만들었기 때문이다. 끊임없이 주고받은 편지에서 그는 자료들을 확충하고 분석했는데, 내게는 그것들이 아버지가 어떻게 죽었는지에 관한 진실을 밝히는 핵심이었다. 갈린데스는 내가 한국으로 간다는 소식을 듣고는 사건 발생 지역에서 이야기하고 싶다고 했다. 그리고 정리하고 비교하고 처리해야 할 수많은 자료의 바닷속에서도 아버지의 친구 카다비드는 역시나 언급되고 있었다. '고졸' 야네스와 보오르케스가 제공한 정보는 아주 중요했고 그것 덕분에 퍼즐은 모습을 갖춰가기 시작했다. 로차, '외손이' 아르벨라에스, 인시그나레스, 그리고 때때로 비야밀과 아란다 중위, 바에나 중위 등의 참전용사들을 만난 이후에도 마찬가지로 중요한 정보를 얻을 수 있었다. 어쨌거나 갈린데스와 카다비드의 이야기는 중대한 내막을 밝히고 있다. 감미로운 이르마를 죄인으로 만들고 도망친 '친절한 사람'의 소재를 확인할 수 없게 되자, 야네스는 내가 생각지도 못했던 단서를 제공했다.

"한국으로 떠나기 전에 곤살로 오바예를 만나봐요. 선생처럼 역사가일 뿐만 아니라 '친절한 사람'의 가장 충실한 친구니까."

"오바예라고요?" 나는 놀라서 되물었다. 야네스의 말을 믿을 수가 없었다. "애써 찾지 않아도 누군지 알아요. 우린 함께 공부했거든요."

"모두 준비되셨습니까?" 승무원이 조종실에서 나오며 큰 소리로 느닷없이 물었다. "십 분 후 위치토에 착륙할 예정입니다."

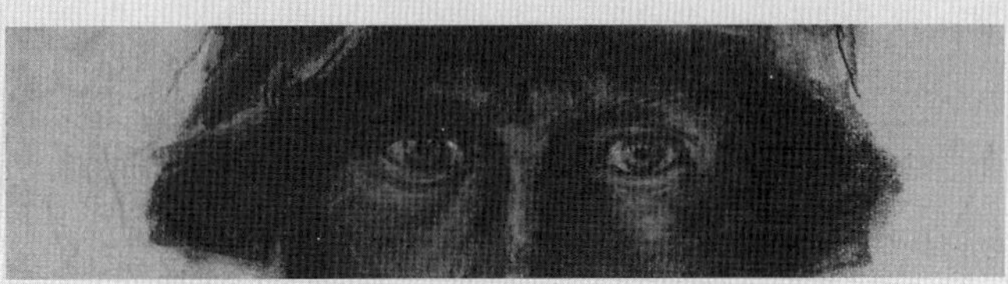

제1부

1

선생은 휠체어에서 세상을 보는 게 어떤 건지 상상도 못할 거요. 미래는 존재하지 않고, 이런저런 계획과 자금이 있어도 모든 게 뒤쪽을 향해 미끄러지는 것 같아요. 기억이 모양을 빚어내 전혀 중요하지 않은 세세한 것까지 구체화시키는 화폭처럼 말입니다. 내가 알고 있는 바로, 선생과 나는 어떤 사건에 관해 이야기할 겁니다. 오래전 일이지만, 지금 그 어느 때보다도 생생하게 느껴져요. 마지막 부분부터 얘기해도 되겠습니까? 내 경험의 마지막 부분 말입니다. 박격포 포탄이 내 엉덩이를 산산조각냈어요. 내가 총을 쏴 스스로 목숨을 끊지 않은 건 순전히 겁쟁이였기 때문이에요. 나는 정찰대의 일원이었고 유일한 부상자였지요. 사람들은 평화회담이 거의 끝나간다고, 전쟁은 끔찍한 기억으로 남았다고들 했어요. 나는 최고의 행운아였어요. 두 번의 가장 험난한 전투, 그러니까 바르불라 전투와 불모 고지 전투에서 살아남았거든요. 또 기억도 할 수 없을 정도로 많은 고지에서 벌어진 수많은 전초전에서도 목숨을 건졌습니다. 내게 전투는 그저 일상일 뿐이었어요. 그런데 어느 날 바에나 중위가 '미未점유지'에서 공격정찰대 선봉에 나를 세웠죠. 우리는 철조망과 지뢰, 버려진 채 숨막히는 침묵에 괴로워하는 것처럼 보이는 참호로 뒤덮힌 메마른 땅을 주시하고 있었어요. 바로 그때 전쟁 초기의 기억이 떠올랐어요. 우리는 만반의 전투태세를 갖춘 채 배치받은 전선으로 나아가고 있었죠. 눈에 들어오는 풍경에도 아랑곳없이 우리는 사기충천했고 희망을 품고 있었어요. 우리는 천천히 고철의 바다 속으로 행진했어요. 왼쪽으로는 죽은 애벌레로 뒤덮인 탱크들이 있었고, 오른쪽으로는 불타버린 지프차가 여덟 대, 아니 열 대가량 있었지요. 그리고 사방에는 햇볕 아래 녹슬고 있던 대포들이 수없이 많았어요. 적은 가까이 있지 않았고 우리는 마치 소풍을 가듯이 행진하고 있었습니다. 그런데 대조적인 풍경이 우리의 시선을 사로잡았어요. 한때는 동화 같았을 풍경 속에 있는 전쟁 쓰레기들은 무거운 슬픔을 불러일으켰지요. 소나무 숲은 우리에게 잠시 쉬어가라고 권했고, 푸르게 우거진 풀 내음은 우리를 다른 세상으로 데려갔습니다. 우리는 한강변의 화천지구를 따라가고 있었고 나는 휘파람을 불었어요. 종종 새의 노랫소리가 들렸고 도로변에 탱자나무가 한 그루 보였지요. 우리는 마치 굶주린 벌레들처럼 바로 열매를 따먹었어요. 저 멀리 버려진 집 몇 채와 폭격 맞은 집들이 보였어요. 이런 평화는 지옥 속의 전원곡이었지요. 그러나 정찰에 나선 날은 모든 게 달랐어요. 광활한 사막, 재로 뒤덮인 평원, 수 킬로미터에 달하는 황무지, 정말이지 나무 한 그루 구름

한 점 없었죠. 침묵에 잠긴 참호가 있을 뿐이었지요. 적들이 그곳에서 우리를 감시하고 있는 게 분명했어요. 철조망과 지뢰가 묻힌 들판도 있었지요. 적막은 시한폭탄이었어요. 갑자기 어디선가 대포알이 날아와 내 골반을 산산조각냈지요. 나는 오랫동안 의식을 잃었고, 며칠 후, 아니 몇 주 후 기나긴 잠에서 깨어났을 때는 도쿄 근처, 그러니까 스미다 강변 맞은편의 군병원에 있었어요. 젊고 피부가 하얀 간호사가 나를 쳐다보고 있었지요. 가느다란 여자의 눈 위로 눈꺼풀이 덮일 찰나, 그 모습은 마치 미소 짓는 약속 같았어요. 여자는 영어로 말했고, 나는 단음절 단어나 동사 하나를 말하고 나중에 몸짓하는 방법으로 그녀와 의사소통을 할 수 있었죠. 내 상태가 얼마나 위중한지 알았을 때 나는 계집애처럼 울고 말았습니다. 다행히도 회복 기간 내내 그 일본인 간호사는 한순간도 내 곁을 떠나지 않았어요. 휴스턴에 있는 병원과 조국에 있는 병원 중 하나를 선택하라고 했을 때 나는 도쿄에 남고 싶다고 대답했어요. 이내 난 휠체어에 익숙해졌지요. 그런데 고백해야 할 것이 하나 있어요. 지극히 개인적인 얘기지만, 왜 내가 스스로 목숨을 끊지 않았고 지금 하는 일에 종사하게 되었는지 이유를 설명해줄게요. 간호사는 마치 내가 갓난아이라도 되는 것처럼 목욕을 시켜주었어요. 샅 주변을 스펀지로 비벼주는데도 내 남성이 반응하지 않는 것을 보고 내가 얼마나 창피하고 분노했는지 아마 선생은 상상도 못할 겁니다. 처음에는 배뇨 조절도 뜻대로 하지 못하는 흐늘흐늘한 돌기에 불과했지요. 나는 병원을 나가 내 두개골을 박살낼 수 있기만을 바랐어요. 하지만 이미 말했듯이 겁을 집어먹은 탓에 그 순간을 미루고 말았지요. 아마 두 달쯤 지난 어느 날 아침이었을 겁니다. 스펀지가 평소보다 더 오랫동안 머물렸고, 나는 내 것이 꼿꼿하게 서는 기적이 일어났음을 확인했어요. 유일하게 죽어 있는 것은 양다리뿐이었죠. 시간이 흐르면서 나는 오타미와 함께 살게 되었습니다. 그녀는 내가 회복하도록 많이 도와주었어요. 그렇게 여섯 달 정도 지났을 무렵, 오타미는 가족의 완강한 요구 때문에 오사카로 가야만 했어요. 그리고 나는 최선을 다해 내 앞가림을 해야만 했지요. 해냈고요. 나는 몇몇 퇴역한 미군 무리와 어울렸습니다. 전쟁이 끝나고 일본에 정착한 자들이었지요. 일본에 남아 운명을 시험해보기로 결심한 콜롬비아 동료들도 두 명 있었습니다. 한 사람은 우고 코르시였어요. 그는 비록 왼팔은 잃었지만 오른팔 하나로 남자 두세 명도 감히 엄두를 내지 못할 일까지 해냈지요. 그리고 다른 한 사람은 아우렐리오 히랄도. 그자는 유리창으로 스며드는 한 줄기 햇살처럼, 신처럼 전쟁을 치렀어요. 무슨 말인지 알겠습니까? 그는 달러건 엔이건 가리지 않고 암시장에서 외환을 사고팔았어요. 여섯 달 정도 지나자 종적을 감추었는데, 내 생각엔 지금 경찰이나 야쿠자의 비호 아래에 있을 겁니다. 야쿠자는 두들겨 맞거나 보복할 때 일본어만 쓰는 이 세상에 둘도 없는 마피아인데, 이 얘기는 나중에 하기로 하지요. 오타미가 떠나자 나는 미국인 무리에 합류했어요. 그들은 전후의 더럽고 추잡한 것들 사이를 방황한 후 도쿄의 홍등가를 샅샅이 아는 신중하고 영리한 사람들이 되었지요. 우리에겐 합법적 서류도 없었고, 그저 영어의 그늘에서 살아야 했어요. 게이샤와 사무라이의 언어를 도저히 소화할 수 없었거든요. 다시 말하면 숨어 살았고 일본인들과 마음을 터놓고 이야기할 수 없었던 겁니다. 우리는 단지 상상을 통해서만 성공의 기회를 얻을 수 있었어요. 나는 비틀거리며 헤매다니다 리들러라는 사람과 공동

출자를 하게 되었어요. '라스 베이거스'라는 스트립쇼 클럽을 운영하는 미국인이었는데, 내겐 어느 정도 저금해놓은 돈이 있었고 상이군인이 되어 매달 정확한 날짜에 영예로운 연금을 받던 터라, 그 미국인은 기꺼이 나를 파트너로 받아들였습니다. 전후에 스트립쇼는 새로운 사업이었어요. 많은 사람들이 내 직업을 깨끗하지 않게 여기리라는 걸 압니다. 하지만 고백하건대 갈수록 이 사업에 관심이 가요. 난 이 사업이 전혀 낯설지 않아요. 우리 아버지는 '댄디의 놀이' 사장이었거든요. 보고타에 폭력사태*가 발생하면서 망해버린, 라스 니에베스에 있는 당구장이었어요. 이 말인즉슨 십대 시절 나는 가게에 몰래 들어온 혈기왕성한 손님들을 상대해야 했다는 겁니다. 대개 수업을 빼먹고서 갖지 못한 것을 얻기 위해 초록색 당구대에서 내기 당구를 치던 학생들은 젊은 육체를 갈망하는 접대부들과 첫 경험을 하곤 했어요. 내가 읽은 책들은 대부분 그 학생들이 저당잡혔거나, 아니면 여자들과 시시덕거리거나 당구를 치다가 돈을 치르지 못한 대가로 놓아둔 책들이었어요. 하지만 스트립쇼 사업은 다릅니다. 아리따운 여자애들이 천천히 우아하고 신중하고 차분하게 옷을 벗고, 손님들은 그런 눈요기 이상의 것에는 관심을 보이지 않아요. 그러니 그게 뭐가 나쁘죠? 나는 처음부터 이 일을 예술로 여겼고, 갈수록 여성 관객들이 많아지는 걸 보고 내 생각이 옳았다는 걸 매일 확인했지요. 게다가 어떤 것도 옷을 벗는 현명하고 세련된 의식을 벗어나지 않아요. '댄디의 놀이'의 밀실에서 일어나던 일과는 달리, 나는 손님들이 여자애들과 눈으로 감상하는 것 이상의 관계

* 1948년 4월 9일 자유당 지도자 호르헤 엘리에세르 가이탄의 암살로 촉발된, 보수당과 자유당의 폭력사태를 가리킨다.

를 맺는 걸 결코 허락하지 않았어요. 알고 있소? 난 일본인들이 이 세상에서 관음증 성향이 가장 강하다고 생각합니다. 그들은 젊은 여자들을 바라보면서 수많은 시간을 보내요. 나는 이 모든 것에는 일종의 종교성마저 포함되어 있다고 생각해요. 당시에는 '네무레루 비조'라고 불리는 장소에 관해 말들이 많았어요. 늙은이들이 그저 벌거벗은 여자들의 자는 모습을 보기 위해 엄청난 돈을 지불하던 곳이었지요. 그렇지만 나는 처음부터 무슨 일이 있더라도 단순한 쇼 이상의 협상은 받아들이지 않겠다는 입장을 확실히 했어요. 내 지시가 지켜졌다고 생각하고요. 경찰도 리들러와 나를 많이 도와주었습니다. 잠시도 눈을 떼지 않고 여배우들을 감시했거든요. 난 그 미국인이 경찰과 어떤 협상을 했는지는 몰라요. 하지만 경찰과는 한 번도 문제가 생기지 않았어요. 어쨌거나 모든 게 매우 질서 있게 유지되었죠. 미군이 철수하기 시작하자, 리들러는 제 몫을 내게 넘기고는 네바다 주에 있는 진짜 라스 베이거스로 갔어요. 그리고 십오 년 전 나도 그의 뒤를 따랐지요. 난 이 나라가 급속한 경제성장 덕분에 '극동의 작은 용'이라고 불리는 그룹의 일원이 되었을 때 서울로 왔습니다. 도쿄는 더이상 안전하지 않았고 미국인들이 사라지자 야쿠자가 모든 걸 빼앗고 장악했거든요. 그런데 내가 왜 우리나라로 돌아가지 않고 이 나라에 왔는지 압니까? 비록 멀리 떨어져 있지만 여기까지 우리나라 소식이 들려왔거든요. 그래서 정말이지 이곳으로 온다는 건 국적을 바꾸기 위함이나 마찬가지였어요. 새로운 한국은 경제적으로 엄청나게 매력적인 곳이었지요. 내가 이곳으로 이주한 건 어떤 병적인 향수 때문이기도 했어요. 이곳에서 걸을 수 없는 신세가 됐는데, 내가 뭣 때문에 내 발이 다닐 수 없는 다른 곳을 찾아야 합니까? 선생이 지금 보고 있듯이, 운명에 충실하겠다는 내 결정은 그다지 나쁘지 않았어요. 심지어 꽤 잘 정착했고, 쇼 멤버 중 한 명인 윤혜와 결혼도 했습니다. 오늘밤 내 나이트클럽 '밀로의 비너스'를 방문하면 그애를 볼 수 있을 겁니다. 나이 차가 상당하지만 난 걱정하지 않아요. 질투하지도 않고요. 더이상 연기를 하지 않겠다고 결정한 사람은 바로 그애였어요. 아마 자기가 출연했을 때 손님들이 열광적으로 반응하면 내가 고통스러워할지도 모른다고 여겼던 것 같아요. 윤혜는 사업을 맡아 출연진을 정하고 여자아이들을 관리하는 쪽을 택했습니다. 게다가 이 나라에서는 갈수록 외국인에 대한 혐오감이 커지고 있어서 그 때문에 생길지도 모르는 문제를 피하기 위한 것도 있었어요. 그래서 윤혜가 업소에 나와 매니저처럼 행동하는 겁니다. 나 혼자 해결할 수 없는 수많은 행정 업무 역시 도와주고 있고요. 이제 나는 그 어느 때보다 합법적으로 살고 있어요. 그런데 선생, 이거 압니까? 이 일은 다른 어떤 사업보다도 사람이 많이 바뀌어요. 여자애들은 기껏해야 넉 달, 아무리 길게 있어봐야 반년이에요. 새로운 분위기를 원하고, 매일 밤 똑같은 장소에서 똑같은 연기를 하는 데 싫증을 내거든요. 경쟁업소로부터 보다 나은 조건의 스카우트 제의를 받거나 매춘을 하려고 그만두기도 하지요. 당연하고 충분히 이해할 수 있는 일입니다. 그런데 혹시 이런 것도 압니까? 난 윤혜 안에 두 명의 여자가 있다는 걸 깨달았어요. 그애가 옷을 벗는 순간 극명하게 드러나죠. 나를 위해 벗을 때와 관객 앞에서 벗을 때, 그애는 동일한 여자가 아닙니다. 내가 지금 하는 말을 유념해서 잘 들어봐요. 이건 이 사업이 내게 준 최고의 가르침이거든요. 여자가 사랑 때문에 옷을 벗을 때는 세상의 미스터리가 증폭된다고 나는 생각해요. 그것이 사랑하는 사람 앞이라면, 여자가 옷을 벗는 행위는 미지의 것을 드러내 보여주거나 비밀을 밝혀주지 않아요. 역설적이게도 그 행위는 건네는 것, 보다 심오하고 이해하기 힘든 그것을 숨기고 건네는 선물과 같습니다. 즉 자기가 주는 것을 부정한다는 얘기지요. 오직 거울 앞에서만이, 여자의 벗는 행위는 여자의 진실을 드러냅니다. 하지만 그 진실 역시 모호할 수 있어요. 나르시시즘이나 자기비판 속에서 확립된 진실이니까요. 여자는 그렇게 홀로, 벌거벗은 상태에서, 오로지 스스로의 시선으로만 자신의 특징이나 결점을 평가하지요. 여기에 타인과의 대면이 제공하는 평가는 결여되어 있어요. 그러니까 여자가 자신에게 옷을 벗어 보일 때, 그때는 그 누구보다 여자를 잘 알고 있는 시선, 즉 애인의 눈을 통해 여자가 얻게 되는 결과는 제외되는 겁니다. 하지만 사실 여자는 그 타인 덕분에 '존재'하는 겁니다. 자신을 건넸기에 받아들여짐을 느끼는 거고, 애인이 반응하기에 정당화됐다고 느끼는 겁니다. 그런데 애인의 반응은 수수께끼들을 가중시킵니다. 여자가 자신의 최대 장점이라고 여기는 것 때문에 애인이 그녀를 사랑하게 되는 경우는 거의 없기 때문이에요. 말 없는 이 대화에서도, 나체의 연인들처럼, 피부와 본능, 그 냄새와 모양과 맛, 시각과 촉각의 접합을 통해 나름대로의 문법이 구축됩니다. 바로 이 무아지경의 순간이, 나체의 애인 앞에서 이루어지는 여인의 벗는 행위와 타인, 즉 여자를 사랑 없이 주시하고 오로지 욕망으로만 대하는 관객 앞에서 벗는 행위를 구별하지요. 후자는 카바레의 스타, 여배우, 혹은 스트립쇼 연기자나 창녀의 '표피적 알몸'이라고 말할 수 있어요. 여기서는 알몸이 여자의 비밀을 드러냅니다. 적어도 사람들이 쇼나 상호간의 동의를 통해 보거나 만지거나 자기 것으로 만들고 싶어하는 것을 드러내지요. 벗은 여자의 몸이 제공하는 그 무엇을 무한히 연속되는 비밀, 모두 더해져 두 연인이 지쳐 쓰러질 때까지 서로 묻고 묻는 기한 없는 암호로 만들어낼 수 있는 것은 사랑뿐이니까요. 이제 아시겠지요? 내 사업은 나를 시인으로 만들었어요. 충분히 있을 수 있는 일입니다. 삼십 년 넘게 매일 밤 이곳에서 가장 아름다운 여인들의 육체를 보았거든요. 나도 잘 모르겠어요. 하지만 아마 이 휠체어가 내 철학의 일부를 설명할 수 있을 거라는 생각을 종종 해요. 물론 간호사 오타미와의 경험에서부터 그 이후 윤혜에 이르기까지 여러 여자들과 몸소 생생하게 겪은 경험을 통해 내 주관을 얻었다는 것을 잊으면 안 되지요. 그리고 선생이 알아야 할 게 또 있어요. 일반적으로 매일 밤 쇼를 관람하는 손님 중 대부분은 군인이라는 겁니다. 그래서 나는 한 번도 군복을 벗은 적이 없는 듯한 기분이 들어요. 더욱이 우리의 쇼는 언어를 사용하지 않고도 완벽하게 즐길 수 있는 이 세상 몇 안 되는 쇼이기도 해요. 뭐, 배를 잡고 웃을 만한 일도 벌어지지요. 어느 날은 베네수엘라 기자를 소개받았어요. 거들먹거리며 잘난 체하는 재수없는 부류의 인간이었지요. 내가 어떤 종류의 일을 하는지 이야기하자 조금 당황하더군요. 그러다 '밀로의 비너스'를 둘러싼 명성에 혹해 조만간 밤에 클럽에 들러 쇼가 어떻게 진행되는지 보겠다고 했어요. 그러고는 서슴없이 내 휠체어를 쳐다보더군요. 마치 옷을 벗는 사람이 나라도 되는 것처럼 말입니다. 하지만 난 그자가 그런 생각을 접게 했어요.

"내 생각에 당신은 스트립쇼를 온전히 즐길 수 없을 것 같은데요." 나는 악의를 갖고 말했어요. "우리는 한국에 있는데 당신은 한국어를 몰라요." 그자는 잠시 입을 다물었어요. 내가 웃음을 참지 못할 지경에 이르자 마침내 그 사람은 내 입에서 빙빙 돌던 말을 꺼냈죠.

"맞아요, 갈린데스 씨. 난 한국어를 전혀 몰라요. 하지만 카라카스에는 스페인어로 진행되는 아주 훌륭한 스트립쇼 클럽들이 있다는 걸 말해주고 싶군요."

이제 선생이 듣고 싶어하는 이야기로 돌아가도록 하지요. 두어 달 전에 정권태 교수가 찾아와 콜롬비아에 있는 사람이 책인지 뭔지를 쓰기 위해 한국전 참전용사를 만나고 싶어한다고 말해줬어요. 내 말을 믿을지 모르겠지만, 지난 삼십육 년간 나는 그 누구에게도 그 문제를 입에 올린 적이 없습니다. 현역군인으로 파견되어 왔다가 잠시 내 클럽에 들른 몇 명에게만 예외였지요. 내 몸이 불구이기 때문인지, 아니면 내게 휠체어의 삶을 선고한 전쟁에 대한 원한 때문인지는 모르겠어요. 하지만 좀 전에 말했듯이, 이 문제에 대해서는 결코 입을 열지 않았어요. 그런데 그 교수가 선생 이름을 꺼내자 기억 속에서 뭔가가 꿈틀거렸고, 선생이 비나스코 중위의 아들이라는 것을 알게 되었을 때 내 마음가짐이 달라졌습니다. 내가 전쟁에서 알게 된 점잖은 사람들 중 한 명이 선생의 부친이란 걸 알고 있습니까? 그분은 장교였지만 우리를 항상 자신과 동등하게 대했어요. 그리고 우리가 아니라 상관들과 문제가 있었지요. 내가 이야기를 꺼냈으면 하죠? 선생이 바로 그것 때문에 왔다면 나는 무슨 말을 해줘야 할까요? 입대하고 얼마 지나지 않아 그분을 만났어요. 어느 군부대에 입소해 훈련을 받을 때였죠. 사실 훈련은 완전히 개판이었습니다. 상상해봐요. 아는 거라곤 페루전 전략과 전술뿐인 콜롬비아 군인들이 도대체 뭘 가르쳐줄 수 있었겠습니까? 우리가 배운 건 30년대 무기로 사격하고, 말처럼 구보하고, 땡볕에 척추가 부러지도록 도랑을 파는 일밖에 없었어요. 처음으로 돌아가지요. 신병들은 보고타 북쪽 주둔부대에 소집되었어요. 사람들 말이 고위 장교들은 그곳에 있으면 발진을 일으킨다고 하더군요. 군대의 심장이라는 그곳은, 그러니까 내가 보기에는 사람들이 장황한 설명을 피하기 위해 첩보부대라고만 부른 그곳은 무력 봉기한 반란군들이 우리 군에 불후의 모욕을 안긴 장소가 아닌가요? 젊은 반란군들이 대담한 토목 작업으로 터널을 파, 훌리오 세사르 정부가 언제 일어날지 모르는 반란 진압용으로 보관해놓은 1만 정 이상의 무기를 탈취한 바로 그곳 아닌가요?* 그 소식은 전 세계로 퍼졌고, 군 파견단이 과거 전쟁터에서 세운 영광을 기념하러 이곳 서울에 왔을 때 나 또한 그 이야기를 자세하게 들을 수 있었어요. 군인들 몇이 내 클럽을 찾아왔고, 멀리 떨어져 있다는 생각에 걱정을 떨치고는 술기운을 빌려 입을 열기 시작했거든요. 심지어 어떤 대령 하나는 일화 수준을 넘어, 군의 코밑에서 당한 그런 조롱이 1970년 선거를 도둑질한 대가라는 말까지 하더군요.** 우리나라는 구스타보 로하스 피니야 중장이 이긴 선거를 태연자약하게 도둑질한 '엉터리 대통령'으로 인해 타락한 나라라고 했지요. 그 중장은 우리를 격려하고 사기를

* 1978년 12월 31일부터 1979년 1월 1일까지 이틀 동안 게릴라군이 당시 첩보 활동을 수행하던 북쪽 주둔부대의 무기를 1만 정 이상 탈취하면서 군부를 조롱한 사건이다. 무기는 곧 회수되었지만 군의 심리적 충격은 상당했고, 이후 무자비한 게릴라 탄압이 시작됐다.

** '국민전선'의 미사엘 파스트라나와 '국가민중연합'의 로하스 피니야가 맞붙은 선거에서 6만 표의 근소한 차이로 미사엘 파스트라나가 승리를 거두었지만, 이후 부정선거라는 의혹이 불거졌다.

북돋우기 위해 참호를 찾은 유일하게 용감한 장성이었어요. 부정선거는 정말 파렴치했죠, 하고 대령은 말했어요. 그러면서 부정선거가 자발적인 민중 봉기의 동기였고, 후에 국내에서 가장 왕성하게 활동하는 반란 그룹이 형성된 계기가 되었다고 지적했죠. 자세한 설명까지 덧붙이더니, 그 반란 그룹은 그들이 고집스레 '엉터리 대통령'이라고 부르는 자 때문에 저지른 그 치욕스러운 사건을 계속해서 증가시킬 거라고 말했습니다. 보고타 북쪽 주둔부대에 가해진 뼈아픈 굴욕과 그로 인해 야기된 일들은 부정선거의 결과가 분명하고, 그 일에는 자기 전우 중 한 명이 당한 모욕도 포함된다고 덧붙였어요. 난 우리 중장이 전투가 한창인 전쟁터로 우리를 찾아온 날을 아주 선명하게 기억해요. 그분이 조국으로 돌아가 엉터리 선거로 권좌에 오른 대통령을 상대로 쿠데타를 일으키기 직전이었죠. 우리나라 역사에 어떤 순환이, 애처롭고 가련하기까지 한 순환이 있다는 걸 알고 있나요? 그곳에서는 모든 게 반복되는 것 같아요. 사기 정권이 군림하는 동안에는 악화일로를 달렸죠. 보수당은 자유당 권력을 훔치고, 우리 중장은 그 보수주의자를 제자리에 돌려놓고, '엉터리 대통령'은 우리 중장을 제자리에 돌려놓았으니까. 이 릴레이경기에서 '엉터리 대통령'이 선거를 도둑질했다고 누군가, 자기 당원을 고발하게 될 날도 멀지 않았어요. 그런데 흥미로운 점은 이런 일련의 도둑질이 보수당 놈들에게만 일어난다는 겁니다. 어느 순간 나는 대령의 말을 끊었어요. 그의 평가가 너무 당파적이어서 그다지 신빙성이 없어 보였거든요. 그러자 대령은 주위에 모인 사람들이 아무도 모르는 이야기를 했어요. '엉터리 대통령'이 선거에서 승리하는 것은 있을 수 없는 일이었다, 그가 수행했던 모든 공적 지위는 선출이 아니라 임명된 것이었기 때문이다, 이렇게 말입니다. 게다가 시의원이나 하원의원, 하원대표나 상원의원으로 선출된 적도 없다고 덧붙였어요. 그런 그가 선거에 대해 뭘 알겠습니까? 그러고는 마치 댈 수 있는 증거는 다 댔다는 사실을 깨달은 듯 대령은 자기 이야기를 늘어놓았어요. 하지만 그건 신경쓸 필요 없어요. 지금은 처음 몇 달 동안의 우리 훈련 이야기가 주관심사니까. 그게 보고타 북쪽 주둔부대가 우리 입안에 씁쓸함을 남긴 또다른 이유이기도 하고요. 미군이 자문을 해주었지만—교관을 맡은 푸에르토리코 장교를 통해서였지요. 그러니 얼마나 효율적이었을지 생각해봐요—조금 전에 말한 것처럼 우리 훈련은 실패 그 자체였습니다. 그때까지도 레티시아 탈환을 핑계 삼아 못 말리는 바람둥이들처럼 카지노에 모여 술이나 퍼마시던 우리 장교들이 현대식 병참이나 전술적 배치 따위를 어떻게 알았겠습니까? 어쨌거나 1951년 1월부터 우리는 서리가 내리고 물이 어는 새벽에 기상해 구보하고 체조하고 참호를 팠어요. 참호라는 말은 우리 교관들이 아는 유일한 단어 같았지요. 현대 전술 이론을 듣기도 했지만 사실상 그 누구도 전선에서 우리가 사용할 무기의 속성과 사용법을 알고 있지 않았어요. 그나마 나은 게 아벤다뇨 중령의 강연이었어요. 그는 군대의 역사를 강의했는데, 특히 중국 전략가의 병법을 강조했습니다. 처음에는 이런 주제가 우리의 관심을 사로잡았어요. 무엇보다 중공은 우리의 적이었고 전쟁에 대한 그들의 사고방식을 배워서 나쁠 건 없었거든요. 중국인들이 사용하는 약초에 대해서도 곁들여 배웠습니다. 열심히 공부한 사람들 가운데 아우구스토 호타 아란다 중위가 가장 눈에 띄었어요. 아란다 중위는 군사학교를 나온 사람들 중에서 두뇌가 가장 명석했죠. 몇 년 후 군사학교로 돌아간 걸로 알고 있어요. 아란다는 군사軍事 관련 고전 연구서들을 즐겨 읽었고, 가끔 '고졸' 야네스와 뜨거운 토론을 벌였죠. 야네스는 아마도 대대에 비치된 책을 가장 많이 읽은 사람이었을 겁니다. 특히 트로이 전쟁처럼 시간적으로 우리와 아주 동떨어진 내용을 다룬 책을 읽었어요. 내 기억이 맞다면 아란다는 라틴어까지 알았고, 당시 마지막으로 졸업한 군사학교 동기들 가운데 선두 주자였던 것 같아요. 그는 자기가 병과를 잘못 선택했다고 했어요. 소속된 보병대 말고 해군에 입대해서 파디야 제독호를 타고 한국으로 출항했으면 더 좋았을 거라고 말했지요. 그리고 훌리오 세사르*라는 해군 대위가 이끄는 군함을 타고 아시아에서, 루비콘 강을 건너며 대위의 동명이인이 던진 명언을 내뱉고 싶어했어요. 나는 수영을 할 줄 몰랐기 때문에 아우구스토 호타가 해군에 관심을 보이는 게 부럽더군요. 선생도 알게 되겠지만, 우리 사이엔 점차 독서에 대한 관심과 우정, 그리고 또다른 애정으로 뭉친 그룹이 형성되었습니다. 그래서 우리 생활이 자유당 언론이 경멸적으로 묘사한 것과 완전히 같지는 않았어요. 구두닦이와 운전사, 막일꾼과 촌뜨기도 있었지만 학교생활 경험이 있는 젊은이도 많았으니까. 그런 친구들은 몇몇 장교들과 별도의 그룹을 이루었어요. 훈련 초기 아벤다뇨 중령은 부대 인력을 눈여겨 살펴 대대를 두 개 그룹으로 나누고는 즉시 넘지 못할 선을 그었지요. 하나는 헬롯**이었는데 여기에는 존경받아 마땅한 군대의 총알받이가 될, 가난하고 출신이 모호한 대부분의 신병

* '훌리오 세사르'는 '율리우스 카이사르'의 스페인어식 이름이다.

** 스파르타의 농노.

들이 속해 있었어요. 다른 하나는 라케다이몬인*이었는데, 이들은 단지 글을 읽고 쓸 줄 안다는 사실만으로 덜 궂은 일을 했지요. 하지만 중령의 스파르타 정신에도 불구하고 그 분류는 완벽하지 않았습니다. 그 누구도 엘킨 트루히요 같은 작자가 라케다이몬인이라고는 상상하지 못했거든요. 그자는 전형적인 헬롯이었지만, 항상 오를란도 게레로 대위와 다닐로 카스트리욘 군종신부의 비호 아래 있었어요. 이제 생각해보니 처음부터 카스트리욘 신부는 군 내 대부분의 분란을 촉발시킨 장본인이었네요. 키가 훤칠하고 까칠하고 비쩍 마른 사람이었는데 그가 숨 한번 쉬면 파리도 화들짝 놀라 달아났지요. 헬롯들은 그에게 '게이 신부'라는 별명을 붙여주었고, 라케다이몬인들은 그를 '소돔 신부'라고 불렀어요. 왜 그랬는지는 선생도 상상할 수 있을 겁니다. 어쨌거나 그 누구도 왜 비나스코 중위가 종종 간접적으로 엘킨을 도와주는지 이해하지 못했어요. 카다비드나 로차, '고졸' 야녜스나 나 같은 사람의 눈에 엘킨은 교활하고 의심스러운 놈이었거든요. 희생자의 출신을 고려해보면 두 그룹에 대한 차별은 인종주의에 바탕을 두고 있었어요. 가령 여러 사람들 중에서 특히 '푸투마요', '10센타보 동전의 원주민', '미개인' 로아, '타말리토' 페냐에게 있었던 일들을 보면 그걸 확신할 수 있죠. 한데 이런 자의적인 분류에도 불구하고, 특별한 성격 때문에 어디에도 속하지 못하는 신병들이 열 명가량 있었습니다. 그들은 어느 쪽에도 해당되지 않았어요. 예를 들면 안드라데. 그는 내성적이었지만 엄청나게 기운이 좋았고 통솔력도 대단해서 언제나 다정한 분위기, 동시에

---

* 고대 스파르타 사회의 구성원 중 자유 신분의 스파르타 시민과 페리오이코이(참정권이 없는 자유인)를 일컫는다.

존경해야 할 대상이라는 분위기를 풍겼지요. 안드라데가 하모니카라고 부르던 나팔피리는 청부 살인자들의 이두근보다 훨씬 효과적인 무기였어요. 그는 말은 많이 하지 않았지만 시선만은 매서웠습니다. 파렴치한들이 조금이라도 친해보려고 다가가다가도, 그 눈을 보고 포기하기 일쑤였지요. 그는 자신의 악기로 익히 아는 사실을 보여주었어요. 음악이 맹수를 온순하게 만들거나 굴복시킨다는 것 말입니다. 카다비드는 라케다이몬인이라는 말만 들어도 벌컥 화를 내며 펄쩍 뛰면서 자기를 그렇게 분류하려는 자를 목 졸라 죽이려고 했어요. 성질이 과격하고 날카로워져 모두들 페스트 피하듯 그를 멀리했지요. 확실히 카다비드가 하는 말은 분명 독설은 아닌데도 독이 묻은 단도와 같았어요. 그는 자신을 주시하는 장교들에게도 서슴지 않고 그런 말을 내뱉었지요. 그의 친구인 '고졸' 야네스 역시 혀에 독이 있는 사람이었어요. 게다가 그는 자기가 읽은 책을 바탕으로 이야기했고, 그 덕에 그는 후광으로 둘러싸이게 되었지요. 라케다이몬인들의 속된 희망과 헬롯들의 어중간한 침묵에 대한 해독제 역할을 해준 후광이었어요. 속내는 전혀 털어놓지 않았고요. 그 무리와 가까웠던 또다른 사람은 로차였어요. 몸가짐은 세련되었지만, 곧잘 금고에 들어가 안에서 문을 잠가버린 사람처럼 굴었죠. 그래서 '사색가'라는 별명이 붙은 겁니다. 야네스와는 비슷한 구석이 많았지만 카다비드와는 거의 공통점이 없었어요. 하지만 그래서 그들은, 분리된 게 아니라 오히려 상호 존중이라는 벽을 세울 수 있었어요. 미겔 아르벨라에스는 라케다이몬인인 척할 수 있었지만 활력 넘치고 항상 쾌활했기 때문에 그쪽으로 분류되지 않았죠. 그는 야네스처럼 탱고와 볼레로를 아주 잘 알았고, 언짢거나 구슬픈 밤이면 안드라데와 트리오를 이루었답니다. 그러면 안드라데의 피리 소리는 막사를 달콤한 미스터리로 가득 채웠어요. 지금 이 순간도 그 소리가 들리는 것 같군요. 북쪽 주둔부대의 막사와 복도는 무대가 되었고, 당시 라틴 아메리카의 모든 카페에서 유행하던 노래가 쉼 없이 반복되었어요. 절대 혼동할 수 없는 부대장의 노랫소리도 울려퍼졌어요. 그건 우리의 작별 노래이기도 했지요. "나는 청년들에게 작별을 고하러 왔노라 / 곧 전쟁터로 가기에 / 비록 먼 곳으로 싸우러 가지만 / 나는 내 권리와 내 조국과 내 명예를 구하리라……" 그러나 슬픔 따위는 전혀 없었어요. 두번째 파견부대에서 우리 쪽으로 합류한 앙가리타와 인시그나레스 역시 이 무리에 속할 거예요. 난 아란다 중위와 바에나 중위, 그리고 물론 선생의 부친도 이 무리에서 한자리 차지할 권리가 있다고 생각합니다. 이런 말을 해도 괜찮을지 모르겠지만, 나도 거기서 배제될 수는 없을 겁니다. 사실 처음부터 헬롯 진영뿐만 아니라 라케다이몬인들도 우리를 대상으로 블랙리스트를 작성했어요. 선의라기보다는 악의를 가지고, 헬롯들과 라케다이몬인들은 경멸적으로 우리를 '정실파'라고 부르기 시작했지요. 우리더러 모든 것을 쉽게 손에 넣고 우리끼리 특권을 나눠 갖는다면서요. 그냥 앙심을 품은 거야, 하고 나는 말했지요. 그러나 그들은 계속 우리를 증오했어요. 그래서 우린 마스코트를 내세우기로 결정했습니다. 아마도 그자들의 입을 막기 위해서 그랬던 것 같아요. 마스코트는 바로 에르메스 메히아였는데 우리 대대에서 가장 어렸지요. 흉악한 자들은 마음 내키는 대로 그애를 때리고 모욕하려 들었어요. 아르세시오 푸요와 '투정쟁이' 라미레스라는 겁쟁이 녀석들에게 했던 것처럼요. 다른 사람들의 마스코트는 '인형'이라고 불리던 개였어요. 어쨌거나 아벤다뇨 중령 휘하의 두 그룹은 이내 각각 가장 적절한 이름으로 알려지게 되었습니다. '바보들'과 '악마들'. 이런 이름 아래 우리는 한국으로 갈 준비를 했어요. 참, 나에 관해서는 무슨 이야기를 해 줄 수 있을까요? 난 고등학교를 다니다가 그만두고 '댄디의 놀이'에서 아버지를 돕기 시작했어요. 그곳이 불타 없어질 때까지. 한 번도 군대나 전쟁에 특별한 관심을 가진 적이 없었지만 결국 입대를 하게 되었지요. 감옥에 가지 않을 수 있는 유일한 방법이었으니까. 아르메니아의 어느 카페에서 정치 얘기를 하다가 말다툼이 벌어졌는데, 칼로 나를 위협한 작자에게 상해를 입히는 바람에 몸을 숨겨야 했거든요. 그자는 권력자들의 공습 조직과 밀접한 관련이 있던 올라노의 '새들'* 중 하나였어요. 그러니 내 목숨은 파리목숨이나 다름없었죠. 누구도 나를 찾아 한국까지 오지는 않을 거라 생각하고는, 서류를 위조한 후 보고타 북쪽 주둔부대로 간 겁니다. 나는 가능한 한 빨리 전선으로 가게 되기만을 학수고대했어요. 전쟁이 끝난 뒤에도 조국으로 돌아가지 않겠다고 결심한 것 역시 이와 관련이 있겠지요. 우리 무리에 대해 선생에게 말하고 싶은 건 부친과 친하게 지낸 것이 우리에게 많은 도움이 되었다는 겁니다. 짐승 같은 하사와 중사들 앞에서, 그리고 근성이 고약하기 그지없는 몇몇 동료들 앞에서 특히 그랬죠.

출정이 임박해지자, 사기 진작 목적에서였는지 우리는 보야카 다리**로 이동되었습니다. 격려사와 기도를 들으면서 무기를 건네받았지요.

---

* 보수당 정치인들의 비호 아래 있던 무장단체. 바예 델 카우카의 주지사였던 니콜라스 보레로 올라노에 의해 창설되어 1940년대 후반과 1950년대에 주로 활동했다.

** 콜롬비아 독립에 결정적 역할을 했던 보야카 전투가 벌어진 곳이다.

지금 생각해보니, 북쪽 주둔부대에서 그 의식이 치러졌다면 어떤 무기를 받았을지 모르겠군요. 틀림없이 당시의 폭도들이 무기들을 훔쳐갔었을 테니까요. 그런데 그즈음 일종의 전염병이 군대를 휩쓸었어요. 입소하고 두 달이 지나자, 대부분이 이상한 오락거리를 찾아냈던 겁니다. 누군가 포르노 포스터와 잡지들을 대대에 유포했는데 즉시 대대적인 환영을 받았지요. 주로 벌거벗은 여자들을 여러 각도에서 서툰 솜씨로 찍은 포스터였어요. 잡지는 보다 더 야심찼어요. 여러 장의 사진과 함께, 대개는 애국적 이야기에서 영감을 받은 섹스 관련 글들이 쓰여 있었거든요. 가장 인기를 끈 건 '침보라소 산 위에서의 쾌락'이었는데, 볼리바르와 마누엘라 사엔스*의 사랑 이야기를 늘어놓고 있었어요. 여기에 대해서는 조금 후에 자세히 말하겠습니다. 처음부터 우리는 보험증권 판매원이었던 코르시와 근육 덩어리 병사 트루히요를 의심했어요. 분명한 것은 포르노 장사가 고위 장교의 묵인 아래 이루어졌다는 사실입니다. 아마 윗분들은 그게 군인들의 분출구이자 진정제라고 여겼던 것 같아요. 이미 말했듯이, 우리 같은 부류의 사람들에게는 아직 글을 읽을 수 있는 방법이 남아 있었어요. 비록 몰래 숨어서, 그러니까 은밀함을 즐기면서 읽어야 했지만요. 하지만 몇몇은 모두가 보는 앞에서 공개적으로 읽기도 했지요. 상관들과는 처음부터 마찰을 불러일으켰습니다. 그들은 독서가 여성화의 첫걸음이며, 심지어 가장 심한 반항이라고 여겼거든요. 무기 수령 후 우리 부대는 보고타 시내에서 행진을 했습니다. 그후 한국으로 가는 날을 향한 카운트다운이 시작되었지요. 모

* 시몬 볼리바르는 라틴아메리카를 스페인의 지배에서 해방시킨 주역으로 '해방자'라고 불리며, 마누엘라 사엔스는 볼리바르의 정부이다.

두들 하나같이 두려워했어요. 기껏해야 넉 달 훈련받은 우리에게 전선으로 갈 준비가 다 되었다고 했으니 얼마나 어이없는 농담 같았겠습니까? 그동안 우리는 사격 한 번 안 해봤고, 전쟁터에서 사용할 현대식 무기가 어떤 것인지도 전혀 몰랐어요. 에이킨 빅토리호에 승선하거나 부산에 도착하면 배우게 될 것이다, 라는 말만 들었지요. 요약하자면, 천 명이 넘는 신병들이 레알 거리를 행진했어요. 마치 엄청난 승전보를 울리러 가는 것처럼. 오로지 낙관적인 친구들만, 우리를 보면 적들이 부리나케 숨어버릴 거야, 하고 말했어요. 난 군기軍旗 인도식을 거행하면서 대통령이 했던 말을 잊을 수가 없습니다. 대통령은 말끝마다 그가 매일 짓밟았으나 검열 때문에 그 누구도 문제 삼지 못했던 단어인 '자유'를 입에 올렸어요. 우리나라에서는 자유가 범죄인데 머나먼 아시아 국가로 가 자유를 위해 죽으라니 그게 말이 된다고 생각합니까? 아무도 그 말을 이해하지 못했지만 신병이 그런 것까지 이해할 필요는 없었지요. 아란다는 그 말들을 전부 비웃었고, 엄청나게 비가 내리는 어느 날 우리는 사바나 역*으로 가기 위해 짐을 꾸렸어요. 그때 아란다가 골드버그라는 사람이 쓴 글이 있는데, 우리의 운명을 아주 잘 요약하고 있다면서 비나스코와 내게 들려주었어요. "일반적으로 병사의 가장 중요한 의무는 조국을 위해 죽는 것이라고 말한다. 하지만 그게 아니다. 그들의 가장 중요한 의무는 적군이 대의명분을 위해 죽게 만드는 것이다." 틀린 말은 아니었지만 우리는 깔깔거리며 웃었어요. 그러나 오를란도 게레로 대위는 그 말을 몹시 못마땅하게 여겼지요. 사실 그가 그

* 보고타의 중앙역.

말을 들었다는 사실을 우리는 전혀 눈치채지 못했지만요. 오를란도 대위는 팔미라 출신으로 엄하기 짝이 없었고, 음흉하기로 이름이 높았습니다. 게레로는 '전사'를 뜻하는 그의 성姓과는 전혀 어울리지 않았지만 이름에는 걸맞은 사람이었어요. 항상 화를 내며 다녔거든요.* 그날 오후 대위는 폭탄이 연쇄 폭발하듯 폭발하고 말았어요. 그가 아란다와 비나스코와 함께 잠시 설전을 벌였는데, 내가 어느 순간 쓸데없이 참견하고 나섰기 때문입니다. 대위는 즉시 나를 꾸짖었어요.

"갈린데스, 차렷! 누가 상관도 없는 일에 끼어들라고 허락했나!"

나는 세 장교가 막사를 향해 갈 때까지 부동자세로 있었어요. 무엇이 날 그렇게 참견하게 만들었을까요? 골드버그라는 사람의 말을 제대로 이해하지도 못한 대위가 군사학교 때부터 모범생의 특권을 누리던 아란다의 의견에는 누그러졌으면서 비나스코에게는 다른 태도를 보였기 때문이라고 생각합니다. 아마도 게레로는 훈련이 시작됐을 때부터 비나스코 중위의 태도와 군인들을 평등하게 대하는 성격 때문에 그를 못마땅히 여겼던 것 같아요. 그리고 그날 오후부터 비나스코 중위에게 무자비한 전쟁을 선포했어요. 게레로 대위가 비나스코 중위를 그토록 증오하는 데는 그보다 더 난해한 이유가 있다고 지적하는 이들도 있었습니다. 그 증오는 부에나벤투라에서 출항하려는 순간 드러나기 시작했지요. 우리는 한 시간 간격을 두고 사바나 역을 출발한 세 대의 수송열차에 몸을 싣고 국토의 반 이상을 달렸어요. 이제야 조금 이상했던 일이 기억납니다. 대통령은 〈엘 티엠포〉가 수송열차에 탄 병사들 사진

---

* 이탈리아의 시인 L. 아리오스토가 지은 영웅서사시 가운데 『성난 오를란도』라는 작품이 있다.

을 게재했다며 비난했어요. 자유당 신문이 대통령 가족 소유의 〈엘 시글로〉보다 앞서서 보도했다고 말이지요. 사실 〈엘 시글로〉는 그 사건을 무심히 봐넘겼는데 말입니다. 산맥을 넘어가기가 너무 힘든 나머지, 우리는 이바게에서 최초로 탈영이 일어난 아르메니아까지 트럭을 타고 이동했어요. 그리고 아르메니아에서 다시 기차를 타고 칼리, 그다음에는 부에나벤투라로 갔지요. 사건은 바로 그 항구에서 일어났어요. SR57 소총 한 상자가 분실되었는데 비나스코 중위에게 그 책임을 물었던 겁니다. 그는 무기 운반과 아무런 관련이 없었지만, 그 무기가 기차역에 도착한 적이 없으며 아마도 훈련소에서 분실된 것 같다고 말했지요. 그 말은 무기가 북쪽 주둔부대에서 도난당했다는 말이나 진배없었어요. 휠체어를 꼭 잡아요. 게레로 대위는 비나스코를 당장 군법회의에 회부하려고 했지만, 보고타에서 걸려온 전화 한 통이 그의 목숨을 구해주었지요. 소총 상자가 실수로 톨레마이다 기지로 발송되었는데 다음 번 출항 때 그 무기를 실어보내겠다는 전화였거든요.

2

국가가 전쟁 상황에 돌입했다는 소식에 망연자실해진 한편, 그에 못지않게 놀라운 다른 소식이 국가의 모든 계층을 거의 기뻐 날뛸 정도로 감동시켰어요. 가장 완고한 체제비방자들조차도 말입니다. 1951년 5월 12일, 그러니까 7번 대로를 따라 작별의 행진이 거행되던 날, 눈물은 특정한 사람들과 연관이 있었습니다. 아시아에 있는 미지의 반도를 운명의 땅으로 선택한 아들이나 오빠, 동생, 혹은 연인을 전송하던 어머니, 누이, 애인 들이 눈물을 흘렸어요. 자부심과 용기의 눈물이었죠. 정말입니다, 내 말을 믿어줘요. 그들에게 맡겨진 임무에 과장된 감정이나 향수 따위가 개입할 여지는 없었거든요. 게다가 대통령까지 몸소 나와 병사들과 작별을 나눴고, 그들에게 군기를 건네며 자신이 그토록 믿어 의심치 않는 자유의 이름으로 격려사를 했으니까요. 수백 명 남짓한 가난한 여인들의 슬픈 얼굴과 몸짓 옆으로 보고타 명문 사립학교 여학생들의 얼굴이 보였어요. 그 여학생들은 군인들에게 인사하면서, 오래전 보야카 다리에서 아메리카 대륙을 지배하던 스페인 제국 세력을 격파한 독립 영웅들이 환생한 모습을 보았지요. 여학생들은 조국 전체가 움직이고 있다는 것을 누구보다도 잘 알고 있었어요. 세계 핵심 지점의 미래가 상당 부분 콜롬비아 대대의 용기에 좌우되고 있었지요.

그런데 그날 아침 또다른 뉴스가 전국을 열광시켰어요. 대통령의 아들인 알바로와 라파엘, 그리고 엔리케가 입대했다는 소식이었지요. 이 소식은 즉시 모든 라디오 방송국의 전파를 탔고, 석간신문들은 일제히 1면을 할애해 감동적인 기사로 부각시켰습니다. 이미 예상했던 일이었어요. 어려움을 국민과 함께하겠다는 이런 차원의 행위는 국가 역사상 유례가 없는 일입니다, 라며 아나운서들은 목이 쉬도록 말했고, 신문도 그 사실을 반복해서 강조했지요. 며칠 동안 온 나라가 맹렬한 애국심에 사로잡혀 그야말로 흥청거렸어요. 내 말을 믿을지 모르겠지만, 나도 그렇게 퍼져나간 흥분의 희생자였습니다. 우리 어머니는 내가 자원입대했다고 말하자 놀라움을 감추지 못했어요. 그런데 왜 내가 믿지도 않는 대의명분을 위해 학업도 포기하고 세상 반대편 끝으로 싸우러 갔는지 압니까? 학교 선생님이었던 우리 어머니는 내가 고등학교를 마치게 하려고 눈물나게 고생하셨어요. 당시에는 흔치 않은 일이었지요. 내가 신병훈련소에 입소하자마자 붙은 별명은 바로 거기서 나온 겁니다. 게다가 나는 안티오키아 지방을 빠져나온 후 보고타의 어느 대학에서 장학금까지 받게 되었어요. 하지만 솔직히 내가 선택한 학과는 마음에 들지 않았고, 학과 선택이 잘못됐음을 인정하느니 차라리 그 과정을 포기하는 게 덜 부끄러웠지요. 어머니가 계속해서 나무라자, 나는 미국인들이 미국 대학에서 공부할 수 있도록 장학금을 줄 거고 내가 유력한 후보라고 말했습니다. 그러나 이런 이유도 충분하지 않다면 그 누구도 반론을 제기할 수 없는 이유가 하나 있었어요. 대통령 아들들도 입대하는데, 왜 내가 군대에 가면 안 되느냐는 거였지요. 국민들은 꿈도 꿀 수 없는 자리를 포기하는 일이라는 점에서 그들의 행동은 훨씬 더 고상했어요. 알바로는 예수회 대학교에서 변호사 자격을 취득했는데, 그런 결정을 함으로써 의심의 여지 없이 자신에게 보장된 법정에서의 밝은 미래를 희생했던 겁니다. 또한 이 년 전인 1949년에 발생한 사건들, 특히 '아마데오의 권총'이라고 알려진 사건과 관련된 모든 것을 누그러뜨리고자 했음을 보여주는 좋은 증거이기도 했죠. 누군지 모르거나 잘 기억하지 못할 것 같아서 말해주는데, 아마데오는 명사수로 명성이 자자한 장군이었어요. 그는 알바로의 입대를 고려해 러닝타깃 교관으로 임명되었지요. 국가와 공적인 일에 관한 청년 법학도의 생각은 분명하고 투명했고, 권력 행사에 관한 예수회의 교육과 모든 점에서 부합했어요. 그 당시 알바로는 성숙하다는 칭찬을 들으면서 〈엘 시글로〉에 '불멸인의 유산'이란 제목의 기사를 발표했어요. '불멸인'이란 근본주의 정치인 그룹이었는데, 국가國歌의 가장 애매모호한 대목에서 따온 이름이었습니다. 냉전 시대에 가장 극단적인 태도를 취한 사람들이기도 하지요. 그들에게 한국은 움직이는 과녁이었습니다. 알바로와 아마데오가 이끌던 '불멸인'은 워싱턴에서 매카시 상원의원이 공산주의자들과 그 사상에 맞서 추진했던 정화사상을 엄격하게 적용할 것을 요구했어요. 알바로는 누구보다 단호하게 한국으로 가야 한다는 주장에 동조했고, 그 본보기를 보이려고 입대했던 겁니다. 그의 아버지 역시 그 한참 전에 비슷한 행동을 했었어요. 스페인내란 동안 프란시스코 프랑코 장군 편을 들면서, 보수당 신문이 세계에서 유일한 특종기사를 내게 만들 뻔했거든요. 〈엘 시글로〉는 1면 전체에 커다란 글씨로 공화군의 패배와 프랑코 군대의 수도 점령을 알렸지요. 사실상 수도 함락은 이 년 후에나 되었지만 말입니다. 두 왕초가 엮인 전례는 또 있습니다. 우리 대통령께선 러시아군에 대항해 프랑코가 파견했던 '청색 사단'*의 신비로움에 고무되어, 자기 정당의 파란색 모토 아래 아시아의 공산주의자들과 맞서 싸우라고 우리 군대를 파견했거든요. 스페인 사단의 대원들이 했던 말처럼, 보수당의 모토는 '파란색은 단호하게 국가적이다'였어요. 국가 최고위층 자식들의 입대 소식을 듣자, 광기에 사로잡혀 있던 집단은 자신들의 우두머리를 치켜세웠어요. 알바로처럼 자신들의 우두머리 역시 개인적 이해관계보다는 항상 조국의 이익과 번영을 우선시한다고, 이런 이유로 정적들조차 그의 불후의 행위에 주저 없이 경의를 표한다고 말했지요. 그의 남성성을 무시해버릴 수 없었던 대다수의 평론가들

* 제2차세계대전에서 독일군을 도와준 스페인 의용병 사단.

은, 우리 땅에서 자유당 당원을 죽이는 모습을 보느니 한국에서 공산주의자들을 죽이는 모습을 보는 게 차라리 더 나아, 하고 말하기도 했어요. 그 우두머리가 군복을 입고서 구두닦이들과 운전사들, 재봉사들과 미장이들과 함께 찍은 사진들이 대문짝만하게 신문에 실렸습니다. 그의 당원들 말처럼, 자랑스럽게 국민과 하나 된 모습이었지요. 시민들의 눈은 그 사진들을 떠나 이미 유명한 다른 사진들을 향해 갔어요. 그 사진들 속에서 알바로는 키가 훤칠하고 늠름했고, 마치 아마데오가 자신의 희생물을 바라보듯 카메라 렌즈를 뚫어지게 바라보고 있었습니다. 도전적이면서도 경멸하는 듯한 느낌을 풍기는 입술에 비옷처럼 생긴 코트를 걸치고 있었지요. 십여 년 전 전 세계 관객들을 사로잡았던 험프리 보가트와 똑같은 의상을 입고 똑같은 자세를 취하고 있었어요. 〈화석의 숲〉의 '배드굿 보이', 선악이 공존하는 로맨티스트로 눈물을 쏟게 만들었던 갱스터 만티 공작과 〈몰타의 매〉에 나오는 명민한 사설 탐정 샘 스페이드 중 어떤 보가트를 따라하려고 했는지는 불분명했지만 말입니다. 두 사람 모두를 모방하려고 했을 수도 있어요. 하지만 군복을 입고 찍은 사진들은 사실 그다지 믿을 게 못 돼요. 트렌치코트를 입고 한국으로 가는 게 가당키나 합니까? 그때쯤 한 가지 의문이 수도의 정치인들 사이에서 생겨나기 시작했어요. 전쟁터로 가는 장교단에서 알바로가 어떤 계급을 받을 것인가 하는 문제였지요. 적어도 중위는 될 거야, 몇몇 사람들은 힘주어 말했어요. 그 누구도 알바로가 졸병으로 전선에서 목숨을 걸 것이라고는, 혹은 변변찮은 하사나 중사가 되어 신병들에게 지시를 내릴 것이라고는 생각할 수 없었거든요. 한편 알바로가 가게 될 병과에 대해서는 의심의 여지가 없었어요. 보병도 포병도 아니었고 공군도 아니었습니다. 알바로의 형제 중 하나였던 라파엘이, 직접 지휘하던 항공부대를 이끌고 아시아의 고공을 비행하려다 항공사고를 당해 혼쭐이 났었거든요. 동생을 따라 하는 것도 내키지 않았을 테고, 게다가 그런 건 불운을 몰고 오잖습니까. 모든 것 중에서 알바로가 말을 좋아한다는 것은 익히 알려진 사실이었지요. 수전노가 돈을 사랑하듯 그는 말을 사랑했어요. 알바로는 유화와 목탄화로 말을 그렸고, 가끔씩 경마장에서 혈통 좋은 말을 보고 군침을 질질 흘리곤 했어요. 의심의 여지가 없었죠. 그는 기마부대에 배속될 것이었어요. 사람들은 모두 다 알바로가 화천지구를 내달리거나, 동래 진지를 공격하거나, 혹은 군인들의 선두에 서서 낙동강을 건너는 장면을 상상했어요. 그런데 그의 최고 자부심이었던 것이 그에게 최대 좌절을 안기고 말았습니다. 전투에 나가지 못하게 되었거든요. 한국은 경마장이 아니었고, 그곳에는 단 한 마리의 말도 개입되지 않을 예정이었기 때문이죠. 만인의 칭송을 받던 그의 열정적인 표정은 이내 엉망으로 구겨졌고, 그즈음 신문 사회면에는 경마클럽 파티와 모임에서 보가트 스타일의 코트를 걸친 젊은이가 조용히 어슬렁거리고 있다는 기사가 실렸어요. 그의 눈빛은 갈수록 우울해졌고, 눈 밑에는 그늘이 짙게 드리웠고, 광대뼈는 튀어나왔고, 입술에는 경멸이 서렸지요. 한번은 알바로가 새로운 전투기술에 대해 서슴없이 욕을 퍼붓고 악담을 늘어놓는 소리도 들렸어요. 전투 장면에서 말이 소외되자 그의 희생적인 모습도 사라져버렸던 겁니다. 친구들은 그를 위로하고 달래주었어요. 그 누구도 그의 희생정신을 무시할 수 없었으니까요. 심지어 알바로가 보다 빛날 수 있도록 한국에 기마부대를 파견하라고 군부 고위층에 조언한 사람도 있었어요. 사실상 경기갑부대의 짐을 새로이 선적할 가능성을 열라는 말과 다름없었지만 말도 안 되는 소리였죠. 미국이 워낙 단호했거든요. 이제 말은 폴로 경기를 하고, 서부극에 생명을 불어넣고, 체스게임을 보다 활기 있게 하는 데만 필요하다고 미군은 말했어요. 하지만 알바로는 역사에 바탕을 둔 논리로 그 말을 반박했어요. 십 년 전만 하더라도 폴란드의 용감한 기병들이 히틀러의 탱크부대와 맞서지 않았습니까? '청색 사단' 역시 수천 마리의 말을 타고 스텝 지역을 달리면서 러시아군과 싸우지 않았습니까? 그러자 역사에 해박한 사람들은, 하지만 탱크부대가 그들의 공격과 맞섰을 때 벌어진 일을 잊을 수 있겠습니까, 하고 대답했지요. 그러니 알바로는 단념하는 수밖에 없었습니다. 또 언젠가는 자기를 떼놓고 임무 수행을 위해 전선으로 출발하는 동료들과 슬픈 표정으로 작별하며 최고위급 군인들과 함께 있는 그의 모습이 신문에 실리기도 했어요. 구두닦이들과 운전사들, 재봉사들과 미장이들은 보폭을 맞추려고 애쓰고 있었지만, 그들의 눈에 기병 동료에 대한 그리움이 어린 것은 쉽게 알 수 있었지요. 그 동료는 아스팔트 위에서 그들이 부산으로, 참호로 떠나는 모습을 지켜보고 있었어요. 그래도 엔리케가 있잖아, 측근들은 알바로를 위로했지요. 신문과 방송은 다른 아들에게 관심을 집중했습니다. 그는 다른 형제들보다 훨씬 침착하고 신중했지만, 그렇다고 덜 용감한 것은 아니었어요. 엔리케의 눈빛은 석양빛을 받은 황소의 눈빛 같았죠. 마치 간장병 말기 환자의 눈빛 같아서 그의 희생은 더욱 두드러졌어요. 하지만 그게 전부였어요. 국민들은 그가 춘천의 성벽 앞에서 총검을 들고 있거나, 한강 건너편의 깊은 참호들을 공격하라고 지휘하거나 또는 불모 고지를 차지하기 위한 전투의 최전선에 있으리라고 생각했어요. 몇 주 동안은 엔리케가 자기 형들—들판에서 말을 타던 이와 조국의 하늘을 지배하던 이—을 대신해 국민들의 기대에 부응하는 것처럼 보였지요. 하지만 결국은 엔리케 역시 전선으로 떠날 수 없었어요. 알바로처럼 병과를 부여받았지만 그는 보병을 선택했었는데 모든 게 엉망이 되었어요. 행진을 할 때 오리처럼 걸었거든요. 엔리케는 평발이었던 겁니다. 하지만 전 국민은 전례를 찾아볼 수 없는 용감함이라면서 치하했어요. 동포들이 전선에서 사망했다는 소식이 들려오자 모두가 슬픔으로 가슴이 메었죠. 그리고 아무도 거짓 두려움, 사망자 명단에 알바로, 라파엘, 엔리케의 이름이 나타나리라는 이루어질 수 없는 희망을 숨길 수 없었어요. 그들은 단지 입대 줄을 서서 군인이 된 사람들이었고 결국 그것마저 수포로 돌아갔지만. 하지만 괜찮았습니다. 그들은 미래에 다른 전쟁에서 목숨을 바칠 기회를 얻을 테니까요.

3

부에나벤투라에서 부산까지 이십칠 일을 항해하는 동안, 우리는 미국인들이 그 어떤 수식어도 없이 단지 규율이라고 부르는 것을 몸소 경험했습니다. 우리는 5월 셋째 주에 출항했어요. 에이킨 빅토리호에 타고 있던 그 누구도 우리가 승선했던 것에 관해 있는 그대로 정확히 알지 못했죠. 선생이 인터뷰했을 다른 장교들과 병사들은 틀림없이 광활한 바다 생활의 경험에 대해 이야기했을 겁니다. 나는 단지 선생 부친과 관련된 이야기만 하겠습니다. 특히 내 두 눈으로 똑똑히 목격했던 그 사건에 관해서만 말입니다. 북쪽 주둔부대에서 느슨하고 무질서하게 지냈던 것과는 달리, 미군의 훈련 프로그램을 통해 마침내 우리가 규율이라는 것을 제대로 알게 되었다는 말은 앞서 했습니다. 미군은 자기들의 목적을 위해 우리 군대의 장교와 부사관을 대변인으로 이용했습니다. 게레로 대위는 부대의 병사를 직접 다룰 때마다 말과 행동을 과장되게 했어요. 편의상 그랬는지 아니면 종종 나에게 자기의 임무를 위임하는 자신의 계급을 돋보이게 하기 위해서 그랬는지는 잘 모르겠어요. 난 그의 대변인이자 여과기, 그의 명령을 완수하는 장교에 불과했지요.

"바에나 중위, 닭이 울기 전에 완전군장으로 신속하게 대대를 함교에 집합시켜!"

바다 한가운데서 닭이라니, 생각해봐요. 하지만 명령을 따라야 합니다. 그러지 않으면 군대는 끝장이거든요. 다른 장교들은 마치 허풍쟁이나 빌어먹을 철면피 보듯 게레로를 곁눈질했어요. 그의 명령을 용인하지는 않았지만, 그렇다고 무시할 수도 없었지요. 바다 한가운데서 참호 훈련이라니 원. 그러나 언제나 가상의 전쟁 상태였던 건 아니었어요. 함교 위에서 훈련하는 도중에도, 쉬는 시간이 되면 신병들은 자유롭게 행동했으니까요. 미니축구 경기를 벌이곤 했거든요. 동쪽으로 전진할수록 태양은 더욱 강렬해졌어요. 태평양 한가운데서 길을 잃은 채 무자비한 햇볕을 받노라면 시끄럽게 경기를 하던 선수들 몇은 셔츠를 벗고 웃통을 태웠지요. 그중 페레이라 출신인 엘킨 트루히요가 눈에 띄었어요. 가끔 비나스코 중위를 돕던 자였죠. 스무 살 때 이미 권투 선수나 역도 선수 같은 완벽한 육체를 뽐낸, 키가 크고 건장한 청년이었지요. 그는 '찰스 애틀러스'라고 불리길 원했고 그 별명을 들으면 몹시 만족해했어요. 이두근 보여주길 좋아했고, 비쩍 마르고 희멀건 자신들의 육체를 부끄러워하며 침을 질질 흘리는 헬롯들 앞에서 미스터 유니버스처럼 폼을 잡곤 했죠. 엘킨은 시간이 흐를수록 유명해졌고, 승선한 지 이 주가 되던 무렵 즉석에서 벌어진 권투 경기에서 흑인 미군 두 명을 케이오시켰습니다. 마지막 시합이 끝나자 게레로 대위는 한순간도 손에서 놓지 않았을 것 같은 사진기를 들고 링으로 올라가서는 우쭐대는 챔피언을 찍었어요. 그날 이후 게레로는 이런저런 구실로 그 병사에게 포즈를 취하게 했고, 마침내 온 전함에 말이 돌기 시작했지요. 추문이 빗발치듯 쏟아지는 상황을 의식한 비나스코 중위는 엘킨에게 대위의 눈에 잘 띄지 않을 일을 시켰어요. 그로 인해 게레로 대위는 비나스코 중위를 더욱 싫어하게 되었고요. 그러던 어느 날 화장실에서 쪽지 하나가 발견됐는데 그후 사태가 완전히 심각해졌어요. 삽시간에 입에서 입으로 전해진 쪽지 내용은 과장되기 시작했고, 함장의 귀에 들어갔을 때는 이미 심상치 않은 것으로 변해 있었지요. 성姓이 로젠블랜드여서 우리가 '로사 블란다'*라고 부르던 함장이었어요. 이 대목에서 말해줄 게 있는데, 전함 내 장교홀에는 미국 승조원들이 자랑으로 여기는 패牌가 있었어요. 그 패는 에이킨 빅토리라는 이름이 어디서 유래했는지 설명하고 있었죠. "하느님께서 아름다움을 꿈꾸실 때 에이킨 언덕을 만드셨다." 병사들 대부분이 보고 들은 그 쪽지에는 "하느님께서 아름다움을

* 스페인어로 '부드러운 장미'라는 뜻이다.

꿈꾸실 때 엘킨의 엉덩이를 만드셨다"라고 적혀 있었어요. 그리고 그 밑에 익명의 주석자가 한 단어를 휘갈겨놓았지요. 아무것도 모르는 무지렁이들도 '오를란도'라는 그 단어는 읽을 수 있었습니다. 사건이 너무 커진 나머지 군종신부까지 개입해야 했어요. 신부는 그 주 일요일 강론에서 그 문구로 사건을 악화시킨 주범에게, 불안하기 그지없는 '신성모독'이란 말 속에 함축되어 있는 새로운 오명을 덧붙였지요.

예방조치 차원으로, 그러니까 그런 의심 때문에 대대의 사기가 저하되지 않도록 엘킨은 다른 일을 맡게 되었어요. 기관실에서 그가 무슨 일을 하는지는 아무도 알지 못했고, 그가 함교 위에 모습을 드러낸 적도 거의 없었습니다. 하지만 게레로 대위는 달랐어요. 항상 목에 사진기를 걸고 전함 난간에 팔을 괴고서 음울한 수평선을 멍하게 바라보았죠. 그 사건 이후 그는 말수가 줄었고, 사순절의 베네딕트 수도사 같은 분위기로 자신의 주변을 '미점유지', 비탄의 후광이 비치는 버려진 땅으로 만들었어요. 엘킨의 고독과 슬픔은 연민의 감정마저 불러일으켰습니다. 그를 볼 때면 마치 올가미에 걸려 누구의 도움도 받을 수 없고 의지할 곳도 없는 커다란 짐승 앞에 있는 기분이 들곤 했어요. 그러고도 시간은 흐르고 흘렀지요. 하지만 게레로가 향수병을 전염시키고 엘킨이 모습을 감춘 것 이외에는, 배 위의 그 누구의 삶도 달라지지 않았어요. 알겠지만, 미국인들은 결벽증이 있어서 매일 배를 청소하고 윤을 내고 칠을 해야만 '로사 블란다'와 그의 부하들은 만족했어요. 우리는 어땠냐고요? 자유 시간에 책을 읽으며 서로의 의견과 희망을 주고받는 일을 제외하면, 우리는 무력하게 아무짝에도 쓸모없는 것에만 관심을 기울였어요. 가족이나 조국에 대한 소식도 듣지 못했고, 우리가 항해하는 곳에서 무슨 일이 일어나는지도 전혀 알지 못했죠. 이와 비슷한 느낌을, 나는 오 년 후에 다시 받았습니다. 당시 나는 수에즈 전쟁 때문에 이집트로 파견된 국제연합 비상군 보병 대대 장교단의 일원이었어요. 우리가 맡은 일은 영국-프랑스군이 철수한 수에즈 운하의 지중해 쪽 어귀, 보다 구체적으로 말하자면 포트사이드와 포트푸아드에서 수에즈 운하를 관리 통제하는 것이었지요. 우린 아라비안나이트와 같은 환상적인 경험을 하게 될 거라고 생각했지만 정반대였어요. 예민해진 이집트 주민뿐만 아니라 이스라엘 점령군과의 접촉도 피해야 했거든요. 심지어 전투조차 벌일 수 없었습니다. 몇 달 동안 서로에게 말도 걸지 않고, 할 일 없는 경찰처럼, 바다와 사막 사이 침묵의 땅을 감시했어요. 나는 종종 1951년의 여정을, 아무 소식도 듣지 못해 점점 커져버렸던 우리의 고독과 향수를 떠올렸어요. 가장 가까운 대륙의 항구에서 수천 킬로미터—미국인들이 즐겨 쓰는 단위로는 수천 마일이겠죠—떨어진 바다 한가운데, 그 위를 떠다니는 괴로운 현재가 생생하게 느껴지던 그때를. 특히 저녁노을이 진해질 때면 '푸투마요'의 노래가 들려왔어요. 그의 구슬픈 분위기는 오갈 데 없는 우리의 처지를 더욱 뼈저리게 느끼게 했습니다. 남쪽 지방 노래였는데 우뚝 솟은 산맥의 안개 조각을 끌고 오는 것 같았지요. 그 노래를 듣노라면 현기증과 함께 하늘을 가르는 커다란 맹금류의 용기가 일었지요. 노랫가락 속에서 콘도르들과 새매들은 우리가 곧 주역이 되어 하게 될 일을 은유적으로 설명해주었어요. 떠들썩하면서도 행복으로 가득찬 안드라데의 피리 소리가 끼어들지 않았다면, 아마 우리는 모두 눈물을 흘리고 말았을 겁니다. 정말 이상한 나라야, 나는 생각했죠. 불과 몇 초 만에, 가장 깊은 슬픔에 잠겨 있다가도 가장 서민적인 축제 분위기에 휩싸이고, 마음이 꽉 억눌려 있다가도 저절로 다리가 춤을 추고, 울적한 표정을 짓다가도 쩌렁쩌렁한 환성을 지르거든요. 그런데 그게 다 같은 하나의 국가에서 생겨나는 일이었습니다. 안드라데라고 '푸투마요'보다 더 나을 게 없었고, 게레로라고 엘킨보다 더 음흉하지도 않았으며, 현실은 절망 못지않게 쓰라렸습니다.

4

지금 어떤 프리깃함艦을 말하는 거지요? 우린 일본 요코스카 해군기지에 닻을 내린 파디야 제독호에 관한 소식을 들었어요. 하지만 그게 전부였지요. 그 군함이 전투에 참여했는지 여부는 전혀 알 수 없었습니다. 해군 소령 훌리오 세사르가 테예스 대위의 장례식에 참석하러 부산에 있는 묘지를 찾아갔고, 우리 부대원으로 복무하다가 사망한 사람들을 기리기 위해 동판을 설치했다는 사실만 분명했을 뿐이에요. 일부는 그곳에 묻혔고 나머지는 화장되어 그들의 재가 우리나라로 돌아왔지요. "천 킬로그램에 달하는 콜롬비아의 재"가 분배되었다는 얘기를 어디선가 읽었어요. 몇 달 전 배에 오른 수 톤짜리 기대와 희망에 대한 최소한의 결과였죠. 흥미롭게도 우리는 전쟁에서 돌아와서야 비로소, 전선에서 그러니까 우리 코앞에서 벌어졌지만 정작 거기서는 알 수 없었던 사실을 알게 되었어요. 흥미롭다는 표현을 사용한 것은 유감이라고 말하지 않기 위해섭니다. 물론 검열은 무시무시할 정도로 지독했어요.

대략적인 정보라도 계속 얻기 위해 우리가 무엇을 해야 했는지 선생은 상상도 못할 거요. 그래서 나는 알베르토 루이스 노보아 대령의 책을 읽고는 놀라지 않을 수가 없었어요. 아무리 기억을 떠올려봐도 그를 부산이나 전선에서 본 적이 한 번도 없었거든요. 그런데 그는 훈장을 받았던 겁니다. 물론 내가 없었던 전투에 참여했을 수도 있어요. 다시 프리깃함 얘기로 돌아가도록 하죠. 나는 파디야 제독호가 전쟁에서 한 일이라고는, 전선에서 숨을 거둔 동료들과 보병들을 추모하기 위해 함장을 태우고 부산에 있는 묘지를 찾아간 게 고작이었다고 생각해요. 군함에 관해서는 에이킨 빅토리호 선상에서 겪은 일만 이야기해줄 수 있습니다. 피로 때문에 혹은 '10센타보 동전의 원주민'이 코 고는 소리 때문에 잠을 이룰 수 없을 때는 침상에서 내려와 보초의 눈에 띄지 않게 조심하면서 갑판으로 올라갔지요. 언젠가 한번은 구름 한 점 없는 하늘을 바라본 적이 있어요. 장군의 별보다 더 많은 별이 하늘에 떠 있었지요. 시원한 새벽바람이 얼굴에 느껴졌는데 고요의 세계로 초대받는 것 같았어요. 달이 구름 뒤로 숨어서 미래가 검게 보이던 다른 밤과는 너무나 달랐습니다. 혼자서 지나간 일들과 나를 기다리고 있을 일들을 생각하기에 더없이 좋은 기회였지요. 담배를 꿔달라고 성가시게 구는 사람들 없이 마음 편히 담배를 피울 수 있는 시간이기도 했어요. 탐욕이 어떻게 드러났는지 확인하는 것도 의미 있는 일일 겁니다. 미국인들은 우리에게 모든 걸 선물했어요. 껌, 초콜릿, 통조림, 담배를 식료품 가게라도 차릴 수 있을 정도로 주었지요. 마치 도축에 앞서 살을 찌우는 듯한 생각이 들 정도로 먹을 것이 풍족했지만, 그래도 껌이나 담배를 구걸하는 놈들이 두엇은 있었어요. 특히 아르세시오 푸요와 '투정쟁이' 라미레스 같은 빌어먹을 놈들이 그랬죠. 코르시라는 성을 가진 미꾸라지 같은 놈이 있었는데 사재기꾼으로 소문이 자자했어요. 자기 어머니의 은밀한 부위까지 팔아먹을 정도였지요. 어디서 구했는지, 그는 포르노 사진과 잡지를 밀매해 무시할 수 없을 만한 돈을 벌었어요. 누가 화장실에 가는 모습이 보이면 가끔씩 그런 것들을 빌려주었어요. 한마디로 더럽고 추잡한 놈이었습니다. 내 말을 믿어요.

갑판은 텅 비어 있었고, 나는 깊고 편안하게 공기를 들이마실 수 있었어요. 저 안쪽 함포 옆에서는 해병 하나가 아득한 수평선을 멍하니 바라보며 보초를 서고 있었지요. 함정의 엔진 소리를 제외하면 배 안은 침묵 그 자체였습니다. 포로처럼 침상을 부여잡고 뱃멀미에 시달렸던 초기와는 달리, 배의 부드러운 떨림에 쾌감이 느껴지더군요. 바다의 짠내가 잠시 나의 동반자가 되어주는 가운데 난 돛을 향해 천천히 걸었어요. 그런 다음 구명정이 있는 우현으로 향했고 장전기와 함께 놓인 함포들 옆에 멈춰 섰어요. 함포를 지키고 있던 해병이 나를 보고는 수신호를 했죠. 어서 여기서 꺼져. 거기 더 있다간 체포되거나 발포 소리를 듣게 될 것 같았죠. 그의 팔짓을 가장 극단적으로 해석하면서 선미 쪽으로 도망쳤지요. 배의 항적이 내 관심을 끌었고, 구름 울타리를 빠져나온 달빛 아래서 우리를 호위하고 있는 푸르스름한 물거품을 볼 수, 아니 거의 만질 수 있었어요. 나는 꾸준히 수영을 했지만 물은 언제나 두려웠죠. 호수나 넓은 강을 볼 때 특히 그랬어요. 그런 내가 처음으로 망망대해를 봤다고 한번 상상해봐요. 하지만 순간, 충견처럼 우리 뒤를 따라오는 물거품의 흔적을 보자 마음이 차분해졌어요. 위험이 내포된 모든 상황을 잊고 마음이 편안해진 겁니다. 선미로 고개를 내밀어선 안

된다는 얘기를 들은 적이 있었어요. 배가 갑자기 요동치면 물속으로 빠질 위험이 있거든요. 그런 일로 여러 사람이 아무런 도움도 받지 못한 채 목숨을 잃었어요. 갑자기 한기가 들어 나는 갑판 아래 짐칸으로 내려갔어요. 기관실에서 단조로운 소리가 희미하게 들려왔고 나는 상갑판과 연결된 계단에 앉았죠. 그런데 영락없이 신호등 불빛 같은 노란색 전등을 보자 기운이 쭉 빠지고 말았어요. 바로 그 희미한 불빛 아래서 우리는 포커게임을 했거든요. 미군의 명령을 한 치의 어긋남도 없이 완수하는 게레로 대위가 허락한, 얼마 안 되는 휴식 시간에 말입니다. 난 '포커를 치다'라는 표현이 내게 고통스러운 의미, 애처로울 정도로 암시적인 의미가 되리라고는 상상도 못했어요. 그러나 세상일은 생각대로 되는 게 아닙니다. 인생에는 언제나 이면이 있기 때문이지요. 아무리 사소한 것이더라도 바로 그 이면의 무언가는 우리에게 영향을 끼치는 사건들을 미리 합리화해주는 것 같아요. 카드놀이에 지칠 때면 종종 화장실로 몸을 숨기곤 했습니다. 빨리 항구에 도착하기만 바라면서 책을 들고 그저 앉아 있었어요. 그런 상황에서도 나는 묵묵히 내가 해야 할 일을 했습니다. 갑판 청소였어요. 갑판은 항상 축축해서 위험했어요. 병사들은 발을 딛고 있던 곳에서 2, 3미터 떨어진 곳까지 미끄러지기 일쑤였지요. 나 역시도 어느 날 미끄러져 구명정을 받치고 있던 기중기에 부딪혔고요. 훈련중에는 모든 병사들이 배낭과 탄약통을 메고 멜빵에 소총을 걸고, 수류탄을 들고 총검을 장착하고 헬멧을 쓴 채 미끄러운 갑판 위에서 움직여야 했는데, 그럴 때면 제대로 서 있는 병사가 없었어요. 내가 아무것도 잊지 않았으면 좋겠군요. 교관들은 우리가 허둥대고 실수하는 모습을 즐기는 것 같았거든요. 하지만 우리가 멍청하고 둔했기 때문이 아닙니다. 그런 훈련은 불편한 군화를 신고 등에 짊어진 군장 무게를 견뎌내면서 얼음판 위를 걷는 일과 마찬가지였어요. 무전병인 프레스네다의 경우가 최악이었습니다. 무전기에다 바람에 마구 흔들리는 안테나까지 짊어져야 했으니까요. 마치 전파 속에 살고 있는 이상하고 다급한 목소리의 무게를 이기지 못해 몸을 웅크린 거대한 풍뎅이 같았어요. 그의 옆에는 항상 에르메스가 뛰어다녔습니다. 어린아이였는데, 아무도 그애가 어떻게 군에 들어오게 되었는지 몰랐어요. 짓궂은 유머 감각의 미군은 그를 '리틀 보이'라고 불렀죠. 아무것도 아닌 듯하지만 섬뜩한 의미를 품은 별명이었는데, 나중에야 일본에서 그 의미를 알게 되었어요. 우리가 목적지에 도착했을 때, 무전병은 해임되어 다른 일을 맡았고 인시그나레스가 무전병이 되었어요. 그는 우리와 여정을 함께하지 않았어요. 캐롤라인제도에서 교육을 받은 후 샌프란시스코에서 비행기를 타고 왔지요. 에르메스는 그의 심부름꾼이 되었고요.

죽어가는 듯한 희미한 전등 빛에 짜증난 나머지, 난 눈을 살며시 감고 다시 담배에 불을 붙였어요. 그리고 내가 입대한 이유를 곰곰이 생각해봤죠. 나는 왜 우리 아버지가 누군가의 손에 살해되지 않았는지 이해가 안 돼요. 쓰레기였거든요. 자기 가족에게 발길질을 해대는 인간이었으니 다른 사람들에게는 어땠을지 상상이 될 겁니다. 남이야 어찌되든 전혀 신경쓰지 않고 돈 버는 데만 혈안이 된 작자였지요. 나는 고등학교 졸업반 때 낙제를 했습니다. 사실 아무리 연대책임 때문이라고 해도 거의 있을 수 없는 일입니다. 마치 우리에 있는 마지막 양 한 마리를 하수구에 놔두는 것과 같은 일이니까요. 아버지는 내가 낙제한 이유 때

위에는 관심도 없었고, 나를 학교에 다시 등록시키지도 않았어요.

"아르벨라에스 가족에게 두번째 기회란 없다"라고 아버지는 말했지요. 우리 모두 그 말이 단순한 가훈 이상이라는 걸 경험으로 알고 있었어요.

일 년 내내 몇몇 친구들뿐만 아니라 교사들까지 발렌수엘라 교장의 전횡을 예의 주시하고 있었다는 사실을 아버지는 잊어버렸어요. 발렌수엘라는 당파주의에 사로잡힌 자였는데 학생들이 자기 정당에 가입하지 않는 것을 못 참아했습니다. 정치적으로 아버지와 정반대의 입장이었는데도 아버지는 내 편이 아니라 교장 편을 들었어요. 무엇보다 권위가 중요해, 아버지는 쉬지 않고 이 말을 반복했지요. 마치 사회불안이나 물가 상승, 혹은 도시에 끝없이 내리는 비처럼 사람들이 일상적으로 입에 올리는 주제에 대해 말하는 것 같았어요. 나는 아버지 사무실에 나가기 시작했습니다. 아버지에게 빚을 진 많은 사람들로부터 빚을 받아내는 일을 맡았지만 그다지 좋은 결과를 내지는 못했지요. 잘 맞지 않았을뿐더러 사정상 주택 임대료를 낼 수 없는 사람들의 피를 빨아먹는 그런 일을 증오했으니까요. 실직한 남편이 병든 아내, 굶주린 아이들과 함께 쫓겨나는 모습을 보고 싶어할 정도로 내가 돈에 눈이 먼 사람이었을 것 같습니까? 사무실에서 본 일들, 그러니까 부동산 사업 행정 업무보다는 매음굴에나 어울릴 법한 비서와의 노골적인 관계를 어떻게 모른 척할 수 있었겠어요? 그러나 다 지나간 일입니다. 나는 아버지와 말싸움을 벌이다 사람들이 보는 앞에서 구타를 당했습니다. 그래서 아버지에게 욕설을 퍼붓고 집에서 도망쳐나왔어요. 몇 달 동안 전국 각지를 돌아다니며 닥치는 대로 일했습니다. 백과사전을 팔고, 사창가와 싸구려 술집 혹은 고급 술집에서 탱고를 부르고, 라디오 아나운서로도 일했어요. 그러던 어느 날 오후 마이크 앞에서 한국전쟁 관련 뉴스를 읽게 됐습니다. 그러고는 입대를 결심했어요. 그때까지의 내 인생보다 더 잔인하고 피비린내 나는 전쟁은 있을 수가 없었죠. 순간 뒤에서 어떤 소리가 들리는 바람에 나는 이런저런 생각에서 벗어났어요. 경비병이라면 어찌할 방법이 없었어요. 사흘은 감방에 갇혀 있어야 할 것 같았죠. 나는 급히 자리에서 일어나 커다란 상자들 뒤에 숨었어요. 아마 보급품 상자였을 거예요. 내 가슴은 미친듯이 뛰었고, 거의 중얼거리듯 속삭이는 조심스러운 목소리가 들려왔습니다. 두 사람이 내 쪽으로 다가오고 있었는데, 이내 희미한 불빛 속에서 그들의 모습이 드러나 보였습니다. 이 시간에 비나스코 중위와 엘킨이 뭘 하는 것일까 싶었죠. 두 사람이 좀더 밝은 공간으로 들어서자 그들의 숨소리가 느껴질 정도였어요. 그들은 보급품 상자 앞에서 발길을 멈추었고, 마치 자신들의 모습을 들킬까봐 두려운 듯 사방을 둘러보았습니다. 나와 똑같았어요. 그들 역시 나처럼 은밀한 곳에서 조용히 있고 싶었던 겁니다. 그때 두 사람이 내가 앉아 있던 계단으로, 그러니까 상갑판 쪽 계단으로 올라오는 것이 보였어요. 나는 잠시 후 그들을 뒤따라갔어요. 하지만 함교에 다다랐을 때 이미 그들은 시야에서 사라지고 없었지요. 꽤 쌀쌀한 날씨였어요. 새벽 네시쯤이었을 겁니다. 우현의 해군 보초는 여전히 함포 옆에 있었습니다. 그의 시선은 수평선으로 미끄러지면서, 마치 바람이 어디서 와서 어디로 가는지 묻는 것 같았어요. 몇 시간 전만 해도 배는 잔잔한 바다를 달리고 있었는데, 이제 바람이 너무나 거세져 마치 그 힘만으로 나아가고 있는 것 같았습니다.

5

내가 있던 곳에서 10미터 정도 떨어진 곳에서 갑자기 거친 고함 소리가 들려왔어요. 함교는 거의 텅 비어 있었죠. 보초들을 제외하고는 아무도 그곳을 서성이지 않았어요. 물론 나는 예외였지요. 점심시간이 지나자 햇빛은 마구 퍼붓는 총탄 세례처럼 에이킨 빅토리호로 떨어지고 있었습니다. 거대한 태평양에서 그 배는 조그만 양철 껍데기에 불과했어요. 아무도 갑판을 돌아다닐 엄두를 내지 못했어요. 배 바닥은 삐걱거렸고, 군화를 신긴 했지만 마치 시뻘겋게 달궈진 석쇠 위를 걷는 느낌이었지요. 햇빛이 너무도 강렬한 나머지 갑판을 거닐 생각은 거의 할 수도 없었지만, 그런 생각을 했다 해도 생각 자체가 곧바로 녹아버렸을 겁니다. 고함 소리가 들려와 그쪽을 바라보니, 렌테리아 중사가 어느 신병을 발로 차며 깨우고 있었어요. 불쌍한 '타말리토' 페냐가 피로에 지친 나머지 군장에 몸을 기댔다가 현실을 잊은 채 깊은 잠에 빠져들었던 겁니다. 그가 고른 낮잠 장소는 구명정 옆 그늘이었고, 첫 호출 소리를 듣지 못했기 때문에 그곳에서 발길질과 고함 세례를 받았어요. 어떤 일을 지시받았던 모양인데 한낮의 쏟아지는 잠을 이기지 못해 그늘에서 잠깐 눈을 붙인 것 같았어요. 잘못된 생각이었죠. 그 시간엔 항상 잠이라는 전염병에 감염되기 십상이었어요 그 여파로 눈곱이 잔뜩 끼고 현실감각을 상실한 병사들의 눈은 그들이 마음속에 품고 있던 얼마간의 것들을 그대로 드러냈습니다. 신병들은 한 무리의 가축떼와 같았어요. 그들이 입은 군복은 개인의 정체성을 부정하고, 그것을 커다란 카키색 얼룩에 녹여버렸지요. 바다의 설사 같은 그 색깔은 우리가 등뒤에 남겨두고 온 조국의 색깔이기도 했습니다. 병사는 벌떡 일어나 턱을 들고 차렷자세를 취했고, 소리를 내며 발뒤꿈치를 붙였어요. 그의 눈은 두려움에 사로잡혀 있었고, 이마와 관자놀이 사이로 올린 오른손 손바닥은 아래를 향해 있었습니다.

"부르셨습니까, 중사님!"

렌테리아의 명령을 들은 '타말리토' 페냐는 자기 임무를 다하려고 군함 한가운데서 군장의 무게를 이기며 구보로 계단을 내려갔어요. 한편 중사는 독특한 걸음걸이로 천천히 선미 쪽으로 갔지요. 마치 시간이 없다는 듯, 그리고 자기 앞에 있는 땅을 한번에 모조리 차지해버리겠다는 듯 성큼성큼 나아갔습니다. 걸음걸이가 막 말에서 내린 카우보이 같았어요. 엉덩이 오른쪽에서 권총이 걸음에 맞춰 흔들렸지요. 우리가 두려워한 것은 결정력과 판단력과 추리력이 어느 정도 내포된 그의 명령이 아니라, 거칠기 짝이 없는 그의 표정과 행동, 마치 그를 감싸고 있는 듯한 오만불손한 육체였습니다. 렌테리아 중사는 스페인 바스크인의 피가 조금 흐르는 테살리아 출신이었어요. 말하자면 가짜 위스키처럼 해롭고 안 좋다고 악명이 높았고, 멍청하면서도 교활했으며, 제독의 전령보다 더한 아첨꾼이었죠. 우리가 그를 얼마나 아꼈는지 곧 알게 될 겁니다. 그가 갑판 위에서 큰 걸음으로 걷는 모습은 기이하기 짝이 없었어요. 초원과 험준한 땅과 마구간에 있어야 할 그가 거기에 있었으니 말입니다. 그는 우리가 하는 말을 제대로 이해하지 못해 부사관 동료들과 부대원들 대부분의 비웃음을 샀습니다. 그럴 때면 그는 졸병들에게 야비한 벌을 내려 보복하곤 했어요. 보통은 화장실이 그가 애호하던 복수 장소였지요. 아마도 말을 제대로 이해하지 못했기 때문일 텐데, 그는 발레를 비데와 혼동했고 그게 무언지 아느냐는 질문에 그렇다고 대답하고서는 다른 사람이 말을 잇거나 의견을 개진하기를 기다렸다가 다시 그렇다고 말하곤 했어요. 상대방이 한 말의 마지막 부분이 자기 말을 따라한 것이라도 된다는 듯 으스대면서 말입니다. 중사는 병사들만 미워한 게 아니라 자기를 비웃는 몇몇 부사관들도 증오했어요. 이를테면 볼라뇨스 하사가 그 대상이었지요. 렌테리아 중사와 볼라뇨스 하사 사이의 증오 때문에 항상 신병 중 누군가가 희생되곤 했죠. 렌테리아는 중사인 자기가 왜 볼라뇨스보다 사병들과 더 가까운 곳에 배치되었고, 보잘것없는 하사인 볼라뇨스가 왜 말썽 많은 부사관 계급 조직에서 더 환대를 받는지 이해하지 못했어요. 그런 분노의 감정을 자기 부하들에게 풀었고요. 그때 주로 표적이 되었던 이가 바로 '타말리토' 페냐였어요. 아무 핑계나 갖다붙여서 그에게 군함 화장실 청소를 시켰던 거지요. 그날 오후도 렌테리아는 분노가 폭발해서 그 병사를 발길질해 깨워 구타했던 겁니다. 정렬한 부대원들 사이에서 '고졸' 야녜스가 앞으로 한 발짝 나오더니, 허락도 구하지 않고 차렷자세도 취하지 않은 채 그에게 다짜고짜 말했거든요.

"중사님, 볼라뇨스 하사는 중사님이 염병할 놈이랍니다."

렌테리아는 무척 놀랐어요. 묘석이 떨어지며 호되게 그를 내리친 것 같은 충격에서 벗어나려고 애쓰는 동안, 대열에서 벗어나도 좋다는 지시가 없었는데도 마치 마법에 걸린 듯 부하 병사들이 해산하면서 군모를 벗어던졌거든요. 그리고 야녜스의 말보다 더 이상한 표정을 지으며 중사를 에워싸고는, 마치 오락 시간이라도 된 것처럼 단합된 표정으로 그의 눈을 쳐다보았어요. 그러면서 달달 외운 구호를 외치듯 이구동성으로 렌테리아를 변호했지요.

"중사님, 볼라뇨스 하사 말에 신경쓰지 마십시오. 그놈은 앙심을 품은 작자입니다. 정말 염병할 놈은 바로 그놈입니다."

렌테리아는 부하들의 동료애를 그대로 받아들였어요. 소란에 이끌린 미군 몇 명도 부하들의 말에 가세했지요. 여러 입들이 모여 함교와 창고, 선실과 기관실에서 일어난 일에 대해 갈수록 이상한 이야기를 늘어놓는 동안, 렌테리아는 부대원들의 수상쩍은 단결에 짜증이 치밀어 그 느낌으로부터 도망치려 했어요. 의심의 여지 없이 렌테리아는 너무나 우둔한 자였습니다. 가장 머리가 나쁜 군인들도 그와 비교하면 갑작스레 지능이 좋아지는 듯한 기분이 들 정도였어요. 몇몇 병사들이 렌테리아를 지지한다고 수차례 말하는 동안 다른 병사들은 자리를 이탈하여 볼라뇨스를 찾아 뛰어갔고, 그와 친구가 되어 아부를 떨었습니다. 그리고 그가 그토록 좋아하던, 미군이 관리하던 '잭 다니엘스'를 금주령 기간에 배운 교묘한 기술로 두세 잔 들이켰지요. 그리고 배신의 시간이 되면 누군가 죽마고우 같은 말투로 이렇게 말했어요.

"하사님, 렌테리아 중사는 하사님이 염병할 놈이랍니다."

그러면 하사는 표현이 그런 건 술판이 가져온 왁자지껄 즐거운 분위기 때문임을 깨닫고, 신뢰의 증거에 고마움을 표시하며 좋게 받아들이는 겁니다. 그러고는 또다시 술 한 잔을 마셨어요.

"둘 중에 누가 염병할 놈인지 그 개자식은 곧 알게 될 거야."

그러면 병사들은 이 두 사람이, 그러니까 상처 입은 허영심의 용사이자 사실상 그들을 차별하는 장교단의 판단을 자랑스럽게 수호하는 두 사람이 어떤 격렬한 싸움을 벌이는지 보면서 애써 웃음을 참았어요.

두 사람은 서로 등을 돌리고 있었지만, 군모와 견장과 소맷부리의 장식 띠가 드러내는 못된 성격은 샴쌍둥이처럼 똑같다는 사실을 깨닫지 못했지요. 아니면 그 둘은 다른 종류의 갤런* 때문에 다투었던 걸까요? 계급 차이를 알려주는 장식 띠이기도 했지만, 미군은 우리에게 갤런이 영국에서는 액체 용량 측정 단위라고 알려주었어요. 그러니까 렌테리아와 볼라뇨스를 비롯해 그 비슷한 부류의 사람들에게 갤런은, 마치 가장 효과적인 연료처럼 그들을 움직이게 하고 그들이 발걸음을 옮길 때마다 자랑스럽게 분출되는 증오심을 재는, 정확한 측정 단위였던 거지요.

"그 둘은 자기들이 최고 가문 출신이라고 믿지만 염병할 놈들에 불과해." 아얄라 소위는 단언했어요. 그러면 그 말은 다시 릴레이를 시작해 고위 장교들 귀에(비나스코 중위에서 게레로 대위로, 벨란디아 소령에서 살디바르 대령으로, 그리고 준장에게까지 갔다면 준장에서 또 중장으로) 들어갔어요. 그러면 모두 웃음을 참지 못했지요. 아니 오히려 요란한 웃음소리가 많은 사람들을 끌어당겼어요. 릴레이의 진원지인 야녜스는 비밀스럽지만 활력을 불어넣는 익명의 존재가 되었고요.

'고졸' 야녜스는 훈련 시작 무렵에 내가 사귄 최초의 친구들 가운데 하나였어요. 여행 초기 의기소침해 있는 나를 우울에서 빠져나오도록 위험한 유머 감각으로 도와준 사람이기도 했고요. 내게 '사색가' 로차라는 다정한 별명을 붙여준 이도 바로 그였지요. 사실 난 즐겁게 떠들고 싶은 상황이 전혀 아니었어요. 갑자기 아버지가 파산했고, 카롤리나에 대한 기억은 머리에서 떠나지 않았고, 저 남쪽 깊숙한 곳에 있는 그

* 스페인어로 '장식 띠' 또는 용량의 단위인 '갤런'을 의미한다.

린브라이어 군사학교를 다니다 그만둬야 했거든요. 하지만 야네스 역시 신소리나 하는 친구는 아니었어요. 그는 우리에게 미스터리한 존재였죠. 카다비드는 그를 '벨렌 데 움브리아에서 온 마법사'라고 불렀는데, 그런 사람이 왜 군대에 들어왔는지 알 수가 없었어요. 군대처럼 험하고 유폐된 분위기와는 전혀 어울리지 않는 사람이라는 걸 누구나 알 수 있었거든요. 그는 모든 걸 아는 사람처럼 보였어요. 미군이 우리에게 청소 방법을 가르쳐주면서 청소를 시키자, 야네스는 그 시간을 이용해 항해와 항해 기술 관련 이야기들을 해주었지요. 구명정 숫자를 세고 상태를 점검하면서, 우리 모두는—라케다이몬인들, 헬롯들, '정실파', 심지어 미국 장교들까지—아카이아 청동 함선 얘기를 듣고 놀라고 말았어요. 그 목록은 기꺼이 환영받았어요. 우리 역시 전쟁을 준비하고 있었으니까요.

"내 입이 열 개라 해도, 내 혀가 열 개라 해도, 내 음성이 지칠 줄 모르고 내 심장이 청동으로 되어 있다 해도 나는 그대들 앞에서 그것을 열거할 수도 그들의 이름을 부를 수도 없나이다." 그는 테너의 음성으로 읊었지요. "하지만 내 모든 함대들과 그 함장들을 알려드리리다."

끝나지 않을 것 같던 지겨운 항해 동안 '고졸' 야네스는 다양하고 즐거운 오락으로 그렇게 우리의 사기를 북돋웠고, 이내 그 오락은 즐거운 시합으로 변해 내기의 바탕이 되었지요. 함선 목록을 조심스럽게 큰 소리로 읽은 후 그는 우리의 기억력을 시험했어요.

"함대를 이룬 붉은 뱃머리의 선박은 몇 척이었지?"

아무도 맞히지 못하면, 야네스는 엉터리 임시 선원들의 형편없는 기억력을 확인하며 즐거워했어요. 답은 천백팔십육 척이었어요. 그리고는 다시 선박 목록을 읽은 후, 어느 쪽에 배가 더 많았는지 물었죠. 쉽지 않은 질문이라 파란 눈의 미국인들조차 답을 맞히지 못했어요. 틀린 답을 말할 때마다 판돈은 커져갔고요. 다시 게임으로 돌아와 내기를 하기 전, 그는 전반부 게임의 수수께끼를 풀어주었습니다.

"가장 많은 쪽은 백 척이었어. 그 배들은 아트레우스의 아들 아가멤논의 지휘 아래 훌륭하게 건설된 미케네와 부유한 코린토스, 그리고 잘 정비된 클레오나이에서 오는 사람들을 실어날랐지. 당시 번쩍이는 청동 옷을 입고 있던 아가멤논은 자신이 영웅들 가운데서도 눈에 띌 정도로 용맹하다는 것과 많은 사람들을 이끌고 있다는 사실에 으스댔어."

"그럼 가장 적은 쪽은 몇 척이었을까?" 야네스가 물었어요.

몇몇이 용기를 내 아르고스가 지휘하던 검은 배 열두 척이 살라미스에서 왔다고 대답했지요. 어떤 사람들은 기병 필레우스의 아들인 메게스가 이끌던 둘리키움과 성스러운 에키네아 섬들의 함선이라고 말했지만, 몇 척의 배가 그를 따르고 있었는지는 정확하게 알 수 없었어요. 몇 명밖에 안 되는 소규모 라케다이몬인들은 결국 메토네와 타우마키의 들판을 경작하던 사람들과 멜리보이아와 험준한 올리존의 도시들을 소유했던 유능한 궁사 필로크테테스가 함장이 되어 이끈 배 일곱 척에 타고 있던 사람들을 선택했어요.

"거의 맞혔어." '고졸' 야네스가 말했어요. 그러면서 우리가 앉아 있던 바닥에서, 맞히지 못한 정답에 걸린 판돈 중 자기 몫을 집었죠. 필로크테테스의 훌륭한 솜씨가 언급되자, 야네스는 화살통에서 화살을 하나 꺼내는 시늉을 하더니 마치 활시위를 당기듯이 한쪽 팔을 뻗었습니다. 그리고 즉시 과녁 중심을 맞히고서 문제의 정답을 알려주었어요.

"니레우스는 시메에서 배 세 척만 이끌고 왔어. 정답은 니레우스야." 야네스는 마치 배의 수가 너무 적어 보충 설명이 필요하다는 듯이 덧붙였어요. "훌륭한 펠레우스의 아들 아킬레우스를 제외하면, 그는 트로이에 도착한 다나 사람들 중에서 가장 아름다웠지. 하지만 니레우스는 소심한 성격이어서 거느린 사람이 적었어."

우리는 그렇게 시간을 보냈고, 에이킨 빅토리호가 태평양 한가운데서 지루한 항적을 그리는 동안 야네스의 주머니는 점점 불어났어요. 가끔 폭우를 동반한 성난 바람이 불기도 했지만, 해군이라는 우리의 처지만큼 덧없는 희망이 사라진 후에는 그저 꾸벅꾸벅 졸면서 지루한 시간을 보냈습니다. 조국의 해안이 시야에서 사라지자, 조국이 아니라 집중 폭우가 얼마나 그리웠는지 몰라요. 그런 폭우는 물러나면서 함교를 시원하게 해주었거든요. 수면에 닿을 듯 말 듯 아슬아슬하게 날아다니는 갈매기들도 보고 싶었어요. 이해할 수 없는 국가國歌의 가사보다 갈매기 울음소리가 더 고상하게 느껴지더군요. 우리를 뒤돌아보게 하고 멀어질수록 점점 커져가는 향수를 매일 노래하게 한 갈매기들이었지요. 하늘은 구름도 없이 고아처럼 외롭게 모습을 드러냈고, 너무나 눈이 부신 나머지 우리는 새파란 하늘을 제대로 쳐다볼 수 없었어요. 피곤한 몸으로 바다제비와 펠리컨을 머릿속에 그려보기도 했지만, 단순한 환상에 불과하다며 매번 아쉬워했지요.

"너무 슬퍼하지 마." 테예스 대위가 우리 옆에서 말했어요. "스물네 시간 안에 하와이에 도착할 거야."

6

여정중 유일한 기착지인 호놀룰루에 도착하자 여러 사건이 벌어졌어요. 장교 그룹은 시내 관광을 하기 위해 배에서 내렸지만 사병들에게는 외출금지령이 내려졌지요. 선상에서 질병이 발생했다는 이유였는데 어떤 질병인지는 알려주지 않았어요. 장교들은 육지로 나갈 수 있는데 우리는 왜 못 나가는 거지? 우리 모두는 물었어요. 그것은 섬을 돌아보자는, 적어도 항구는 봐야 하지 않겠느냐는 선동이나 다름없는 물음이었습니다. 보초가 잠깐 한눈을 팔자, 우리는 육지로 뛰어내려 천국의 거리를 배회하기 시작했어요. 그제야 조난자들의 꿈이 이해되었지요. 둥둥 떠다니면서 목숨을 부지하는 게 아니라, 모래가 됐건 진흙이 됐건 그 어떤 형태로든 발밑에서 현실을 느끼는 것이 그들의 꿈입니다. 나는 야자수 아래를 걸으면서 내 그림자를 에워싸는 공간이 가장 적절하게 육지를 정의한다고 생각했어요. 후텁지근하고 짭짜름한 공기는 바다 한가운데에서 우리의 얼굴을 때리던 공기와 달랐습니다. 인정과 자연이 스며든 공기, 그 공기는 그곳 사람들과 난초의 냄새였고 감금이 아닌 공동생활의 맛을 풍기고 있었어요. 우리는 눈을 휘둥그렇게 뜨고서 주위를 둘러보았어요. 눈을 깜빡이면 호놀룰루가 보여주는, 말로 옮기기 불가능한 느낌이 사라질지도 몰라 두려웠거든요. 어느 순간 우리는 세 명의 동료를 떠올리며 그리워했어요. 그중에는 아주 가끔씩만 봤던 엘킨도 있었죠. 우리는 서로 떨어지지 않기로 약속했습니다. 무엇보다 도시를 모르기 때문이었고, 함께 배에 돌아가 공동의 명분을 만들어야 했거든요. 틀림없이 상관들은 명령을 어겼다는 이유로 우리에게 어떤 조치를 취할 테니까요. 한 시간 후, 우리는 항구에서 200미터쯤 떨어진 곳에서 시내 관광을 하던 장교들을 발견했어요. 모두 그곳에 있었습니다. 계급과 큰 키 때문에 '최고 고관'이라고 불리던 살디바르 대령이 테예스 대위, 게레로 대위와 함께 있었어요. 아얄라 소위와 바에나 중위는 세 명의 미국인과 대화를 나누고 있었고요. 게레로는 사진기를 들고 돌아다니면서 건장한 원주민들의 영혼을 포착하고 있었어요. 우아하고 유려한 솜씨로 섬의 이름을 새긴 서프보드 위에서 높은 파도를 타는 인상적인 모습의 원주민들을 말입니다. 그 옆으로는 아란다 중위와 카스트리욘 신부, 그리고 비나스코가 즐겁게 대화를 나누며 걸어가고 있었지요. 한마디로 가장 행운이 따른 그룹이었어요. 우리는 발길을 멈추고, 혹여 장교들이 우리를 볼까봐 상업 지역으로 돌아가기로 결정했어요. 무단 이탈이었기 때문에 군법회의에 회부됐다간 탈영 죄에 해당하는 조치가 취해질 게 분명했거든요. 그래서 그들보다 먼저 에이킨 빅토리호가 정박해 있는 항만에 도착해야 했어요. 하지만 앞을 향해 걸어나갈수록 도망친 동료들 생각이 더욱 간절해졌어요. 우리 무리는 흩어지기 시작했고 거리 두세 개를 지나면서 인원은 점점 줄어갔어요. 누군가 우리에게 '레인보우 홀'이라는 업소에 관해 말한 적이 있었는데 우리는 여러 이유로 그곳을 찾기 시작했습니다. 그곳은 습기 찬 벽에서 난초가 피는, 좁디 좁은 거리에 있었어요. 그다지 화려하지 않은 상이한 종류의 난초*들이 문에 기대어 손님들을 기다리고 있다가, 거리낌 없이 그들의 손을 잡아채고는 방으로 이끌었어요. 창문으로 보이는 손

* 몸 파는 여자를 가리키는 말.

님들은 어둠 속에 잠겨 허둥대고 있었어요. 킹 스트리트에서 시작된 그 길에는 술집과 매음굴이 줄지어 있었지요. 골목길을 지나자 마침내 '레인보우 홀'이 모습을 드러냈습니다. 사람들 말에 의하면, 아니 정확하게는 '사색가' 로차가 들려준 이야기에 따르면, 그곳은 칼라카우아 왕* 이 틀어박혀 술을 마시고 신하들의 눈을 피해 더러운 짓을 하려고 만들었다더군요. '레인보우 홀'은 무척 컸어요. 입구가 세 군데나 됐고 여러 개의 내실로 나뉘어져 있었죠. 우리는 그냥 술만 마셨어요. 손님들이 북적대는 거대한 홀에서 맥주 한 잔, 두 잔, 세 잔을. 이 섬의 전설적인 왕은 아름답고 멋진 시절을 보낸 게 분명했어요. 홀은 다양한 초상화들과 에칭 판화, 유화식 석판화로 장식되어 있었습니다. 위스키와 샴페인, 진과 맥주 광고 포스터도 붙어 있었는데, 포스터 속에는 하나같이 보는 이를 기쁘게 하는, 빅토리아 왕조풍의 옷을 걸친 아름다운 여자들이 있었어요. 시간은 벽에서 멈춰 있었지요. 카운터에 사람들이 가득했는데 대부분 뚜쟁이 미국 선원들과 관광객들이었어요. 그곳에서 수상쩍은 사업이 이뤄지고 있다는 것은 누구라도 알 수 있었지요. 그 어디에서도 여자를 보지 못한 우리는 군함으로 돌아가기로 일단 마음을 먹었습니다. 아페리티프를 마신 후 우리는 사람들을 바라보았어요. 사람들이 놀라울 정도로 많았는데, 하와이나 필리핀 사람들이 아니라 대부분 중국 사람들이었지요. 그들을 보자 바로 우리 목적지가 떠올랐어요. 중국인들은 마치 싸구려 잡동사니들로 가득한 가게 앞에 있는 것처럼, 찢어진 눈 밑에 커다란 그늘을 검게 드리운 채, 그러니까 초처럼

* 하와이 왕국의 제7대 국왕.

누렇고 비쩍 마른 얼굴 한가운데에 시커먼 나비가 앉은 것 같은 모습으로, 눈도 깜빡거리지 않고 투명 인간들의 행렬을 쳐다보듯 멍하니 앉아 있었어요. 시간이 얼마나 흘렀을까, 문득 몇 년 후에는 나도 저 중국인들처럼 서로 죽고 죽이는 전쟁의 한복판에 앉아 행복한 행렬이 지나가는 모습을 보게 되겠구나 싶은 생각이 들었어요. 시계를 봤더니 너무 지체했더군요. 예상보다 훨씬 더 무거운 징계를 받을지도 모른다는 두려움이 엄습했지요. 안드라데, 로차, '검둥이' 구아린, '푸투마요', 그리고 두세 명의 동료와 나는 에이킨 빅토리호로 돌아가기로 했습니다. 우리는 큰 어려움 없이 배를 탔고, 마치 아무 일도 없었던 것처럼 태연하게 함교에서 전경을 바라보았어요. 출항 시간이 다가오자 우리의 주력 부대가 돌아오는 모습이 보였지요. 몇몇은 술에 취해 비틀거렸고, 몇몇은 사랑의 피로에 젖어 있었어요. 눈 밑에 생긴 그늘만 봐도 알 수 있었죠. 꽃목걸이를 건 병사들도 있었는데 배에 오르자마자 물에 던져버렸어요. 외출금지라는 엄격한 명령이 있었으니 그 목걸이들은 정당화될 수 없다는 사실을 깨달았던 겁니다. 장교들은 보다 질서 있게 도착했어요. 살디바르 대령과 테예스 대위가 앞에 섰고, 계급에 따라 아란다 중위와 비나스코 중위가 그 뒤를 따랐어요. 인원 점검 직전, 게레로 대위와 엘킨이 숨을 헐떡이면서 다급하게 도착했습니다. 신병은 명령 위반으로 즉시 감금되었어요. 게레로 대위는 십 년 전, 그러니까 일본의 진주만 공격으로 폭파된 어느 전함의 선체 근처에서 길을 잃은 엘킨을 발견했다고 말했습니다.

"도와준 것은 칭찬받을 만한 일이네." '최고 고관'이 말했어요. "하지만 트루히요가 명령을 위반하고 배를 떠난 이유가 설명되진 않아."

신병은 사흘간 감금이라는 징계를 받았건만, 게레로 대위는 별안간 슬픔에서 벗어난 것 같았어요. 행복하고 활기찬 표정을 짓는 그의 얼굴에서는 며칠 전의 낙담은 찾아볼 수 없었지요. 반면 비나스코 중위는 며칠간 매라도 맞은 사람처럼 슬픔에 잠겨 있었지요. 중위의 전령이 받은 처벌은 합당했어, 함께 배 밖으로 나갔던 몇몇이 위선적으로 말했습니다. 엘킨 역시 그 일에 일말의 책임이 있었어요. 어떤 일이 있어도 무리에서 이탈하지 말라고 우리가 누누이 충고했었거든요. 비나스코는 안돼 보이기도 했어요. 전령 없이 혼자서 모든 걸 해결해야 했거든요. 물론 우리야 그가 요청만 하면 도움의 손길을 줄 작정이었어요. 몇 시간 후 중위의 얼굴에서 슬픔이 조금 가셨어요. 그리고 탈영 사건은 그다지 중요하지 않은 일화가 되었지요. 다른 걱정이 대대에 남아 있는 자들을 소름 돋게 했거든요. 한편 장교들의 추산에 따르면 군함은 열한 명을 빼놓고 출항했습니다. 호놀룰루에서 탈영한 사람들 말입니다. 살디바르 대령과 휘하의 장교들은 그 일 때문에 불알이 꼬일 지경이었어요. 미군은 콜롬비아 병사들이 무질서하고 무책임하다며 소리를 높였고요. 우리는 도대체 어떤 교육을 받았기에 그랬을까요? 극동에 소풍이라도 간다고 생각했던 걸까요? 어떻게 군복을 입고 그런 빌어먹을 생각을 할 수 있었을까요? 말이 열한 명이지 우리는 탈영병 수가 그보다 훨씬 많다는 사실을 알고 있었습니다. 우리 계산에 의하면 적어도 네 명이 더 있었어요. '고졸' 야녜스와 카다비드, 보오르케스와 엘리오도로 아스타이사가 떠오르는군요. 그들은 배에 오르지 않았어요. 한편 우리는 돌아올 수 없는 지점, 지구를 둘로 나누는 상상의 선으로 다가가고 있었지요. 우리가 지나온 쪽의 바닷물은 비록 멀긴 해도 우리나라

해변으로 향하고 있었어요. 하지만 눈앞에 열리고 있던 바다는 알 수 없는 지역, 전쟁터, 그러니까 거의 확실한 죽음을 향하고 있었습니다. 장교들이 화가 난 건 처음이었어요. 미군들에게 모욕당했고, 신병들에게는 비웃음을 샀고, 규율 관리가 안 되는 사람들로 각인되어 수치를 당했으니까요. 특히 두번째 이유 때문에 우리는 무슨 일이 일어날 것 같아 조마조마했지요. 마치 절벽 끝에 있는 것 같았어요. 원주민들 표현을 빌리자면 목덜미에 공을 올려놓은 것 같은 느낌이었죠. 큰 공연을 앞두고 느껴지는 불안감이라고나 할까. 그러나 장교들의 분노와 우리의 숨길 수 없는 두려움도 지나가는 나날과 더불어 사그라들었습니다. 자오선을 통과하면서 함장이 에이킨 빅토리호의 항해가 얼마 남지 않았음을 축하하는 일련의 행사를 벌이자 분위기는 변했지요. 사면이 행해졌고, 엘킨을 비롯해 감방에 갇혀 있던 사람들은 석방되어 바로 파티에 참석했어요. 사실 모든 게 갖추어진 제대로 된 파티였지요. 미군은 그제껏 없었던 아량과 친절을 베풀었고, 나는 우리가 도살장을 향해 되돌아오지 못할 길을 가고 있다는 것을 깨달았습니다. 그런데 내게 아주 이상한 일이 생겼어요. 이런 얘기를 하고 있는 지금도 나는 그게 일종의 전조처럼 느껴집니다. 키뇨네스와 에르메스와 함께 갑판을 청소하고 있었는데 배가 갑자기 움직이는 바람에, 요란한 소리를 내며 미끄러져 몇 미터 떨어진 구명정 근처에 가서야 멈춰 섰어요. 간신히 일어났지만, 이틀 동안 마치 왼쪽 다리가 마비라도 된 듯 절룩거렸지요. 재미있는 건, 그런 불상사에도 불구하고 내가 이 년 전 학년 말 공연 경험을 살려 파티에 참석하기로 결심했다는 점입니다. 〈포로들의 춤〉이라는 연극이었는데, 거기서 나는 절름발이 역을 맡았어요. 대사와 연출과 연기 모든 게 좋았지요. 그런데 2막과 3막 사이, 마비된 것 같던 다리에 감각이 돌아왔습니다. 마치 천국에 있는 기분이었어요. 사실 다리에 아무 감각이 없어 몹시 걱정하고 있었거든요. 부상이 심하거나 중요한 데가 부러졌다면 최전선으로 가지 않을 수도 있었지만요. 그런데 다시 무대로 나갔을 때 대사에만 온 정신을 집중했다는 게 문제였습니다. 갑자기 일등석에 있던 사람들이 박수를 쳤고, 우스워죽겠다는 듯 소리를 지르며 나를 가리켰습니다.

"갈린데스, 일어나 걸으리라!"

무대 위 동료들도 관중들과 마찬가지로 배꼽을 잡고 웃었어요. 난 시간이 조금 지나서야 왜 그런 소동이 벌어졌는지 알게 되었지요. 1막과 2막에서 절름발이였던 배우가 완벽하게 걷기 시작했던 겁니다. 그래서 관객들이 이구동성으로 소리를 지르면서 박수를 치고 기적을 축하했던 거죠. 나는 실수를 했다는 사실을 깨닫고 긴장했고, 그 바람에 정신이 멍해져 다시 절룩거리기 시작했어요. 이제 꼼짝없이 휠체어에 앉아 있는 내 모습을 좀 봐요. 연극은 완전히 난장판이 되었어요. 선생은 그 모든 일이 일종의 전조였다는 생각 안 듭니까?

헤리코* 출신의 군종신부 카스트리욘은 마지막 미사 시간에 자기 고향 말투를 그대로 드러냈어요. 미사를 집전하면서 그는, 아마도 동향 출신이었기 때문인지 풀비오 앙가리타를 복사로 소개했습니다. 동향 출신이라는 점 외에도 무언가가 더 있었어요. 아말피** 출신인 앙가리타는 신학교에서 한 학기를 보냈지만, 어떤 가슴 아픈 사건을 주동했기

---

* 안티오키아 주에 있는 지역.

** 아말피 역시 안티오키아 주에 있는 지역이다.

때문에 성직자 복장을 하거나 높게 세운 옷깃을 달 수 없었지요. 그는 절대 그 일을 입에 올리지 않았지만, 너무 부끄러워 사람들 눈을 제대로 쳐다볼 수 없어 군대에 자신을 바쳤다고 해요. 군종신부는 무슨 일이 있었는지 잘 알고 있었고, 신학교 인근 북쪽 주둔부대에서 함께 생활하던 초기부터 그를 받아들이고 자신의 조력자로 준비시켰어요. 정작 그를 인정해주는 의식은 항해의 마지막 미사 때를 위해 보류해두었지만요. 그는 그 병사를 가혹하게 대했고, 아무도 앙가리타가 자신의 잘못을 씻기 위해 한국으로 간다는 사실을 의심하지 않았어요. 그런데 그 잘못이란 게 배꼽을 잡고 웃을 일이었어요. 아란다가 몇 달 후 우리에게 그 일화를 말해주었지요. 앙가리타가 로마제국 멸망 시기의 라틴어로 아란다에게 자신의 무죄를 주장했던 겁니다. 욕정을 억누를 길 없어, 성령강림절 축제 동안 신학교 식당에서 보조요리사로 일하던 여자들 중 한 명을 덮치고 말았다는 게 앙가리타의 얘기였어요. 이 이야기는 키뇨네스의 경험과 매우 유사했고, 그가 카이사르의 언어로 떠들었다는 사실을 알게 되자 야녜스와 카다비드는 그를 우리 그룹에 영입했죠. 전쟁이 시작되고 시간이 흐름에 따라 앙가리타는 신학교에 살면서 저지른 죄를 씻고 새사람이 되었습니다. 우리 그룹이 그의 죄를 사하고 기쁨을 되돌려주었고, 아르세시오 푸요는 그에게 자유를 선사했지요. 아르세시오라는 작자는 짓궂고 못된 놈이었는데, 사람들은 아무렇지도 않게 그를 '아르시에소'*라고 불렀어요. 그 작자는 앙가리타를 '게이 신부'의 관심 밖으로 몰아내고 그 자리를 차지하기 위해 온갖 노력을

* '시에소'는 스페인어로 '항문'이라는 뜻이다.

기울였어요. 이 이야기는 선생도 알고 있을 테니 여기서 되풀이하지 않겠습니다. 지금은 항해의 마지막 나날에 관해서만 말하겠습니다. 우리는 순진한 신학생이 아란다 중위의 관심을 일깨웠다는 사실에 주목했어요. 앙가리타는 아주 좋은 친구였지만, 그가 칼리굴라*처럼 말한다고 빛나는 별이 될 수 없다는 사실은 만인이 알고 있었지요. 그러자 비나스코는 양극은 서로 통한다는 이론을 설명해주더군요. 그런데 바로 그 순간 의도치 않게 우리의 시선이 다른 곳으로 향했어요. 게레로 대위가 사진기로 함교 한구석에서 역기를 들어올리고 있던 엘킨의 멋진 가슴을 찍고 있었거든요. 카스트리욘 신부는 갑판을 가로지르다 걸음을 멈추고서 잠시 그 장면을 바라보았어요. 그리고 구경꾼들 모두를 비난의 눈길로 쳐다보더니, 병사에게 다가가 무어라고 귀엣말을 하고는 그곳을 떠났지요. 엘킨 트루히요는 비쩍 마른 구경꾼들이 놀란 표정으로 쳐다보던 커다란 역기를 바닥에 두고 자리를 떴다가 몇 분 후 상체에 깔끔하게 딱 달라붙는 카키색 군복을 입고 나타났어요. 미스터리의 비밀이 막 밝혀지기라도 한 것처럼, 관객들은 모두 흩어져, 군종신부가 마지막 미사를 준비하던 함교 쪽으로 고개를 숙인 채 걸어갔지요. 앙가리타가 보기 드물게 훌륭한 솜씨로 종을 울렸고, 잠시 후 배 위는 온통 엄숙해졌어요. 강론 시간이 되자 신부는 자유를 되찾기 위해서는 우리 모두가 희생을 감수해야 한다는 점을 강조했습니다. 그는 두 종류의 전쟁을 구별하면서, 하나는 믿음이 없는 자들과 회의주의자들에 대한 전쟁이고 다른 하나는 십자군 전쟁이라고 했어요. 그리고 우리가 치르게 될

* 로마의 황제 가이우스 카이사르의 별명.

전쟁이 바로 십자군 전쟁이라면서, 자유는 믿음의 한 형태이고 목숨을 대가로 치르는 한이 있어도 우리는 반드시 한반도에 자유를 되찾아줄 거라고 덧붙였지요. 그러자 '사색가' 로차는 그날 이후 그를 '위대한 익살꾼 소돔 신부님'이라고 불렀어요. 카스트리욘 신부는 과도한 애국심에 도취된 나머지 우리를 '콘도르 군단'에 비유했습니다. 아마 우리나라 국기의 문장에 버티고 있는 맹금의 관록 때문에 착각했던 것 같아요. 조국의 명문가를 선회하고 있는 수많은 색색의 새들에게서 영감을 받았을 수도 있죠. 착각을 했건 영감을 받았건, 문제는 '로사 블란다' 함장까지 못마땅해했다는 겁니다. 콘도르 군단이 스페인내란중 게르니카를 초토화시킨 나치의 공군 원정대라는 사실을 누구나 알고 있었으니까요. 신부 딴에는 프랑코 체제가 공산주의자들을 몰살시키기 위해 실제 러시아 전선으로 보냈던 '청색 사단'에 비유하려고 했던 게 틀림없었지만, 애초 생각과는 전혀 다른 결과가 빚어지고 말았어요. 결국 신자들은 자문했지요. 그런 크기의 것들은 그대로 놔두는 게 좋은데, 뭣 때문에 쓸데없이 화약을 낭비할까? 그런데 신부는 마치 아무 일도 일어나지 않은 것처럼, 예리코의 성벽, 그리고 어느 컬러 영화에서처럼 창검을 보관하는 커다란 병기고가 나오는 다른 수많은 성경 구절들을 계속해서 말했답니다. 성체를 받은 건 두세 명의 장교들과 앙가리타, 그리고 코르시뿐이었어요. 줄의 끝에서는 언제까지고 숨어 있으려는 듯, 헬롯의 대표격인 '아르시에소'가 일그러진 눈빛을 반짝이고 있었어요. 그는 앙가리타를 증오했는데, 그건 자기가 맡아야 하는 주도적 역할을 뺏긴 것에 대한 질투에서 비롯되었지요. 하지만 부대에서 가장 젊은 병사이자 우리의 전령인 에르메스에게는 그런 증오를 품지 않았어요. 한참이나 어린 그가 어떻게 입대하게 되었는지는 아무도 몰랐습니다. 병영에서 훈련을 받을 때부터 '아르시에소'는 온갖 더러운 짓을 했어요. '고졸' 야녜스와 안드라데가 그 파렴치한에게 경고까지 한 번 했는데도 그는 똑같은 짓을 멈추지 않았습니다. 우리는 코르시가 성체받는 것을 보고도 웃음을 참을 수 없었어요. 그놈은 더럽고 추잡한 짓을 일삼았는데, 마치 우리가 그런 사실을 전혀 모르는 것처럼 오히려 군대가 부도덕한 곳이라며 불평하곤 했지요. 선생은 자신의 운명에서 벗어날 수 있는 사람이 있다고 생각합니까? 우리가 아직 한국에 있었을 때 그놈은 적군의 시체에서 물건을 빼내려다 한쪽 팔을 잃었어요. 한국 병사들의 소지품에는 언제나 활짝 벌린 음문을 드러낸 창녀 사진이 있었다는 거 압니까? 그런 자세가 용사들에게 행운을 가져다준다는 믿음이 존재했거든요. 그런 습벽을 만주와 한반도에 들여온 건 일본군이었어요. 그에 관해서는 셀 수도 없이 많은 증언이 존재하고 있지요. 내가 말하고 싶은 건 말이죠, 나는 코르시를 스스로 불운을 자초한 사람이라 여긴다는 겁니다. 그는 적군에게서 시계를 빼앗으려고 했지 포르노 사진들로 가득한 지갑을 발견하리라고는 생각지도 못했어요. 우리가 배에 오르기 훨씬 전부터 자신이 유포하던 그런 사진들 말입니다. 지금와서 생각해보니, 충격적인 사실에 웃음을 참을 수가 없군요. 일본인들과 한국인들은 이해할 수 없었을 겁니다. 가장 망가진 사람들, 절름발이나 외팔이나 애꾸, 그러니까 가장 비참한 사람들인 우리에게 돈이 가장 많았거든요. 불구가 되어 받게 된 임시 연금과 약간의 보상금, 전쟁의연금 등으로 우리는 재력가가 되었어요. 그래서 동양인들은 넘겨짚듯이 서양에서 부자가 되려면 어머니까지 잃어야 하나보다 생각했죠.

두세 사람만 모여도 사지가 멀쩡한 친구들을 불쌍히 여기는 소리를 했어요. 그들은 카푸친회의 수도사보다 더 가난했거든요. 상처 하나 없이 조국으로 돌아간 사람들의 사정은 더욱 심각했어요. 그들은 훈장을 팔거나 사기를 치거나 사람들을 약탈해서 목숨을 부지해야 했지요. 미국인들이 주는 연금은 형편없었고 콜롬비아 정부는 국가의 영웅들을 모른 척 거리에 내팽개쳤어요. 군대의 처신에 대해서는 말할 필요도 없고요. 군부는 참전용사들에게 말 그대로 권총을 겨눴거든요.

미사가 끝나자 왁자지껄한 여흥이 시작됐어요. 복권 추첨, 연극 공연, 가면무도회, 도박, '원주민 죽이기'가 그날의 작별 파티 순서였지요. 기뻐 어쩔 줄 모르는 우리의 모습을 보자 미국인들도 벌떡 일어섰어요. 마지막 순서, 그러니까 '원주민 죽이기'에서는 우리 부족의 세 족장이 눈부신 연기를 펼쳤어요. 머리에 깃털을 잔뜩 꽂고 짧은 팬티를 입은 '10센타보 동전의 원주민'이 대들보에 묶였고, 그 주위로 똑같은 복장을 한 '푸투마요'와 '미개인' 로아가 춤을 추었어요. 제7기병대의 미군 열두어 명은 끔찍한 비명이 울려퍼지는 가운데 그들에게 채찍을 날리고 불 붙은 칼을 던졌지요. 행사가 끝날 무렵 우리는 모두 빙 둘러앉아 우리 땅에서 난 평화의 마리화나를 피웠어요. 그게 어디서 나왔는지 아는 사람은 아무도 없었지만요. 그러고 나서는 로프를 쳤어요. 파티의 마지막 행사로 우리를 대표하는 권투 선수인 엘킨이 전에 이긴 적이 있는 두 미국인들 중 한 명과 방어전을 치렀거든요. 이번에는 엄청나게 두들겨맞고 말았지요. 게레로 대위가 사진기를 들고 사각의 링 주위를 어슬렁거리며 마치 무아지경에 빠진 사람처럼 큰 소리로 지시했어요. 왼쪽 얼굴로 잽을 날려, 오른쪽 얼굴을 올려쳐, 왼손잡이의 공격을 트릭으로 피해, 옆구리를 때려! 마치 자신이 링에 있는 것처럼 숨을 헐떡거리며 자기 제자에게 끊임없이 사진기를 들이댔어요. 10라운드로 합의한 경기에서 중간인 5라운드에 이르렀을 때 콜롬비아의 자존심인 엘킨이 완벽한 어퍼컷을 맞고는 요란하게 쓰러졌습니다. 여섯을 셀 때 간신히 일어났는데, 비틀거리더니 결국 공기 빠진 타이어처럼 주저앉아 뻗어버리고 말았어요. 불쌍한 엘킨이 링 위에 쓰러져 있는 동안 미군들은 새로운 챔피언인 버지니아 출신의 거대한 흑인을 축하하고 헹가래를 치기 위해 사각의 링에서 펄쩍펄쩍 뛰었어요. 비나스코 중위는 야단법석을 떠는 승자들을 놔두고 한쪽 구석에서 케이오당한 사람을 살폈습니다. 솜에 소독약을 묻혀 엘킨의 목과 이마를 닦아주면서 그가 정신을 차리도록 했지요. 부사관과 병사 몇 명이 비나스코를 도왔습니다. 신부를 필두로 모두 함께 엘킨을 들어 링에서 내리고 의무실로 데려갔어요. 대대 군의관인 펠리페 솔라노 박사는 주의깊게 그를 살펴보고는 그의 눈에 손전등을 비추었어요. 몸 여기저기를 만져보더니 특별한 처방도 내리지 않은 채 그다지 큰 부상이 아니라고만 하더군요. 특별히 보살필 필요 없음, 이것이 그가 내린 진단이었어요. 흑인에게 눈두덩과 코와 광대뼈를 맞아 멍이 든 것뿐이라고 말입니다. 권투 선수의 어깨를 손바닥으로 툭툭 치고서 솔라노 박사는 밖으로 나갔어요.

하지만 6월 중순, 에이킨 빅토리호가 부산항에 정박했을 때 우리는 피할 수 없는 것과 직면했고, 모두들 자기 자신을 불쌍한 엘킨처럼 여기게 되었습니다. 하얀색 아카시아 꽃이 만발해 있었는데 바로 그때 나는 당시의 나와 이십칠 일 전 배에 올랐던 내가 같지 않다는 사실을 깨달았지요. 항구는 미군들과 한국 정치인들로 가득했고, 그 가운데는 대통령도 있었어요. 여위고 키가 작은 사람이었습니다. 그날의 일과에서 유일하게 재미있었던 일은 환영 인파 중에 호놀룰루에서 탈영했던 우리 동료들이 끼어 있었다는 거예요. 헌병에게 체포되어 비행기로 부산으로 이송되는 바람에 그곳에서 우리를 기다리고 있었던 겁니다. 그 빌어먹을 놈들은 손에 조그만 국기를 든 채 우리에게 인사를 하면서 낄낄대고 있었어요. 우리가 추산한 열한 명이 아니라 열다섯 명이었는데, 그중에서 특히 카다비드의 비아냥거리는 얼굴이 기억나네요. 그의 옆에는 못된 짓을 할 때마다 언제나 함께했던 친구인 '고졸' 야네스가 있었어요. 보오르케스와 엘리오도로 아스타이사도 있었지요. 여기저기 멍이 들긴 했어도 우리 그룹은 한 명도 빠짐없이 살아 있었어요. 그 사실에 마음이 뭉클하고 감정이 복받치더군요. 처음으로 나는 나 자신이 어디에 속하는지 이해하게 되었고, 우리나라의 자유 사랑과 우리 모두의 희생이니 헌신이니 영웅적 행위니 하는 것들을 강조하는 연설이 진행되는 내내, 내가 애국심이 아닌 분노 때문에 흥분하고 있다는 사실을 깨달았습니다. 헤어날 수도 설명할 수도 없는, 뭐랄까 우울감 같은 것이 갑자기 내 온몸을 사로잡았어요. 하지만 그 길을 선택한 건 나였고 불평하기에는 이미 돌이킬 수 없는 상황이었습니다. 게다가 딱히 투덜대거나 후회할 이유가 없었어요. 동료들과 우정을 나누고 있었고, 그들 덕분에 군대의 삶이 경악스럽다는 초기의 느낌을 떨쳐버릴 수 있었거든요. 우리가 그곳에 있었던 것은 병역을 이행하기 위해서가 아니라 전쟁터로 가기 위해서였습니다. 살게 될지 죽게 될지 그 가능성은 뻔한 것에 가까운 감정을 불러일으킨다는 뜻이었죠. 살든지 죽든지. 당연한 거 아니겠습니까만, 우린 세상의 반대편 끝에서 죽기나 하려고 입대한 것은 아니었어요. 그러나 결과는 뻔했죠. 스스로 결정해 자초한 도전에서 살아남아야 했어요. 그게 가장 기본이었습니다. 그런데 무엇이 나를 괴롭혔던 걸까요? 감상적이고 심지어 유치하기까지 한, 소위 향수 때문이 아니었어요. 나는 아무것도 남겨두지 않고 떠났습니다. 아내도, 애인도 없었어요. 아주 어렸을 때부터 어머니 없이 살았고, 아버지는 '댄디의 놀이'가 불탄 다음 종적을 감추었지요. 게다가 내게는 조국도 없었어요. 공식적으로는 우리가 지도상에 분명하게 나타나지도 않는 지역에서 조국의 이름으로 싸우기 위해 입대했다고들 하죠. 그렇지만 사실 우리가 그토록 먼 곳으로 원정을 떠난 이유는 그곳이 지도책에 분명하게 표시되도록 하기 위해서였어요. 우린 군인이라기보다 죽음의 지도학자였던 거지요. 보야카 다리에서 무기 인도식을 거행할 때 우리의 용기가 아니라 비겁함만을 언급했던 사령관의 장광설을 잊을 수가 없어요. 긴 여정 끝에 외국인들로 가득한 머나먼 항구에 도착하자 나는 분노와 수치심을 이기지 못해 주먹을 불끈 쥐었고, 우리를 격려하던 사령관의 목소리를 떠올리며 입술을 깨물었어요. 그는 이렇게 물었거든요.

"한국으로 가고 싶지 않은 겁쟁이가 있나?"

비록 그는 우리에게 아무 말도 하지 않았지만, 수난의 길, 그러니까 비르힐리오가 가야 할 수난의 길은 우리가 위치토에 기착했을 때 시작됐다고 나는 생각한다. 내가 보기에 미국 중부의 그 도시는 성스러운 장소의 특징을 고스란히 지니고 있다. 그도 그럴 것이 위치토는 무성영화 스타들 중에서도 가장 매혹적이고 아름다운 배우, 잊을 수 없는 루이즈 브룩스가 자란 곳이기 때문이다. 도시를 둘러볼 시간이 있을까? 영화 〈아메리칸 비너스〉의 여주인공이 살았던 집을 방문하는 건 라비니아와 단둘이 데이트를 즐길 좋은 명분이 될 거야. 문득 그녀의 붉은 머리칼이, 사람들의 마음을 설레게 했던 반짝이는 룰루*를 세계적으로 유명하게 만든 머리 스타일과 똑같다는 걸 깨닫는다. 〈판도라의 상자〉에서 룰루는 모든 쾌락을 즐긴 후 살인마 잭의 파괴적 욕망을 기다린다. 하지만 비행기에 탄 그 누구도 아름답기 그지없는 이 여배우를 모르며, 게다가 오늘은 일요일이다. 그러니 단념하고 공항 서점이나 돌아다니며, 검은색 앞머리와 완벽한 얼굴을 자랑하는 이 여신에 관한 책이라도 찾아보는 수밖에. 기술적인 기착이라 단지 두 다리를 쭉 펼 수 있는 시간이 있을 뿐이다. 택시에 올라타 토피카 스트리트로 가자고 할 수 있으면 좋으련만. 바로 그곳에 브룩스가 십대 시절을 보낸, 열네 개의 침실이 있는 집이 있다. 그녀의 아버지가 소장하고 있던, 반짝이는 여자아이가 읽고 싶어했던 수천 권의 책의 무게 때문에 바닥이 한쪽으로 기울어진 집이다. 하지만 소망을 포기하자 보상이 뒤따른다. 서점에서 두 개의 진정한 보물을 발견한 것이다. 보자마자 그 책들을 구입했다. 롤랑 자카르의 『어느 반反 스타의 초상』과 히가시 스미코의 『처녀들, 요부들 그리고 왈가닥들』. 나는 이 책들이 여배우에 관한 바이블, 룰루의 자서전인 『할리우드의 룰루』를 대신해주기에 그만이라고 생각한다. 라비니아가 내가 이 여배우에게 관심을 가지는 이유를 묻자 나는 아주 간단하게 답한다. 실제 삶에서도 남자들을 먹어치우기로 유명했던 그녀는 자기 애인에게 이렇게 말했다고. "언젠가 내가 당신을 싫증나게 한다면 그건 내가 칼을 들고 있을 때일 거예요." 나는 승객들에게 탑승구로 오라고 지시하는 확성기 소리를 듣고 사색에서 깨어난다. 누군가 비행기에 기술적 문제가 있다고 했지만 멍청한 헛소리였다. 위치토는 루이즈 브룩스 이외에도 와이엇 어프와 독 홀리데이의 모험으로 유명한 곳이다. 그리고 최고의 항공센터로도 널리 알려져 있다. 그렇지

---

* 영화 〈판도라의 상자〉의 여주인공. 루이즈 브룩스가 룰루의 역을 맡았다.

만 콜롬비아 공군 소속의 보잉 727이 곤경에 처했다고 생각하게 할 만한 건 아무것도 없다. 곤경에 처한 사람은 바로 원정대의 대장 비르힐리오다. 여정이 시작됐을 때 그는 명랑하고 활달하게 항로 거리 측정과 지구본 좌표 분석, 그리고 위도 측정에 관한 지식을 뽐냈다. 그러나 이제는 피로의 기색이 완연할 뿐이다. 아마도 지친 것이리라. 우리 모두 피로에 절어 있지만 창백한 얼굴로 식은땀을 흘리는 사람은 비르힐리오뿐이다. 긴장한 탓일까? 소화불량 때문일까? 기자들과 대화하면서 게걸스럽게 먹어치운 파테와 가재요리에 문제가 있었나? 난 모른다. 내가 아는 바로는 주치의 역시 모르고 있다. 어쨌거나 위치토에 기착한 이후 비르힐리오의 상태는 완전히 달라졌다. 나 역시 이 주 전, 곤살로 오바예와 대화를 나눈 후 그랬었다. 나는 '고졸' 야녜스의 조언을 따랐고, 카다비드의 흔적을 찾기 위해 옛 대학 동기를 찾아갔다.

그의 집에서 나의 눈길을 사로잡은 것은 무엇보다 화려하고 쾌적하고 밝다는 점이었다. 마을 왼쪽으로 난 길을 통해 그의 집에 도착했는데 마을 이름 때문에 적잖이 겁이 났다. 데세스페란사*라는 이름이었는데, 그에 걸맞은 수많은 이야기가 전해내려오고 있었다. 그의 집은 식민지풍의 이층짜리 건물이었고, 해질녘이면 마치 불타는 것처럼 보이는 강렬한 빨간 지붕이 건물 위에 얹혀 있었다. 발코니에 서면 잇닿은 언덕들이 보였는데 깨끗한 공기 덕분에 파란색을 띠고 있었다. 그 너머로는 호수가 보였다.

에릭 홉스봄의 지도 아래 함께 공부하면서 몹시 친하게 지낸 사이였

---

* 스페인어로 '절망'이라는 뜻이다.

음에도, 나는 최근 이 년 동안 오바예를 만나지 못했다. 그 시절 우리는 홉스봄과 함께 우리나라의 유명한 폭력사태를 몇 가지 측면으로 분석했다. 오바예는 국내사태, 나는 국제분쟁에 관심이 있었다. 그를 다시 만날 생각을 하니 기분이 좋아졌고, 게다가 그는 내게 필요한 카다비드의 행적에 관한 정보를 제공해줄 수 있을 것이었다. 내 전화를 받자 그는 그렇게 중대하고 심각한 얘기는 직접 만나서 하고 싶다고 했다. 오바예는 주말마다 악의로 가득한 수도를 벗어난다며 나를 별장으로 초대했다. 그는 말로 지도를 그려주었고, 두 시간의 여정 끝에 나는 약속시간에 늦지 않게 목적지에 도착했다. 세월은 오바예를 비켜간 것 같았다. 그는 예전처럼 다정하고 전염성 강한 미소로 나를 맞이했다. 사실 그의 삶은 행복과 맞닿아 있었다. 영국과 미국의 대학에서 멋진 시절을 보냈고, 그의 모든 연구를 재정적으로 빠짐없이 지원하는 한 사립대학교의 역사학과에서 최고의 학자로 명성을 드높이고 있었다. 반면에 나는 히랄도 신부와 예수회 교육기관의 끈덕진 권유에도 불구하고, 그 어느 학교로도 옮기지 않고 모교에서 교수직을 고수중이었다. 앞서 말한 것처럼, 수년간 나는 우리나라가 관여한 세 개의 특정 국제분쟁에 관심을 가져왔다. 페루와 한국, 수에즈 운하에서 벌어진 전쟁이었다. 하지만 오바예는 우리나라에서 동족상잔의 비극이 일어나는 이유를 연구하는 쪽을 택했다. 그래서 카다비드와 관계를 맺게 되었던 것이다. 한국에서 돌아온 후 기자생활을 하면서 '친절한 사람'은 정치인과 교수부터 군인과 혁명가에 이르기까지 매우 다양한 부류의 사람들을 인터뷰했다. 게릴라전을 벌이러 떠나기 몇 년 전의 카밀로 토레스 신부*를 인터뷰했고, 당시 카밀로 신부를 에워싸고 있던 많은 사람들, 즉 노동조

합 운동가들, 대학생들, 그야말로 이상한 전투에 참여했던 늙은 참전용사들과 접촉하게 되었다. 아마 그들 중 가장 냉혹했던 사람은 리바노의 볼셰비키들이 일으킨 신화적 반란의 영웅, 이히니오 포레로의 아들이었을 것이다. 오바예는 1929년 7월 말에 발생한, 세계적으로 널리 알려진 바나나농장 사건에서 파급되었다고 볼 수 있는 이 사건을 그리 어렵지 않게 재구성할 수 있었다. 카다비드는 이히니오의 아들과 인터뷰했고 그는 자기가 아는 모든 것을 이야기해주었다. 그의 이야기는 여러 사건들과 관련 자료, 그리고 관련자들의 이름을 상당 부분 포함하고 있었다. 오바예 같은 의욕적인 역사가라면 지나칠 수 없는 것들이었기에 그는 카다비드와 접촉을 시도했다. 그를 만나는 건 전혀 어려운 일이 아니었다. '친절한 사람'은 모두의 친구였기 때문이다. 그들은 정보를 교환하면서 우정을 싹 틔웠고, 그 우정은 아직도 유지되고 있다.

비가 내리기 시작하자 오바예는 벽난로에 불을 지폈다.

"아내는 살 게 있어서 마을로 갔어. 하지만 곧 돌아올 거야."

아내라고? 나는 희생자를 때리기 직전의 도둑놈이 된 기분이었다. 이웃의 아내를 탐하지 마라. 하지만 맛 좋은 루스 스테아의 엉덩이를 보고 어떻게 폭력을 저지르지 않고 견딜 수 있겠는가? 한때 그녀 때문에 신학과 음부 사이에서 방황했던 기억이 났다. 분명한 것은 파스칼이 우주이자 세계인 하느님이 구체球體이며, 구체의 중심은 어느 곳에나 있고 원주는 그 어느 곳에도 없다는 사실을 주장하면서 터무니없는 소리를 했다는 사실이다. 비키니를 근사하게 걸친 루스 스테아를 보면서

* 해방신학의 선구자로 여겨지며, 게릴라조직인 민족해방전선(ELN)에서 활동했다.

그 이론은 거짓말이야, 나는 생각했었다. 그런데 두 사람이 언제 결혼했을까? 누군가 말해주었을 테지만 그 사실을 까마득히 잊어버리고 있었다. 그녀는 속도위반을 하는 바람에 결혼한 것 같다. 육 개월짜리 배 때문에 결혼식은 피냐타* 파티가 됐다.

"아이가 몇이야?" 나는 이렇게 물으면서 위선적인 내 모습에 놀란다.

"둘뿐이야." 그는 마치 내가 그녀와 결혼한 그의 진취적 기상을 나무란 것처럼 짧게 대답했다. 나는 화제를 바꾸기로 한다.

"엘리사 기억나지? 그 능구렁이가 나를 얼마나 괴롭혔는지 몰라. 여성미가 최고여서 엘리사 옆에 있으면 모나리자의 초상화를 열심히 따라하는 여자들이 부사관처럼 보였어. 그래서 곤살레스와 나는 몽상가가 되었지. 마리아 크리스티나는? 예뻤지만 너무 말랐어. 팔자걸음이었고. 에스카미야는? 그 여자 성만 들어도 우리는 단숨에 '올드 파'를 들이켰고, 두 눈은 눈물로 가득찼지. 정확하게 말하자면 그 여자는 진정한 암컷이었어." 그러고 우리는 상호협약에 의해 그런 영역에 대한 회상을 멈추기로 했다. 그날 오후는 마조히즘을 즐기기 위한 시간이 아니었기 때문이다. 오바예는 리바노의 볼셰비키에 관한 자신의 연구를 자세하게 들려주었다. 이히니오 포레로의 아들이 자기 아버지의 죽음에 관해 들려준 이야기는 카다비드에게 깊은 인상을 남겼다. 아버지의 죽음, 내 마음의 통점도 바로 그 지점이지, 나는 생각했다. 그는 전투에서 동료들을 지키기 위해 혼자 뒤에 남았고, 분투하며 정부군의 진로를 막았다. 그게 바로 레시오 강 인근의 라 프라데라에서 있었던 일이다.

---

* 가장무도회나 어린아이 생일파티 때 천장에 걸어놓고 터뜨리는, 초콜릿이나 사탕이 든 둥근 통.

이히니오는 교각을 폭파시키려 했지만 폭탄이 불발하는 바람에 뜻을 이룰 수 없었다. 결국 그는 참호에서 버티다 부상을 당했고 빌어먹을 파에스 대위가 개머리판 끝으로 그의 숨통을 끊었다.

"그거 알아?" 오바예가 감동에 젖은 어조로 말했다. "이히니오의 누이는 그에게 아주 이상한 믿음이 있었다고 했어. 혁명이 성공할 때가 되면, 해가 마치 시뻘건 폭탄처럼 뜰 거라고 했대. 반란의 날에 여명이 흐릿한 잿빛으로 밝아오는 걸 보면서 몹시 슬퍼했다는 거야. 이런 불길한 징조에도 불구하고 그는 자신이 가진 모든 것을 걸고 싸우러 나갔어. 그의 영웅적인 행동 덕분에 지휘관 나르바에스와 대부분의 부하들은 정부군의 집요한 추적을 벗어날 수 있었지. 하지만 그것도 잠시뿐이었지. 몇 주 후에 모두 체포되어 고문을 받았거든. 일종의 아름다운 혁명적 열정이었지만 이 나라의 역사책에는 각주로도 등장하지 않아. 그래서 나는 실제로 일어났던 일을 기록하기 위해 몇 년이란 세월을 바친 거야." 오바예는 장작 두 개를 넣어 벽난로의 불을 활활 지피면서 덧붙였다. "하지만 너에 비하면 아무것도 아니지. 넌 한국 문제를 수십 년이나 연구하고 있으니까."

나는 거실을 지나 데세스페란사가 내다보이는 창문을 향해 걸어가면서, 사실 우리는 우리가 집착하는 것들의 노예야, 하고 생각했다. 우리의 집착은 어린 시절, 그리고 부모님과 관련이 있다. 몇 년 전 오바예가 리바노에서 활동했던 볼셰비키 투사들에 관해 말했을 때 나를 비롯한 동기들이 폭소를 터뜨렸던 일이 떠올랐다. 좌파가 되는 게 유행인 시절이긴 했지만, 10월 혁명이 일어난 지 불과 몇 년 후 리바노에 레닌의 제단을 차려놓고 그를 숭배했다는 사실은 누구도 상상조차 할 수 없었던 것이다. 오바예는 마치 "곧 알게 될 거야, 이놈들아"라고 말하는 듯 어깨를 으쓱했다. 결과를 확인한 나는 그의 오만함과 자부심을 높이 평가하게 되었다. 그는 어렸을 때 부모님이 나르바에와 포레로를 비롯해 피라키베 노인과 그의 세 아들, 그리고 나머지 반란군들의 이름을 입에 올리지 못하게 했다고 내게 말했다. 그러고는 누런 종이 몇 장을 내밀었는데 만져보니 거의 바스라질 지경이었다. '엘 모스코비타'*라고 적힌 아득하고 이상한 제목을 보자 나는 가슴이 뭉클해졌다. 그것은 리바노의 볼셰비키들이 발행하던 기관지였다. 나는 과거에 대한 향수에 사로잡힐 수밖에 없었고, 오래전 자신들의 꿈을 좇다가 세상을 떠난 사람들의 대의명분과 연대감을 느끼게 되었다.

"이 신문은 우리 아버지가 보관하고 있던 거야." 오바예가 말했다.

나는 우리 아버지를 생각했다. 그 역시 현재 내 집착의 기원이다. 어떤 사람이었는지도 모르고, 왜 세상 반대편으로 떠났는지도 모르고, 어떻게 죽었는지도 모르는 한국전쟁 영웅의 아들이라는 게 무슨 소용이 있을까? 여기서 가장 흥미로운 점은, 우리 세대의 가장 경망스럽고 짓궂은 동료 알폰소 카다비드가 내게 몇 가지 중요한 정보를 제공해줄, 나의 여정과 더불어 완결될 설문지를 풍요롭게 만들어줄 몇 안 되는 사람이라는 사실이었다.

"'친절한 사람'은 딱 들어맞는 별명이었어." 오바예는 이렇게 말하면서 술잔의 얼음에 다시 '올드 파'를 부었다. "그가 아니었다면, 그가 내게 기록물을 제공하지 않았다면, 나는 이히니오 포레로와 그의 가해자,

---

* '모스크바인'이라는 뜻.

그러니까 파에스 대위에 관한 연구를 진전시키지 못했을 거야. 파에스 대위, 악마가 그의 엉덩이에 종기나 가득 선물하면 좋으련만."

오바예는 내가 찾아온 이유를 떠올린 듯, 그리고 내가 궁금증에 사로잡혀 있으리라 짐작한 듯, 자리에서 일어나 서재로 향했다. 그는 파일을 이것저것 들춰보고는 마침내 몇 장의 신문을 들고 돌아왔다.

"이유는 모르겠지만 우리 일은 쓰레기를 뒤지는 것과 마찬가지라는 생각이 들어. 버려진 것은 무엇이든 존중해야 할 것처럼 말이야." 오바예는 테이블에 스크랩한 신문들을 올려놓았다. 〈엘 모스코비타〉처럼 누렇고 해져 있었다. "카다비드가 한국에서 돌아와 〈엘 임파르시알〉에 5회에 걸쳐 연재한 거야. 아마 다른 데서는 찾을 수 없을걸? 1952년 9월 6일에 보수당 무리가 〈엘 임파르시알〉 본사는 물론 여러 신문사에 불을 질러 그곳에 보관된 기록을 모두 태워버렸거든. 카다비드가 제대하고 귀국한 지 한 달도 되지 않아 전쟁에 관한 그의 취재기사는 잿더미가 되어버렸어. 몇 년 후 그 친구에게 이 나라의 폭력에 대한 연구에 협조해달라고 부탁하자 이 스크랩 기사들을 빌려주더군."

밤이 되었지만 내 친구의 아내는 데세스페란사에서 돌아오지 않았다. 오바예가 건네준 모든 자료들을 서류가방에 보물처럼 넣는다. 그리고 집에 돌아갈 준비를 한다. 술 한잔 더 하고 나는 친구와 작별했다. 그런데 아버지의 죽음에 관한 답을 찾으려는 이 여정이 지금 취소될 찰나에 있다. 비르힐리오의 주치의와 자문 위원들이 여기저기로 오가고, 서른한 명의 수행원은 놀라움에서 헤어나지 못한다. 아주 심각한 일이 벌어지고 있다. 내가 준비한 질문들이 아무런 대답도 듣지 못한 채, 한국으로 가는 도중에 남겨지게 될까 두렵다.

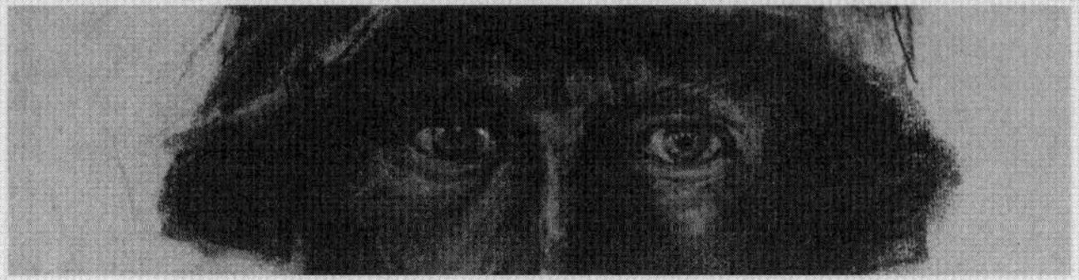

제2부

1

나는 캐롤라인제도에서 훈련을 받았어요. 산 라파엘 데 바를로벤토 출신이지만 열세 살 때부터 쭉 살았던 보고타에서 입대했지요. 그곳에서 상당히 많은 인원으로 구성된 파견대의 일원이 되어 훈련을 받기 위해 비행기를 타고 미국으로 갔어요. 북쪽 주둔부대에서 제1파견대가 어떤 훈련을 받으며 준비했는지는 잘 모릅니다. 하지만 나중에 몇몇 동료들에게 전해들은 바로는 미국인 밑에서 견뎌내야 했던 것들에 비하면 동화에 불과했다더군요. 부산에 도착하면 본대에 파편적으로 끼워 맞춰지는 게 우리 임무였어요. 부속품처럼요. 듣기 좋은 말은 아니지만 실제로 그랬습니다. 앞서 도착한 동료들이 사망할 경우 그들을 대체해야만 했거든요. 우리는 교체품이기도 했어요. 전선에서 부상을 당했거나 복무가 끝나 조국으로 돌아가야 하는 사람들의 자리도 채워야 했죠.

제1파견대와 함께 도착했거나 전투에 참여했거나 혹은 초기 전투에서 부상을 입지 않았다고 모두 돌아간 건 아니었어요. 그건 일종의 복권과 같았고, 교체 제도의 덕을 끝내 보지 못한 사람도 있었으니까. 내 생각엔 그들이야말로 선생에게 완전한 경험을 이야기해줄 수 있는 사람들이에요. 이미 말했듯이, 나는 처음부터 그곳에 있지는 않았어요. 하지만 중요한 작전에는 거의 모두 참여했고, 대대 구성원 대부분을 알게 되었어요. 내가 군대에 자원한 이유는 급료가 괜찮았고, 무슨 일이 있어도 미국인들이 우리에게 장학금을 주어 공부를 시켜줄 것이었고, 최악의 경우라 해도 가족들이 연금을 받을 수 있을 거라는 말을 들었기 때문이죠. 사실대로 말하자면 내게는 아무것도 없었고 그래서 잃을 것도 없었어요. 아는 사람들이 아버지를 살해한 지 얼마 지나지 않았을 때였지만, 그래도 나는 입대했어요. 모든 게 그토록 힘들 거라고는 상상조차 못했지요. 적어도 우리에게는 훈련이 전쟁보다 더 지독했었다고 생각해요. 캐롤라인제도 시절에 세 명이 죽는 걸 보았는데, 맹세컨대 모의전쟁 같은 것도 아니었어요. 한번은 뇌관 제거 훈련을 하고 있었는데, 야영지 전역에 강력한 폭발음이 들리더니 동료 몇이 10미터쯤 너머로 날아갔습니다. 진짜 무기로 훈련이 이루어질 것이라고는 생각조차 못했는데 그 결과가 바로 거기서 나타난 거지요.

미국 교관인 싱클레어 대위가 말했습니다. "전쟁터에 가면 가짜 뇌관이나 폭약을 가지고 장난하는 건 아무런 의미도 없다. 전선에서는 한 순간도 한눈을 팔아선 안 된다. 그러니 지금 여기서 행하는 모든 것에 주의를 기울여야 한다."

그 말인즉 죽게 되면 죽은 사람 잘못이고, 한눈판 신병들 중 살아남은 자가 있다 해도 책임을 다하지 못하고 얼빠지게 행동한 죄로 군사재판에 회부하겠다는 소리였어요. 기상나팔이 울리고 구보를 할 때 우리의 사기가 어땠을지 상상해봐요. 동료 중에 랑헬이라는 자가 있었죠. 그 친구는 세 병사의 토막난 시체를 보고, 토하면서 울음을 터뜨렸어요. 훈련 담당 부사관들은 계집애 같다고, 아니 그보다 더 심하게 말하면서 랑헬에게 두 시간 구보 명령을 내렸어요. 진이 빠져버렸는지 일사병에 걸린 건지 결국 쐐기풀 위로 쓰러지고 말았지요. 난 열대지방 출신입니다. 하지만 캐롤라인제도의 태양은 마치 우리 머리 위에서 녹은 납덩이 같았어요. 미군들은 웃으면서 좋은 날씨를 실컷 즐겨둬야 한다고 말했죠. 한국은 시베리아에서 얼음덩이가 밀려오는 날씨라고요. 물론 나는 목적지에 도착해서 눈 속을 뒹굴고 싶은 마음뿐이었어요. 내가 있던 곳은 지옥 그 자체였으니까. 특히 웨인 하사가 기억나요. 키가 컸는데, 어깨 위에 얹혀 있는 머리가 어찌나 큰지 마치 목이 없는 것 같았죠. 그처럼 잔인무도한 사람은 본 적이 없어요. 웨인 하사는 또다른 동료였던 불쌍한 아로야베를 국기 게양대 옆에 여덟 시간이나 서 있게 했습니다. 그 검둥이는 결국 바지에 오줌을 싸고 똥을 지렸지요. 트럭을 몰다가 운전대를 잘못 조작해 구급차와 조금 부딪쳤기 때문이었어요. 상상 속의 부상자나 이송할 뿐인 구급차와 말입니다. 우리가 그 훈련을 이겨낸다면, 저 멀리 전선에서의 진짜 부상자는 우리가 될 터였죠.

그런데 캐롤라인제도에서 나는 다른 부상자들의 살과 뼈도 보았어요. 6, 7미터 높이의 포좌에서 떨어진 사람들이었습니다. 그곳을 기어오르라는 명령을 받았는데 몇몇 병사들이 골절상을 당한 거예요. 쇄골이었는지 넙다리뼈였는지 잘 기억이 나지 않아요. 아로야베가 좀 무식한 검둥이였다는 사실은 분명합니다. 사격 훈련을 하다가 나를 죽일 뻔했거든요. 하지만 난 그를 애정 어린 마음으로 기억해요. 녹십자 전투에서 전사한 사람 중 하나였으니까. 불쌍한 아로야베, 그는 항상 어느 흑인 여자에 관해 말하면서 그 여자가 팔미라에서 자신을 기다리고 있고, 자기는 미국인들이 준 돈을 가지고 귀국해 이삭스 광장 모퉁이에 평생 꿈이었던 아이스크림 가게를 차리겠다고 했어요. 하지만 꿈이 있던 그에게 운은 없었어요. 조준 실력도 없었고. 누구든 자신 있게 말할 수 있을 겁니다. 가게를 차리겠다는 계획을 제외하면 그 검둥이가 훈련장 너머, 자신의 피부와 똑같은 색의 삶을 보내기 시작한 그곳 너머의 것은 아무것도 알지 못했다고. 한편 나는 명령을 받고 암호를 대고, 언제나 땀으로 축축하게 젖어 있는 군복을 입고, 낡은 가방과 짐을 급하게 꾸리며 점차 꿈을 잃어버렸어요. 이것이 우리가 기대했던 것들의 대기실이라면 전쟁터는 어떨까? 훈련소에서 보름도 지나지 않았을 때, 모두가 차렷자세로 정렬해 있는데 나는 한눈을 팔았어요. 그러자 웨인은 나에게 호통을 쳤고, 토요일 오후부터 일요일까지 훈련소 북쪽 구역에서 전정剪定하라는 벌을 내렸지요. 듣기가 처음인 말이라 그게 무슨 말이냐고 물어보려는데 내 옆에 있던 랑헬이 조심성 없이 설명해주었어요.

"저 개자식들이 원하는 건 훈련장 그루터기의 풀을 베는 거야."

웨인 하사가 그 말을 들었고, 지체 없이, 나와 함께 그 일을 하라고 그에게 지시했지요. 뜨거운 햇볕에 타죽기 직전까지 말라붙은 소나무들과 기생식물들, 그리고 잡초들을 제거하라는 말이었어요. 잡초들은 어찌나 높이 자랐는지, 앉으면 사정없이 내리쬐는 정오의 햇빛을 피해 모습을 감출 수 있을 정도였어요. 제초기가 도움이 되긴 했지만 커다란 돌과 자꾸 부딪히면서 불똥이 튀었고, 그러면 우리는 다른 쪽으로 옮겨가야 했지요. 우리보다 더 재수가 없는 병사들은 망치 끝으로 그 돌들을 부숴 길가에 가지런하게 정리하라는 벌을 받았고요. 우리는 쓰러진 나무들의 몸통을 처리하는 데도 발군의 실력을 발휘해야 했습니다. 겨울을 대비해 그것들을 한데 모아 병참창고 근처에 쌓아두어야 했어요. 너무나 더운 나머지 겨울은 여자와 단둘이 있고 싶은 꿈보다 더 간절한 희망이었는데도 말이지요. 여자에 관해서는 입을 다무는 편이 좋을 것 같군요. 신병들에게 미국 여자들을 알 기회가 있을까? 상상력을 발휘해봐. 장교들은 금욕과 습기와 더위로 눈 주위가 거메진 우리를 보면서 말했죠. 그곳 주변에서 벌떼처럼 우글거리던 흑인 여자들조차 우리와는 최소한의 접촉도 하지 않았어요. 그랬기 때문에 부산에 도착했을 때 우리보다 앞서 도착한 동료들이 서울에서 얼마나 근사하게 지냈는지 이야기하자 부럽기 짝이 없었습니다. 그들은 특권을 누렸을 뿐만 아니라 제1파견대라는 이유로 영웅 이상의 대우를 받았고, 심지어 창녀들에게 화대를 지불할 필요도 없었다고 잘난 체했어요. 순전히 거짓말이라고, 자기들은 수도원의 수녀들보다 더 심하게 감시를 받았다고 하는 이들도 있었어요. 뭐, 각자가 능력껏 알아서 하는 거죠. 좌우간 나는 항상 모든 창녀에게는 자기희생적인 어머니, 어떤 순간이라도 자식들의 주린 배를 채워주려는 어머니의 모습이 있다고 생각했어요. 무산계급이 그토록 잘 자라는 게 바로 그래서입니다. 또 아르메니아에서 기차가 멈추었을 때 신병 몇 명이 도망쳤었는데, 호색적인 그 도시의 사창가에서 쉽게 찾아냈다더군요. 그러니 섹스가 고행자에게 극단적 위안이 될 수 있었던 부에나벤투라에서의 작별 장면은 상상해볼 수 있었지요. 작별인사를 하러 항구로 나온 비센티나스 여학교 학생들 중에서 가장 예쁜 여학생을 '고졸' 야녜스가 침대로 데려갔다는 얘기도 있었습니다. 그것으로도 모자랐는지, 호놀룰루에 하선했을 때는 섬에 있는 여자란 여자의 옷은 모두 벗긴 것 같았어요. 북쪽 주둔부대에 있을 때는 어땠냐고요? 지금에 와서 그 모든 일들을 회상하면 마치 거짓말 같고 웃음까지 나와요. 가끔씩 나는 우리 아이들을 북쪽 주둔부대 옆에 있는 파트리아 극장에 데려가는데, 정말이지 그곳에서 훈련받았던 사람들이 너무 부러워요. 후에 병사들은 모두 승선했고 순양함은 그들을 태평양으로 데려갔어요. 에이킨 빅토리호라는 이름이 우리가 고통받은 곳, 그러니까 저기 캐롤라인제도에서 벌어진 눈부신 전투를 기리기 위해 붙여진 이름이라는 것을 아시오?

제초작업이 끝나자 손을 들 수가 없었고 상처는 여러 주 동안 지속되었습니다. 하루 반나절 동안 뜨거운 햇볕에 노출됐으니 등과 목덜미가 얼마나 아렸을지는 말할 필요도 없을 거요. 그나마 다행은 내가 무선통신 담당관에게 잘 보였다는 거예요. 그 병사는 내게 암호문과 메시지 사용법을 가르쳐주었어요. 그리고 어느 날 오후 나는 통신 방법을 몰라 쩔쩔매는 한 소위를 궁지에서 구해주게 되었습니다. 사관학교 출신의 미군이었는데 너무 착하고 소심하고 얼간이라 종종 양자로 삼고 싶은 생각까지 드는 사람이었죠. 도와준 데 대한 보답으로 그는 나를 여기저기 데리고 다니기 시작했어요. 나를 자신의 지프 운전사로 임명했거든요. 그래서 나는 동료들이 상상도 못하던 것들을 볼 수 있었습니다. 장교 카지노부터 의무실, 행정중대, 총사령부까지 가보았으니까. 가장 마음에 들었던 곳은 사람들이 항상 이어폰을 끼고 있던 작전부서였어요. 무선통신에 대한 내 집착은 아마도 거기서 시작되었던 것 같아요. 물론 내가 라디오를 처음 들은 건 산 라파엘 데 바를로벤토에 전기가 들어왔을 때였다는 사실도 잊어서는 안 되겠지요. 기적 같았어요. 갑자기 바람과 밤은 목소리와 음악으로 가득찼고 고독의 유령은 영원히 사라져버렸어요. 이내 나는 병영에 있는 다른 병사들의 질투를 느끼게 됐어요. 그들이 헛된 꿈으로 가득한 배낭을 메고 나무 그늘에 털썩 주저앉을 때 나는 지프의 운전대를 잡거나 다이얼 조정 장치를 돌렸으니까요. 그 두 개는 여행과 도주 혹은 자유와 동의어였어요. 그래서 나는 힐다르도 오초아라는 비사교적이고 못생긴 병사의 증오를 사게 되었죠. 후덥지근한 코야이마 출신이었는데, 열대지방 사람 특유의 억양과 걸음걸이 때문에 별명이 '구아모'*였습니다. 어느 날 내가 그자의 옆에 있을 때였어요. 그자가 뭐라고 중얼댔는데 내가 듣기에는 '아첨꾼'이라고 한 것 같았죠. 그냥 지나치려고, 무시하려고 했는데, 그자의 동료들이 깔깔거리고 웃어대는 통에 그 모욕적인 소리를 참고 지나갈 수가 없었어요. 나는 발길을 멈추고 뒤로 돌아 한마디 말도 없이 그의 사타구니를 걷어찼지요. '구아모'가 너무 크게 비명을 질렀기 때문에 상관 하나가 무슨 일이 있는지 파악하러 왔어요. 모두가 소리쳤죠.

"인시그나레스가 오초아를 때렸어요!" 그들은 큰 소리로 입을 모아 나를 가해자로 몰았고, 나는 그 즉시 축축하고 악취 풍기는 영창에 이틀이라는 긴 시간 동안 수감되었습니다. 유일한 동반자는 도마뱀 군단

* 아메리카산 콩과 식물.

이었는데 그것들은 나를 잠도 자지 못하게 했지요.

영창에서 나와보니 젊은 나이에 머리가 벗어지다시피 한 어느 병사가 운전사 자리를 차지했더군요. 난 자유로워졌다고 여기면서 현실을 받아들였어요. 어쨌거나 나는 '구아모'에게 등을 보이지 않았습니다. 몇 주 후 비행기로 한국으로 수송됐을 때를 제외하고는 말이에요. 그자에 대한 나의 예방조치는 근거가 없지 않았어요. 그자가 난투극을 이용해 밀린 부채를 청산했고, 그런 식으로 싸움을 끝내 적군이 유리하도록 만든 경우가 많다는 얘기를 익히 들어왔으니까.

나는 오초아에 대한 경계를 게을리하지 않으면서 캐롤라인제도의 기후에서 살아남으려고 노력했어요. 그곳의 기후는 몸에 아주 나빴기 때문에 만일의 경우를 대비해 우리는 키니네*를 비롯한 약들을 받았지요. 번번이 얼굴과 목을 뒤덮은 땀을 닦아내려고 했지만 허사였어요. 마치 머리를 물에 담갔다가 꺼낸 것 같았거든요. 썩은 나무나 염소 오줌에서 나는 듯한 악취, 그리고 모기 군단이 우글거리는 습지 때문에도 기절할 것 같았어요. 나는 군사기지 근방에서 그 끔찍하고 침울한 풍경을 두 눈으로 직접 보았습니다. 지프 운전석에 앉아서 정말로 무전병 같은 것으로나 복무했으면 좋겠다는 꿈을 꾸고 있었고요. 썩은 물과 수많은 모기떼가 훈련소를 에워싸다시피 하고 있었어요. 진짜 군사작전은 한국의 추운 고지에서 이루어질 텐데, 왜 그렇게 황량하고 습기 많은 지역에서 훈련을 하는 건지 이해할 수 없었죠. 마그달레나 중부의 모래언덕을 떠오르게 하는 곳이었어요. 거기 제재소에서 이 년 동안 일

---

* 기나나무 껍질에서 나오는 알칼로이드로, 말라리아 특효약이다. 해열제, 강장제 등으로도 쓴다.

했는데 항상 라디오를 좋아했어요. 어둡고 머나먼 곳에서 자라나 내가 볼 수 없는 세상을 만나게 해준 그 미스터리한 목소리. 우리를 세상 반대편의 전쟁터로 보내겠다는 결정 따위를 내린 머나먼 수도에서 들려오던 목소리 말입니다. 당시 인기 있던 가수들의 노래와 달콤한 목소리, 오케스트라의 즐거운 아우성도 함께 들려왔어요. 산 라파엘 데 바를로벤토에서 어린 시절을 보낼 때, 라디오는 현실과 접촉할 수 있는 유일한 매체이자 유일한 학교였고 뉴스가 흘러나오는 유일한 곳이었죠. 라디오드라마도 들을 수 있었어요. 어머니가 〈태어날 권리〉를 들으며 우시는 모습을 여러 번 보았습니다. 입대를 앞두고 있을 당시 전국을 감동의 도가니로 몰고 갔던 연속극이었어요. 국민들을 어찌나 감동시켰는지, 우리가 전선으로 향할 때 작별인사를 나누던 사람들의 눈물과는 비교가 되지 않았죠. 알베르토 리몬타, 라파엘 델 훈코를 비롯한 작중인물들은 검열로 재갈이 물리고 해가 지면 거리가 텅 비어버리는 국가의 끔찍한 드라마로부터 벗어나게 해주었어요. 사람들이 일찍 귀가한 건 그저 펠릭스 카이그네트*의 라디오드라마를 듣기 위해서만은 아니었어요. 보다 단순한 이유가 있었지요. 혼자서 거리를 배회하다 걸리면 넥타이가 잘릴 뿐 아니라 그보다 더한 일도 당할 수 있었거든요. 그런데 이런 것에 관해 선생에게 어떤 이야기를 들려줘야 할까요? 종종 병영의 석유램프 불빛 아래 조국을 생각하면서, 나는 무전병이 정확한 주파수를 찾도록 도와주곤 했어요. 그러는 동안에는 군복 아래로 온몸이 땀에 젖는 게 느껴졌지요. 가끔씩 천둥소리가 들렸고 우리는 열렬

* 쿠바의 라디오 작가이자 시인.

히 비를 갈구했지만 비는 결코 내리지 않았습니다. 그래서 우리는 서로 삶의 조각들을 교환했어요. 다른 사람들이 우표와 동전을 교환하듯이 말이지요. 사실 우리의 공동생활은 점차 모자이크가 되어갔습니다. 우리를 질식시키는 기후처럼 슬프고 넌더리가 났어요. 다음날 아침 거울 앞에서 면도할 때의 우리 얼굴처럼 가련하고 슬펐지요. 지금에야 이런 생각이 들어요. 지금 선생이 우리의 증언을 가지고 하려는 일도 마찬가지 아닐까요? 그렇게 많은 이야기들을 어떻게 정리할 생각인가요? 내 생각에 그것들 중 상당수는 서로 모순된 말이거나 거짓말일 겁니다. 참호 속에 있는 병사의 상상력보다 더 비옥한 것은 없거든. 내 말 명심해요.

2

독립기념일에 장교들은 보야카 전투가 있었던 다리에서 우리를 겁쟁이라고 책망하면서 용기를 가지라고 선동했어요. 그런데 우리가 참전한 첫 전투도 그날과 같은 날에 벌어졌습니다. 마치 의미 있는 날짜들이 서로 경쟁하는 것 같은데 이런 뜨거운 싸움이 너무 인위적으로 보이지는 않나요? 도대체 어떤 창의적인 전략가가 우리나라 독립을 기념하는 위대한 날과 극동에서 불행한 결과를 낳은 군사모험을 동일한 행위로 결합시키려는 생각을 했을까요? 이 횡포의 책임자는 정확히 일 년 전 야당 의원들이 학살당하거나 잠적해버린 덕분에 야당의 참석 없이 그 직무를 맡았습니다. 게다가 그는 의회가 해산되는 바람에 어느 사법부 관리 앞에서 취임선서를 했는데 바로 며칠 후 장관으로 승진했지요. 이런 일련의 파렴치한 행위에 대해선 선생이 나보다 더 잘 설명할 수 있으리라 믿어요. 문제는 우리가 함정에서 내린 후 한 달 반 동안 도곡리라는 무시무시한 장소에 수용되어 있었다는 거요. 말 그대로 젖 먹던 힘까지 전부 앗아간 곳이었죠. 우린 몇 달 전 북쪽 주둔부대에서 받았던 훈련이 얼마나 그리웠는지 몰라요. 이제는 모든 게 달라져 미군의 감독 아래 있었죠. 밤낮으로 훈련은 너무나 고됐고, 실탄을 장전한 사격 연습에서도 살아남아야 했어요. 그건 모의사격이 아니었고, 군악대 음악에 맞춘 행진도, 연병장을 도는 구보도 아니었지요. 도곡리에서는 정말로 모든 게 목숨이 달린 게임이었어요.

우리 대대는 1개 본부중대와 3개 보병중대, 그리고 1개 중화기중대로 이루어져 있었어요. 물론 의무반과 근무소대도 있었죠. 기진맥진할 정도로 더웠고, 시베리아의 드넓은 스텝 지역으로부터 먼지바람이 불어왔습니다. 자연은 무자비했어요. 하지만 미군들의 행위는 그 어떤 형용사나 부사로도 정의할 수 없었지요. 그자들은 진정한 사형집행인이었고 노골적으로 우리를 노예처럼 다루었어요. 용병이라고도 말할 수 없었어요. 용병들은 돈을 받고 행동원칙을 정했으니까. 우리는 딸랑이와 거울로 장식된 도살장으로 끌려간 총알받이에 불과했습니다. 마치 훈장의 쇠붙이처럼, 가짜로 약속한 유리구슬에 현혹당한 원주민 같았어요. 현실은 지옥이었습니다. 우린 작전 및 훈련 계획부서 교관들의 명령을 받으며 육 주 동안 도곡리에 머물렀습니다. 특히 마지막 사흘은 훈련이 너무 혹독해 탈장 증세를 보인 병사가 한 명 이상이었어요. 우리의 비나스코 중위가 얼마나 훌륭한지는 이때 분명하게 드러났죠. 그분은 구상된 계획을 정확히 이행하게 했어요. 기죽는 법이 없었지만 자기 휘하 병사들의 한계를 속속들이 파악하고 있었지요. 그래서 체력적인 문제로 동료들과 보조를 맞추지 못하는 많은 병사들에게 기회를 다시 한번 주었습니다. 물론 사전에 주의도 주었고요. 미군은 만일 누군가가 참호를 더디게 파 예상보다 시간이 지체되면, 그에게 팀에 대한 책임을 물으면서 다섯 개의 구덩이를 파게 했어요. 제시간에 해내지 못하면 그중 하나에 파묻힐 거라면서요. 그러나 우리 중위는 병사 옆에 서서 그에게 차렷자세를 취하게 하고는 실제 긴급 상황이라면 시간을 지체하는 것이 얼마나 위험한지 설명한 후, 예정된 시간 내에 다시 참호를 파게 했어요. 그분은 다른 여러 가지 문제에 있어서도 그렇게 행동했습니다. 마음이 약한 사람도 못 본 척하는 사람도 아니었어요. 평생 다른 일을 해온 사람들이 육 주 안에 운동선수가 되고 굴착기가 되고 동시에 이동표적을 명중시키는 사격 챔피언이 될 수 없다는 것을 이해하는 사람이었지요. 그래서 마시스테 가르세스를 도와주었던 겁니다. 덩치가 큰 그는 진짜 탄환이 비 오듯 쏟아지는 가운데 촘촘하게 얽힌 가시철조망 아래를 기어가다가, 엉덩이를 과도하게 올리는 바람에 철조망에 걸려버린 적이 있었어요. 그동안 동료들은 목표지점에 속속 도착했고요. 비나스코 중위는 군복이 찢어져 엉덩이가 드러나는 한이 있어도 앞으로 전진하라고 명령했어요. 비슷한 상황에서 미군은 '검둥이' 구아린에게 계속해서 스무 번이나 철조망 아래를 다시 통과하라고 지시했는데 말이에요. 그 불쌍한 친구가 결국 어떻게 되었는지 아시오? 엉덩이가 거지 팬티보다 더 너덜너덜해졌지. 그러는 와중에, 그러니까 기관총 포화 속을 헤쳐나간 것도 아니고, 총검을 장착하고 전진하던 중 전선에 도착한 것도 아니었는데 우리 대대에 최초의 부상병들이 생겼어요. 항상 얼빠져 보이던 수줍은 청년 라라가 그 영예를 누렸죠. 철모 위로 수류탄이 떨어졌는데 정말 재수 좋게도 터지지는 않았어요. 완벽하게 영악한 카다비드는 그 놀라운 일에 대해 수류탄이 효력 발휘를 제대로 못한 건 라라가 평소처럼 머리를 다른 곳에 두고 있었기 때문이라고 천명했지요. 어쨌거나 그 충격으로 의식을 잃은 라라는 의무실로 이송되어야 했어요. 그리고 그곳에서 솔라노 박사가 다카무라라는 일본인의 도움을 받아 그를 치료했지요. 그 일본인은 간호사이자 통역사였고, 위생병과 부상병과 군 지휘관 사이의 연결고리였어요. 이 대목에서 선생은 후방부대나 근무부대가 혼란스럽기 그지없다는 걸 알아야 해요. 다음날 아침, 아직도 어리둥절한 상태로—사람들은 불쌍한 라라, 정말 끝내주는 행운의 소유자야, 하고 말했죠—그 병사는 동료들의 만장일치로 대열에 합류했어요. 여기서 교훈을 하나 얻었어요. 물론 '친절한 사람'이 제공한 교훈이었죠. 머리에 든 게 없어도 철모는 써야 한다. 며칠이 흐르자 카다비드는 그 일화를 변형시켰어요. 라라가 머리에 총탄 세 발을 맞았지만 치명적인 부위를 모두 비켜가는 바람에 무사했다는 식으로 말이죠. 지옥으로 들어가기 전 우리는 모두 공포에 사로잡혀 있었는데 이런 이야기가 그나마 우리에게 위안이 되었어요.

"죽은 자의 미소군." '고졸' 야녜스가 한마디했어요. 그는 우리를 사로잡고 있던 극적인 기분 상태를 이런 식으로 정의했어요.

다른 사람들은 전선에서 화약 세례를 받지 않은 채 귀국했습니다. 훈련이 너무나도 효과적이었기 때문이죠. 그런데 우리 병사들은 바로 그 훈련 때문에 그렇게 효율적으로 끊임없이 팔다리가 잘렸고, 그렇게 효율적으로 대퇴골과 쇄골이 박살났어요. 도시의 거리를 침략한 새로운 부류의 미치광이들에 관해서는 말할 필요도 없겠지요. 진지하게는 '전쟁정신병 희생자들'이라는 이름으로 불린 사람들이었죠.

7월 말의 어느 아침, 우리는 여러 대의 트럭에 나눠 타고 망가진 탱크, 뒤집어진 지프, 기관총 세례를 맞아 구멍이 뚫린 나무, 불타버린 집들과 달콤한 냄새와 시큼한 화약 냄새가 섞인 끝없이 넓은 공동묘지를 지나갔습니다. 삼 년 전 레알 거리가 갑자기 불똥과 불타는 장작, 앙상한 전철과 뒤집힌 자동차, 연기를 내뿜고 있는 집과 건물로 변해버렸을 때에도 그와 유사한 장면을 본 적이 있었어요. 그때는 보도에 시체들이 수북했다는 점이 차이라면 차이일까. 여름의 그날 우리는 어디에서도 시체를 보지 못했거든요. 하지만 폭격으로 인해 숱한 사망자가 생겼으리라는 건 쉽게 상상할 수 있었죠. 북한군들이 자기 쪽 병사들의 시체를 치웠거나 남쪽 군인들이 자기 쪽 병사들을 매장했겠지요. 하지만 그 황폐함과 쓸쓸함 속에는 산산이 흩어진 시체들보다 더 비극적인 것이 억눌려 있었어요. 차가운 기계들의 전투에는 인간의 시체가 없다는 것. 지금 생각해보니 전쟁의 진짜 공포는 늘어나는 시체 수가 아니라 무덤 파는 인부들의 차가운 무균처치군요. 마치 전투의 증거를 없애면 사망자 수는 아무런 의미도 없다는 듯이 말입니다. 숫자가 배제된 전투는 상세하게 기록된 대학살보다 더 잔인해요. 우리는 전선으로 나아가면서 바로 그것을 보고 있었습니다. 폐허가 되어버린 교각 옆으로 강을 건너는데 별안간 처음부터 나를 덮쳐온 역겨운 냄새의 근원지를 발견했어요. 화약 냄새는 그러려니 했어요. 사방에서 부서진 무기의 잔해들이 보였고, 심지어 지뢰가 묻혀 있을지도 모르는 들판으로 나아간다는 것이 얼마나 위험한지 이미 알고 있었으니까요. 나는 마침내 달콤한 냄새가 풍기는 이유를 알게 되었어요. 우리가 있던 곳에서 20미터 정도 떨어진 다리 아래로, 전투 장비를 짊어진 채 쓰러져 있는 노새들의 썩은 시체가 보였거든요. 그 모습을 바라보자니 나는 다른 시절, 그러니까 남자가 죽으면 그의 말과 개, 때로는 아내까지도 함께 매장하던 시절에 살고 있는 기분이었어요. 이 전쟁은 전혀 다른 전쟁이었어요. 내 M1 소총의 총신처럼 차가운 금속성의 느낌이었어요. 나는 아무 이유도 없이 어느 성인의 석상 앞에 무릎을 꿇듯, 불과 몇 분 전만 해도 영원히 사라졌다고 생각했던 것들의 존재를 확신하며 얻은 희망으로 총신을 부여잡았어요. 믿음은 우리가 보지 못하는 것을 두려워하는 거지요. 전쟁은 바로 그 사실을 우리에게 드러내 보였고, 돌연 나에게 찾아든 이런 신학적인 생각은 황량한 서울에 도착했을 때 사실로 확인되었습니다. 서울은 공포의 수도였어요. 몇 달 전 영화관 뉴스에서 드레스덴의 참혹한 모습을 본 적이 있었습니다. 불과 육 년 전에 연합군의 공격으로 파괴된 모습이었어요. 너무나 충격적인 상황이었으니 승리자들조차 슬픔을 참지 못해 눈물을 흘렸을 겁니다. 아마 베를린을 덮친 참사도 그랬을 테지요. 베를린은 모든 면에 대해 벌을 받고 복수의 복음에 의미가 생기도록 철저하게 고문당한 도시였으니까. 서울은 악취를 풍겼고, 우리 눈앞의 쥐들과 망가진 무기들과 예전에는 화려한 자태를 뽐냈을 궁전의 유령 같은 뼈대를 보여주고 있었어요. 원자폭탄이 투하된 다음날 히로시마의 모습이 그러지 않았을까 싶군요. 그 폐허로부터 멀리 떨어져 있지 않다고 생각하니 소름이 끼쳤어요. 핵폭탄 역시 멀리 있지 않았습니다. 가장 격앙된 자문 위원 중 하나가 트루먼 대통령에게 핵을 통해 분쟁을 해결하는 방법을 제안했기 때문이죠. 이것이 우리를 기다리는 운명인가? '타말리토' 페냐는 분노에 휩싸인 듯 뺨 위로 흘러내리는 굵직한 눈물을 보란듯이 닦았어요. 언제나 강인해 보였던 카다비드 역시 역시 이를 갈았지요. 그리고 이것이 마치 지령이라도 된 듯, 대대 전체가 분노와 두려움의 콘서트에라도 와 있는 듯, 일제히 이를 딱딱 부딪히며 떨기 시작했어요. 앞으로 나아갈수록 융단폭격을 당한 도시와 마을이 점점 더 많이 나타났습니다. 마침내 수송대가 어느 계곡에 멈추었어요. 우리 기지로 마련된 곳이었습니다. 이유는 모르겠지만 그 황량한 모습을 보자 빳빳하게 발기가 됐어요. 아무도 내가 당혹해하고 있다는 사실을 눈치채지 못했지만 창피하더군요. 폐허와 갑작스러운 발기 사이에 어떤 관계가 있는지 알 수가 없었습니다. 장비 위에 다리를 꼬고 앉아 그런 모습을 감추었죠. 그런데 분명 어떤 관계가 있었던 것 같아요. 나머지 수송대원들 역시 질펀하게 오줌을 누었거든요. 게레로 대위가 카메라를 들고 대활약을 펼치고 있더군요. 그 앞에서는 엘킨이 노골적인 자세로 목표물을 뚫어지게 바라보고 있었고요. 멀리 폐허가 되어버린 절은 우리에게 전쟁에서는 그 어느 것도 살아남지 못한다는 사실을 분명하게 각인시켜주고 있었습니다. 준비 작업이 재개되었고 이틀 후 우리 대대는 미군 앨라배마 연대와 합류했어요. 처음부터 전쟁 지역에 있었던 연대였고, 그것은 하느님 덕분에 우리의 새로운 동료들이 모든 것을 알고 있다는 것을 의미했어요. 우리는 그 지역을 정찰했고 또다시 전투의 잔여물을 목도하게 되었습니다. 파괴되었지만 포신은 아직 건재한 채 위협적으로 남아 있는 러시아 탱크가 우리의 관심을 사로잡았어요. 게레로 대위는 살디바르 대령에게 탱크 옆에서 사진을 찍으라고 권했지요. '최고 고관'은 음경 같은 모양새의 포신 아래에 자리잡았고, 마치 자기 자신이 탱크를 고물로 만들었다는 듯, 굴복해버린 거대한 짐승을 바라보았어요. 그 옆에서는 발렌시아 대위가 평소처럼 탱크 위를 기어오르고 있었죠. 키도 살디바르 대령의 반밖에 되지 않는 사람인데 어쩌다 그렇게 신문에 많이 등장했는지는 나도 몰라요. 그 조그마한 대위가 쓴 회고록을 보니 놀랍더군요. 우리 중대의 그 누구도 언급하지 않고 미군들이 자신에 관해 한 말만 따옴표 안에 인용하다니. 거기에 적힌 말들이 다 사실 같아 보이더군요. 솔직히 대위가 한국전에서 지휘한 작전과 십오 년 후 산탄데르 지방의 산지에서 수행했던 작전은 분명히 사실이라고 할 수 있어요. 특히 후자에 대한 소식은 세계에 전파되었거든요. 두 개의 작전은 서로 다른 장소 다른 시기에 이루어졌지만 공통된 이름이 있었어요. '카밀로 토레스'. 한국전쟁 초기 어느 전초전에서 한 정찰대가 후퇴해야 할 상황이 발생했습니다. 총격전이 벌어졌는데 그 혼란한 와중에 몇몇 대원이 무리를 이탈했죠. 잘 알지 못하는 지역에서 이런 불상사가 생기곤 했는데 수행하는 작전의 성격상 아주 흔한 일이었어요. 정찰대나 첩보대나 추격대가 적진을 재빠르게 공격하고서 빠지는 작전이었거든요. 내가 비교적 자세하게 말해줄 수 있는 이런 부류의 작전이 적어도 대여섯 개 정도는 있었어요. 벌써 관련된 이야기들을 여럿 들었을 테지요. 문제는 딜레마였어요. 이탈한 병사들이 죽건 살건 그냥 놔두느냐, 아니면 정찰대 전체를 위험에 빠뜨리면서도 되돌아가 그들을 찾아야 하느냐. 대위는 후자를 선택했고, 몇 주 전 어느 고지에서 벌어진 탈환전에서 혁혁한 전과를 세운 카밀로 토레스에게 동료들을 찾아오라고 지시했어요. 험준한 지형에 총알이 난무하는데도 토레스의 분대는 멀쩡한 병사 두 명과 여러 부상자들을 구해냈고 시체 한 구도 실어왔어요. 그 공적은 신문에 실렸고 대위는 자기 회고록에서 그 일을 서술했지요. 〈행운의 병사〉라는 잡지에서도 대위에게 한 꼭지를 통째로 내주었고요. 지금도 한국 관련 군사 서적을 보면 그 일에 대한 찬사가 가득합니다. 그러니 내가 다시 그 이야기를 들려주는 것은 그다지 의미가 없을 겁니다. 반면에 카밀로 토레스의 영웅적 자질이 그 사건에서 끝나지 않았다는 사실은 강조하고 싶군요. 역사는 반복되는 것 같아요. 우리의 모든 역사가 그러하듯이 말입니다. 십오 년 후 카밀로 토레스 신부는 정부군에 대항하다가 목숨을 잃었어요. 당시 군 지휘자는 바로 머나먼 한국 땅에서 신부의 동명이인에게 동료들을 구해오라는 명령을 내린 사람이었어요. 카밀로 토레스의 죽음은 전 세계를 뒤흔들었고 승자에게는 훈장이 수여되었지요. 특별 부상은 성금요일의 성찬식 행사에서 '십자가 위의 일곱 말씀'*에 대한 설교를 하라는 초대장이었고요.

어느 날 '사색가' 로차가 내게 말했습니다. "잘 들어, 갈린데스. 그 군인이 조금만 더 나이가 많았다면, 아마 자기 전투 행위 속에 또다른 카밀로 토레스**를 연루시켰을 거야. 그 기나긴 영웅 계보의 첫번째 주인공 말이야, 『모욕의 회고록』의 저자."

* 예수가 십자가에 매달려 하신 말씀.

** 콜롬비아의 정치학자. 그라나다 왕국과 식민지의 사법관계에 관한 매우 중요한 자료인 『모욕의 회고록』을 썼다.

3

대대 내에서 공동생활을 한다는 건 쉬운 일이 아니었어요. 도처에서 다툼이 생겼고 별일 아닌데도 툭하면 드잡이를 했어요. 이 먼 곳까지 서로 죽이려고 왔냐, 적을 쫓기 위해 온 거다, 장교들이 공개적으로 수없이 나무랐지만 아무 소용이 없었어요. 그렇지만 사실 그 말은 다 헛소리였어요. 장교들 자신이 싸움을 조장했고 그런 싸움이 이내 대대 전체로 번졌거든요. 싸움은 대체로 사기성 포커게임 때문에 발생했습니다. 카드를 나눠주는 사람은 다른 동료들이 자신을 속였다고 믿었고 나머지 사람들은 카드를 나눠주는 사람이 속였다고 생각했지요. 그러다 끔찍한 싸움이 벌어졌고 근처를 배회하던 사람은 그 싸움이 자기를 불러들이고 있다고 느꼈죠. 주먹질을 주고받으면 그동안 축적된 긴장감이 사라졌고, 상관들은 그런 소동이 일종의 해방감, 카타르시스, 다시 말해 군대생활에서 쌓인 가장 위험한 체액을 배출하는 굉장히 위생적인 기회라고 여겼습니다. 배식 줄에서 슬쩍 새치기를 하거나, 키와 체력을 악용해 힘없고 작은 병사들의 물건을 빼앗는 사람들 때문에 싸움이 벌어지기도 했어요. 자체적으로 발생하는 이런 공격적인 행동으로 인해 병사들이 구분되기 시작했지요. 한쪽에는 반장이나 줄반장들, 그러니까 자기들 마음대로 순서를 강요하고 종종 상관들까지 등에 업은 '대단한 녀석들'이 있었어요. 다른 쪽에는 순종하는 사람들과 겁쟁이들 혹은 모든 우위 조건에서 배제된 사람들이 있었고요. 입대하는 순간부터 그런 구분은 확연했어요. 눈에 확 띌 정도로 차이가 났거든요. 장교들은 그런 차별에 암묵적으로 동의했고, 군종신부는 그런 대치 속성은 사회균형 유지에 필요하다고 우리에게 매일 상기시켰어요. 카스트리욘 신부는 우리를 전쟁터로 보낸 대통령이 설명했던 피라미드 이론을 항상 우리에게 주입시키려는 것 같았죠. 신부는 사회 정점에는 소수의 특권층과 지도층이 있고 하층부에는 무지한 무정형의 대중들이 있다고 말했어요. 대통령의 용어 설명에 의하면 이런 두 층이 바로 사회적 야금술의 요소, 즉 순금과 찌꺼기를 이루고 있었죠. 그런데 조금 벗어난 이야기를 해야 할 것 같네요. 이해해주었으면 해요. 우리 대대에서 벌어지는 사건의 중심에는 군종신부가 있었습니다. 그는 자신이 마치 교황청의 가장 희생적인 신부들의 후광인 듯한 분위기를 풍기며 다녔는데, 항상 구실을 만들어 "예수께서 그들에게 '나를 따라오라. 내가 너희를 사람 낚는 어부로 만들지니' 하시자 그들은 곧 그물을 버리고 예수를 따라갔다"라는 마태복음을 인용했어요. 신부가 미소짓는 모습을 본 사람은 아무도 없었습니다. 우리 대대는 한 명도 빠짐없이 미사 참석 명령을 지켜야 했지만 누구도 그 사제 앞에서 자발적으로 자신의 죄를 고하지는 않았어요. 그는 자신의 욕망을 만족시켜주는 사람의 죄만 사해주었거든요. 신앙심이 깊기로 유명한 베타니아, 엘 디피실, 피탈리토, 돌로레스, 안다게다 같은 마을 출신의 젊은이들은 너무나 힘든 순간을 보내야 했어요. 카스트리욘 신부가 강요하던 고해성사의 양상을 용기 내 공개 토론에 부친 것도 바로 그들이었습니다. 결국 모든 사람이 신부의 습관을 알게 됐지요. 전쟁이 한창일 때 죄사함을 받은 사람은 극한 상황에 처한 병사들, 즉 치명상을 입은 병사들뿐이었습니다. 대부분 의식을 잃은 상태였지요. 제대로 정신이 박힌 사람들은 그 누구도 신부의 요구사항에 응하려 들지 않았거든요. 그런 예방조치에도 불구하고 얼마 안 되는 신자들로 이루어진 무리가 있었습니다. 엘킨이 대표적이었어요. 그자의 고백을 들으면서, 카스트리욘 신부는 안경을 벗어 세게 입김을 불고는 영대領帶 끝자락으로 안경을 닦았습니다. 그러고는 공중으로 쳐들어 깨끗하고 투명한지 확인하고 점잖게 다시 매부리코 위에 올려놓았지요. 그는 자주 죄인의 고백을 중지시켰어요. 죄인은 디딤판 위에 서서 트럭의 오른쪽 창을 통해 고해신부에게 말했지요. 창은 모포로 거의 가려놓았지만 그 구멍으로 세상의 모든 죄악이 스며들었어요. 죽은 사람의 자리, 그러니까 조수석에 편안하게 앉아서 신부는 오른쪽 귀를 모포 구멍에 갖다댔습니다. 그는 고백을 중단시키고는 목소리를 낮춰 정확하게 요구했어요. 누구와 했느냐, 아들아? 몇 번이나 했지? 어떤 상황에서 했지? 그런 다음 바로 나무랐지요.

"자세가 불편했다고 죄의 중대함이 면제되지는 않아." 그러고는 화해의 말투로 바꾸었어요. "다시 그렇게 할 텐가?"

엘킨의 대답을 들은 신부는 그렇게 죄를 범하는 것은 부적절하다고 지적한 후 그자에게 죄를 사한다고 말했어요. 그러면 죄인은 디딤판에서 내려와 트럭 뒤로 돌아갔고, 천막 안으로 들어가 나머지 신도들의 관심에서 벗어난 채 잠시 그곳에 머물렀죠. 트럭 안에서 무슨 일이 벌어지는지는 아무도 몰랐어요. 그러나 독실한 마을 출신 신병들의 말로는, 그 누구라도 죄를 용서하는 대가로 어떤 벌을 내릴지 익히 추측할 수 있었답니다. 잠시 후 천막은 다시 열렸고 엘킨은 환한 표정으로 뛰어내렸어요. 안에서는 "네 죄를 사하노라"라는 메아리가 들려왔지요. 병사는 동료들의 캐묻는 듯한 시선 앞에서 간신히 이렇게 말할 뿐이었습니다.

"성체 접시처럼 나를 깨끗하게 만들어주었어."

다시 부대 분위기에 대한 얘기로 돌아가겠어요. 지휘권이 있는 자들은 북쪽 주둔부대의 특허품 같았던 라케다이몬인과 헬롯의 구분만으론 충분치 않다고 여기는 것 같았어요. 전선에서 벌어지는 작은 실랑이들의 양상이 날이 갈수록 심각해졌어요. 대대를 휩쓴 카키색 야만성에 영감을 받아 폭력에 기댔던 겁니다. 스파르타식을 가장한 군인정신은 군대 안의 두 그룹을 서로 맞서게 했죠. 마치 사람들에게 생존의 의미를 교육시키기 위한 또다른 연습과정 같았어요. 알겠지만 파견부대는 일정 기간마다 교체되면서 사망자를 대체하거나 최고참들을 피로에서 해방시켜주지요. 선생이 이미 인터뷰한 사람들은 모두 제1파견대 소속 사람들이에요. 하지만 인시그나레스는 아니에요. 그는 제2파견대 병사들과 함께 도착했어요. 알프레도 비야밀도 마찬가지였습니다. 심지어 그는 전투에도 참여하지 않았어요. 휴전협정 체결 직전 우리 부대에 배속되었거든요. 전쟁을 떠올릴 때면 난 제대로 전쟁을 치른 건 우리 제1파견대뿐이라고 생각해요. 공포를 독점한 셈이었죠. 치욕도 그렇고요. 그 바보 같은 코르시의 경우처럼. 그자는 있는 힘을 다해 우리 그룹과 대등해지려고 애썼지만 그의 천성과 기질은 그가 라케다이몬인 중 가장 사악한 사람임을 드러낼 뿐이었어요. 누군가 코르시에 관한 말을 하더라도 그건 진실에 미치지 못해요, 정말입니다, 내 말을 믿어줘요. 코르시는 비틀리고 모호한 성격을 대놓고 자랑하는 바퀴벌레였어요. 대대의 '대단한 녀석들'에게 쓰레기를 제공했고, 동시에 그자를 두려워하던 헬롯들이 모아놓은 돈을 고압적으로 야금야금 빼앗았거든요. 힘과 권력이 있는 사람이 코르시를 비호하는 게 분명했어요. 어느 날 일이 떠오르는군요. 그날 코르시는 계급도 아랑곳없이 나를 한쪽 구석으로 데려가더니 내 손에 잡지를 쥐어주었어요. 입에 군침이 돌더군요.

"제 말을 믿어주세요, 바에나 중위님. 중위님께 조국의 역사에서 가장 따뜻한 부분을 드립니다."

호기심을 참지 못한 나는 그 잡지를 흘끗 보았어요. 일련의 사진들이 있었고 사진들 위에 인쇄된 글들이 볼리바르와 마누엘라 사엔스의 관계에 대해 뻔뻔스러운 이야기들을 늘어놓고 있었지요. 그 잡지에 관심이 동하더군요. 이렇게 말해도 전혀 창피하지 않네요. '침보라소 산 위에서의 쾌락'이라는 제목은 잡지의 내용을 잘 드러내고 있었어요. '해방자' 볼리바르는 일인칭 화법으로 이런저런 전투의 위업에 대해 이야기했지만, 얼마 못 가 그 위업들을 침실 장면에 빗대거나 비유해 이야기했습니다. 볼리바르의 정부는 완전히 벌거벗은 몸으로 그에게 응대하고 있었어요. 사진사는 근사하게 생긴 까무잡잡한 여자의 활짝 벌어진 음부와 엉덩이를 마음대로 찍으면서 즐거워했고요. 작은 체구에 다 검둥이에 가깝고, 말랐지만 재능이 뛰어난 남자는 선생이 상상하는 역을 맡아 대본에 충실하게 연기하고 있었지요. 의자 위나 바닥에 군복 바지와 연미복, 견장과 주인공의 칼, 그리고 마누엘라의 속치마가 어지러이 흩어져 있었고요. 전체적으로는 사실주의 경향이 지배적이었는데 4페이지 사진에는 섹스 장면이 집요하게 클로즈업되어 있더군요. 너무나 자세해서 잡지는 흥분시켜야 한다는 목표를 정확하게 달성하고 있었어요. '해방자'는 곧 황홀함에 빠져들었습니다. 마지막 사진들이 잘 보여주고 있었죠. 남자는 자기와 마찬가지로 정신을 놓은 까무잡잡한 여자의 궁둥이 위에서 승마자세로 울부짖고 있었어요. 두 사람 모두 미쳐 날뛰고 있었는데, 그 심상치 않은 순간의 전염성이 너무나 강한 나머지 나는 주저 없이 코르시가 요구한 2달러를 지불하고 말았습니다. 어쨌거나 우리는 그자와 거리를 유지했어요. 아첨과 입발림으로 접근을 시도했지만 우리는 그자의 눈에서 악의를 읽었거든요. 우리 부대에서 일어난 몇몇 싸움의 근원이 바로 코르시였습니다. 그에 대해서는 앞서 언급했었죠. 코르시는 최고 순진한 헬롯들에게는 라케다이몬인들과 동일한 가격으로 잡지를 빌려주었어요. 어떤 때는 선금을 받았고요. 킨체나 '구아모'에게 약속한 잡지를 '투정쟁이' 라미레스에게 빌려주려고 하기도 했는데, 그럼 바로 싸움이 일어났어요. 상관들에게 불평하러 갈 수도 없었어요. 그들은 전투에 앞서 우리 몸을 달궈주던 새로운 이야기의 교훈에 열중하고 있었을 테니까요. 코르시는 염병할 놈이야. 내가 이렇게밖에 말할 수 없는 이유를 알고 있지만, 사실 그 작자는 자기 역할을 다했습니다. 변비 환자에게는 완화제 역할을, 신부들에게는 신참 수녀 역할을 했지요. 그런데 도저히 분류할 수 없는 이들도 있었어요. 과거에 대한 향수나 미래에 대한 희망으로 군인이 된 사람들, 마시스테 가르세스처럼요. 아마도 그는 엘킨을 비롯한 찌꺼기들에게 자기 모습을 일깨워준 유일한 사람이었을 거예요. 부에나벤투라 출신의 '검둥이' 구아린도 그런 부류였어요. 그는 다정하고 단정했고, 지갑에 넣어 갖고 다니던 가족사진을 시도 때도 없이 보여주며 라 보카나에 조그만 집을 사고 싶다는 꿈을 말했지요. 우리 대대원이 모두 다 그렇게 허섭스레기였던 건 아니라는 점을 알아줬으면 해요. 라케다이몬인들과 헬롯들 얘기도 했지만 잊지 말아야 할 몇몇 진주 같은 인물들도 있었습니다. 그 사람들은 틀림없이 게레로 대위와 카스트리욘 신부에 대한 얘기를 풀어놓을 겁니다. 우리가 어떤 야만인들과 막사를 함께 썼는지 선생도 이제는 익히 상상할 수 있을 테지요.

4

단지 시드 셔리스에 대한 지독한 사랑 때문에 나는 1951년 7월 28일자 〈크로모스〉를 끈질기게 끼고 다녔어요. 부산에 체류한 지는 이미 여러 주가 지났고, 잡지는 어머니가 병영으로 보낸 첫번째 편지와 함께 도착했지요. 편지지에는 '로스 마르티레스의 제6계명 여자기술학교'라는 명칭이 적혀 있었어요. 나는 학교를 바꾼 것이 어머니의 교직생활에 도움이 되었을 거라고 생각했습니다. 사실 우리 어머니는 훌륭한 선생님이었고, 심지어 편지에도 교육적인 말투가 스며들어 있었거든요. 어머니 덕분에 나는 우리나라의 상황을 알 수 있었어요. 그렇지 않았다면 아마 불가능했을 겁니다. 조국은 내가 입대했을 때와 비교해서 변한 게 없었어요. 아니 상황은 더 악화되어 있었죠. 나는 잡지 표지를 보았고 활짝 웃고 있는 여자의 얼굴에서 진가를 발견하려고 했어요. 눈, 새빨간 입술, 그대로 드러난 어깨, 외설스러운 여가수 스타일로 활짝 펼친 부채로만 겨우 가린 가슴이 강조되어 있었죠. 그리고 미소짓는 얼굴 아래로는 우리나라의 상황을 요약한 수치스러운 문구가 있었어요. "이번 호는 국가의 검열 아래 출간되었음." 농담이 아니었어요. 정말입니다. 국회가 문을 닫으면서 의사당은 국방부 본부가 되었고, 국방부 장관은 그곳에서 한국으로 대대를 파견한다고 공포했고, 상황이 복잡해지면 사단을 보내겠다고 약속했지요.

한 장을 넘기자 판권란 바로 옆의 기사 하나가 눈에 띄었어요. 물론 한국전쟁에 관한 내용이었는데, 우리는 이미 한반도에 도착한 상태였고 열흘 후 전투에 돌입할 예정이었건만, 정말 이상하게도 그 기사는 우리나라가 한국전에 참가했다는 사실에 대해 한 문단, 한 줄, 아니 최소한의 언급도 하지 않고 있었습니다. 머나먼 국가에 대해서만 하도 생각하다보니 우리는 유령 대대가 되어버린 것일까? 우리가 처한 위험은 가상이자 상상이란 말일까? 잡지 끝에 실린 만화에서 나는 카브룬 에메랄드를 둘러싼 저주로 인해 마술사 맨드레이크가 어떻게 아무 일도 제대로 할 수 없게 되었는지를 보았어요. 맨드레이크는 마술이 아니라 우연을 통해 설명이 불가능한 온갖 종류의 불행을 연이어 겪는 애인 나르다를 구하죠. 가령 다리가 무너져 물에 빠져 죽을 찰나에 도망을 치고 여러 번의 폭발에서도 살아남아요. 우리 용사들에게 매일 일어나는 일이 바로 이렇지 않을까? 나는 에메랄드의 저주 후—그 보석이 우리나라를 상징한다는 것은 근거 없는 얘기가 아니에요—연재만화 작가가 검열을 비웃기로 결심했고, 어떤 식으로든 우리 동포들에게 우리 모두가 처한 상황을 알려주었다고 생각합니다. 하지만 그 시기에 어디를 가든 그 잡지를 끼고 다닌 건 그런 이유 때문은 아니에요. 사랑 때문이었습니다. 시드 셔리스에 대한 사랑. 그 호에 그 여인 관련 기사가 실렸는데 너무 많이 읽어서 달달 외울 지경이었어요. 내가 사랑하는 그 여인의 사진도 다섯 장이나 실려 있었고요. 기사 제목은 '노란 옷의 댄서'였는데, 아름답고 까무잡잡한 여자의 삶에 관해 말하고 있었죠. 그런데 그 기사를 쓴 기자는 어느 대목에서 다름아닌 에이바 가드너와 그녀를 혼동하고 있었어요. 〈노스 컨트리〉에서 스튜어트 그레인저가 사랑에 빠지는 이국적인 혼혈 여인은 시드 셔리스가 아니라 반짝이는 스타 에이바였으니까요. 미군, 콜롬비아 병사, 심지어 중공군에 이르기까지 수많은 병사들이 이 땅에서 으르렁대는 가장 아름다운 동물이라고 여기던 사람이었지요. 그러나 내가 보기에 기자의 혼동은 시드에 관한 내 평가가 잘못되지 않았음을 보여주는 최고의 증거였어요. 그리고 무슨 일이 일어나건 내가 직면해야 할 기나긴 고독의 시간 동안 나는 그 여인과 함께하리라 작정했지요. 날 그런 눈으로 쳐다보지 마세요. 선생이 아름답기 그지없는 루이즈 브룩스에게만 눈길을 주리라는 사실을 나도 알지만 시드 셔리스 역시 마음에 두고 있다고 난 확신해요. 나는 또 시드가 역시 댄서였던 루이즈를 기리기 위해 앞머리를 그렇게 놔두었다고 생각합니다. 그러니 우리는 모두 〈밴드 왜건〉에 나오는 그 여자를 사랑하는 셈이에요. 스타들 이야기가 나왔으니 말인데, 메릴린 먼로가 병사들을 격려하고 위문하기 위해 한국에 왔을 때 내 재산의 반을 썼다는 이야기를 하고 싶군요. 여기서 '격려'라는 표현은 군 고위층이 병사들을 흥분시키기 위해 사용한 용어라고 지적하고 싶어요. 그들은 흥분의 도가니에 빠져 요코하마의 사창가까지 휩쓸었고, 전선에서 유감없이 용맹함을 보여주었죠. 메릴린은 열광적인 환영을 받았어요. 너무 영화 관련 이야기만 늘어놓아서 미안하군요. 하지만 세상에서 가장 아름다운 여자들 중 한 명이 우리 군복을 입고서 탱크로 기어올라가는 모습을 보고 그 여인의 목소리를 듣는 것이 우리에게 어떤 일이었는지 선생은 상상도 못할 거요. 그러나 이 세상은 불공평해요. 미군들이 메릴린을 데려가버렸고 우리는 로하스 피니야 중장의 방문으로 위로를 삼아야 했거든요. 왜 포르노가 그렇게 인기였는지 이제 이해가 되나요? 포르노는 훈련 초기부터 마치 전염병처럼 퍼져나갔습니다. 가장 정숙한 병사도 가장 경망스러운 병사도 그 전염병을 피해가지 못했어요. 메릴린의 방문으로 벌거벗은 여자들이 나오는 그 유명한 달력이 다시 유행했어요. 난 아직도 내가 최고의 행운아였다고 생각합니다. 시드 셔리스 기사는 물론이고 함께 실린 사진들을 갖고 있었으니까. 나는 노란 옷의 댄서를 버리지 않았고 몇 달 후 그에 대한 보상을 받게 되었어요. 내가 좋아하는 여배우의 새로운 사진 두 장이 실린 같은 잡지의 다른 호가 전선에 있는 내게 배달된 겁니다. 첫번째 사진에서는 길고 아름다운 다리를 완벽한 각도로 유지한 여자가 내게 즐거운 크리스마스를 보내라고 전화하고 있었어요. 다른 사진에서는 시드가 눈사람 위에 앉아 있었고요. 그 어느 때보다도 아름다운 얼굴로 미소짓고 있었고, 멋진 가슴은 클로즈업되어 있었어요. 그 자세와 의상을 보고 있으니 알라딘의 요술 램프에 나오는 정령이 가장 아름다운 여인의 모습으로 나타났다는 생각이 번뜩 들었습니다. 불안하고 초조하게 보낸 수많은 밤들의 마지막 밤이 찾아오자, 그 여인이 어쩌면 같은 방식으로 사랑과 목숨을 정복한 셰에라자드가 환생한 인물일 수도 있다는 생각이 들었고 또 그렇길 바랐어요. 이 말은 그러니까, 막사나 참호의 동료들이 포르노 사진과 잡지를 보고 자위를 하면서 신음하는 동안, 나는 전쟁 첫날부터 마지막 날까지 내 사랑하는 시드 셔리스의 얼굴과 가슴, 그리고 무한하게 길고 통통한 다리와 함께했다는 뜻입니다. 아마도 그래서 오 년 후에 여배우자 댄서인 여자와 결혼한 것 같아요. 그녀는 독재정권 몰락 후 뮤직홀에서 처음 개최된 공연 중 하나에서 주연을 맡았었지요. 도쿄에서 사노 세키—너무나 술을 좋아해서 우리는 그자를 사노 사케라고 불렀어요—를 알게 되었는데 그 사람이 이 나라에 정착하도록 설득한 것은 연극계에서 내가 이룬 최대 업적 중 하나였지요. 나는 나를 가부키와 친해지게 한 아벤다뇨 중령의 실수 덕분에 연극의 세계를 발견하게 되었습니다. 극단 '부오'에서 경험을 조금 쌓은 후 독립 극단을 설립했지요. '테테', 그러니까 '끈질긴 술책'이라는 이름의 극단 기억하나요? 그즈음 결혼했고요. 나머지는 모두 선생이 아는 얘기일 겁니다. 십 년 정도 된 일 같은데, 아내와 헤어지면서 나는 내 재산과 전쟁의 기억을 대부분 잃어버렸어요. 내가 용서할 수 없는 일이 있다면 나팔피리, 그러니까 하모니카를 분실했다는 겁니다. 안드라데와 친하게 지낸 나에게 중령이 건네준 그 친구 유품이었죠. 정말이지 〈제비〉라는 노래를 들을 때마다, 특히 페드로 인판테와 냇 킹 콜이 부른 노래를 들을 때마다 내 몸 안에서, 그러니까 목 근처에서 무언가가 녹아내리며 눈물이 앞을 가리는 게 느껴져요. 그러면 어느새 나는 추위와 두려움으로 얼어붙은 밤의 한가운데에 있는 나 자신을 발견하게 됩니다. 나는 적군과 아군 사이에 끼어 있는 정찰대원 중 하나에 불과해요. 뒤이어 작별의 탱고를 부르는 내 목소리가 들리고, 그 대답으로 안드라데의 하모니카 소리가 들려옵니다. 그러면 중공군의 기관총이 '제비'를 공중으로 날려버리죠. 몇 년 전까지만 해도 술집 '타이타닉'에서 마시스테 가르세스를 만나곤 했어요. 그 친구는 포로교환으로 자유의 몸이 된 이후 우리나라로 돌아왔고 신용대출 분야에서 최고가 되었습니다. 본인 입으로 직접 얘기했고 내 눈으로도 확인한 바에 의하면, 그 친구는 그 술집 여종업원 중에서 가장 예쁘고 괄괄한 여자의 애인이었죠.

우리는 전시를 떠올리며 녹십자 고지 전투, 바르불라 전투, 불모 고지의 빌어먹을 전투 얘기를 나눴어요. 안드라데의 일을 입에 올릴 때가 되면 파티는 엉망이 되었지요. 그 거인이 울음을 터뜨렸고 덩달아 나도 울었거든요. 슬금슬금 우리를 뒤쫓아오던 중공군의 총에 맞아 희생된 동료의 시체를 마시스테 가르세스가 거둔 것은 헛된 일이 아니었어요. 동료 중 유일한 백인이었지요. 마시스테는 목숨을 걸고 생명 없는 몸을 거두었고, 오른쪽 어깨에 시신을 멘 채 정찰대의 다른 병사들과 함께 숨을 곳을 찾았어요.

"이 모든 걸 떠올리는 것은 정말 슬픈 일이야." 마시스테는 말했어요. "하지만 정말 깨끗한 죽음이었어. '고졸', 도저히 잊을 수 없는 것들이 있어. 비나스코 중위의 죽음에 대해 이런 말을 할 수 없다는 게 유감이야."

5

그는 뒷걸음질치다 사흘 동안 계속해서 내린 비 때문에 생긴 진흙탕에 미끄러졌고, 병사들이 폭소를 터뜨리는 가운데 얼간이처럼 엉덩방아를 찧었습니다. 아얄라 소위는 오늘은 이제 충분하다고, 선수들은 모두 명예를 지켰다고, 싸움은 끝났다고 말했어요. 소위는 선수들 한가운데 섰고, '10센타보 동전의 원주민'에게 물러나라고 말하면서 렌테리아 중사 위로 몸을 굽혀 그가 일어나도록 도와주었죠.

"대대에서 더는 싸움을 보고 싶지 않다." 소위는 명령조로 말했습니다. "이런 일이 한 번만 더 벌어지면 두 사람 모두 영창이야. 이제 그만 해. 모두 막사로!"

나는 동정 어린 눈으로 중사를 쳐다보았어요. 목덜미부터 종아리까지 진흙투성이였죠. 하지만 빌어먹을 놈이었으니까 그래도 쌌어요. 이주 전, 그러니까 많은 돈이 걸린 치열한 포커게임에서 '10센타보 동전의 원주민'이 한판 승부로 150달러를 딴 뒤부터, 중사는 그에게 시시때때로 시비를 걸었습니다. 협잡꾼, 사기꾼, 모사꾼이라고 비난했지만 상대는 들은 체도 하지 않았죠. 그러다가 결국 중사는 그의 신경을 건드려 화를 내게 만들었어요. 보름 동안 욕설을 퍼붓고 신체적 능력을 넘어서는 기합을 준 다음, 대대에서 가장 힘이 센 엘킨과 마시스테 가르세스가 보는 앞에서 싸움을 벌였지요. 하지만 중사는 상대의 힘을 이길 수 없었습니다. 상대의 유일한 걱정거리는 끔찍한 잇몸 통증을 어떻게 하면 완화시킬 수 있을까 하는 것뿐이었어요. 테예스 대위 말처럼 분명히 우리는 중공군과 닮은 점이 있었어요. 한마디 불평도 없이 용기를 뽐내면서 가장 힘든 공격까지도 참아낸다는 것이었죠. 부대 전체에 대한 의견이었지만, 우리 중 단지 몇 명만이 그런 말을 들을 자격이 있다는 것을 우리는 알고 있었어요. '푸투마요'나 랑헬, 안드라데나 '10센타보 동전의 원주민'의 슬픔이나 무신경은 그들의 힘과 저항력과 용기와 무관하지 않았고 전쟁 내내 그걸 보여주었죠. 그들은 자신들의 힘이나 인내심과 관련된 그 어떤 욕설을 들어도 전혀 신경쓰지 않았습니다. 중사는 보름 동안 공개적으로 모욕을 주었는데도 아무런 반응도 얻지 못하자 비로소 그걸 깨달았지요. 그런데 어느 날 아침 갑자기 상황이 바뀌었어요. 그날 렌테리아는 수다쟁이들이 떠들고 있는 막사 계단 난간에 올라서 그의 길을 막았지요.

"너를 낳은 정액이 누구 것인지 네 어머니가 말해주더냐, 이 더러운 놈아?"

나는 그 병사가 어떻게 했는지는 잘 모릅니다. 하지만 눈 깜짝할 사이에 중사가 2, 3미터가량 붕 떠서 진흙탕 위로 날아갔어요. 그리고 일어나자마자 무자비하게 두들겨 맞았죠. 그 어떤 노련한 권투 선수도 결코 그런 장면은 보지 못했을 거라고 난 확신해요. 그건 정정당당한 싸움이었습니다. 렌테리아에게는 정말 다행스럽게도 아얄라 소위가 개입했지만 소위는 어떤 보복도 처벌도 내리지 않았어요. 불알까지 축축이 젖은 채 우리는 막사로 돌아갔지요. 나는 비틀거리던 중사를 벌렁 드러눕게 만든 '10센타보 동전의 원주민'의 마지막 펀치를 생각했어요. 첫 사격 연습에서 폭발음으로 귀가 먹먹해지고 무기의 반동으로 엉덩방아를 찧었을 때처럼 노새의 뒷발에 맞은 느낌이었습니다. 우리는 부산에서 군사행동이 시작되기를 기다리면서 야영을 했어요. 부대의 사기는 이미 떨어지려는 위험에 처해 있었죠. 전투는 아직 시작되지도 않았는데 주변에는 온통 폐허와 황량함뿐이었어요. 음산한 풍경은 해가 지고 나면 사악한 자줏빛을 띠었지요. 혈종血腫과 장례 리본의 색깔 말입니다. 모든 전조가 불길했고 병사들의 사기는 앞으로 일어날 사건들을 예견하는 것 같았지요. 싸움과 욕설을 비롯한 온갖 더러운 짓들은 곧 북쪽으로 진군을 시작할지도 모른다는 불안감과 병행하고 있었습니다. 북쪽, 우리가 아직 보지 못한 적군이 있는 곳이자 미군이 우리의 진지를 정해주기 위해 기다리고 있는 곳. 나는 '고졸' 야녜스의 따스한 목소리를 들었어요. 그는 내게 담배 한 대를 내밀면서 희미한 막사 불빛 아래 지도를 펼쳤죠.

"이 나라의 지도를 잘 봐. 태아의 모습이라는 걸 알 수 있을 거야. 아직 태어나지 않았지만 이미 존재하는 무언가의 모습이지."

자세히 봤더니 야네스의 말이 맞더군요. 하지만 그의 말은 내 눈보다 훨씬 더 정확했죠.

"태아 아니면 웅크린 사람이야. 마치 새끼돼지처럼." 야네스가 계속해서 말했어요. "황해에 인접한 서울은 눈이고, 부산은 마치 동해로 열려 있는 똥구멍 같아."

정말 모든 게 '고졸'이 지적한 대로였어요. 전 세계의 쓰레기가 부산에 쌓여 있는 것 같았으니까요. 먼지 휘날리는 그곳은 후방의 마지막 거점이었어요. 그러니까 북한군이 미군의 저항선을 뚫는다면 다른 곳을 향해 튀어나갈 수 있는 발판이었죠. 한반도 후미에 있는 그 도시는 마치 황열병으로 신음하는 아시아 대륙 전체의 찌꺼기를 내보내는 괄약근 같았어요. 한국 국가의 시작 부분이 떠오르더군요. "동해 물이 마르도록……" 아니, 누구는 이렇게도 말했어요. 이곳에 싸우러 온 모든 사람들의 똥으로 요강이 넘치도록. 물론 그들은 왜 싸우러 왔는지 모르겠지만.

잠시 후 나는 담배 한 대를 야네스에게 주면서 그의 표정에 답했고, 붉은 석양빛을 받은 그의 옆모습을 바라보았어요. 넓은 이마, 뒤로 빗어 넘긴 머리카락, 매부리코, 언제나 굳게 다문 입술, 단단한 턱. 나는 보자마자 야네스에게 관심이 갔었지요. 우리와 전혀 다른 부류의 사람이었거든요. 아마 카다비드나 비나스코 중위 정도가 야네스와 비슷했을 겁니다. 입대 초기였는데도 대대 구성원이라는 그 하나의 사실은 이미 우리를 장교처럼 생각하게 만들었어요. 우리는 우리를 둘러싼 것들에 억지로 눈을 감았고 입대를 자원한 것이 실수였다는 점을 인정하려 들지 않았지요. 강제로 입대한 사람들, 그러니까 아마 카다비드의 경우일 텐데, 그들은 적어도 정부의 약속을 믿지 않는다는 핑계라도 댈 수 있었어요. 그래서 나는 야네스의 결정이 이상하다고 생각해요. 그는 항상 책을 들고 다녔고, 모두에게 예의 바르게 대했고, 멋진 말을 구사했고, 모든 면에 주저없이 협력했으니까요. 말했듯이 나는 버지니아 군사학교에서 고등학교 과정을 마치지 못했습니다. 여러 이유가 있었지만, 특히 공부가 지겨웠고 미국인들의 규율을 견딜 수 없었죠. 과정을 마치기 일보 직전에 그만두었지만 선생도 인생의 아이러니를 알 거요. 군사학교에서 끝내지 못한 것을 한국에서 끝냈거든. 그것도 미군의 엄격한 지도 아래서. 모든 건 아버지 사업이 망한 시기와 일치합니다. 하지만 입대에 영향을 끼친 건 그것만이 아니에요. 아마도 마음속 깊은 곳에서 나는 가족 바이러스에서 도피하고 있었던 것 같아요. 막내 고모 카롤리나와의 고통스럽고 분명하지 않은 관계도 있었고 그다지 공평하지 못한 아버지의 성격도 한몫을 했죠. 나는 아버지를 다른 사람들처럼 최고의 경의를 담아 로차 박사님이라고 불러야 했어요. 아버지가 그렇게 편협한 사람이 아니었다면 난 그런 말을 듣고 웃었을 거요. 그런데 무슨 얘길 하고 있었죠? 그래, 학업에 관해 말하고 있었지. 나는 우리나라 사람들이 흔히 그러듯 음악에서 위안을 찾았어요. 라파엘 에스칼로나* 역시 고등학교 졸업장을 받지 못했지요. 병영에 구슬픈 밤이 찾아오면

* 콜롬비아 음악가.

'검둥이' 구아린은 안드라데의 피리 소리를 들으며 향수에 젖어 우리에게 그런 일들을 상기시키곤 했죠. 다른 얘기를 해보죠. 고등학교를 마쳤을 뿐만 아니라 자기 말로는 대학 공부까지 두세 학기 한 야네스 같은 사람이 왜 군대에 자기 자신을 바쳤을까요? 야네스는 내 생각을 읽었는지, 길게 담배 연기를 빨아들이더니 한국의 푸른 겨울밤으로 도넛을 만들어 날려보내면서 설득력 있게 대답했어요.

"내가 그 여자를 알았을 때 그 여자는 메데인에서 가장 결혼을 잘한 창녀였어. 엉덩이가 아름답다고 프랑스어로 칭찬받기 좋아하던 최고급 계집년이었지. 로차, 안티오키아의 여자치고 하느님의 축복을 받지 않은 여자가 없다는 걸 너도 알 거야. 그 여자는 아주 요구가 많았어. 앞에 있는 남자에게 필요한 말 이상은 하지 않으면서, 멋진 자기 젖꼭지에 침을 발라보라고 요구했지. 정말 걸작이었어."

야네스가 내 눈빛이 이상했는지 말을 멈추었어요. 공부깨나 했다는 놈이 어울리지 않게 국회의원처럼 말하네, 하고 생각했거든요. 하지만 그의 이야기에 관심이 갔어요. 렌테리아 중사의 말버릇 같은 운율에 관심이 있었던 게 아니에요. 이런 무언의 설명을 감지한 듯 야네스가 말을 이었어요.

"그 여자는 돈이 남아돌았어. 그래서 철새에 불과했던 내게 요구한 건 점잖은 행동과 멋진 말뿐이었지. 그런데 어느 날 그녀의 남편이 세상에서 가장 희귀한 병세를 보인 거야. 어떤 병인지는 몰라도 침샘이 말라버려 침이 나오지 않게 되었지. 그자는 침을 삼킬 수도 없었고, 말하는 건 어림도 없었어. 그러니 아내의 빨간 딸기 두 개를 핥아주는 건 상상도 할 수 없었지. 그게 그 여자가 가장 좋아했던 건데 말이야. 그녀는 아주 세련된 모험가였거든."

어느새 우리는 둘이 아니라 셋이 되어 있었어요. 에르메스가 아무 말 없이 끼었거든요. 이야기가 진행되면서 셋은 다섯이 되었어요. 모두 입을 다문 채 주의깊게 야녜스의 이야기에 귀를 기울였지요.

"그 여자 남편이 병에 걸린 뒤, 나는 내가 초과 근무를 해야 할 거라고 생각했지만 정반대로 그곳에서 쫓겨나고 말았어. 그 작자가 우리 관계를 알고 협박했거든. 그 여자 역시 남편이 화를 내기 전부터 벌써 완전히 바뀌어버렸어. 건강했을 때는 아무 문제도 없는 남편이었다고, 병들어 아무짝에도 쓸모없게 되었어도 그에게 충성을 다해야만 한다더군. 무슨 놈의 충성인지는 모르겠지만. 그러고는 더이상 아무 설명도 없이 나를 내쫓았어. 그 무렵 나는 그 색녀를 그 어떤 호색한보다 더 사랑하고 있었어. 이런 말을 해도 전혀 창피하지 않아. 스물두 살 나이에 그 여자를 미친듯이 사랑했거든. 남편이 생각보다 훨씬 더 사실적으로 위협했지만 나는 꿋꿋이 버텼어. 그런데도 여자는 알 수 없는 자기의 품위 운운하며 그 안에 굳게 틀어박혀버렸지. 그렇게 그 여자는 내게서 숨었고 모든 사람들의 눈에서 사라졌어. 게다가 나를 개새끼들에게 던져버렸어. 남편이 폭력조직을 동원했거든. 나는 후닌에게 몽둥이찜질을 당했고 어떤 날에는 내 형제들 중 하나가 협박을 당하기도 했어. 나는 그 벙어리의 의도가 무엇인지 분명히 깨달았어. 그래서 그자가 맹세했듯 그의 조직원들이 나를 거세하기 전에 어머니를 설득해 마그달레나의 로스 고소스 학교를 그만두게 했어. 그런 다음 보고타로 이사했지. 나의 방랑생활을 상상해봐. 나는 벨렌 데 움브리아에서 태어나 메데인에서 멋진 섹스를 즐겼고 보고타에서 자원입대했어. 그 염병할 놈들, 그 뾜뱀의 협박은 보고타까지 계속되었기 때문이지. 어쨌거나 금욕과 두려움과 그 여자를 잃어버렸다는 고통에 원망과 분노가 더해졌어. 만일 이 세상이 살아남는 법을 아는 사람들을 위한 것이라면, 전쟁은 그걸 배울 수 있는 최고의 학교일 거라고 나는 생각했어. 나와 조국의 연결고리는 어머니와 두 동생뿐이야. 그들은 가끔씩 나를 기억해내고 내게 잡지를 보내줘."

"난 반대로, 마누라가 나를 속이고 내 사촌과 정을 통하고 있다는 걸 알고 입대했어." 병사 오르도네스가 이야기에 끼어들었죠.

"전쟁터에서 돌아가면, 그러니까 네가 집으로 돌아갈 수 있게 되면 사촌을 찾아가 애도를 표하도록 해. 사촌은 무슨 뜻인지 이해하고 네 마누라에게 품위가 뭔지 느끼게 해줄 거야."

"난 아주 어려요." 어린 에르메스가 가슴을 졸이며 대화에 가담했어요. "아마 그래서 아저씨 말을 하나도 이해하지 못하나봐요, '고졸'."

"이해할 필요 없어. 하나만 기억해. 성사로 축복받은 최고 아름답고 통통한 엉덩이보다 못생겨도 정직한 엉덩이가 더 낫다는 거."

6

기상나팔이 울리면 곧이어 새벽의 추위를 참으며 연병장에 정렬해 있던 기억이 나요. 그러니까 새벽이었단 말입니다. 겨울에는 아침 열시쯤 해가 밝아오고, 낮은 어스름과 얼음과 불안으로 가득한 그림처럼 펼쳐지기 때문이지요. 내게는 모든 게 두려움의 동의어였어요. 렌테리아 중사나 볼라뇨스를 제외하고는 상관에게 제대로 경례를 못하는 것, 장식 띠나 계급장을 보고도 계급을 구별하지 못하는 것, 상관들을 제대로 대하지 못하거나 그들의 명령을 이해하지 못하는 것 등을 비롯해 복잡하고 어려운 일련의 것들 모두가 내게는 두려움과 똑같은 말이었어요. 캐롤라인제도에서 훈련을 받을 때부터 나는 지위와 계급 문제로 말썽을 일으켰죠. 그러나 나는 작대기 하나를 달고 머리를 박박 깎은 불쌍한 존재였고, 약간의 운과 인내심만 있으면 진정한 남자로 변모할 수 있는 조국의 시민이었어요. 부동자세로 정렬해 있으면 기침조차 할 수 없었습니다. 다른 생각을 한다는 건 꿈도 꾸지 못할 일이었고요. 생각은 나머지 사람들이나 하라고 해, 렌테리아 중사는 고함을 질렀어요. 군인은 생각이 아닌 다른 걸 하기 위해 그곳에 있었으니까.

"민간인들이 생각이라고 부르는 것은 적 앞에선 결정적인 장애다. 우리는 결코 그걸 용납할 수 없다." 렌테리아는 말했어요. 카다비드와 '고졸' 야녜스, 그리고 로차 같은 대대의 책벌레들을 괴롭히기 위한 말이었죠. "군인은 구보하고 복종하고 침상 정리하고 단 한 발도 실수하지 않는 데만 정신을 쏟아야 한다. 생각하는 군인은 생각하지 않는 군인에겐 죽은 사람이나 다름없다. 이 말을 잊지 마라."

중사의 목소리는 마치 무자비한 천공기 같았어요. 우리 귀가 국가와 군악대 그리고 장광설로 돌팔매질을 당했다는 사실은 말할 필요도 없을 겁니다. 심지어 눈도 깜빡거릴 수 없었어요. 차렷, 이 개자식아, 왜 날 쳐다봐? 군대의 말본새는 창녀나 기둥서방의 말본새와 다르지 않았어요. 우리의 운명도 마찬가지였고요. 우리는 무언가를 위해 그곳에 있었거든요. 그리고 렌테리아는 자기가 병사들에게 공포의 존재라는 사실을 알고는 세밀하게 검열하면서 두려움을 조장했습니다.

"군화와 벨트 버클은 학자들의 운율보다도 더 깨끗해야 한다." 그날 아침 렌테리아 중사는 내 눈을 뚫어지게 보면서 말했어요. 실실 웃지라도 않는지 잡아내려는 것이었죠. 걸리면 불침번을 세우거나 변소 청소를 시킬 게 분명했어요. 그리고 정말 그런 일이 벌어지고 말았습니다. 내 군화는 에나멜을 칠한 것처럼 번쩍거렸지만 중사가 원하는 상태가 아니었거든요. 중사는 진흙투성이 군홧발을 들더니 내 군화를 짓이겼고 그런 다음 동료들에게 주목하라고 했어요. 비록 그 말에 반응을 보인 건 쥐새끼 같은 미소를 짓는 '구아모' 오초아뿐이었지만.

"갯가 놈들은 무식할 뿐 아니라 더럽기 짝이 없어. 이 빌어먹을 놈을 잘 봐." 렌테리아 중사는 이렇게 말했고 나는 처벌받을 장소가 어디일지 곰곰이 생각했어요. 중사가 왜 나를 미워하는지 알 수 없었지만 참는 수밖에 없었지요. 물론 혼자 있을 때면 렌테리아가 억지로 쥐어짜낸 말 때문에 웃음이 터졌습니다. 사실 '운율'이라는 단어를 통해 중사가 무슨 말을 하고자 했는지 아는 사람은 거의 없었어요. '학자들'의 의미는 훨씬 간단했어요. 당시 학자가 된다는 것은 후광을 비롯해 모든 걸 가진 무언가의 주변에 있다는 뜻이었거든요. 그러니까 신성함의 주변, 즉 죽은 사람이라는 뜻이었죠. 그건 사실이었어요. 우리나라는 악취를 풍겼고, 그래서 언어학술원을 이끌던 신부는 국호를 바꿔야겠다는 생각까지 했으니까요. 카스트리욘 신부는 매주 일요일 미사에서 그 이야기를 되풀이했고, 우리가 자리를 비울 수 없어 미사에 참석하지 못했을 때는 참호를 찾아와 들려주었습니다. 그리스도가 등을 돌리자 우리나라는 두 개의 전선에서 신성함을 찾으려는 것 같았어요. 한 전선에서는 그리스도의 비유처럼 '새들'이 밀짚을 나누었고, 다른 전선에서는 아시아의 조그만 논을 청소하라고 보낸 사람의 기대를 충족시키기 위해 우리가 목숨을 바치고 있었죠.

난 신부에게 아침 점호는 고문이라고 말했어요. '투정쟁이' 라미레스는 렌테리아 앞에서 부동자세를 취할 줄 모른다는 이유로, 무릎을 꿇고 중사의 군화를 핥아야 했지요. 물론 '투정쟁이'는 무엇이든 핥을 수 있는 자였습니다. 완벽한 개자식에다 능글능글하고 교활한 작자였거든요. 모두가 그자를 피했어요. 엉큼한 술책 때문이 아니라 그자의 냄새 때문이었지요. 라미레스가 공개적으로 또는 개인적으로 하는 모든 일은 냄새를 통해 드러났어요. 그건 우리의 체취와는 전혀 다른 냄새였습니다. 좌절과 환멸의 냄새였죠. '투정쟁이' 라미레스의 냄새는 비겁함으로 점철된 시큼한 냄새였어요. 축축하고 더러운 겨드랑이와 사타구니에서 나는 냄새, 케케묵은 기름때 냄새이자 배신자의 냄새 말입니다. 라벤더 향을 풍긴다고까지는 말할 수 없었지만 우리는 우리 그룹의 냄새를 알 수 있었어요. 그것은 단결과 두려움의 냄새였죠. 선생이 보다 구체적으로 알길 원한다면, 구토를 불러일으키기도 하는 냄새라고 해두지요. 그 냄새는 동료가 도와주길 기대하면서 진지하게 위험을 무릅쓰는 사람의 냄새죠. 이름이 아니라 번호가 대답하는 점호 시간에 진한 안개 속에서 풍기는, 부대의 냄새. 창자에서 나오고, 재발하여 풍기고, 며칠이나 이를 닦지 않아 지독해진 숨냄새로 퍼져나가는 냄새, 아파치족의 냄새, 체취와는 달라요. 다른 냄새, 그러니까 거리의 사람과 사랑하는 여자의 냄새는 이름이 있는 냄새예요. 병사의 꿈은 무슨 냄새가 나는지 압니까? 두려움의 냄새가 납니다. 중사와 병장이 졸병을 실컷 괴롭힐 때 불러일으키는 두려움 말입니다. 그 피해자는 우리 모두, 그러니까 누구든 될 수 있지요. 제복을 생각나게 하는 냄새는 그 어떤 것과도 비교되지 않아요. 조국이라는 건 바로 이런 모든 냄새의 종합입니다. 행진하는 무리의 향내죠. 악취 풍기는 것들이 너무나 많아요. 국가의 문장에는 두려움을 그려넣는 법이 없습니다. 문장이란 우리가 부동자세를 취하고 있을 때 최고의 자긍심을 불러일으킬 수 있는 모든 상징과 소속과 가치를 나타내는 것이니까요.

"왜 날 그런 눈으로 쳐다봐, 이 개자식아!"

그 고함 소리에 나는 제정신으로 돌아왔어요. 나는 분명 그때껏 군복을 입고 장식 띠를 반짝거리면서 이가 모두 썩어버린 사람은 본 적이 없었어요. 내게 그것은 일탈이자 질서와 지휘부의 신뢰성에 대한 도전처럼 보였어요. 나는 군인의 이가 렌테리아처럼 모두 썩어버렸다면 군대에서는 모든 게 가능할 거야, 하고 생각했어요. 징계받을 장소가 어디인지 지시가 떨어지길 기다리는 동안, 나는 몇 미터 앞에서 렌테리아의 숨냄새가 나를 괴롭히고 있다는 것을 느꼈답니다. '투정쟁이' 라미레스만이 그 악취와 경쟁할 수 있는 사람이었어요. 그런 작자들의 냄새는 시트 사이에서도 버섯을 자라게 하지요. 이제 생각해보니 전쟁에서 가장 끔찍한 것은 적의 총탄에 맞아 죽는 것도 아니고, 손발이 잘려나간 동료들의 몸도 아니고, 한밤중 불시에 자행되는 중공군과 괴뢰군의 연합공격 앞에서 공포에 사로잡혀 내지르는 비명도 아니고, 떨어지는 폭탄과 끝없이 퍼붓는 기관총탄 속에서 우리를 무자비한 야수로 만드는 뿌리깊은 두려움도 아니에요. 나는 참호 속에서 '투정쟁이' 라미레스의 행동을 보았는데, 그게 바로 전쟁에서 최악의 것이었죠.

아마도 우리가 전선에서 보낸 첫 겨울이었을 겁니다. 어쨌거나 전투는 정점을 향해 치닫고 있었고, 눈과 시베리아의 바람은 처음으로 희망과 흥청망청 파티의 이유가 아닌 참을 수 없는 고문이 되었어요. 그 당시는 모든 게 동요된 상태였어요. 공격정찰대가 실종되었기 때문이었죠. 그리고 카밀로 토레스 정찰대가 그들을 찾으러 나갈 준비를 하고 있었던 것 같아요. 병력이동이 있었어요. 몇몇 병사들은 부름을 받아 구조정찰대를 이루었고, 다른 병사들은 공병들이 방어선을 지키기 위해 파놓은 진지에서 비어 있는 자리를 메꿨어요. 우린 30구경 기관총과 60밀리 박격포로 진지를 구축했습니다. 내게는 위치이동이 하달되지 않았지요. 마지막 사흘 동안 나는 무전기기를 들고 원래의 자리에 있었습니다. 내 역할은 전선 상황을 지휘부대에 보고하고 후방 지휘부의 명령을 최전선부대에 알려주는 일종의 연락책이었어요. 대체 병력 중 한 명이었던 '투정쟁이' 라미레스는 바로 후방부대에서 참호선으로 보내졌지요. 그는 자기가 그곳으로 보내진 이유를 말하지 않았지만 내가 보기에는 징계인 것 같았어요. 보급부서에서 몇 가지 부정 행위가 발견되어 곧바로 수사가 시작됐거든요. 첫번째 보고서가 제출되는 사이, '투정쟁이' 라미레스는 우리 진지로 이송되었습니다. 하찮은 것에도 그렇게 불평을 많이 하는 사람은 처음이었어요. 라미레스는 춥다고 투덜댔고, 렌테리아 중사도 쓰지 않는 상스럽고 음탕한 감탄사를 남발했죠. 입에 담지 못할 신성모독적인 욕설을 해대는지라 카스트리욘 신부의 욕설은 마치 영적 훈련처럼 느껴질 정도였어요. '투정쟁이' 라미레스는 만사가 불만이었고 걸핏하면 화를 냈어요. '10센타보 동전의 원주민', '고졸' 야네스, 앙가리타와 나는 어떻게 해야 그자의 입을 다물게 할 수 있을지 몰랐지요. 대부분의 경우 라미레스는 우리를 원래 상태보다 더욱 초조하게 만들었습니다. 참을 수 없을 만큼 반복적으로, 장갑을 벗고, 장갑 안에 바람을 불어넣고, 손을 마구 비비고, 그런 다음 다시 장갑을 꼈어요. 입대 전 직업은 택시 운전사였다더군요. 그는 마치 그걸 과시라도 하듯이 아주 뻔뻔스럽고 오만한 표정을 지으며, 장갑을 꼈다 벗었다 하는 행동을 되풀이했지요. 우리는 귀를 막고서 그자가 실컷 욕을 하도록 내버려두었어요. 언젠가 내가 너무 천박하게 굴지 말라고 나무란 적이 있는데, 그에 대한 대답으로 SR57 소총으로 나를 위협했거든요. 지정된 좌측면을 지키라고 그자에게 준 총으로 말이에요.

"이봐, 인시그나레스. 아무도 내게 조용하라고 말할 수 없어. 네가 원하는 게 한판 붙는 거라면 좋아, 한판 붙어보자고."

'투정쟁이'의 허세와 너무나도 대조적인 다른 동료들의 사려 깊은 시선을 보고 나는 침묵을 지키는 편을 택했어요. 그런데 두 시간 후 시작된 라미레스의 행동이 북극에서 내려오는 차가운 한류보다 더 우리를 오싹하게 만들었죠. 그자는 강박감에 사로잡힌 사람처럼 쉬지 않고 중얼대면서, 지갑에서 사진 몇 개를 꺼내 마치 제단을 차리듯, 자기 손으로 참호 흙더미 위에 만들어놓은 일종의 처마 장식 위에 올려놓았어요. 우리는 숨조차 쉴 수 없었어요. 처음에 이미 그를 나무랐기에 더 할말도 없었죠. '투정쟁이' 라미레스는 다시 장갑을 벗더니 그 안에 바람을 불어넣었고, 가죽장갑의 손가락이 부풀어오르는 것을 보더니 손을 비볐어요. 그러고는 자기 제단에 바친 봉헌물을 쳐다보면서 처음으로 만족스러운 미소를 지었어요. 왼쪽에서 오른쪽으로 다섯 개의 사진이 보였는데 여자들 모습이 이어졌습니다. 커다란 가슴을 손바닥으로 받치고 있는 첫번째 여자는 마치 그것을 누군가에게 주려는 듯 손바닥을 위로 한 채 손을 펼치고 있었어요. 계속해서, 전신을 드러낸 다른 여자는 넉넉한 몸매를 미디엄 클로즈업으로 보여주고 있었고요. 세번째 여자는 세부적인 것을 고집했죠. 매니큐어를 칠한 손가락이 클로즈업된 상태로 음부를 벌리고 있었는데 검은 음모 한가운데로 마치 기름을 칠한 것처럼 반짝거리는 고랑이 살짝 보였어요. 다음 엽서는 분명 어떤 여자의 훌륭한 엉덩이를 기리고 있었고요. 그 여자는 서서 자신의 긴 다리 사이로 관객을 쳐다보고 있었는데, 그런 자세로 세 가지 '미소'를 모두 보여주고 있었습니다. 그 누구도 다섯번째 여자는 기억할 수 없었어요. 어디선가 상처 입은 맹수가 내는 듯한 거친 숨소리가 들려와 정신없이 사진만 쳐다보고 있던 우리의 눈길을 돌리게 됐거든요. 우리 눈이 포착해낸 건 왼쪽에서 날아온 우윳빛 덩어리가 '10센타보 동전의 원주민'을 지나 다섯번째 사진과 충돌하는 장면뿐이었어요. 방금 전 상황을 믿을 수 없어 우린 본능적으로 시선을 왼쪽으로 돌렸고 '투정쟁이' 라미레스의 행동을 확인할 수 있었죠. 그자는 지퍼를 잠갔고, 손가락이 들어가야 할 장갑 속 다섯 개 공간에 바람을 불어넣고는 손을 비볐어요. 그러고는 장갑을 바지 속에 찔러넣은 다음, 제단의 사진들을 정성 들여 거두면서 마치 아무 일도 없었던 것처럼 이렇게 외쳤죠.

"젠장, 이런 날씨엔 불알도 얼어붙겠어!"

앵커리지에서의 기나긴 기다림은 비르힐리오에 대한 온갖 종류의 억측을 불러일으켰을 뿐만 아니라 우리의 사기도 진작시켰다. 아마도 알래스카의 추위와 결합한 신경과민이 단호하게 행진을 시작해 '잭 다니엘스'를 멋대로 퍼마실 수 있는 구실을 제공했기 때문이리라. 아마도 유일하게 분명한 사실일 다른 설명은 이미 널리 퍼져 있는 비행기 여행에 대한 공포일 것이다. 우리는 아홉 시간 동안 태평양 상공을 날아갈 준비를 했고, 연료 중 가장 사랑스럽고 다정한 위스키를 충분히 비축했다. 이미, 법석거리는 정도가 아니라 귀에 거슬릴 정도로 시끄러워졌다. 이유는 모르겠지만, 사실 나는 두 잔만 마셔도, 어찌 봐도 뻔뻔스러울 수밖에 없는 문제를 마구 입 밖에 낸다는 사실을 인정해야만 한다. 호색과 불건전함은 우리에게 대화의 길을 모색해주고 그런 대화는 여자—아무 여자나—를 우리의 주요 목표로 만든다. 그런 경우 우리는 종신형 죄수나 병사들보다 더 악질이 된다. 첩으로 둘러싸여 있으면서도 마치 여자들이 수천 킬로미터 떨어져 있는 것처럼 말하기 때문이다. 뜨거울 정도로 가까이 있지만 우리는 그들의 존재를 잊어버린 채, 우리의 환상을 펄럭이며, 목소리를 드높여 저속한 추측과 농담을 고상하게 말한다. 아름답고 우아하며 거의 섬세하다고까지 말할 수 있는 여승무원들이 복도를 오간다. 그들은 우리가 요구하는 세세한 것에까지 관심을 기울인다. 그들 뒤로 그 못지않게 예쁜 여기자들이 지나다닌다. 여기자들은 항상 신문에서 떠들어댈 만한 내역들을 사냥하려 드는 한편 새롱거릴 가능성도 열어놓고 있다. 나는 카마르고 상원의원이 날씬하고 까무잡잡한 엘비라를 탐난다는 듯 쳐다본 것을 알고 있다. 그러나 공직자들과 여자 언론인들—여기자들은 이렇게 불리길 좋아한다—사이의 친밀한 관계는 일상적인 것이다. 어떤 명민한 관찰자가 여자들의 행동에 대해 적절하게 시사한 바에 의하면, 이제 위대한 모험은 젊은 여자들과 함께 지내는 영화제작자들이나 여배우들만의 독점적 특권이 아니다. 젊은 여자들은 여배우로서의 길을 열려고 하고 비평가들과 편집인들은 자신들이 베푼 최소한의 호의를 물질적으로 돌려받고자 하는데, 이럴 때 여자들은 캐스팅에서 자기들을 선택한 사람의 탐욕스러운 눈의 정확성에 자기들이 가진 유일한 것으로 보답한다. 상원의원의 여동생인 로레나 카마르고는 몬살베와의 뜨거운 관계 덕분에 덧없는 대역 배우에서 아름답고 영속적인 문학작품의 주인공으로 탈바꿈한 바 있다. 천박한 짓을 권력과 뒤섞으려 한다고 나를 비난할지도 모른다. 하지만 다른 곳과 달리 우리나라에서는 공인의 스캔들이 자살

행위에 비견될 만한 중대성이 없다는 사실을 그 누구도 부정할 수 없을 것이다. 그 정도가 아니라 우리 문화의 고유한 특징인 남성성에 대한 이상한 숭배는 오히려 이런 종류의 스캔들을 일으킨 장본인을 영웅으로 만들고, 문젯거리가 될 수 있는 그런 영웅의 특권은 앙큼녀와 호색한의 피를 끓게 한다. 페로몬 같은 거지 뭐. 하지만 이런 부류의 스캔들은 신문에 실리는 법이 거의 없다. 어림짐작할 뿐인 이런 종류의 수치스러운 행동은 조국의 역사에서 비밀의 베일에 싸인 위대한 사건이 된다. 그렇기에 위스키와 함께 밝혀지는 장황하고 음란한 세부사항들은 그저 칵테일파티나 클럽 모임, 식후의 추잡한 대화에서의 명강의가 될 뿐이다. 혹은 바로 지금 비르힐리오의 수행원들 사이에서 벌어지는 일처럼, 아주 훌륭한 직접적인 출처가 되기도 한다. 이 음란한 인간들은 두번째 원에 갇혀 있다.* 술과 사악한 의도로 인해 기운을 되찾은 최고 뻔뻔스러운 작자들은 적어도 언어의 영역 안에서는 사려 깊은 여승무원들을 음란하고 관능적인 여인들로 바꾸어놓았다. 에비타 멘도사가 엉덩이를 흔들며 내 곁을 지나갔다. 눈은 반짝거렸고 입술과 뺨은 불그스름했다. 화장 때문이 아니라 술을 마신 탓이었다. 순간 자문 위원 알데마르 알후레는 그 여자가 자기 어머니 같다고, 위스키 두 잔만 마셔도 트럭 운전사보다 더 괄괄해진다고 말해야 하는 의무감을 느낀다. 그 여자에 관해서는 더 심한 말들—아직 자기 딸의 결혼 피로연 비용도 지불하지 않았고, 음탕한 돈으로 주식 투기를 일삼고, 남몰래 남편 연금의 조기 지급 처리를 하고 있다는 등—을 들었지만, 나는 알후

* 단테의 『신곡』에서 유래한 표현.

레를 비롯해 다른 어떤 남자도 한 여자에 대해 그렇게 말하는 것은 바람직하지 않다고 생각한다. 그런 모험을 했다는 사실이 적어도 공개적으로는 알려진 적이 없으니 말이다. 나는 술과 악담은 제 갈 길을 가도록 놔두는 것이 현명하리라 판단하고 내 생각의 끈을 되찾으려 애쓴다. 창문 너머로 우리가 두꺼운 구름층 위를 날아가고 있는 게 보이고, 나는 수만 피트 아래 자신의 수수께끼를 숨기고 있는 광활한 바다를 생각한다. 삼십육 년 전 프리깃함 파디야 제독호가, 그리고 그 몇 주 후 에이킨 빅토리호가 태평양의 남빛 바닷물을 가르며 나아가고 있었다. 그 배들에는 한국으로 향하는 콜롬비아 병사들이 가득했다. 오늘 이 높이에서 같은 방향을 향해 가며 나는 뿔뿔이 흩어진 역사의 모습들을 되찾으려고 노력한다. 문득 미국 군함 위에서 무슨 일이 일어났는지에 대해서는 거의 술회된 바가 없다는 사실이 떠오른다. 호놀룰루에 기항할 때까지는 여러 진술이 모두 일치하지만, 이후 부산까지는 서로 다른 두 개의 이야기가 존재하고 그 항해에 대한 의견 역시 갈린다. 탈영병들의 증언은 어떨까? 계속 승선하고 있었던 사람들은 부산항에 도착할 때까지 자신들이 겪은 바를 이야기했다. 하지만 다른 사람들에게는 어떤 일이 일어났을까? 이 문제에 관해선 카다비드의 취재기사가 오바예에게 도움을 주었던 것과 마찬가지로, '친절한 사람'이 콜롬비아에 돌아와 〈엘 임파르시알〉에 쓴 일련의 기사들이 내게 도움이 되었다고 생각한다. 그 기사 중의 하나가 내 관심을 끌었는데 콜롬비아 대대의 조기 탈영병 몇을 다룬 것으로, 군사 보고서에서는 과소평가되고 심지어 무시되기까지 했던 내용이었다. 카다비드는 그 기사에서 '고졸' 야네스를 언급하고 있지만, 이 일화의 배후에 있는 사람은 분명 그 자신이다.

그는 또한 군대가 금기시할지도 모르는 주제—첫번째 기항지에서 부대의 적지 않은 인원이 도망쳤다는 사실을 군 지휘부가 어떻게 합리화하겠는가?—가 야기할 수도 있는 문제를 예방하기 위해 제삼자처럼 말하는 방식을 취했다. 그래서 나는 야녜스를 찾아보기로 했다. 야녜스는 보고타의 연극계에서 활동했기 때문에 나는 이미 오래전부터 그를 알고 있었다. 그는 다른 한 사람과 함께 약속 장소에 나왔는데 그 사람은 자기를 엘로이 보오르케스라고 소개했다. 자신의 작품을 무대에 올릴 때 '고졸'에게 무대장치를 맡겨 그의 생계를 도와주는 참전용사였다. 그는 교양 없고 다소 거만했지만 정직했으며, 야녜스와 카다비드와 우리 아버지가 있던 제1중대 소속이었다. 7번 대로 상점가 안쪽에 있는 카페 '엘 카루셀'에서 오후를 보내곤 했고, 이웃들의 이야기를 들어주며 자기 맥줏값을 치르게 했다. 물론 익히 상상할 수 있듯이 그다지 즐거울 것 없는 내용이었다. 바로 그가, '고졸'의 협조적인 침묵에 기운을 얻어 몇몇 참전용사들이 기자들에게 한 이야기는 거짓이라고 자신 있게 말했다. 그 기자들 중 한 명이 가르시아 마르케스였다.

"전쟁에서 돌아왔을 때 우리를 기다리고 있던 것에 대한 환멸 때문에 모두들 그렇게 된 거요." 그는 그렇게 말하고는 해진 재킷 주머니에 손을 넣더니 테이블 위 맥주잔 옆에 양철 훈장을 내려놓았다. 너무 만지작거려 원래의 광채는 이미 사라지고 없었다. 훈장을 만질 때마다 그의 눈에서는 눈물이 흘러나왔다. "과연 이 따위에 10페소라도 줄 사람이 있을까? 어떻게 기자들은 우리가 미군과 한국군이 우리에게 걸어준 이 훈장을 팔아 재산 중 일부를 마련했다는 말을 믿을 수 있지? 우리는 모든 걸 제하고 매달 40달러를 받았고 그게 우리의 저축이었어요. 그게 우리의 종잣돈이었고. 우린 정부가 약속한 사업에 그걸 투자했지요. 그런데 결국 어떻게 됐는지 아시오? 한푼의 가치도 없는 이 양철 조각처럼 완전히 휴지 조각이 되어버렸소."

보오르케스는 훈장을 만지작거리면서 분노를 터뜨렸다. 마치 참전용사들 가운데 내가 만나서 인터뷰했던 야네스와 다른 사람들의 말을 확인시켜주는 것 같았다. 다른 사람들 또한 나름의 방식으로 지나가듯 그 이야기를 들려주긴 했지만 보오르케스는 콜롬비아 부대의 행동을 평가할 때 핵심이 될 만한 이야기를 그 누구보다도 멋지게 들려주었다. 그가 우리 아버지를 만난 것은 분명했다. 그는 아버지를 '정실파'의 한 명으로 여겼지만 높이 평가하고 있었다. 목소리에 울분 같은 게 배어 있었는데 아마도 어떤 상처를 건드려 벌어진 듯한 분위기였다. 야네스가 그를 질책하는 눈으로 바라보았지만 보오르케스는 미친 척 '고졸'의 반응을 무시했다. 하지만 나는 그 참전용사를 이해한다. 육군 보병 중위였던 아버지는 불가피하게 '정실파'였다. 말단 병사의 눈으로 볼 때 장교들과 극소수 부사관들은 아주 특별한 그룹이었다. 그들은 내세울 만한 경력을 쌓고, 군인 서열에서 유리한 위치를 차지하고, 참호에서 목숨을 건다는 핑계로 관광이나 조금 하려고 한국에 온 사람들이었다. 그때 보오르케스가, 나로선 소중한 정보라고 판단되는 어떤 정보를 하나 제공했다. 아버지에게 일어난 일에 대한 나의 개인적 기록과도 일치할뿐더러 우리나라가 그 전쟁에 참여하게 된 상황들을 평가하는 데도 도움이 되는 정보였다. 거의 모든 증언들에서 놀랍고 특별한 일들이 언급됐다. 가령 도쿄와 요코하마의 사창가에서 어떻게 시간을 보냈는가 하는 얘기. 미군 달러 덕분에 그들이 그곳에서 누릴 수 있는 쾌락의 가능성은 몇 배로 늘어났고 그들은 모든 쾌락을 마음껏 즐길 수 있었다. 야네스의 도움, 아니 종종 그의 간섭을 받은 보오르케스만이 호놀룰루에 도착하면서 일어났던 일들을 정확하고 단도직입적으로 이야기해주었다. 에이킨 빅토리호 병사들의 탈영 일화였다. 그 사건을 자세하게 떠올리자 이미 내가 알고 있던 이름들이 나타났다. 카다비드, 그리고 그의 옆에서 비판적 침묵을 지키며 잠자코 듣고 있던 '고졸', 로차, 그리고 누구보다도 갈린데스. 정권태 교수와 서신을 교환하고 전화 통화를 한 이후 퍼즐을 맞출 시간이 되자 나는 그와의 약속을 미룰 수 없다고 생각했다. 그런데 보오르케스는 어떤 탈영에 관해 말했을까? 사실대로 말하자면 여러 사건이 있었다. 입대 이후 병사들을 지배한 분위기는 그들에게 탈영 이외의 다른 가능성을 열어주지 못했다. 그들은 자신들이 무엇에 휩쓸려왔는지도 모르고 있었다. 배가 기다리는 부에나벤투라로 가는 도중 그 길목에 있는 아르메니아에서 이미 네 명이 도주하는 사건이 발생했다. 물론 그 불쌍한 병사들은 얼마 후 체포됐고, 공개적 훈계 뒤 부대로 복귀했다. 이 최초의 탈영병들 중 한 명이 한국전선에서 돌아와 아르메니아에서 훈장을 팔았는지는 확실하지 않다. 하지만 당시 어느 신문은 그랬다는 기사를 실어 가르시아 마르케스의 관심을 끌었다. 그리고 그는 출처도 제대로 확인하지 않은 채 그 사건을 언급하고 비평했다.

"바로 그런 게 화가 나요." 보오르케스는 다시 흥분했다. "참전용사에 관해 쓰레기 같은 글들을 너무 많이 써대는 통에 나까지 질식할 것 같았어요. 이젠 어떤 게 진실이고 어떤 게 거짓인지조차 모르겠습니다."

그의 눈은 향수에 젖었고 목소리는 부드러워졌으며 그의 기억은 잔잔한 영화 같았다. 그는 마치 무성영화처럼 남빛 태평양을 보여주었다. 에이킨 빅토리호가 남긴 하얀 항적으로 갈라진 태평양의 모습이었다. 그렇게 배는 하와이에 기항했다. 하지만 전염병인지 아닌지 모를 것이 배 안에 퍼졌다. 배는 건강하고 건전한 사람들로부터 멀리 떨어진 곳에 닻을 내린 채 법의 영향권에서 벗어나 있었다. 바로 그때 '정실파'가 어떻게 했는지는 모두 다 알고 있다. 그들은 신병들은 배에 틀어박혀 있게 하고 육지로 하선했다. 그들이 무엇을 하며 시간을 보냈는지는 아무도 모른다. 남겨진 병사들의 눈에선 불이 났다. 그 순간 훈련 기간 동안 달변으로 동료들을 사로잡은 카다비드가 누구보다 물불을 가리지 않는 동료들을 설득해 함께 하선했다. 다른 그룹들의 상황도 별반 다르지 않았다. 어찌되었건 우현 사다리를 통해 도망친 병사들이 몇 명이었는지에 관해선 정확한 자료가 없다. 서른 명, 아니 마흔 명일까? 알 수 없다. 하지만 보오르케스는 자기 그룹에 야네스, 카다비드, 안드라데, 로차, 갈린데스, 에르메스, 엘리오도로 아스타이사를 비롯해 심지어 엘킨이라는 자도 포함되어 있었다고, 엘킨이 곰팡이의 막처럼 그들에게 달라붙었었다고 했다. 그들은 얼마씩 각출해 모은 돈으로 가게에서 1리터짜리 위스키 한 병을 사들고 도시를 배회했고, 이른 시간에 대한 동정의 마음도, 아무 거리낌도 없이 한 모금씩 마시면서 술병을 바닥냈다. 가장 눈길을 잡아끄는 장소를 이곳저곳 돌아다니다, 그들은 '레인보우 홀'이라는 큰 술집 앞에 발길을 멈추고는 그곳에서 몇 차례에 걸쳐 맥주를 마셨다. 그러고서 그 무리는 흩어졌다. 로차, 갈린데스, 안드라데와 다른 사람들은 헌병에게 걸려 처벌받을 것이 두려워 배로 돌아갔다. 나머지는 행운을 시험해보기로 결심하고서 그곳 풍경에 매혹되어 그냥 머물렀다.

"야자수와 파란 하늘 말고도 그곳 여자들의 걸음걸이를 보자 피가 끓었어요." 참전용사는 계속 말을 이었다. "팔미라나 카르타고 출신처럼 보이는 계집년들이었어요. 그래서 우리는 주저하지 않고 '구역'을 찾았지요. 세상의 모든 항구처럼 그곳에도 그런 구역이 있을 거 같았지요. 배운 사람들이 홍등가라고 부르는 그곳을 둘러보자고 제안한 사람은 엘리오도로 아스타이사였어요. 배에서 내리기 전 미 해병들은 다른 말은 않고 계속 그곳 얘기만 반복해서 했지요. 그래서 다들 거길 찾아가고 싶어 안달이었어요. 두 사람이 겨우 지나갈 수 있는 좁은 골목길들이 항구를 향해 지그재그로 이어져 있었어요. 썩은 나무에서 풍겨오는 듯한 악취와 갈수록 진해지는 소금 냄새가 그곳이 가까이 있다는 것을 알려주고 있었지요. 낡은 다리 하나를 건너니 조그만 광장이 나왔습니다. 그 광장이 수많은 미용실과 이발소로 둘러싸여 있다는 사실이 우리의 호기심을 끌었죠."

"우리 털이 다 깎여버릴 거라는 예고였어요." 보오르케스는 끼어드는 것을 싫어했지만 '고졸'이 말했다.

"광장을 지난 우리는 낮인데도 어둡고 느른한 거리로 나아갔고 홍등가에 도착했어요. 그곳은 참을성 많은 사람을 위한 보상이었지요. 그렇게 피곤하게 거리를 돌아다니다보면 그런 곳이 존재할 거라고 믿을 수 있는 사람은 아무도 없거든요. 정성 들여 보살핀 깨끗한 공원에 도착한 거나 마찬가지였죠. 침실까지 청결하고 단아했어요."

"마치 시간이 거꾸로 흐르는 것 같았습니다. 우리는 태평양 한가운데서 기억할 수 있는 가장 전설적인 쾌락의 장소, 그러니까 이월레이

거리 한복판에 있었던 거예요." 다시 야녜스가 끼어들었다. "모텔이 아니라 다 똑같은 방갈로 얘기를 하는 겁니다. 사랑의 민주주의를 위해 준비된 곳. 방갈로마다 여자가 한 명씩 기다리고 있었어요. 모든 종교의 여자들이 다 있었지요. 방마다 캐노피 침대와 세면기를 비롯해 온갖 종류의 세면도구들이 갖춰져 있었고요. 그 옆 조그만 방은 축음기와 술들이 구비된 일종의 대기실이었어요. 마치 우리가 모르는 다른 부류의 파티에 온 것 같았죠. 한창 시절에는 각각의 행위마다 피아노 연주가 흥을 돋우었다고 말하는 사람도 있었습니다. 카다비드와 엘리오도로가 맨 먼저 용기를 냈어요. '친절한 사람'은 안달루시아 억양을 지닌 어느 스페인 여자의 창문 앞에 멈추었지요. 그 여자는 마치 '친절한 사람'의 숙모라도 되는 것처럼 우리말로 그를 불렀어요. 아마도 우리 말소리를 들었거나 직업적인 후각이 매우 발달된 여자였던 것 같아요. 엘리오도로는 들어가도 괜찮으냐는 허락도 받지 않고 비쩍 마르고 다정한 필리핀 여자의 영토로 들어갔어요. 침실로 들어가자 여자는 삼십 분마다 한 건씩 치르는 분위기를 풍기면서 가리개를 쳤죠."

"'고졸'과 나는 말이죠," 보오르케스가 다시 하던 얘기로 돌아갔다. "우리는 잠시 더 살펴보았지만 거길 벗어나진 않았어요. 나는 하와이 여자와 했고 '고졸'은 프랑스 여자와 했던 것 같아요. 그렇다고 했지?"

"프랑스어를 썼지만 타히티 출신이었어. 그런 여자들이 최고거든." 야녜스가 향수에 젖어 말했다. "우리는 아무리 늦어도 십오 분 후에는 길모퉁이 술집 입구에서 만나기로 약속했었어요. 하와이 홍등가에만 한정해 그랬던 게 아니에요. 규칙이 그랬어요. 사정하는 데 5달러였고 여자들이 제공하는 피임도구는 덤이었지요. 단둘이서 섹스를 하는 데

할애되는 시간은 십 분, 그곳 선전 문구처럼 신사가 두 번 하지 않는다면요. 하지만 그렇더라도 그 누구도 십오 분을 쓸 수는 없었어요. 여자들은 보통 위생 검역 직전이었고, 모든 걸 기계적으로, 생각 없이, 정상 체위로 했어요. 다른 체위도 이국적인 서비스 목록에 포함되어 있었지만 그런 걸 하려면 추가 요금을 지불해야 했어요."

"우리는 이삼 분 정도 엘리오도로를 기다렸어요. 이상하게도 그는 약속된 것 이상으로 시간을 끌었죠." 보오르케스가 말했다. "그때 그들을 보았어요. 술집 창문 맞은편 방갈로에서 나오는 자들. 10미터 정도 떨어진 곳이었어요. 게레로 대위와 엘킨이었습니다. 그들은 나오면서 조심스럽게 사방을 둘러보았어요. 군복을 입고도 남의 눈에 띄지 않을 거라고 생각하는 듯이. 그들은 30미터 정도 걸어가더니 거리 끝에서 모퉁이를 돌아 미용실과 이발소가 가득한 조그만 광장으로 향했고, 이후 다시는 그들을 보지 못했어요. 순간 신출내기처럼 지레 만족한 모습으로 엘리오도로가 도착했습니다. 자리에 앉더니 인사 대신 카다비드의 맥주를 벌컥벌컥 들이켰죠."

"봤어?" 우리가 고개를 끄덕이자 그는 덧붙였어요. "저 여자 계속 방 앞에 앉아 있던데 눈치 못 챘어?"

"우리는 엘리오도로가 가리키는 쪽을 쳐다보았어요." 보오르케스가 말을 이었다. "그러자 여자가 보이더군요. 일본 여자 같았는데 쉰 살가량의 말라깽이였어요. 그 여자는 우리가 오륙 분 전에 약속한 술집으로 가면서 보았을 때와 똑같은 모습으로 앉아 있었습니다. 무슨 일이 있었던 걸까? 언제 들어가 언제 나온 걸까? 꿈꾸는 듯 멍한 태도를 보니 여자는 하루종일 한 명의 고객도 맞지 못한 게 분명했어요. 그런데 아스

파라거스처럼 누렇고 가냘픈 손가락으로 지폐를 세고 또 세고 있었죠. 엘리오도로는 약속 시간에 늦었다는 걸 알고 맥주를 사겠다고 했어요. 잠시 후 미국 헌병 두 명이 보이자 우리는 그곳을 떴습니다. 내 평생 할 일 없는 사람들을 그렇게 많이 본 건 처음이었어요. 사람들은 여자들에게 접근하기보다는 뚫어지게 쳐다만 보고 있었죠. 술 취한 선원들, 아이들, 울긋불긋한 옷을 입고 자전거를 탄 섬 주민들을 비롯해 사방에 미군 병사들이 널려 있었어요. 얼굴 생김새나 행동으로 보아 섬의 원주민이 틀림없는 사람들과 중국인들도 엄청나게 많았지요. 우리는 그들을 헤치면서 호놀룰루의 상업지구로 향했어요."

"할 일 없고 온순한 우리들은 목적지도 없이, 기운을 되찾아줄 '발렌타인' 한 병만 들고 바닷가를 걸었답니다." 야녜스가 끼어들었다. "그때 영화에서만 보던 광경이 눈을 번쩍 뜨게 했어요. 일본인들의 진주만 공격으로 침몰된 선박 몇 채의 뱃머리가 우리 손이 닿는 곳에 있었거든요. 마치 녹과 소금기에 낡고 썩어버린 거대한 괴물 같았어요. 카다비드가 추악한 현실로 우리를 되돌려놓았어요."

"저게 바로 한국에서 우리를 기다리고 있는 거야." 그가 남은 술을 단숨에 마셔버리면서 이렇게 말했어요. "술을 또 사야 할 것 같아." 카다비드는 방파제 위로 빈 술병을 던져버렸습니다.

"콘돔도 더 사야지." 엘리오도로가 말했어요. 하지만 '친절한 사람'은 단호했지요.

"누구와 쓰려고? 한국에는 여자들이 없고 창녀들은 더더욱 없어. 적십자 간호사들과 해볼 생각이 아니라면 아무짝에도 쓸모없지."

"그 말을 듣자 우리는 완전히 낙담했어요." 보오르케스가 다시 이야기를 시작했다. "우리는 배로 돌아가지 않기로 결정하고서 위험천만한 군복을 벗어던지기 위해 옷가게를 찾기로 했죠. 하지만 짧은 바지를 입어보는 순간 미군 헌병이 들이닥쳤어요. 그들은 상스러운 영어로 욕설을 퍼붓더니 우리를 무자비하게 항구로 끌고 갔어요. 하지만 우리가 도착했을 때 에이킨 빅토리호는 이미 떠나고 없었지요. 그러자 그들은 우리를 비행장으로 데려가더니 자세한 설명도 없이 비행기에 태웠어요. 우리 네 사람은 서로 쳐다보면서 기뻐 펄쩍펄쩍 뛰었어요. 죄수의 몸이었지만 조국으로 돌아간다는 건 말할 수 없는 행운이었으니까요. 하지만 목말라 죽을 정도의 상태로 몇 시간 비행한 후, 미군은 난폭하게 우리를 잡아끌어 비행기에서 내리게 하더니 트럭에 태웠어요. 우리는 한반도의 부산에 도착했던 겁니다. 며칠 후 그들은 우리를 영창에서 나오게 했습니다. 질서정연하고 의연하게 배에서 내리는 우리 대대의 다른 군인들을 환영하라고 말입니다. 그때 우리는 우리가 유일한 탈영병이 아니라는 사실을 깨달았어요. 우리 왼쪽에 열한 명이 줄지어 서 있었거든요. 지휘관들이 방심했다면 모든 병사들이 호놀룰루에서 죄다 도망쳤을 겁니다."

"호놀룰루." '고졸' 야네스가 향수에 젖었다. "총살을 당해도 괜찮았어. 지옥에 가기 전 우리 삶의 마지막 한 조각이 섬을 돌아다닐 수만 있었다면."

"섬에서의 그 몇 시간이 내 인생 최고의 순간이었어." 보오르케스가 말했다. "심지어 요코하마의 밤도 수평 자세로 추는 훌라춤과는 비교할 수 없어."

"그 사건에서 가장 멋진 부분은 우리가 조금의 두려움도 없이 탈영

했다는 겁니다." 야네스가 다시 보오르케스의 말을 끊더니, 손바닥을 쳐 여자 웨이터의 시선을 끌었고 맥주 세 잔을 더 시켰다. "훈련을 받던 몇 주 동안은 완전히 개판이었어요. 치욕은 승선과 함께 시작되었죠. 우리는 천 명이 넘는 염병할 놈들이었고, 나치 수용소에서 들리는 성을 지닌 미군 장교의 헛소리에 모두 귀를 기울였습니다. 그자는 중서부식 엉터리 영어로 우리에게 마구 짖어댔어요. 영어를 잘 아는 로차가 그렇게 말해주었죠. 물론 그 미군이 입을 다물면 '최고 고관'이 급히 그자의 유치찬란한 말을 통역했지요. 함장은 또 고분고분한 통역사를 통해 우리에게 혓바닥으로 핥을 수 있을 정도로 화장실을 청소해라, 함교에 묻은 기름과 때를 깨끗이 닦아라, 더러운 옷을 한 점의 때도 없도록 빨고 다림질해라, 창고와 선반을 정돈해라, 지시했어요. 그러니까 부대 사령관은 천 명이 넘는 병사들 모두를 일 잘하는 하인으로 만들어버린 거지요. 사실이 그랬어요. 천 명의 하인들인 우리는 다름아닌 자유를 위해 싸우려고 좆같은 세상을 향해 가고 있었으니까요. 우리가 화장실에서 미국 놈들의 똥을 닦는 동안, 우리를 전쟁터로 파견한 개자식은 대통령궁의 주방에 틀어박혀 카사바 치즈빵 반죽을 하고 있었어요. 그게 그자가 가장 좋아하는 일이었거든요. 우리는 그 염병할 놈들 때문에 고통받으며 슈말펠트 중령이 서양의 해방 임무에 관해 하는 말을 들어야 했습니다. 극소수이긴 하지만 몇몇 사람들은 서양이란 단어는 미국을 의미한다는 생각을 머리에서 지울 수가 없었지요. 파나마 아래쪽과 적도 북부를 끊임없이 공포 속으로 몰아넣는 도살장 말입니다. 아무도 믿지 않겠지만, 미국의 압력과 매카시 상원의원의 히스테리 앞에 순순히 바지를 내리며 스스로 명예를 잃어버린 건 우리나라뿐이었습니다. 오직 우리나라만이 제1파견대로 천 명이 넘는 염병할 놈들을 징병한 국가였단 말입니다. 우리가 한국에 관해 뭘 알고 있었을까요? 아무것도 몰랐어요. 그래서 칠판 앞에 모여 북한의 파렴치한 행위에 맞서 남한이 얼마나 위대하게 행동했는지 들을 때에도 우리는 아무것도 이해하지 못했어요. 곧바로 이어진 욕설이 중국인들과 러시아인들의 잔혹함을 현재로 불러왔을 때에도 우리는 이해하지 못했어요. 무조건 복종하는 통역사는 괴로워하는 목소리로 그들을 빨갱이, 빨갱이 개자식들, 빨갱이 살인자라고 칭했지요. 회고록엔 이런 이야기 따위 전혀 적혀 있지 않지만, 역사는 살아남은 사람들이 쓴다는 걸 선생도 잘 알 거요."

"하지만 분명한 건 몇몇이 다른 사람들보다 더 오래 살아남았다는 사실이지." 보오르케스가 야녜스의 장광설을 끊었다. 그러면서 잔에서 흘러내린 맥주 거품으로 테이블 위에 그림을 그렸다. "'최고 고관'과 '정실파' 인간들은 전부 그런 작자들이야."

"더이상 그 따위 말은 마, 보오르케스." '고졸'이 단호하게 말했다.

"우리는 항상 가장 비천한 일을 하는 노동자였어요. 역사는 전쟁에서 화려한 경력을 쌓은 사람들에게 위대함이라는 자리를 마련해주고 그들의 이름을 기록하지요. 하지만 우리 같은 찌꺼기들에게는 화장실이 기다리고 있을 뿐이에요. 그러니 호놀룰루 탈영으로 우리는 우리 생각과 의견을 표현한 것이었고, 더불어 항해의 마지막 나날 동안 비웃음거리가 되는 걸 피할 수 있었던 셈이에요. 갈린데스는 나중에, 그러니까 우리가 전선에 있게 되었을 때, 동료들이 날짜 변경선인 경도 180도를 지날 무렵 염병할 짓을 얼마나 많이 참고 견뎌야 했는지 말해주었어요."

"하와이는 말이죠," 야녜스가 보다 신중하고 회고적으로, 그리고 분노를 죽이면서 대화의 실마리를 다시 잡았다. "가장 가까운 육지인 샌프란시스코에서 3,200킬로미터나 떨어져 있어요. 우리 육체의 균형 감각은 땅으로 내려달라고 애원하다시피 했지요. 창녀들을 구경하거나 그 여자들과 시시덕거린 후 우리는 택시를 대절해 시내를 둘러보았어요. 인생이 슈말펠트 함장과 그자의 졸개들이 짖어대는 소리를 듣는 것에 지나지는 않는다는 사실을 확인하기 위해서였죠. 따스한 공기는 거의 박박 민 채 모자를 쓴 머리를 맑게 해주었고, 초록색 풍경은 피곤한 눈을 밝게 해주었어요. 저기 제임스 쿡* 선장을 기리는 기념비가 있어요, 택시 운전사는 〈피터 팬〉에 등장하는 해적 선장 제임스 훅과 똑같아 보이는 가발과 옷을 걸친 동상을 가리키며 말했어요. 오른쪽에 보이는 건물은 칼라카우아 왕의 궁전입니다, 그는 계속 말했지요. 적당한 속도로 달리는 택시 차창 밖으로 아름답고 이상하게 생긴 건물이 보였어요. 섬의 다른 건축물들과 완전히 달랐습니다. 빅토리아 왕조풍의 궁전이었는데 실용적인 미국인들은 그걸 수사 드라마 〈하와이 파이브-오〉의 본부로 바꿔놓았죠. 잭 로드, 그러니까 한국전쟁에 참전한 우리 모두를 합친 것보다 더 뜨겁게 기억되는 영웅의 총사령부였어요. 에이킨 빅토리호에는 나치를 연상시키는 사람이 또하나 있었습니다. 바로 칼 로젠블랜드 대위였는데, 명령을 내릴 때면 팔에 십자기장만 없을 뿐 모든 게 나치와 똑같았어요. 나머지는 전부 신문에 실린 그대롭니다."

"탈영에 대한 처벌요?" 보오르케스가 야녜스의 말을 끊었다. "우리는

---

* 영국 탐험가. 하와이제도를 발견했다.

곧 친구와 동료로 이루어진 총살 집행부대 앞에 서게 될 것을 알고 있었어요. 그들은 결국 우리를 총살시키지는 않았지만, 결정이 바뀌었다고 결과가 변한 건 아니었어요. 그 역겨운 재판에서 우리는 동료이자 동포들에게 처형되는 것은 면했지만, 재판관과 그 휘하는 우리를 죽일 가해자들의 국적을 바꾸었을 뿐이었죠. 조만간 탈영병인 우리들은 적군의 화기에 죽고 말 것이었거든요. 몇몇이 같은 군복을 입은 동료들의 손에 죽게 될 줄은 상상조차 못했고요."

보오르케스는 무슨 말을 하려는 것이었을까? 내가 끈질기게 요구했지만 그는 침묵을 택했다.

"갈린데스와 얘기를 나눠봐요." 그는 잠시 후 작별인사 대신 이렇게 말하며 남은 맥주를 들이켰다.

"아리스티사발과 얘기를 나눠보세요." 콘데가 이렇게 말하면서 생각에 잠겨 있던 나를 깨운다. "참전 관련 자문을 구하러 언제 서울대학교를 찾아갈 건지 알고 싶어해요."

본능적으로 나는 손목시계를 본다. 마치 개인비서가 나의 게으름을 탓하려고 하는 질문 같다. 왜 모두들 갑자기 이토록 급하게 서두르는 것일까? 위치토에 잠시 기착했을 때와는 달리 앵커리지에서는 분통을 터뜨리며 기다려야 했다. 모두 정확히 아침 여섯시에 공항에 있었건만, 비르힐리오만 아홉시에 도착했던 것이다. 격정에 찬 밤을 보낸 것일까? 상상도 할 수 없는 일이다. 특히 아내가 옆에 있으니 말이다. 그렇다면 무슨 일일까? 아무도 대답할 수 없었던 이 질문은 전날 밤 이상한 일이 일어났다는 최고의 증거였다. 바로 전날 밤, 루이즈 브룩스에 대한 기억으로 내 마음이 초토화된 후 우리는 알래스카에 도착했었다. 그 아름답고 멋진 여자는 심지어 탈영병과 탈주자들의 운명을 한 문장으로 정의해내기까지 했다. 음탕하고 추잡한 군대의 풍기에 반하는 문장이었다. “반항아가 된다는 것은 절멸에게 교태 부리는 것과 같다.”

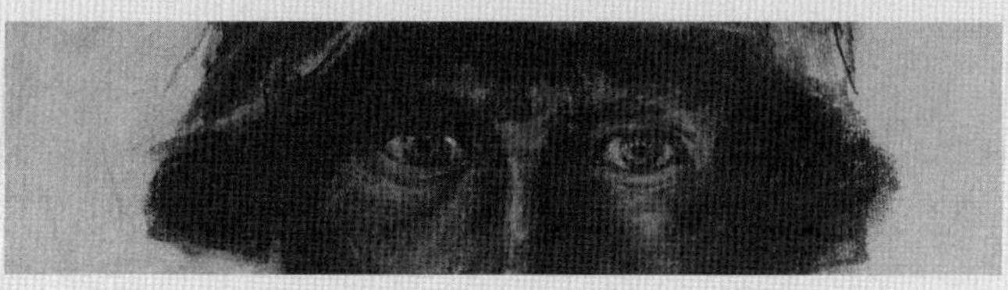

제3부

1

장교 회의는 제복을 입은 사람들이 모여 자신들의 중요성을 호전적으로 떠들어대는 따분한 파티 같았어요. 대령들, 중령들, 대위들, 중위들은 약간의 차이는 있을지라도 모두가 실존적 분위기를 띠고 있었어요. 그러니까 현실과 아무 관련 없는 게임의 참가자라는 사실을 깨닫고는 대부분 침울한 표정들이었죠. 모든 것이, 색색의 조그만 깃발로 표시된 진지들이 가득한 지도 앞에서 벌이는 탁상공론에 불과했어요. 이미 한참 전에 적군은 지도의 왼쪽 끝으로 이동했기 때문이죠. 정확한 위도와 고도, 우리는 바로 그곳에서 공격을 감행할 예정이었어요. 하지만 좌표는 변덕스러웠지요. 항공사진과 슬라이드 사진은 우리—여기서 내가 복수로 말하는 까닭은 아벤다뇨 중령이 나를 전령으로 임명한 후 어디를 가든 데리고 다녔기 때문입니다—에게 진격을 종용하고 있었어요. 하지만 전투가 재개되자 우리는 우리가 적군과 아군 사이, 그러니까 중공군이나 북한군과 미군이나 우리 주력부대 사이에 있다는 것을 알았죠. 그래서 아군이 우리를 적군으로 혼동하곤 했던 거예요. 지도란 이론보다 현실에서 보다 잽싸다고 생각합니다. 하지만 나는 목소리를 낼 수 없었고 단지 맹세만 할 수 있었어요. 복종의 맹세만. 고위장교들의 하품나는 잡담에 관해서는 일언반구도 할 수 없었지요. 하지만 가끔씩 미군들이 말하고 연락장교가 통역하고 나머지 군인들이 끝없는 논쟁을 벌일 때면 웃음을 참을 수가 없었습니다. 미군들 전략에 오류가 있거나 그것에 반대했기 때문이 아니라, 연락장교가 마음대로 통역하는 바람에 그런 끔찍한 소동이 벌어졌던 거거든요. 진짜 통역이 필요한 곳은 나중에, 그러니까 병사들이 마음대로 동료들에게 사격을 가하는 최전선이었습니다. 발단은 미군들이 참호로 들어가 더 넓게 파라는 뜻으로 '호우hoe' 하고 지시한 것이었습니다. 이 말은 '괭이' 혹은 '파다'라는 의미였지만, 우린 자기들 스스로를 비하하거나 우리에게 욕을 한다고 생각했어요. '호그hog', 그러니까 '돼지'라고 들었던 거죠. 우리는 서로 멍하니 쳐다보며 아무것도 하지 않았어요. 그래서 적군이 이 세상에서 가장 강한 부대를 박살낼 수 있었던 겁니다. 그게 바로 녹십자 전투에서 벌어졌던 일이에요. 여러 개의 전략이 충돌하는 바람에 마치 바벨탑처럼 혼란스러웠지요. 그런데 그런 회의가 진행되는 동안 무척이나 흥미로운 일이 벌어졌어요. 아벤다뇨 중령이 적에 맞서는 특유의 방법을 설명했던 겁니다. 중령은 사순절 시기의 성당 같은 침묵에 둘러싸여 나를 제외한 모두가 이교도라고 생각할 이름을 하나 말했어요. 손자. 중령이 그 이름을 언급한 게 나는 전혀 이상하지 않았어요.

사실 몇 주 전부터 중국 병법가인 손자의 전쟁술에 대해 줄곧 내게 말했거든요. 중령은 내게 전쟁술의 예를 들고는 어디를 가나 가지고 다니던 조그만 책에서 읽은 내용을 설명해주었어요. 하지만 다른 장교들은 그 이름을 듣고 소스라치게 놀랐지요. 아벤다뇨 중령이 적군이 된 것일까? 왜 장교단 동료들에게 중국어로 말하는 것일까? 무자비한 벌레 이름처럼 들리는 손자라는 사람은 누구일까? 아니 손자라는 게 무엇일까? 장교들이 믿을 수 없다는 표정으로 턱이나 귀를 만지작거리는 동안 중령은 계속해서 헛소리를 늘어놓았고, 그러자 청중 대부분이 꾸벅꾸벅 졸기 시작했어요.

"여러분은 내가 무슨 말을 하는지 알 것이다." 중령은 이렇게 말했고, 땅벌이 윙윙거리는 거북한 소리를 들은 후 분위기를 살폈어요. 땅벌이 아니면 아마도 저 안쪽에서 간헐적으로 들리던 비나스코 중위의 코 고는 소리였을지도 모릅니다. "여기서 살펴볼 필요가 있는 것은, 참전을 기정사실로 했을 때 싸우지 않고 이길 수 있는 가능성이 어느 정도인가 하는 점이다."

누군가가 기침을 했어요. 믿지 못하겠다는 뜻이기도 했고 비웃음이기도 했지요. 싸우지 않고 이긴다고? 하지만 우리의 중령 아벤다뇨는 부적절한 기침을 무시하고 자기의 말을 옹호하면서, 인용한 대목을 보다 자세히 설명해나갔습니다.

"어렵게 보이지만 실제로는 아주 쉽고 현명한 방법이다. 우리는 적들이 분노할 때까지 화를 돋우어야 한다. 그러면 그들은 충동적이 되어 전략을 잊게 될 것이다. 그렇게 되면 위대한 전사들은 싸우러 가기 전에 이미 전투에서 이긴 것이다."

"무엇보다 우리처럼 멀리서 왔을 때는 더욱 그렇습니다." 아란다 중위가 말했어요. 장교들 중에서 가장 열심히 중령의 말에 귀를 기울이던 사람이었죠.

"손자 선생은 바로 그 점을 언급한다." 중령은 누런색 표지에 빨간 글자가 쓰인 책을 손에 들고서 허공에서 무언가를 때리려고 했어요. 들릴락 말락 한 소리, 존재하지 않거나 적어도 존재 여부가 불확실한 물체였어요. 그러고는 어느 페이지를 뒤적거리더니 나를 자기 옆으로 불렀지요. 나는 달려가 절도 있게 경례를 했습니다.

"필승! 야녜스, 이것 좀 읽어봐." 중령은 니코틴 때문에 누렇게 변한 손가락으로 단호하게 한 대목을 가리켰어요.

"일반적인 군사력 사용 법칙은 다음과 같다. 장수는 군주의 명령을 받아 백성을 징집하여 군대를 편성한다. 어려운 점은 먼 거리를 가깝게 해야 하고 불리함도 유리하게 만들어야 한다는 것이다." 그 대목을 읽고 나자 중령은 내 손에서 책을 빼앗고 잠시 침묵을 지켰어요. 그러고는 환한 미소를 지으며 다음 대목을 읽었죠. 나도 그것을 이해했고요.

그 대목을 듣자 모두들 우리의 힘들었던 경험을 떠올렸어요. 멀리 떨어진 조국에서 군주, 그러니까 '토르코로마의 악당'이라고 불리던 독재자는 군 총사령부에게 술집이나 매음굴 혹은 도시의 더러운 거리에 있는 놈들을 징집하라고, 장학금이나 달러로 연금을 지급하겠다는 약속으로 노동자들과 농민들을 속이라고, 그러고서 일정 무리가 모이면 북쪽 주둔부대에 입대시키라고 명령했거든요. 그다음 단계는 미군들의 몫이었어요. 선박이나 항공편을 이용해 세상 반대편에 있는 나라로 군대를 이동시키는 일이었죠. 불리함도 유리하게 만들어야 한다고 했지만, 우리 일에 관해선 정말 그럴 수 있는지 잘 생각해봐야 해요. 무엇보다 우리의 곤궁은 이미 영원한 것이 되어버렸기 때문이죠. 중령은 달래는 듯 낙관적인 목소리로 말했어요.

"전투 지속 시간은 매우 중요하며 너무 과도하게 끌어서는 안 된다. 전투에서 이기고 있을지라도 군사력은 고갈되며 칼날의 이는 빠질 것이기 때문이다. 비유하자면 그렇다는 말이다. 제군들은 내 말을 이해할 것이다. 아주 분명한 사실이다. 군사작전이 너무 길어지면 적들에게 반격을 생각할 시간을 주기 때문이다. 민첩함이 군대의 최고 무기임을 잊어서는 안 된다. 과도한 장기전은 국가의 재액이며, 그러므로 현명한 장수는 항상 적과 싸울 수 있도록 만반의 준비를 갖춰야 한다. 만일 적을 이용해 적을 무찌른다면 어디를 가든지 그 장수는 강할 것이다, 라고 손자는 말한다. 어쨌거나 위험과 죽음 앞에서도 병사는 기쁘게 확신해야 한다." 중령은 이렇게 말을 맺었습니다. 그러고는 아마도 습관적으로, 자기 자신도 의식하지 못한 채 군화의 뒷굽을 딱 부딪치면서 부동자세를 취했어요. 자랑스럽고 만족스럽고 자신 있다는 태도였죠.

"중령님의 설명 중에서 마지막 문장은 아마존 트라페시오 전투에서 페루에 대적했던 병사들이 상징으로 사용한 문장과 동일하지 않습니까?" 지도 왼쪽에서 바에나 중위가 물었어요. "혹시 '위험과 죽음 앞에서도 기쁘게 확신해야 한다'는 말은 '기쁘게 지옥으로 행진하라'는 말과 동일한 것 아닙니까?"

"그렇다. 본질적으로 동일한 의미다. 그러나 기쁘게 확신하라는 것은 손자의 말이고 『주역』에서 영감을 얻은 것이다."

"그렇다면 배신자들의 손에서 레티시아를 구해낸 병사들이 『주역』

을 읽었단 말입니까?" 바에나 중위가 물었어요.

"손자를 읽었거나." 아란다가 비아냥거렸지요.

"비웃어도 좋다. 하지만 장교들은 군사작전의 책임자이며 동시에 군대의 사기를 책임져야 한다." 중령은 목덜미로 흐르는 땀을 닦고는 해진 손수건을 주머니에 넣었어요. 그가 책을 다시 손에 드는 것을 보고 나는 옆에서 부동자세를 취했죠. 중령은 귀찮다는 듯이 내 자세를 무시하고는 어떤 페이지를 찾아 진중한 목소리로 읽기 시작했어요.

"적을 알고 나를 알면 백 번 싸워도 위태롭지 않을 것이며, 적을 모르고 나만 알면 한 번 이기고 한 번 패할 것이며, 적을 모르고 나도 모른다면 싸울 때마다 패할 것이다……"

"여기까지 왔어!" 갑자기 막사 뒤에서 비나스코 중위가 소리쳤습니다. 이제는 완전히 잠에서 깨어 있었고 목소리는 우렁찼지요. 동시에 그는 고막이 찢어질 정도로 큰 소리를 내며 막대기로 책상을 내리쳤어요. 중위는 아벤다뇨 중령과 나머지 청중들의 놀란 눈앞에 피가 섞인 시커먼 점액이 묻은 막대기 끝을 내밀었어요. 잠시 후 우리는 그게 말파리라는 걸 알게 됐습니다. 정말이지 부친은 보기 드문 사람이었어요.

2

왼쪽에서 무슨 소리가 나더군요. 누군가 바위 사이로 미끄러져 키 큰 풀숲에서 몸을 움직이는 것 같은 소리였어요. 나는 무슨 일이 벌어졌는지 제대로 파악도 못한 채 '푸투마요'를 팔꿈치로 쳤고, 그는 화들짝 총을 움켜잡았어요. 나는 졸려서 여전히 멍해 있었고요. '푸투마요'도 처음에는 자기가 꿈을 꾸고 있고 비몽사몽간에 들은 소리라고 생각했어요. 훌륭한 보초는 아니었어요. 깊은 침묵이 이 분만 흘러도 눈이 감겨 잠이 들었거든요. 불침번을 서는데도 갑작스러운 잠의 공격에 금세 굴복하곤 했어요. 이미 잠에서 깬 '푸투마요'는 나를 심각하게 쳐다봤고 우리 둘은 경계 태세에 돌입했어요. 내가 처음 가리킨 방향으로 귀를 곤두세웠는데 그 침묵의 시간은 영원과도 같았지요. 두꺼운 상의에 목도리를 두른 우리가 참호에 앉으려는 찰나, 마치 일부러 내는 듯한 작은 소리가 다시 났어요. 누군가 우리 쪽으로 기어오고 있었습니다. 우리 두 사람은 본능적으로 입술에 집게손가락을 갖다댔고, 두 눈을 동그랗게 뜬 채 소리나는 쪽에 시선을 고정시켰어요. 나는 '푸투마요'에게 수류탄이 두 개 매달려 있는 허리띠를 가리켰고, 침입자가 아주 가까이 오면 그걸 던지라고 오른손으로 손짓했어요. 그는 내 손동작을 알아보고 고개를 끄덕였고, 더 잘 던지려고 내게서 약간 떨어졌지요. 그는 수류탄 하나를 집고는 안전핀을 제거했어요. 그러고는 그것을 손에 들고 있었죠. 마치 4초, 3초 하고 세는 것 같았습니다. 그의 흔들림 없는 모습 때문에 식은땀이 나려는 순간, '푸투마요'는 이미 예상했듯 냉정하게 수류탄을 던졌어요. 수류탄은 공중으로 포물선을 그리더니 이내 어둠 속으로 사라졌지요. 우리는 폭발을 기다렸지만 폭발음은 들리지 않았어요. 그러자 '푸투마요'는 큰 소리로 욕을 내뱉었고, 그 소리에 우리 오른쪽에 있던 앙가리타가 잠에서 깨어났죠. '푸투마요'는 자기 허리춤에 달린 또다른 수류탄을 잡으려고 했지만 나는 기다리라고 손짓했어요. 우리는 숨을 죽이며 소리가 나는 쪽을 뚫어지게 바라보았어요. 그런데 이상하게 소리가 갑자기 멈추었어요. 짐승이었을 거야, 나는 생각했죠. 하지만 어떤 짐승이 그렇게 갑작스럽게 땅속으로 꺼져버릴 수 있지? 소리를 들었다고 상상했나? 우리 두 사람이 졸았던 것은 사실이지만, 그렇다고 해도 우리가 들은 소리는 진짜였다고 맹세할 수 있어요. 우리는 오소리오 놀리길 좋아했습니다. 대대 병사들이 '몽유병자'라고 부르는 보초였지요. 어쩌면 철책선 너머에서 걸어다니는 게 그 놈일 수도 있었겠지만 그런 우스운 상황일 리는 없었어요. 다시 소리가 났고, 우리는 그 소리에 주의를 집중했습니다. 이번에는 가운데였어요. 마치 누군가가 돌덩이 위로 미끄러지는 것 같았어요. '푸투마요'와 나는 적의 공습임을 확신하고 소총을 준비했고 앙가리타도 똑같이 했지요. 안개는 더욱 짙어져 3미터 너머도 내다볼 수 없었어요. 그래서 목표물의 위치를 확인할 수 없었죠. 입술이 공포와 추위로 갈라지는 듯했습니다. 덩달아 잠에서 깬 '미개인' 로아의 긴장한 손이 수류탄이 덜렁거리는 허리띠 위에서 왔다갔다하는 것이 보였어요. '푸투마요'는 못마땅한 눈으로 그를 쳐다보았어요. 제 것을 지킬 줄 아는 사람을 얄미워하면서도 대단히 여기는 태도였어요. 이 두 사람이 벌이는 침묵의 싸움에 미소가 지어지려는 순간, 나는 깨달았습니다. 가시거리는 3, 4미터 정도에 불과했고, 기껏 그 정도 거리에 있는 목표물을 향해 수류탄을 던져봐야 잘못하면 그 파편이 우리 모두에게 날아올 수 있다는 것을요. 그때 눈을 의심케 하는 것이 우리 앞에 나타났습니다. 원숭이처럼 행동하는 '타말리토' 페냐였습니다. 그자는 두 번 길게 펄쩍 뛰어 참호 안으로 들더니 앙가리타와 나 사이에 자리를 잡았어요. 우리 두 사람은 어안이 벙벙해졌죠. 이 시간에 진지 밖에서 도대체 무슨 짓을 하고 있었을까?

"하마터면 네 불알을 날려버릴 뻔했어." '푸투마요'가 분노와 실망이 섞인 말투로 말했어요. "네게 수류탄을 던졌는데 기적적으로 터지지 않았거든."

자동적으로 우리는 못마땅한 눈초리로 '푸투마요'를 쳐다봤어요. 조준 실력이 어찌나 형편없었는지 중공군 누구라도 그를 작살내버릴 수 있을 정도였거든요. '타말리토' 페냐는 설명을 하려는 듯이 숨을 들이쉬고서 군복에 묻은 흙을 떨어냈어요.

"크로켓을 나눠주려고 나갔는데 참호선으로 돌아오다가 길을 잃고 말았어."

"타말*을 나눠주러 나가지 않은 게 그나마 다행이군." '미개인'이 우리 쪽으로 와 농담을 했어요. "그랬다면 서울까지 갔을 테니까. 재수가 좋아서 아직 목숨이 붙어 있는 줄이나 알아. 아르벨라에스가 네 정수리를 겨냥하고 있었다니까? 사람들 말에 의하면 백발백중 명사수야." 그는 장갑 낀 손으로 나를 가리키면서 말했어요.

이제 고급제과점 이야기가 시작되겠다고 즐겁게 생각하는데 다시 소리가 들려왔어요. 나는 다른 동료들을 쳐다보았고 우리는 즉시 참호에 엎드렸죠. 누군가가 서리를 맞아 뻣뻣해진 풀 위로 걸어오고 있었어요. 마치 수풀 사이로 길을 트려는 것 같았지요. 우리 다섯 사람은 각자의 위치로 돌아갔고 안개는 걷히기 시작했어요. 짙은 구름층에서 빠져나온 달빛이 우리의 눈에 들어오는 지역을 파랗게 물들이고 있었습니

* 옥수수 가루를 쪄서 옥수수잎으로 만 중남미 음식.

다. 그때 중공군 하나가 양팔을 번쩍 들고 나타났어요. 의심할 바 없는 항복의 행위였고 우리는 그걸 존중했지요. 우리는 그에게 총검을 움직이면서, 가까이 다가와 무기들을 바닥에 던진 다음 발로 흩어놓으라고 명령했어요. 오랫동안 항복에 단련된 사람처럼 그는 순순히 우리의 말에 따랐어요. 적군이 탈영하거나 순순히 항복하는 건 흔한 일이 아니었죠. 그것도 새벽에 말입니다. 그자가 난데없이 나타난 이유를 설명해줄 공통의 언어는 없었어요. 유일하게 그럴듯한 설명은 바로 '타말리토' 페냐가 지적한 이유뿐이었어요.

"우리가 서로 죽고 죽이는 건 내가 보기엔 정치적 이유 때문이야." 앙가리타가 말했습니다. "양쪽 군대가 방어선을 침범해 적지에 똥을 누러 가는 건 납득도 안 되고 좋아 보이지도 않아."

중공군은 우리가 왜 웃는지 이해하지 못했어요. 스물다섯 살가량의 청년이었는데, 광대뼈가 튀어나왔고 입술은 얇았고 쌍꺼풀은 없었어요. 한 번도 웃지 않았지만 그렇다고 두려워하는 것 같지도 않았습니다. 남들 얼굴에는 눈썹이 있는 자리에 머리카락이 빳빳하게 자라난 마그달레나 주 출신의 '미개인'이 다가갔을 때에만 두려워하는 표정을 지었지요. 우리는 마치 트로피인 양 중공군을 가장 가까운 지휘본부로 데려갔고 앨라배마 부대의 미군에게 인도했어요. 그러자 미군들은 후방부대로 그를 다시 보냈죠. 우리는 그들이 포로들을 어떻게 처리하는지 몰랐어요. 사진사들과 기자들을 증인으로 세운 가운데 두어 번 요란하게 포로교환을 했을 때를 제외하고, 미군의 손에 들어간 포로들의 운명은 완벽한 미스터리였습니다.

"그 정도는 아니야." 내 옆에서 '사색가' 로차가 말했어요. "그들이 샌

프란시스코, 뉴욕, 로스앤젤레스의 차이나타운에 살고 있을 거라는 생각 안 들어? 그런 염병할 방식으로 미국 놈들은 우리의 명예를 짓밟아 버리는 거야. 내가 이 전쟁에 영향력을 행사할 수 있다면, 백여 명의 중공군을 체포해서 라 페르세베란시아나 라스 니에베스에 차이나타운을 세울 거야."

로차의 말이 맞았을지도 모릅니다. 포로들에 관해 말하자면 북한군이 미군보다 덜 은밀했어요. 그들은 가끔씩, 그리고 기분에 따라 콜롬비아 대대의 기지인 테바이다에서 100미터쯤 떨어진 곳의 전봇대에 우리 동포들을 보란 듯이 묶어놓았지요. 후퇴중에 우리가 미처 수습하지 못한 시신들을 가지고도 똑같이 했고요. 이들을 찾으러 와, 도전적인 그 행위는 우리에게 이렇게 말하는 것 같았어요. 어느 날, 그렇게 우리는 카를로스 치카와 '아르시에소' 푸요를 보았습니다. 그들은 죽어서 어느 전봇대에 함께 있었죠. 비열한 행동을 일삼던 어느 중공군 장교의 짓이었습니다.

3

그들은 우리가 지난주에 만들어놓은 포대砲臺에서 10미터쯤 떨어진 곳에 변소를 파라고 했어요. 우리는 삽과 곡괭이로 깊이 땅을 팠고, 나무판자로 벽을 세우고 대들보로 나무 지붕을 받쳤어요. 문처럼 드나들 수 있는 구멍을 냈고 범포와 나뭇가지와 흙으로 위장했습니다. 완벽한 위장이었어요. 대포도 그것보다 더 완벽히 숨겨놓지는 못했습니다. 치열한 전투가 벌어지거나 만세공격—집단공격의 일종인데 중국인들은 그런 공격에서 집단으로 희생되려 하는 것 같았어요—을 당해 전선에서 후퇴해야 할 때도 우리는 그렇게 했습니다. 지하 대피소에 몸을 숨기기도 했는데 겨울에는 눈과 얼음으로 뒤덮인 냉동고 같았죠. 며칠 동안 그렇게 있어야 했던 적도 있어요. 커다란 솥이나 석탄이 가득 든 드럼통으로 몸을 덥혔고, 천장에는 앨라배마 부대의 미군들이 선물한 램프를 걸어놓았어요. 포대에서 그리 멀지 않은 곳에 식량과 무기를 비롯한 보급품들을 보관하는 헛간이 있었지요. 그 뒤에는 지프차들과 트럭들이 있었는데 눈과 진흙탕에서는 아무 소용이 없었습니다. 그 너머로는 막사가 있었는데 우리는 그곳을 베벌리힐스라고 불렀어요. 나무 사이에 위장해둔 그곳은 고위급 장교들의 집무실과 숙소로 가끔씩 사용되었어요. 결정이 이루어지는 곳이었지요. 그 밖의 모든 일, 머지않아 귀국하는 꿈을 꾸는 일조차 우리는 텐트 아래서 했어요.

앙가리타는 계속 변소를 팠고, 겨드랑이와 등, 그러니까 목덜미 아래쪽 부분이 땀으로 축축해졌죠. 다른 사람들은 참호를 팠어요. 그러다보니 자신들이 불행하게 느껴지고 차별받는다는 생각이 들어 잔뜩 화난 표정으로 게레로 대위를 흘낏흘낏 째려보았어요. 대위는 앙가리타의 좌천을 즐기는 것 같았고 그에게서 눈을 떼지 않은 채 줄담배를 피웠지요. 앙가리타는 헬리콥터의 회전날개를 망가뜨려 기지에서 쫓겨난 것이었어요. 동료들은 그렇게 멍청한 놈은 대대의 위험요소라고 말했지요. 우리가 헬리콥터 상태를 알지 못했으면 얼마나 많은 사람이 죽었을지 생각해봐요. 물론 그건 사고였지만, 모든 일이 그렇듯 우리 모두는 자기가 하는 일이나 했던 일에 책임이 있어요. 앙가리타는 책임을

져야 했죠. 당연히 그래야 하지 않겠어요? 대위는 처음엔 그를 관대하게 대했어요. 항상 쌀쌀맞고 제멋대로 행동했던 사람이라 좀처럼 보기 드문 일이었지요. 어쨌거나 멍하니 장교 막사를 바라보고 있던 앙가리타에게 엘킨이 한 방 날리면서 분위기가 이상하게 변하기 시작했어요. 엘킨이 공격을 시작하자 그 옆에 있던 마시스테 가르세스가 엘킨의 오른쪽 턱을 강타했거든요. 우리는 두 사람을 떼어놓아야 했어요. 서로 죽여버리겠다고 벼르고 있었거든요. 아무도 왜 그 싸움이 일어났는지 몰랐어요. 매일 막사에서 벌어지는 그저 그런 싸움이라고 여겼죠. 우리는 엘킨이 믿을 수 없는 인간일 뿐만 아니라 비겁한 놈이라는 걸 알고 있었어요. 대위의 바지 자락 뒤에 숨어 자신의 비행을 덮어버리곤 했거든요. 하지만 이번에는 혼자였어요. 이상하게도 장교는 그 어떤 권투 선수의 편도 들지 않았죠. 그런데 일주일 후 갑자기 상황이 바뀌었고 앙가리타는 변소 길을 냈습니다. 랑헬 말로는 전날 밤 대위 막사에서 고함 소리를 들었고, 잠시 후 앙가리타가 걱정스럽다기보다는 성난 표정으로 그곳에서 나와 명령 불복종자들이 갇혀 있는 헛간으로 향했다더군요. 볼라뇨스 병장이 담당하는 곳이었지요. 엘킨은 다시 자기 상관 막사 앞에서 보초를 서는 것 같았어요. 만일 앙가리타가 손에 삽을 들고 대대의 똥오줌이 흘러갈 도랑을 파라는 처벌을 받지 않았다면 아무도 그 일에 관심을 기울이지 않았을 겁니다.

그렇지만 이런 모든 일들은 우리의 관심 밖이 되었어요. 그즈음 막사에는 다시 새로운 사진들과 포르노 잡지들이 넘쳐났거든요. 하지만 배우들의 얼굴은 교묘하게 지워져 있었지요. 오직 한 여자가 등장하는 일련의 사진에만 얼굴이 선명하게 드러나 있었습니다. 이목구비가 대체로 동양적인 여자였어요. 그 여자와 섹스를 하는 남자는 어떤 자세를 취하든 뒷모습만 보였어요. 마치 남자의 신원이 밝혀지면 부대의 사기에 영향을 끼칠지도 모른다는 듯이. 여럿이 등장하는 사진에서는 더욱이나 배우들의 신원이 관객이나 독자에게 밝혀지지 않았죠. 당국은 심지어 그런 걸 반자연적 현상으로 여겼으니까요. 하지만 항상 그랬던 건 아닙니다. 처음에야 그 정도 신중함을 보였지, 전쟁이 진행되면서는 뻔뻔스럽고 도발적인 색조를 띠게 되었어요. 심지어 사진사가 그런 육체의 향연에서 수동적인 역할을 맡은 사람의 얼굴 특징을 가지고 장난치는 게 아닌가 싶기도 했지요. 몇몇은 사진에 나오는 사람들의 신원을 확인할 수 있다고 믿었어요. 그러자 우리 대대는 우리의 남성성이 더럽혀졌을지도 모른다는 이유로 한바탕 소동이 일었습니다. 어느 날 대대의 모든 병사들이 술에 취해 온갖 종류의 음모를 꾸미고 음탕한 비밀을 털어놓으며 웃고 있는데, 마시스테 가르세스가 사진 속 어떤 남자의 왼쪽 어깨에 항상 점이 있다고 말했어요. 그러자 누군가가 아주 경솔하게 그 점이 엘킨의 것과 매우 흡사하다고 했죠. 상의를 벗지 말라는 금지 규정이 있었지만, 엘킨은 셔츠를 벗어 자신의 근육을 자랑하곤 했기 때문에 그 점을 볼 수 있었거든요. 음탕한 웃음이 터졌고, 그런 가운데 나는, 사람들이 보는 앞에서 군복 셔츠를 벗었다는 이유로 비나스코 중위가 엘킨에게 참호를 두 배로 파라는 벌을 내리는 바람에 비나스코 중위와 게레로 대위 사이에 갈등이 있었다는 사실을 떠올렸어요. 대위는 자기가 비호하던 병사를 위해 아무것도 할 수 없었어요. 규정은 규정이니까. 하지만 막사로 돌아가던 중에 나와 부딪칠 뻔하자 화가 치밀었는지, 마치 모든 사람이 들으라는 듯이 큰 소리로 내게 명령했어요.

"인시그나레스, 그 빌어먹을 비나스코 중위에게 가서 즉시 내 집무실로 오라고 전해."

"누구에게요?" 나는 방금 들은 소리가 믿기지 않아 머뭇거렸어요.

"비나스코 말이야. 내 말 못 알아듣겠어?" 대위는 사악한 미소를 지으며 말을 맺었어요. 자기가 무슨 말을 하고 싶은지 사람들이 다 이해했다고 확신하는 표정이었죠.

앙가리타만 제외하고는 모두 다 들었어요. 그는 도랑에 들어가 하체는 안 보이는 채로 야만인처럼 땀을 흘리고 있었거든요. 앙가리타는 괜찮은 사람이었고 공부도 한 친구였어요. 안 그랬으면 헬리콥터 조종사들과 정비사들 사이에 있을 수가 없었죠. 라케다이몬인들이 투덜거려도 '정실파' 사람들과 친하게 지냈고, 아란다 중위와 라틴어로 대화를 나눈다는 사실은 높이 평가받아야 했어요. 신학생이었다는 사실 때문에 카스트리욘 신부의 복사를 맡았다는 점이 그의 유일한 짐이었습니다. '아르시에소'의 질투 덕분에 그의 명성이 위험에 빠질 위기에서 벗어났던 것처럼, 엘킨은 그를 대위로부터 해방시켜주었어요. 물론 그렇게 해방되기 위해서 며칠 동안 강제 노역을 해야 했죠. 앙가리타는 야녜스, 카다비드, 아르벨라에스와 함께 가끔씩 밤에 모여서 오랫동안 포커게임을 했어요. 나 또한 속해 있었던 그 그룹은 체스게임도 했지요. 하지만 앙가리타는 자신을 체스 챔피언이라고 믿는 군종신부의 도전을 도저히 참지 못했어요. 앙가리타는 내게 아주 친절했습니다. 특히 마지막 공격 때, 그러니까 녹십자 전투에서 많은 사람이 목숨을 잃기 전 행해진 그 공격에서 무전기를 제때 연결시키지 못한 불행에 빠졌을 때 날 도와주었어요. 난 군법회의에 회부될 뻔하기도 했습니다. 본부의 지시가 제때 전달되지 못했기 때문이지요. 하지만 맹세컨대 그건 내 잘못이 아니었어요. 그 순간에는 바로 그라나다 대위가 무전기를 사용하고 있었습니다. 영어로 도쿄 주둔 부대의 어느 미군 장교와 얘기를 나누고 있었어요. 오랫동안 듣다보니 두 사람은 다음 주말에 열릴 골프 경기에 내기를 걸고 있더군요. 하지만 난 그들의 대화를 막을 수 없었고 대위를 고발할 수도 없었어요. 나는 그의 잘못 때문에, 엿새 동안 영창에 있게 되었던 겁니다.

4

난 몇 시간이 지난 뒤에야 잠들었어요. 습기 때문에 허리가 너무 아팠고, 그게 우리 가족의 약점이라는 게 떠올랐지요. 마치 몽둥이찜질이라도 당한 느낌이었습니다. 사실 그날 업무는 그리 과하지도 않았는데 말이죠. 우리는 '그릴드 치킨'이라고 불리는 구릉지를 둘러싸고 있는 깎아지른 바위들 근처를 정찰했고, 인자하게 내리쬐는 따사로운 햇볕 속에서 별다른 두려움 없이 기지개를 켰어요. 사흘 전부터 적은 우리를 순순히 놔두고 있었지요. 잠시 휴식을 취하거나 새로운 공격 준비를 하는 것 같았어요. 나는 막사에 앉아 '타말리토' 페냐가 불러주는 대로 편지를 쓰면서 오후를 보냈어요. 그는 글쓰기를 배우지 못했습니다. 첩첩산중에 있는 어느 부락에서 태어났거든요. 학교가 있는 큰 마을에서 멀리 떨어진 곳이었어요. 그의 부모 역시 읽거나 쓸 줄 몰랐고요. 그는 걷기 시작하면서부터 농사일을 거들었어요. 그런데 어느 날 마을에서 온

술 취한 무장괴한 몇 명이 가족들을 한 줄로 세우는 일이 벌어졌습니다. 아버지, 어머니, 세 누나와 두 형이었어요. '타말리토'는 집에서 2킬로미터쯤 떨어진 강변에서 자갈과 돌 사이를 뛰놀며 할머니와 함께 있었지요. 할머니가 빨래하는 것을 보고 즐거워하면서 거친 갈대줄기로 요리조리 빠져나가는 물고기를 잡으려 하고 있었어요. 그런데 갑자기 총소리가 들렸습니다. 멀리서 메아리로 울려퍼졌기 때문에 더욱 여러 번 들렸어요. '타말리토'는 할머니보다 더 빠르게 집으로 달려갔고, 언덕에서 전속력으로 마을을 향해 말을 달리는 여섯 명의 사람을 보았어요. 그는 집으로 마구 뛰어갔고 아버지와 두 형이 바닥에 쓰러져 있는 것을 보았죠. 몸은 아직 따뜻했어요. 총탄이 머리를 명중했고 바닥으로 피가 흘러나오고 있었지요. 말라가며 더욱 검고 진해지는 피가. 옆쪽에 있던 네 명의 여자들은 비명을 지르지도 눈물을 흘리지도 못하고 있었습니다. 어머니는 남편의 손을 꽉 잡고 있었고, 속치마가 헝클어진 채 멍하게 있는 세 누나의 입술이 떨리고 있었지요. 막내 누나의 다리 사이로 가느다란 핏줄기가 흘러내렸어요. 네 사람은 그렇게, 할머니가 헉헉거리며 도착할 때까지 눈물도 흘리지 못하는 눈으로 아버지와 두 형제의 시체를 말없이 바라보고 있었지요. 할머니의 비명은 강가로 울려퍼졌고, 이유도 알지 못한 채 '타말리토' 페냐는 울음을 터뜨렸어요. 무슨 일이 일어났는지 정확히 몰랐지만 이해하는 데 말은 필요 없었어요. 어머니와 세 누나의 얼굴, 할머니의 비명, 그리고 움직이지 않는 시체들과 말 탄 사람들의 도주를 보는 것만으로 충분했지요. 순간 '타말리토'가 눈길을 들었습니다. 빨랫줄에 한 번도 보지 못한 것이 걸려 있었어요. 커다란 파란색 천이었어요. 급하게 생겨난 깃발은 말 탄 사람들이 떠난 방향으로 펄럭거리는 것 같았죠. 그들은 떠나면서 아버지의 시체 옆에 텅 빈 술병 하나를 남겨놓았어요. 할머니는 그걸 보더니 집어 올리고는 상상할 수도 없는 힘으로 멀리 내던졌습니다. 유리가 산산조각나는 소리가 들렸고, 잠시 후 할머니는 아이가 가리키는 파란색 천을 뚫어지게 바라보더니 빨랫줄에서 걷어내 부엌 아궁이에서 태워버렸어요. 이 주 후 다섯 명의 여자와 '타말리토' 페냐는 그 부락을 버리고 보고타의 에힙토에 있는 빈민촌으로 가서 셋집에 거처를 정했습니다. 그들을 지배하는 침묵과 상복을 제외하면 아무 일도 일어나지 않은 것 같았어요. 차츰 토요일 밤과 일요일 이른 시간에 사람들이 문 앞에 오곤 했지만, 다섯 여자와 그가 먹고살기에는 역부족이었어요. 타말이 그들을 구해준 음식이었어요. 이웃 사람들은 그들의 생명을 구해준 음식 이름으로 다정하게 아이의 별명을 붙여주었지요. 아홉 달 후 그의 막내 누나가 아기를 낳았어요. 막내 누나가 눈물로 목이 메일 때면, 다른 누나들이 아이를 안으려고 서로 다투며 위로했지요. 그들은 아이가 자라는 것을 옆에서 지켜보았어요. 아이가 세례를 받을 때는 아이가 어떻게 태어나게 되었는지 아는 사람들만 어머니와 할머니가 라우레아노*라는 이름을 고집한 이유를 알았지요. 시간이 흐르면서 집은 점점 비어갔고, 마침내 어머니와 라우레아노의 엄마, 라우레아노와 '타말리토'만 남게 되었습니다. 할머니와 다른 두 누나는 모습을 감추었어요. 할머니는 시내 공동묘지에 묻혔고, 어머니 말에 의하면 두 누나는 각자 갈 길을 찾아갔어요. 누나들은 종종 집에 들르기도 했고 편지를 보내기도 했

* 이 작품에서 '토르코로마의 악당'으로 등장하는 콜롬비아의 극우 보수파 대통령의 이름이 라우레아노 고메스이다.

죠. '타말리토'는 어디에서 왔는지는 모르겠지만 조카들이 오기 시작했다고 기억했어요. 당시 그는 이미 집안을 책임지는 남자였습니다. 조숙했고 무슨 일이건 못하는 일이 없다고 동네에서 유명했어요. 단순 심부름에서 재봉사 조수까지 안 해본 일이 없거든요. 장난감을 갖고 놀 나이 때의 사촌들은 라우레아노의 못된 짓거리를 참고 견뎌야 했어요. 그 애는 장난감을 부수거나 아이들을 마구 때리거나 아무런 이유도 없이 큰 소리를 질러댔지요. '타말리토'는 그들의 싸움에 개입하지 않고 어깨 너머로 쳐다보기만 했어요. 그도 그럴 것이 그들보다 나이가 두 배나 많았거든요. 어느 날 오후 그는 딱 한 번 개입을 했는데, 그날 라우레아노가 자기 사촌 중에서 가장 어린 애에게 무릎을 꿇게 하고는, 음료수를 주겠다며 개똥을 먹게 했던 겁니다. 눈앞에서 벌어지는 장면을 보자 참을 수 없었던 나머지 '타말리토'는 허리띠를 뺐고, 분노를 참지 못하고 어린 범죄자를 매질했어요. 그러자 식구들은 그에게 욕을 해댔어요. 아무도 그에게 그럴 만한 권한이 있다고 생각하지 않았어요. 이 년 후 열여덟 살이 되자 '타말리토'는 에힙토를 떠나야겠다고 마음먹었어요. 그가 일하던 양복점의 옷감 냄새, 바늘, 초크 등에 짜증이 났던 거죠. 차라리 배달꾼으로 이곳저곳 다니는 게 좋았어요. 그렇게 하루가, 한 주가, 한 달이 지났고, 어느 화요일에 재봉사와 손님이 전쟁에 관해 하는 얘기를 듣게 됐어요. 줄자를 움직이면서 치수를 재는 동안, 재봉사는 군에 자원입대하는 사람에게 정부가 약속한 게 전부 사실이냐고 물었고, 엄청나게 뚱뚱한 몸에 회색 펠트 모자를 쓴 손님은 그렇다고, 아무짝에도 쓸모없고 집안의 골칫덩어리였던 자기 조카도 이미 입대했다고 말했지요.

"살아서 돌아오기만 한다면," 손님이 말했어요. "틀림없이 자기 가게 하나 정도는 차릴 수 있을 겁니다. 아니면 미국인들이 준다는 장학금을 받을 수도 있겠지요. 요즘은 부자가 아니면 그 누구도 장학금 없이 공부할 수 없거든요."

재봉사는 줄자를 테이블 위에 놔두고서, 뚱보의 바짓단을 표시해놓은 핀을 뺐어요. '타말리토'는 양복점에서 슬그머니 나가 징집 센터로 갔고 북쪽 주둔부대에서 첫날 밤을 보냈죠. 여러 주가 지난 후 그는 빡빡머리에 카키색 무명 군복을 입고 육군 장성처럼 행진했고, 군중들 속에서 어머니와 막내 누나를 보았습니다. 수많은 여자들처럼 그들 또한 이미 체념한 상태였고, 심지어 참전 경험이 아이에게 훌륭한 미래를 보장해줄 거라는 생각까지 했지요. 그 역시 꿈에 젖어 있었어요.

"아마도 라우레아노가 내게 약간의 행운을 가져다줄 거야." '타말리토'는 이렇게 둘러댔지만, 어머니와 막내 누나는 그 농담을 전혀 마음에 들어하지 않았어요.

'타말리토'는 훌륭한 이야기꾼이 아니었고, 그래서 그의 이야기는 재미가 없고 짧기 일쑤였지요.

"바에나 중위님, 또박또박한 글씨로 잘 보이게 편지 한 장 써주시겠습니까?"

그날 오후, 편지 수신자는 그의 어머니였습니다. 물론 이웃집 여자가 읽어줬을 겁니다. 어떤 이유에서인지 '타말리토'는 에힙토의 영웅이 되어 있었거든요. 전선에서 일어나고 있는 일에 대한 내용이었고요. 추위에 대해서도 말했고, 몇몇 동료들, 가령 에르메스와 '10센타보 동전의 원주민' 얘기도 했어요. 나조차도 모르는 얘기들이었지요. 같은 막사에서 함께 살긴 했지만 막사 안에는 두 개의 대조적인 삶이 있었습니다. 그래서 우리는 많은 동료들이 어떻게 사는지 제대로 알지 못했고, 그들 역시 우리 삶을 잘 알지 못했어요. '타말리토'는 어머니에게 보름 전에 도쿄를 방문했었고, 아르벨라에스나 '투정쟁이' 라미레스, 인시그나레스와는 달리 봉급을 모두 저축했다고 이야기했어요. 실명과 특징을 거론하면서, 그들은 여자와 술에 돈을 다 써버렸다고 했지요. 그리고 마지막에 내가 전혀 이해할 수 없는 말을 써달라고 했어요. 그냥 그 말을 기억하고만 있었는데 한참 후에야 그 의미를 깨닫게 되었죠. 친구들이 들려준 비밀과 몇 가지 사건들로 앞뒤를 맞출 수 있었거든요. '타말리토'는 자기 중위가 살해되었다고 말했어요. 아주 차갑고 짧고 정확했던 그 말은 참 이상했어요. 그는 그 장교가 적군에 의해 사망했다거나 전쟁터에서 발생한 우연한 사고로 사망했다고 말하지 않았어요. '타말리토'는 주저하지 않고 그가 살해되었다고 말했고 나는 그저 그렇게 써주었지요. 나중에 '타말리토'가 언급한 중위가 누구인지 알고 나서야, 그의 말 속에 무언가 수상쩍은 게 숨어 있었다는 걸 깨달았어요. 병영 안에는 어떤 비밀이 퍼지고 있었는데, 그걸 모르는 사람은 몇 명 되지 않았고 내가 그중 하나였어요. 그는 더이상은 말하지 않았고, 어머니, 안녕히 계세요, 곧 뵈러 갈게요, 라고 써달라고 하고는 내가 가르쳐준 기호로 서명했습니다. 그리기 쉬운 T와 P였지요. 그러고는 지장을 찍고 편지에 입을 맞춘 후 자기 손으로 봉투 안에 편지와 사진 한 장을 넣었어요. 페뉴엘라와 막내 에르메스, 그리고 우리가 '춘 압 이타'라고 부르던 한국 아이가 찍힌 사진이었죠. '타말리토'는 내게 봉투를 주고는 주소를 적어 군사우편 담당자에게 건네달라고 부탁했어요.

그날 밤 나는 잠을 이룰 수 없었어요. 습기 때문만은 아니었다고 생각해요. '타말리토'의 이야기와 비슷한 이야기는 심심치 않게 들을 수 있었습니다. 추잡하고 모진 사건들도 가끔씩 있었지요. 그런 이야기 속에서 유일하게 좋았던 점은 주변 상황이 좋지 않았는데도 원한이나 복수심이 배어 있지 않았다는 거예요. 순진함, 그래요 그게 정확한 단어라고 생각합니다. 반면에 악의나 증오 같은 감정은 우리 그룹이나 장교 그룹에 더 익숙했지요. 우리는 마치 무언가 때문에 마음이 썩어버려 누군가에게 분노를 터뜨려야만 마음이 편안해지는 것 같았어요. '타말리토' 페냐, 안드라데, '10센타보 동전의 원주민', 그리고 말할 필요도 없는 대대의 막내 에르메스는 그 어떤 대가도 바라지 않고 목숨을 바칠 수 있는 사람들이었어요. 항상 남들 뒤에서 음흉한 속내를 드러내는 엘킨, 치카, '아르시에소', '투정쟁이' 라미레스나 코르시와는 너무도 다른 친구들이었지요. 나는 몸을 돌리려고 했어요. 오른쪽으로 누우면 잠을 잘 수 있을지도 모른다고 생각했거든요. 하지만 최악의 선택이었죠. 돌덩이가 매트리스를 뚫고 나와 도저히 잠을 잘 수 없었거든요. 적어도 나는 그랬어요. 나머지 동료들은 내 옆에서 코를 골고 있었으니까요. 보초 두 명까지 말입니다. 순간 마치 바닥이 바뀌어, 잡초와 돌덩이 대신 자디잔 자갈과 잔디가 깔린 폭신한 땅에 누워 있는 느낌이 들었어요. 저쪽으로 태양이 높이 떠 있었고, 아이들은 깔깔대면서 수영장 주변에서 놀고 있었죠. 고작 몇 년 전 일이었는데 이제는 그 시간이 까마득했어요. 옆에서는 모든 게 완벽한 칵테일파티가 벌어지고 있었어요. 키스, 치자나무들, 차가운 맥주, 그리고 한껏 분비되는 페로몬…… 사실 그럴 만도 했지요. 그애를 만난 게 토요일이었는지 일요일이었는지는 잘 모르겠어요. 우레고 소령이 내게 자기 딸을 소개시켜주었는데, 처음엔 애인의 탈영에 슬퍼하는 스무 살가량의 여자아이로만 보였어요. 자살 기도를 한 터라 우레고와 그의 아내는 '여자아이는 절대 혼자 놔두면 안 된다'라는 격언에 따라 가는 곳마다 그 아이를 데리고 다녔습니다. 소령을 찾아오는 사람들 중 나이 어린 여자들을 밝히는 사람들조차 파트리시아에게는 전혀 관심을 두지 않았어요. 손님들은 대부분 그애보다 나이가 많았고, 그중 많은 사람들이 현역 장교들이었지요. 사실 나 역시도 숙녀인 체하면서 감상에 젖어 슬퍼하는 코흘리개에게 관심 둘 기분은 아니었어요. 그날 난 루크레시아에게 관심이 있었거든요. 그애는 외모도 근사하고 집안도 부자였지만 그 누구보다 산만했습니다. 서로 다른 색깔의 신발을 신는가 하면 집안에 열쇠를 두고 나오기 일쑤였지요. 그런 산만한 성격을 단적으로 보여주는 건 그애의 애인이었죠. 파티 때마다 애인을 잊어버리고 마치 미사 때의 복사처럼 한쪽 구석에 세워두곤 했거든요. 그런 산만함 때문에 루크레시아는 유부남 사이에서 유명했는데, 그애에 관해 떠돌던 이야기들이 사실인지 거짓인지는 확인할 수 없었습니다. 어느 순간 파트리시아가 내 옆으로 다가와 무슨 말인가 하고 있었는데, 나는 예의상 대답하면서 햇빛 아래 늘어진 그애의 헝클어진 머리카락을 보았어요. 그애는 아버지 동료들이 떠드는 일련의 거짓말에는 아무 관심이 없었어요. 그들은 너나없이 아르덴 전투가 얼마나 치열했는지, 얼마나 많은 사망자와 부상자가 발생했는지, 전투에 사용된 기관총은 어떤 종류였는지를 다룬 언론기사 얘기를 하고 있었어요. 어느 순간 파트리시아가 마치 혼수상태에 빠진 여자처럼 몸을 돌려 내 앞에 섰어요. 그애가 한쪽 다리를 움츠릴 때 나는 수영복 아래의 가장자리, 즉 허벅지 위로 검은 음모 몇 가닥이 삐져나온 것을 보았어요. 나는 주위를 둘러본 후 나를 주시하는 사람이 아무도 없다는 것을 확인하고는 눈을 가리기 위해 선글라스를 꼈지요. 그러자 아주 선명하게 보였어요. 아주 검은 털 몇 가닥이 수영복 언저리에서 빠져나와 희미하지만 음란하게 허벅지 위에 어둠을 드리우고 있었습니다. 나는 파트리시아가 꿈을 꾸며 숨을 내쉴 때마다 그애의 아랫배가 어떻게 흔들리는지 보았고, 그 위로 수영복 속의 배꼽이 어떻게 완벽한 구멍을 그리고 있는지도 보았어요. 그애는 땀으로 범벅이 되고 있었어요. 얼마나 그러고 있었는지 모르겠어요. 내 옆에 있던 다른 사람들은 스탈린그라드 전투에서 발생한 끔찍한 독일군 사망자 수와 바르샤바 유대인 강제구역의 굶주림, 그리고 드레스덴에서 연합군의 폭격을 받으며 보냈던 공포의 밤에 대해 쓴 통신원들의 기사에 관해 이야기했습니다. 순간 나는 내 눈을 의심했어요. 파트리시아의 허벅지로 삐져나온 곱슬곱슬한 털 위로 보이는 다이아몬드 광채 같은 무언가가 나를 꼼짝 못하게 사로잡았던 겁니다. 땀방울이 탐스러운 배의 융기를 지나 팽팽하게 피부를 감싼 수영복을 빠져나와 여자아이의 해방된 음모 위에서 크리스털로 만든 선물처럼 반짝이고 있었어요. 몇 달 후 루크레시아의 애인이 바보 같았던 기억이 되어버리고 그애가 계속해서 자신의 복사를 구석에 처박아놓은 채 잊고 있을 때, 마침내 우레고 소령의 집에서 역사적인 일이 벌어진 것 같았어요. 시대정신에 충실한 파트리시아가 원피스 수영복을 옷장에 넣어두고 루이 레아가 발명한 비키니를 뽐냈던 겁니다. 그런 차림이 해변과 수영장에서 사람들의 분노를 자아내던 때였어요. 그리하여 나는 파트리시아가 드러낸 배꼽 위로 차가운 맥주를 부어 입을 대고 마셨고, 그애는 내 혓바닥의 간질임에 폭소를 터뜨렸지요. 나는 솔직해지고자 하는 심정으로 내 느낌을 이렇게 자세히 들려주는 겁니다. 파트리시아가 우레고 소령의 짓궂은 딸이었던 바로 그날, 클럽의 수영장 주변에서 내가 받은 느낌을 말이에요. 마침내 나는 잠들었고, 바로 그때 굉음과 겁에 질린 보초들의 외침을 들었던 것 같아요.

"만세공격이야!"

마치 번개에 눈을 번쩍 뜬 사람처럼 정신을 차리고 나는 침상을 박차고 일어나 F1 소총을 움켜잡았어요. 막사를 나오면서 넘어진 병사들도 몇몇 있었지만, 그래도 우리는 홀린 사람들처럼 참호를 향해 달려갔지요. 중공군이 울부짖고 있었습니다. 약 50미터 앞인 듯했어요. 항상 잠들었을 때 공습한단 말이야, 이런 생각을 하며 나는 전투태세를 갖추었어요. 옆에는 아직도 당황한 동료들이 있었습니다. 몇몇은 마치 로봇처럼 이리 뛰고 저리 뛰고 했어요.

"중공군은 백 명 정도로 추정됩니다, 중위님." 옆에서 키뇨네스의 목소리가 들렸어요. 나는 전혀 불안하지 않았어요. 정말입니다. 이상할 정도로 정신이 멀쩡했거든요. 마치 소등신호가 떨어지고 그 공격을 기다리고 있었던 것 같았어요.

5

"전쟁은 지구상의 수많은 장소에서 발발해 번져가지. 마치 이 시대를 살아가는 분주한 사람들에게 조금이라도 지리를 배우고 익히라고 그러는 것 같아." '고졸' 야네스는 막내 에르메스에게 말했어요. 정찰대의 일원으로 배속된 에르메스가 꿈에 부풀어 커다란 군화를 신고 어기적거리던 어느 날 오후였지요. 그는 지리 같은 건 배우고 싶지 않다고 대답했어요. 바로 그런 이유로 학교에서 도망쳐나왔거든요. 라디오나 신문을 통해 세상에서 무슨 일이 일어나는지 아는 것에도 취미 없다고 했어요. 에르메스는 자기 눈으로 직접 다른 나라들을 알고 싶었던 겁니다. 그는 열여덟 살이라고 말했지만, 실제로는 열여섯 살이었고 외모는 열네 살처럼 보였어요. 화사한 뺨과 생기 있는 눈, 그의 얼굴은 마치 전쟁 지도 같았는데, 노란 면류관을 쓴 여드름이 자신의 진지를 일련의 붉은 점으로 표시해놓고 있었어요. 파란색이 조금 곁들여졌더라면, 훈련소의 본관 같은 위대함과 웅장함을 보여줄 수 있었을 거예요. 에르메스의 목소리는 동료들의 우렁찬 음색에는 아직 이르지 못했지만, 그 누구도 그 아이가 군대에 있다는 사실을 이상하게 여기지 않았어요. 특정한 나이가 되어야만 직장을 얻고 의무를 지고 민법상의 책임을 지는 이유는 뭘까요? 그런데 왜 그 누구도, 성인이 되어야 군인이 될 수 있다는 사실에 아랑곳하지 않고, 사춘기 소년이 죽음과 맞서 싸우고 있다는 사실에 관심을 두지 않은 것일까요? 게레로 대위는 렌테리아 중사가 연병장에서 신병들을 점진적으로 변화시키는 모습을 지켜보면서, 조국은 젊은이들을 선호해, 하고 말하곤 했어요. 어쨌거나, 아니 아마도 나이 때문에 모두들 에르메스를 우리의 사자使者로 채택했고, 이후 우리 대대가 받아들인 두 명의 한국인 고아도 그와 비슷하게 되었어요. 그 십대 소년은 대대의 마스코트였는데, 우리 부대의 모든 병사들에게는 별명이 붙여졌지만 알 수 없는 이유로 그 아이에게는 불명예스러운 별명이 붙지 않았어요. 그애는 그냥 에르메스라고 불렸어요. 주변 여러 나라를 살펴봐도 그 이름을 가진 사람이 없으니 별명이 필요 없다고 몇몇 사람이 생각했기 때문이죠. 모두가, 아니 거의 모두가 그애를 다정한 눈으로 쳐다보았어요. '아르시에소'만 그애를 싫어했는데 그 이유를 아는 사람은 아무도 없었습니다. '아르시에소'에는 동성애자와 배신자라는 이중의 의미가 함축되어 있었고, 무한히 사악한 그 존재는 기꺼이 그 별명을 받아들였어요. 그자는 페레이라에서 하던 묘지경비원 일을 그만두고 수송대대로 보내지리라는 희망을 품고 입대했지요. 그의 의도를 누가 알았겠습니까! 헛된 바람일 뿐이었어요. 그자는 뚜렷한 이유도 없이 에르메스를 미워했고 기회만 있으면 그애를 당황하게 만들어, 우리가 저주하던 렌테리아 중사가 꼬치꼬치 캐는 눈으로 그애를 쳐다보게 만들었어요. 밤에는 침상 사이로 몰래 기어가 군화 끈을 엉클어놓았지요. 어느 날 아침 에르메스는 엉킨 끈을 풀지 못해 제시간에 군화를 신을 수 없었고 그 때문에 규율에 따라 처벌을 받았어요. 식당을 청소하거나 변소를 닦는 일이었습니다. 하기야 군대의 관점에서 보면 그 두 일은 똑같은 일일 겁니다. '아르시에소'는 남의 눈에 띄지 않게 군복 단추를 떼어버리거나 모자를 숨기기도 했는데 그 덕분에 에르메스는 또 벌을 받았어요. 어느 날 아침에는 단체로 샤워를 하는데 그자가 수건과 옷의 위치를 바꿔놓는 통에 불쌍한 에르메스는 알몸으로 덜덜 떨면서 옷을 찾아야 했고 집합 시간에도 늦을 수밖에 없었어요. 그자의 빌어먹을 짓은 끝이 없는 것 같았고 가련한 에르메스는 영창에서 시간을 보내거나 기합을 받거나 아니면 변소 청소를 해야만 했지요. 훈련 초기에도 그랬고 나중에 불침번을 서거나 정찰을 나가거나 전투를 할 때도 그랬어요. 그런 문제가 시작되었을 때, 우리는 누가 그런 못된 짓을 저지르고 있는지 알지 못했습니다. 에르메스는 범인을 알고 있었을지도 모르지만 그 누구에게도 말하지 않았고 불지도 않았어요. 두려움 때문이 아니었어요. 가장 어렵고 힘든 전투 훈련을 할 때 그애는 가장 용감한 병사 중 하나였고, 그게 바로 몇몇 상관들이 그애를 좋아하게 된 계기였거든요. 에르메스는 분명히 자기에게 벌어지는 그런 심한 장난이 어느 부적응자의 짓이거나 자기에게 반감이 있는 사람의 짓이거나 어둠 속에서 증오의 손이 벌이는 행동이라고 생각하고 있었어요. 그런데 왜 그랬을까요? 신병들 사이에서 가장 흔한 게 바로 실랑이와 반감입니다. 그런 건 사소한 일로 생겨서 점점 크게 자라나요. 그리고 마음에 안 든다는 이유만으로 몇 배로 커지지요. 패거리들은 서로 불구대천의 원수가 되고, 싸움은 점점 커지고, 마침내 불평불만이나 직접적인 조롱 또는 욕설의 차원을 넘어 더럽고 추잡한 계략이나 폭력 그리고 상대방이 죽는 모습을 보고 싶다는 확고한 욕망으로 발전하게 돼요. 군대에서 적은 국경 너머나 전쟁터가 아니라 바로 군대 안에 있습니다. 군대의 과장된 말투로 인해 확대된 불분명한 외부가 우리에게 해를 끼치는 겁니다. 북쪽 주둔부대에서 처음부터 사용된 분류에 의하면, 옆에 있는 라케다이몬인들의 적은 모두 헬롯들이에요. 그리고 누군가는 상대방에게 무릎을 꿇어야 했죠. 그게 법이었어요. 에르메스는 체념한 것이 아니라 참았던 겁니다. 하지만 못된 짓은 계속 이어졌어요. 치약이 비누나 잿물로 바뀌는가 하면, 군함에 승선한 후에는 모닝커피에 설탕을 넣는 순간 커피에서 무언가가 끓어올랐죠. 누군가 설탕 대신 탄산나트륨을 놓아두었던 거예요. 분명 신원미상의 그 누군가는 에르메스보다 더 어린애가 되려고 애쓰고 있었습니다. 에르메스조차도 그런 장난을 웃어넘겼죠. 물론 '아르시에소'는 에르메스의 그런 태도를 전혀 마음에 들어하지 않았어요. 그자는 에르메스가 화를 내며 우는 모습이 보고 싶었거든요. 그러다 우리는 앞뒤 정황을 맞춰보기 시작했고, 결국 못된 장난꾸러기의 얼굴은 공개되기에 이르렀습니다. 우리가 전선에 배치되어 참여한 세번째 작전 수행 때 그 문제가 불거졌지요. 우리는 식인귀 고지의 골짜기에 있었어요. 일종의 저지선이었는데 거기서 성난 만세공격을 막아야만 했습니다. 겨우 일곱 명이 최전방 진지를 방어하고 있었는데 그중에 에르메스도 끼어 있었어요. 그애는 바닥에 엎드려 목표물에서 눈을 떼지 않은 채 잽싸게 자기가 지키고 있던 왼쪽 편으로 움직였어요. 소총 개머리판을 어깨에 대고 한쪽 눈을 가늘게 뜬 채 손가락을 방아쇠에 갖다대고서 목표물이 사정거리에 들어오길 기다리는 동안, 무엇이 첫번째 과녁이 될지 생각했지요. 그때 중공군 하나가 총검을 우뚝 세우고서 에르메스에게 덤벼들었습니다. 아마도 총알이 모두 소진된 것 같았어요. 그러자 에르메스가 총을 쏘았는데 짧고 경쾌한 폭음과 함께 중공군의 얼굴 앞이 번쩍거렸죠. 너무 놀란 중공군은 순간적으로 멈추었고, 그 순간을 이용해 안드라데가 정확한 사격 솜씨로 그를 향해 총을 쐈어요. 그러자 중공군의 머리가 날아가면서 뇌의 일부분이 에르메스 위로 떨어졌습니다. 위험한 순간이 지나가자 우리는 모두 에르메스를 쳐다보았어요. 너무 당황한 나머지 한마디도 할 수 없었지요. 그애의 소총이 총알 대신 신관信管을 발사했던 겁니다. 이건 장난이 아니라 살인 기도였어요. 저지선 저쪽에서 '아르시에소'가 하이에나처럼 폭소를 터뜨리고 있었고, 그가 아무 조치도 취하지 않고 적절한 조사도 하지 않는 것을 보고 우리는 그 염병할 놈을 혼내주기로 마음먹었어요. 구태여 변명할 필요는 없을 것 같은데 선생도 이해해주면 좋겠군요. '아르시에소'는 앙가리타가 복사 역할을 그만둔 후 군종신부의 응석받이가 되어 있었어요. 모터사이클을 타고 사방으로 이동해 다니던 카스트리욘 신부는 항상 '아르시에소'를 사이드카에 조수로 태우고 다녔죠. 그런데 앙가리타에게 무슨 일이 일어났는지 압니까? 선생은 그 어떤 것도 그냥 넘기지 않으려 하는군요. 좋습니다, 하지만 이 얘기는 간단하게만 하겠어요. 앙가리타는 동성애자 신부가 속죄할 경우 희생양이 될지도 모른다는 두려움에 아란다 중위를 통해 의무실로 발령을 받았어요. 그곳에서 그는 있는 힘을 다해 다키무라와 솔라노 박사, 그리고 적십자 소속의 간호사들을 도왔지요. 그러자 복사를 할 수 있는 사람은 '아르시에소'밖에 남지 않게 됐습니다. 그는 공동묘지에서 일했던 경험 덕분에 엉터리 라틴어 문장을 몇 개 토해낼 수 있었고, 그런 문장은 성체를 받드는 시간뿐만 아니라 병사에게 종부성사를 주는 순간에도 사용되었어요. 어느 날 오후 바르불라 고지에서 치열한 전투가 벌어졌습니다. 무전병이 큰 소리로 우리가 고통스러운 대량학살을 당했다고 알려주자 군종신부는 자기 모터사이클로 뛰어갔고 '아르시에소'는 사이드카에 앉았어요. 그들이 가야 할 길은 굉장히 울퉁불퉁했어요. 바위와 구덩이 천지였고, 그래서 모터사이클은 펄쩍펄쩍 뛰어오르기 일쑤였지요. 그걸 피하기 위해 신부는 고지의 가장자리를 따라가기로 했습니다. 자연장애물로부터 안전할 뿐 아니라 조금이라도 빨리 도착해 도움을 줄 수 있었기 때문이지요. 그날 정오에 아르벨라에스, 야네스와 나는 '아르시에소'를 골탕 먹여 더는 그가 나쁜 짓을 못하도록 만들겠다고 이미 마음먹고 있었어요. 그래서 모터사이클과 사이드카 연결 나사를 헐겁게 해놓았지요. 우리는 사이드카가 분리되어 복사가 망나니짓을 한 대가로 심하게 다치는 정도를 바란 거지 군종신부가 선택한 길이 그렇게 험준할 것이라고는 상상도 못했어요. 하지만 고백하건대 우리가 조금 과했지요. 카스트리욘 신부는 액셀을 끝까지 밟았고 이내 우리는 모터사이클이 사이드카와 분리되는 장면을 보게 되었어요. 신부가 계속해서 빠른 속도로 달리는 동안, 사이드카는 충격적일 정도로 격하게 공중에서 선회하더군요. '아르시에소'는 있지도 않은 핸들을 꽉 잡았고 이내 사이드카는 깍아지른 듯한 100여 미터 골짜기 아래로 떨어졌어요. 불타버린 나무들과 잡초들 덕분에 추락의 굉음은 그리 크지 않았고, 우리가 상관들에게 '사고 지역'이라고 보고한 곳에 도착하자 고철 덩이가 되어버린 사이드카 한가운데서 그자의 모습이 보였습니다. 아직 의식이 있었지만, 갈비뼈 여섯 개가량이 부러지고 이마는 낡은 항아리처럼 깨지고 발목 하나는 골절되고 얼굴은 멍투성이인 상태였어요. 나중에 신부가 한 말마따나 가시면류관을 쓴 예수처럼 피를 흘리고 있었고요. 의도하지는 않았지만 우리는 그자를 전쟁터에서 나가게 할 뻔했어요. 그도 그럴 것이 즉시 도쿄에 있는 군병원으로 후송되었거든요. 약 이 주 후에 우리는 그가 조금 더 고통받도록 에르메스와 함께 그를 방문했습니다. 이집트 미라 같은 그의 모습을 보자 웃음을 참을 수가 없었어요. 여러 겹의 석고와 붕대에 친친 감겨 꼼짝도 못하고 있었지요. 보이는 건 눈과 입 주변뿐이었어요. '아르시에소'가 뭔가 낌새를 맡은 듯했습니다. 우리가 인사하자 그가 혈거인 같은 신음과 살인자의 눈빛으로 대답했거든요. 부목을 댄 한쪽 다리는 덩그러니 추에 매달려 있었고, 그가 우리를 차갑게 맞이하는 것에 실망한 나머지 오 분 후 작별인사를 하려던 나는, 보복의 여신처럼 그가 한쪽 손으로 급하게 석고 위에 쓴 것을 읽었어요. "개자식들."

'아르시에소'는 여섯 달간 그런 자세로 병원에 있었고, 퇴원한 후에는 예비부대의 일원이 되어 조국으로 돌아가는 걸 거부했어요. 그는 복사로서의 자리를 되찾아 카스트리욘 신부 옆에 있고자 했지만, 신부는 이미 사고 당일 밤에 대신할 사람을 구한 터였지요. 그는 억울하고 분해하며 온갖 종류의 자멸적 임무를 떠맡기 시작했어요. 어려운 작전 수행이 있으면 자원해서 손을 들었고 전투에서는 항상 일선에 있었지요. 동기와 진실과는 상관없이 그는 여러 번 의무의 한계를 넘어선 용기로 훈장을 받았어요. 그러던 어느 날 밤 그가 사라졌습니다. 그날 정찰대가 '음부'라고 알려진 곳, 그러니까 삐죽삐죽한 바위들이 가득하고 잡초가 우거진 거칠고 막다른 길에서 길을 잃어버렸던 거예요. 사흘 후 중공군들이 그의 시체를 내걸었어요. 친한 친구였던 카를로스 치카의 시체와 함께 묶여 있었지요. 하지만 그들의 시체를 구하러 갈 방법이 없었어요. 총알이 비 오듯 쏟아지는 통에 그들이 묶여 있는 망할 놈의 전봇대에서 200미터쯤 되는 곳에 머물러 있어야 했거든요. 우리 중에서 가장 슬픔에 젖은 사람은 에르메스 같았어요. 겉으로 보기에 그애는 '아르시에소'가 자기에게 얼마나 끔찍한 장난을 했는지 잊은 것 같았습니다. 그리고 흥미로운 사실은 에르메스는 '아르시에소'가 염병할 방법으로 악착같이 방해하려고 했던 마음의 평화를 줄곧 향유하고 있었다는 사실이에요.

어린 나이에도 불구하고 조숙하고 모든 면에서 매우 기민하다는 점 때문에 에르메스는 사람들의 관심을 끌었고, 만나는 즉시 믿을 만한 사람이라는 인상을 주었어요. '아르시에소'는 훈련 시절부터 그애에게 못된 짓을 했고 그런 장난은 태평양을 건너가는 동안에도 줄어들지 않았을뿐더러 전선에 있을 때는 더욱 심해졌지만, 에르메스는 전혀 혼란스러워하지 않았지요. 그저 근면한 기결수처럼 열심히 자기 일을 하면서 가장 게으르고 가장 겁 많은 사람들에게까지도 희망과 낙천주의를 일깨워주었습니다. 우리 대대에는 온갖 종류의 사람들이 있었어요. 에르메스는 기적이 자기 목숨을 구해주었다고 믿었어요. 그런 믿음이 강한 나머지 '아르시에소'가 그의 소총에 넣어둔 신관이 중공군을 죽였다고 말할 정도였죠. 안드라데의 정확한 사격에 쓰러지기 직전, 자신의 적은 왜 어린아이인지, 그애는 전쟁통에 왜 총알이 아니라 장난감 폭약을 쏜 것인지 의아해했을 그 중공군 말입니다. 에르메스는 최전선 진지에서 나와 인시그나레스, 즉 무전병의 조수로 임명되었습니다. 아직 완성되지 않은 미성년의 목소리가 종종 전황을 보고하고 적군과 아군의 정확한 위치를 알려주었지요. 모두가 그에게 호감을 느끼고 그를 좋아했어요. 하지만 미군들은 그러지 않았죠. 병력이 부족한 상황에서도 그들은 우리가 벌이고 있는 전쟁이 어린애에게는 어울리지 않다고 여겼거든요.

"여기가 우리나라보다 더 안전해요." 테예스 대위는 전선에 에르메스 같은 어린애가 있는 것에 대해 의아해하는 앨라배마 부대의 장교에게 말했어요. "저 또래 병사들이 우리 부대에 더 많았으면 좋겠습니다."

미군은 이해하지 못하겠다는 눈으로 테에스 대위를 쳐다보았어요. 몇 주 후 에르메스는 전투 의무를 면제받고 도쿄로 이송되었습니다. 우리가 그에게 모든 사람들이 갖고 있던 별명을 붙여주지 않았던 것과 달리, 미군들은 그를 '리틀 보이'라고 부르기 시작했어요. 처음에는 우리도 그 별명이 썩 그럴듯하다고 생각했습니다. 그런데 어느 정도 시간이 흐르자 그 두 단어에 숨겨진 의미를 알게 되었죠. 그 별명은 그의 나이나 신장에 대한 묘사일 뿐 아니라, 인류 역사상 가장 끔찍했던 죽음의 병기와 관련이 있었던 겁니다. 육 년인가 칠 년 전에, '리틀 보이'는 히로시마 주민의 대부분을 죽음으로 몰아갔어요. '리틀 보이'는 에르메스를 유명하게 만든 그것, 우리를 별안간 새 시대로 이끌었던 착발신관과도 관련 있는 무기였습니다.

"로차는 어디서 그렇게 특이한 것을 알게 되었어요?" 에르메스는 마치 유혹당한 사람처럼 내게서 시선을 떼지 못한 채, 내 옆에서 큰 소리로 물었어요. 아무도 그에게 대답하지 않았고, 내 소식통이 믿을 만하다는 걸 확신하고 있었던 난 그저 미소만 지었지요.

미군들의 유머는 '아르시에소'의 짓궂은 장난보다 정도가 지나쳤어요. 자주 쓰는 기관은 발달한다고 하지요. 아마도 그 때문에 에르메스는 매번 이동이 있을 때마다 다정하고 사랑스러운 그 별명이 왜 공포의 기록처럼 변질되었는지 더욱 깊이 조사하게 되었을 겁니다. 언젠가 한번은, 그러니까 에르메스와 몇몇 병사들과 함께 장갑함들과 미군들로 가득한 바닷가에서 한가로이 시간을 보내고 있을 때 갑자기 어떤 노인이 나타났습니다. 노인의 영어 실력은 형편없었지만 내 동료들은 알아듣는 척했어요. 사실 난 미국 학교에서 공부했지만 동료들 앞에서는 언어에 대한 지식을 자랑하지 않으려고 했지요. 노인은 당시로서는 보기 드물 정도로 다정하게 우리에게 접근했어요. 그리고 자기 이름이 요시히로 가다라고 소개했죠. 그는 우리를 귀찮게 하고 싶지는 않지만, 몇 주 전 미국 병사들이 우리 동료 중에서 가장 어린 사람을 놀리고는 깔깔대며 웃었는데 그를 '리틀 보이'라고 부르는 그들의 말투가 자기의 관심을 끌었다고 했어요. 나는 우리도 비슷하게 느꼈다고 말했지요. 그의 과도한 호기심을 부추길 의도는 전혀 없이 말입니다. 그러자 노인은 불쌍하다는 표정을 지으며 에르메스를 쳐다보았어요. 동사원형만으론 더이상 대화를 이어나갈 수 없게 되자, 나는 다카무라에게 노인이 힘들게 엉터리 영어로 말하지 않도록 일본 말에서 직접 통역해달라고 부탁했지요. 그리고 우리는 단어를 곱씹으면서 미국 놈들이 에르메스를 희생양으로 삼아 얼마나 천박하고 가공할 만한 짓을 즐겼는지 알게 되었습니다. 노인은 우리에게 그 비행기의 역사에 관해 다시 말해주었어요. '에놀라 게이'라는 그 비행기의 이름은 마치 어느 동성애자가 붙인 전쟁의 명칭처럼 들렸지만 구체적인 날짜에 구체적인 장소에서 실제로, 그러니까 1945년 8월 6일에 이 땅에 이미 세상의 종말이 일어났다는 사실을 보여주고 있었습니다. 그에 대해서 몇몇 미국 놈들은 모욕적인 언사로 으스댔지만, 마음속 깊이 뉘우치며 범죄를 저지른 장소에서 자신의 죄를 정화하는 편을 택한 사람들도 있었어요. '에놀라 게이'가 불길하게 비행하는 동안 레이더 기사로 일했던 조 스티보릭이 바로 그런 경우였어요. 광기에 대한 후회에서 헤어나올 수 없었던 그는 자주 신사를 찾아갔으며, 가다 노인을 비롯해 그의 이야기를 듣고자 하는 모든 사람들에게 '에놀라 게이'가 히로시마 상공에 원자폭탄을 투하하기 이전의 순간들에 대해 이야기했어요. 스티보릭은 구름층이 너무 두꺼워 작전이 실패할 뻔했지만, 죽음의 낙인이 찍힌 도시 위로 하늘이 열리자 비행기에 타고 있던 모든 사람들은 히지야마 공원에 드리운 여름의 초록빛을 감상할 수 있었고, 아마도 그런 시적인 풍경이 그들에게 폭탄을 투하하도록 부추긴 것 같았다고 말했습니다. 그는 비행 동료들에 관해서도 말했는데, 어느 냉소적인 미국 장군은 그들을 열두 사도와 비교했다고 했어요. 물론 스승은 '리틀 보이'라고 알려진 복수심에 불타는 최고 천사였고, 아기 그리스도는 사도들의 공포 한가운데에 있었지요. 노인이 끔찍한 장면을 떠올리면서 언급한 어린아이 얘기는 아무 의미 없는 허튼소리가 아니었어요. 그는 말하는 동안 에르메스의 슬픔에 젖은 눈을 뚫어지게 바라보다가, 원자폭탄이 투하된 지 사흘째 되던 날 나가사키에서 사진기사들이 어느 아이가 그리스도 석상 위에 남겨놓은 그림자를 찍었다고 말했어요. 그러자 나는 예수회 신도들의 우두머리이자 원자폭탄의 폭발을 지켜본 증인인 아루페 신부가, 재앙이 벌어진 순간 계단을 올라가던 노동자의 모습이 어느 은행의 벽에 새겨져 있다고 했던 말이 떠올랐어요. 유령들의 도시가 된 것일까? 에르메스는 눈물을 흘렸죠. 활달하고 명랑하며 주정뱅이인 미겔리토 아르벨라에스가 그런 무아지경 속에서 우리를 꺼내주지 않았다면 아마 우리 모두는 함께 울고 말았을 겁니다. 일본 노인은 사흘 연속 술을 마신 상태였고, 그의 말에 따르면 그는 우리의 냄새 덕분에, 특히 나의 사색의 흔적 덕분에 우리를 찾을 수 있었다더군요. 애틀랜타 출신의 어떤 거구의 검둥이가 노인과 함께 있었어요. 우리의 다정한 동포는 〈바람과 함께 사라지다〉의 출연진 사이에 그가 있을 영예의 공간을 이미 찾아낸 상태였죠. 두 사람은 서로 어깨동무를 했고, 걸으면서 그들의 희미한 상상 속에만 존재하는 전선에서의 사건들, 그 사건들이 일어난 시간과 그 사건들을 둘러싼 소문들에 대해 이야기를 나누었어요. 그들은 자신들이 단 한 번도 쓰러진 적이 없다고 맹세했지요. 에르메스를 보자 검둥이는 뭔가 생각났는지 그 앞에서 차렷자세를 취하더니 오른쪽 손을 이마에 수직으로 갖다대면서 경례를 했어요. 그가 왜 그렇게 했는지, 그리고 에르메스는 어디서 그런 힘과 용기가 나왔는지 아무도 몰랐지만, 에르메스가 조금 뒤로 물러서더니 한쪽 발에 힘을 주고는 "그런 빌어먹을 짓에 이젠 질렸어"라며 검둥이의 양다리 사이를 힘껏 걷어찼지요. 미군 병사는 몸을 웅크렸고, 마치 나이지리아나 콩고 말처럼 알아들을 수 없는 말을 내뱉더니 두 손으로 자기 종족의 자랑스러운 남성성을 움켜쥐면서 무릎을 꿇었습니다. 그를 일으켜세우는 데 세 사람이 필요했어요. 그런데 흥미로운 건 에르메스가 도망치지 않았고 검둥이도 보복을 하려 들지 않았다는 점입니다. 두 시간 후 에르메스는 두 잔 이상의 술은 견디지 못하는 사람이 짓는 바보 같은 미소를 지었어요.

"다음 단계는 내가 알아서 할게." 아르벨라에스가 입에 거품을 물면서 소리쳤지요. "'옥문玉門'이라는 집을 알거든. 거기서 네 또래의 창녀들을 만날 수 있을 거야."

그렇게 제안하면서 그는 기운차게 웃었고, 검둥이는 에르메스를 슬그머니 피하면서 이따금씩 양손을 가랑이로 가져갔어요. 마치 그렇게 하면 결정적인 또다른 공격을 막을 수 있다는 듯이요.

6

그에게는 이상한 습관이 있었어요. 왼손 집게손가락과 가운뎃손가락을 등뒤의 허리띠와 바지 사이에 넣곤 했지요. 그리고 군모나 철모를 쓰고 있을 때에도 오른손 엄지손가락은 관자놀이에 갖다대고, 나머지 네 손가락은 마치 모자챙처럼 이마 위에 가지런히 정렬시켰어요. 날카롭고 예리한 살쾡이 같은 사람이었습니다. 담배꽁초를 씹는 습관이 있었는데, 씹은 다음에는 거의 아무도 눈치채지 못하게 몰래 자기 발에 뱉었지요. 그의 모든 행동—걸음걸이, 웃는 모습, 명령을 내릴 때의 억양—은 놀라울 정도로 자연스러웠어요. 하품을 할 때조차 그의 결단력 있고 강철 같은 성격을 누구도 의심하지 않을 정도였죠. 우리 사령관이었던 '최고 고관' 살디바르 대령은 호들갑을 떨지 않는 군인의 본보기였고 최고 권력자였어요. 그가 말하거나 명령을 내릴 때면 대화 상대나 병사는 모든 게 치밀한 생각 끝에 나온 것임을 알 수 있었어요. 그는 걸어다니는 격언이었고, 그의 동료들, 특히 따지기 좋아하는 그 왜소한 대위조차도 그의 말을 주의깊게 듣고 재빠르게 지시사항을 수행하거나 그의 권고를 존중했지요. 일반적으로 그의 지시나 권고는 비단에 휘감겨 있었지만 그건 엄연히 명령이었어요. 그의 별명은 바로 거기서 나왔지요. 또한 그의 별명은 모든 권위는 하느님으로부터 온다는 원칙에도 부합되었어요. 그는 전혀 생각지도 못한 순간에 성경 구절, 그러니까 판관기나 열왕기 혹은 레위기를 인용했거든요. 마치 가장 교화적인 성경 대목을 발굴해내는 것처럼 몇 장 몇 절에 나오는지도 정확하게 밝혔어요. 라 폴라 고지, 그러니까 적의 통제력을 감안한다면 가장 치열한 공격 중 하나가 펼쳐질 고지의 탈환에 앞서, 살디바르 대령은 우리를 2열횡대로 정렬시키고는 공습의 이유와 그 속에 내재한 위험, 그리고 우리가 승리를 거둘 경우의 이점들에 관해 설명했지요. 우리 모두는 부동자세로 있으면서 얼어죽을 것 같았지만, 그는 아랑곳하지 않고 이상하기 그지없는 연설을 시작했어요.

"오늘 너희는 요르단 강을 건너 너희보다 강대한 민족들을 쫓아내고 하늘에 닿을 듯한 성벽으로 둘러싸인 큰 성읍들을 차지하리니. 그 백성들로 말하자면 너희가 잘 아는 장대한 에나킴족이다. 에나킴의 아들들과 맞설 자가 누구냐? 하는 말을 너희는 들었을 것이다." 그리고 해산 명령 대신 이렇게 덧붙였어요. "신명기 9장 1절과 2절."

물론 군종신부는 이 모든 걸 전혀 마음에 들어하지 않았어요. 그는 대령에게 반대하도록 끊임없이 우리를 부추겼지요. 사실 대령은 자기가 독실한 여호와의 증인이라고 말했지만 그 점에 관해서는 일련의 의문이 있었습니다. 여호와의 증인들이 전쟁에 나갈까? 그들의 법이 과연 적군이 피 흘리게 만드는 일을 용납할까? 여호와의 증인이 그 신도들과 멀리 떨어져 이방인들 속에서 살 수 있을까? 그는 미군 목사인 호트리와 친하게 지냈어요. 가끔 두 사람은 인용문과 잠언을 혼합해 진정한 성경 파티를 벌이곤 했지요. 우리 사령관이 증오하는 게 있다면, 그건 바로 육체로 하느님을 모독하는 것이었습니다. 트레호스가 도쿄의 어느 창녀와 관계하다가 임질에 걸리자, '최고 고관'은 그 염병할 놈을 수행원으로 삼아 그 문제를 해결했어요. 그 망할 놈의 좀비는 사령관이 가는 곳이면 어디든 따라갔고 매일 그가 내키는 대로 시키는 일을 해야만 했죠. 여기서 대대 전체의 상상을 들끓게 했던 이야기를 해주지요. 트레호스가 들려준 이야기인데, 파트리시오 살라사르 병사에게 일어난 일이라고 하더군요. 살라사르는 어느 어린 창녀를 미칠 듯이 사랑한 나머지 일본인들이 '가랑이에게 기쁨을 주는 것'이라고 부르는 요금을 지불하는 데 그치지 않고, 기나긴 주말을 롯폰기 역 근처의 사창가에서 그 여자와 함께 있기 위해 저금해놓은 돈을 모두 써버렸습니다. 완전히 미친 살라사르가 첫 경험이자 행복한 작업을 끝냈을 무렵, 여자아이가 다정하게 그를 쳐다보더니 고개를 좌우로 흔들면서 달콤하게 '수리바치'라고 중얼거렸어요. 그러자 그는 절정에 이르러 만족한 여자가 부드럽게 나무라는 말이라고 생각하고는 더욱 끓어올랐고, 계속하기 전에 잠시 쉬는 시간을 갖자는 여자의 부탁에도 불구하고 손으로 여자의 입을 막고서 두번째 행위를 실행에 옮겼지요. 그 행위가 절정에 달했을 무렵, 여자는 다시 고개를 좌우로 흔들고는 보다 달콤하게 '수리바치'라고 말했어요. 그렇게 이틀을 그곳에 틀어박혀 있는 동안 그런 일이 여러 차례 벌어졌는데 항상 똑같은 단어였지요. 거의 스무 번은 되었어요. 그러더니 이제는 익숙해진 '수리바치'라는 말을 한 후, 이번에는 여자가 무언가 귀찮고 거북하다는 듯이 '하리가타'라고 말했어요. 트레호스 말에 따르면, 살라사르는 일본 여자의 감동한 얼굴을 보자 그 말이 고맙다는 뜻일 거라고 생각했고, 기진맥진한 상태로 기쁨에 가득 차 후방부대의 위생병 자리로 돌아왔답니다. 며칠 후 그는 그곳에서 다카무라, 그러니까 종종 통역관 역할까지 하던 간호사를 만났어요. 살라사르는 자기 애인과 애인이 즐겨 썼던 표현이 떠올랐지요. 너무나 달콤했던 장면을 회상하자 다시금 욕망이 끓어올랐어요. 그는 다카무라에게 '수리바치'와 '하리가타'라는 말이 무슨 의미냐고 물었어요. 다카무라는 크게 놀라며 왜 그런 질문을 하느냐고 물었죠. 살라사르는 자기의 남성다움을 으스대고 자랑하면서 무슨 일이 있었는지 사실대로 자세하게 들려주었어요. 그러자 다카무라는 배꼽을 잡고 눈물이 나올 정도로 웃으면서 이렇게 설명했어요.

"'수리바치'는 창녀들 언어로 절구통, 그러니까 음부를 의미해. 하지만 만족스럽지 못한 몸짓과 함께 말했다면 공이가 없어서 마찰과 빈죽이 제대로 이루어지지 않았다는 뜻이야. 그러니 '수리바치'는 제대로 하지 못했다는 의미야. 그리고 '하리가타'는 네 애인이 '차라리 딜도가 낫겠어'라고 말한 것과 똑같아."

트레호스는 파트리시오 살라사르가 지은 좌절과 비탄의 표정을 봤어야 한다고 했어요. 이내 그 일화에는 보다 뻔뻔한 내용이 가미되었고, 불쌍한 살라사르가 연병장이나 영내에 모습을 드러낼 때마다 그 이야기는 마치 음탕한 후광이 반짝거리는 것처럼 전례 없이 빠르게 유포되었지요. 이걸 최대한 이용한 사람 중의 하나가 아란다 중위였습니다. 중위는 살라사르에게 일어난 일이라고 알려진 것이 실제로는 트레호스에게 벌어진 일이라는 사실을 깨달았거든요. 그렇지 않다면 어떻게 그가 그토록 자세하게 모든 걸 알 수 있었겠어요? 이미 말한 대로 '최고 고관'은 육체와 관련된 문제는 참지 못했습니다. 물론 대부분의 경우 분노를 겉으로 표출하지는 않았지요. 트레호스가 성병에 걸리자—이건 그 어떤 여자도 그에게 다시는 '수리바치'라고 말하지 않았다는 의심할 수 없는 증거죠—사령관은 그를 전령으로 임명했고, 적어도 공개적으로는 아무것도 나무라지 않으면서 그에게 천한 일을 시켰어요. 부대의 모든 병사들이 보는 앞에서 자신의 군화를 닦게 했고, 담배를 피우며 뱉은 침을 발로 밟게 하는가 하면, 완전군장으로 이 중대에서 저 중대로 뛰어다니면서 메시지를 전하고 받게 했지요. 그런데 트레호스의 말에 의하면 그 메시지는 아무짝에도 쓸데없는 내용이었어요. 살디바르 대령이 원한 건 힘들고 지친 일을 시키는 것이라는 사실을 모르는 사람은 아무도 없었습니다. 그는 명령을 완수하고 나면 시간에 상관없이, 그리고 날씨가 어떻든 개의치 말고 차가운 물로 샤워할 것을 지시했어요. 사실 나머지 병사들 중에서도 성병에 걸린 사람이 많았지만 그의 마수에 걸리지 않도록 체념하면서 통증을 참고 있었지요. 나머지 병사들이 트레호스를 측은하게 쳐다보는 앞에서, '최고 고관'은 알 수 없는 말을 했어요.

"염소를 아사셀에게 보낸 자는 옷을 빨고 몸을 씻은 후에 진지로 들어올 수 있다." 모두가 추워서 불알이 오그라든 채 덜덜 떠는 동안 사령관은 기침을 하고서 덧붙였어요. "레위기 16장 26절." 그렇지만 이쯤에서 난 섹스에 대해 살디바르 대령이 걱정한 것은 종교적이고 도덕적인 예방조치의 차원에서가 아니라, 에너지를 축적하여 '재흡수'한다는 아주 특별한 관념을 지지했기 때문이라는 사실을 말해주고 싶네요. 어느 날 우리 부대가 갈수록 게을러지는 문제에 관해 아벤다뇨와 대화를 나누다가 들은 얘기지요. 대령은 사람이 에너지를 발산하지 않으면 그것이 핏속에 재흡수되어 육체적·정신적 능력이 매우 고양된다고 주장했어요. 사람의 능력과 에너지가 그리되면 그 무엇도 그 누구도 억누를 수 없다는 얘기였지요. 그것이야말로 전쟁터의 용사가 기댈 수 있는 최고의 무기 아닐까요?

문제는 불쌍한 트레호스가 찬물로 너무 자주 씻는 바람에 폐렴에 걸리기 직전이었다는 겁니다. 그런데 전쟁이 끝나기 얼마 전 그는 놀라울 정도로 변했어요. '최고 고관'처럼 말하기 시작했고, 세월이 조금 더 흐르자 제칠일안식일예수재림교회의 목사로 변해 훌륭한 선교 사업을 했지요. 한편 우리는 염소에 관한 얘기는 조금 이해한다고 생각했지만 —인시그나레스는 '사정'을 '염소 풀어주기'라고 말하곤 했거든요— 아사셀에 관해서는 아는 게 없었어요. 어느 빌어먹을 유곽의 주인이겠거니 했지요. 그래서 도쿄의 창녀 클럽으로 가 정액을 발산할 때마다 그 말의 진정한 의미에 가까이 와 있을지도 모른다고 생각하면서 살디바르와 트레호스를 기리며 이렇게 말했어요.

"우리는 아사셀의 집에 염소 세 마리를 풀었어. 혹은 네 마리 또는 여섯 마리를 풀었어." 모든 건 우리의 떨어져가는 기력이나 우리가 풀 수 있는 달러에 달려 있었지요.

이런 의미에서 트레호스는 전쟁이 끝날 때까지 기록보유자였어요. 아무도 그가 들려준 이야기가 살라사르의 일이라고는 믿지 않았거든요. 그러니 이미 알려진 것처럼 그는 적어도 스무 마리의 염소를 풀어준 셈이었지요. 물론 그와 잠자리를 한 일본 여자가 되뇐 '수리바치'는 염소떼 전체의 열정에 죽음을 선고한 꼴이 되었지만요. 나에 관해 말하자면, 전쟁 때 많은 걸 배웠다는 건 인정해요. 살아남는 법뿐만 아니라 어떻게 해서든 문제를 해결하는 법을 배웠으니까요. 난 동료들이 내게 '고졸'이라는 별명을 붙여주었을 때 내게 경의를 표한다고 생각했습니다. 군대에서 수많은 것들을 배웠으니 정당한 일이었죠. 가령 '재흡수' 같은 것 말이에요. 그런 기분 나쁜 단어는 아마 프랑스 사람들이 만들어냈을 겁니다. 그들은 쓰잘머리 없는 것들까지 죄다 존중하거든요. 난 아벤다뇨 중령의 전령 자격으로 매일 전쟁의 기술을 들어야 했고 '최고 고관'의 성경 대목도 들어야 했어요. 나는 손자의 전략 덕분에 집요하고 완강한 사업가가 되었고, 레위기 구절들 덕택에 깨끗하고 위생적인 사람이 되었죠. 그때부터 난 레위기를 최고의 위생학 매뉴얼로 여겼고, 내 아내와 아이들에게도 가르쳐야 할 책이라고 생각하게 되었어요. 물론 트레호스에게 일어난 일과 달리 나는 개신교도가 되지는 않았습니다. 비록 무신론자이지만 난 가톨릭이 진정한 교회라고 생각해요.

육 일째 되는 날 하느님은 군인들을 만드셨고, 칠 일째 되는 날 휴식을 취하셨다. 난 내 머릿속을 빙빙 맴돌면서 지겹도록 가르랑거리는 소리가 엔진 소리라고만 생각하고 있다. 하지만 보잉 비행기는 꿈결처럼 미끄러지듯 날고 있다. 내 귀를 고통스럽게 하는 건 카르데나스 장군의 장광설이다. 유넥스코UNEXCO—국립 한국전쟁 참전용사 협회—회장인 그는 위치토 기착 후 다시 여정이 시작되었을 때부터 쉬지 않고 떠들고 있다. 비르힐리오가 뒤쪽에서 지침을 내리는가 싶더니 잠시 있다가 자기 자리로 되돌아왔다. 그러는 사이 장군은 내 옆자리가 빈 것을 보고는 앉아도 되느냐는 몸짓을 했다. 대답을 기다리지도 않고 자리에 앉아버리긴 했지만. 그는 내가 읽던 책을 들고서 제목을 보고는—러셀 램지의 『한국에서의 콜롬비아 대대』였다—마치 실수로 더러운 기저귀를 집은 사람처럼 다시 내게 되돌려주었다. 그러더니 조심스럽게 자신의 역겨운 행동을 변명했다.

"교수님, 그렇게 쓸데없는 것들을 읽는 게 지치지 않나요?"

난 감정을 억눌렀다. 하지만 내가 불평했다고 한들 아무 도움도 되지 않았을 것이다. 참전용사 협회의 대표라는 위신과 지위 덕분에 특별 손님으로 선정된 이 장군은 마치 액자 속에라도 들어간 듯 마음대로 독백을 늘어놓았다. 나는 육 년 전 거의 모든 시간을 전쟁에 관한 연구에 바치겠다고 결심한 이후부터 그가 연설할 주요 내용을 이미 알고 있다. 군인들의 말을 평가절하한다는 의미는 아니다. 사실 나는 수차례에 걸쳐 군인들을 인터뷰했다. 바에나 중위는 가장 젊은 장교의 관점에서 자기 이야기를 들려주었고, 아우구스토 호타 아란다 역시 내 질문에 간헐적으로나마 대답해주었다. 그러나 여러 번 요청했음에도 불구하고 지금까지 그 어떤 고위 장성도 그 주제에 관해 내게 인터뷰를 허락하지 않았다. 이미 출판된 내용을 참고하십시오, 그들은 노골적으로 무관심하게 말할 뿐이었다. 그래서 내가 그 어떤 요청도 하지 않았는데 카르데나스 장군이 내 영토를 갑자기 침범했다는 사실이 내게는 놀라울 뿐이었다.

"내가 하려는 얘기가 선생에게 적잖이 의심을 불러일으키리라는 사실을 알고 있소." 그는 기침을 했다. 마치 조금 더 다정한 목소리로 말하려는 듯이. "가령 선생은 내가 군인이었을 때 어땠는지 궁금하겠지. 그러나 내 직책 때문에 난 우리나라가 참전한 것에 대해 좋게 말할 수가 없소. 또한 나는 선생의 첫번째 논지가 콜롬비아의 참전에 관해 좋지 않게 말하는 것이며 정치적 성격을 띠고 있다는 것도 알고 있소. 선생 같은 역사가들은 특히나 객관적이지 않아요. 당신들은 인정하지 않을지 몰라도 대통령과 내각에 대한 반감, 특히 전쟁 관계 부처 장관에 대한 증오가 당신들의 머릿속을 지배하고 있지. 대통령이나 그의 체제를 변호하고 싶지는 않소. 문민 독재정권이었고, 대통령뿐 아니라 그가 임명한 사람도 근본적인 변화에 귀를 기울이지 않았으며, 그래서 나라를 지옥으로, 죽음의 수용소로 만들었다는 것은 모두들 알고 있으니까. 나는 또한 많은 사람들이 그 잔인무도한 죽음의 수용소에서 탈출하기 위해 한국으로 갔다고 종종 생각했소. 그러나 이런 모든 것에도 불구하고 우리의 한국전 참전은 좋은 결과를 가져왔어요. 선생 같은 지식인들이 지적한 것처럼 국가에 도움이 되지는 않았을지라도 군대에게는 매우 유용했으니까. 선생도 그렇게 썼잖소. 페루와의 전쟁 이후 우리 군대는 정체되어 있었소. 게다가 라틴아메리카의 다른 나라 군대는 제2차세계대전이 제공한 이점들을 취한 반면 우리는 그러지도 못했고. 우리가 그 대전에 개입하지 않았기 때문은 아니었소. 몇몇 국가의 정부는 미래를 내다보았고 장교단을 파견해 연합국이 추축국樞軸國 군대에 감행한 군사작전을 가까이서 지켜보면서 사건의 추이를 면밀히 추적하도록 했다는 걸 모두들 알고 있어요. 하지만 우리나라는 팔짱 끼고 기다리고만 있었소. 우리가 한 일이라야 차라리 잊는 게 낫겠다 싶은 멍청한 말을 특허낸 것이 전부라고 할 수 있을 것이오. 물론 좋은 인상을 심어주어야 하는 시절이었고, 그래서 외교를 통해 모든 걸 해결하는 게 가장 적절했지. 그래서 나는 대통령이 취한 가장 그럴듯한 조치 중 하나가 외무부에서 바라오나 성을 가진 관리들을 내쫓은 것이었다고 생각해요. 그들의 직무라고 해봐야 보름마다 전 세계 모든 정부에 신임장을 제출하고, 영사관이나 재외공관을 개설하고—그러니까 관료주의를 가중시키고—항상 프랑스어로 새롱거리며 이 여자 저 여자 쫓아다니고, 그런 여자들로 자신의 빈약한 가문을 장식하는 것이 고작이었거든.* 에두아르도 술레타 앙헬 같은 외교관들은 미국 정부에게 천팔십삼 명으로 이루어진 대대를 한국으로 파견하겠다는 강력한 제안을 했어요. 모든 사람들이 그걸 보며 안도했다는 말에 선생도 동의할 것이오. 강력한 조치를 취해야 했소. 특히 제2차세계대전이라는 위대한 강좌에서 우리가 따랐던 유일한 모델이 그 끔찍하게 수동적인 태도였다는 점을 감안한다면 더더욱. 히로시마에 원자폭탄이 떨어진 지 오 년 후 아시아에서 분쟁이 일어났고, 그거야말로 우리 군대를 혁신할 수 있는 둘도 없는 기회였소. 그런 표정 짓지 마시오. 우리 모두 선생이 평화주의자이며 평화를 염원한다는 걸 알고 있으니까. 하지만 우리가 우연히 살게 된 세상 같은 곳에서 평화주의자들은 조국의 배신자들이나 다름없었소. 말했듯이 우리는 무기만 혁신한 게 아니라 가장 진보된 기술과 새로운 원칙의 전략과 전술을 배웠소. 그것도 실전으로 말이지. 학교에서 행해지는 추상적인 가르침과는 전혀 달랐소. 거기 있는 사람들은 바보떼에 불과하거든. 그 불쌍한 아우구스토 호타 아란다처럼 말이오. 선생은 그자의 진술들을 출간했지만, 그래 봐야 앞뒤가 맞지 않는 종이뭉치에 불과해요. 잘 생각해보시오. 아란다는 최전선에 있었지만 아무 쓸모도 없었소. 라소 계획**이 야기한 전투들 같은, 반란군에 맞서 싸운 몇

* 모레노 두란의 다른 소설 『외무부 장관의 고양이들』의 내용을 언급한 부분이다. 이 소설은 성적 일탈로 몰락하는 바라오나 가문을 다룬다.

** 1962년에 시행된 반테러정책.

개의 전초전에만 참가했을 뿐이오. 직접 구상한 전초전이었으면서 그 사실을 부정하고 있지만. 어쨌건 아란다는 육군장교학교에서 배운 가상의 작전과 오늘날엔 아무도 관심을 갖지 않는 낡은 전투 방식에 대해 설명하는 데는 그나마 재능이 있었지만, 귀국하면서 그것마저 사라졌소. 이제 영화관에서나 볼 수 있는 것들이지. 난 불모 고지 전투 이전에 행해진 몇몇 군사작전에서 아란다와 함께 있었소. 그래서 그의 가치를 잘 알지. 그가 그렇게 군을 마치게 된 점은 나도 슬프게 생각해요. 그는 군모에 별을 달 수 있는 사람이었거든. 하지만 알다시피 그는 자기 아내 가게의 종업원이 되어버렸소. 뛰어난 용기로 한국에서 브이 자가 새겨진 동성훈장을 받은 참전 장교가 의상점 '라스 인디아스 갈란테스'에서 아내의 친구들과 수다를 떨고 있는 모습이 상상이 되오? 어쨌건 하던 얘기로 다시 돌아갑시다. 한국은 우리 군대에게 최고의 학교였소. 잘 생각해보시오. 백 명이 넘는 장교들과 거의 육백 명에 달하는 부사관들이 실전을 익혔고, 그래서 우리는 라틴아메리카 대륙에서 가장 강하고 효율적인 군대가 되었소. 우리가 배운 건 단순한 사색의 차원이 아니었소. 선생은 이미 우리의 해군사관학교와 육군사관학교, 보병학교와 기갑학교, 공병학교를 비롯해 마지막으로 고등전투학교에서 어떤 교육을 주입하는지 그 현장을 봤소. 고등전투학교에서 선생이 자료를 찾아 어슬렁거리는 모습을 봤어요. 하지만 그런 자료는 선생의 결론에 아무런 도움이 되지 않아요. 선생은 왜 사람들이 이 사절단의 일원으로 선생을 초청했다고 생각하시오? 그 아시아 국가가 우리를 얼마나 찬양하고 존경하는지 선생 눈으로 직접 보게 하기 위해서이고, 전쟁기념관을 방문하도록 하기 위해서요. 그리고 원한다면, 비르힐리오가 우리나라 대통령으로는 처음으로 찾아갈 부산의 유엔묘지에서 조국에 대해 무언가 조금이나마 느끼도록 하기 위해서이지. 몇 년 전 미군 전우들과 함께 우리가 처음 총탄 세례를 받았던 곳에 찾아갔을 때, 너무나 감격한 나머지 불알이 쪼그라드는 느낌을 받았다는 얘기를 하고 싶군. 비나스코, 그곳에 가서 자신의 눈에 들어오는 걸 똑똑히 잘 보시오. 그리고 글을 쓸 때는 정직하게 쓰고 편견에 이끌리지 않도록 하시오. 정치역사연구소의 선생 동료인 오바예나 베하라노 같은 염병할 놈들처럼 쓰지 마시오. 지금은 우선 우리가 배운 것이 무엇인지 강조하고 싶군요. 우리의 항공부대가 처음 선을 보인 것은 페루와의 전쟁 때였지만, 헬리콥터 작동법을 알게 된 것은 한국에서였소. 구조 작전뿐 아니라 전투 지원용으로도 이용되었지. 물론 실제로는 참호전이었소. 우리가 도착했을 때 이미 미군들이 비행기와 탱크로 영토의 상당 부분을 초토화시킨 상태였거든. 하지만 그런 작전들은 우리에게 진군이 무엇인지를 가르쳐주었소. 우리 군대는 화기 사용법뿐 아니라 전술에 있어서도 현대화되었으며, 혼잡한 전투 상황 속에서도 노련하게 작전을 수행할 수 있게 되었소. 나는 우리의 참전 이유가 단지 명예를 얻기 위함이 아니었다는 걸 말해주고 싶소. 미군은 그전까지 우리가 영화에서만 보았던 무기로 우리를 무장시켰소. 샌디에이고의 조선소에서 프리깃함 파디야 제독호를 수리해주었고, 우리에게 탱크와 지프차, 그리고 전쟁 물자들을 선물했소. 고장난 것들이었지만 미국 기술자들의 감독하에 그것들을 수리할 수 있었소. 게다가 다행히도 우리나라는 전쟁 도중에 군인 대통령을 선보인 까닭에, 종전 후 우리는 당신들이 '평화 시절'이라고 부르는 무기력한 상태로 갑작스럽게 전환한 게 아니라 정반대로 전쟁에서 배운 것들을 재확인하는 시기를 거치게 되었소. 트라우마 따위는 없었고 우리 군대는 훈련 분야에서뿐만 아니라 가장 대담한 작전과 군사행동을 취함에 있어서도 새 생명을 얻게 되었지. 그걸 나쁘게만 보지 마시오. 대부분의 장교들처럼 나 역시 우리가 계속해서 다른 전쟁에 참여했더라면 보다 완벽하고 철저하게 배울 수 있었을 거라고 생각하오. 여러 매체에서 우리가 베네수엘라와의 분쟁을 단칼에 해결하지 않는 것에 대해 비난하고 있소. 하지만 해결하려고만 하면 시민들이 개입해 파티를 망쳐놓아요. 요사이 언론의 행태를 잘 생각해보시오. 코키바코아 만*—'코카의 낙원'이라는 그 이름의 의미처럼 그곳은 정말 우리 땅이오—한가운데서 칼다스호를 위협한 후, 베네수엘라 군대는 우리를 못살게 굴었소. 불과 사흘 전인 지난 목요일만 해도 F16기 두 대가 마라카이를 출발해 우리의 영공을 선회했고, 아라우카 공항과 제2공군 작전사령부 기지 위를 저공비행했소. 나는 저공비행이 군사시설과 병기고 위치를 확인하고 우리 군대의 움직임을 파악하기 위한 작전이라는 의견에 동의하오. 코키바코아 만 사건이 있은 지 불과 삼 주밖에 지나지 않았는데 또다시 우리 영공을 침범해 1,200피트 높이로—우리는 지금 3만 피트 상공을 날고 있소—저공비행한 것은 실질적인 전쟁 선포라는 의견에 전적으로 동의하오. 그런데도 우리는 왜 아무런 조치도 취하지 않을까요? 왜 침략이 임박한 상황에서 태평하게

---

* 콜롬비아와 베네수엘라가 국경분쟁을 벌이는 지역. 1987년 콜롬비아의 프리깃함 칼다스호는 베네수엘라가 자신들의 영토라고 여기는 코키바코아 만을 침략한다. 그러자 베네수엘라는 F16 전투기를 포함해 군사력을 동원한다. 이후 칼다스호는 그 지역에서 철수했고 군사충돌은 일어나지 않았다.

한국으로 향하는 걸까요? 비르힐리오는 현명하게도 국경 문제에 경험이 많은 론도뇨 대령을 국방부 장관으로 임명했고 난 강력한 대응을 해야 한다는 데 찬성하지만, 그는 상명하복이니 뭐니 하는 빌어먹을 제약 때문에 아무것도 할 수가 없어요. 삼 주 전, 그러니까 베네수엘라 놈들과의 분쟁이 격화되어 일부 장교들이 분노를 터뜨렸을 때, 오반도 장군이 안정적으로 정국을 운영하자는 주장을 들고 나왔소. 장군은 우리나라는 우수한 적들만 상대한다면서 우리는 이 땅은 물론이고 베네수엘라를 포함한 다른 4개국에서 스페인 제국을 무찔렀으며, 우리의 도움이 없었다면 베네수엘라는 독립하지 못했을 것이라고 지적했소. 아마존 트라페시오에서 페루 군부를 상대로 승리를 거두었고, 삼팔선 지역에서 북한군과 중공군과 소련군에게 참담한 패배를 안겨주었다는 사실 또한 기억해야 한다고 했소. 그러면서 우리가 어떻게 고등학교 졸업장도 없는 것처럼 보이는 변변찮은 나라와 싸우면서 우리의 품격을 떨어뜨리겠느냐고 되물었소. 우리는 깔깔대며 웃었지. 그러자 억하심정이 사라지더군. 그런데 내가 무슨 말을 하고 있었지? 그래, 한국에서 배운 것에 관해 말하고 있었군. 난 가장 훌륭한 가르침 중의 하나가 병참 분야였다고 생각하오. 솔직하게 말해서 한국전쟁 이전까지 우리는 그런 것에 대해 조금도 생각해보지 않았으니까. 예를 들자면 지금은 군수물자 조달 체제의 효율성 면에서는 그 누구도 우리를 따라오지 못하지. 전선에서 우리가 얼마나 고급 지식을 익혔는지는 아주 분명했소. 처음에는 앨라배마 연대의 미군들이 가르쳐주었지. 그들은 항상 우리를 도와주었소. 병참 체제를 배우지 않았다면 우린 분명 굶어죽었거나 탄환 부족으로 끝장이 났을 거요. 우리가 익힌 보급 체계는 군수물자

유지에 도움을 주었어요. 사상자 수송 작전도 이와 비슷했어요. 의무팀은 신속하게 이동해 부상자들을 치료했고, 사망자 처리와 무기 보충, 교환도 빠르게 이루어졌소. 이 모든 게 적군의 탄알이 마구 쏟아지는 가운데 이루어졌던 일이오. 정말이지 절대 쉬운 일은 아니었지. 하지만 우리는 몸소 그 가르침을 아주 잘 배웠소. 솔라노 박사는 부상자를 치료하다가 숨졌어요. 박격포탄이 그의 머리에 명중했고, 철모를 쓴 그의 머리가 통째 뽑혀 6, 7미터 정도 날아가서는 진흙탕에 처박혔소. 당신들, 그러니까 책상머리 용사들은 그런 일들을 상상도 하지 못할 거요. 헬리콥터로 불쌍한 솔라노 박사의 남은 신체와 그가 치료하던 환자의 시체가 신속하게 후방으로 옮겨졌소. 폭탄 세례를 받을 수도 있는 후방 병원이 아니라 가능한 한 빨리 일본의 병원으로 이송되는 것이 모든 부상자들의 당연한 꿈이었지. 거의 오백 명에 달하는 부상자들의 절반은 그 꿈을 실현했소. 이왕 말이 나왔으니 말인데, 진짜 사상자 숫자에 관해서는 무책임한 억측이 난무했어요. 선생 또한 자신이 객관성에 어울리지 않는 실수를 범했다고 쓰지 않았소. 잘 들어요. 정확한 사상자 수는 육백삼십구 명, 그중 백육십삼 명이 사망했고 사백사십팔 명은 부상당했소. 스물여덟 명이 포로로 교환되었고 몇몇은 실종자로 처리되었소. 잘 더해보고 말해보시오. 별 의미도 없는 사상자 때문에 그토록 호들갑 떨 필요가 있겠소? 반면 우리 군인들의 용기를 치하하려고 미국인들이 준 훈장의 개수를 생각해보시오. 부친도 전쟁터에서 보여준 용기와 헌신의 사례 아니었소? 의당 받아야 했던 훈장을 받은 사람은 그다지 많지 않아요. 그런데 실종자들에게 대해서는 어떤 의견이 있소? 그에 관해 나온 모든 쓰레기 같은 글들을 믿지는 않을 테지요. 나 역시 탈영 추정자들에 관해서 똑같은 말을 하고 싶소. 산발적인 도주가 있었다는 건 나도 부정하지 않소. 하지만 그런 것들도 알고 보면 아이들 장난에 지나지 않아요. 호놀룰루에 기항했을 때 불알이 뜨거워져 도망친 몇몇 사람들의 경우처럼 말입니다. 공식적인 실종자는 두 명이에요. 나는 선생이 들이대는 자료를 전혀 믿지 않소. 선생 통계에 의하면 열다섯 명의 병사가 실종되었다는데 도대체 어디서 나온 자료요? 그리고 전쟁이 끝난 후에 일본과 한국에 다섯 명이 남았다는데 그건 또 무슨 소리요? 이번 방문은 선생이 조국에게 선생 보고서의 진실성 여부를 입증할 수 있는 아주 훌륭한 기회요. 그리고 그들 중 한 명과 만나기로 했다는 게 사실이라면 나도 함께 가겠소. 내가 그의 증언을 보증하고 지금까지 군부가 사용한 자료에 의문을 제기하는 첫번째 사람이 되어드리리다. 그런데 선생에게는 너무 뻔한 문제일지도 모르겠지만 한 가지 잊은 게 있소. 우리는 반게릴라 전투에서 혁혁한 전과를 거두었는데, 선생은 우리 군대가 고산지대 작전 수행 능력을 어디서 배웠다고 생각하시오? 그런데 왜 웃는 거지? 가장 험준한 땅에서 사십 년 넘게 반란군에 맞서 전투를 벌였는데도 우리 군대의 효율성이 입증되지 않았다는 말이오? 우린 야간전투법도 배웠소. 병사들을 탐사정찰대, 경비정찰대, 구조정찰대로 분류했지. 그 분야에서 우리는 미국인들이 주는 은성훈장과 동성훈장도 몇 개 받았소. 문제는 그런데도 당신들 모두는 좌파의 과거에 집착한 나머지 분명한 사실을 믿으려 하지 않는다는 겁니다. 웃지 마시오. 선생도 나처럼 미국인들이 거저 선물하는 법은 없다는 사실을 잘 알고 있잖소. 군사 박물관에 가본 적 있소? 우리가 받은 쉰두 개의 훈장이 하찮다고 생각하는 거요? 미국 대통령들이 우리 대대를 칭송한 것과 우리 사령관들에게 무공훈장을 수여한 것은 어떻게 설명할 작정이오? 난 내 말이 선생을 설득하지 못하리란 걸 알고 있고 그럴 의도도 없소. 난 그곳에 있었고 최고 사령부 가까이 있었던 입장에서 내 이야기를 들려줄 뿐이오. 내 말을 믿건 안 믿건 그건 선생 문제요. 하지만 나, 카르데나스 장군이 사실을 왜곡했다고는 말하지 마시오."

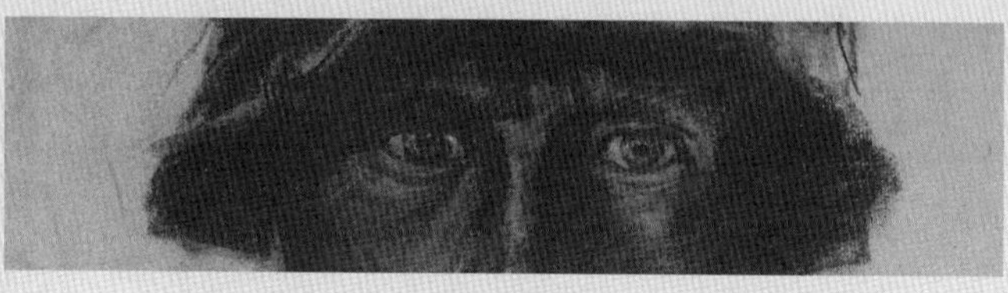

제4부

1

전쟁터에서의 첫해 크리스마스 아침에, 나는 입술이 터지는 추위로 몸이 얼어붙은 채 참호에 웅크리고 있는 내 병사들을 점호했어요. 북쪽에서 불어오는 얼음장 같은 바람이 우리의 눈 위로 얼음 막을 비벼댔지만, 그런 상태에서도 나는 이상한 변화를 눈치챌 수 있었습니다. 정말 놀라운 일이었어요. 우리가 설치한 지뢰와 가시철망 사이, 그리고 우리 진지와 적군의 진지 사이에 중공군들이 영어와 스페인어로 쓴 성탄 메시지로 가득한 플래카드가 걸려 있었거든요. 정말입니다. 우리의 사기를 저하시키려는 적군의 책략이라는 걸 알고 있었지만, 아직 성탄절이 왔는지 알지도 못하는 사람들에게 성탄 메시지를 분명하게 전달하려고 했다는 점에서 나는 깊이 감동하고 말았지요. 확성기는 아주 크게 울리고 있었어요. 크리스마스캐럴과 우리나라의 대중가요와 함께 두 개의 언어로 된 성탄 축하 메시지가 흘러나왔고 우리 사기는 엉망이 되기 시작했어요. 산타클로스만 없을 뿐이었죠. 나는 숨을 가다듬고 슬픈 표정으로 풀이 죽어 있는 병사들을 보았어요. 아마도 그들은 머나먼 조국의 따뜻한 크리스마스를 생각하고 있었을 겁니다. 그런데 가장 빌어먹을 것은 다정한 축하 메시지의 목소리가 관능적인 여자 목소리였다는 사실이었습니다. 제아무리 파괴적이고 치명적인 만세공격도 내 부하들을 그렇게 무너뜨리지는 못했어요. 내 오른쪽에 있던, 소심하면서도 항상 무슨 일이든 가장 먼저 자원하던 '푸투마요'는 다른 세상에 있는 것 같았습니다. 그는 동료들의 존경을 한 몸에 받는, 무자비하게 사기를 꺾는 추위만 없다면 행복한 사람이라는 말을 들을 수 있는 병사였어요. 절망에 사로잡혀 군대에 자기 자신을 갖다바친 사람이 아니었죠. 사실 그런 병사들은 몇 명 없었어요. 그는 야노스 오리엔탈레스 지방에서 징병되었는데, 그런 경우 입대 동기는 전혀 중요하지 않아요. 저 멀리, 그러니까 그의 오른쪽에서는 '사색가' 로차가 자기 별명에 걸맞은 짓을 하고 있었지요. 그는 너무나 깊은 침묵에 파묻혀 있어서 종종 벙어리 같은 인상을 풍겼어요. 내 왼쪽에는 '10센타보 동전의 원주민'과 페뉴엘라, 오르도네스가 있었죠. 제1중대 소속의 그들은 우리 사기가 극도로 저하되어 있을 때마다 최선을 다해 흥을 돋우던 삼인조였습니다. 즉석에서 악기를 연주했는데 종종 안드라데가 나팔피리를 가지고 합류하기도 했어요. 그러고는 우리나라 여러 지방의 민요를 불렀지요. 전날 밤도 우리는 그렇게 보낸 터였습니다. 나름대로 최선을 다해 건배를 했고, 엽서, 목걸이, 이런저런 책자 같은 선물도 교환했고, 가장 외진 지역에서는 크리스마스이브를 어떻게 보내는지에 대해 이야기도 나누었어요. 많은 병사들이 가족과 친구들을 그리워하며 눈물을 흘렸지요. 하지만 크리스마스 전날 밤 가장 감동적이었던 순간은 삼인조가 잠시 쉬는 틈을 이용해 아르벨라에스가 노래를 불렀을 때였어요. 근사하게 불러준 노래 제목은 〈작별〉이었죠. 다니엘 산토스가 바로 그곳에 있었다고 모두가 맹세할 수 있을 정도였어요. 청년들에게 작별을 고하고서 전쟁터에 나가는 이유를 설명하는 노랫말을 읊은 후 마지막 소절을 불렀는데 그게 압권이었죠. 사랑하는 여인과 작별하면서 영원히 자기의 사랑을 기억해달라고 말하자, 그녀 역시 결코 잊을 수 없을 거라고 대답하는 가사였어요. 그리고 계속해서 목이 멘 채 그는 자기 어머니를 위해 노래를 불렀죠. "영원히 돌아오지 못할 아들 소식을 물어본다 해도 그 누가 나에 관해 말해줄 수 있겠어요……" 감동에 북받쳐 술을 마시며 우리는 목이 메었고, 각자 자기 이야기, 그러니까 어디 출신이고 입대 전 무엇을 했으며 왜 입대했고 어디서 징집되었으며 전쟁이 끝나면 무엇을 할 것인지 따위를 얘기했습니다. 여러 가지 입대 동기가 있었지만 그 가운데 두 사람의 동기가 일치했어요. 그들은 세상을 알고 싶다고 했어요. 정부와 미국인들의 약속을 이용해 일하고 공부하겠다고 했어요. 참호에서 새날을 맞이할 때마다 마침내 경험이 끝나고 그토록 꿈꿔온 새로운 삶이 시작될 날이 하루씩 가까워지고 있었죠. 오르도녜스가 내 눈길을 끌었어요. 갑자기 풀이 죽어선 무언가에 가슴 아파하는 것 같았거든요. 친구들이 마음속에 간직한 이야기를 하자 이루 말할 수 없는 향수에 젖은 것 같았어요. 누구보다 능동적이고 활동적인 사람이었고, 그가 발산하는 에너지 때문에 동료들이 '누전'이라고 부르던 그가요. 오르도녜스는 항상 농담을 입에 달고 살았고, 너무나 용감했기에 미군이 주는 무공훈장을 받을 최고의 후보라는 걸 누구도 의심하지 않았어요. 그런 그가 그날 밤에는 생기라곤 없었어요. 앨라배마 사령부가 나누어준 '잭 다니엘스'도 맛보지 않았어요. 다음날 아침 그는 더욱 맥빠진 모습이었고 얼굴은 무자비한 숙취에 희생당한 사람처럼 축 처져 있었어요. 그런 상태를 배려해 아무도 그에게 말을 걸지 않았죠. 그러나 그런 감정 몰입은 다른 병사에게 전염될 수 있었어요. 정오 무렵 나는 점심시간을 이용해 그와 얘기를 나눠봐야겠다고 생각했어요. 나는 그에게 식인귀 고지와 라 폴라 고지 사이, 눈으로 뒤덮여 하얗게 변한 광활한 평원이 내려다보이는 작은 언덕 주변으로 정찰을 돌라고 지시했습니다. 근육을 움직여야 했고, 확성기를 통해 끊임없이 축하의 메시지를 새롱거리는 여자들의 목소리를 무시해야 했거든요. 그런데 갑자기 내 왼쪽에서 총소리가 들려왔습니다. 우리는 급히 참호에 고개를 처박았어요. 잠시 후 페뉴엘라의 슬픔에 젖은 고함 소리가 들렸지요.

"바에나 중위님, 오르도네스의 머리가 날아갔어요!"

부하들이 몰려들어 참호의 도랑은 점점 좁아졌어요. 나는 부하들을 헤쳐나가 오르도네스의 뜨듯한 시체가 있는 곳에 도착했죠. 그는 우리를 에워싼 차가운 세상을 붙잡아 자기만을 위해 간직하려는 듯이 탐욕스럽게 눈을 부릅뜨고 위를 쳐다보고 있었어요. 나는 아무것도 할 수 없었습니다. 총알이 오른쪽 관자놀이를 관통해, 머리카락이 붙은 머리 가죽이 일부 떨어져나온 끔찍한 상태였어요. 손은 권총을 꽉 쥐고 있어서 떼어놓기도 힘들었어요. 몇몇 병사들은 추위에 얼어붙은 채 아무 말 없이 덤덤하게 쳐다보았고, 다른 병사들은 부끄러운 줄도 모르고 공공연하게 울고 있었지요. 전체 사기가 저하되어선 안 된다는 생각이 들었고 나는 즉시 예정된 정찰을 실행하라고 지시했습니다. 그의 시체를 이송하라고 지시하고는 큰 소리로 욕이 나올까봐 입을 꾹 다물어야 했어요. 왜 그랬을까요? 오르도네스는 군화는 물론이고 다른 모든 군장을 제대로 갖춘, 가장 절도 있고 가장 강인한 병사였는데 말입니다. 대체 무슨 일이 있었기에 그런 극단적인 결심을 했던 것일까요? 전쟁이 시작되고 수많은 병사들과 장교들이 우울증과 두려움의 희생자가 되었습니다. 죽을 확률이 너무 높았기 때문에 그 노름에 참가한 이는 많지 않았어요. 나는 겁을 먹고 욕설을 내뱉고 싶지도 않았고, 용기를 내어 그를 찬양하고 싶지도 않았습니다. 정말입니다. 부대를 지휘하는 다른 장교들과 달리, 난 무자비하고 잔인한 명령을 내리기보다는 항상 정신을 바짝 차리게 하고 매일 사기를 북돋워 대대가 단결하고 협동하도록 하는 게 더 중요하다고 생각했어요. 그래서 오르도네스의 행동이 가슴 아팠던 겁니다. 그런 행동을 한 것은, 그가 어떤 문제나 의문 혹은 어려운 결정을 분석하고 해결하려던 순간에, 우리 모두가 합의한 바에 따라 마음속의 비밀을 털어놓을 수 있다는 것을 몰랐거나, 그렇게 하는 걸 원치 않았다는 뜻이기 때문이었어요.

잠시 후 페뉴엘라가 나와 이야기를 나누고 싶다고 했습니다. 그는 친구의 죽음으로 인한 충격이 채 가시지 않은 상태에서 매우 사적인 얘기라는 걸 강조했어요. 오르도네스가 언젠가 페뉴엘라에게 털어놓은 비밀에 의하면, 오르도네스는 가족 문제로 인한 좌절감 때문에 입대했어요. 그는 자기 아내가 그의 사촌과 함께 자기를 속이고 있다는 걸 알았고 모든 걸 밝히라고 아내에게 요구했습니다. 그런데도 아내는 몰염치하게 사촌과의 관계를 확인해주었을 뿐만 아니라 정부와 함께 살겠다는 말을 했던 겁니다. 오르도녜스는 깊은 상처를 입었지만 불굴의 의지로 그런 상황을 이해하고 수용하려고 했어요. 그리고 자기의 삶을 바꾸고자 입대했던 거죠.

"여기까지는 문제가 없었어요. 그런데 이틀 전 크리스마스를 계기로 친할아버지와 함께 사는 두 아이들에게서 편지가 왔어요. 아이들의 편지를 받자 오르도녜스는 그 어느 때보다 사기가 충천했어요. 그러고서 아내의 편지를 받았지요. 제가 직접 전해주었어요. 편지에서 그 빌어먹을 년은 아이들의 양육권을 얻기 위한 법적 절차를 밟기 시작했다고 알렸어요. 그러면서 한 가지 사실을 밝혔는데 그게 오르도녜스를 무너뜨리고 말았지요. 아이들이 그의 자식이 아니라 문제의 사촌의 자식이라는 사실이었어요. 그런 크리스마스 선물을 받으면 그 누구라도 절망하고 말 거예요." 페뉴엘라는 생생하게 증언하듯 그렇게 말을 맺었지요.

2

'고졸' 야녜스와 아르벨라에스는 처음부터 그 아이의 교육을 책임졌어요. 시간이 흐르자 나머지 부대원들은 그룹의 새로운 일원이 된 아이의 귀화를 서두르는 일을 마치 자기들 책임처럼 생각하게 되었지요. 열 살 정도 먹은 것 같았는데 우리 대대는 그애를 마스코트로 삼았어요. 우리는 상황에 못 이겨 어쩔 수 없이 익힌 표현들 말고는 한국어를 알지 못했어요. 무언가를 부탁하고 싶으면 나는 혓바닥으로 곡예를 부리면서 "부탁합니다" 했지요. 급한 볼일을 볼 때면 "화장지"라고 소리쳤고, 그러면 즉시 화장지가 건네졌어요. 그러나 휴가를 받아 어느 한국 직업여성과 밤을 지새우고 싶은 사람이라면 우선 "하룻밤 얼마입니까?"라는 질문부터 해야 했죠. 대답이 5달러를 넘으면 "너무 비쌉니다" 하고선 옷을 입고 그곳을 나오면 됐습니다. 하지만 가장 중요하고 매일 추천하는 표현은 무엇보다도 본능에 굴복한 우리가 아사셀의 집에서 두어 마리의 염소를 풀어놓을 때 사용하는 "페니실린 알레르기가 있어요"라는 말이었어요. 짧은 표현들이었지만 이 다섯 가지만 알면, 사랑으로 괴로워하는 가장 소심한 사람도 지극히 효과적인 구애의 어휘를 준비할 수 있다는 건 누구에게도 비밀이 아니었어요. 물론 가장 많이 사용된 건 마지막 문장이었어요. 살디바르 대령은 그 말에 두려움을 느끼곤 했지만 의무실에서 가장 많이 들리던 말이었지요.

그 아이의 부모는 북한군이 공격했을 때 사망했고 아이를 돌보아줄 다른 보호자는 전혀 없었습니다. 아이의 찢어진 눈, 과묵함, 누런 피부는 라 우비타 출신의 병사 나타넬 심바케바와 놀라울 정도로 비슷했어요. 라 우비타는 그즈음 피비린내 나는 기억을 남긴 출라비타,* 그러니까 '라 우비타의 매'라는 표현이 탄생한 지역이었지요. 그래서 아이의 원래 이름을 알 수 없었던 교사들은 그에게 '출 압 이타'라는 이름을 붙여주었습니다. 출 압 이타는 그 누구보다도 우리의 습성과 습관을 잘 따라했어요. 그리고 키가 비슷했기 때문인지 이내 막내 에르메스와 친구가 되었는데 두 사람은 함께 있으면서 종종 '큰 사람들'을 도와주었

* 라 우비타 마을의 농민 보수주의자들로 이루어진 무장단체.

지요. '큰 사람들'이란 부대의 나머지 사람들을 일컫는 말이었고요. 그러나 단둘만의 시간을 오랫동안 보내지는 못했어요. 비나스코 중위가 이끄는 공격정찰대가 작전 수행중에 태백산맥의 지맥에 있는 완전히 파괴된 어느 마을에서 노인 한 명과 여덟 살쯤 된 아이 한 명을 발견했고, 안드라데가 즉시 그 아이의 보호자가 되겠다고 자청하고 나섰거든요. 노인은 힘든 퇴각의 시간을 견디지 못해 테바이다 기지에 도착하기 전에 숨을 거두었어요. 그 아이 역시 입양되었고 즉시 콜롬비아화되는 과정을 피해가지 못했지요. 두 고아 때문에 우리 대대는 둘로 나뉘었고 살가운 종류의 소란이 수없이 생겨나게 되었습니다. 두 한국 아이는 모든 걸 너무나 빨리 배운 나머지, 로하스 피니야 중장이 전선의 부대를 방문했을 때 전설적인 역할을 했어요. 한쪽에서 첫번째 고아의 이름을 '출 압 이타'라고 붙이자 다른 쪽에서도 가만히 있지 않았죠. 우리나라가 겪고 있는 뿌리깊은 전쟁을 잊지 않기 위해 둘째 아이에게 '카 칩 오로'*라는 이름을 붙여주었어요. 안드라데와 난 그 아이의 선생 역할을 맡았습니다. 아이가 내 동료의 하모니카를 뒤쫓아다니는 동안, 누군가가 마치 기도문처럼 내 이름 '사색가 로차'를 발음하도록 아이에게 가르쳐주었어요. 출라비타와 카치포로는 이런 식으로 다른 표현도 배우게 되었는데 대개는 우리가 일본과 한국 창녀들에게 가르친 단어들이었어요. 그런 말을 아이들의 입을 통해 들을 때면 우리는 배꼽을 잡고 웃었지요. 우리 부대가 중장에게 경의를 표하자, 그는 감사의 말로 화답하며 우리의 용기를 칭찬하고 조국을 위해 흘린 피를 거론하며 장황

* '카치포로'는 자유당 성향의 사람을 일컫는 말이다.

하게 연설을 했어요. 그 최고위 장교가 거론하는 피가 한국전쟁에서 흘린 피인지, 아니면 토르코로마의 '베르나차'로 인해 우리나라의 전 지역에서 흘러내리는 피인지는 아무도 알 수 없었어요. 하지만 중요한 것은 연설이 끝나자 출라비타가 너무 커서 바지를 겨드랑이까지 추켜올려야 하는 전투복 차림으로 로하스 피니야 앞에서 군인처럼 차렷자세를 취했고, 로하스 피니야 장군이 감격스럽고도 재미있다는 듯 마찬가지로 부동자세를 취한 채 아이의 말에 주의를 기울였다는 사실입니다. 모두 놀라지 않을 수 없었고, 그 놀라움은 이내 전염성이 강한 웃음이 되어 모두를 박장대소하게 했어요. 그 아이는 스페인어로 말했는데 콜롬비아에서 그런 말을 했으면 즉시 처형당했을 겁니다.

"난 시팔놈이고 자유당원이며 진정한 남자입니다."

그리고 웃음이 멈추지도 않았는데, 이번에는 출라비타와 중장 옆에서 있던 다른 아이가 부동자세를 취했어요. 그 아이 역시 보기에 민망할 정도로 큰 전투복을 입고 있었죠. 아이는 들릴락 말락 한 목소리로 부대 전체를 더욱 어리둥절하게 만들었어요.

"나는 초록색 옷을 입었으며 자유당원입니다. 내가 카치포로인 것에 대해 더이상 개소리 마십시오."

로하스 피니야는 출라비타와 카치포로의 순진한 상소리를 용서했어요. 그 역시 대대 병사 모두가 터뜨린 웃음 때문에 부동자세를 유지할 수가 없었죠. 그도 웃음을 참을 수 없어 몸을 숙이고 배를 움켜잡았거든요. 잠시 후 이런 말만 덧붙였어요.

"난 이곳 한국에서 출라비타들과 카치포로들이 콜롬비아에서처럼 서로 죽고 죽이는 게 아니라 너나없이 자유당원이라는 사실을 높이 평가한다. 이 모두가 우리나라의 평화와 단결을 위한 것이다." 그는 갑자기 심각한 표정을 짓더니 두 아이 앞에서 차렷자세를 취했어요. 아이들은 중장의 말을 알아듣지도 못한 채 놀란 눈으로 그를 쳐다보았죠. 장군은 경례를 하더니 해산 명령을 내렸어요.

로하스 피니야의 말은 어느 정도 일리가 있었어요. 우리나라가 형제들 사이의 싸움 때문에 고통을 겪는 것은 사실이었거든요. 보수 독재정권은 초기에 거북스러운 그 장군을 해외로 파견해, 워싱턴에 있는 미주기구 소속 국방위원회의 부의장으로 있게 했어요. 1951년 5월, 정확하게 제1파견대가 에이킨 빅토리호를 타고 부산으로 향하던 때였습니다. 로하스 피니야는 십팔 개월 동안 국내뿐만 아니라 아시아의 머나먼 국가에서 콜롬비아인들을 괴멸시킨 피의 향연으로부터 멀리 떨어져 있었어요. 그러나 그 정권은 골칫덩어리 장군 하나를 제거한 것에 만족하지 않았어요. 선생이 발표한 어느 한국 관련 글에서 지적했다시피, 한국전쟁에 파견된 대부분의 장교는 자유당 계열이었습니다. 군대에 가장 큰 영향력을 행사하는 고위 장교들을 왜 국내에서 멀리 떨어져 있게 했던 것일까요? 어쨌건 이런 책략은 독재자에게 아무 소용도 없었어요. 전선에서 병사들을 방문한 후 귀국한 중장이 대표적인 범죄자 둘을 처리했거든요. 법률가들은 한 명을 '베르나차', 그리고 그의 친구를 '벙어리'라고 불렀어요. '베르나차'라는 이름은 내가 아니라 몬살베가 붙인 겁니다. 독재자가 자기 적들을 공격하기 위해 환상동물학의 표본들을 사용하길 좋아했다는 건 모두들 기억하고 있겠죠. 가령 그 유명한 바실리스크*처럼 말입니다. 그래서 몬살베도 똑같은 방법으로 보복하고자 마음먹은 거지요. '베르나차'가 뭘까요? 마르코 폴로의 『동방견문록』에는 새들이 태어나고 다 자라면 쓰러지는 썩은 나무가 나옵니다. 그 새들은 아비나 어미를 통해 잉태되어 알이 되는 것도, 부화되는 것도 아니에요. 대신 오래된 나무가 썩고 부패하는 가운데 태어나 자라죠. 우리나라의 경우, 모든 새**들은 토르코로마의 썩은 몸통에서 태어난다는 사실을 모르는 이는 없을 겁니다. 눈을 부릅뜨고 썩은 고기를 찾는 콘도르부터 살인을 일삼는 까마귀까지 한 마리의 예외도 없이 모두가 저질 혈통이지요. 모든 일은 올라노가 서부지방의 '새들'을 훈련시키던 시절에 일어났습니다. 파란색 모자의 주교들은 예수회 신부들을 중심으로 그리스도의 땅이라는 의미의 명칭으로 국명을 바꾸려고 했어요. 국명 개칭이 가능했다면 아마도 '새들의 땅'이라는 의미의 명칭이 가장 적절했을 겁니다. 하지만 이런 말은 할 필요가 없겠죠. 이런 문제에 대해 이미 다 알고 있을 테니까. 그러니 쓸데없는 설명은 그만하겠어요. 내 생각에 우리나라는 어찌할 도리가 없어요. 심지어 독재자와 중장도 서로 적대시하는 사이였지만, 둘 다 골수 보수주의자라는 것 이외에도 똑같은 망나니짓을 여러 차례 저질렀다는 공통점이 있어요. 두 사람은 당대 최고의 청부살인업자와 우정을 나누고 있었어요. '콘도르'***라는 별명의 살인자였죠. 나는 로하스 피니야가 한국을 방문한 뒤 귀국해서는 '콘도르'가 자기네 소굴에서 베푼 환영 파티에 참석했다는 것을 기억합니다. '콘도르'는 그 기회를 이용해 자랑스럽게 그에게 사

* 그리스신화에 나오는 독사로, 쳐다만 봐도 상대를 죽일 수 있다는 환상의 동물.

** '새'는 콜롬비아 폭력사태 기간에 보수당원들을 일컫는 말이었다.

*** 콜롬비아 소설가 구스타보 알바레스 가르데아사발의 『콘도르는 매일 묻지 않는다』에서 비롯된 별명이다. 여기서 '콘도르'는 소설의 등장인물 레온 마리아 로사노이다.

진 한 장을 보여주었어요. 대통령의 아들인 알바로와 함께 찍은 사진이었지요. 그것이 그가 감옥에 갇히지 않는 이유를 설명해주었습니다. 물론 그게 전부는 아니었어요. '콘도르'는 대통령의 또다른 아들인 라파엘에게도 경의를 표했거든요. 이런 사실로 미루어 짐작해볼 때 '베르나차'의 병아리들과 가장 커다란 '새'가 서로 관계를 맺고 있었다는 것은 부정할 수 없는 사실이었습니다. 선생도 알다시피 라파엘은 자기 동생 알바로와 엔리케처럼 한국에 가고 싶어했지만 운명이 그의 목표를 좌절시키고 말았지요. 그가 하늘의 피조물들과 친구라는 것은 일리가 있는 얘기예요. 라파엘은 하늘을 사랑했고 공중 작전을 대비해 훈련을 받았어요. 갑작스러운 사고로 애국심에 불타는 그의 약속은 공중으로 사라져버렸지만요. 그러나 재수가 없었던 건 '베르나차'의 병아리들뿐만이 아니었어요. 전선으로 가지 못한 다른 많은 병사들도 체념하고서 함께 훈련을 받은 동료들이 참호의 길로 떠나는 것을 지켜보았지요. 입대 동기들이 국가 최고 원수의 자식들의 경우처럼 항상 찬양할 만한 대상이었던 건 아니었습니다. 많은 사람들이 몇몇 '정실파'처럼 순전히 비겁했기 때문에 입대를 했습니다. 아무런 근거도 없이 우리나라가 이제 광활한 사냥 지대가 되어버렸다고 생각하고는 새들의 저공 선회비행을 피해 도망치려는 생각뿐이었거든요. 하기야 둥지에서 멀리 떨어진 우리 대대의 막사 뒤로 몸을 숨기는 것보다 더 좋은 기회가 또 있었겠습니까?

3

스스로를 고무시키기 위해 용맹한 이름을 채택한 듯, 어느 중대는 '호랑이'로, 다른 중대는 '독수리'로 불렸어요. 우리 중대는 '용'이었지요. 우리가 전투를 벌이는 땅에게 경의를 표하는 이름이기도 했지만, 우리가 참여하는 모든 군사작전이 너무나 큰 두려움과 공포를 불러일으켜 꽁무니에서 불이 나게 도망쳤기 때문이기도 합니다. 가장 건방진 '호랑이' 중대는 한시도 쉬지 않고 잘난 체했어요. 그들은 가장 치열했던 전투 중 하나에서 펠라에스 중위의 목숨을 구했지요. 허벅지에 총상을 입었다는 소리가 있었지만 중공군이 총알을 명중시킨 곳은 그의 불알이었어요. 다카무라가 확인해주었죠. '독수리'는 전선에서 먼 곳, 그러니까 앨라배마 연대의 하늘을 날아다녔지만 우리 '용'은 전쟁 지역에서 가장 빌어먹을 곳을 맡고 있었어요. 아마도 그랬기 때문에 미국 대통령이 우리를 치하했던 것 같아요. 전선에서 보기 드물게 영웅적으로 행동했다고. 그럴 만도 했죠. 우리 중대는 돌파구를 열고 적군을 소탕하는 작업을 했거든요. 반면에 앨라배마 연대 병사들은 우리가 선두에서 해놓은 일을 조심스럽게 최종적으로 뒷정리하는 일을 맡았지요. 훈장이나 그런 종류의 쇳조각들은 중요하지 않았어요. 미군은 목숨을 잃지 않으려고 조심했지만, 우리 '용'은 중공군이 변덕을 부리며 가장 심하게 괴롭히던 지역으로 나아갔습니다. 작전을 수행할 때마다 중공군의 움직임을 주시해야 했어요. 유리한 지점을 빼앗기지 않도록 보병에서 위생병, 취사병, 무전병에 이르기까지 모두가요. 우리가 그토록 피 흘리며 탈환한 곳은 '사색가' 로차가 자랑스럽게 제안한 '보야카 전선',

'바르가스 늪지' 혹은 '메디오 치즈 접시'라는 이름이 붙여지지 않았습니다. 마치 미국 놈들이 전투를 승리로 이끌었다는 듯 '폴라 전선'으로 불렸고 즉시 '와이오밍 전선'으로 편입되었습니다. 그러나 말했다시피, 우리야말로 용감무쌍하게 장애물을 제거하고 험준한 고지들을 점령하여 금성지구로 가는 길을 튼 병사들이었어요. 요행이었는지 아니면 중공군들이 개판을 친 덕분인지는 모르겠어요. 사실 녹십자 전투와 바르불라, 그리고 불모 고지에서는 큰 실수를 저질렀으면서도 그 전투에서는 우리의 자질을 유감없이 발휘했거든요. 우리는 적군의 방어선을 뚫은 공성攻城 망치였지만, 미군은 후방에서, 그러니까 미네소타 방어선에서 지푸라기 역할만 했어요. 지푸라기였다는 말은 은유가 아니라 진짜 사실이에요. 겨울이 되면서 사진과 잡지의 수가 끝없이 불어났습니다. 분명한 건 그것들을 쳐다보기만 해도 우리가 염소처럼 흥분했다는 사실이에요. 엽서는 25센트였던 반면 이야기가 함께 수록된 잡지는 2달러였는데 그럴 만한 가치가 있었어요. 벌거벗은 여자아이들의 체모와 몸짓은 항상 클로즈업되어 있었고 가장 뜨거운 자세로 우리를 달아오르게 만들었어요. 그래서 우리는 참호에서 벌어지는 몇몇 과도한 행동을 이상하게 여기지 않았습니다. 자기들이 좋아하는 여자들처럼 키도 크지 않고 피부도 희지 않고 젖도 크지 않았지만, 미군들도 어쨌든 좋아했어요. 작고 까무잡잡한 검은 머리 여자들이 기는 동작으로 아니면 다리를 벌린 채 찍은 사진들이었지만 역겨워하지 않았지요. 눈이 찢어진 걸 보면 일본 여자나 한국 여자 같았어요. 우리는 마치 적군의 냄새 나는 곳을 강타할 때처럼 모두 흥분했습니다. 누가 그 잡지를 공급하는지는 알고 있었지만 그런 사진과 잡지를 어디서 구하는지는 아무도 몰랐지요. 우리 심장을 그토록 요동치게 하던 주제와 이야기의 작가가 누구인지는 더더욱 몰랐고요. 철저히 콜롬비아산 작품이라는 것, 가장 먼저 파견된 우리 부대의 어느 고위 장교가 배급책의 보스라는 건 분명했어요. 사업이 너무 번창하다보니 초기의 콜롬비아 모델이 동양의 동료로 대체된 것이었고, 그들은 얼마 안 되는 푼돈을 받고 가부키초의 매음굴이나 롯폰기 역 근처의 외국인 소굴에서 사진을 찍었지요. 그런데 문제는 우리 모두가 어머니 사진과 스카풀라와 함께 가슴에 품고 다니던 엽서들과, 일련의 사진으로 조국의 역사를 재생하는 잡지의 보완책으로 후방, 즉 의무실 근처의 막사에서 3달러만 내면 '빨간 영화'를 볼 수 있다는 소문이 퍼졌다는 겁니다. '빨간 영화'란 공산주의 영화가 아니라 당시의 용어로 강도 높은 포르노를 지칭했어요. 냉전으로 인한 근거 없는 공포심 때문에 사방이 빨갱이 천지라고 여겨졌고, 미군의 사기를 높이기 위해 방영된 뉴스에서 매카시 상원의원이 직접 공산주의자를 빨갱이라고 말하기도 했던 때였죠. 그런데 재미있는 건 이런 영화에는 아시아인이 전혀 등장하지 않았다는 점입니다. 철저하게 콜롬비아에서 제작되었다는 증거였어요. 성행위 장면에 등장하는 여자뿐 아니라 남자 역시 틀림없는 원주민이었어요. 그들이 페레이라나 아르메니아 태생이라고 내기라도 걸 수 있을 정도였지요. 그런데 그런 영화들이 어떻게 한국에까지 건너오게 되었던 것일까요? 제1파견대로 왔다가 교대되어 돌아간 몇몇 병사들이 팔 분에서 십 분짜리 영화를 촬영해 보급 경로를 통해 보냈다는 말이 떠돌았죠. 반면 엽서 사진들과 잡지들은 일본에서 발행된 것들이었어요. 물론 그런 잡지에 실린 사진들 중 몇 장은 사실성이 부족했습니다. 황홀경에 빠진 여자가 눈을 뜨고 있다는 건 상상할 수 없는 일이죠. 그런 행동은 거의 모욕이나 다름없거든요. 어쨌든 그것들은 너무나 일상적일 정도로 유포된 나머지, 심지어 위생병까지 나서서 상처 부위를 촉진하는 동안 간이침대에 누운 병사에게 보여주곤 했어요. 그것들은 마치 "지금 네가 있는 장소를 십분 활용해, 인시그나레스. 그리고 죽기 전에 멋지게 자위를 한번 해봐"라고 말하는 것 같았지요. 취사병들이야말로 그 사업의 가장 효율적인 관리자들 같았어요. 그들은 밤에 참호로 커다란 보온병에 담긴 커피를 가져다주곤 했어요. 그리고 끔찍한 추위를 달래라며 상의 자락을 젖혀 우리에게 잡지와 사진을 주었지요. 누가 싫다고 하겠습니까? 게다가 후방부대로 가지도 못한 채 진흙투성이 도랑에 웅크리고 있는데 무슨 할 일이 있겠어요? 돈은 또 어디다 쓰겠습니까? 사실대로 말하자면 우리는 힘들게 번 달러를 그런 잡지를 사고 요코하마 창녀들과 자는 데 썼어요. 나머지 모든 일용품들은 미군이 책임졌거든요. 아마 그래서 우리에게 중공군들을 가루로 만들라고 시켰던 것 같아요. 물론 그게 항상 좋은 결과를 낳았던 것은 아니었지요. 잘 모르겠다면 초기 군사작전 때 그들이 우리에게 무슨 일을 시켰는지 기억해봐요. 특히 가장 피비린내 나는 전투 중의 하나였고 우리의 성적 욕구를 만족시켜주던 재료의 공급책을 잃어버릴 뻔했던 녹십자 전투를 말입니다. 그날 정찰대들 중 하나는 적군의 진지를 점령했지만 이내 후퇴해야 했어요. 다른 두 정찰대는 화기 지원부대와 연락이 두절되었고요. 나는 세번째 정찰대의 일원이었고 따라서 그 전초전과는 직접적으로 관련이 없었어요. 하지만 세상일이 어떤지 봐요. 어디서 왔는지 모를 중공군 수류탄 하나가 내 무전기에 날아드는 바람에 앨라배마 연대로부터 다른 무전기를 제공받을 때까지 우리 대대는 벙어리가 되었습니다. 바로 그 교전에서 아르딜라와 페르도모가 부상을 입었고, 이름이 기억나지 않는 다른 두 사람이 부상을 당했어요. 두번째 전투를 벌이기에 앞서 테예스 대위는 끊임없이 내리는 빗속에서 장황한 연설을 하며 특히 매우 미묘한 문제를 끊임없이 강조했어요. 중공군이 죽은 동료의 시체 위에 눈에 띄게 남겨둔 물품은 극도로 신중하게 다뤄야 한다는 얘기였지요. 실제로 치명적인 함정일 수도 있었거든요. 대위의 말은 우리의 탐욕에 대한 경고이기도 했어요. 병사가 쓰러진 적군의 값비싼 물건을 취하고자 하는 건 당연합니다. 하지만 그런 욕심은 가끔 득보다는 불행을 초래해요. 이런 주의사항에 귀를 기울이지 않는 바람에 코르시는 탐욕이 훌륭한 조언자가 아니라는 것을 증명해 보였지요. 중공군 시체에게서 시계를 빼내려다 왼쪽 팔을 잃었거든요. 시계를 잡아당기면 수류탄이 폭발하게 교묘한 장치를 해놨던 겁니다. 그나마 한쪽 팔만 잘리고 나머지를 건진 게 기적 같은 일이었어요. 전쟁이 끝나자 그는 잃어버린 팔에서 멀리 떨어져 있고 싶지 않았는지 상당 기간 도쿄에 체류했어요. 그가 무슨 일을 했는지, 그곳에서 어떻게 살았는지는 나도 모릅니다. 하지만 사람들 눈에 띄지 않는 은밀한 사업을 계속했으리라고 생각해요. 그건 그렇고 다시 우리 이야기로 돌아가지요. 앞서 말했듯이 초기 군사행동은 끔찍했습니다. 그건 우리가 지형을 제대로 알지 못했고, 전투중인 적군이 어떻게 반응하는지는 더욱 몰랐기 때문입니다. 하지만 그런 상황에서도 우리는 전진했고 몇몇 진지를 점령했지요. 그러자 낙관적인 생각과 기분좋은 안전감이 회복됐어요. 그리 나쁜 느낌은 없었죠. 하지만 누구를 위한 것인지 아무도 모르는 목표가 이루어지는 과정을 지켜보면서 분노가 치솟기도 했습니다. 미군은 우리가 적진에 만들어놓은 통로를 이용해 뒤에서 치고나와 선발대의 위치를 빼앗았고, 탱크를 앞세우고 의기양양하게 금성에 도착해 그곳을 불태우고, 중공군을 북쪽 고지로 후퇴하게 만들었어요. 미군은 아직도 그곳에 주둔하고 있죠. 마치 모든 일을 자기들 혼자 해낸 것처럼 우리의 동맹국들은 자기들만의 경계선을 그었어요. 바로 그게 목적이었습니다. 보다 유리한 고지를 차지하면 판문점 휴전협상 테이블에서 더 많은 카드를 보여줄 수 있었거든요. 그러나 그건 아직 머나먼 일이었어요. 우리의 공격 작전은 '방랑자 작전'이라고 불렀습니다. 우리의 상황과도 딱 맞아떨어졌죠. 실제로 우린 방랑자였거든요. 우리는 지구상의 염병할 곳에서 우리나라에조차 없는 것을 위해 싸우다 죽으려고 온 방랑자들이었어요. 우리는 온 힘을 다해 치열한 전투를 벌여 진지들을 정복한 다음, 지주들처럼 그곳을 방어해야 했죠. 사실대로 말하면 그 누구도 우리를 그곳에서 움직이게 하지 못했습니다. 왜 그랬을까요? 움직이려고 하는 사람은 이쪽으로도 저쪽으로도 옴짝달싹 못하다 즉시 햄버거 고기처럼 짓이겨져 크게 물어뜯겼거든요. 그저 참호 전투를 벌이고 야전 미사를 치르며, 구체적 목표도 없는 회담이 이루어지는 가운데 평화가 오기만을 기다리는 수밖에 없었어요. 그 어느 곳으로도 아무것도 오지 않았지요. 험준한 지형 구조 때문에 후방에 주차된 트럭들은 통행할 수 없었고, 철길이 부분적으로 유실되는 바람에 기차도 도착할 수 없었어요. 약간의 인내심을 가지고 손상된 구간을 복구할 수도 있었지만, 북한군의 화염 아래서 그렇게 한다는 것은 자살행위에 가까웠습니다. 결론적으로 양쪽 군대 모두 옴짝달싹할 수 없었어요. 물론 포대와 참호 안에서는 예외였지만요. 그리고 우리 진지의 앞쪽은 이름 없는 광활한 땅, '미점유지'였어요. 우리는 수색이나 구조의 임무만을 띠고 밤안개 사이로만 움직였죠. 드물었지만 적을 쉴새없이 공격하여 괴롭히는 임무를 맡기도 했어요. 그런 임무를 수행하는 도중에 부친인 비나스코 중위가 전사한 겁니다.

4

잠시 기억을 되살려보지요. 세번째 교대가 이루어지고, 조국으로 돌아가는 용사들의 근심과 실망—기쁨이야 말할 필요가 없겠죠—이 새로 도착한 부대원들의 무조건적인 낙관론과 맞바뀌었을 때, 나는 아벤다뇨 중령의 전령으로 임명되었어요. 나는 타자를 조금 칠 줄 알았고, 상대적으로 신속하게 보고서도 쓸 수 있었죠. 언젠가 한번은 재수없게도 입대할 때부터 소지하고 있던 몇 권 안 되는 책 중의 하나인 『일리아드』를 정신없이 읽다가 상관에게 잡히기도 했어요. 이런 이유들로, 어느 날 아침 기상나팔이 울리고 시리얼과 우유로—난 우유를 싫어하지만 시리얼을 삼키려면 방법이 없잖습니까?—소화 안 되는 미국식 아침식사를 마친 후 각자 전선에서의 위치로 돌아갈 준비를 하고서 부동자세로 정렬해 있는데, 내게 대열에서 나와 중령에게 급히 가보라는 지시가 떨어진 겁니다. 비가 줄기차게 내리고 있었어요. 장교 막사까지 동행해준 렌테리아 중사는 흠뻑 젖어, 그의 몸에선 축축하게 젖은 개냄새가 풍기고 있었어요. 같은 대열에 있던 동료들은 나를 곁눈질하면서 조금 불쌍하다는 표정을 지었지요. 글을 읽을 줄 안다는 이유만으로 내게 어떤 재수없는 임무가 떨어질지 아무도 알 수 없는 일이었습니다. 바르불라와 불모 고지, 특히 나중에 이야기할 녹십자 전투와 같은 힘든 상황에서도 목숨을 건진 나였지만, 중사의 뒤를 따라 장교 막사로 가던 그때만큼 두려웠던 적은 없었어요. 막사에 들어서자, 중령은 등을 보인 채 창문 옆 접이식 탁자에 펼쳐놓은 커다란 지도 위로 몸을 숙이고 있더군요. 렌테리아는 군화의 뒷굽을 부딪치며 경례를 붙였고 쩌렁쩌렁한 목소리로 필승, 하고 외쳤어요. 이어서 뱀 같은 눈으로 나를 뚫어지게 쳐다보았고 나는 그의 행동을 따라했지요.

"명령 받들었습니다, 중령님! 야네스입니다."

뒤로 돌아 나를 쳐다보지도 않은 채 중령은 뭐라고 불평을 했고, 렌테리아는 그 말을 "알았어, 이제 가도 좋아"라는 뜻으로 해석했어요. 그리고 즉시 그곳에서 나갔지요. 경례를 마친 나는 마치 납으로 만든 병정처럼 잠시 부동자세로 있었습니다. 그 시간이 영원과도 같았지요.

"쉬어." 대령은 여전히 지도 위로 몸을 숙인 채 말했어요.

상관들은 이해가 되지 않을 정도로 적군에게 움직임이 없다는 사실을 걱정하고 있었습니다. 그게 우리 모두가 아는 유일한 사실이었어요. 가장 중요한 작전이 그것도 계속해서 실패로 돌아가자 장교들은 미군들 앞에서 명예를 회복하려고 안달이 나 있었지요. 중공군이 사흘 전 갑자기 포격을 멈추었는데, 마지막 공격 때 우리 방어선을 2킬로미터나 후퇴시켰다는 점을 감안한다면 도무지 설명할 수 없는 행동이었어요. 장마철은 너무나 적절하게 도착해 본연의 임무를 완수하는 것 같았고, 우리에게 버팀목 역할을 해주던 몇몇 작은 언덕을 제외하면 적군은 이미 고지에 자리를 잡았을 뿐만 아니라 버려진 광산 몇 개도 점령한 상태였지요. 다시 말해 비가 내리는 몇 주 동안 그들은 자연적으로 형성된 대피소를 차지하고 있었고 옛 철길도 일부 통제하고 있었다는 뜻입니다. 전투에 참여했던 오클라호마 여단의 미군들이 우리나라 제1파견대가 도착하기 전에 이미 철길을 폭파해놓았지만, 대부분의 철길은 아직도 사용되고 있었고 중공군들도 그걸 잘 알고 있었어요. 바로 그 때문에 그들이 고지를 재탈환하고자 했던 겁니다. 중령이 지도를 그토록 면밀하게 살펴보며 연구한 것도 바로 그런 이유였어요. 빨간색의 조그만 평행선들이 작은 깃발들과 원들 사이로 점차 북에서 남으로 이동하고 있었지요.

"탁자 위에 종이와 연필이 있어. 내가 말하는 것을 받아적도록 해." 중령이 나를 쳐다보지 않은 채 갑자기 말했어요.

그는 마흔 살이 조금 넘은 건장한 남자였고, 목소리는 체육 선생 같았으며, 나치 영화에서 명령을 내리는 사람들 같은 머리 모양을 하고 있었어요. 목덜미 아랫부분에서 흰 머리카락이 몇 가닥 빛나고 있었지요. 탁자로 가까이 가서 보니 탱고 가수 같은 수염에도 흰 털이 몇 가닥 보였어요. 중령이 나를 쳐다보자, 마치 그날 아침처럼 희뿌연 그의 눈이 나를 후비는 것 같은 느낌이었습니다. 그는 마치 십 년 전부터 생각해왔다는 듯이 유창하게 말을 시작했고, 그의 충실한 서기인 나는 재빨리 손가락을 놀려 그의 말을 종이 위에 옮겨 적었어요. 중령은 좌표와 위도 같은 기술적 용어를 섞어가며 사단장에게 적군의 움직임이 없는 게 몹시 수상하다고 우려를 표명했습니다. 이해할 수 없는 말들이었지만 나는 그대로 받아적었습니다. 그는 우리가 사흘 전에 빼앗긴 진지를 미군이 초저공비행으로 수색하게 만들어 미군에게 책임을 전가하자고 제안했어요. 그들이 계속해서 공중 작전을 펴야 우리가 마음의 평화를 얻을 수 있고 반격의 기회도 돌아오리라는 것이었죠. 물론 나는 그런 유형의 작전을 펼치기에는 날씨 상태가 양호하지 않다고 생각했지만 아무 말도 하지 않았어요. 그냥 아벤다뇨 중령이 말하는 걸 듣고 받아 적기만 했지요. 중공군들이 남쪽 비행장 여러 곳을 폭격했다는 것을 알고 있었기에 중령의 요청은 더욱 터무니없었어요. 게다가 우린 보병이었습니다. 군대의 지렁이 말입니다. 나는 것은 독수리뿐이었기 때문에 미군은 아벤다뇨의 요구가 멍청하기 그지없다고 여길 것이 분명했어요. 무언가가 미심쩍었는지 중령이 말을 멈추었어요. 마치 내가 그를 모욕했다는 듯이 쳐다보더군요. 식은땀을 흘리며 나도 모르게 내 의견을 입 밖으로 낸 건 아닐까 생각했지만, 가짜 경보였어요.

"잠시 쉬게. 이름이 뭐라고 했지?"

나는 다시 내 이름을 말했지만 중령은 내 이름이 아니라 빗소리를 들었어요. 정말로, 마치 하늘에 구멍이 난 것처럼 비가 내렸지요. 커다란 수도꼭지가 열려 사람과 사물 위로 무자비하게 물이 퍼부어지는 것 같았습니다. 다리엔 지방에 내리는 비 같다는 말도 들었는데, 진짜로 쉬지 않고 비가 퍼부었어요. 중령이 자신의 주장과 요청을 다시 말하기 시작했을 때는 더욱 거세졌지요. 그의 주장과 요청은 너무나 황당했어요. 대학에서 세 학기 이상 공부를 이어갈 수 없었던 나도 그렇게 멍청한 소리는 하지 않았을 겁니다. 하지만 분명한 것은 나는 아벤다뇨의 전쟁 방식을 점검하기 위해서가 아니라, 그의 명령에 복종하고 그가 말하는 것을 받아적고 소나기가 그치기만을 기다리기 위해 그곳에 있었다는 사실이었지요. 문득 참호에서 흠뻑 젖은 생쥐가 되어 있을 내 동료들이 떠올랐어요. 그들은 가장 지독한 폐렴에 걸릴 후보자들이 된 채, 오지도 않을 사람들을 기다리면서 나지도 않을 소리에 귀를 기울이고 있었지요.

중령은 다시 막사를 어슬렁거리며 돌아다녔고, 나는 그가 내릴 사소한 지시 하나도 놓치지 않고 전부 받아적기 위해 눈을 크게 뜨고 그의 움직임을 주시했습니다. 그의 보폭은 짧았지만 매우 신중했어요. 마치 지형을 측정하는 것 같았지요. 발걸음은 질서정연했고, 막사의 사각형 모서리만 따라갔지 결코 가로지르거나 둥글게 도는 법이 없었어요. 몸은 마치 고양이처럼 항상 벽에 붙인 채 모서리까지 걸었죠. 그러고는 역시나 창문 앞에 멈추어 서서는 빗물과 안개로 가득한 바깥의 단조로운 윤곽을 바라보았습니다. 그는 키가 컸고, 동작은 느렸지만 태도는 확고했어요. 왼쪽 팔은 엉덩이 높이에 있었고, 움직임 없는 손가락은 경계 태세를 늦추지 않고 있었죠. 언제라도 온갖 종류의 이상한 흉내를 낼 만반의 준비가 된 것 같았어요. 오른손은 턱과 공중을 오가면서 무언가를 그렸고, 난 그걸 스페인어로 옮겨 적어야 했습니다. 애프터셰이브 로션 향이 강하게 풍겼지만, 그 향내도 영관급 동료들과 오랫동안 잡담을 하면서 마신 술의 악취를 덮어주지는 못했어요. 우리 병사들은 격납고에서 그들의 목소리를 들었고, 어느 날 새벽에는 너무 큰 웃음소리나 그들이 말다툼하면서 내뱉는 격한 감탄사 때문에 잠을 이루지 못했죠. 하지만 코의 가느다란 빨간 실핏줄과 악취를 제외하면 그가 무엇을 하며 시간 보내기를 좋아하는지 드러내주는 건 아무것도 없었어요. 목소리도 멀쩡했고, 비틀거리는 법도 없었으며, 손이 떨리지도 않았으니까요. 술에 단련된 사람이었지요. 그가 집무실로 쓰는 곳에는 보고서와 회람을 넣어둔 파일과 지도들뿐이었는데 불안할 정도로 청결하게 정돈되어 있었습니다. 창턱에 놓인 책 두어 권만이 그런 분위기를 깼지요. 한 권은 군사암호 책자였는데, 내게는 그저 숫자와 글자 그리고 이해할 수 없는 말들이 가득찬 책에 불과했어요. 다른 책은 작은 기도서만큼이나 얇았는데 그 책의 제목을 읽는 순간 자칫 화를 낼 뻔했어요. 마치 세상에 존재하는 대부분의 책이 쓸모없고 수사적이라고 경멸하는 것 같았거든요. 그 소책자에는 머나먼 시절부터 인간이 군사軍事에 관해 생각하고 실천에 옮긴 모든 게 적혀 있었어요. 표지는 두 부분으로 나뉘어 있었어요. 위에는 '손무孫武', 중간에는 '손자병법'이라고 적혀 있었죠. 가끔씩 말을 멈추고 쉴 때면 중령은 그 책을 양손으로 집어 어루만지고는 입술에 갖다대고 지그시 눈을 감았습니다. 그러곤 마치 성체나 종부성사의 성유 앞에 있는 신부처럼 문장을 읊었지요. 그의 행동만큼이나 불가해한 말들이었죠. 내가 첫날 들은 대목은 이러했습니다.

"지혜에 대한 신뢰는 반란을 낳을 수 있으며 과도한 인간애는 약점이 될 수 있다. 과도한 신뢰는 광기가 될 수 있고 과도한 용기에는 폭력이 뒤따르며 너무 엄격한 명령에는 잔인함이 뒤따른다. 훌륭한 장수는 이런 능력을 적절히 사용해야 하며……"

너무 피곤했고, 다급히 쓰다가 손가락에 쥐가 나는 바람에 나는 '사용해야 하며'를 쓰다가 펜을 놓았어요. 내가 어쩔 줄 몰라하는 것을 눈치챈 중령은 이렇게 말했지요.

"야녜스, 그건 쓰지 마. 구자龜玆의 시인이라고 불리는 두목杜牧이라는 사람이 손자의 시계편始計篇에 관해 쓴 주석이거든."

중령은 계속해서 나를 놀라게 했습니다. 밖에서는 계속해서 비가 내리고 있었고요.

5

'고졸' 야네스는 이내 도쿄 여자들에게 환멸을 느끼기 시작했어요. 특별 휴가를 받은 어느 날 밤 그는 '하나노 군시'—'꽃의 귀부인'이란 의미였지만 실제로는 여자의 음부를 가리키는 말 중의 하나였지요—라는 어느 사창굴의 카운터에 있었습니다. 동사원형과 숙어뿐이었지만 의사소통에는 매우 효과적인 영어로 그는 어느 여자에게 접근했어요. 스물다섯 살가량 된 여자였는데 이름은 도모코였어요. 얼굴에는 하얗게 분이 칠해져 있었고 뺨은 입술에 칠하는 새빨간 립스틱으로 강조되어 있었지요. 그 시간에 '하나노 군시'는 손님들로 발 디딜 틈이 없었고, 가장 유별난 손님들은 바빌론에라도 온 양 여자들에게 키스를 퍼붓고 있었습니다. 술을 두 잔가량 마신데다 여자의 다정한 관심에 기운이 나자 야네스는 한껏 용기를 내어 잠시 함께 있자고 제안했어요. 여자는 동의의 뜻으로 고개를 숙였죠. 야네스는 자기 제안이 너무나 쉽게 수락되자 기뻐했지만 그 기쁨은 이후 일어난 일과 극명한 대조를 이루었지요. 도모코는 '아이즈치', 그러니까 맞장구를 쳤지만 그건 기쁨이나 수락의 표현이 아니라 친절을 베푼 반응일 뿐이었습니다. 친절을 베푸는 차원에서 야네스의 경우처럼 상대방이 지나친 말을 해도 그냥 고개를 끄덕인 것이지요. 그런 오해를 깨닫게 하는 문제가 뒤이어 발생했어요. 그는 자기 여자를 밀실로 데려가겠다고 고집을 부렸고 여자는 좋긴 하지만 안 된다고 했어요. 잠시 잠깐도 밀실에 병사와 단둘이 있을 수는 없다는 것이었지요. 오해로 인해 상황이 복잡해지는 걸 지켜보던 파커 교관이 도모코에게 설명을 해주었고 도모코는 사과를 받아들였어요. 야네스는 제삼자를 통해 교관이 무슨 사과를 했는지 들었지만, 왜 그래야 했는지는 결코 이해하지 못했습니다. 오히려 미국인의 외교적 행동이 뭔가 이상하다고 여기고는 나를 한쪽 구석으로 데려가 말했어요.

"너도 눈치챘는지 모르겠어, 아르벨라에스. 파커가 내 일본 여자를 가로채려는 것 같아."

나는 즉시 그의 추측을 무시하고는, 미군 교관이 그렇게 행동한 건 도모코가 사마리타나 병원의 매독 환자 병실보다도 심하게 매독균에 전염된 사실을 알았기 때문이라고 말했어요. 그러면서 덧붙였죠. 그게 아니라면 저 여자 피부색이 왜 저렇겠어? 야네스는 내 거짓말에 넘어갔고, 잠시 후 우리는 그곳을 나와 그 지역을 배회하고 다녔습니다. 파커는 그런 지역에서 사용하는 저질 영어뿐 아니라 외국인이 오랫동안 억눌러온 욕구를 마음껏 분출할 수 있는 사창굴을 알고 있었어요. 바로 그가 그 지역의 비밀 장소로 우리를 입문시켰지요. 이해하겠지만 우리 모두 경험이 많았기 때문에 '입문'이라고 말하는 겁니다. 빨간 전차선이 우리의 소망이 이루어지는 장소로 우리를 데려갔어요. 신주쿠 역. 한눈에 보이는 대표적 상징물이 있었어요. 역 서쪽에 등대처럼 우뚝 서 있는 높은 탑이었는데, 이 세상 어떤 바보도 그걸 보면 길을 잃어버릴 수 없었지요. 반론의 여지가 없었어요. 그 탑은 우리의 목숨을 구해줄 지령과도 같았죠. 그런 다음 우리는 그 동네에 들어섰고, 곧 가부키초 환락가에 있게 되었습니다. 카바레와 스트립쇼 클럽, 다양한 서비스를 제공하는 술집과 창녀들, 그리고 복장도착자들이 사방에 있었어요. 나는 하반신이 마비된 갈린데스가 전쟁이 끝나자 그곳에서 일을 시작했다는 말을 들었어요. 갈린데스에 관해선 온갖 전설이 떠돌아, 군인이건 사업가건 서울에 가는 사람이면 누구나 그의 클럽에 들렀지요. '밀로의 비너스'라는 그 클럽 이름은 마치 내게 경의를 표하는 이름 같아요. 물론 사실은 갈린데스의 비뚤어진 성격을 보여주는 확실한 예이지만요. 점잖은 스트립쇼의 첫 단계는 옷을 벗는 여자들의 팔에서 시작하거든요. 그건 그렇고, 그 염병할 갈린데스는 자기 업소에 그곳 태생의 여자들을 등장시킨다는 발상을 해서 엄청난 돈을 벌었습니다. 처음에는 도쿄, 그다음에는 서울에서 그렇게 했어요. 그렇게 하면 경찰이나 경쟁업소와 생길 수 있는 수많은 문제를 잠재울 수 있었거든요. 그런데 우리 지금 '고졸' 얘기를 하고 있었죠? 비록 도쿄에서 휴가를 보내고 있었지만 우리 마음속에는 항상 전선이 있었어요. 그 중간에서 무언가로 허기를 채우기 위해선 파커 같은 경험자의 안내를 받아야 했지요. 그는 우리를 가부키초의 중심가로 끌고 갔고, 거기서 우리는 진짜 한국 음식을 먹었습니다. 참호에는 미군 통조림뿐이라 한국 음식을 맛볼 기회가 없었거든요. 특히 한국 왕실의 전통 음식인 김치요리가 맛있었어요. 입안에 군침이 돌게 하는 요리였어요. 그런 다음 그날 밤의 커다란 소망을 이루기에 앞서 기운을 차리기 위해 우리는 긴자로 갔어요. 니혼슈 센터 근방에서 돈을 몇 푼 내고 다섯 종류의 각기 다른 사케를 맛보았지요. 떠오르는 태양의 제국 후손들이 마시는 술이었어요. 그리고 조그맣고 동그란 달이 붉은 태양에게 자리를 내어주기 전에, 육체가 원하는 계획을 실행에 옮기기로 마음먹고 다시 가부키초로 돌아갔습니다. 그때 파커는 야녜스에게 중대한 경고를 했어요. 불알이 간지럽더라도 아무 말 하지 마. 특히 '노팬츠'라는 '핍쇼'*에서는 입을 다물고 있어야 했지요. 그곳 여종업원들은 팬티를 입는 법이 없었어요. 엉덩이와 털이 북슬북슬한 음부를 보여주면서 남자 손님의 몸을 시뻘겋게 달아오르게 만들었지요. 하지만 정말 괜찮은 창녀들은 일본 손님만 접대했어요. 외국인들을 혐오했거든요. 적어도 사람들이 하는 말은 그랬죠. 스트립쇼가 끝나면 여자들이 손님들을 무대로 올라오게 해 그들의 성적 욕구를 만족시켜주기도 했지만 그것 역시 일본 손님들에게나 해당되는 일이었어요. 우리 같은 외국인들은 화장실에서 손에 의지하거나 아니면 롯폰기 근처 다른 장소에서 만족을 찾아야 했어요. 거기서 일하는 일본 여자들은 달랐고, 그들 말마따나 "외국인 피부를 갖기 위해" 사는 것 같았거든요. 아메리카 원주민들이 희생자들의 머리카락을 갖는 것과 같은 맥락이죠. 그곳이 바로 기나긴 밤의 방황이 끝나는 장소였습니다. 하지만 대부분의 우리 병사들은 이런 사전 단계를 건너뛰고 초저녁부터 주황색 전차선을 타고 '도쿄의 니네베'에 내리곤 했어요. '고졸' 야녜스는 '유키히메'라는 이름의 아름다운 여종업원과 사랑에 빠졌습니다. 그는 그 여자의 이름, 특히 마지막 부분인 '히메'**를 발음하면서 격앙된 쾌감에 사로잡혔어요. 그는 천진하게도 여자의 말을 믿고서 그녀를 '아라바치', 즉 '새 그릇'이라고 불렀어요. 일본 여자들이 처녀를 가리킬 때 쓰는 호칭이죠. 하지만 일본어를 잘 알지 못하더라도 의미를

* 스트립쇼의 일종으로 돈을 내고 작은 방 같은 곳에 들어가 창을 통해 여자가 옷 벗는 것을 구경한다.

** 스페인어로 '신음하다'라는 뜻이다.

확장시켜보면—정액을 담는 그릇, 이보다 멋진 말을 없어요—'새 그릇'이 가장 정결한 여자가 몸을 내어줄 때 자기 음부를 가리키는 표현이라는 건 쉽게 추측할 수 있어요. 아니 그런 의미를 지닌 표현들 중의 하나이지요. 나로 말할 것 같으면, 난 줄곧 '고유미'라는 이름의 여자를 찾았어요. 그 여자는 제한된 시간 동안 우리가 서로를 보다 잘 이해할 수 있도록 내게 대여섯 가지 말을 가르쳐주었지요. 고유미는 자기 음부를 '우마레 자이쇼'라고 불렀는데, '잉태가 이루어지는 곳'이라는 의미였어요. 그 의미를 알게 되자 나보다 카다비드가 더 흥분했죠. 사실 내게는 지나치게 모성적인 표현처럼 들렸거든요. 나는 아름답고 자극적인 '단 부'라는 표현을 더 좋아했어요. 그녀의 이름이 나타내는 의미, 즉 '따뜻한 밀실'이라는 뜻이었지요. 온통 여자 얘기뿐이라고 할 테지만 사실이 그렇습니다. 선생도 우리 입장이 되어봐요. 난 수시로 그걸 한 사람들을 알고 있어요. 몇 킬로미터 떨어진 곳에서도 허벅지 사이로 성기를 드러낸 채 경련하고 있다는 걸 알 수 있었죠. 남자라는 것, 군인이라는 것, 발정기에 있다는 것은 참기 힘든 동의어의 반복이었고, 그래서 우리 대대는 절망에 사로잡힌 호색한 무리처럼 보였습니다. 그렇지만 시시각각 대낮에 유통되던 잡지에서 벗어나 자기들이 이룬 업적을 자랑하는 소리를 듣는 건 몹시 거북스러운 일이었고 시간이 흐르자 짜증나는 일이 되었어요. 하지만 들리는 소리로는 많은 병사들이 일본에서 닷새 동안 휴가를 보냈지만 크리산토 루케 추기경처럼 동정을 잃지 않고 조국으로 돌아갔다고 해요. 그럴 만도 했어요. 지금과는 다른 시절이었고, 오늘날처럼 그런 일이 그리 간단하고 쉽지 않았거든요. 요한계시록에 나올 법한 임질에 걸려 호된 경험을 치른 병사들도 있었습니다. 그러니 아사셀의 집에서 무책임하게 여러 차례 염소를 풀었다는 이유로 '최고 고관'이 트레호스를 비롯해 성병에 걸린 사람들에게 엄중한 처벌을 내린 건 충분히 합당한 처사인 것 같았어요. 종교재판소의 재판관처럼 심각하고 엄중했던 그의 목소리가 아직도 귓가에 들리는 듯하군요.

"너희는 이스라엘 백성에게 이르라. 어떤 남자의 성기에서 고름이 흘러나오면, 그 나온 것은 부정한 것이다." 그러고는 레위기 15장 2절이라고 덧붙였지요.

우리 대대에서는 총탄보다 페니실린이 더 많이 사용됐고 창녀들이 중공군들보다 더 많은 사상자를 낳았다고 생각합니다. 나도 예외는 아니었어요. 솔직히 내 평생 처음으로 콘돔을 본 곳이 요코하마였지요. 콘돔을 끼는 게 그리 좋지는 않았어요. 나무딸기 껌 같은 맛과 냄새도 났고요. 사춘기 시절의 음험한 저녁나절부터 나는 여자와 살을 맞대고 관계를 갖는 것이야말로 영광을 의미한다는 말을 듣고 살았습니다. 하지만 고故 솔라노 박사의 말처럼 서혜 림프 육아종이 몸을 완전히 망가뜨린다는 것을 알았고, 성병에 걸린 신병들의 탄식을 듣고 그들이 오줌을 누면서 성호를 긋는 것을 보고선 의사의 충고를 따르기로 했어요. 그래서 그런 방식으로 성의 세계에 입문했고 잠수복을 입은 채 육체를 연습시킨 겁니다.

그러나 휴가를 즐기는 동안 창녀들과만 시간을 보낸 건 아니었어요. 정말입니다. 어느 날 아벤다뇨 중령의 전령으로서 거의 사무라이가 다 된 '고졸' 야녜스는 무식하고 무지한 우리나라와 비교해 이곳이 얼마나 다른지 언급하면서 문화를 조금 배워보는 것도 나쁘지 않을 거라고 말했어요. 그런 약간의 배움이 우리를 헬롯 범주에서 헤어나게 해줄 것이며, 그렇게 생각하지 않는다면 '투정쟁이' 라미레스나 렌테리아 중사를 보라고 지적했지요. 우리는 그의 말에 담긴 진실보다 그가 언급한 본보기에 설득당해 그와 함께 도쿄의 어느 극장으로 갔습니다. 오 분 정도 지나자 마치 국회 연설 시간에 참석한 사람들처럼 거의 모두 코를 골았는데 갑자기 무대가 열렸어요. 그러더니 무대 위로 아주 진한 색이 칠해진 끔찍한 가면을 쓴 사람들이 등장했지요. 그들은 펄쩍펄쩍 뛰더니 몸을 웅크렸어요. 기모노 차림으로 칼을 든 채 신음 소리를 주고받았어요. 머리털이 쭈뼛 서는 무시무시한 소리였죠. 그렇게 펄쩍펄쩍 뛰며 줄타기 곡예를 하는데 어떻게 양다리와 기모노가 얽히지 않는지 알 수 없는 노릇이었습니다. 무대에서는 그 누구도 말을 하지 않았어요. 신음 소리만 내면서 시끌벅적한 삼브라 축제에서처럼 서로 몸을 부딪쳤지요. 사실 그 공연을 이해하거나 참고 볼 수 있는 사람은 없을 겁니다. 게다가 우리는 가부키초의 밀실 약속까지 취소하고 갔는데 말이에요. 아무리 고상하고 우아한 연극이었다 해도 모든 게 우리 생각과는 달랐어요. 심지어 남자들이 여자 역을 맡았습니다. 그게 얼마나 추한지는 직접 봐야 압니다. 야네스의 설명에 엘킨은 즉각 관심을 보였어요. 가부키라는 연극에 관해 알려주면서 '온나가타'가 때때로 여자 역을 맡는다고 했거든요. '온나가타'는 어릴 때부터 무대 밖이나 무대 안에서 여자 역을 연기하는 남자였어요.

"어디서 볼 수 있지?" 엘킨이 지대한 관심을 보이며 물었어요.

"긴자 거리에 가부키 극장이 하나 있는데 요즘 그곳에서 〈벚꽃공주〉를 상연해. 일본 연극의 고전인데, 가장 인기 있는 '온나가타'가 나온다고 해." 박식하기 그지없는 '고졸'이 대답했죠.

엘킨은 주의깊게 듣더니 한숨을 내쉬었어요. 그리고 삼십 분 후에 사라졌습니다. 우리는 야네스의 기분이 상하지 않도록 최선을 다해 참아가며 그 공연을 관람했어요. 그리고 최소 세 시간은 비몽사몽 상태로 있다가 그곳에서 나왔고, 한껏 궁금하다는 표정을 지으며 우리 안내자의 얼굴을 쳐다보았지요. 그런 초유의 영문 모를 공연에 대한 그의 의견이 궁금했거든요. 우리가 거리로 나왔을 때는 이미 밤이었어요. 그는 단호하고 심각한 목소리로 간결하게 말했습니다. 더이상의 질문으로 자기를 피곤하게 만들지 말라는 뜻 같았어요.

"전통 연극인 노야."

뭐라고? 그게 무슨 소리야? 연극이란 말이야, 아니란 말이야? 그러나 그가 크나큰 회의에 휩싸여 고민하는 모습을 보고 우리는 더이상 묻지 않기로 했어요.

"노 연극이야." 그는 떠나면서 똑같은 말을 반복했어요. "노야."

우리는 더이상 야네스를 귀찮게 하지 않았어요. 시간은 이미 사라져 버렸고 육체에 위로를 줄 수도 없었기 때문에 우리는 수비대로 돌아가, 전선에서 죽지 않는다면 다음번 휴가가 오기를 기다리기로 했지요. 하지만 모든 게 실패이며 좌절은 아니었어요. '사색가' 로차가 사케 한 병을 사겠다고 우리를 초대했고 달빛 아래 좀 걷자는 제안을 했기 때문이죠. 새로운 기회를 기약하며 욕망을 뒤로한 채, 우리는 봄의 풍경을 만끽하려는 눈빛을 하고 길을 걸었어요. 그러다 갑자기 배를 타고 한 바퀴 돌아보면 좋겠다는 생각을 했지요. 그래서 아사쿠사의 아주마 다리에서 배를 탔습니다. 센소지 사찰에서 그리 멀지 않은 곳이었어요.

경치를 보자 우울한 기분이 조금 누그러졌고, 우리의 눈은 스미다 강변 맞은편의 초록색과 불빛이 만들어내는 기적을 보며 즐거워했어요. 뱃놀이는 열한 개의 다리—우리는 그것이 그곳을 돌아볼 단 한 번의 기회인 것처럼 다리를 하나씩 셌어요—를 지나 하마리큐 정원에서 끝이 났지요. 슬픔에 젖은 가지를 늘어뜨린 채 강변에 외롭게 서 있는 버드나무 한 그루가 강을 따라 흘러가는 고요한 은유를 어루만지는 것 같았어요.

6

우리는 그가 낡은 여행가방과 나팔피리 하나를 들고 오는 걸 보았어요. 그는 나팔피리를 하모니카라고 불렀습니다. 다정한 분위기를 풍기지는 않았지만, 우리 중 누구도 그의 고집스러운 침묵과 약간 냉랭한 태도 그리고 신중한 대인관계를 거북스럽게 여기지는 않았지요. 잘난 체했지만, 그래도 그에게는 존경심을 불러일으키는 무언가가 있었어요. 로차의 매력과 여러 면에서 매우 흡사하면서도 그와는 또다른 뭔가가, 말로 설명하기 힘든 뭔가가 있었어요. 몸은 비쩍 말랐고 키는 중간 정도여서 군복이 항상 헐렁했어요. 군화도 빌려 신은 것처럼 보였고요. 웃는 경우는 거의 없었는데, 어쩌다 웃을 때는 명백하지 않은 의미에 변화를 주는 어떤 표현을 거들기 위해서였지요.

"난 첫번째 모음을 강하게 발음하는 여자들만 좋아해." 그는 이렇게 말했어요. 우리는 모두 그가 이유를 설명해주길 기다렸지만 한 번도 설명은 들을 수 없었어요. 가끔씩 그는 의미를 알 수 없는 모호한 말로 우리에게 생각할 거리를 주곤 했지요.

"7월 초에 태어난 여자아이들은 무엇이든 읽고 난 다음 그 숨결로 나를 항상 괴롭혀."

그러고서 그는 마치 자기 말을 모든 사람들이 이해했다는 듯 하모니카를 불었어요. 그래서 어제 선생과 선생 여자친구인 라비니아 그리고 정권태 교수와 함께 삼풍백화점을 둘러보러 갔을 때, 그 친구가 사용하던 것과 흡사한 하모니카를 악기 코너에서 발견하자 감정을 억누를 수 없었던 겁니다. 삼십 년도 훨씬 지났건만 전쟁 동안 우리를 하나로 만들어주었던 바로 그 정감이 나를 사로잡더군요. 그런 감정은 우리 상관들에게도 전염되었죠. 그들은 매일 우리를 괴롭히며 못살게 굴었지만 안드라데에게는 한 번도 그러지 않았어요.

이상한 놈이었어. 우리는 만장일치로 그렇게 말했습니다. 그가 낡은 가방을 들고 북쪽 주둔부대에 도착한 날부터 그는 우리의 호기심을 자극하는 사람들 중의 하나가 되었지요. 몰래 새치기를 했고 모호한 말로 우리를 혼란스럽게 만들기 일쑤였지만, 그는 입대 후 우리가 겪은 달갑지도 흐뭇하지도 않은 몇 주를 조금이나마 즐겁게 만들어주었습니다. 그를 못마땅하게 여긴 사람들에 의하면, 그는 스스로 '정실파'의 일원이 되었다고 해요. 하지만 장교들은 그를 철저한 라케다이몬인으로 여겼기 때문에, 그가 항상 야네스, 카다비드, 로차나 우리 그룹의 다른 사람들과 항상 함께 다니는 것을 보고 이상하게 생각했지요.

백화점에서 내가 여종업원에게 하모니카를 가까이 보여달라고 하자 선생은 아주 이상한 표정을 짓더군요. 그럴 거 없어요. 나는 그 악기에 그가 고집스럽게 우기던 이름을 붙여주기까지 했으니까. 내가 얇은 음판들과 음실들, 슬라이드와 마우스피스를 하나하나 살피며 어떤 감정을 느꼈는지 설명할 필요는 없을 거라고 생각해요. 그는 입술 사이로 능수능란하게 하모니카를 움직이면서 달콤한 멜로디를 만들어냈어요. 그리고 그런 멜로디는 종종 우리 심장의 가장 냉담한 섬유조직까지도 저리게 만들었지요. 나는 우리 모두가 친해지기 시작했던 걸 기억해요. 주둔부대에서의 훈련과 모의전이 끝나면 야녜스는 휘파람으로 노래를 했고 그는 하모니카로 반주를 해주었지요. 누가 먼저 제안한 것도 아니었는데 두 사람은 자연스럽게 듀엣을 이루었어요. 특히 부산의 추운 겨울에 불침번을 설 때 그랬죠. 바로 그런 이유 때문에 그날 오후 장례식이 끝나자 아벤다뇨 중령이 '고졸' 야녜스를 장교 막사로 불러, 짧지만 의미심장한 말과 함께 그 악기를 건네주었던 겁니다.

"안드라데는 자네가 이 나팔피리를 보관해주기를 바랐을 거야."

"나팔피리가 아니라 하모니카입니다." 야녜스는 즉시 중령의 말을 고쳐주었지만 중령은 그게 무슨 의미인지 알아듣지 못했어요. 아니 알아들으려고 하지 않았을 겁니다. 그리고 중령은 그에게 조그만 종이상자 하나를 내밀었고, 조금 뒤 '고졸'이 우리 앞에서 그 상자를 열어 우리는 함께 그 안에 있던 악기를 보았어요. 우리에게는 그 악기가 마치 그의 목소리가 된 것처럼, 그가 우리 앞에 있는 듯이, 그 악기가 마치 우리 동료 그 자체인 듯이 느껴졌어요. 실제로는 결국 그에 대한 기억의 상징이 되었지만.

그가 좋아하던 멜로디를 떠올리자 그만 혼란스러운 옛 생각에 사로잡혀 나는 두려움에 떨었어요. 사방에 적군의 포화에 쓰러진 전투기 잔해들이 모습을 드러냈어요. 날개, 프로펠러, 기체 조각 들이 논밭 여기저기에 흩어져 있었어요. 저 너머로는 죽은 노새들이 묻히지도 못한 채 방치되어 있었고, 미처 완성되지 못한 참호들이 죽음을 상징하듯 무분별하게 지그재그로 펼쳐져 있었어요. 그리고 그런 풍경에는 우리 눈앞에 펼쳐진 드라마를 확인해줄 증인이 필요하다는 듯, 굶주린 아이들 몇이 들판을 떠돌며 잿더미 사이에서 먹을 것을 찾고 있었어요. 누더기를 걸친 채 한참 전부터 우리 부대를 따라오던 어느 어린아이에게 관심을 기울이고 입양을 제안한 사람이 안드라데였습니다. 뼈만 앙상하게 남은 아이의 모습을 보자 눈물이 나오려고 했어요. 바에나 중위는 그애를 기지로 데려가자고 했어요. 우리가 손해볼 것도 없고 기지에 데려가면 아무 문제 없이 아이를 보살필 수 있을 거라고 했어요. 안드라데는 너무나 아름다운 하모니카 독주곡으로 중위의 말에 화답했죠. 우리 군대는 점차 유치원으로 변해가고 있었어요.

그러나 아이들의 눈에 새겨진 배고픔이 풍경의 전부는 아니었습니다. 노인들도 여러 명 있었거든요. 그들은 항상 시선을 하늘에 두고 있었는데, 마치 자식들이나 가족 혹은 사랑하는 사람들이 아니라 왜 자기들이 계속 목숨을 부지하는 것인지 생각하는 것 같았어요. 시골 풍경은 그랬습니다. 그러니 도시 상황은 어땠을지 생각해봐요. 눈 뜨고는 볼 수 없는 비탄과 비통으로 점철된 그림이었어요. 텅 빈 모습은 두려움을 가중시켰지요. 거리는 쥐죽은듯 조용했고 집은 버려져 있었으며, 과거에 멋진 궁궐이었던 곳은 잿더미가 되어 있었어요. 복잡하게 뒤얽힌 건물들은 하늘을 시커멓게 덮은 폭탄을 맞아 윗부분이 떨어져나갔고, 창문도 지붕도 남은 게 없었어요. 아무 쓸모 없게 변해버린 벽과 대들보는 참화와 파멸이라는 글자가 무엇인지 그려 보이는 것 같았죠. 바로 그때, 그러니까 분노가 우리를 사로잡으려는 찰나, 안드라데의 하모니카 소리가 다시 길을 열더니 우리 마음을 단결시키며 따뜻하게 만들어 주었습니다. 아름다운 멜로디는 차가운 저녁 대지 위에 한 가닥 희망을 새기는 듯했어요. 겨울은 이미 다가와 몇 주 전 내린 눈이 얼음이 되어 있었습니다. 공기는 두꺼운 유리벽이 되어 우리 얼굴에 부딪치려 했지요. 우리 중대는 마치 잠에서 깨어난 듯, 마치 전투 행진곡이 울린 것처럼 잿더미와 일그러진 쇳조각 사이, 그리고 검게 그을린 지프차와 적의 화염 때문에 영원한 침묵을 지키고 있는 대포 사이로 전진하기 시작했습니다. 우리는 우리보다 며칠 앞서 파견된 병력이 경험했을 놀람과 공포를 알게 되었어요. 바로 그날 낙동강을 건너면서 폐허의 잿더미를 목격했거든요. 그러나 아무리 우리 자신에게 물어보아도 우리가 나아가는 목표지점이 어디인지 그 누구도 대답해줄 수 없었습니다.

낙동강을 보자 그다지 멀리 떨어져 있지 않은 금강의 강물과 서해의 바닷물이 그리워졌어요. 하지만 바로 그 낙동강에서 북한군, 그러니까 간단명료한 군사용어로 정의하자면 적군과 치열한 전투가 벌어졌었죠. 모든 게 폐허였고 모든 게 비탄에 잠겨 있었어요. 갈대 사이로 여러 대의 탱크가 이끼 낀 포신을 남쪽으로 겨냥하고 있었어요. 우리가 온 방향이었지요. 몇몇 생존자들에게는 모든 걸 의미하는 지역이었고요. 그들은 스페인어를 알아듣지 못했지만 그런 상태에서도 국가를 가르쳐주려고 고집을 부렸습니다. 한국의 애국가 첫 소절은 희망의 전조를 담고 있었어요. 좀처럼 잡을 수 없는 평화 말이에요. 왼쪽으로는 차량들이 전복되어 있었어요. 타이어는 불타버렸고 휠은 차가운 공기 속에

녹슬어 있었지요. 저 너머 들판은 메말라 있었고 농작물은 잿더미로 변해버렸는가 하면, 전나무 숲은 완전히 파괴되어 있었어요. 한마디로 황무지였습니다. 연기가 솟아오르고 고철 더미로 가득한 끔찍한 풍경이 넓게 펼쳐지면서 음산한 그림을 그리고 있었어요. 그리고 우리는 이제 그곳에 우리의 서명을 덧붙일 작정이었지요. 강물은 얼음덩이들 사이로 여전히 핏빛을 띠며 흘러가는 것 같았어요. 수륙양용선의 잔해는 목적지를 잃은 채 강변에 방치되어 있었고요. 교량과 철교와 벽 들이 붕괴되어 있었다는 건 말할 필요도 없겠지요. 전투 후에 펼쳐진 죽음의 춤판이었죠. 그래서 상관들은 안드라데의 하모니카 소리를 참고 들었어요. 아마도 그의 하모니카 연주 소리가 신음하는 풍경 속에서 용사들의 노력에 어느 정도 의미를 부여한다고 생각했던 것 같아요. 그래서 오랜 세월이 지난 후 어제, 일부러 찾은 것도 아닌데 우연하게 삼풍백화점에서 유사한 악기를 다시 보게 되자 그의 멜로디를 다시 듣는 것 같았겠지요. 밤에 잿더미 사이에서 부활해, 또다시 가장 치욕스러운 악몽에 시달리는 느낌이었어요.

우리는 태백산맥의 지맥에서 야영을 했어요. 테바이다 기지에서 불과 300미터 거리에 있었지만 적군의 수중에 놓여버린 미를로 고지를 정복하기 위해 전선으로 가라는 명령을 받았거든요. 남의 땅에 우리 식 이름을 붙이는 건 우리가 가장 즐기던 놀이 중 하나였습니다. 미군들은 중공군 고지에 '유타'나 '캔자스', '록펠러'나 '린드버그', '매 웨스트'나 '진 할로' 같은 영어 이름을 붙였어요. 알다시피 '로스트비프' '그릴드 치킨' '포크 촙' 같은 음식 이름이나 단순하게 '올드 볼디'* 같은 인체 관련 이름을 붙이기도 했지요. 인체와 관련된 이름을 붙이면서는 바빌

로니아의 복사服事들보다 더 불안해했지만 그게 더 사실적이었어요. 그래서 '젖꼭지' '음부' 등의 아주 자극적인 이름을 붙였습니다. 종종 애국심에 불타올라 우리의 목표지점을 '크루스 베르데'**나 '바르불라' 혹은 '보고타소'라고 부르기도 했어요. 우리가 '테바이다'라고 이름 붙인 곳은 북한군의 폭격으로 송두리째 파괴된 오래된 불교사찰이었는데, 그 이름에 대해 어떻게 생각합니까? 그건 그렇고, 문제는 무슨 일이 있더라도 우리 기지 반대편에 있는 미를로 고지를 정복해야 한다는 것이었어요. 그러나 그 300미터 때문에 그토록 많은 희생자가 속출하리라고는 상상도 못했지요. 그래서 당시 모든 신문과 장교들의 회고록을 비롯해 전략가들의 상상의 산물들은 이 사건을 재창조했는데, 가히 황당한 환상문학에 비견될 정도였어요. 바르불라 전투와 불모 고지 전투를 제외하면 그 어떤 전투도 국민들의 관심을 크게 불러일으키지 못했어요. 우리 병력은 진지를 점령했지만 적군은 집단자살 공격으로 반격을 가했습니다. 내가 기억하기로 가장 파괴적인 공격은 만세공격이었어요. 수많은 병사들이 밀물처럼 성나게 밀려들어와 우리 병사들을 덮치는 식의 공격이었고 우리는 그들을 막을 도리가 없었지요. 그들은 고함을 지르며 쇄도해 멋대로 총을 쏘았고, 그렇게 중공군과 북한군은 그들의 전설적인 전투가 어떤 것인지 증명해 보였어요. 우리 중대의 왼쪽 날개는 전멸되다시피 해 목숨을 건진 사람이 많지 않았어요. '투정쟁이' 라미레스는 왼쪽 무릎에 수류탄 파편을 맞는 부상을 입고 부산으로 이송되어 즉시 응급치료를 받았고 다음날 도쿄의 군병원으로 보내

* '늙은 대머리'라는 뜻으로 불모 고지의 영어식 명칭이다.

** '녹십자'라는 뜻.

졌어요. 그는 그곳에서 뉴스영화를 통해 전쟁 진행 상황을 지켜보았다고 해요. 그는 나중에 자기 혼자 격렬한 만세공격에 맞서 싸웠다고 했지만 그 말을 믿는 사람은 아무도 없었죠. 키를 보면 '투정쟁이' 라미레스는 너무나 보잘것없고, 거의 분재처럼 허약하고 비쩍 마른 존재였거든요.

기관총이 적절한 위치에 있어준 덕분에 중앙 병력이 반격을 개시했지만, 적군은 즉시 박격포의 지원사격 아래 수류탄을 퍼부어대며 대응했어요. 그러다 아무도 이유를 모르는 채 '검둥이' 구아린이 이끄는 병력이 미를로 고지를 점령했어요. 그런데 너무나 놀랍고 도무지 이해할 수 없는 건 고지를 점령하자마자 군 수뇌부에서 우리에게 기지로 후퇴하라는 명령을 내렸다는 사실입니다. 전투의 목적이 고지를 점령하고 연이어 후퇴하는 것이라면 우리는 왜 목숨을 걸고 그 공격을 감행한 걸까요? 이때 우리 중 몇은 아벤다뇨 중령이 자기 마음대로 손자의 전생술에서 가져와 우리에게 가르친 교훈들을 떠올렸어요. 설명된 방식을 봐선 반대로 적용될 운명처럼 보였던 교훈들 말입니다. 그런데 실제로 그런 일이 벌어졌어요.

몰골이 말이 아니었어도 우리 중대는 스무 명 정도가 돌아온 반면 오른편에서 공격을 감행했던 중대는 그렇지 않았어요. 후퇴 작전 도중 여섯 명이 목숨을 잃었어요. 세 군데에서 동시에 공격을 받았거든요. 하나는 우리 쪽이었고 나머지 둘은 적군 쪽이었습니다. 그들은 마치 죽음의 춤판을 잔인하게 패러디하듯 시커먼 밤의 어둠과 짙은 안개 속을 조심스럽게 더듬거리며 헤매다녀야 했어요. 잘못 움직였다가는 목숨을 잃을 수도 있었으니까.

"갈린데스!" 게레로 대위가 날 불렀어요. "바에나 중위의 지시에 따른다. 구조에 필요한 모든 사항을 중위에게 알려주도록 해. 동료들이 산 어디쯤에서 실종되었는지 잘 알고 있을 테니."

실제로 나는 포위선을 뚫고 테바이다 기지로 돌아온 몇 안 되는 사람 중의 하나였지요. 난 동료들이 고지 남쪽 비탈에서 길을 잃었다는 걸 알고 있었고, 그 지점에서 발견한 버려진 무연탄 광산 중 한 군데에서 새벽이 올 때까지 숨어 있는 편을 택했을 가능성이 높다고 생각했어요. 적군이 우리보다 먼저 그들을 발견했을 때 그들이 어떤 운명에 처할지가 문제였죠. 나는 주의깊게 내 말을 듣고 있던 중위와 함께 더듬다시피 하며 앞으로 나아갔습니다. '푸투마요', 카다비드, 키뇨네스, 트레호스, 야녜스와 보오르케스가 열 발짝 정도 뒤에서 나를 따라왔고, 그렇게 우리는 적지로 들어갔어요. 나는 병사들이 각기 다른 보폭으로 적어도 6미터 정도씩 떨어져 걷게 했고, 그런 식으로 우리는 첫 장애물들을 피할 수 있었지요. 어쨌든 조그만 소리만 나도 즉시 기관총들이 단호하게 불을 뿜었어요. 어디서 날아오는지는 아무도 알 수가 없었지만요. 바로 그때, 그러니까 이러다간 우리도 적군과 아군의 총에 맞아 죽을 수도 있겠다는 끔찍한 생각을 하고 있을 때였습니다. 사실 동료의 총에 맞아 죽는 게 더 끔찍했겠지요. 그때 우리 대원들 중 하나가 무언가를 했어요. 오랜 세월이 지난 지금 생각해보니 자살행위나 다름없는 짓이었어요.

'고졸' 야녜스는 〈안녕, 청년들〉이라는 탱고의 첫 소절을 천천히 휘파람으로 불기 시작했어요. 그런데 내가 두려워했던 것과 달리 이상하게도 아무도 총탄을 쏘며 응수하지 않았습니다.

"적도 몹시 피곤한 상태이지만, 우리를 심란하게 하는 탱고의 분위기에 희생될 정도까지는 아니야." 카다비드가 살며시 미소를 지으며 말했어요.

그런데 두번째 소절의 중간쯤에 이르자 일이 생겼어요. 20미터 정도 떨어진 어둠 속에서 휘파람에 대한 화답으로 구슬프지만 이 경우에는 희망적인 〈제비〉의 멜로디가 들려왔지요. 밤 한가운데서 안드라데의 하모니카 소리가 나침반이 되어 선명하게 들려왔어요. 그러자 우리 모두의 얼굴에 희색이 만면했지요. 이렇게 우리가 노래에 열중하고 있을 때 일제사격 소리가 들렸고, 곧이어 갑자기 쥐죽은듯이 잠잠해졌어요. 일제사격과 침묵이 오가는 동안 우리는 마치 얼어붙은 수의와 같았어요. 그런데 잠시 후 근처에서 누군가가 마치 군대 암호를 대듯이 야녜스가 시작했던 탱고의 마지막 소절을 휘파람으로 불었죠. 우리는 거의 기듯이 그쪽으로 갔고, 세 동료 중 하나인 지칠 줄 모르는 마시스테 가르세스가 다른 사람을 업고 있다는 것을 알 수 있었어요. 안드라데는 그때까지도 왼손에 하모니카를 꼭 쥐고 있었죠. 그 하모니카 때문에 적군의 화기가 그에게 집중되었던 겁니다. 그러나 그런 상태에서도 그의 오른손은 영원히 입을 다문 M1 소총을 놓지 않고 있었어요.

왜 그랬는지는 모르겠지만, 어제 안드라데의 하모니카와 부친의 죽음을 연결시키자 내 안에서 무언가가 고개를 들었습니다. 마시스테 가르세스와 엘리오도로 아스타이사는 전사한 병사의 시체와 함께 막사로 돌아오려고 했어요. 엘리오도로는 돌아왔지만, 거대한 체구의 가르세스는 엄청난 바보짓을 저질러 중공군에게 체포되었고 포로수용소에 갇혀 있다가 휴전 이후에야 석방되었지요. 우리는 그저 앞으로 나아가야 했어요. 칠흑 같은 어둠이 세 사람을 삼켜버렸지요. 이 이야기는 나중에 다시 하지요. 그건 그렇고 내가 어제 보자마자 안드라데의 하모니카를 떠오르게 한 그 악기를 구입해 그 병사에 대한 애정뿐만 아니라 부친에 대한 존경의 증거로 선생에게 그걸 선사했을 때 어떤 생각이 들었나요? 점원과 정권태 교수뿐 아니라 여자친구인 라비니아도 선생이 당황해한다는 것을 눈치챘지요. 하지만 난 그저 선생이 소심하기 때문이라고 여기고 싶습니다. 내가 그렇게 한 이유는 선생을 보니 '고졸' 야네스가 떠올랐기 때문이에요. 일종의 보상행동일지도 모릅니다. 누군가가 내게 아벤다뇨 중령이 야네스에게 준 하모니카는 다른 물건들과 함께 얼마 후에 분실되었다고 말해주더군요. 첫번째 모음을 강하게 발음하는 7월 초 태생의 여자에게서 다행히도 '고졸'이 해방되었을 때였어요. 그 여자가 무엇을 읽었는지는 아무도 모르지만, 그녀는 안드라데가 작별을 슬퍼하던 새들에게 용기를 북돋아주었던 그 멀고 어두운 밤처럼 끔찍한 숨결 속으로 그를 몰아넣었거든요.

나는 내 조국이 세상에서 가장 여성적이라고 생각한다. 항상 다리를 위로 든 채 혼란의 도가니 속에서 모든 치부를 만인의 눈에 드러내기 때문이다. 또한 나는 전쟁처럼 여성적이고 자연스러운 것은 없다고 생각한다. 전쟁은 사랑하거나 죽거나 사는 것처럼 무척 자연스러운 일이다. 아마 어렸을 때부터 항상 학살과 분쟁에 관해 들어왔고, 세월이 지나면서는 우리의 역사가 야만을 주인공으로 삼은 거대한 프레스코라는 것을 확인했기 때문일 것이다. 그와 같은 환경에서 태어난 우리에게 비극은 우리의 유일한 전통이다. 나는 바에나 중위가 들려준 '타말리토' 페냐의 이야기, 특히 상처로 가득한 그의 불행했던 어린 시절을 떠올려본다. 그리고 우리나라 아이들의 절반은 그런 경우에 해당될 거라고 생각한다. 살인, 강간, 밭에서 아스팔트로의 끝없는 이주, 이 모든 것은 그리 기발하지도 독창적이지도 않다. 이상하게도 아무도 똑같은 이야기를 하지 않지만. 우리나라에서 예외는 정상, 무감정, 평온함이다. 나와 오바예는 이 모든 것에 대해 생각했고, 그 이유를 비교하다가 역사를 공부하기로 결정했다. 당시 그는 리바노의 볼셰비키주의자들에 관해 연구하고 그 기록을 출판하고자 했다. 그것은 거의 알려지지 않은 반란이었을 뿐만 아니라 공식 역사가 침묵을 지키고 있는 부분이었다. 한편 나는 귀에 확성기라도 갖다댄 것처럼 '한국'이란 단어를 끊임없이 들으면서 자랐다. 분쟁 연구에 전념하겠다는 우리의 결심은 두 경우 모두, 우리 자신도 모르는 사이, 이미 오래전 어린 시절에서 비롯되었다. 오바예는 정권의 끄나풀들에게 위협받으면서 이주로 점철된 어린 시절을 보냈다. 나의 경우를 보면 바로 그 체제가 우리 아버지를 먼 곳으로 파견했고, 나는 친구들과 선생님들이 국경일마다 어깨를 툭툭 치거나 박수쳐주는 아이가 되어 어린 시절을 보냈다. 오바예는 리바노에서 태어났고 어렸을 때부터 박해와 유배 생활을 배웠다. 나는 산타페에서 태어났고 마찬가지로 파란색 넥타이를 목 주위에 드러내지 않고서 밤거리를 다니는 게 얼마나 무서운 일인지 알고 있었다. 그는 농촌 폭력을 연구하는 데 전념했고 나는 결과가 좋건 나쁘건 상관없이 우리나라가 참전한 국제분쟁 연구에 온 힘을 바쳤다. 내가 페루와의 분쟁에 관한 논문을 준비할 때 오바예가 서류보관소의 몇몇 기록들을 제공하는 도움을 주었던 일이 기억난다. 지금 나의 모든 시간을 빼앗고 있는 이 연구를 하면서 나는 그 당시 삶을 재조명해보게 되었다. 예를 들어 인시그나레스가 캐롤라인제도 훈련소에 관해 설명했던 것처럼, 우리는 너무나 비위생적인 환경 속에서 아시아의 머나먼 지점으로 싸우러 갈 준비를 한 것이 아니라 아마존의 트라페시오로 돌아갈 준비를 했다고 나는 생각한다. 지금도 그 역사를 기억하는 사람이 있을까? 우리나라에서 기억은 진실과 양립할 수 없다. 단지 역사가들과 몇몇 참전용사들만이 소설가들도 믿지 못하는 몇 가지 사건을 증언하고자 노력한다. 몇몇 페루 모험가들은 페루 정부의 지원을 받아 콜롬비아의 아마존 지역에 있는 레티시아를 점령했다. 그러자 콜롬비아는 아마존 지역으로 함대를 파견하여 페루 해군함을 격파한 후 진지를 확보하고서 빼앗겼던 영토를 탈환했다. 이름도 여자 이름에다 모습도 여자 같은 도시인 그 레티시아 전쟁에 남자 군인 복장을 한 어떤 여자가 참전했다. 그 여자의 이름은 클라라 나르바에스였지만 페드로 병사라고 불렸다. 어느 날 남자 동료들에 관해 말하면서 그 여자는 멋진 말을 했다.

"병사들은 내게 겁쟁이가 되는 법을 가르쳐주었습니다. 우는 법을 가르쳐주었고……"

첫 전투는 푸투마요 강가에 위치한 구에피에서 벌어졌다. 콜롬비아 공군이 국제전에 개입한 것은 그때가 처음이자 마지막이었다. 그 이후에는 농민들 아니면 국내에서 무력 봉기한 반란군들만 진압했다. 몇 년에 걸쳐 나는 이 하찮은 전투를 상세하게 연구했다. 소규모 전투였지만 정치선동자들은 국가의 존엄이 달려 있다면서 전쟁이라고 거창하게 칭했다. 우리나라에서는 분명 모든 게 거창하다. 그렇게 무언가를 부풀려야만 하찮은 우리의 역사가 확장되고 장대해지기 때문이다. 불모 고지에서도 동일한 일이 있었다. 그곳에서 우리는 어이없이 패했지만 그 패배는 재앙의 주인공이자 공모자인 기자들에 의해 대업으로 변모했다. 구에피 전투와 기자들 얘기가 나왔으니 말인데, 오바예와 나는 어느 해군 중위의 취재기사를 읽고 배꼽을 잡고 웃었다. 물론 그는 이후 국민문학의 아버지로 여겨진 사람이었다. 그 기자는 조금의 부끄러움도 없이 그 국경 전투를 언급하면서 "헤카톰베, 미지의 홀로코스트"라고 정의했다. 미지? 알 수 없다고? 그가 바로 원정 함대를 지원하기 위해 최고 부유한 귀부인부터 평범한 국민까지 보석과 재산을 기부한 그 유명한 사례들을 다룬 기자가 아닌가? 홀로코스트라고? 유대인들이 희생된 그 유명한 사건이 칩차족과 케추아족 후손들 간의 전투와 무슨 상관이지? 헤카톰베라고? 소 백 마리를 신에게 제물로 바치는 고대 그리스인들의 의식? 허세를 부리는 건 전선에서 우리 군인들이 잘못된 전략을 쓰는 것만큼 위험하다. 한국전쟁 당시의 사건들을 분석하면서, 나는 지금도 그때처럼 쓴웃음을 짓는다. 우리나라가 단독으로 러시아와 중국과 북한의 연합군을 신속하게 물리쳤다는 데 의심의 여지가 없다는 '최고 고관'의 말 때문이다.

그는 수사적이지도 않고 다정함이라곤 찾아볼 수 없는 분위기로 말하고 있었다. 그러나 종종 졸리기는 마찬가지다. "이미 적진에 있다고 느끼고 포탄이 지나가는 소리를 들어라. 확실하지 않고 실제적이지 않고 분명하지 않으며 눈에 보이지 않는다고 중요하지 않은 건 아니다." 콜롬비아 병사들이 밀림 지역에서 페루에 맞서 싸웠을 때와 동일한 구호 아래 한국으로 갔다고 말할 수 있을까? 한편 그런 구호는 우리의 모든 국가적 대의명분인 '기쁘게 지옥으로 행진하라'의 용도를 구체화하는 것 같다. 기록문서들을 살펴보면서 나는 군과 관련된 이름들 가운데서 비르힐리오 바르코 대위라는 이름을 발견한다. 하지만 그는 말라리아에 걸려 전투에 참가하지 않았다. 그런데 페루와의 전투 관련 문서에 등장하는 비르힐리오는, 지금 애써 숨기고는 있지만 병에 걸려 해쓱한 채 기체의 방향을 한국으로 잡으라고 지시하는 비르힐리오와 관련이 있을까? 그렇다면 이건 비르힐리오와 우리 모두가 기쁘게 지옥으로 여행하는 데 온 삶을 바쳤다고 말하는 것과 같을 것이다.

전쟁과 그 원인에 대한 얘기는 이제 그만두고 하고 싶은 말이 있다. 오바예와 내가 같은 지도교수의 학생으로 런던에서 다시 만났다는 것이다. 바로 에릭 홉스봄 교수이다. 이 년 전 나는 버크벡 칼리지에 있는 연구실로 교수를 찾아갔다. 교수는 연구실에 틀어박혀 역사 수업을 준비하고 있었다. 그런 명사들이 칩거하는 분위기는 1970년대 초 대학생 시절부터 내게 무척 친숙한 것이었다. 교수는 나를 다시 만나 기뻐하며 점심식사에 초대했다. 나는 몇 달 전 보고타에서 출간된 그의 책 『폭력에 관한 열한 편의 에세이』 몇 부를 건네주었다. 그와 그의 제자들이 고민하던 주제에 관한 그의 철학의 본질을 담은 책이었다. 지나간 옛 시절을 떠올리며 우리는 세인트제임스 광장을 거닐었고, 채텀하우스에서 발길을 멈추고 왕립국제문제연구소의 목록을 살펴보았다. 물론 한국전쟁 서가의 목록이었다. 그곳에서 나오면서 우리는 채링크로스 스트리트에 있는 중고 서점들을 살펴보기로 마음먹었다. 가을 추위에 손발이 곱은 채 우리는 천천히 느긋하게 걸었고, 우리의 말은 우리를 둘러싼 짙은 안개를 더욱 두껍게 만드는 것 같았다. 교수는 내게 오바예와 그가 연구하는 볼셰비키주의자들에 관해 물었고, 나는 내 친구가 가르쳐준 것을 그대로 알려주었다. 하지만 홉스봄은 중간에 내 설명을 끊고선 우리 대화를 그의 최고 관심 분야로 돌렸다. 최근 몇십 년 동안 우리나라를 강타한 도적떼 현상이었다.

"내가 생각하는 바로는 말이야." 교수는 이렇게 말하면서 안경을 닦았다. "그건 콜롬비아 특유의 문제야. 선택된 삶의 방식이 아니라 재난에서 비롯된 일이지. 멕시코처럼 호전적인 나라의 국민도 콜롬비아 국민과는 비교가 안 돼. 물론 자네 나라는 호전적인 게 아니라 허세를 부리지. 반목과 살상의 친구라고 말할 수 있어."

교수는 계속해서 치스파스, 상그레네그라, 데스키테 등의 도적들을 언급했고, 추운 날씨였지만 그 이름들을 듣자 내 얼굴은 시뻘겋게 달아올랐다. 그는 '명사수'*와 그의 일당에 관해서도 말했다. 부끄러움에 내 얼굴이 너무 빨개졌었는지 교수가 한쪽 팔로 부드럽게 나를 툭툭 쳤다.

"하지만 또 그렇게만 생각하지는 말게." 교수가 나를 위로하며 말했다. "그런 일들은 다른 곳에서도 일어나. 옆쪽 아일랜드만 봐도 그렇지." 교수는 마치 길모퉁이만 돌면 그 나라가 있다는 듯 말했다. "모든 악의 어머니인 스페인도 있고."

교수는 랍비가 성경에 손을 얹고 선서할 때처럼 확신하며 웃었다.

"나는 폭력이 무엇인지 알고 있고, 그래서 자네와 오바예가 이 주제에 관심을 갖는 걸 이해해. 난 히틀러 청년당원들이 내 민족을 몰살시키기 위해 사용한 방법을 직접 경험했어. 내게 '두려움'과 '공포'는 1930년대 초 베를린에서 보낸 내 십대의 이름이라네. 20세기의 이름이기도 하고. 20세기는 양극단으로 나뉜 세기라고 말할 수 있지."

"바로 그게 선생님의 책 『극단의 시대』에서 분명하게 언급하고 있는 것 아닙니까?" 나는 이렇게 물으면서 레스터 광장의 길모퉁이에서 발

* 콜롬비아 무장혁명군(FARC)의 지도자 마누엘 마룰란다 벨레스를 가리킨다.

길을 멈추었다. 어느 방향으로 가야 할지 알 수 없었다. 홉스봄 교수는 두 번 생각하지도 않고 길을 건넜고 채링크로스 지역에서 북쪽으로 향했다. 나는 교수의 뒤를 따라갔다.

"그 책에서 말하고 있는 주요 내용은 전 지구적 안개가 모두의 눈을 가려 20세기의 우리는 현재를 이해하지도 미래를 투사하지도 못하게 되었다는 것이네."

"우리나라에는 전 지구적 안개가 아니라 총체적 암흑만 있습니다." 그러고서 나는 '암흑인'이라는 별명을 지닌 알시비아데스, 국가 전체를 어둠에 잠기게 만들고 심지어 시간까지 바꿔버린 그 사람에 관해 말한다. 그는 마음만 먹는다면 홍해도 다시 갈라놓을 수 있을 것이다.

"지금은 어떤 작업을 하고 있나?"

나는 교수를 찾아뵙고 『폭력에 관한 열한 편의 에세이』를 전하는 일 외에도 한국분쟁에 관한 연구를 위해 문서보관소와 도서관을 찾으려고 런던에 왔다고 설명했다.

"이미 국회도서관을 샅샅이 뒤졌습니다. 그 전쟁의 군사적 측면에 관해서는 특히요. 미국에 있는 다른 문서보관소도 방문했지요. 그런데 여기에 온 것은 특별히 전문가의 의견을 듣고 싶어서입니다. 우리나라에서 저는 이미 참전용사들과 장교들을 인터뷰했고, 신문과 잡지를 포함해 그 주제에 관해 선생님이 쓰신 모든 걸 읽었습니다. 선생님 말씀이 맞습니다. 그 모든 것에는 말씀하신 전 지구적 안개와 유사한 것이 있으며, 그것 때문에 저는 전쟁의 전체적인 면을 선명하게 보지 못하고 있습니다."

"전쟁은 세기가 거듭될수록 커져가는 괴물이야. 근대화되면서 번창하는 존재고. 예나 전투에서 나폴레옹이 단지 예포 천오백 발로 압승을 거두었다는 사실을 알고 있나? 1918년이 되자 프랑스는 매일 이십만 개의 포탄을 생산했으면서도 수요를 따라가지 못했네. 멀리 갈 것도 없이 미국은 제2차세계대전에서 군인들이 사용한 폭탄을 모두 합친 것보다도 더 많은 폭탄을 베트남에 투하했다네. 우리의 세기가 역사상 가장 치명적인 세기이며 진정한 야만의 극치라는 것은 틀린 소리가 아니라네. 우리를 기다리는 게 무엇인지에 관해서는 걱정하지 말게. 이미 지나갔으니까. 제3차세계대전은 한국에서 시작됐거든. 많은 사람들이 줄기차게 지칭하던 '냉전'을 말하는 것이네. 한국전쟁은 특정 지역에서 일어난 전쟁이었지만 전쟁터가 아니라 협상 테이블에서 전쟁이 끝났다는 것을 보여주지. 새로운 방식이자 새로운 전략이었어. 미국은 자기들이 한국에서 싸우는 건 북한군이 아니라 중공군이라는 걸 잘 알고 있었고, 백오십 대의 중공군 비행기들이 사실상 소련인들이 조종하는 러시아 비행기라는 것도 알고 있었네. 그러니까 내 말은 콜롬비아는 사실상 미국의 사주를 받아 한국에 가서 북한군과 싸웠지만, 북한군이 동시에 중공군의 사주를 받았다는 것도 모른 채 러시아군과 싸운 꼴이 되었다는 소리야. 나는 이것이 최근 들어 문학도들이 '탈脫영토성'이라고 부르는 것이라고 생각하네. 자네 조국의 역사를 못마땅하게 생각하지 말게, 비나스코. 자네 조국은 거의 아무도 눈치채지 못한 채 지나가버린 전쟁에 참여하는 영광을 누렸으니까."

그러나 아무도 눈치채지 못한 채 지나간 사람은 라비니아였다. 그녀는 화장실로 갔다. 얼마 전 우리는 비행기가 요동하는 바람에 사색이 되었었다. 비행기는 금방이라도 추락할 것 같았고 우리는 모두 백짓장처럼 창백해졌다. 첫번째 구간, 그러니까 위치토 기착 전 상황과 비교하면 아무것도 아니긴 했지만. 기체는 허리케인에 휩쓸리며 마구 흔들렸고, 비행기 안은 고함과 히스테리 그리고 날카로운 웃음소리의 합주회장으로 변했다. 하지만 얼마 지나자 모든 게 정상으로 돌아왔다. 스튜어디스들이 놀란 승객들을 진정시키기 위해 위스키를 나누어준 것이 정상이라는 소리가 아니라, 몇 가지 희한한 일이 생겼다는 뜻이다. 비르힐리오는 더듬지 않고 말을 하기 시작했고, 심지어 그의 미국인 아내 캐롤라이나조차 갑자기 다정하게 말이 많아졌다. 두려움은 기적을 만든다. 세사르 아우구스토는 다시 남자다운 목소리를 되찾았고, '더부살이'는 커다란 소리로 예수회 신부들이 가르쳐주었던 기도문을 낭송했다. 그러자 향이 없다는 걸 눈치챈 듯, 평화협상 자문 위원은 우리 모두를 진한 마리화나 연기로 덮어주었다. 파르도는 침착하게 행동하려고 했고, 놀라움과 불안이 지나가자 어깨에서 무거운 짐을 내려놓은 듯 안심이 된다고 했다. 그러지 않았다면? 내 생각에 만일 이 비행기가 여기 탑승한 모든 빌어먹을 놈들과 함께 추락했다면 아마도 우리나라는 구원받았을 것이다. 그러나 그런 일은 벌어지지 않았다. 하느님은 우리가 만족하는 모습을 보고 싶어하지 않는다. 에비타 멘도사는 음탕하게 자기 어금니를 보여주고 있다. 카마르고 상원의원이 그 여자에게 귓속말로 속삭인 제안이 그 아름답고 헤픈 여자의 마음에 든 모양이다. 자기도 들은 말이라면서 누군가가 에비타는 뒷문으로 끼우는 걸 좋아한다는데 그건 일리가 있는 말이라고 했다. 나는 마치 그 여자가 소리 높여 요구하는 것처럼, 그녀의 애인이 인생의 만년에 쓸 점토를 모두 써버리는 장면을 상상한다. 그 여자에 관해서는 수많은 이야기들이 있고,

그것만으로도 책 한 권 분량이 족히 되고도 남는다. 그 이야기들은 바라오나 성을 가진 자들이 수십 년간 후원했던 중요한 외교가 어떻게 끝맺었는가와 관련이 있다. 공학도 라우고카스가 외무부에서 그들의 마지막 자손을 내쫓았을 때, 이 나라는 항문에서 벗어나 재앙을 향해 나아가기 시작했다. 메테르니히 왕자와 미니스커트를 맞바꿔 비르힐리오가 외교 분야에 커다란 변화를 가져왔다고 말하는 사람들도 있다. 그는 외무부를 마사지 클럽으로 만들어버린 것으로도 모자라 이제 노출증과 악취 발산 사이를 왔다갔다하며 한 위계 제도의 인수분해의 완결을 희구하고 있다. 머리에 떠오르는 생각을 정리하려고 노력하면서 나는 미녀 라비니아가 볼일을 마치고 자기 자리로 돌아가는 것을 본다.

"조금 전에는 비행기가 바다로 추락할 것 같았어요." 플라네타 뉴스의 마르시아 에스게라가 말했다. "솔직히 무서웠어요. 기자로 살면서 온갖 일을 다 겪었는데도 말이에요. 여기 우리만 있으니 말인데, 낙하산이 있었다면 죽는 한이 있더라도 그걸 메고 뛰어내리고 싶었어요."

"나도 낙하산으로 뛰어내리고 싶었지만 죽고 싶지는 않았어요." 라비니아가 말했다.

치마 밑에 뭘 입는 법이 없다는 말이 사실일까? 전 지구적 안개다.

홉스봄 교수와 내가 케임브리지 서커스 근처에서 멈춰 섰을 때, 과거의 습관이 되살아났다. 학창 시절 가장 소중했던 시간을 떠오르게 하는 습관. 오바예와 다른 친구들과 나는 거대한 포일 서점의 책장 선반을 뒤지며 많은 시간을 보냈다. 우리집 같았던 워터스톤스 서점에서 이 책 저 책 살펴보면서 수많은 오후를 보내기도 했다. 그리고 바로 거기, 따뜻한 워터스톤스에서 어느 날 오후 나는 뮤리얼 보웬을 알게 되었고,

그 여자는 내게 사랑이 젊은 시절의 꿈과 환상과 항상 양립하는 건 아니라는 사실을 알게 해주었다.

이미 밤이 되었고 나는 홉스봄 교수와 작별인사를 했다. 우리는 밤이 됐는지도 모르고 콜레츠 서점에서 책으로 가득한 책장을 걸신들린 듯이 살펴보고 있었다. 그곳은 정치학과 역사학 분야의 책을 가장 잘 구비하고 있는 서점 중의 하나로 우리 사이에서는 꽤 유명한 곳이었다. 이번에도 역시 그곳은 나를 실망시키지 않았다. 이상하고 황당한 전쟁에 관한 오래된 서적들 가운데 러셀 구겔러 대위의 『한국전쟁에서의 소부대 전투기술』을 손에 넣었는데 그 책의 목차에 완전히 사로잡히고 말았다. 그곳에서 나오자 마치 죽은 사람에게 덮는 덮개처럼 안개가 우리를 휘감았다. 이런 비유를 든 이유는 그리 멀지 않은 곳, 그러니까 가을이 되어 수의를 두른 도시의 어둠 속에서 조종弔鐘 소리가 들려왔기 때문이다. 세인트마틴인더필즈 교회의 구슬픈 목소리는 마치 짙은 밤의 거즈 사이로 길을 열고서, 우리가 이 땅 위로 덧없이 걸어가고 있음을 알려주는 것 같았다. 이름도 모르는 어느 누군가의 죽음이 우리나라를 하루하루 고통으로 신음하게 만드는 학살에 관해 우리가 나눈 긴 대화를 평하는 것 같았다. 홉스봄 교수가 말한, 중공군으로부터 한국을 지키기 위해 러시아군에게 목숨을 잃은 전쟁, 혹은 적어도 '예비품'으로 남았던 전쟁에 관해 평하는 것 같기도 했다. 홉스봄은 최근 저서 중 하나인 『제국의 시대』를 내게 선물했고, 한 권은 자기가 가르친 학생들 가운데 가장 우수한 제자 중 하나임이 분명한 오바예에게 전해달라고 부탁했다.

"오바예에게 전해주게." 교수는 작별인사를 하며 나를 껴안았다. "내가 〈센타비요〉를 외웠다고 말이야. 막시밀리아노 카이세도가 리바노의 볼셰비키주의자들을 비웃기 위해 만든 민요라네."

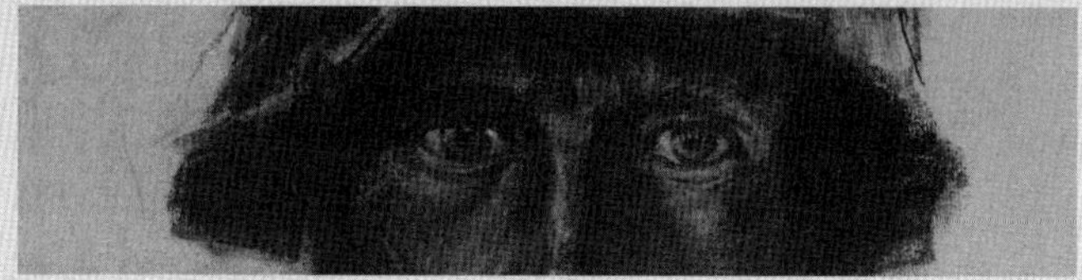

제5부

1

1953년 3월 29일, 어머니는 일찍 일어나 평소 일요일처럼 신문을 사러 나가셨는데, 〈엘 티엠포〉의 1면을 모두 읽으시고는 아침식사를 거르셨어요. "콜롬비아 대대 불모 고지 전투에서 패배. 18명 사망, 159명 부상, 96명 실종"이라는 끔찍한 헤드라인이 실렸던 겁니다. 그리고 한 면 전체에 걸쳐 "미 펜타곤 공식 정보 발표"라는 부제도 달려 있었어요. 그 아래 오른쪽으로는 지면의 3분의 2에 걸쳐 '토르코로마의 악당'을 벌벌 떨게 만든 소식을 상세하게 보도하고 있었지요. 그 시각 그 악당은 동생 호세가 그의 캐리커처를 모아둔 두꺼운 앨범을 살펴보고 있었습니다. 그중에는 부엌에서 반달 모양의 빵을 반죽하는 기술에 온 정신을 쏟고 있는 모습도 있었어요. 하지만 그날 아침은 그런 일을 할 상황이 아니었죠. 신문 박스기사 안에는 "미 국방성, 콜롬비아 대대의 패배에 대한 진상 조사 지시"라고 적혀 있었습니다. 내가 왜 이렇게 자세하게 설명하는지 압니까? 우리 어머니는 그 신문을 보관하고 있다가 내가 귀국하자 보여주셨어요. 신문에서 한 말과 우리가 전선에서 진짜 겪은 일을 비교하려고 말입니다. 선생도 잘 아는 것처럼 우리 어머니는 학교 선생님의 습관을 버리지 못했고, 우리집은 당시 도서관에도 없는 자료들을 갖춘 문서보관소로 점차 변해갔어요. 하던 이야기로 돌아가지요. 며칠이 지나자 그 소식은 슬프게도 정정 보도가 되었습니다. 사망자는 서른세 명으로 늘어났고, 부상자는 아흔일곱 명으로 줄어들었으며, 실종자는 아흔두 명이 되었어요. 이미 말했듯이, 불모 고지 전투 이후 나는 아벤다뇨 중령의 전령으로 임명되는 엄청난 행운을 누렸습니다. 그러니 그 전쟁의 마지막 사건들에 관한 내 생각은 선생의 계획에 많은 도움이 될 겁니다. 난 최전선에도 있었지만 고위급 장교들의 사무실도 드나들었거든요. 1953년 말 내가 귀국하자 어머니는 방금 말한 신문과 잡지를 내게 건네셨어요. 천박하고 가벼운 내용만 실리기 때문에 검열 체제 아래서도 아무 문제 없이 유통되어 내게 정기적으로 보내줄 수 있었던 〈크로모스〉와는 달리, 소신과 소견이 피력된 잡지와 신문은 내게 도착하지 않을 공산이 컸거든요. 그래서 어머니는 나중에 내가 볼 수 있도록 보관해두었던 겁니다. 더불어 내가 살아서 돌아오는 걸 보고자 하는 희망 역시 간직했던 거겠지요. 여기서 선생에게 꼭 해주고 싶은 말은, 사건을 직접 경험하고 지켜본 사람들이 보기에 이곳에서 전쟁의 경과를 기록한 대부분의 소식은 거짓이었다는 겁니다. 알다시피 언론은 재갈이 물려 있었고, 거의 모든 뉴스와 보도기사는 구태의연하고 부패한 애국주의로 인해 왜곡되고 부풀려져 발표되기 일쑤였거든요. 우리 역사에서 그때처럼 허세 넘치는 형용사를 많이 사용하고, 공허하기 그지없는 수사법을 자랑한 적은 없었다고 생각해요. 실제 사건을 악의적으로 왜곡한 것은 말할 것도 없지요. 미 국방성이 패배에 대한 진상 조사를 하겠다고 결정한 상황이 이 모든 것을 분명하게 보여줘요. 종전을 불과 석 달 앞둔 상황에서 맞이한 그 참패는 '베르나차'와 그 자식새끼들의 더러운 우월감과 자만심을 분명하게 드러냈습니다. 익히 알려진 것처럼 그들은 입대를 공개적으로 선언했지만 결코 전쟁터로 가지 않았어요. 조사에 의해 국방부 장관과 군 수뇌부의 비겁함도 만천하에 드러났습니다. 이에 대해 알고 싶으면 아우구스토 호타 아란다 소령과 이야기해보라고 권하고 싶군요. 자신의 의견을 발언하다 군에서 쫓겨났거든요. 불모 고지에 관해서 말하자면, 나는 그 재앙은 이미 이전의 여러 군사작전을 통해 예고된 일이었다고 생각합니다. 그리고 내가 참전한 녹십자 전투에 관해서는 쓸데없는 에너지를 소모하고 싶지 않으니 따로 언급하지 않겠습니다. 군 자료에 따르면 우리 대대는 그 전투에서 열한 명이 사망했고 열 명이 실종되었으며 마흔세 명이 부상당했어요. 정확한 수치건 아니건 사실 숫자는 그다지 중요하지 않아요. 연이은 패배로 병사들은 물론이고 몇몇 장교들의 사기까지 저하되었다는 게 문제였죠. 그리고 그건 아시아에서의 병력 손실일 뿐이었습니다. 1952년 8월 중순 동부 밀림지대의 게릴라 때문에 우리 군대는 아흔 명의 병사와 두 명의 장교가 사망하는 피해를 입었어요. 익히 상상할 수 있듯이, 애도는 한국에서 콜롬비아로 왔지 그 반대는 아니었지요. 그런데 이 일은 우리가 아니라 오바예의 연구에 더 어울리겠군요. 그러니 이제 더 자세한 얘기는 않겠습니다.

적의 위치를 확인하기 위한 단순한 정찰 작전, 특히 험난한 라 폴라 고지에서의 작전은 치열한 전투로 변했고, 그 전투에서 우리 대대는 네 시간 동안 적군에게 혼쭐이 났어요. 작전은 새벽에 시작되었고 우리는 아침 여섯시경에 중공군과 만났지요. 그리고 그 참사는 열한시에 끝이 났습니다. 후방 진지는 슬픔과 고통에 휩싸여 있었습니다. 적군은 그 작전에서 사망한 일부 병사들의 시체를 우리 눈앞에 내걸었고 우리 지휘부는 그들의 존엄성이 훼손되었다는 생각에 구조를 시도했죠. 망원경 덕분에 나는 죽은 사람들 가운데서 카를로스 치카와 '아르시에소' 푸요를 확인할 수 있었어요. 두 사람에 관해 많은 악담이 떠돌았지만, 그래도 그들은 우리 중 가장 용감무쌍한 병사들이었습니다. 입버릇이 못된 사람들은 코린토 출신의 치카는 이름에 걸맞게* 여자아이 같은 성향이 있고, '아르시에소'는 카스트리욘 신부와의 관계와 그의 고향을 생각한다면 거의 용서받지 못할 성적 취향을 가졌다고 입방아를 찧었죠. 그렇건 그렇지 않건 중요한 건 두 친구의 시체를 되찾아오는 방법이었어요. 우연히 함께 죽어 나란히 걸리는 바람에 비방자들의 말이 맞다는 게 증명된 듯 보였지만, 비방자들 역시 그들의 시체가 을씨년스럽게 내걸린 것을 보자 소문으로 떠돌던 그들의 성적 취향 따위는 잊은 채 눈물을 참지 못했거든요. 두 사람은 우리 진지에서 150미터쯤 떨어진 전봇대에 각각 묶여 있었어요. 그들 뒤로 보이는, 유사한 자세로 묶인 대여섯 구의 또다른 시체들이 모든 동료들의 자존심을 허물어뜨리고 있었습니다. 치카와 '아르시에소'의 모습을 보자 군종신부는 흐느끼

---

* '치카'는 스페인어로 '여자아이'를 뜻한다.

는 목소리로 기억해냈지요. 인간의 천박함이 만들어낸 무자비한 고문 중의 하나가 부상당한 포로의 몸을 죽은 병사의 시체와 함께 묶어놓는 것이라는 말을요. 그 고문의 결말은 시간문제일 뿐입니다. 죽은 사람의 몸이 부패하면 이내 부상당한 포로의 몸에 균이 전염되고 익히 상상할 수 있는 불행한 결과를 낳게 되거든요.

"어디서 읽었는지는 모르겠지만," 카스트리욘 신부는 이렇게 말하고서 더욱 끔찍한 이야기를 늘어놓았어요. 테예스 대위가 또다른 가능성을 제기하면서 개입하지 않았다면 신부는 모든 것들을 언급했을 겁니다.

"구조 수색대가 감수해야 할 위험은 빗발치듯 쏟아지는 총알만이 아니야. 중공군은 이 임무를 수행하는 자원자들을 모두 죽이려고 할 게 뻔해. 동료들의 시체가 지뢰와 연결되어 있지 않을 거라고 누가 자신할 수 있겠어? 그렇다면 우리는 더 큰 재앙을 맞게 될 거야. 무슨 일이 있어도 그것만은 피해야 해."

테예스 대위가 구조 작전에 참가할 자원자들을 지목하기로 했고, 대대에서 가장 유능한 공병들 중에서 몇몇을 골랐어요. 다행히 나는 운명의 손가락을 피했고 다른 행운아들과 함께 진지에 남아 작전 과정을 상세하게 지켜볼 수 있었습니다. 그 작전은 대낮에 실시됐는데 솔직히 나도 그 이유는 모르겠어요. 적군은 기관총으로 격렬한 공격을 퍼부었고 우리는 연대의 화기로 응수했는데, 강력한 화력 덕분에 매우 효과적인 결과를 낳았지요. 오후 서너시경에 자원자들이 시체 다섯 구를 되찾아 돌아왔거든요. 한 구는 앨라배마 연대 소속 미군 병사의 시체였어요. 찾아오지 못한 두세 구는 영원히 한국 땅에 묻히게 되었지요. 작전은 성공적으로 수행되었지만, 며칠 후 불모 고지가 적군의 손에 함락되면서 우리 대대는 다시 재앙을 맞았습니다. 그렇지만 어쨌거나 녹십자 고지에서 사망한 병사들의 시체를 구조한 사실은 전설이나 다름없었고, 그래서 헤이워드 사령관은 직접 전선으로 와 자기 귀가 믿을 수 없었던 것을 두 눈으로 직접 확인했어요. 미군 사령관은 너무나 벅찬 나머지 그날 오후 바로 구조대 대원 몇에게 은성무공훈장을 수여하기로 결정했지요. 그 가운데 툴리오 아에르베가 있었는데, 그는 한국전쟁에서 돌아오자 콜롬비아 대대가 겪은 일들을 책으로 썼어요. 하지만 그는 단 한 군데서도 우리를 언급하지 않았습니다. 드문 일은 아닙니다. 각자 자기가 경험한 바에 따라 전쟁 얘기를 하기 마련이죠. 그러나 한국에 관해 출판된 거의 모든 책에서 우리의 가장 용감한 동료들의 이름이 언급되지 않았다는 건 부당하기 짝이 없는 일이에요. 루이스 노보아 대령이나 발렌시아 대위도 회고록에서 우리를 언급하지 않아요. 별 볼일 없는 존재였기 때문이겠죠. 하지만 카이세도 몬투아 대위가 『한국전쟁 참호에서 쓴 일기』에서 우리를 무시한 것은 고통스러운 일이고, 동료였던 알레한드로 마르티네스 로아가 『한국에서 흘린 피』라는 책에서 그렇게 했다는 것도 슬픈 일입니다. 나는 그 책의 행간에서 선생에게 들려준 사건들을 읽어냈거든요. 아벤다뇨 중령만이 『화염의 훈장』에서 안드라데와 로차, 인시그나레스와 키뇨네스를 비롯해 적어도 우리 대대의 병사 열두어 명을 언급했습니다. 다행히 나도 그 안에 포함되어 있었어요.

오랜 세월이 흐른 후, 나는 아테나스 영화관에서 더빙 영화를 보다가 미군이 전봇대에 묶인 시체들을 되찾아오는 장면을 보게 되었어요. 모든 공적과 영웅적 행위는 전설적으로 용맹스러운 미군 병사들의 선두에 선 오디 머피의 몫이었지요. 지금 그 영화를 생각하니 이렇게 자문하게 됩니다. 우리 병사들의 용맹함이 드러나 있는 미국 소설이나 영화는 얼마나 될까? 그 모든 전투행위를 자기들만의 것으로 독점하다니 부당하지 않나? 아니 반대로, 무슨 증거로 전쟁이 끝나자마자 콜롬비아의 참전이 재앙이었다고 보편화시켰을까? 심도 있는 연구가 이루어지지 않은 것은 수천 명의 우리 병사들을 도살장으로 내몬 대통령의 천박하고 굴욕적인 행동에 혹여 생채기를 내게 될까봐가 아니었을까? 그곳에 있어본 우리는 미군의 영웅적 행위에 대한 찬양과 콜롬비아 참전에 대한 비하는 그 어느 것도 타당하지 않다는 사실을 알고 있어요. 녹십자 고지에서 시체들을 되찾아온 일만을 예로 든다 해도 우리 병사들이 주역을 담당했다는 사실은 분명합니다. 죽음을 사랑하는 우리 같은 나라만이 병사들의 목숨을 걸고서라도 네댓 구의 시체를 적진에서 빼내올 수 있지요. 죽음에 대한 숭배가 아니라면 이런 사실을 합리화할 수 있는 것은 그보다 심한 것밖에 없어요. 바로 애국적인 사마리아인의 정신을 보여주는 서글프고도 처량한 예라는 얘기죠.

그런데 내가 선생에게 하고 싶은 얘기는 불모 고지에 관해서입니다. 그곳에서 역시 콜롬비아 대대는 패배했어요. 하지만 또 그곳에서는 내가 살아오면서 경험한 일 중 가장 고귀하고 자비로운 일이 일어났습니다. 우리가 '10센타보 동전의 원주민'이라고 불렀던 병사와 관련이 있어요. 무슨 일이 있었는지는 잠시 후에 말해주지요. 나는 그 전투의 세세한 부분들까지 재구성하려고 수없이 노력했고 그럴 때마다 슬픔과 괴로움이 차오르는 것을 느꼈어요. 내 친구들 중 하나인 마시스테 가르세스는 안드라데의 시체를 구해내기 위해 전개한 소규모 전투에서 포로가 되었습니다. 얼마 후 석방되어 조국으로 돌아왔을 때 그는 중공군 막사에 감금되어 있던 몇 달 동안 매일 죽음의 냄새를 느꼈다고 내게 말했어요. 중공군은 비아냥거리고 파렴치한 행동을 일삼으며 그에게, 인간의 비천함은 이데올로기나 인종에 한정되는 것이 아니며 예외 없이 모든 정파나 무리를 파멸시킨다는 것을 보여주었지요.

"막사에는 인정이나 동정심은 존재하지 않았고 논리 따위는 더욱 없었어. 포로는 누구 할 것 없이 말라비틀어진 불필요한 인간에 불과하고, 하루하루 지날수록 점점 희망을 잃어가는 존재야. '고졸', 넌 그런 고통을 상상도 못할 거야." 마시스테는 '타이타닉'에서 좌현 우현을 오가는 웨이터들을 주의깊게 바라보며 입에 거품을 물고 이렇게 말했어요.

그즈음, 그러니까 그해 3월에는 판문점에서 평화회담이 진행되고 있었습니다. 하지만 그렇다고 전쟁의 위세가 줄어든 건 아니었어요. 오히려 그 반대였지요. 중공군들은 전례 없는 무력을 이용해 전면적인 공격을 감행했어요. 보다 많은 고지를 확보해 협상 자리에서 내세우려는 의도가 분명했죠. 우리는 기동전으로 시작했지만, 이미 한곳에 주둔하여 진지 수호 전투로 바꾼 상태였어요. 육군원수 천이는 보다 생생하게 이렇게 표현했지요. "한국에서는 전투와 협상이 동시에 진행된다. 그래서 사람들의 목소리가 대포 소리를 덮은 경우도 있었다." 우리가 목숨 바쳐 싸운 진지에 식탁에 올라오는 음식 이름을 붙였다고 말했었죠. 로스트비프 고지, 그릴드 치킨 평지, 포크 촙 계곡 등등. 멀리 떨어져 있는 것, 아마도 이해할 수 없는 것들이 떠오르는 이름이 붙여진 곳도 있었어요. 예를 들어 '올드 볼디', 즉 불모 고지가 그랬어요. '늙은 대머리'를 뜻하는 이 이름은 토르코로마의 파렴치한의 병든 머리를 연상시켰지요. 공포 그 자체였어요. 메마른 땅, 둥근 황무지 언덕이었는데, 이름의 의미와는 상반되는 전략적 가치가 있었지요. 그 조그맣고 메마른 땅뙈기 때문에 우리는 우리가 가진 유일한 것을 걸어야 했어요. 조국으로 돌아갈 수 있다는 희망, 온몸이 멀쩡하진 않더라도 최소한 살아서는 집으로 돌아갈 수 있다는 희망 말입니다. 우리는 미군들이 부러웠어요. 목표지점에 음식 이름을 붙이면서, 미군 병사들은 식욕을 만족시키기 위해 싸우겠구나 하는 생각을 했거든요.

헐벗은 땅뙈기 위로 중공군들이 무자비하게 포화를 퍼붓는 바람에, 그곳은 더욱 대머리 같아졌어요. 69보병연대가 우리에게 남겨준 고지였지만 이제 우리가 그걸 지켜야 했습니다. 우리가 최일선 진지에 있다는 사실을 알게 되자, 아르벨라에스는 자기가 살아온 삶을 이야기하면서 우리의 불안감을 덜어주려고 했어요. 사실 그렇게 다양한 우여곡절로 점철된 인생을 산 사람은 그리 많지 않아요. 그는 보고타의 유명한 사창가에서 탱고 가수로 일했던 이야기를 들려주었는데, 사창가에 관한 얘기를 들으면 우리 몸은 뜨겁게 달아올랐지요. 그리고 몸을 식히기 위해 몇몇은 배낭에서 사진과 잡지를 꺼내는 방법을 택했어요. 전쟁의 포화 속에서도 코르시가 끊임없이 홍보하던 것들이었죠. 이미 말했듯이 나는 너무나 만져 해진 잡지에서 위안을 찾았습니다. 노란 옷의 무용수에 대한 기사와 내가 아주 좋아하는 시드 셔리스의 사진이 실린 잡지였지요. 물론 이 두 개는 떼려야 뗄 수 없어요. 나를 위로해준 또다른 것은 '소시지'의 업적이었어요. '소시지'는 '해방자' 시몬 볼리바르의 또다른 별명이죠. 그는 마누엘라뿐만 아니라 다른 여자들과도 함께 있었는데 그중에 프랑스 여자도 있었어요. 뒤에서 삽입된 채 쾌감의 괴성을 지르는 살인적 미모의 여자가 사진 속에 있었지요. 아르벨라에스의 엄청난 인생담으로 다시 돌아가기로 합시다. 그는 의학백과사전 외판원으로 전국의 반을 돌아다녔다고 했어요. 그리고 언젠가는 그에게 문을 활짝 열어준 호기심 많은 주부에게 의학백과사전에서 말하는 질병과 지병이 잠복하는 정확한 신체부위를 보여주어야만 했다고도 하더군요. 어쨌든 그는 방랑자였어요. 그를 이따금 만났는데 사람들 말로는 꽤 돈을 벌었다더군요. 어떻게 벌었는지는 모르겠지만 난 그 말을 믿어요. 그는 어느 전투에서 한쪽 손을 잃었어요. 그는 포커게임의 천재였지요. 건장한 미국인처럼 키가 크고 튼튼했던 아르벨라에스는 우리가 가장 사랑하고 아끼는 강장제였습니다. 심지어 카를로스 에프라인 라로타에게 주저하지 않고 공개적으로 관심을 기울인 사람도 바로 그였어요. 라로타는 아마도 그에게 지지 않으려고 계속해서 공적을 날조해냈던 것 같아요. 하지만 대다수는 그가 조그만 소리에도 놀라 똥을 지리는 작자라고 확신하고 있었죠. 라로타가 참여한 전투가 없다는 사실이 그 확실한 증거예요. 그는 전형적인 야전텐트 군인이었고, 어떤 핑계를 댔는지는 몰라도 좌우간 무슨 수를 써서든 항상 후방에 머물러 있었습니다. 바로 그곳에서 우리에게 용기와 관련된 교훈이란 걸 주고 자기 전설을 만들어냈지요. 라로타 같은 작자들이 멀쩡하게 돌아가 엉터리 이야기나 지어대며 살 수 있도록 정말로 용감한 사람들이 목숨 바쳐 싸웠다는 생각을 하면 진저리가 나요. 아르벨라에스는 라로타가 도착했을 때부터 그를 눈여겨보았고, 그 야바위꾼의 본질을 적절한 때에 우리에게 알려주었어요. 라로타는 노름에서 속임수까지 쓰곤 했어요. 전문가인 아르벨라에스는 그가 하는 말의 의미를 꿰뚫고 있었죠.

조상들 말마따나 야영지에 피워놓은 모닥불의 비호 아래 실제로 우리는 포커게임을 벌였고, 전투가 임박해지면 모아놓은 돈을 몽땅 걸곤 했습니다. 라로타는 총탄 한 발도 쏘지 않고, 그저 불모 고지에서 사망한 많은 병사들에게 훔친 수많은 달러를 가지고 전쟁터에서 돌아왔어요. 몇 달 전 아르벨라에스는 어느 참전용사 그룹으로부터, 조국의 배신자라는 비난을 당했어요. 종전 삼십 주년을 기념하기 위해 제작된 텔레비전 프로그램에서 밝힌 의견 때문이었지요. 이런 인터뷰와 정보를 담은 것들이 출간되면 그들이 선생에게 뭐라고 할지 나는 익히 상상할 수 있어요. 왜 그렇게 더러운 것들을 휘저으려 하지? 그냥 있는 그대로, 참으로 애국적이고 투명하게 놔두는 게 어때? 비록 라로타는 경찰에 의해 사살되었지만, 라로타 같은 놈들은 수없이 살아남아 거리를 활보하고 있어요. 그들은 과거 속 다른 사람들의 영웅적인 행위를 찾아내 마치 자기가 한 일인 척하지요. 불모 고지는 수많은 우리 동포의 무덤이었어요. 하지만 살아남았다고 해도 그곳의 공포와 고통을 모조리 어깨에 짊어지고 돌아와야만 했습니다.

녹십자 전투의 엄청난 타격에 이어 바르불라 전투에서 수많은 인명 피해를 입자 중공군의 공세는 더욱 거세졌어요. 진짜 참화는 3월 23일 밤에 우리를 덮쳤습니다. 그날은 한 중대가 불모 고지의 헐벗은 머리를 지키고 있었어요. 적군은 한 연대가 화염의 장막을 치는 동안, 또다른 연대가 어둠을 틈타 불모 고지로 전진하여 공격 준비를 했지요. 그런데 슬프게도, 교대 준비를 하던 우리의 두 중대가 중공군에게 불의의 습격을 당하자 혼란의 와중에 서로 총질을 시작한 겁니다. 혼돈 그 자체였어요. 폭약의 불꽃이 두려움을 환하게 밝혔고, 어느 순간, 그러니까 가장 혼란스러웠던 그때, 나는 지금껏 기억하는 일 중 가장 헌신적인 일화의 대상이자 증인이 되었습니다. 8미터쯤 떨어진 곳에서 나는 어떤 사람이 일어나는 것을 보았어요. 내게 총을 쏘려 하고 있었지요. 난 제때 반응하지 못했어요. 순간적으로 번쩍인 불빛 속에서 적군 병사가 나와 같은 군복을 입고 있는 걸 보았고, 그래서 머뭇거린 겁니다. 내가 우리 부대의 동료에게 손짓을 하려는 순간 상대가 방아쇠를 당겼어요. 그런데 총소리가 나는 순간 나는 내 몸 위로 누군가의 단단한 몸이 겹쳐지는 것을 느꼈어요. 그러고 모든 건 다시 어둠 속 지옥이 되어버렸죠. 총소리, 박격포의 굉음, 귀청이 찢어질 듯한 비명이 도처에서 들렸어요. 나는 손으로 더듬더듬 상처를 찾았어요. 하지만 손에 닿는 건 다른 사람의 몸뿐이었습니다. 아직 따뜻한 그 몸의 왼쪽 허벅지 부분이 피로 축축하게 젖어 있었어요. 그의 맥박이 느껴지자 가슴이 마구 고동치기 시작했어요. 다시 폭탄이 터지며 불빛을 내뿜자 나는 나를 덮쳐 목숨을 구해준 사람이 누구인지 살폈어요. 내 눈을 도저히 믿을 수가 없었어요. 고통으로 얼굴이 일그러진 '10센타보 동전의 원주민'이 내 옆에서 기고 있었던 겁니다. 그의 이름은 옵둘리오 베르날이었어요. 지금 어디에 있는지는 모르지만 아마 여전히 그 이름으로 불릴 겁니다. 하지만 우리 모두는 그를 '10센타보 동전의 원주민'이라고 불렀어요. 그가 콜럼버스의 신대륙 발견 이전의 원주민과 너무나 닮았고, 당시 유통되던 별 가치 없는 동전을 유명하게 만든 옆얼굴과 너무나 흡사했기 때문이었지요. 알다시피 카다비드는 정말 염병할 놈이었습니다. 북쪽 주둔부대 시절부터 그는 부드럽게 별명을 부르면서 그 별명 주인의 어깨를 툭툭 치곤 했어요. 그러고는 경제학, 이자율과 둥근 모양의 동전에 관해 말했지요. 우리와 함께 있을 때 옵둘리오는 꾹 참았어요. 하지만 라케다이몬인이건 헬롯이건 누군가 별명을 부르면 벌컥 화를 냈지요. 어느 정도였냐 하면, 어느 날 그는 렌테리아 중사를 거의 죽일 뻔했어요. 선생이 상상할 수도 없을 만큼 그 새끼는 개자식이에요. 너무 심하게 맞은 나머지 렌테리아는 상관들에게 그 사실을 알리지도 않았어요. 무슨 일이 있었는지 이야기하는 수치를 당하고 싶지 않았을 테니까요. 비밀리에 떠도는 별명이긴 했지만, 옵둘리오는 렌테리아처럼 직접적으로 부르거나 카다비드처럼 간접적으로 언급하는 경우를 통해 자기 별명을 익히 알고 있었어요. 언젠가 한번은 옵둘리오가 지척에 있다는 사실을 모른 채 경솔하게도 내가 그의 별명을 말해버렸지요. 당시에는 아무 말 하지 않았지만 그때 이후로 그는 나를 혐오했어요. 나를 결코 용서하지 않았고, 항상 무뚝뚝하고 못마땅한 시선으로 쳐다보았어요. 심지어 비나스코 중위가 내 요청에 의해 며칠 동안 그를 참호에서 해방시켜 인시그나레스의 무전 업무를 돕게 해주었을 때도 그랬습니다. 그래서 3월 23일 밤에 그가 내게 했던 행동을 이해할 수 없었지요. 몇 개의 폭탄이 터지면서 갑자기 우리 진지가 환하게 밝아졌고, 옵둘리오는 밤의 혼란 속에서 엘킨이 내게 총구를 겨누고 있다는 것을 알았어요. 그러자 잠시도 주저하지 않고 나를 덮쳐 총탄을 피하게 해주었던 겁니다. 그러나 그는 내 목숨을 구해준 총알이 자신의 대퇴부 뼈를 박살낼 거라는 생각은 못했어요. 그는 도쿄에서 한동안 입원해 있다가 제대했지요. 그리고 부상을 당했지만 목숨은 부지한 채 본국으로 귀환했어요. 내가 '10센타보 동전의 원주민'에게 얼마나 감사하고 있는지 선생은 모를 겁니다. 내가 그의 상처를 만지자, 그는 괜찮다고, 아무것도 아니라고 말했고, 총을 쏘기 전에 순간적이나마 목표물의 군복을 보라고 엘킨에게 충고했어요. 엘킨은 그런 조언 따위는 들을 필요가 없다고 말하고서 자리를 떴어요. 그때 일을 생각해보면, 불모 고지에서 사망한 많은 동료들은 바로 우리 부대의 병사들 때문에 그리된 것 같아요. 나는 몇 주 후 몇몇 일본 창녀들의 눈을 빌려 팔다리가 잘린 내 동료들 여럿을 알아보았어요. 일본 창녀들은 직업에 충실하게 속삭이고 미소지으면서 우리의 달러를 주머니에 챙겨넣었지요. 도쿄만큼이나 썩은 스미다 강물 위에서 창녀들은 팔과 다리가 절단된 채 붕대를 감고 마취제를 맞은 병사들을 주의깊게 쳐다보았지요. 병사들은 마지막 전투의 영웅들이 휴식을 취하는 칙칙한 미군 병원에서 따사롭고 다정한 햇볕을 쬐고 있었어요. 여자들은 이미 어떤 남자들이 팔다리를 움직일 수 있는지, 누가 약간이나마 회복했는지 구별하는 법을 배운 상태였죠. 그런 남자들을 가려내면, 즉시 수천 년 전통을 자랑하는 참을성 있는 기술을 사용해 병사들의 월급과 그들이 모아놓은 돈을 살그머니 뽑아냈습니다. 하지만 그 어떤 이유로도 기모노를 벗기는 건 수락하지 않았어요.

불모 고지에 관해서 언급할 때면 나는 아우구스토 호타에 관해 말하지 않을 수가 없어요. 그는 당시 보병 중위였고, 나중에 소령으로 진급하긴 했지만 실전이 아니라 군사학교에 적당한 사람이었지요. 그의 군사 지식은 우리가 대패한 이유를 이해하는 데 많은 도움이 되었어요. 중공군들은 말 그대로 반대편에서 우리에게 폭탄 메뉴를 갖다주었던 겁니다. 노련한 아우구스토 호타에 의하면 그 메뉴의 주요리는 112밀리미터 방사포 포탄과 60밀리미터 박격포 포탄 다발이었고, 디저트는 82밀리미터 박격포 포탄이었지요. 정말이지 한시도 쉬지 않고 퍼부었어요. 교대 작전을 시도하려는 순간 우리 진지는 혼란의 도가니로 변했어요. 중공군들은 조정 기능이 취약하다는 점을 이용해 우리 부대와 미군 부대의 연결 지점을 공격했지요. 나는 그래서 우리가 고지를 빼앗겼다고 생각해요. 그런데 설상가상으로 다른 중공군 대대가 불모 고지의 핵심 지점으로 잠입해 통신부대를 요격했던 겁니다. 우리에게는 치명타였어요. 그런데 그것으론 부족하다는 듯이, 혼란이 극도에 달한 탓에 우리 병사들이 서로에게 총을 쏘기 시작했습니다. 너무나 용감하게 총격전을 벌인 나머지 새벽이 되기도 전에 이미 탄환이 죄다 떨어진 상태였어요. 바로 그때 누군가가 전설을 만들어냈죠. 그 전설에 의하면, 총탄이 떨어지자 용감무쌍한 콜롬비아 병사들은 중공군에게 돌을 던져 그들을 후퇴시켰다고 해요. 그런 무훈은 전부 새빨간 거짓말입니다. 불행한 일을 당한 열다섯 명의 동료들이 증거이지요. 24일 새벽이 밝아오자 적군의 포탄은 전날 밤보다 훨씬 많이 떨어졌어요. 고지는 성난 중공군의 또다른 공습 앞에서 완전히 주눅든 것 같았지요. 나는 옆에서 모랄레스가 쓰러지는 걸 봤어요. 철모를 쓰고 있었지만 박격포 포탄에 머리가 박살났죠. 그러는 동안 우리 장교 중 하나가 오직 군사학자들만이 생각해낼 수 있는 논리로 우리를 위로했습니다.

"적군이 진지를 점령했기 때문에 그들에게 얼마나 많은 사상자가 났는지 우리는 그 수를 헤아릴 수 없다. 하지만 우리는 분명히 그들에게 상당한 피해를 입혔고……"

차라리 귀를 막는 게 낫겠다 싶었죠. 그러는 동안 아우구스토 호타와 다른 상관들은 대낮의 햇볕 아래서 피해 규모를 어림짐작으로 헤아리고 있었어요.

"우리는 불모 고지를 빼앗겼고 로스트비프 고지 또한 중공군에게 고스란히 갖다바쳤다." 아우구스토 호타가 말했어요. "이런 일이 계속된다면," 그는 이 말을 덧붙이면서 한 손을 모자챙처럼 눈썹 위로 갖다대고는 적군이 우리 요새 위로 퍼붓는 공중공격을 자세하게 관찰했지요. "미점유지는 요코하마까지 이르게 될 것이다. 우리가 할 수 있는 유일한 일은 보병전투중대와 지원 화력을 강화하고 미군이 우리에게 증원부대를 보낼 때까지 견디는 것이다." 하지만 그중 어느 것도 이루어지지 않았지요.

전투에 돌입했을 때부터 수많은 피해를 입었지만, 그 어떤 것도 지금 내가 말하고 있는 패배처럼 우리의 사기를 저하시킨 것은 없었어요. 3월 중순까지만 해도 우리에게는 희망이 있었죠. 정말입니다, 내 말을 믿어줘요. 난 한 번도 우리가 그렇게 참패하리라고는 생각하지 않았어요. 게다가 우리뿐만 아니라 미군이 적극적으로 개입한 전쟁이었으니까요. 하지만 미군은 다른 곳에 있으면서 위험 앞에 우리만 덩그러니 남겨두었어요. 녹십자 전투에서 많은 동료들이 죽기 전까지만 해도, 나는 우리 임무의 대부분은 수색대를 이루어 적군이 점령한 진지들 사이에서 실종된 동료들을 찾는 것이었다고 생각합니다. 사실 세계 역사를 통틀어봐도 우리처럼 많은 병사들이 길을 잃은 군대는 없었어요. 지형과도 관련이 있어요. 그 지역은 험준했고 질척질척했으며 돌출부와 잡초로 가득했거든요. 게다가 불알까지 얼어붙을 정도로 추웠어요. 한번은 구조 임무를 수행하게 되어, 우리 수색대는 조금 높은 지대에 남은 동료들을 찾으러 나갔어요. 기관총좌가 은폐되어 있는 곳이었죠. 그때 나는 아벤다뇨 중령이 손자의 전쟁술에 관해 했던 말이 떠올라 분노로 울부짖었어요. 그 전략가가 수차에 걸쳐 황금법칙을 강조했다는 것이 기억났지요. 높은 산에 있는 병력이나 언덕을 방패로 삼고 있는 후방부대와는 전투를 벌이지 말라는 것이었어요. 그 중국 전략가는 후퇴를 위장하는 병사들을 뒤쫓지 말고, 높은 곳에 자리잡아 유리한 위치를 점하고 있는 군대를 공격하지 말라고 여러 번 강조했어요. 그런데 녹십자 전투에서 우리는 그 법칙을 완전히 거스르는 명령을 받은 겁니다. 진흙탕 사이로 수북하게 쌓인 동료들의 시체를 보면서도 그런 어리석은 명령을 내리다니 어처구니없는 일이었죠. 그런데 헛웃음이 나오는 일이 또 있었어요. 우리 상관들은 이천 년 넘게 이어져온 그 교훈을 도대체 어디서 배웠기에 자기들 식으로 이해해 이 전쟁에 적용하려고 했던 것일까요? 아마 매우 현명하게도 그 가르침을 적용하기에는 전국시대의 무용담이 전개되었던 손자 선생의 땅보다 더 적절한 곳은 없다고 생각했을 겁니다. 좋아요, 여기까지는 모든 게 다 조예 깊고 학구적인 얘기예요. 그런데 아벤다뇨와 그의 동료들은 아주 중요한 것을 잊고 있었습니다. 적군은 최소 이천 년 전부터 내려온 스승들의 가르침을 자신들의 언어로 자신들의 땅에서 실천했다는 사실이었어요. 그들, 그러니까 중공군과 북한군은 안티오키아와 산탄데르, 나리뇨와 볼리바르, 보야카와 톨리마 출신 병사들을 희생시켜, 적군이 공격할 때 그 힘을 이용하라고 가르치는 태극권의 진실을 보여주었어요. 내친 김에 말하자면, 그들은 우리 전략가들에게 그들의 원칙 중 하나를 적용했습니다. 바로 병법에는 속임수가 필요하다는 것이었어요. 능력 있는 전략가는 무능하게 보여야 하고, 실제로는 유능하더라도 정반대처럼 보여야 하는 거예요. 우리 지휘부는 무능하게 보이려고 위장하지 않았고 오히려 완전무

결했죠. 믿을지 모르겠지만, 녹십자 고지의 재앙이 끝나고 며칠 후 끔찍한 공포와 손자 선생이 말하는 다섯 종류의 화기 공격이 우리를 덮쳤다는 걸 생각해봐요. 또 중국 전략가는 감정에 좌우되어 군대를 운용하지 말라고 지적하지요. 불모 고지에서의 참패는 우리 지휘부가 그 이론서의 잘못된 번역본을 읽었다는 것을 여실히 드러냈지요. 우리의 아벤다뇨 중령이 그토록 되뇌던 잘못된 해석이 우리의 불행을 야기했어요. 한 가지 말해줄까요? 그 재앙 이후 보상이 따랐어요. 며칠 후 미7사단 사령관이 우리 '최고 고관'에게 은성무공훈장을 수여했거든요. 녹십자 전투와 바르불라 전투와 불모 고지 전투 때문이 아니라, 몇 달 전 있었던 소규모 전투에서 다행히 승리했기 때문이었지요. 잘 들어요, 우리에게 정말로 미군이 필요했을 때 그들은 오지 않았어요. 며칠 후에야 담배와 껌과 훈장을 잔뜩 들고 나타났죠. 하지만 하지 않는 것보다는 늦게라도 하는 게 나은 거죠, 그렇죠? 우리 군인들은 반짝거리는 훈장을 달고 미군 고위 장교들과 탱크 옆에서 수없이 사진을 찍었어요. 미군 장교들은 우리보다 키가 두 배는 더 크고 카메라 렌즈 너머를 멍하니 쳐다보고 있었기 때문에 쉽게 구별이 됐지요. 그들은 마치 자기들이 이런 미개인들 옆에서 포즈를 취하면서 도대체 무슨 짓을 하는 건지 모르겠다고 자문하는 것 같았어요. 난 그 사진들을 갖고 있지 않아요. 하지만 그때 그 기억만은 마치 영화처럼 지워지지 않아요. 광활한 들판은 폭격으로 엉망진창이 되어 있었어요. 고통과 두려움, 그리고 토막난 육체의 비명이 울려퍼지는 참호와 도랑이 무한히 연결되어 들판을 갈기갈기 찢어놓고 있었지요. 포대에서는 연기가 올라오고 있었어요. 버려진 무기와 양철 쪼가리가 널려 있고, 나무줄기는 반으로 잘리거나 뿌리째 뽑힌 살벌한 풍경. 거대한 진흙탕 위로 높이 솟은 바위 뒤로는 묘비 없는 무덤들처럼 묘 구덩이가 어지럽게 널려 있었어요. 체스판과 함께, 이례적으로 버려진 치과용 낡은 의자 옆에 있던 한 켤레의 군화와 여전히 불타고 있던 텐트들이 아직도 기억납니다. 그 장면이야말로 전투가 끝난 후의 내 기분을 떠올리게 해주는 최고의 사진이라고 생각해요.

2

명령이 떨어지자 우리는 마치 기계의 스프링처럼 벌떡 일어났어요. 바에나 중위는 우리를 뚫어지게 바라보았고, 우리는 더이상의 말이나 설명을 듣지 않아도 몇 분 지나지 않아 우리가 도살장을 향해 갈 것이라는 사실을 알았어요. 기쁘게 행진하라고? 아마존의 트라페시오에 있던 병사들에게 그런 표어를 만들어낸 사람은 동시에 일어나 2열종대로 정렬한 후, 앞사람의 머리만 뚫어지게 응시하면서 빗발치는 총탄 아래 진흙탕 속에서 군화 소리를 내며 행진을 한다는 게 뭔지 생각조차 해보지 못했을 겁니다. 이유는 모르겠지만, 앞으로 나아가면서 난 내가 저지르지도 않은 범죄에 대한 죄책감으로 몸이 더러워지는 기분이었어요. 내 손이 마치 피로 물드는 것 같았지요. 내가 참여한 네댓 번의 군사작전에서도 동일한 느낌을 받았어요. 죽음의 악취, 익명의 시체들이 내뿜는 고약한 냄새를 맡으면서는, 아무런 이유도 없이 그들을 죽인 게 나라고 생각할 정도였습니다. 그런데 실제로도 그랬던 건 아닐까요? 우리 모두는 가해자예요. 미사여구가 아닙니다. 전쟁에서는 병사가 되든지 시체가 되어야 한다는 우울한 임무를 받아들이기 위해 이런 말을 하는 게 아닙니다. 나는 첫번째 공격 작전에 참여하는 순간부터 그렇게 느꼈어요. 적에 대한 동정심 얘기를 하는 것도 아닙니다. 그저 내가 이유도 모르는 채 끔찍한 죄책감에 시달렸다는 말을 하는 거예요. 마치 입대 전 내가 온 가족을 몰살시키기라도 한 것 같았어요.

다시 중위의 목소리가 들리자 나는 바닥에 엎드렸어요. 불과 몇 초도 지나지 않아 우리 머리 위로 박격포 포탄이 빠르게 날아가는 소리가 들렸고, 그것들은 불과 몇 미터 안 되는 곳에 떨어졌지요. 마지막 남은 우리 중대의 병사들이 있는 곳이었어요. 밤이었고 우리는 위장하고 있었지만 적군은 이미 우리가 있는 곳을 간파한 게 틀림없었지요. 통신장비는 내 몸무게의 두 배였던데다 무전기까지 고장났고, 나는 막내 에르메스의 도움도 받을 수 없었어요. 그애를 테바이다 기지에 남겨두고 왔었거든요. 공격이 시작될 때부터 '푸투마요'가 옆에서 도와주었지만, 가련하게도 이제는 그 친구마저 무게를 이기지 못해 주저앉아 있었어요. 그는 수줍고 말이 없는 청년이었는데, 검은 눈썹 아래에 있는 눈동자에서는 두 개의 불똥이 반짝였지요. 기민하고 영리하다는 것을 나타내는 기분 좋은 특징이었어요. 훌륭한 친구였고, 모두가 그를 특별히 아꼈지요. 그는 마치 자기 어머니를 대하듯 사람들에게 호의를 베풀곤 했어요. 감사의 표시도 그 어떤 보상도 바라지 않았어요. 남쪽 지방 태생이었는데 별명도 그 때문이었지요. 그는 스스로 군대에 자기 자신을 바치지 않은 몇 안 되는 사람들 중의 하나였어요. '푸투마요' 주의 모코아에서 고용주의 업무를 처리하다가 비야비센시오에서 징집됐지요. 그는 일어나 내 군장과 아무 소리도 나지 않는 무전장비를 들어주었습니다. 우리는 본능적으로 커다란 바위 뒤에 몸을 숨겼어요. 총탄은 어둠 속에서 까마귀처럼 깍깍 소리를 내며 날아갔고, '푸투마요' 옆에 있게 되자 나는 이내 안심이 되었어요. 그는 밀림과 밤의 법칙에 익숙한 것 같았거든요. 분명 그는 지대한 어려움 속에서도 모든 걸 자연스럽게 처리해 내 마음을 안정시켜주었어요. 피로와 공포에 사로잡힌 채 앞으로 나아가다가 그만 커다란 바위에 부딪혔습니다. 나는 총알이 날아오는 어둡고 좁은 길과 내 동반자인 빈틈없는 '푸투마요'를 번갈아 쳐다보았어요. 전진한 거리는 얼마 되지 않았지만 이미 이마와 겨드랑이와 배에서 땀이 줄줄 흐르고 있었습니다. 내가 두려움에 사로잡히지 않았다고 한다면 그건 거짓말일 겁니다. 우리 위치에서 10미터쯤 떨어진 곳에서 강력한 폭발음이 들리자, 자칫 괄약근이 풀리는 우스운 꼴이 될까 두려워졌어요. 괜히 그런 생각을 한 게 아닙니다. 불과 삼 분 사이에 동료 두 명이 쓰러지는 걸 봤어요. 어둠과 공포 때문에 그들이 누군지 확인할 수는 없었습니다. 그들은 비명도 없이 쓰러졌어요. 마치 침묵을 지키면서 우리의 안전을 도모하려는 것 같았지요. 잘은 모르겠지만, 나는 죽는 사람은 그 순간 산 사람들과 비밀스러운 협력 관계, 그러니까 결코 맺은 적이 없는 합의를 맺는다고 생각해요. 죽는 사람과 계속해서 이 땅에 발을 붙이고 살아갈 사람을 분리시키는 그 시간이 혼란스럽지 않도록 베푸는 특전이죠. 갑자기 숨이 막힐 것 같아 물을 조금 마셨어요. 수통을 제자리에 꽂으려는 순간 떨어지면서 금속성의 소리가 났는데 내게는 엄청난 굉음처럼 들렸습니다. '푸투마요'는 몸을 숙여 수통을 집더니 시선은 앞쪽에 고정한 채 내게 건네주었어요. 그리고 수통을 건네준 그 손으로 손짓하며 바위 사이의 좁은 공간을 가리켰고 우리는 그 사이로 들어갔지요. 우리 앞, 그리고 바에나 중위 뒤로 '고졸' 야네스와 '사색가' 로차가 마찬가지로 침묵을 지키며 경계심을 늦추지 않은 채 전진하고 있었어요. 로차는 뒤를 돌아보았고 우리에게 중공군이 없으니 따라오라는 신호를 보냈죠. 하지만 바로 그 순간 그의 머리 위로 수류탄이 날아오더니 바위에 부딪혔어요. 우리는 즉시 바닥에 엎드렸지만 사격은 자제했습니다. 누구에게 쏘겠어요? 어느 방향으로 쏘겠습니까? 우리 목표물은 접근하기 힘든 언덕이었고 우리 임무는 적군을 소탕하여 그곳을 우리 진지로 만드는 것이었어요. 그런데 알지도 못하는 지형에서, 그것도 한밤중에 더듬거리듯 전진하는 게 과연 현명한 일이었을까요? 산과 밀림, 산길과 험한 길, 늪지와 습지의 상태를 제대로 알지 못할 시에는 전진하지 말라는 경고는 어디로 사라졌던 것일까요? 총탄과 폭탄의 불빛 속에서 나는 키뇨네스와 킨체 앞 몇 발짝 떨어진 곳에 있는 중위를 보았어요. 그는 앞으로 나아가려고 용을 쓰면서 우리 작전을 실패로 이끌고 있었지요. 옆에서 다시 '푸투마요'의 동물적인 온기가 느껴지자 험준한 그 지형을 그가 잘 알고 있을 것 같은 생각이 들었어요. 그가 태어난 밀림지대도 이와 유사하지 않을까 싶었던 거죠. 어떻게 해야 다치지 않고 무사할 수 있을까? '푸투마요'는 나를 쳐다보았고 나는 그의 눈빛에서 나를 나무라는 듯한 느낌을 읽었어요. 마치 패배주의에 사로잡힌 내 생각을 다 알고 있는 것 같았지요. 그는 총검으로 약 20미터 앞 구덩이를 가리켰어요. 야네스, 로차와 중위는 이미 그 구덩이를 발견했고 우리도 그쪽으로 향했습니다. 시베리아를 건너온 얼음장처럼 차가운 바람에 얼굴과 손의 살갗이 에이는 듯했고 잠시 동안은 내가 내뿜는 숨마저 얼어붙는 것 같았지요. 내 몸을 뒤덮은 땀은 나를 감싼 유일하게 따뜻한 습기였어요. 오줌을 쌌다면 틀림없이 땅에 닿기도 전에 고드름이 되었을 겁니다. 한참 동안 총성이 멈추었습니다. 대원들이 행진을 멈추었든가 우리처럼 중공군 시야에 드러나지 않도록 숨었을 것이라고 추측했어요. 나는 그 틈을 이용해 '푸투마요'에게 껌을 하나 주었고 짐짓 씩씩하고 강인한 척 그에게 용기를 북돋았어요. '푸투마요'는 빙긋 웃었는데, 껌을 주어 고맙다는 뜻처럼 보였지만 마음속 깊은 곳에서는 나의 천진함을 비웃고 있었을 겁니다. 내 말투도 비웃었을 거예요. 콜롬비아 최남단 지역 출신인 그에게는 발음도 얼버무리고 은어 투성이인 내 카리브 해 말투가 흥미로웠을 것이고, 그런 말을 들으며 즐거워했을 거예요. 앞으로 몇 발짝 떨어진 곳에서 야네스와 로차가 중위와 귀엣말로 속삭이며 우리가 왼쪽으로 벗어났다고 했어요. 다시 전진을 시작하면 오른쪽으로 가는 산길을 찾아야 하고 그러지 않으면 적군의 진지에서 죽게 될 거라고 했어요. 순간 뒤쪽에서 나뭇가지 부러지는 소리와 자갈 구르는 소리가 들렸어요. 즉시 뒤로 돌아 총을 겨누었는데 제발 쏘지 말라고 애원하는 소리가 났어요. 그가 누구인지 보기도 전에 나는 그의 목소리를 알아들었습니다. 아르벨라에스는 헉헉대면서 우리의 좁은 공간으로 털썩 떨어졌어요. 그는 부상병 하나를 도와주느라 처음부터 뒤처져 있었어요. 하지만 이제 그는 그다지 칭찬받지 못할 이야기를 했어요.

"더이상은 안 되겠어. 내 가련한 몸을 어떻게 할 수가 없어. 이게 다 너무 기운을 써버렸기 때문이야. 지난주에 부산에서 내가 적십자 소속의 어느 간호사와 이틀 동안 사랑을 나눈 거 알아? 후방부대 병사들은 정말 멋지게 시간을 보내는 것 같아. 여자 간호사들과도 즐길 수 있고 애걸복걸하지 않아도 되거든. 구사하는 언어도 여러 개고. 적당히 발목 탈구만 돼도 의무부대에서 얼마간 보낼 수 있을 거야. 거기서는 요코하마나 도쿄와는 달리 돈 한푼 내지 않고도 즐거운 시간을 보낼 수 있어. 내 여자 이름은 베티 그래프턴이고 미네소타 출신이야." 그는 껌을 뱉으면서 단숨에 말했어요. "절대 알 수 없는 일이긴 하지만 전쟁이 끝나면 나는 그 여자랑 결혼해서 미국인이 될 거야."

"그만해." 바에나 중위가 말을 끊어버렸어요. "오늘의 잡담은 그걸로 충분하다. 앞서 가는 우리 대대 병사들과 연락이 끊기길 바라지 않는다면 다시 전진해야 한다. 그 염병할 무전기는 수리했나, 인시그나레스?"

내가 아니라고 대답하자, 모두들 마치 내가 일부러 무전기를 고장내기라도 한 듯 나를 쳐다보더군요. 일어서자 마치 무릎이 꽝꽝 얼어붙은 듯했어요. 다른 사람들도 나처럼 힘들게 일어나 조심스럽게 6미터 간격으로 사이를 벌렸어요. 야녜스와 로차의 제안대로 우리는 오른쪽을 향해 가기 시작했습니다. 마치 모든 게 사전에 계획이라도 된 것처럼, 기관총이 불을 뿜더니 총알들이 우리 머리 몇 센티미터 위로 지나갔어요. 너무 낮은 문의 상인방上引枋을 피하려는 것처럼 우리는 몸을 숙이고 나아갔지요. 방향감각도 잃어버렸고, 적도 보이지 않았고, 어둠과 안개 속에 실종된 동료들의 모습도 보이지 않았어요. 추웠지만 다시 갈증이 났어요. 물 한 모금을 마셨고, 킨체도 나와 똑같이 하는 것을 봤습니다. 다시 절망감에 사로잡힌 나는 동료들이 없었다면 아마도 뒤돌아 도망쳤을 겁니다. 탈영으로 재판에 회부되는 것도 내겐 중요하지 않았거든요. 나는 아르벨라에스를 쳐다보면서, 필요하다면 일부러 발목을 삐거나 한쪽 팔에 총을 쏴야겠다고 생각했어요. 간호사들과 섹스를 할 수 있는 부산으로 가기 위해. 더듬거리며 나아가던 우리는 무언의 공포 때문에 규칙을 잊어버리고 우리 사이의 간격을 좁혔어요. 그렇게 뭉치면 두려움을 이겨낼 수 있기라도 한 듯이 말입니다. 수류탄이 떨어지거나 지뢰를 밟으면 우리 모두 흔적도 없이 사라질 거야, 난 생각했어요. 그러나 그때 우리는 알고 있었어요. 그런 것은 전혀 중요하지 않고 죽음 앞에서 유일한 두려움은 외롭게 죽는 것뿐이라는 사실을요. 그래서 본능적으로 옆 사람의 몸과 숨소리, 그리고 생생한 침묵의 열기를 느끼며 나아갔지요. 나는 손목시계에서 가까스로 시간을 확인하고는 화들짝 놀랐습니다. 아홉시 반에 기지에서 출발했는데 벌써 열한시 십오분이었던 겁니다. 시간이 어떻게 그렇게 빨리 흘러갔을까? 우리는 얼마나 온 것일까? 총 한 발 쏘지 않은 채. 키뇨네스가 절룩거리기 시작했어요. 빌어먹을 군화가 다시 속을 썩인다며 어느 관목에 기댔지요. 그런데 순간, 마치 우리를 옆에서 지켜보고 있기라도 했던 것처럼 중공군들이 여러 대의 기관총으로 사격을 재개했고, 총탄들이 우리 가까이, 아주 가까이 날아들었어요. 우리는 키뇨네스가 몸을 기대고 있는 관목으로 다가갔고, 마침내 로차는 우리 모두가 두려워하고 있던 말을 입 밖에 냈습니다.

"앞서 간 동료들과 연락이 두절되었어. 적진으로 들어온 것 같아. 다시 말하면 동지들, 우리는 길을 잃었어."

아무도 말이 없었고, 우리는 키뇨네스가 군화를 다시 제대로 신을 때까지 기다렸어요. 머리 위로 기관총 사격이 다시 시작되었다는 것이 느껴졌지만 이번에는 총탄이 다른 방향에서, 우리 뒤에서 날아왔어요. 곧이어 우리보다 앞서 갔던 사람들이 즉시 박격포로 응사했죠.

"빌어먹을." 아르벨라에스가 말했어요. "이게 우리가 원했던 바로 그거야? 적군과 아군의 포화 한가운데 있게 됐어."

우리는 본능적으로 바닥에 엎드렸고 꽁꽁 얼어붙은 풀과 돌바닥 위에 입을 갖다댔어요. 이 총격과 포격이 언제 그치려나? 누가 북쪽 진지를 점령하고 누가 남쪽 진지를 점령한 것일까? 그런데 여기 시커먼 밤과 안개 속에 북쪽이나 남쪽이라는 게 정말 있긴 한 것일까? 혹시 우리가 둥글게 빙 돌아온 것은 아닐까? 하지만 나는 동료들이 우리를 발견하거나 중공군이 우리를 사로잡을 때까지 이런 의심은 금물이야, 생각하면서 무슨 일이 있어도 고개를 들지 않겠다고 작정했어요. 왼쪽 발이 저려왔고 나는 바닥에 몸을 더욱 밀착시켰어요. '푸투마요'는 야네스와 중위와 함께 나무 뒤에 숨었지요. 밤은 폭풍 전야처럼 전에 없이 고요했고 설상가상 비가 내리기 시작했습니다.

3

황량한 해변, 수륙양용선의 잔해, 녹슨 포대, 그러나 그런 상태에서도 그것들은 여전히 위협적이었어요. 썰물에 밀려와 모래사장에 덩그러니 남은 나무줄기들과 그 옆으로 보이는 소라와 기다란 해초들. 영어 단어가 새겨진 텅 빈 탄약상자, 거기서 가장 중요한 것은 끔찍한 빨간색으로 적힌 DANGER라는 단어였어요. 모든 게 황폐하고 쓸쓸한 풍경이었지요. 군화 자국이 도처에 나 있었고, 갈매기들은 재앙의 장소를 선회하다가 이곳저곳의 냄새를 맡고 울어대면서 다시 날아올랐어요.

햇볕은 뜨겁게 내리쬐었고 시큼하고 역겨운 냄새 때문에 목이 따가웠어요. 무언가가 콧속으로 들어오는 것처럼 토할 듯한 느낌이 들었지요. 진녹색 해초와 수륙양용선의 일그러진 스크루 사이에서 어찌할 바 모르고 있던 나는 그때 어떤 고양이가 아무런 움직임 없이 나를 응시하고 있는 것을 보았어요. 황갈색 고양이였는데 만지지 않고 보기만 해도 우단이나 벨벳 같은 느낌을 주었어요. 이런 참화 속에 고양이라니, 나는 이렇게 생각하면서 나무막대기로 고양이의 몸을 돌려 손으로 만져보았습니다. 아마도 내가 착각했을 거라고, 그 동물이 별안간 튀어올라 나를 놀라게 할 거라고 생각했어요. 하지만 의심의 여지가 없었죠. 물에 빠져 죽었거나 폭탄이나 그 파편에 맞아 죽은 것 같았어요. 그런데 왜 그 시선이 그토록 내 주의를 끌었던 것일까요? 고양이는 단호하게 눈을 뜨고 있었어요. 죽음의 불투명한 베일이 드리워져 있었지만, 그 커다란 눈은 순간적인 형광색의 섬광으로 생명을 되찾은 것 같았지요. 금색 필라멘트가 가로지른 초록색 월계수 색깔의 불꽃을 보자 내 가슴은 펄쩍펄쩍 뛰었습니다. 살고자 하는 갈망과 질문으로 가득한 커다란 눈, 그 눈을 보자 즐거워하며 약속하던 카롤리나 고모의 눈 또한 떠올랐어요. 나는 죄다 닳아버린 화약상자 모서리에 걸터앉았습니다. 정말이지 우리 두 사람에게는 무엇 하나 쉬운 게 없었습니다. 카롤리나 로차는 우리 할아버지가 마지막으로 결혼해 낳은 딸이었고, 우리 아버지의 막내 여동생이었어요. 우리는 다른 아이들처럼 장난치고 농담하며 싸웠다가도 즉시 화해하며 어린 시절을 함께 보냈습니다. 사춘기가 되자 혈기가 왕성해졌고 이성에 눈을 뜨게 되었어요. 난 그녀의 학교 숙제를 도와주면서 은밀하고 가볍고 소심하게 키스했고, 우리는 단순한 장난질 이상의 것이 우리의 앞날 가운데 기다리고 있다고 생각하게 되었지요. 그렇지 않다면 책 너머로, 형제들이 보지 않는 틈을 타 손이 스칠 때 몸이 떨리는 전기충격 같은 느낌이 왜 있었겠습니까? 그런 느낌을 받을 때면 나는 불안해하며 눈을 내리깔았고 내게 무슨 일이 일어나고 있는지 이해하지 못했어요. 그러면 카롤리나는 그 커다란 눈으로, 햇볕을 받아 반짝이는 무자비한 청록색 눈으로 나를 나무랐지요. 형태를 갖추어가는 그녀의 젊은 육체 앞에서, 조그만 가슴과 커져가는 엉덩이, 갈수록 붉고 탐스러워지는 입술 앞에서 내가 결코 이해할 수 없었던 것은…… 내가 그 모든 것을 그녀의 언니인 이사벨라와 경험했다는 사실이었어요. 그녀가 내 옆을 지날 때면 나도 모르게 가슴이 두근거렸고, 온몸의 신경이 일깨워져 거칠고 난폭하게 흥분했어요. 관자놀이부터 허벅지까지 피가 줄기차게 흐르면서 나를 뜨거운 황홀경 속으로 몰아넣었고, 이는 다른 사람들의 주목을 끌 정도로 딱딱 소리가 나게 떨렸지요. 카롤리나의 눈과 달리 이사벨라의 눈은 까무잡잡한 색을 띠었고 짓궂게 빛났어요. 하지만 입술은 동생처럼 촉촉했고 뜨거운 미소를 머금은 채 반들반들했죠. 열여덟 살인 이사벨라는 카롤리나가 얼마 후에 어떻게 변할지 말해주었지만, 당시 나는 그 말을 이해할 수 없었습니다. 그러면서 나를 고통스럽게 하는 카롤리나가 열여덟 살이 될 때까지 기다릴 필요는 없다고 덧붙였어요. 하지만 난 카롤리나보다 겨우 한 살 많은 열네 살이었고 카롤리나의 둥글고 활짝 뜬 눈을 보면 두려웠어요. 반면 이사벨라의 몸이 내뿜는 향긋한 야만성은 내게서 잠을 앗아갔습니다. 이사벨라의 탱탱하고 둥근 엉덩이는 다 큰 여자의 모습을 하고 있었고, 내 모든 욕망이 깨어난 것은 그때부터였다고 나는 생각합니다. 어느 날 카롤리나는 우연히 그녀와 내가 참고하고 있던 책들 위로 몸을 숙였어요. 그때 그녀의 블라우스 단추가 하나 풀어져 있던 바람에 나는 솟아오르기 시작한 그녀의 가슴을 엿보았고 급히 시선을 다른 곳으로 돌렸죠. 아마도 이사벨라는 내가 당황해하는 모습을 눈치챘던 것 같아요. 미소를 짓더니 카롤리나는 한눈을 팔고 있었다고 알려주고는 부드럽게 내 손을 잡고 그 자리를 벗어나게 해주었거든요. 밤마다 나는 잠을 이루지 못한 채 이사벨라의 육체를 떠올리면서 오랫동안 격렬하게 발기했지만, 내가 소리를 지르며 기분 좋게 사정할 수 있게 하는 건 오직 카롤리나의 시선과 미소뿐이었어요. 사 년 후, 그러니까 겨우 열일곱 살밖에 되지 않은 카롤리나는 자기보다 스무 살이나 많은 사업가와 결혼했습니다. 집에서는 그 결혼 덕분에 그녀가 아버지의 엄하고 억압적인 규율에서 해방될 수 있었다고 했지요. 난 결혼식에 참석하지 못했어요. 당시 버지니아의 그린브라이어 군사학교에 갇혀 있었거든요. 그리고 이후 오랫동안 그녀의 소식을 들을 수 없었어요. 군인의 삶을 살았기에 나는 이곳저곳으로 옮겨 다녀야 했습니다. 심지어 한국까지 갔지요. 이런 말을 하는 게 어떨지 모르겠지만, 사랑과 실연 때문에 굳게 닫힌 내 마음은 나를 쾌락으로 점철된 삶으로 이끌었어요. 내가 무감각하거나 냉소적이 되었다는 소리가 아니라 그날의 꽃을 꺾으라는 가장 현명한 금언에 충실하기로 결심했다는 뜻입니다. 분명히 나는 마음 깊이 사랑을 했고, 모든 사람이 그렇듯 그 사랑 때문에 고통받았어요. 하지만 보통 사람들과 달리 내게 사랑은 우연한 일이 아니었습니다. 우연히 다가오는 것, 즉 돌발적인 깜짝선물이 아니라 매일매일의 관심사이자 일용할 양식이었고, 여자들의 눈 속에 보이는, 오직 나만을 위한 것이라고 내가 믿고 있는 그 약속들에 대한 명백한 증거였지요.

몸체에 적십자가 그려진 헬리콥터 한 대가 저공비행을 했습니다. 북한군의 마지막 공격은 잔인무도했어요. 위생병들이 손이 모자라 쩔쩔맸거든요. 멀리서 중화기가 발사되고 포탄이 터지는 소리가 들렸어요. 나는 다시 한번 고양이를 쳐다보았죠. 적을 피하는 날쌘 능력을 지녔지만 이제 죽은 몸으로 나를 쳐다볼 뿐이었어요. 나는 나의 몸이 회복에 이른 것을 느꼈어요. 이제 무릎은 아프지 않았고 그 사실이 기뻤어요. 하지만 기회에 대한 이기심이 발동하면서 비탈길의 바위 사이로 미끄러져 더 심한 부상을 입었으면 좋았을걸 싶더군요. 총상을 입어 조국으로 후송되었다면 더 좋았을 거라는 상상도 했어요. 하지만 괜찮았어요. 무릎은 부었지만 나는 살아 있었고 중요한 사실은 그것뿐이었으니까요. 그 전쟁에서 죽음은 언제나 내 언저리를 맴돌았어요. 나는 아직도 왜 내가 그 전쟁에 참가했는지 그 이유를 모르겠어요. 하지만 전쟁에서의 죽음을 생각하니, 오랜 세월이 지난 지금 선생이 내게 묻고 있는 것들과는 직접적으로 관련이 없지만 내 마음 속에는 항상 잠재되어 있던 것이 떠오릅니다. 동료들이 나를 '사색가'라고 부른 데는 다 이유가 있었을 겁니다. 그건 아마 사춘기의 강박적인 충동이었을 거예요. 우리 사이에 무슨 일이 있었던 건 아니지만 나는 그때까지도, 그러니까 카롤리나가 결혼식을 올린 지 육 년이 지났을 때까지도 그녀에 대한 기억으로 괴로워하고 있었고 어느 정도 죄책감을 느끼고 있었거든요. 나는 그린브라이어 군사학교에서 쫓겨나 콜롬비아 대대에 입대했습니다. 그곳 한국에서 우리를 둘러싸고 있던 죽음을 떠올리니 우리 아버지의 죽음이 생각나는군요. 왜 그런지는 모르겠지만 난 아버지가 행복하게 돌아가셨다고 생각해요. 다들 그렇듯이 많은 어려움과 역경 속에서도 당신 뜻대로 살다 가셨고, 그 삶을 종합해보면 아버지의 가치와 맞아떨어지는 결과가 나왔거든요. 아버지는 내가 전쟁에서 돌아온 지 십오 년이 지나 세상을 떠나셨어요. 사람들은 아버지가 가장 아낀 아들이 나라고 말했고 형제들도 질투나 왜곡된 의도 없이 그렇게 기억했지요. 하지만 난 그 의견에 동의하지 않아요. 장례식이 치러졌고, 그런 다음 우리는 묘지로 갔어요. 그때 난 울지 않았습니다. 너무나도 분명하게 냉담했지만 전혀 이상하게 느껴지지 않았어요. 장지에는 이백 명이 넘는 사람이 와 있었습니다. 적잖이 놀랐죠. 유명인도 아니었고 그 비슷한 사람도 아니었으니까요. 대체 그렇게 많은 친구들과 지인들은 어디서 온 것이었을까요? 대부분 슬픈 표정을 짓고 있었는데 도대체 그들은 누구였을까요? 검은 베일을 늘어뜨린 여자가 다가와 내게 조의를 표했어요. 그녀와 악수를 나누는 순간, 나는 재갈이 풀린 듯이 피가 광분하는 것을 느꼈어요. 조의를 주고받았을 뿐이었는데 충동에 사로잡혔지요. 지금 생각해도 놀랍기만 합니다. 난 주위 사람들을 개의치 않고 살며시 베일을 들어올렸고, 불그스레한 눈과 잠을 이루지 못해 눈 밑에 드리운 자줏빛 그늘 사이에서 초록색과 황금색이 어우러진 형광색의 섬광을 발견했어요. 카롤리나 로차의 눈동자였죠. 마지막으로 만난 지 이십 년 이상이 흘렀지만 마치 우리가 지난주에 헤어진 것 같은 기분이었어요. 며칠 후 그녀가 내게 전화를 걸어왔습니다. 자기 아이들에 관해 말했어요. 아들과 딸을 한 명씩 두었는데, 딸은 이미 대학에 다니고 있었어요. 남편 얘기도 했는데, 자기 아버지처럼 질투심이 많고 도저히 참을 수 없는 성격의 소유자라고 했어요. '늙은이'라고 칭하더군요. 카롤리나는

'늙은이'가 지방에 출장간 틈을 타 나를 집으로 초대했습니다. 아이들도 집에 없었어요. 오 분 후 나는 축축하고 게걸스러운 자줏빛 묘혈 같은 세상이 내 앞에 활짝 펼쳐지는 걸 느꼈습니다. 서로에 대한 우리의 반응은 설명할 수 없었지만, 사실대로 말하자면 나는 그것이 의문스러웠던 적은 한 번도 없었어요. 무슨 말이 필요하겠어요? 우리는 서로 말할 수 없었던 것을 이미 오래전 손과 떨리는 미숙한 키스들로 말한 것이나 마찬가지였습니다. 당시의 우리는 아직 그런 짜릿함이 무엇 때문인지 몰랐지만, 이제 그런 전기충격은 오랫동안 끊임없이 깨물고 할퀴는 행위로 변해 있었어요. 나는 얼굴 위로 비가 내리는 듯한 느낌을 받았어요. 난 이사벨라의 엉덩이를 떠오르게 하는 카롤리나의 엉덩이에 얼굴을 파묻고서 열정적으로 그녀의 괄약근과 클리토리스의 연결선을 핥았습니다. 그러는 동안 카롤리나는 굶주린 듯이 내 귀두를 게걸스럽게 빨았어요. 나는 따뜻한 꼭지가 열리는 느낌을 받았고 황홀함을 느끼며 얼굴을 씻었습니다. 그리고 그런 선물을 주신 것에 대해 하느님께 감사드렸어요. 몇 분 후 우리의 기대감이 모두 충족되자 나는 따뜻한 샘이 다시 내 사타구니를 아낌없이, 참을 수 없을 만큼 적시고 있으며, 내 고환과 음낭이 이미 상당히 미끌미끌해져 있다는 걸 느꼈지요. 그러자 카롤리나는 샘의 이름이라는 것을, 나중에는 오랫동안 강렬한 키스만 나누어도 그녀의 수조에 담긴 따스한 물이 그 양을 짐작할 수도 통제할 수도 없이 흘러넘친다는 것을 알게 되었어요. 사랑의 영토가 촉촉하게 젖으면, 카롤리나는 내 심장이 있는 곳에 머리를 갖다댔고 달콤하고 평온한 침묵 속에 멍하니 있었습니다. 나는 그녀가 잠들었다고 생각했지만 잠시 후 그녀를 바라보면 그녀의 초록색 눈과 환하게 웃는 미소와 마주쳤고, 그 눈과 미소는 열렬한 사랑으로 하나가 되어 그녀의 신비 속으로 나를 이끌었어요. 길고 고통스러운 몇 달이 중간에 있었지만 우리는 이삼 년 동안 여러 장소에서 데이트를 즐겼습니다. '늙은이'는 집을 자주 비우지 않았어요. 그게 우리의 만남을 방해했지요. 하지만 어떤 성주간에 그는 여행을 떠나야 했고, 카롤리나와 나는 마침내 며칠 동안 단둘만의 시간을 가질 수 있었습니다. 그녀의 사랑 속에서 샤워를 할 때마다 나는 그녀가 어디서 그토록 많은 물을 분출하는지 알 수가 없었어요. 마치 고갈되지 않는 샘물 같았고, 그래서 바다의 가장 심오한 수수께끼라고 여길 정도였지요. 성목요일이었던 것으로 기억해요. 나는 이미 한쪽 해안에서 다른 쪽 해안까지 서너 번 수영을 한 상태였어요. 그때 갑자기 문이 열렸고, 상인방 아래로 누군가가 처음에는 놀란 모습으로 잠시 뒤에는 어두운 표정으로, 마침내는 난처하고 당혹한 얼굴로 서 있었어요. 카롤리나였습니다. 아니, 우리가 서로 쳐다보지도 못했고 떨리는 손을 제대로 잡지도 못했으며 우리의 두려움을 제대로 고백하지도 못하면서 사랑했던 시절, 그 수십 년 전의 카롤리나와 똑같이 생긴 여자였습니다. 카롤리나는 침대에서 펄쩍 뛰어내려 자기 딸을 안으려 했지만 딸은 마구 흐느끼면서 도망쳤지요. 문이 쾅 하고 큰 소리를 내며 닫혔습니다. 잠시 후에는 그 누구도 다시 모습을 드러내지 않았지요. 나는 위선적인 강간범이나 도둑놈처럼 은밀하게 그곳을 떠났습니다. 이후 카롤리나 소식은 들을 수 없었어요. 찾아보려 했지만 그녀의 가족은 이미 이사를 떠난 후였습니다. 그 이후 나는 아무짝에도 쓸모없는 주인 없는 개가 되고 말았습니다. 어느 날 이 모든 사실을 아내에게 털어놓고 싶다는 유혹을 느꼈지만 적절한 때에 그런 생각을 접었지요. 내 이야기로 다른 사람들까지 힘들게 할 필요는 없지 않겠습니까? 나는 다른 수많은 사람들처럼 한국에서 죽지 못한 것이 후회스러웠어요. 한국에서 돌아오자 아버지를 찾아갔고, 그로 인해 내 평생 가장 사랑에 가까웠던 것을 더럽힌 셈이었으니까요.

카롤리나를 생각하니 모래사장에 밀려왔다 밀려가는 파도의 거품에 씻긴 해변의 고양이 모습이 다시 떠오르네요. 그리고 이제 잊고 있었던 것이 기억납니다. 고양이 쪽으로 천천히, 거의 느낄 수 없을 정도로 느리게 다가가던 붉은 형상. 집게발을 벌린 게 한 마리가 탄약상자 아래서 나와 마치 나의 심정처럼 현실과 기억에서 등을 돌린 채 기어가고 있었어요. 그때 다른 헬리콥터가 날아가는 소리가 들렸습니다. 나는 나의 추측이 옳았다는 걸 깨달았지요. 그날 전투는 그 전쟁을 통틀어 가장 많은 사상자를 냈습니다.

4

콜롬비아 대대 파견 이후 처음으로 우리 부대의 교대 순서가 되었을 때, 나는 조국으로 돌아갈 수 있다는 희망을 잃어버렸어요.

교대 체제는 사상자를 비롯해 극도의 긴장으로 전의를 모조리 상실해 본국으로 귀환한 장교들과 병사들만 대체하는 방식이었습니다. 전의를 상실해 균형감을 잃은 사람들은 한순간에 위험인물이 될 수 있었어요. 엘모 시아초케 하사에게 그런 일이 일어났지요. 그는 야간 공격 정찰대 일원으로 임무를 수행하는 도중에 동료들을 향해 총을 쐈어요.

두 명에게 부상을 입혔는데 그나마 사망자가 나오지 않은 게 기적이었죠. 병사들은 그가 움직이지 못하게 있는 힘을 다해 꽁꽁 결박한 다음 기지로 데려갔어요. 사망한 솔라노 박사 후임으로 부임한 오스피나 박사와 심리학을 공부했다는 대위 하나가 그를 검사한 후 분명한 의견을 냈습니다. 불쌍한 시아초케는 막 출시된 최신 죄수복 홍보에 적임자라는 진단이었죠. 그는 부산으로 이송되었고 재차 검사를 받았어요. 진단은 동일했습니다. 중증 전쟁정신병. 그는 도쿄에 얼마간 머물다가 1차 교대 병사들과 함께 조국으로 돌아갔어요. 시아초케 하사는 어떻게 되었을까요? 그의 행방을 아는 사람은 아무도 없지만 아마도 그를 탐탁지 않게 여긴 의료진이 정신병원에 수감시켰다고 생각하는 게 맞을 겁니다. 가르시아 마르케스의 기사에 관한 소문을 들었는지 모르겠군요. 지금 내가 이 얘기를 들먹이는 건 그가 조국으로 돌아온 부대원들을 취재했고, 대부분의 병사들이 정상생활로 돌아온 후 겪어야 했던 궁핍과 실업, 그리고 사회 부적응을 고발했기 때문이에요. 가르시아 마르케스 기자는 참전용사들의 심리 상태에 관한 마지막 취재기사에서 시바테 소재 정신병원을 직접 찾아가, 그 어떤 참전용사도 그곳으로 보내진 적이 없다는 것을 확인했다고 말했습니다. 그러나 그건 전쟁의 결실인 미친 사람들이 없었기 때문이 아니라, 그들이 귀국하자 있는 힘을 다해 그런 곳으로부터 도망쳤기 때문입니다. 시아초케도 바로 그런 경우겠지요. 누군가는 시아초케 하사가 미친 군인이며, 하이로 아니발이 그에게서 영감을 받아 희곡 『불모 고지』에 등장하는 살인마 대령을 만들었다는 가정을 피력하기도 했어요. 어디까지가 사실인지는 잘 모르지만 그 작품은 엄청난 물의를 일으켰습니다. 아마도 그 점에서는 전쟁에 관해 선생이 출간한 글에 비견될 수 있는 유일한 작품일 거예요.

내가 조국으로 돌아갈 희망을 잃어버렸다고 말했었죠. 난 교대 체제가 갖춰져 있어 우리가 조국으로 이송될 것이라는 말과 약속을 들었어요. 그것도 수차에 걸쳐서. 전선에서 뛰어난 역량을 발휘한 사람들에게 교대는 일종의 포상과도 같았어요. 하지만 모든 게 반대였지요. 이런저런 이유로 특출했던 우리는 그대로 남아야 했습니다. 엄밀한 군대 논리의 관점에서 보면, 대대에 막 합류한 신병들을 훈련시키고 그들에게 우리가 알고 있는 것을 우리보다 잘 가르쳐줄 수 있는 사람은 없었기 때문이에요. '정실파' 중에서는 유일하게 카다비드만 목숨을 구했어요. 그는 1952년 중반에 제대했지요. 당시 사람들은 우리를 극동으로 놀러 간 특권 그룹이라고 했어요. 난 두 번 혹은 세 번이나 교대의 영광을 누리지 못했고, 처음에 우리가 들은 교대 체제는 완전히 무시되었습니다. 그리고 마침내 기쁜 통지를 받았을 때는 전쟁이 끝나갈 무렵이었고, 나는 이미 분위기에 익숙해진 상태였어요.

"바에나 중위." 아벤다뇨 중령은 그다지 감격스럽지도 않은 목소리로 풀이 죽어 말했어요. "돌아갈 준비를 해."

나는 차렷자세를 취하고서 그의 명령에 복종하지 않도록 해달라고 요청했고, 절친한 '정실파' 동료들 옆에 끝까지 남아 있었어요. 어떻게 그들을 그렇게 놔둘 수 있겠습니까? 죽음을 제외하고 우리는 모든 것을 함께 나누었어요. 나는 갈린데스를 기억해요. 전투 상황도 아니었는데 박격포탄으로 엉덩이가 엉망이 된 채 내 옆에 쓰러졌지요. 나는 그 역시 도쿄에 남았다는 것을 알게 되었어요. 어떻게, 그리고 무슨 이유로 그가 간호사와 사랑에 빠졌는지는 모릅니다. 그는 어디를 가든 휠체어를 타고 움직여야 했지만 간호사는 그를 행복하게 해주었어요. 나는 나중에 그의 하반신이 마비되었고, 온갖 방법을 동원해 '밀로의 비너스'라는 변태적인 이름의 스트립쇼 클럽을 열었다는 걸 알게 됐지요. 그런데 흥미롭게도 그 클럽을 가장 열심히 찾아간 사람들 중의 하나가 코르시였어요. 그는 맨 앞줄에 앉아서 일본 여자들이 어떻게 옷을 벗는지 지켜보았어요. 정말이지 의미심장하게도 한 남자의 취향은 그에게 없는 것 때문에 결정된다는 사실을 말하고 싶네요. 한쪽 팔을 잃기 전 코르시는 추잡한 도덕 선생이었고, 아무 주저 없이 지저분하고 염병할 포르노로 우리 진지를 가득 채웠습니다. 그런데 그가 한결같이 그저 스트립쇼의 관객으로만 있었던 것은 아닙니다. 관객으로 그친 게 아니었어요. 어느 날 갈린데스는 그가 페티시즘에 열중하고 있다는 것을 알게 됐습니다. 그는 여자들이 의식을 시작하기 전에 느긋하게 벗어서 관중들에게 던지는, 긴 검은 장갑을 수집하고 있었죠. 일부러 자리를 잡고 있던 사람이 그것들을 주워 코르시에게 건네주면, 그는 그걸 가구 안에 넣어두는 데 그치지 않고, 열의를 다해 그 '신출내기 스타'의 이름과 사진과 함께 오래된 보관함에 넣어두었어요. 죽은 지 한 이십 년이 됐는데, 그를 도와주던 사람 하나가 그의 집에서 셀 수 없이 많은 장갑을 발견했지요. 너무 많아서 장갑만 파는 매장도 차릴 수 있을 정도였어요. 그런데 이상한 건 그 장갑들이 전부 왼쪽이었다는 사실입니다. '신대륙 발견의 날'에 수류탄이 그의 팔을 날려버렸는데 그게 바로 왼팔이었거든요.

갈린데스와 코르시처럼 두세 사람이 그곳에 더 머물렀어요. 군의 명령에 따라 전쟁터에서 싸우다가 중공군과 북한군의 총알과 매독으로

부터 간신히 목숨을 구했는데, 왜 조국으로 돌아가 하찮은 싸움을 벌이다 목숨을 잃겠습니까? 이런 말을 할 수 있는 사람은 많지 않았어요. 그런데도 내가 이런 말을 하는 것은 마음속으로는 내 결정을 자랑스럽게 여기지 않기 때문입니다. 나를 다른 장교로 교체시켜주지 않은 건 단지 전투에서 죽지 않는 방법을 신병들에게 가르치게 하기 위해서였어요. 하지만 내가 책임을 제대로 완수했을까요? 키뇨네스에게 일어난 일을 생각하면 몹시 의문스러워요. 키뇨네스는 시골 청년이었는데, 폭력사태 때문에 마을에서 도망쳤고 찢어질 듯이 가난했기에 라스 크루세스의 쪽방에 살았지요. 그곳에서 그는 배울 수 있는 걸 모두 배웠는데, 정비공 친구 헤나로 킨체는 자기가 알고 있는 걸 그에게 가르쳐주었어요. 그리고 그렇게 몇 달이 지나자 그는 누구와도 견줄 수 없을 정도로 훌륭한 운전사가 되었습니다. 얼마 후 그는 테우사키요 동네에 사는 어느 가족의 운전사로 취직했는데, 그 가족은 하루종일 이 사무실에서 저 사무실로, 일터에서 다른 곳으로 이동하면서 끊임없이 보고타 거리를 돌아다녔어요. 그런데 딸 하나가 키뇨네스의 푸른 눈에 집착하면서부터 일이 생겼습니다. 딸은 끈덕지게 조르고 변덕을 부리며 그를 짜증나게 만들기 시작했어요. 열여덟 살짜리 여자애였는데, 대학에도 갈 수 없고 일도 할 수 없었기에—당시는 아가씨들이 공부하거나 일하는 걸 그다지 좋게 보지 않았거든요—하루종일 집에서 시간을 보내거나, 아니면 그애처럼 할 일 없는 친구의 집에서 지냈어요. 그렇게 오가는 길에 여자아이는 젊은 운전사가 자기에게 관심이 없거나 경멸하기 때문에 거리를 두고 존중하는 것이라고 느끼고는, 사랑의 말을 속삭이면서 그를 괴롭히기 시작했어요. 그애는 친구의 집으로 데려가달라고 부탁하고서는 가는 도중에 생각을 바꾸었고, 키뇨네스는 하는 수 없이 공원 한가운데에 '폰티액'을 멈추고서 그애의 하소연을 들어주어야 했지요. 그애는 마음속 이야기를 털어놓다가 실행하는 쪽으로 나아갔습니다. 그의 손을 잡고는 자기 친구들의 보드라운 손과는 너무나 다른 옛 농부의 손에 감탄을 금치 못했어요. 손 잡는 단계가 지나자 키스를 시작했지요. 처음에는 억지로 그애의 키스를 받기만 했지만 시간이 지나자 그도 수줍게 그애의 키스에 화답했어요. 그러던 어느 날 키뇨네스는 뒷좌석이 어떤 용도로 쓰이는지 알게 되었습니다. 그는 거부할 수 없었고 그애는 그에게 쾌락이란 두려움의 여러 이름들 중의 하나라는 것을 가르쳐주었어요. 이후 두 사람은 나머지 구간을 말없이 이동했고, 며칠 동안 그녀는 그에게 봉사하라고 요구하지 않았지요. 그런데 일주일 후 그애가 다시 친구의 집으로 데려다달라고 부탁했어요. 그애는 전에 없이 그를 포학하고 추잡하게 다루었어요. 반항이라도 했다간 따귀라도 후려갈길 것 같았어요. 그는 아무것도 이해할 수 없었어요. 그런데 한 달 반이 지난 후, 부엌에서 일하던 식모 하나가 그를 외딴 곳으로 데려가더니 얼른 도망치라고 일러주었어요. 그날 아침식사 도중에 엄청난 소란이 벌어졌는데 그 와중에 그 딸이 임신했다는 소리를 들었다는 겁니다. 그 딸이 키뇨네스가 강제로 자기를 범했다고 말한 터라, 당시 출장중이던 그애의 아버지가 돌아오면 키뇨네스를 가만두지 않을 것이라고요. 그때 마침 라스 크루세스의 정비공 킨체가 자기는 입대해 당시 가장 안전한 지역인 한국에 가고 싶다고 말했어요. 달러로 월급을 받고 장학금도 받고 미국인들이 엄청나게 많이 주는 연금도 받을 수 있다는 사실에 마음이 끌린다면서요. 그는 미국인들은 다들 아는 것처럼 약속하면 반드시 지키는 사람들이라고 덧붙였어요. 키뇨네스는 정비공 친구와 함께 입대 수속을 밟으러 갔어요. 이제 더이상 그렇게 뻔뻔스럽고 버릇없는 여자애들의 운전사 노릇은 추호도 하고 싶지 않았거든요. 게다가 염병할 직업이야, 킨체는 덧붙였어요. 바로 그날 오후 두 사람은 입대했고 헬롯 무리에 들어가게 되었지요. 정찰을 돌던 어느 날 밤, 나는 내 옆에 있는 키뇨네스를 주의깊게 살펴보았어요. 수줍어서 그랬는지 아니면 부끄러워 그랬는지 그는 자기 사연에 대해 입을 다물고 있었어요. 그의 이야기는 정비공 킨체가 퍼뜨린 것이었어요. 그는 생각에 잠겨 있었어요. 아마도 자기 고향, 자기 일, 아니 아마도 테우사키요를 생각하는 것 같았지요. 하지만 분명한 것은 마치 전쟁을 통해 최악의 드라마에서 벗어난 것처럼 편안한 모습이었다는 겁니다. 키뇨네스는 자기 자신을 편안하게 받아들이는 몇 안 되는 병사들 중의 하나였어요. 그리고 그걸 행동으로 보여주면서, 한밤중에 전개되는 중공군의 인해 전술은 몸이 달아오른 여자아이의 변덕에 비하면 아무것도 아니라고 말하는 것 같았어요. 차가운 시베리아 바람으로 갈라진 그의 입술에서 나는 나 자신의 입술을 보았어요. 말을 할 때마다 혹은 힘든 상황에서 미소를 지을 때마다 입술이 몹시 따가웠거든요. 난 키뇨네스의 경험이 우리 대대를 이루고 있는 대다수 병사들의 경험과 그리 다르지 않다고 생각했습니다. 도대체 그들은 어떤 사연으로 모든 것을 버리고 황무지에 죽으러 온 것이었을까요?

그날 밤 키뇨네스는 마치 제 손바닥처럼 훤히 아는 고향 땅을 돌아다니는 것 같았어요. 정찰대를 이끄는 건 나였지만, 실질적으로는 그가 안내자였습니다. 이미 며칠 전에 공격정찰 작전에 참여했었기 때문이지요. 그는 다리를 절룩거리며 기다시피 가고 있었어요. 통증으로 얼굴이 일그러지고 눈을 반쯤 감고 있었지만 절룩거리는 다리는 개의치 않았고, 세상의 무게를 온통 짊어진 모습을 하고 있었죠. 우리는 몇 발짝 거리를 두고 그를 따라갔습니다. 그는 자기가 흔적을 남기고 있는 좁은 산길을 자랑스럽게 여기는 것 같았어요. 그는 그 산길에서 살가죽이 찢겨도 개의치 않을 사람이었어요. 한마디도 하지 않고 신음 소리 한 번 내지 않은 채, 상처 입은 짐승처럼 거친 숨을 몰아쉬며 본능적으로 짐승 무리에 신호를 보내고 있었지요. 실제로 그랬기 때문에 나는 이런 표현을 쓰는 게 전혀 부끄럽지 않습니다. 우리는 며칠 밤샘으로 눈 밑에는 짙게 그늘이 지고 기를 다 쓴 분투노력으로 광대뼈가 불거진, 남루하고 지친 짐승들의 무리였거든요. 너무나 피곤한 나머지 턱이 땅에 부딪히기 일쑤였고, 껌을 씹는 멍청한 의식도 기운을 차리는 데 전혀 도움이 되지 않았어요. 도랑과 바위 사이에서, 마구 퍼붓는 적군의 포화 속에서 몇 시간을 보냈지만 우리가 나아간 거리는 고작 200미터에 불과했지요. 지금 사람들이야 그게 대체 뭐하는 짓거리였냐고 할 테지만 적어도 그 바보 멍청이들에게는 훈장을 수여하고 출세가도를 열어줬으며, 계급의 정상에 올라 별과 태양을 달게 했지요. 높은 자리에서 우리에게 명령을 내리고, 지휘부의 편안한 자리에 앉아 우리가 잘하고 있는지 감독하던 바로 그 사람들 말입니다. 나는 아칸소 전선의 후방에서 '최고 고관'과 아벤다뇨 중령이 거들먹거리며 청소 작전 수행 명령을 내리던 모습을 똑똑히 기억합니다. 여러 중공군 부대와 치열한 전투를 벌인 후였어요. 상관들의 언어에서 '청소'란 소탕이나 제거를 의미했으니 우리가 빼앗은 고지에서 한 명의 적군도 남기지 말라는 뜻이었죠. 그런데 순간 바닥이 진동했고 번쩍거리며 터지는 폭탄 때문에 앞을 볼 수 없었어요. 키뇨네스는 지뢰를 밟아 산산조각으로 흩어지고 말았습니다. 폭발음이 나자 적군의 기관총이 불을 뿜었어요. 우리 중 몇몇은 바위 뒤에 몸을 숨겼고, 우리의 것이 될 수도 있었던 죽음을 애석해할 틈도 없이 키뇨네스를 떠올리며 이미 알고 있던 것을 확인했어요. 각각의 자원병에게는 한 편의 드라마와 도망쳐야 할 이유와 어떤 야심이 있다는 것이었지요.

"적어도 키뇨네스는 부잣집 여자를 덮친다는 게 어떤 건지 알았으니까." 그의 친구 킨체는 감탄과 질투 어린 말투로 이 모든 상황을 단호하게 정의했어요.

"근데 나는 그 친구가 불쌍해." 야녜스가 말했어요.

이건 수많은 이야기들 중의 하나에 불과하지요. 정찰대는 계속 구성되었고 앞선 말한 대로 나는 그 가운데 몇 개를 지휘했어요. 특히 '영부인'이라고 불리던 고지에 접근하는 게 목표였던 작전이 생각납니다. 두 개의 거대한 돌기가 정면에 튀어나와 있어서 그런 별명이 붙었지만, 기억하지 않을 수 없는 진짜 이유가 있었지요. 영부인은 몹시 참을성이 없어서 한시도 가만히 있는 법이 없었는데, 적군 역시 그 고지에서 중기관총과 60밀리 박격포로 우리를 심하게 몰아세웠거든요. 그 누구도 200미터 이상 가까이 갈 수가 없었어요. 그래서 두 진지 사이는 '미점유지'였어요. 그 좁고 긴 땅은 왼쪽에서 오른쪽으로 몇 킬로미터에 걸쳐 펼쳐져 있었고, 그래서 양쪽에서 총을 쏘아대는 건 소모적이고 멍청한 전시효과에 불과했어요. '영부인' 오른쪽으로 두 개의 고지가 더 있었는데, 적은 그곳을 망루로 사용해 우리의 전진을 막는 데 이용했습니다. 머리 부분에 작은 침엽수 숲이 있는 곳은 '식인귀'라고 불렸고, 불에 그을린 나무들과 자연적으로 만들어진 함정으로 가득한 위험한 구멍을 이룬 또다른 곳은 '음부'라는 별명으로 불렸어요. 바로 거기서 여러 병사들이 길을 잃었지요. 지형만 험준했던 게 아니라 그 광활한 지역에는 지뢰가 매설되어 있었어요. 그래서 우리는 참호에서 나가 진지 너머로 몇 미터도 나갈 엄두를 내지 못했지요. 하지만 어느 쪽 탄약 창고가 먼저 동날지 확인하기 위해 그곳에 온 것은 아니었으니 살을 에는 모진 바람에도 불구하고 '음부'를 점령하라는 지시를 받았지요. 초목과 비탈길들 덕분에 적에게 들키지 않고 앞으로 나아갈 수 있었어요. 적어도 첫번째 구간은 그랬죠. 그 때문에 너무 마음을 놓은 탓인지 앨라배마 연대 소속의 미군 수색대는 웅크리고서 잠을 자기 시작했고, 경계를 소홀히 한 나머지 위험한 구덩이에 빠져 귀환할 수 없었어요. 우리는 밤을 틈타 앞으로 나아갔고 그런 상황에 걸맞게 적군의 눈을 피해 살금살금 전진했습니다. 내가 그 공격정찰대를 이끌고 있었는데, 거기서 키뇨네스가 지뢰를 밟는 바람에 온몸이 갈기갈기 찢겨 반경 수미터 너머로 날아가버렸어요. 나는 우리가 적의 화기 말고도 동료들의 화기에 맞서 싸워야 할 것이라고는 상상도 못했습니다. 반대쪽에서 비나스코가 이끄는 소대의 모습이 보였습니다. 그들은 오전의 습격 도중에 길을 잃은 여섯 명의 병사들을 구하려고 하고 있었죠. 물론 그들은 우리 위치를 전혀 몰랐습니다. 누군가는 알고 있었을지도 모르지만 그런 작자는 지휘부 의자에 엉덩이를 편안하게 붙이고 앉아 그 사실을 새까맣게 잊어버렸을 겁니다. 게다가 구출 작전을 종합적으로 지휘하던 장교는 그 시간에 도쿄와 무전 연락을 하면서 다음 주말에 있을 골프 경기에 내기를 걸고 있었어요. 그 장교가 무전기를 이용하고 있었기 때문에 인시그나레스는 순간적으로 할 일이 없어졌죠. 이게 선생에게 해줄 수 있는 이야기입니다. 어쨌건 우리는 이런 종류의 습격을 통해 중공군의 방어력을 가늠해보려 했어요. '방랑자 작전'이 초읽기에 들어가려는 찰나였거든요. 어떤 대가를 치르더라도 적의 수중에 있는 '음부'와 '영부인', 그리고 '식인귀'를 차례로 점령해야만 했지요. 우리는 해냈고 미군들은 우리 병사들의 용감함을 인정하기에 이르렀어요. 두 달 만에 우리는 우리나라가 참가한 모든 올림픽경기에서 획득한 메달보다 더 많은 메달을 수확했습니다. 음부 고지 공격에서 병사 몇 명이 목숨을 잃었는데 그 보고문을 잘 들어보면 마치 이 세상에서 가장 자연스러운 일 같았어요. '영부인'의 기슭과 '식인귀'의 숲 사이로 올라가다가 쓰러진 병사도 몇 있었지요. 그러니 그 누구도 우리 대대가 임무를 제대로 수행하지 못했다고는 말할 수 없었습니다. 하지만 실제론 그렇지가 않았지요. 중공군은 마치 자살을 하려는 듯 반격을 가했습니다. 흡사 여러 개의 커다란 파도가 밀려오는 것 같았어요. 우리는 커다란 손실을 입으면서도 모든 힘을 다해 그 만세공격을 저지했어요. 우리 병력 내 원주민의 기지가 빛을 발한 겁니다. 적군의 인해전술에 우리는 '파토타'로 응수했어요. '파토타'는 만세공격과 비슷한 것으로 칩차족의 집단공격을 칭합니다. 우리는 침엽수 지역에서 몸을 숨긴 채 편안한 마음으로 있었어요. 그런데 새벽에 수많은 중공군과 북한군이 박격포탄과 수류탄을 터뜨려 연막을 치고 길을 열면서 우리를 덮쳤어요. 우리는 그들이 어느 순간에 공격할 것인지도 모르고 있었지요. 적군의 기관총이 순식간에 남쪽으로 움직이던 모든 것을 휩쓸어버렸어요. 그런 상태에서도 우리는 그들을 퇴각시켰습니다. 이제 목표물은 단 하나였어요. 적군에게는 거의 상징적인 도시인 금성시였지요. 여러 개의 고지를 탈환하고 그곳에 주둔하고 있던 부대들의 화력을 무력화시켜야만 했어요. 전투는 갈수록 늘어났고, 위생병들의 일을 주의깊게 관찰하면 사상자 수를 대략 추정할 수 있었어요. 부상자들은 남쪽으로 후송되어 부산으로 향했고, 그런 다음 도쿄의 군병원으로 이송되었지요. 몇 주 후 우리는 약속의 땅, 그러니까 금성지구가 내려다보이는 망루를 탈환했습니다. 금성시는 불타고 있었고 중공군은 북쪽 진지를 향해 전면 후퇴하고 있었어요. 선생은 우리에게 미국의 신속한 탱크보다 우리의 보병 부대가 금성에 먼저 도착했다는 역사를 가르쳐주고 싶을 겁니다. 아마 실제로 그랬을지도 몰라요. 하지만 지금 내 기억 속을 가득 채우고 있는 것은 선생이 아주 잘 아는 다른 시절의 다른 전쟁 이야기입니다. 지금 내 눈 앞에는 참호 속에 있는 내가 아니라, 삼 년 후에 발생한 제2차 중동전쟁 후 유엔평화유지군 자격으로 포트사이드의 사구 위에 있는 모습이 보입니다.

5

테에스 대위의 뜻하지 않은 죽음으로 우리의 사기는 바닥으로 떨어졌어요. 그런데 더 큰 문제는 그가 전선이 아니라 침대에서 죽었다는 사실이었죠. 독감에서 완전히 회복되지도 않은 상태로 참호를 감독하다가 병세가 악화되었던 겁니다. 급히 도쿄로 후송되었는데, 의료진은 환자가 급성 호흡부전과 우폐하엽 폐렴 증세를 보인다고 알려왔어요. 우리가 받는 명령들처럼 어려운 용어들을 잔뜩 써가며 치명적이라고 설명했지요. 입원한 다음날 새벽에 그는 숨을 거두었어요. 마치 죽음을 예견한 것처럼, 자기 시체가 본국으로 이송되거나 화장되는 걸 원치 않았던 대위는 부산 묘지에 묻어 전투중에 사망한 우리 대대의 병사들 옆에 있게 해달라고 부탁했습니다. 훌륭한 태도였죠. 파디야 제독호의 함장 훌리오 세사르는 그곳까지 몸소 찾아가 경의를 표했어요. 한편 우리는 엿새 동안 조기를 게양했고, 카스트리욘 신부는 강론 시간에, 그리고 살디바르 대령은 우리를 감동시킨 애절한 연설을 통해 그를 기억했지요. 그런데 그때 배꼽이 빠질 정도로 우스운 일이 일어났습니다. 군종신부가 죽은 보스—그의 표현에 따르면—의 공적을 아주 장황하게 강조하고 있을 때 '타말리토' 페냐가 요란하게 방귀를 뀌는 통에, 신부가 엄숙한 장례 강론을 멈추고는 사납고 무시무시한 시선을 쏴 그 무례한 병사를 매장시켜버리려고 했던 거예요. 멍하게 있던 순간이 지나가자 몇몇 병사들은 폭소를 터뜨렸고, 심지어 살디바르 대령조차 웃었어요. 그런 반응이 몹시 못마땅했던 신부는 우리의 소란스러움을 자기에 대한 비아냥거림으로 받아들였지요. 더 심각한 일이 일어날지도 모른다고 생각한 아벤다뇨 중령은 렌테리아 중사에게 명령해, 다음 지시가 있을 때까지 '타말리토'를 영창에 가두라고 했어요. 나는 웃음을 참을 수 없었죠. 그러자 내게도 불똥이 튀었어요.

"아르벨라에스!" 렌테리아가 소리쳤어요. "구류 조치가 내려진 페냐와 함께 영창으로 가 내 지시가 있을 때까지 함께 있는다."

나는 '타말리토' 옆에 섰고, 우리 두 사람은 중사의 호송하에 구금 장소로 향했습니다. 영창은 언덕 가장자리에 있는 자연 동굴들이었어요. 돌멩이로 가득했고, 작은 풀들은 마치 고슴도치처럼 따가웠고, 밤에는 역겨운 박쥐떼가 날아다니곤 했지요. 그것만으론 가장 용감하고 성난 병사의 기를 꺾기에 부족하다는 듯 겨울이면 진짜 냉동고처럼 변했는데, 그 동굴들은 보통 변소로 이용되었어요. 오줌과 똥 냄새 때문에 숨을 쉴 수도 없는, 모기를 비롯한 벌레들이 우글거리는 더러운 하수구였지요. 그곳에 갇히는 건 최악의 벌 중 하나였고, 규정 위반자들 중 몇은 그런 쓰레기장에서 두어 시간을 보내느니 차라리 약식 군사재판을 받거나 적군의 포화 아래 밤낮으로 참호를 파는 게 낫다고 여길 정도였어요. '타말리토' 페냐는 밤새 한마디도 하지 않았어요. 나는 치밀어오르는 욕지기가 다음날 아침까지도 계속돼 온몸에 경련이 일었습니다. 그런데 왜 그는 방귀를 뀌었을까요? 아마도 그를 종종 괴롭힌 위장 장애 때문이었을 겁니다. 그 누구도 '타말리토'가 아름다운 소리를 내는 괄약근의 도움을 받아 카스트리욘 신부의 성미를 공개적으로 표명할 사람이라고는 생각하지 않았거든요. 그런데 신부 역시 회개의 희생자였던 것은 아닐까요? 누구도 그렇다고 맹세할 수는 없지만, 그렇다고 부인할 수도 없어요. 전쟁이 끝나고 몇 달 후 군종신부는 그가 인용하던 글귀 중 가장 복음적인 내용에 충실한, 지독한 사람 사냥꾼이 되었기 때문이죠. 한편 '타말리토'의 괄약근이 그리된 것은 자연스러운 현상일지도 모른다는 추측이 계속 유효했어요. 징계처분이 내려지는 순간에도 그랬고요. 배식 책임자들은 최근 두 주 동안 직권을 남용해 오로지 야채만 공급하는 지각없고 분별없는 식이요법을 실시하고 있었습니다. 그런 과격한 메뉴를 견딜 수 있는 사람은 거의 없었지요. '타말리토' 페냐는 불침번 병사가 먹는 식사의 세 배나 되는 양을 먹었고 거기서 문제가 커졌던 겁니다. 한번은 비나스코 중위가 정찰 작전에서 한쪽 측면을 담당할 원조 병력을 요구했습니다. 게레로 대위는 '타말리토'의 차출을 권했지만 그 제안은 단번에 거부당했어요. 하지만 자세히 들여다보면 중위의 계속된 불평은 일리가 있었습니다. 그에게는 결정적인 한 사람이 없었던 겁니다. 그는 위험천만한 정찰 임무들을 수행했어요. 측면 공격을 할 때 마치 충각衝角처럼 작전 수행에 도움이 될 뿐 아니라, 절체절명의 순간에 동료들을 도와줄 수 있는 병사가 필요했던 거지요. 그의 불평은 마침내 비난 여론을 형성해, 여러 장교들은 비나스코 중위의 항의에 일리가 있다며 지지했어요. 게레로 대위는 임무를 부여받지 않은 서너 명의 병사들을 데리고 막사에서 무엇을 했을까요? 그들은 포커게임을 했고, 얼굴을 잘 드러내지 않으려는 사람의 심부름을 했으며, 애인들에게 편지를 쓰기도 했습니다. 그들은 전령이라고 불렸지만, 그들의 행동거지는 밤낮으로 참호의 진흙탕에서 썩어가는 나머지 대원들의 사기를 저하시키기에 충분했죠.

"좋아." 어느 날 아침 게레로 대위가 동의했어요. "한 놈 데려가. 그리고 더이상 날 괴롭히지 마."

중위는 엘킨에게 자기와 함께 가야 하니 짐을 챙기라고 지시했어요. 그러자 게레로가 벌떡 일어나더니, 앉아 있던 접의자를 발로 차고는 분노를 참지 못해 소리쳤습니다.

"엘킨은 안 돼! 내 전령이란 말이야! 다른 사람을 데려가도록 해!" 그는 거의 경멸하듯이 다른 사람들을 가리켰어요.

중위는 툴툴댔고 자기가 원하는 일에는 엘킨이 적임자라고 말했지요. 그러자 게레로는 더욱 화를 냈어요.

"그러니까 자네는 아무나가 아니라 엘킨을 원하는 거잖아! 왜 내 앞에서 그렇게 요청하지 않았나? 명심해, 엘킨은 협상 대상이 아니야!"

비나스코는 파스토 출신 병사 아구알롱고가 자원한 것에 만족해야 했습니다. 그리고 혹시 모를 물리적 충돌에 대비해 한 손을 들고 한 발을 앞으로 내밀었어요.

"명령대로 하겠습니다, 대위님."

비나스코는 벌레 보듯이 그를 쳐다보고서 아무 말 없이 떠났어요. 파스토 출신 병사는 그의 뒤를 따라갔고요.

이 언쟁을 두고 야네스가 평을 했는데, 모두는 아닐지라도 거의 아무도 이해하지 못했기 때문에 그 평은 즉각적인 결과를 낳지는 못했어요. '고졸'은 로차에게 큰 소리로 말했어요. 마치 이 세상에서 가장 자연스러운 일처럼 이 전쟁에서 엘킨은 트로이 전쟁의 노예 브리세이스와 같다면서, 아킬레우스는 결코 아가멤논에게 당한 모욕을 용서하지 않았다고 했지요. 많은 병사들이 어안이 벙벙한 얼굴을 하자 그는 헛기침을 하고서 아주 근사한 연극조로 무언가를 읊었는데, 병사들은 더욱 멍해질 뿐이었지요.

"개의 얼굴과 사슴의 심장을 가진 술주정뱅이! 너는 우리 백성들과 함께 무기를 들고 전투에 나서지도 않았고, 용감한 전사들과 매복 공격을 나가지도 않았다. 죽음이 그토록 두려우냐? 네 진영에서 네 말에 반박하는 사람을 죽이는 편이 네게는 훨씬 나았겠지. 네가 그토록 천박하고 나약한 사람들을 거느리지 않았다면 너의 횡포도 이번이 마지막이 되었을 것이다."

“아르벨라에스, 그리스계 콜롬비아 원주민이 된다는 건 나름대로 장점이 있어.” 로차는 내게 이렇게 말하면서 일상의 하찮은 일을 고전의 맥락과 연결시키는 '고졸'의 능력을 높이 평가했어요. 그런데 그는 그런 식으로 누구를, 그리고 왜 모독했던 것일까요? 아마 이 정도에서 끝내는 게 좋았을 겁니다. 하지만 그러지 않았어요. 이 모든 사건의 결과로 우리를 더욱 놀라게 한 일이 벌어졌거든요. 어느 날 아침, 그 누구도 자신의 눈을 믿을 수 없었습니다. 참호선에 나온 엘킨이 비나스코 중위 앞에서 부동자세를 취하고는 이렇게 말했어요.

“이 위치로 배속받았으며, 중위님의 명령을 받들라는 지시를 받았습니다.”

비나스코 중위도 게레로 대위가 왜 갑작스럽게 양보를 했는지 짐작조차 할 수 없었지만 즉시 그의 이동을 수락했어요. 아구알롱고 병사는 약간 원한 섞인 눈초리로 새로운 침입자를 쳐다보았지만 자신의 생각을 굽히고서 중위의 지시에 따랐지요. 그 파스토 출신 병사는 예비대로 가게 되었을까요?

6

내가 전령병이 되고 두 달 후, 아벤다뇨 중령은 우리에게 휴가가 허락되었으니 함께 도쿄에 가자고 했어요. 내게 무슨 언질을 한 것도 아니고, 분명한 증거를 보이거나 최소한의 암시를 한 것도 아니었지만, 중령은 나를 친구로 여기고 있었지요. 물론 나 역시 아무 말 하지 않은 채 그렇게 느끼고 있었습니다. 나는 이미 그에게 상당히 동양적인 감성이 있다는 것을 깨달은 터였고 그는 그걸 전혀 숨기려고 하지 않았어요. 그리고 나는 그가 기회만 생기면 자신의 욕구를 만족시킨다는 것도 알고 있었습니다. 어느 날 나는 『손자병법』과 함께 『오륜서五輪書』라는 책을 보았어요. 그가 처음 일본에 갔을 때 구입한 영어판이었지요. 내가 노골적으로 호기심을 드러내자 아벤다뇨는 열정을 넘어서 인생의 신념처럼 보이는 탐구심에 관해 몇 가지 평을 해주었어요.

"무사를 자극하고 각성시키는 법을 다룬 책이야." 그는 이렇게 말하고서 암송하는 목소리로 덧붙였지요. "오늘 너는 과거의 너를 이겨야 한다. 그러면 내일은 너보다 덜 용감한 사람들을 이길 것이고, 그런 다음에는 훈련을 통해 네가 마음속으로 두려워하는, 너보다 훌륭한 사람들을 이길 수 있다."

나는 잠시 머뭇거렸지만 그의 말을 거스를 수 없었기에 가능한 한 빨리 그가 하는 말들을 받아적었어요. 그는 잠시 말없이 창문 너머 무언가를 바라보았지요. 그게 무엇인지는 알 수 없었어요. 혹시 곧이어 식인귀 고지에서 수행하게 될 작전 준비물일까? 쌀쌀한 가을이 지나자 잎사귀가 모두 떨어져버린 나뭇가지일까? 이유야 알 수 없지만 북쪽이 아니라 우리를 향해 겨누고 있는 대포의 반짝거리는 포신일까? 시간이 흐르면서 나는 새로운 것들을 배웠는데, 가장 특이한 것 중의 하나가 바로 장교가 시선을 집중하는 목표물이었습니다. 그는 허공을 바라보았어요. 그가 말하는 다섯번째 바퀴인 공空이었지요. 그는 영적 훈련을 하고 있었고 깨달음에 도달하고 싶어했어요. 그 깨달음의 상징이 바로 텅 빈 원형의 바퀴였는데, 아벤다뇨에 의하면 그것은 원주 없는 원이며, 우리 존재의 가장 심오하고 순수한 상태였지요. 이런 것을 알고 또한 이해하려고 무척 애를 썼지만 난 하나도 알아들을 수 없었어요.

"세월이 흐르면서 너는 전략 연구를 통해 무사의 정신을 갖게 될 것이다. 이것이 가장 중요한 가르침 중의 하나다." 그는 갑자기 이렇게 말하면서 무지로 인해 망연자실해하는 나를 깨웠어요. 왜 갑자기 '너'라는 호칭을 사용하면서 이렇게 다정하게 말하는 것일까, 나는 이렇게 생각하다가 문득 그가 내게 말하는 것이 아니라 그 책의 한 대목을 인용하고 있다는 사실을 깨달았지요.

그는 비교적 자주 도쿄에 들렀고 그럴 때면 길고 지루하기 짝이 없는 가부키 공연에 날 초대했어요. 그래서 내가 대대 동료들을 초대해 그들을 거의 잠들게 할 수 있었던 겁니다. 그리고 중령은 서점에서 긴 시간을 보내면서 중세 일본 관련 책들을 구하려고 했어요. 그는 도쿄에 갈 때면 어김없이 사노 세키라는 친구를 찾아갔지요. 선생에게 말한 것처럼 나는 사노 세키와 친한 친구가 되었고 내 제안에 따라 그는 몇 년 후 콜롬비아에 정착했어요. 나는 마치 경호원처럼 중령의 옆에 있으면서, 두 사람이 다도茶道와 꽃꽂이, 특히 태극권부터 검도에 이르기까지 온갖 종류의 무술에 관해 하는 얘기를 들었지요. 중령은 검도란 '칼의 길'을 의미한다고 내게 설명하면서 그의 옆에서 한마디도 놓치지 않고 듣게 했어요. 내가 잘못 이해하지 않았다면 검도의 마지막은 범사範士 자격증인데 거기에는 단지 하나의 원이 그려져 있었어요. 그가 내게 말해준 바에 의하면, 그것은 반짝이는 거울이며 무사의 육체와 정신이 주조된 이후에 이루어지는 완벽한 지혜의 상징이었죠. 이 무사와 제자들은 비밀 단체를 형성했는데 그 단체는 아직도 존속하고 있고 암호와 상징에 둘러싸여 있어요. 지겨워, 나는 바티칸에 있는 무신론자보다 내가 더 따분할 거라고 생각했지요. 의당 복종해야 했으니 그 말을 듣고 있었다는 걸 선생도 이해하겠죠. 심지어 사노 세키까지 머리를 써서 대화에 적극 참여해 두말할 필요도 없이 나를 따분하게 만들었어요. 그런데 왜 중령은 너무나 난해해서 보통의 일본인들조차 이해하지 못하는 그 모든 것들을 알려고 했을까요? 게다가 그의 군복은 대화 상대들에게 편견을 심어주었고, 그래서 그의 책 찾기 작업은 거의 대부분, 다소간 유사하다고 볼 수 있는 다른 책에서 언급된 곳들을 찾아가는 문화 산책이 되었어요. 그게 바로 내가 본 모습입니다. 난 중령이 서적상이나 신사의 사제들 혹은 교수들에게 물으면서 강조했던 것을 잊지 못하지만, 마찬가지로 그 사람들이 그의 말을 들으면서 지었던 표정—바로 지금 선생의 표정이죠—도 잊어버릴 수 없어요. 그러나 항상 책만 찾으러 돌아다녔던 것은 아닙니다. 어느 날 오후 그는 긴자에 있는 어느 서점의 먼지 수북한 책장에서 미야모토 무사시의 전기를 발견하고서 기뻐 어쩔 줄 몰라했어요. 앞서 언급한, 몇 달 동안 대령의 휴식 시간을 빼앗은 『오륜서』의 작가였지요. 우리는 그 책을 발견한 걸 축하하면서 사케를 한 병 마셨어요. 그는 결코 부하들과 술을 마시는 법이 없었는데 그런 점에서 일종의 영광이었지요. 그는 말했고 나는 받아적었어요. 전쟁 문제에 관해서 내가 아는 건 매일 읽고 또 읽은 트로이 공격뿐이었으니까요. 나는 곧 중령이 다섯번째 바퀴를 좋아하는 이유가 『손자병법』과 그것의 전략적 평가에 대한 숭배와 관련이 있음을 알게 됐습니다.

"무사의 운명은 이기기 위해 싸우는 게 아니다. 승리와 패배는 동전의 양면과 같기 때문이다. 무사는 단지 전투에만 관심을 기울여야 한다. 바로 거기에 다섯번째 바퀴, 즉 공空의 바퀴가 중요한 이유가 있다. 그 바퀴에서 정신은, 이기는 것과 같은 온갖 이해관계로부터 자유롭다. 오직 중요한 것은 행동, 즉 전투이다."

그가 말하는 동안 나는 낡은 공책에 억지로 받아적었고, 동시에 갑작스럽게 이루어진 식탁에서의 대화를 동료들이 듣는다면 어떤 표정을 지을지 떠올려보았어요. 그러면서 이런 생각을 했죠. 이렇게 해괴망측하고 모호한 이론을 듣는다면 부대원들은 어떤 행동을 할까? 왜 우리는 한국으로 온 것일까? 전쟁에서 이기겠다는 이기적 생각도 없이 그저 참전의 기쁨을 누리기 위해 이 먼 곳까지 온 것일까? 그래서 중공군들은 그렇게 차분하게 진지에 있으면서, 불모 고지에서처럼 가끔씩만 우리 병사들을 학살하는 걸까? 그렇다면 중공군 진지와 우리 진지 사이에 있는 '미점유지'는 모든 게 완벽하고 완전해질 때까지 아무 일도 일어나지 않는 공의 바퀴가 구체화된 곳일까?

"손자 선생은 중요한 것은 수많은 전투에서 이기는 것이 아니라, 계획함이 없이 이기는 것이라고 말한다." 그는 갑자기 이렇게 말했고 나는 수심에 잠겼어요.

그렇다면 의당 세워야 할 계획을 세우지 않은 채, 중공군들이 매일 우리를 죽이도록 내버려둔 것이란 말인가? 승리와 패배가 동일하다는 중령의 말은 무슨 의미일까? 왜 참전하는지도 모르는 전쟁에서는 어떤 결과가 나오든 마찬가지란 말인가?

영광스러운 사케를 마신 후 우리는 거리로 돌아왔고, 그는 수묵화 기법, 즉 먹으로 그림을 그리고 글씨를 쓴 그림 몇 점을 구입하는 데 집중했어요. 우리는 여러 화랑을 돌아다녔지만 낙담해서 나오기 일쑤였습니다. 대개는 풍경과 동물이 그려진 석판화만 보여주었거든요. 솔직히 말하자면 내게 돈만 충분했더라도 춘화 화가들의 복제 그림을 두어 점 샀을 거예요. 물론 너무 야해서 중령에게는 입도 벙긋하지 못했지요. 결국 아벤다뇨 중령은 대나무 숲에서 경계를 늦추지 않고 무언가를 호시탐탐 기다리는 호랑이 같은 것이 그려진 천을 하나 구입했어요. 반면 사무라이가 칼을 휘두르는 그림은 거절했는데 이유는 모르겠어요. 사무라이의 오른손에선 칼이 번쩍이고, 어깨에 달린 칼집에서 왼손이 또다른 칼을 꺼내고 있는 그림이었지요. 허리에도 칼자루가 두세 개 더 달려 있었어요. 존경받는 군인의 집 거실을 무기와 무력으로 가득 채워줄 그림을 왜 사지 않았느냐고 묻자, 중령은 내가 당황한 것을 알아챘지요.

"흔해빠지고 통속적일 뿐만 아니라 위협적인 그림이야, 야네스." 그는 거의 아버지 같은 평온한 말투로 말했어요. "난 잔잔한 게 좋아. 서양인인 우리는 이해하지 못하는 그 공허한 상태가 좋아. 다시 말하면 나는 생각 없는 정신 상태를 좋아해."

그 마지막 말이 나를 결정적으로 좌절시켰지요. 정말이에요. 생각 없는 정신 상태야말로 일반적으로 군인의 머리를 정의하는 말이 아닙니까? 늘 잔인한 농담처럼 주고받던 말들이 사실이라는 게 이제 분명해진 것 아니겠어요? 나는 갈수록 더 이해가 되지 않았기 때문에 중령의 말에 더이상 신경쓰지 않기로 했어요. 그랬다가는 분명 내가 다음 희생자가 될 것 같았거든요. 나는 내가 다섯번째 수레바퀴의 경계에 있다는 느낌을 받았고, 하늘 한가운데 있는 것처럼, 내 머리에 생각이 없는 것처럼, 완전한 공허가 나로 구현된 것처럼 여기에서 저기로 걸어다녔어요.

중령은 내 불안감을 이해한다는 듯이 나를 지켜보았지요. 그는 자신이 이기적이라고 느꼈는지 하루가 끝날 무렵 내게 자비를 베풀었는데 난 그 행동에 감동하고 말았습니다. 마지막 서점을 방문했을 때 그는 영어판 책을 구입했어요. 그 제목을 보자 나는 매료되고 말았지요. 몇 년 전 세상을 떠난 하야시 후미코라는 여성 작가의 자전소설 『방랑기』였어요. 중령은 내게 그 책을 선물했어요. 영어 실력이 그다지 뛰어나진 않았지만 나는 즐거운 마음으로 그걸 받았습니다. '사색가' 로차와 사전의 도움을 받아 읽을 작정이었지요. 진지로 돌아온 후 나는 로차의 독서량을 알고 또다시 놀라고 말았어요. 하야시 후미코의 작품은 전후 시절과 관련이 깊은데, 대부분 폭격당한 도시에서 가난과 배고픔을 견디면서 날품팔이로 살아가야 하는 여자들의 이야기를 썼기 때문이야, 그가 이렇게 말했거든요.

"그 여자의 단편 중 하나는 말이야," 미군 병사가 운전하는 지프로 가면서 그가 말했어요. "잿더미 속에서 살아남기 위해 자신의 몸을 파는 여자를 다루고 있어. 그 여자는 손님들이 그녀의 육체를 향유한 대가로 지불하는 돈을 사랑스럽게 단지 안에 보관하지. 그런데 그 단지 안에는 전선에서 전사한 남편의 재가 들어 있었어."

비행이 시작되고 몇 시간 동안 소란스럽더니 왜 지금은 비행기 안에 이토록 무거운 침묵이 흐르는 것일까? 마치 장례식의 침묵 같다고 말하고 싶은 생각이 간절하다. 알래스카에 잠시 기착했을 때 무슨 일이 일어난 게 분명하지만 수행원들인 우리에게는 아무것도 알려주지 않았다. 왜 비르힐리오는 알래스카 주가 짜준 관광 여행에 우리와 함께 가지 않았을까? 사실 첫번째 구간에서 그는 유일하게 잠을 자지 않은 사람이었다. 하지만 호텔에 도착해서는 깊이 잠들었던 게 분명하다. 저녁식사를 할 때에도 모습을 보이지 않았고 심지어 출발 시간이 되어서도 나타나지 않았기 때문이다. 우리는 태평양의 기류를 이용하기 위해 아침 여섯시에 이륙할 것이라는 말을 들었지만, 출발 시간이 두 시간 이상 지나도록 비르힐리오는 나타나지 않았다. 그러자 가장 이상한 추측들이 힘을 얻기 시작했다. 항상 말끔하고 우아한 평화협상 자문 위원이 마리화나의 구름 속으로 둥둥 떠다니기 시작할 때 특히 그랬다. 더 조심스럽고 신중하게 행동해야 해, 수행비서진 중의 한 명인 콘데는 이렇게 말했지만, 자문 위원은 이미 열반의 세계 부근을 배회하고 있었다. 눈에 띌 정도로 피곤한 기색을 보이며, 무언가를 후회하는 듯한 얼굴로 힘들고 둔하게 비르힐리오가 도착했을 때는 이미 아홉시가 넘어 있었다. 국방부 장관과 의전 실장이 그를 대동했다. 그들은 설명도 인사도 없이 비행기에 오르고는 곧바로 뒷자리로 향했다. 비르힐리오와 영부인 캐롤라이나가 편안히 있을 수 있도록 두 개의 침대가 구비된 방이었다. 그런데 이상한 건 마지막 비행 구간 동안 그가 그곳에서 한 번도 나오지 않았다는 사실이다. 이륙한 지 삼십 분도 되지 않아 주치의가 안절부절못하면서 링거를 들고 그 방으로 들어갔었다. 링거를 숨기지 않았던 의사는 그곳에서 상당히 오랜 시간을 머물렀다. 여승무원들과 비서진은 우리를 안심시켰고, 심지어 보좌관 하나는 몸이 불편한 사람은 영부인이라고 말하기까지 했다. 음침하고 음산한 생각을 떨쳐버린 다음, 이내 우리는 모두 더이상 참견하지 않고 다시 첫번째 구간 때와 같은 일상으로 돌아갔다. 우리는 책을 읽거나 서류를 점검하고, 졸거나 아니면 비밀 이야기나 험담을 했다. 문득 내가 써놓은 글을 다시 읽어보다가, 나는 아주 오래되었지만 선명하기 그지없는 기억에 사로잡힌다. 우리 어머니를 비롯한 가족들은 삼색 국기와 붉고 푸른 원이 아로새겨진 한국 국기, 그리고 별과 막대기 줄이 그려진 성조기로 뒤덮인 관 주변에 앉아 있었다. 또한 내가 한 번도 본 적 없는 군인 몇 명이 경비를 서듯이 관 옆에 서 있었다. 태평양 3만 피트 상공에서 한국으로 향하는 지금, 나는 그토록 오랫동안 내가 그 기억에 대해 무엇을 궁금해했는지 비로소 깨닫는다. 갈린데스의 말처럼 우리 아버지가 부산의 유엔묘지에 묻혀 있다면, 그 관에는 무엇이 들어 있었던 것일까? 도대체 시체 없는 장례식은 어떤 을씨년스러운 상상의 산물이란 말인가? 친척들이 어떻게든 그를 기리고자 했다는 게 아마 가장 간단한 설명일 것이다. 그들은 내게 그런 설명을 한 번도 해주지 않았지만, 그건 내가 한 번도 설명을 요구하지 않았기 때문이다. 그는 일반 사망자가 아니었고, 전투중에 사망한 일개 병사는 더더욱 아니었다. 그는 전쟁터에서의 혁혁한 용기를 치하하기 위해 미군들이 외국 군인에게 수여했던 몇 안 되는 은성무공훈장을 받은 영웅이었다. 그것이 세 나라의 국기가 있었던 이유였고, 세 나라의 대표들이 장례식에 참석한 이유였다. 그것은 바로 유엔군과 한국군이 하나같이 그를 높이 평가한다는 표시였다. 우리 어머니가 냉정할 정도로 차분했던 이유 역시, 사람들이 경의를 표하는 눈앞의 그것이 빈 나무상자였기 때문이었을 것이다. 나무로 짠 관은 우리 아버지의 매부가 팔로케마오 근처에서 장의사를 운영한다는 것과도 관련이 있었다. 시체 없는 장례식을 치렀지만 매장 의식은 없었던 이유도 이제 설명이 된다. 아니, 있었는데 내가 기억하지 못하는 것일 수도 있다. 사실 그에 대해서는 기억이 가물가물하다. 하지만 이 모든 것의 의미를 점차 깨닫게 된 것과 달리, 어머니의 행동에 대해선 그다지 분명하게 이해가 되지 않았다. 남편이 죽었다고 함께 무덤 안으로 들어갈 필요까지는 없었다고 해도, 몇 방울의 눈물과 얼굴에 아로새겨진 고통의 흔적 혹은 애써 감추려는 슬픔의 표정만 있었더라도 어머니의 영혼이 상처받았다는 느낌을 주기에 충분했을 것이다. 하지만 전혀 그렇지 않았다. 나는 어머니가 전혀 중요하게 생각하지 않는 어떤 영혼의 초상을 치르는 것 같다는 느낌을 받았다. 사랑이나 애정 혹은 다른 감정이 아닌 일말의 동정심만이 느껴졌다. 텅 빈 관 옆에서 상복을 입고 오랫동안 생각에 잠긴 어머니의 모습은 그렇게 말하고 있었다. 당시 나는 그렇게 느꼈다. 그런데 이제 생각해보니 어머니는 이미 아버지가 전쟁터로 가기 전부터 초상을 치렀던 것인지도 모른다. 점점, 모든 게 분명해지는 게 아니라 더욱 혼란스러워진다. 불현듯 음탕한 웃음소리가 들려 나는 깊은 생각에서 깨어난다. 오른쪽을 본다. 앞 좌석 두세 개를 둘러본다. 그리고 세사르 아우구스토가 꽥꽥대는 웃음을 무절제하게 연방 터뜨리며 '더부살이'와 농담을 주고받는 모습을 본다. 다른 승객들 역시 뒤를 돌아 얼마나 우스운 비밀을 털어놓고 있을지 모를 두 사람을 주시한다. 세사르 아우구스토는 날카롭게 떨리는 목소리로 떠들며 너무 웃어 눈물 몇 방울을 흘리고 있고, '더부살이'는 계속해서 기침을 한다. 라비니아는 옆 좌석에서 나를 힐끗 보며 윙크한다. 두 사람의 왁자한 웃음소리에 그녀는 잠에서 깼다. 그녀의 초록색 눈동자는 사랑을 나눈 후의 암고양이처럼 너무나 예쁘고 반짝거린다. 뒤쪽에서 에비타 멘도사가 요란한 웃음을 터뜨린다. 마치 자기 자리에서 여섯 줄 앞에 있는 두 사람이 왜 웃는지 그 이유를 아는 것 같다. 심지어 이런 일에서조차 그녀는 주인공이 되고 싶어하고, 이유도 모르는 파티의 일원이 되어 타인의 소란 속에 끼어들고 싶어한다. 비행기가 이륙한 후부터 그녀는 르네 뒤낭이라는 작가가 쓴 『욕망의 밤』을 읽고 있다. 그리고 틈만 나면 과시하듯이 표지를 흔들어댄다. 그런데 생각해보니 어쩌면 내가 그녀를 부당하게 평가하고 있었는지도 모르겠다. 그녀는 세사르 아우구스토와 '더부살이'의 비밀스러운 농담 때문이 아니라 그 책의 내용 때문에 웃는 것 같기도 하다. 통로를 돌아다니는 카르데나스 장군은 비행기 앞쪽에서 뒤쪽으로 향한다. 뒤쪽에 있는 비르힐리오의 공간은 이제 그의 호위관과 끊임없이 드나드는 주치의를 제외하고는 출입이 철저하게 통제되어 있다. 마치 우리 여행의 목적지가 자기 인생의 방향을 합리화하고 있는 것처럼, 카르데나스는 모든 승객들 가운데 가장 으스대며 잘난 체한다. 하지만 난 그가 거들먹거리는 이유를 조금 심술궂게 추측해본다. 그가 그렇게 행동하는 건 자신이 우리 가운데 유일하게 범죄 현장으로 돌아가는 사람이기 때문이다. 두세 명의 아첨쟁이 기자들이 세사르 아우구스토와 '더부살이'가 경우 없이 떠드는 장소로 가까이 간다. 건질 만한 이야기가 있는지 넌지시 알아보기 위해서다. 무엇 때문에 그렇게 웃지요? 꽃무늬 나비넥타이에 총독의 안경을 쓴 웨이터 복장의 남자가 묻는다. 이야기해줘요, 뚱뚱한 여자 하나가 두 정치인에게 부탁한다. 그녀의 성姓은 우리가 향하는 장소에서 우리나라가 주인공 역할을 한 사건을 기리고 있다. 그녀는 라비니아를 끔찍이 싫어한다. 미학적으로 양립할 수 없다는 이해할 수 있는 이유뿐만 아니라, 같은 직책을 사이에 두고 서로 어느 정도 경쟁하고 있기 때문이다. 하지만 홍보 비서관에 대해 말할 때 사람들은 다들 라비니아를 생각하지, 도널드 덕의 애인과 혼동되는 다른 여자를 떠올리지는 않는다. 여성 홍보책임자라는 직책 뒤에는 경솔함과 천박함이 뒤범벅되어 숨어 있기 마련인데, 어쨌거나 라비니아는 그런 직책보다 훨씬 더 상위에 있는 영역을 책임지고 있다. 단순한 홍보관이 아니라 보다 전문적이다. 라비니아는 비르힐리오의 정치 활동과 관련된 모든 정보를 다룰 뿐만 아니라 그런 정보를 준비하고 관리한다. 대통령궁의 소식을 관리한다는 명목 아래 자기 이름을 드높이는 사람들과는 달리, 라비니아는 결정을 하고 대통령이 해야 할 행동이 무엇인지 구상한다. 특히 국제 관계 업무에서 발군의 실력을 자랑한다. 서울로 가는 대표단의 일원으로 정치학자와 사회학자, 그리고 역사학자를 포함시키는 것이 좋겠다고 제안한 사람은 바로 그녀인 것 같다. 그것은 대통령의 해외 순방에서 이례적인 일이었다. 대표단에는 중앙은행 관리, 재정 분야 장관, 무역 및 경제기획 자문 위원, 그리고 평화나 환경, 국내 치안과 관련된 여러 위원회에 알을 까면서 대통령궁에 입성하려는 야심으로 수많은 직함을 줄줄이 달고 다니는 정치인들도 포함되었다. 장관들, 기업인들, 총신들이 가장 먼저 탑승자로 결정되었는데 아무도 그걸 이상하게 여기지 않았다. 우리 아버지에게는 누가 되는 말이지만, 그들이 없는 대표단이란 시체 없이 치러지는 장례식과 같기 때문이다. 언론이 정치학자와 사회학자, 역사학자의 이름을 흘리자 모두들 이 순방에 매력을 느끼게 되었다. 왜 화가들과 운동선수들은 초대하지 않은 걸까? 이런 의문이 등장하자 라비니아는 마침표를 찍어버렸다. 이런 두려움은 순식간에 번질 수 있었고, 그런 여정이 어디서 어떻게 끝날지는 아무도 알 수 없었기 때문이다. 그녀는 예술가들이란 어떻게 행동할지 알 수 없다고 말했고 그건 사실이었다. 1982년 시인과 배우와 가수 들이 사절단의 일부가 되길 거부한 이후로는 단 한 번도 그들이 외국행 대표단의 일원이 된 적이 없었다. 그렇다면 역사학자들은 왜 초청했을까? 여기서 학자들이라는 말은 적당치 않다. 초대받은 역사학자는 나 혼자이기 때문이다. 그 질문에 그녀는 간단명료하게, 수년에 걸쳐 내가 몇몇 국제전에서 우리나라가 어떤 역할을 수행했는지 연구했고, 여러 권의 책과 보고서가 바로 그런 관심을 보여준다고 대답했다. 하지만 초청자들이 나를 선호한 데에는 또다른 이유가 있었다. 우리 아버지가 미국 정부의 훈장을 받은 군인이었고, 그건 아무 목요일에나 놓는 촛대 같은 게 아니었기 때문이다. 아무도 내가 초대받은 것에 대해 이의를 제기하지 않았고, 심지어 카르데나스 장군조차 그랬다. 나는 정통한 소식통을 통해 참전용사들이 한국에 관해 출판한 내 연구물을 전혀 좋아하지 않으며 나를 전혀 만나고 싶어하지 않는다는 사실을 익히 알고 있었고, 카르데나스 장군도 직접 그걸 확인시켜주었다. 나는 내가 충실하게 확인하고 대조한 후 전쟁에 관해 출간한 자료들 때문에 그들이 분노하면서 이글거린 것인지, 아니면 반대로 국가 영웅의 아들이 그랬다는 이유로 나를 용서하지 않는 것인지 알 수 없었다. 어쨌거나 군인 세계가 나를 좋지 않은 눈으로 바라보고 있고, 야당인 보수당 정치인들은 나를 더욱 좋지 않게 여기고 있다는 것은 분명했다. 내가 우리나라 대통령들 중 최고의 폭군이었던 사람이 네 번에 걸쳐 각각 천 명이 넘는 병력을 연속적으로 한국으로 파견해 그곳의 참호와 고지에서 병사들을 학살당하게 만든 이유가 뭔지 모르겠다고 한 것 때문에 그 정치인들은 나를 조국의 배신자나 마찬가지라며 마구 비난했다. 종합적으로 말하자면 수행원들 중에서 나를 제대로 평가해주는 사람은 거의 없었다. 그래서 세사르 아우구스토와 '더부살이'가 나를 다정하게 예우하는 게 몹시 이상했다. 사람들은 아무 구실이나 삼아 우리 모두를 헐뜯지요, 세사르 아우구스토가 이렇게 말한 적이 있다. 그는 당시 재무부 고위직에 있으면서 하는 일 없이 지내고 있었다. 전봇대처럼 키가 큰 사람이 내게 야비한 미소를 지었다. 그러면서 그의 뺨은 빨개졌고 매서운 눈은 더욱 작아졌다. 이 모든 것을 생각할 때 나는 라비니아가 나를 초대하기 위해 상상을 초월할 정도로 많은 우여곡절을 겪었을 것이라고 본다. 물론 그녀가 실제로 수행원 명단 작성에 관여했다는 가정하에서다. 어쨌거나 지금 나는 여기 있다. 내가 이런 생각을 하는 까닭은 최근 몇 주 사이에 남녀 가릴 것 없이 모두가 라비니아에게 분노를 터뜨렸기 때문이다. 사람들은 그녀의 정직성이 그녀의 머리 색처럼 가짜라고 했다. 그녀가 몇 안 되는 내 편 중의 하나인 아리스티사발 자문 위원의 정부이며, 모든 면에서 너무 쉬운 여자라 심지어 속옷도 입지 않는다고 했다. 하지만 이 역시 매일 생겨나는 험담의 일부에 불과하다.

비행기 안에 점차 침묵이 내려앉는데 그럴 만하다. 마지막 구간은 아홉 시간이 소요될 것이고, 아무도 오늘이 무슨 요일인지조차 알지 못한다. 집단적으로 그르렁거리는 소리가 들리자 또다시 비행기 엔진 소리인가보다 생각하지만 보잉기의 위엄을 고려하면 그런 추측은 시대착오적이다. 사실 그 소리는 승객들 대부분이 한없이 내뱉는 숨소리다. 오랜 시간의 비행 끝에 그들은 마침내 잠들어 코로 당김음 리듬을 만들어낸다. 오십 년 전에는 단발엔진기의 프로펠러 소리 같았다. 우리 병사들은 보병과 해군을 지원하기 위해 그런 단발엔진기를 타고 국토를 가로질러 아마존의 트라페시오 전투로 향했었다. 그러나 지금은 목적지가 다르다. 갑자기 침묵의 마술이 깨졌다. 그 어떤 명령도 없었는데 모두가 무언의 지시를 따르듯이 기내에서 예사롭지 않은 행동이 벌어졌다. 기나긴 여정의 피로에도 불구하고 수행원들은 어떤 시급한 문제를 해결하려는 것 같았다. 측근 보좌관들은 손에 서류를 들고 오갔고, 의전 요원들은 농담이나 신소리를 하지 말라고 긴급지시를 내렸으며, 기업인들은 서류가방을 들고 조바심 내고 있었고, 장관들과 자문위원들은 상임회의에 있는 것 같았으며, 기자들은 험담이건 근사한 말이건 가리지 않고 전례 없이 빠르게 머릿속에서 떠오르는 말들을 적어내려가고 있었다. 그런 무리들 앞에서 라비니아는 자신이 능력 있는 전략가임을 유감없이 보여주었다. 비르힐리오의 주치의와 그의 측근들은 비행기 뒤쪽에서 조용히 말하고 있다. 약 십 분 전 우리는 의사가 산소호흡기를 들고 다시 후미에 있는 방으로 들어가는 걸 보았다. 무슨 일이 있는 것일까? 여승무원들과 수행비서들이 우리를 안심시킨다. 이상하게 보이는데도 모두가 모르는 척하면서 마치 그런 상황이 정상적인 것처럼 행동한다. 나는 좌석 팔걸이에 걸터앉아 있는 알데마르 알후레를 본다. 그는 귀를 쫑긋 세우고서 고해신부의 자세로 알 수 없는 어딘가를 바라보고 있다. 파르도는 그 옆에서 은밀하고 차분하게 자기 죄를 죄다 고백하는 것 같다. 모든 사람은 억누르기 힘든 욕망의 노예야, 나는 비행기 안의 영문 모를 분주함을 지켜보면서 생각한다.

비르힐리오에게는 무슨 일이 일어나고 있는 것일까? 비행기가 이륙하고 첫번째 착륙 지점에 도착할 때까지 나는 계속해서 그를 지켜보았다. 그런데 어느 순간 그가 내 자리로 와 내 연구의 진척에 대해 물었다. 나는 종종 그가 『한국, 기적의 땅을 걷다』라는 책을 읽는 걸 보았다. 유명하지만 좀처럼 찾기 힘든 사이먼 윈체스터의 책이다. 흥미롭군, 나는 생각했다. 연발식 소총의 성姓을 가진 그 작가가 아무런 의도도 없이 이제 기억의 구불구불한 길로 나를 안내하는 스승이 될지도 몰랐기 때문이다. 비르힐리오의 백발과 참을 수 없을 만큼 더듬거리며 말하는 나약한 모습을 보자, 나는 지옥의 기슭에서 단테가 베르길리우스에게 말한 첫 소절이 떠올랐다.

"그럼 당신이 저 베르길리우스란 말인가요? 넘칠 듯한 강물처럼 능변의 원천이 되셨던 그분입니까?"

능변? 나는 갑작스레 엄습한 웃음을 참을 수 없었다. 그러자 비르힐리오는 대화 주제를 바꾸었고, 캐롤라이나와 뱃속이 거북하다는 말을 주고받았다. 나는 실례를 범한 것 같아 조금 창피했다. 알래스카에서 이륙했을 때부터 비행기 뒤쪽에 틀어박혀 있는 그를 왜 그토록 걱정했는지는 모르겠지만, 그런 걱정 덕분에 말을 더듬는 그에게 상처를 준 내 짓궂은 웃음이 용서받은 느낌이었다. 그러나 완전히 마음의 평화를 되찾은 건 아니었다. '더부살이'가 자기 자리로 돌아오다가 내 옆에서 걸음을 멈추는 것을 보았기 때문이다.

"며칠 전에 세사르 아우구스토가 자네가 한국과 관련된 모든 것에 관심을 보인다고 재차 알려주더군."

그가 갑작스럽게 내 생각을 방해한데다 '자네'라는 호칭을 쓴 게 불쾌하고 못마땅한 나머지, 나는 어떻게 대꾸해야 할지 몰랐다. 특히 그의 존재를 히랄도 신부와 분리해서 생각할 수 없었기 때문이다. 할 말이 아니지만, 나는 히랄도 신부와 격앙된 대화를 나누기 일쑤였다. 그건 사랑받는 제자가 갖는 일종의 특권이기도 했다.

"이걸 한번 보도록 해." 그는 갑자기 이렇게 말하면서 내가 묵상에 잠기지 못하도록 했다. 그는 용서받을 수 없는 실례를 범했다는 것을 깨달은 것 같았다.

내가 정중히 거절하기도 전에 그는 『우리들의 일그러진 영웅』이라는 책을 내 손에 쥐어주었다. 작가는 이문열이라는 사람이었고, 뒤표지 문구는 그가 1987년 그해 한국 최고의 작가이며, 그 소설이 초등학생들의 시선을 통해 독재와 권력 남용을 희화화하고 풍자한 작품이라고 소개하고 있었다. 나는 작가 소개에서 작가의 아버지가 전쟁중 월북해 공산군과 합류했기 때문에 그 작가 역시 배신자로 여겨진다는 대목을 읽고는 그 책에 관심이 생겼다. 배신도 상속된다는 말일까? 나는 몇 페이지를 읽었고 밑줄이 그어진 대목에서 눈길을 멈추었다. "한 인간이 회개하는 데 꼭 긴 세월이 필요한 것은 아니며, 백정도 칼을 버리면 부처가 될 수 있다고도 하지만, 나는 아무래도 느닷없는 그들의 정의감이 미덥지 않았다." 무엇이 나로 하여금 곧바로 그 책을 읽게 만들었을까? 제목일까? 한국과 관련된 우리 아버지에 대한 기억일까? 누가 역사의 일그러진 영웅이었을까? 던질 질문이 너무 많아, 나는 이렇게 생각하면서 그 짧은 작품을 덮었다. 그러고는 기본적인 예의를 갖추기 위해 자리에서 일어나 '더부살이'에게 다가갔다. 그는 자기 친구와 한창 비밀 이야기를 주고받고 있었다. 적어도 그들의 짓궂은 미소는 그렇다는 걸 나타내고 있었다.

"이 책을 이틀 정도만 빌려주시겠습니까? 돌아오는 비행기를 타기 전에 돌려드리겠다고 약속합니다."

"그냥 가져도 괜찮네. 난 이미 읽었거든." 그는 거의 귀찮은 듯한 몸짓을 하며 말했지만, 그의 말은 갑작스러운 아량을 보여주기에 충분했다. 사실 그런 아량을 보인 건 그의 명성과는 상반되는 행동이었다. 그는 내게 등을 돌리더니, 다시 자기가 피운 바람의 목록으로 돌아갔다.

잠시 후 서류철을 점검하느라 여념이 없는 라비니아가 다시 나의 관심을 끈다. 나는 그녀를 알게 된 시절을 떠올려본다. 당시 그녀는 어느 다국적 회사의 제품 관리실에서 내 아내와 함께 일하고 있었다. 평온했던 시절로, 조신한 사람들은 특례 조치의 향유를 자랑으로 여기고 있었고, 좋건 싫건 우리는 모두 제대로 실시된 계엄령의 용도를 알고 있었다. 라비니아는 시도 때도 없이 주머니에 손을 넣고, 거리의 웅덩이를 펄쩍 펄쩍 뛰어다니면서도 넘어지지 않는 놈팡이의 애인이었다. 그 남자는 공포에 찌들어 있었고 죽도록 얻어터진 채 세상에 태어난 것 같은 인상을 풍겼다. 그런 연애는 오래 지속될 수 없었다. 실제로 그들의 관계는 결별을 향해 돌진했고, 그러자 라비니아는 우리 무대에서 모습을 감추었다. 그녀는 잠시 해외에 체류했고, 귀국한 뒤로는 비르힐리오와 오라시오를 비롯해 매일 우리에게 퇴폐의 맛을 보여주던 무리 옆에서 스스로 후광을 비치며 두각을 나타냈다. 그녀는 미남이며 그리 똑똑하지는 않은 마룰란다라는 사람과 결혼했고 행복한 것처럼 보인다. 분명히 그렇다. 이번에는 남자가 집에 남아 있게 되었기 때문이다. 아내 말로는 다국적 회사에서 일하던 시절 라비니아는 집요하고 고집 센 간부였다. 어느 날 그녀는 독일 기업 대표로 파견된 고객과 사업 계획을 마무리하다가 화장실에 가는 걸 잊어버린 나머지 방광이 터지기 직전에 이르렀다. 단지 몇 발짝 옮길 시간뿐이었다. 그러자 그녀는 커다란 구리 냄비에 웅크리고 앉았다. 톱밥과 모래가 그득했던 그 냄비는 테켄다마 호텔에 있는 '치스파스' 바의 종업원들이 재를 버리려고 바닥에 둔 것이었다. 아내는 깔깔대고 웃으면서도 화들짝 놀랐고 라비니아의 웅크린 몸을 가려주겠다는 갸륵한 마음으로 그녀 주위를 끊임없이 빙빙 돌았다. 라비니아는 긴급한 용무로 그 냄비의 4분의 3을 채웠다. 심지어는 그런 절박한 상황에 처한 여자들이 가장 많이 실천에 옮기는 의식 가운데 하나를 용의주도하게 행했다. 대문호들은 그걸 '손가락 오줌'이라고 부른다. 오른손 집게손가락에 사랑스러운 오줌을 적시는 것인데 행운을 불러오는 확실한 방법이다. 지역 기업에게 큰 이익을 안겨줄 그 계약은 즉시 체결되었다. 서류에 온 정신을 쏟고 있는 빨간 머리의 미녀를 주시하면서 나는 내 서류들을 생각한다. 예방 차원에서 원본은 집에 두고 왔지만 사본 몇 부를 서류가방에 넣어 가져왔다. 이제 거기에 카르데나스 장군과 나눈 대화를 통해 몇 페이지가 덧붙여졌는데, 특히 주인공들의 목소리를 통합하고 정리하는 방법에 관한 내 생각을 적어두었다.

인터뷰가 끝난 후 인시그나레스는 그 모든 자료를 어떻게 정리할 거냐고 내게 물었는데 일리가 있는 지적이었다. 해결 방법은 쉽지 않다. 오히려 갈수록 복잡해지는 것 같다. 여러 의문이 나를 괴롭힌다. 나는 회상의 열기, 사건을 실제로 경험한 사람들의 목소리, 즉 각각의 새로운 정보에서 증식되고 커지며, 각자의 정체성을 지닌 다중多衆이 되는 '나'를 모두 존중하고 싶다. 인터뷰에 응한 사람들은 각자 전쟁에서 겪은 일에 관해 감격에 젖어 말했고, 그 이야기가 다른 사람들의 이야기와 모순되리라는 것은 처음부터 분명했다. 장교들의 회고록이나 참전용사들이 쓴 몇 권의 책, 그리고 전쟁에 관한 백과사전 항목들이 말하는 것과도 전혀 일치하지 않았다. 그래서 그런 증언들이 공식적 사실과 공개적으로 상충된다 하더라도 나는 내게 자신들의 경험을 말해준 사람들의 이야기를 존중하기로 마음먹었다. 일관되지 못한 이야기들이었다. 어떤 것은 잘난 체하는 마음을, 또 어떤 것은 원한을 품고 있었으며, 대부분은 감정에 치우쳐 있었다. 나는 여러 참전용사들이 전사하거나 실종된 동료들, 그러니까 사건을 재구성하는 데 필수적이지만 죽거나 실종되는 바람에 하는 수 없이 입을 다물어야만 했던 사람들에 관해 회상하는 것에 특히 관심이 있었다. 여기에는 증언들을 대조하고 주관성과 대담함의 무게, 혹은 기억의 공백을 적절하게 평가하는 작업 역시 반드시 필요했다. 내 마음대로 한 유일한 작업은 로돌포 몬살베와 라파엘 온티베로스의 관대한 도움을 얻어 내밀한 이야기들의 말투를 점검하는 일뿐이었다. 그러지 않으면, 은어와 사투리, 관용구가 뒤범벅된 결과가 나올 것이 뻔하기 때문이었다. 그래서 나는 몇몇 장교들이 내 보고서 가운데 이미 출판된 몇몇 부분을 의문시하면서, 실제로 있었던 일처럼 그럴듯하게 꾸며낸 판본에 불과하다고 한 경멸적인 의견을 수용하지 않는다. 그럴듯하게 꾸몄건 아니건, 내 판본은 적어도 가장 확실하고 믿을 만하며 이해 가능하게 쓰여 있다. 사실 군인들은 혼란스러운 어투로 사건들을 서술했다. 끔찍하게 엉망으로 서술했을 뿐만 아니라 많은 경우 사실과 부합되지 않는다. 나는 사건들과 정면 대결하는 방법을 택했고, 그래서 전선에 있었던 사람들의 증언에 바탕을 둔다. 카르데나스 장군을 비롯해 나를 신랄하게 비판하는 군인들은 도서관의 화석화된 자료나 자신들의 기억에 의존할 뿐이다. 그런 기억들이 얼마나 많은 칵테일파티나 화려한 만찬에서 왜곡되고 망가졌는지는 아무도 모른다. 아무리 거짓 없이 말하려고 해도 그들은 주관적 정보에서 벗어날 수 없으며, 더군다나 내 보고서가 포함하고 있는 여러 전선을 다룰 수도 없다. 또한 교대하거나 대체한 각각의 부대에서 무슨 일이 일어났는지도 알 수 없고, 나와 이야기한 장교들과 병사들의 의식에도 접근할 수 없다. 말투는 열외로 치더라도, 내가 나눈 모든 대화를 녹음한 테이프는 그것들을 생생하게 보여주는 증거이다.

나는 선택된 몇몇 주인공들의 이름에 따라 다시 서류들을 정리하려고 노력하지만 수많은 일화들이 반복되고 있음을 깨닫는다. 여러 목소리의 이야기 가운데 하나만 골라야 한다. 보고타 북쪽 주둔부대 훈련 시절부터 제대와 귀국까지의 사건들을 시간 순서대로 추적하는 방향으로 기울고 있긴 하지만 이야기의 순서도 여전히 걱정이다. 나는 후방부대 군인으로 있었던 비야밀의 최종 진술에 관심이 간다. 그는 한 번도 전투에 참가하지 않았지만 부대가 마지막 주둔 기간에 겪은 모든 사건들을 서술했다. 나를 비난하는 사람들이 입을 다물고 있긴 하지만, 내가 보기에 이제는 연구를 시작했을 때보다 전체적인 그림이 훨씬 분명해졌다. 나는 정권태 교수에게 서울대학교 역사학과 문서 자료를 살펴봐달라고 한 것이 큰 도움이 되리라고 생각한다. 물론 친구가 소재를 확인해준 참전용사 갈린데스의 증언을 들을 일을 생각하면 아직도 잠을 설친다. 그의 존재만으로도 지금까지 결정적이라고 주장된 진실이 해체되거나 아니면 적어도 의문시될 수 있기 때문이다. 내가 이 여정을 반기는 세번째 이유는 바로 여기에 있다. 마침내 우리 아버지의 마지막 순간에 가까이 있었던 사람과 얘기를 나눌 수 있으리라는 것. 아버지를 떠올리며 나는 슬픔에 잠긴다. 갑자기 음산한 것이 내 주변을 떠돌아다니는 느낌이 든다. 잠시 서류에서 눈을 돌리자 이 기나긴 여정에서 다시 한번 기내가 조용해졌다는 걸 깨닫는다. 대부분의 승객은 졸고 있고, 몇몇은 무언가를 읽고 있으며, 나 같은 그 밖의 사람들은 기억의 가장 깊은 곳에 빠져 있다. 유령들이 타고 있는 비행기의 모습은 나를 더욱 불안하게 만드는 다른 모습을 떠오르게 한다. 내가 어린 시절의 기억 속으로 빠져들고자 할 때마다 갑작스럽게 나를 강타하는 모습이다. 다시 비르힐리오의 주치의 때문에 나는 생각의 늪에서 헤어나고, 그가 산소호흡기를 들고 비행기 뒤쪽 방으로 들어가는 걸 본다. 무언가 위급한 일이 일어날 순간이라는 사실을 직감한다. 그러자 내 심장은 빠르게 고동치기 시작하고, 식은땀이 이마와 목덜미부터 발까지 온몸으로 흘러내려 얇은 막을 형성한다. 아버지의 죽음과 그것을 둘러쌌던 상황에 준해, 승객들의 숨소리조차 들리지 않는, 아무도 모르는 신비스러운 무덤을 향해 하염없이 떠가는 것처럼 보이는 이 비행기보다 기다란 나무관에 더 흡사한 것이 있을까?

제6부

1

나는 무엇이 '옥문玉門'의 밀실에서 그 사건을 야기시켰는지 모르겠습니다. '옥문'은 '임금의 문'이라고 번역될 수 있는데, 실제로는 '음부'라는 뜻이에요. 요코하마의 허접한 사창가 입구에서 시작된 사소한 싸움이 몇 달 후 도쿄의 음란한 지구로 무대를 바꿔 콜롬비아 장교들 사이에서 가장 불편한 일화 중의 하나가 되었죠. 거나하게 술에 취한 비나스코 중위는 게레로 대위를 신랄하게 비난했고, 게레로 대위는 동료들의 괴로워하는 시선 앞에서 이상하게도 입을 다물고 있었어요. 비나스코 중위의 가시 돋친 말은 차별 대우, 그러니까 대위가 '아르시에소'와 카를로스 치카 같은 몇몇 병사들에게만 편파적인 호의를 베푼 것과 관련이 있었지요. 적군이 보여준 냉혹함과 그로 인한 고통 때문에 모두 슬픔에 잠겨 있을 때, 비나스코 중위가 이 두 사람의 이름을 입에 올렸어요. 그러자 장교들은 서로 쳐다보기만 할 뿐 침묵을 지켰고, 모두가 익히 아는 분위기 속에서 언쟁에 끼어들려고 하지 않았어요. 비나스코 중위는 무슨 목적으로 그런 난리를 피웠을까요? 상관을 모욕해 재판에 회부되고 싶었던 걸까요? 물론 직접적인 모욕이 아니라 빈정거리는 수준이었지만 아무도 개입할 엄두를 내지 못했어요. 이름들이 나열된 단순 비난에 불과했지만, 사실 그 자체만으로도 대위의 남성성에 대한 공격이라는 사실은 부인할 수 없었지요. 대위는 침묵을 지켰고, 비나스코는 사케 한 병을 더 바닥내면서 앞뒤가 전혀 맞지 않는 말을 뱉어냈어요. 마침내 중위의 오만한 태도와 동료들의 공개적인 비난의 눈초리를 참지 못하고 대위는 벌떡 일어났습니다. 마찬가지로 술기운에 비틀거리면서도, 눈에 핏발을 세우고 그의 눈을 뚫어지게 바라보며 맞섰지요.

"중위에게는 내가 부대원들을 차별했다고 비난할 권리가 없다. 중위 역시 훈련 초기부터 트루히요를 아끼지 않았나?"

납으로 만든 묘비처럼 무거운 침묵이 흘렀고 중위는 입을 꾹 다물고 있었습니다. 대답이 준비되어 있지 않았던 거지요. '옥문'의 여자아이들 몇은 그 불편한 틈을 이용해 손님들을 접대했어요. 스페인어를 알아듣지는 못했지만, 그 누구라도 언쟁하는 자들의 표정과 말투가 감격스러움이나 따스함과는 거리가 멀다는 것을 눈치챌 수 있었거든요. 여자아이들은 무사의 시선, 그러니까 성난 사무라이의 시선은 절대 모호하지 않다는 것을 잘 알고 있었고, 그래서 그 시선에 대한 응답이 있기 전 시간을 이용하는 방법을 택했던 겁니다. 질문을 받은 상대방 역시 강한 어조로 대답하리라는 걸 익히 추측할 수 있었으니까요. 다시 술을 마시고 옆에 있는 사람들을 부드럽게 애무하면서 그들은 공손하게 분위기를 정화시켰어요. 하지만 이런 의미 있는 행동은 그들이 부드럽게 바꾸려고 한 거친 분위기보다 더 미묘한 문제를 부각시켰어요. 말다툼을 벌인 장교들은 그러니까, 여자들을 옆에 끼고 있지 않았거든요. 이틀인가 사흘 후 후방부대로 돌아왔을 때 나는 당시 일을 카다비드에게 모두 말해주었어요. 북한군과 중공군에 대한 공격이 강도 높게 진행되고 있을 때였지요. 그런데 이상하게도 '친절한 사람'은 핫도그와 케첩 같은 사이였던 몬살베에게 그 이야기를 들려주지 않았어요. 만일 그가 그 이야기를 들었다면, 선생도 상상할 수 있듯, 군인들에 관한 책을 쓰면서 그 사건을 인용했을 텐데 말이지요. 그건 그렇고, 몬살베가 쓴 건 책이라기보다는 우리 세대를 비판하는 팸플릿 수준이에요. 개똥 같은 우리 삶을 긁어 후비는 대표적인 방식이죠. 이러다 이야기가 옆길로 새겠군요.

모든 게 아주 일찍부터 시작되었습니다. 우리가 추위에 꽁꽁 언 몸을 담근 가조엔 간코 온천 근처의 술집이었지요. 어떤 노인이 다가오더니 한참 동안 우리와 이야기를 나누었지요. 그 노인은 '대전大戰'에 관한 이야기를 꺼냈습니다. 과달카날 전투와 이오지마 전투를 회상하면서 말했는데, 그에게 전쟁이란 육 년 전 1945년 8월에 온 나라와 천황에게 수모를 안겨준 제2차세계대전뿐이었습니다. 그는 30년대 중반 만주에 주둔했던 관동군이었어요. 위대한 천황을 엉망으로 만들어버린 군국주의를 비난했고 그게 어떤 의미였는지 잘 알고 있었지요. 이제 우리는 아무것도 아니오. 침략군의 경유지일 뿐, 한국이 그러하듯, 이 지역의 다른 나라를 침략하기 위한 이륙 기지에 불과하지요. 노인은 슬프게 울부짖더니 사케를 쭉 들이켜면서 분노를 잠재우려고 했어요. 하지만 얼마 후 노인은 우리에게 급한 게 무엇인지 깨닫고서, 이 세상 그 어떤 군대의 군인도, 참전용사가 됐건 말단 병사가 됐건 전쟁 이야기나 하려고 술집에 가진 않지, 그들은 여자 얘기만 합니다, 라고 말했지요.

"'네무레루 비조'에 가본 적 있습니까?" 노인은 이렇게 묻고는 마치 말이 잘못 나왔다는 듯이 다카무라가 대답도 하기 전에 자기가 먼저 말했어요. "내가 무슨 소리를 한 건지 원. 당신들은 아직 너무 젊은데." 그러나 이미 그의 말은 우리에게 타격을 주었고, 믿어지지 않는다는 눈빛으로 일그러진 다카무라의 얼굴 표정이 그걸 분명히 말해주고 있었습니다.

"'네무레루 비조'가 뭐지요?" 우리는 궁금함을 참지 못하고 노인의 말에 담긴 역설에 자극받아 이구동성으로 물었어요. 왜 우리에게 사창가 출입을 금지하는 것일까? 우리가 염소 한두 마리도 풀지 못할 정도로 어리다고? 우리 것도 아닌 전쟁에서 죽기에는 충분히 나이가 많고? 다카무라는 그곳에는 노인만 출입 가능하다고 했습니다.

"좋아요." 사창가 탐험에는 한 번도 빠지지 않은 인시그나레스가 말했어요. "출입의 필수조건이 예순 살이라고 해도, 그 집에서 어떤 서비스를 하는지 정도는 말해줄 수 있죠?"

다카무라가 왠지 이러지도 저러지도 못하면서 말을 더듬는 사이, 노인이 육체와 그 신비를 바라보는 동서양의 눈이 얼마나 다른지에 대해 얘기하기 시작했어요.

"미묘한 정도가 아니라 아주 깊은 차이가 있지요." 훈계조였지만, 우리는 노인의 말을 끊지 않고 잠자코 들었습니다. 노인은 타인이 사랑을 나누는 장면을 훔쳐보고 싶어하지 않는 일본인은 아무도 없고, 섹스의 필수요소 중 하나가 남들의 시선을 느끼는 거라고 설명했어요. 그러면서 물었죠. 사랑의 행위를 재현하는 그림들, 그러니까 한쪽 구석에 제삼자가 있는 그림을 본 적이 없습니까?

그러고는 사다에 관해 말했어요. 서른여섯 살에 정욕에 사로잡혀버린 그 매력적인 여인은 쾌락의 형식을 죄다 경험한 후 애인과의 합의하에 그의 목을 졸랐어요. 그런 괴로운 상황 후에 사정하도록 하기 위해서였어요. 그러고서 그 여자는 사랑하는 음경을 잘라 비단 손수건에 싼 다음, 가장 소중한 물건처럼 고이 간직했지요. 며칠 후 사람들은 미쳐버린 사다가 도시의 거리를 배회하는 모습을 볼 수 있었어요. 다시 술을 마시면서, 노인은 기억을 활짝 열고서 향수에 젖었습니다.

"바로 그해였소." 그는 회상에 젖은 부드러운 목소리로 말했어요. 마치 마음속에 달콤한 평온함이 자리잡은 것 같았지요. "우리나라의 호전적 무사정신이 패배를 맛보자, 우리는 애잔한 사다의 사랑 이야기가 비슷한 상황을 예고하는 전주곡이었음을 깨달았소. 다음번 두 사람의 자살은 사랑 때문도, 감각의 미스터리를 탐구하기 위해서도 아닌, 제국주의 군대의 두 형제가 서로를 죽일 듯 충돌하면서 재촉한 죽음의 협정이었지요. 다케야마 신지 중위와 그의 젊고 아리따운 아내 레이코는 목숨을 끊기로 마음먹었소. 그들의 열정은 자살에 대한 자연스럽고도 인간적인 두려움마저 극복하게 했지요. 그들에게 죽음이란 범접할 수 없는 존엄한 행위가 아니라, 가장 불안하고 가장 매력적이고 가장 알려지지 않은, 오르가슴의 한 단계였으니까. 신지 중위는 천황의 군대를 이끌고 자신의 가장 친한 친구들인 반란자들을 진압해야만 했지만, 자신이 그러지 못할 것임을 잘 알고 있었소. 그리고 그들 옆에 있을 수도 없었지요. 이미 너무 늦어 거리에서 싸움이 시작되었기 때문이었소. 중위의 아름다운 아내는 남편이 자살하고자 하는 이유를 이해했고, 그 계약을 거의 아무 말 없이 받아들였지요. 중위는 자신이 선택한 증인인 레이코 앞에서 할복자살을 하고, 그런 다음 레이코는 스스로 자기 목을 찌를 작정이었소. 화촉을 밝힌 지 육 개월도 지나지 않았을 때의 어느 날 밤, 그들은 사랑을 나누었소. 그리고 사다가 그랬듯이, 신지는 마지막 오르가슴의 전희에서 그것이 무한한 욕망을 지닌 창녀들이 느끼는 전희와 같다고 생각했지요. 여러분도 이 이야기를 읽었을 테니 자세하게 이야기하지는 않겠소. 단지 나는 여성적이고 황홀한 죽음이란 건 없었다는 사실만은 말하고 싶소. 정말이지 사다와 그 여자의 애인, 그리고 레이코와 그녀의 중위의 경우처럼 관능적이고 육감적인 죽음이란 건 없었어요. 모든 게 불과 몇 달 사이에 일어났지요. 바로 그 끔찍했던 1936년이었소." 노인의 눈에는 그토록 중요한 의식에 자기가 배제되었다는 상처 입은 존엄성이 아로새겨져 있었지요. "레이코와 신지의 이야기를 들려준 사람이 그 이야기를 하며 자기 인생에 종지부를 찍는 의식을 머릿속에 그려봤으리라는 사실을 덧붙일 필요는 없겠지요." 노인은 마침내 굶주려 있던 머뭇거리는 입술에 마지막 사케 방울을 적셨습니다.

이야기를 들려준 후 그는 '옥문'으로 이동하자고 제안했어요. 거기 가면 사다의 동료 몇이 그녀처럼 다정하게 우리를 접대할 거라고 했지요. 그 여자의 애인처럼 끝나버리는 건가요? 몇 명이 공포에 사로잡혀 이렇게 물었어요. 아니에요, 괜찮습니다, 우리는 평범한 서양식이 좋아요, 우리는 이렇게 말했고 이내 흩어졌지요. 하지만 몇몇은 밤의 수수께끼를 탐사해보겠다고 고집을 부렸어요. 그중에는 게레로 대위, 비나스코 중위, 그리고 물론 나도 있었지요. 우리는 노인의 안내를 받았어요. 그의 이야기를 들은 후 그의 마지막 초대를 받자, '네무레루 비조'의 밀실에서 일어나는 일에 관해 우리가 관심을 보이며 던진 질문이 갑자기 아무 의미도 없게 되었다는 사실이 내 머릿속을 떠나지 않았지요. 그래서 그룹에서 약간 뒤처져서 다카무라에게 무자비한 질문 공세를 퍼부었어요. 그는 우리가 자기 나라의 가장 예민하고 민감한 기억을 향해 밀도 높은 순례를 한다는 사실에 괴로워했죠.

"노인들은 마치 잠자는 창녀들 앞에서 자위를 하기 위해 자기들이 가진 모든 것을 주는 것 같아요." 그가 너무나 단호하고 사실적으로 어찌할 수 없다는 표정을 지었기 때문에 나는 또다른 질문을 던질 수가 없었어요.

그렇다면 '옥문', 그러니까 '임금의 문'은 어땠을까요? 정말이지 노인의 조언을 따를 가치가 있었어요. 그곳은 모든 종류의 취향을 만족시켜 주는 장소였습니다. 나는 그 어디에서도 비슷한 장소를 보지 못했고, 그런 것들을 꿰뚫고 있는 인시그나레스 역시 자기도 마찬가지라고 고백했어요. '임금의 문'은 그 어느 때보다 활짝 열려 있었어요. 기다란 나무벽 복도에는 미닫이문이 나 있고 그 뒤로 아늑한 밀실들이 자리잡고 있었지요. 그곳에서 안내자, 자줏빛 기모노를 입은 한 게이샤가 조심스럽게 신호를 보내고는 우리에게 그 집의 메뉴를 보여주었어요.

첫번째 칸막이방에는 '아카 수바리'라는 명칭이 붙어 있었어요. '붉은 단추', 즉 클리토리스를 의미하는 단어였지요. 열 살에서 열두 살가량의 여자아이들이 마치 지독한 색광들을 위한 선물처럼 그곳에서 대기하고 있었습니다. 수줍어하거나 흥분한 어린 십대 소녀들은 일종의 앨범을 보여주었는데, 그 그림 덕분에 손님은 한마디도 할 필요 없이 자기가 원하는 자세와 성교의 종류를 선택할 수 있었어요. 그러고서 우리는 '게부로'라고 불리는 보다 넓은 장소로 옮겼어요. 그 명칭은 '엄청난 음부'를 의미했는데, 그곳에는 성경에서보다 더 다양한 여자들이 함께 있었지요. 키가 큰 여자, 왜소한 여자, 뚱뚱한 여자, 깡마른 여자, 나이가 조금 든 여자, 나이가 많이 든 여자. 여기서 흥미로운 일이 일어났습니다. 어린 여자아이들이 언제든 시중들 준비가 되어 있었는데도, 가장 늙은 여자들의 가슴 설레는 지혜에 우리의 관심이 쏠렸던 거지요. 그 여자들의 세련된 동작은 잠시 잠깐 눈동자를 바라보고만 있어도 그 안에서 예고하는 강좌를 평생 듣고 싶은 마음을 불러일으키기에 충분했어요. 매음굴을 찾아온 부대가 가장 어린 창녀들에게 등을 돌리고 예순 살은 족히 넘는 풍채 좋은 여자들을 고르는 것을 아무도 이상하게 여기지 않았어요. 극단끼리는 서로 통하는 법이지. 우리는 그 집의 진상품을 소개하는 자줏빛 기모노 여인의 뒤를 따라다니면서 이렇게 말했어요. 초조해하는 십대 소녀들로 가득한 방은 방문객들에게 커다란 기쁨을 선사해주었어요. '슈소'라고 불리는 방이었어요. '봄의 풀'이라는 뜻이지만 우리 식대로 발음하다보면 '추소', 즉 '음경'이 되어버려 우리는 재미있어했고, 몸 파는 여자들은 자신들의 만년을 영광되게 하는 그 단어를 몹시 좋아했어요. 계속해서 자그마한 칸막이방이 열리더니 가장 까다로운 취향의 입맛도 만족시킬 만한 게 나타났습니다. '헤소쉬타 사우준', '배꼽 아래로 3센티미터 떨어진 곳에 있는 것'이라는 의미의 방이었어요. 마치 이 땅의 온갖 동물이 승선해 사랑을 즐기는 노아의 방주 같았지요. 그곳에는 아름다운 꿩들이 있었는데, 그 꿩들은 사랑의 절정에 이르면 계속되는 최고의 수축 운동으로 목이 부러져요. 동물의 왕국에 있는 암컷이나 그 어떤 여자에게서는 결코 받을 수 없는 느낌이라고 우리의 안내자는 감동조로 말했어요. 그리고 일단 열정이 만족되면 사랑스러운 꿩은 고귀한 소스로 요리되고, 만찬에 나가 정력을 되찾게 하는 데 쓰인다며 매우 실용적으로 덧붙였지요. 그때까지 살아남은 우리는 '쿠사무이아', 즉 '작은 숲'이라고 불리는 밀실로 갔어요. 그곳에는 양과 해우, 개코원숭이의 암컷들이 평화롭게 공존하고 있었죠.

"맙소사!" 인시그나레스가 갑자기 소리쳤어요. "우리는 산 라파엘 데 바를로벤토에서 일본인들을 근소한 차이로 이기고 있어. 지금까지 여기서 본 바로는, 이들은 사랑에 빠진 노새에 관해선 모르고 있거든."

갑자기 조국을 떠올리면서, 우리는 조용히, 그리고 모두의 합의 아래 사교 살롱으로 갔습니다. 그리고 메뉴 중에서 가장 전통적인 음식, 즉 국가적 아페리티프에 해당하는 것을 만나게 되었지요. 시중드는 여자들과 함께 술을 마시고 이런저런 이야기를 나눈 겁니다. 그 여자들은 '게이샤'라고 불렸고, 사전 선택된 그녀들과 함께 술을 몇 잔 마신 후에 그림이나 오페라에 관해 이야기를 주고받을 수 있었어요. 그런데 과감하게도 이 아페리티프 과정중에, 비나스코 중위와 게레로 대위는 부대원 몇 명이 앞에 있다는 사실도 개의치 않고 떠오르는 태양 아래 서로를 비난했습니다.

"이봐 '고졸', 우리도 의심스러워하는 것 때문에 저들이 저렇게 싸울 바엔 말이야," 완전히 술에 취한 '검둥이' 구아린이 말했어요. "차라리 십대 여자애들의 밀실에 남아 있는 게 낫지 않았을까?"

그러나 핏물은 강으로도, 그 어떤 곳으로도 흘러가지 않았어요. 우리 모두 권투 시합을 구경하려고 준비하고 있었지만 아란다 중위와 인시그나레스가 두 싸움꾼을 떼어놓았지요. 게레로는 화장실에 가서는 돌아오지 않았어요. 비나스코가 오 분 후에 잠들자 동료들이 힘을 합해 간신히 그를 부대로 데려갔습니다. 어쨌든 아무 일도 일어나지 않았지만, 실제로는 모든 일이 일어났고, '옥문'의 상인방 아래서 모욕적인 언사와 빈정거림을 주고받으며 합의한 것은 그 순간부터 완전히 깨어질 수도 있었어요. 그렇다면 엘킨은 어떻게 된 것일까요? 아마도 내 대답은 선생에게 별다른 걸 전해주지 못할 겁니다. 하지만 대위는 중위의 비난에 근거가 없다는 것을 보여주기 위해 엘킨이 구조정찰대 병력으로, 그것도 비나스코 휘하로 차출되었을 때 반대하고 나서지 않았어요. 하지만 이건 또다른 이야기예요.

2

만일 선생이 여기를, 그러니까 손이 잘려나간 부분을 만진다면, 나는 아직도 감각이 있어서 선생 손을 느낄 수 있다고 맹세할 수 있어요. 추우면 마치 차가운 바람이 뼛속으로 스며드는 것처럼 아파오기도 하지요. 오랜 세월이 흘렀지만 아직도 오른손으로 물건을 집으려고 한다는 사실에 종종 소스라치게 놀라곤 해요. 땀을 흘릴 때면, 있지도 않는 손을 이마로 가져가 땀을 닦으려고 하지요. 절단된 손의 남은 부분이 존재하지도 않는 손의 살과 뼈가 되려 하는 그 고통스럽고 애처롭고 헛된 동작을 깨닫게 되면 나 자신이 불쌍하게 느껴집니다. 솔직히 고백하자면 종종 일어나는 일이고 그럴 때마다 분노를 느껴요. 트레호스가 던진 수류탄은 너무 가까운 곳에 떨어졌어요. 거의 비나스코 중위의 발치였는데 그는 아무 위험도 눈치채지 못하고 있었죠. 왜 내가 그걸 제때 멀리 던져버려야 한다고 생각했는지 모르겠어요. 내가 수류탄을 집어 전진하고 있던 적을 향해 있는 힘을 다해 던지려고 했을 때, 손이 날아가버렸어요. 나는 팔을 활짝 펴고 수류탄 투척 자세를 취하려고 했죠. 안 그랬으면, 난 선생에게 이 이야기를 들려주지도 못했을 겁니다. 곧바로 의식을 잃진 않았어요. 불에 그을린 살과 뼈와 근육섬유로 이루어진 조각을 볼 수 있었지요. 피가 줄줄 흐르고 있었어요. 중위가 다가오더니 내 몸을 더듬으면서 수류탄 파편에 상처 입은 다른 부분은 없는지 살폈어요. 그때 나는 공포에 질려 해쓱해진 그의 얼굴을 보았어요. 그는 창백한 표정으로 말을 더듬었지요. 그 모습을 끝으로 나는 기절했습니다. 나중에 들은 바에 의하면 헬리콥터가 나를 기지로 옮겼고, 그곳에서 도쿄로 이송되어 도쿄에서 몇 주 동안 입원했다고 해요. 회복병동에서 걸어다니기 시작했을 때, 나는 오른쪽이 텅 빈 상태가 되어 나를 삼켜버리려고 한다는 걸 알게 됐어요. 균형 감각을 잃어버렸던 거죠. 아직도 절룩거리는 것 같다는 이야기를 듣는데 난 그게 무슨 뜻인지 이해가 돼요. 마치 내 오른쪽에 세상이 없는 것과 같아요. 샤워를 할 때 김 서린 거울에 비친 내 모습을 흘깃 쳐다보면, 내 자신이 점점 커져가는 무정형의 기괴한 그루터기 같다는 생각이 들곤 합니다. 난 용기를 내야 한다고, 내게 소용이 없는, 아니 전에는 소용이 없었던 손으로 나를 둘러싼 것을 이겨내야 한다고 느끼지요. 사랑의 고독부터 가장 수치스러운 몸치장에 이르기까지 모든 걸 왼손으로 할 수 있도록 다시 배워야 했어요. 그 손으로 글 쓰는 법을 배웠고, 운전을 익혔고, 옷 입는 법도 배웠어요. 도쿄에서 수족이 부자연스러운 사람들과 어울리면서 포커의 악습이 재발했습니다. 나는 그걸 '악습'이라고 말하고 싶어요. 예전에는 포커게임이 내게 최고의 오락이었는데, 이제는 현실도피를 위한 강박이 되었기 때문이죠. 잘 봐요. 입술에 담배를 물고, 왼쪽 손가락들로 카드를 섞으며 나눠주는 모습을. 그런데 이상한 건 내가 한 번도 진 적이 없다는 겁니다. 몇 년 동안 노름판에서 생활비를 벌었어요. 한 손으로 카드를 치는 내 능력은 잃어버린 다른 손에 대한 일종의 보상이라고 생각해요. 노름꾼이 되어서, 혹은 운명의 성유를 받아 내 인생은 완전히 바뀌었어요. 하지만 끔찍하기 짝이 없는 변화예요. 나는 종종 꿈에서 참호의 진흙탕 속에 있는 내 손을 봅니다. 그건 마치 생명이 붙어 있는 것처럼 꿈틀거리며 움직여요. 손가락들은 도움의 손길을 찾는 듯이, 아니면 무언가를 잡으려는 듯이 버둥거리죠. 그것들에겐 나름의 세상이 있고 그곳에서 마음대로 움직일 수 있어요. 반면에 나에겐 잘리고 남은 부위가 있지요. 종종 사라진 부분의 모습이 그려지고 느껴지곤 하는 부위. 참호는 내게 다른 것도 떠오르게 해요. 상관들은 사진이나 포르노 잡지를 압수하더라도 우리 행동에 대해 우리가 십대 시절부터 잘 알고 있는 추한 명칭을 붙이지 않았어요. 단지 입술에 음탕한 미소를 띄우면서, 전선에서는 항상 정신을 바짝 차려야 하며, 적에게서 한시도 눈을 떼서는 안 되고, 따라서 한 손으로 읽어도 충분한 그런 종류의 잡지에 시간을 낭비하지 말아야 한다고 말할 뿐이었지요. 내가 남은 생에서 모든 걸 한 손으로만 하게 되리라고 당시 누가 상상이나 했겠습니까. '침보라소 산 위에서의 쾌락' 시리즈에서 볼리바르와 마누엘라의 모험이 야기한 자위 전염병 이후, 마찬가지 흥분을 안기는, 역시나 독립전쟁과 관련된 또다른 시리즈가 탄생했다는 사실을 기억해요. 잡지들은 끔찍하게도 굼뜨게 이 손에서 저 손으로 유통됐고, 제목은 그 자체만으로도 기운이 쑥 빠져버리는 '위대한 피친차 전투'였어요. 머리말에는 볼리바르가 카라보보 전투와 다른 작전을 수행하느라 마누엘라를 맞아들일 수 없었다고 나와 있었지요. 그래서 그는 에콰도르 여자들과의 작전을 수크레에게 위임했어요. 사진들은 관대하게도 각각의 부분을 자세하고 아낌없이 보여주었어요. 치마와 속치마는 〈일곱 베일의 춤〉에서처럼 하나씩 떨어져내렸고, 이내 독자는 전쟁 무대를 정욕의 축소판으로 만드는 사진작가의 능력에 감탄하고 말았지요. 후위에서의 전투를 포기하면서 수크레와 단 한 손으로만 읽는 독자들은 전선으로 나아갔고, 제대로 숨을 쉴 수 없었지요. 그 전선은 우리가 방금 후퇴해온 진지와 비교해 흠잡을 데가 전혀 없었어요. 사실 병력은 기진맥진한 상태였습니다. 위대한 육군원수 수크레의 전투로 인해 녹초가 되었거든요. 내가 아는 한 그 누구도 최소한 두세 번 축축이 젖지 않고는 이 이야기의 끝에 다다를 수 없었어요. 말했듯이 삶에 적응하는 게 쉽지는 않았어요. 내 좋은 친구들은 한쪽 손을 잃은 보상으로 곧바로 별명을 붙여주었습니다. '외손이' 아르벨라에스, 혹은 어릴 적 내 이름을 이용해 '외손이' 미겔이라고 불렀지요. 사실 나보다 훨씬 못한 삶을 산 사람도 많다고 생각해요. 어쨌거나 가장 불편하고 심란할 때는 사랑을 나누는 시간입니다. 내 옆의 여자가 나를 불쌍히 여길 거라는 생각이 들어서 분노를 참을 수가 없거든요. 마치 내 몸에서 손이 잘린 그 부분이 내게 남성성이 없다는 증거처럼 느껴져요. 실제로 그런 것도 아닌데 마음이 고통스러워요. 여자들은 이해하는 척하지만, 스스로 자책하는 나의 잔인한 현실을 받아들이는 법은 거의 없지요. 선생에게 말한 미네소타 출신의 베티 그래프턴이 내게 그걸 깨닫게 해주었어요. 사고 후 그 여자는 내게 한 손이 없는 게 전혀 중요하지 않은 것처럼 행동했고, 그러자 나는 기운과 사기를 조금 되찾았습니다. 아마도 그 여자는 나를 진정으로 사랑했거나 아니면 선교사 정신이 있었던 것 같아요. 하지만 중요한 건 우리가 많은 시간을 함께 보낸 곳이 항상 침대는 아니었다는 거죠. 베티는 내게 자신감을 되찾아주었지만 완전히는 아니었어요. 선생은 그게 뭐가 중요하냐고 하겠지요. 나도 마음속 깊은 곳에서는 그렇게 생각해요. 그런데 분노가 내 분별력보다 더 강하다는 것을 무시할 수가 없어요. 난 잘잘못 따위를 말하고 싶지는 않아요. 하지만 진짜 빌어먹을 사실은 그 누구도 잘못하지 않았다는 겁니다. 심지어 '털북숭이' 트레호스조차도. 난 내가 그렇게 했어야 했는지 잘 모르겠어요. 그날 비나스코 중위의 목숨을 구했지만, 몇 주 후 그는 목숨을 잃었으니까. 나는 부상당하는 바람에 그 광경을 목격하지는 못했어요. 하지만 스미다 강변에 있는 도쿄의 미군 병원에서 그 소식을 듣고 슬픔과 분노로 눈물을 흘렸습니다. 내 친구에 대한 슬픔 때문에, 그리고 시간을 불과 며칠 늦추었을 뿐이었다는 사실에 대한 분노 때문에요. 선생 부친이 죽을 시간은 이미 정해져 있었고, 누구도 그에 대해 아무것도 할 수 없었지요. 손 잘린 부위가 그걸 여실히 보여줘요. 불행 때문이야, 하고 생각해버리지만, 아마도 내가 나이를 먹게 된 탓일 거예요. 누군가가 내 오른손과 악수를 한다고 느껴지는데 내 앞에 아무도 없다는 것을 알게 될 때의 그 이상한 고통을 받아들이게 된 것은. 그런 것들은 어쩌면 수류탄이 터졌을 때 망가져버린 내 손을, 그 기억을 더듬는 일일지도 모르죠. 선생도 그 손과 악수를 해봐요. 그러면 내가 무슨 말을 하는지 알게 될 겁니다. 나는 항상 행운아였다고 말해왔고 그건 사실이에요. 포커는 내 주요 생계 수단이었어요. 여기서 솔직하게 고백할 것이 있습니다. 난 종종 속임수를 쓰지만 아무도 눈치채지 못해요. 핵심 카드를 소맷부리에 숨겨놓지요. 오른팔 소매에 말이에요. 이제 내가 가끔씩 슬퍼하고 가슴 아파하는 이유를 알겠습니까?

3

동료들과 같은 속도로 나아가지 못할 것이라고 생각했고, 나는 길가에 털썩 주저앉게 되지나 않을까 걱정이 됐습니다. 엘킨의 왕성한 힘을 부러운 눈으로 쳐다보았지요. 그는 마치 아무 일도 아닌 것처럼, 마치 자기에게는 산책과 다름없다는 듯이 가볍게 나아가고 있었어요. 나머지 병사들은 땀으로 범벅이 되어 잠시 행군을 멈추고 휴식 시간을 주길 애원했지만, 그날 비나스코 중위는 자기 생각을 굽힐 뜻이 전혀 없는 것 같았습니다. 그래서 우리 모두는 있는 힘을 다해 전진하면서 중얼중얼 욕을 내뱉었어요. 뒤처져 있던 카다비드는 걸음을 멈추고 앉아 한쪽 군화를 벗었어요. 그는 물집 때문에 절룩거렸지요. 한마디 불평도 없었지만 말할 수 없는 고통을 참고 있다는 것을 얼굴에서 읽을 수 있었습니다. 그 얼굴을 보자 중위는 행군을 멈추고 오 분간 휴식하라고 말했어요. 우리 모두는 즉시 차가운 바닥에 주저앉았죠. 바닥은 서리로 거의 얼음장 같았지만 우리는 개의치 않았어요. 몇 분간이라도 숨을 돌리는 게 중요했으니까요. '검둥이' 구아린은 카다비드에게 반창고를 건네주었고, 카다비드는 발가락 위에 솜을 약간 올리고 금방이라도 터질 것 같은 물집을 반창고로 감쌌어요. 이어서 그는 고린내 나는 양말을 신고 군화를 신었어요. 그의 옆에 있던 구아린은 떡갈나무 같았지만, 떡갈나무 역시 죽는 법이지요. 카다비드는 껌을 씹기 시작하더니, 갑자기 풀이 죽어 입을 다물고 체념한 우리를 한 사람씩 쳐다보았어요. 우리는 몇 달 전 요코하마의 한 사창가를 가득 메워 문을 닫게 만들었던 시절의 그들이 아니었지요. 엘킨만 빼고, 랑헬이 회상하며 말했습니다. 그의 이름을 들은 것뿐이었는데도, 나는 엘킨이 세 시간마다 바르는 참기 어려운 로션 냄새가 느껴졌어요. 그 로션은 남성적이라고 잘못 알려진 진한 향 성분이 함유되어 있어 지독하고 악랄한 냄새를 풍겼지요. 그 비문명적인 냄새는 20미터쯤 떨어져 있어도 그의 존재를 폭로했고, 그 사악한 냄새는 그가 관심을 보인 모든 것에 즉시 스며들었습니다. 구토를 일으킬 정도의 냄새였지요. 게레로 대위가 그를 정찰대 일원이 되도록 그냥 놔두었다니 정말 이상한 일이었어요. 우리 모두 그렇게 생각했지요. 온갖 핑계를 다 만들어 엘킨을 위험에서 멀리 떨어진 곳에 있도록 했었거든요. 대위는 그에게 후방에서 해야 할 임무, 그러니까 식량이나 군수품 관리를 맡기곤 했어요. 이런 일들에 대해 중위가 얼마나 분노했는지는 직접 보지 않고서는 알 수 없을 겁니다. 그는 법은 만인에게 공평하게 적용되어야 한다고 성난 목소리로 외쳤지만, 우린 대위가 지휘하는 곳에서는 비나스코의 말도 아무 효과가 없다는 것을 알고 있었어요. 그러나 무언가가 바뀌었고 엘킨은 그곳에 있었지요. 마치 무슨 나쁜 짓이라도 획책하려는 듯 그의 눈빛은 고약했고, 시선은 멍했어요. 그런데 최악은 카다비드가 엘킨의 군화를 보고 일본 사창굴에서 사용하는 나막신에 빗댄 것이었습니다. 엘킨은 무슨 뜻인지 모르는 것 같았지만, 중위가 그 의미를 간파하고 카다비드에게 입을 다물라고 명령했어요.

"복잡하고 힘든 작전을 수행하는 중에 문제가 일어나는 걸 원치 않는다." 그는 이렇게 주의를 주었어요. "우리가 적들에게 둘러싸여 있다는 사실을 잊지 마."

그는 다시 행군을 지시했고 우리 부대는 이동하기 시작했지요. 뒤에서 발을 절룩거리던 카다비드는 우리 후미 쪽을 호위하는 것처럼 보였어요. 차가운 바람 때문에 내 입술은 갈라졌고 눈썹까지 얼어붙은 것 같았습니다. 북쪽에서부터 강한 바람이 휘몰아쳤고 손에는 감각이 없었지요. 손가락은 곱아 있었어요. 적에게 경계 태세를 늦추지 않으면서 돌출부 뒤에 숨어 총신을 위로 하고 내두르던 M1 소총이 내 몸의 일부가 된 것 같았어요. 적군의 진지가 유리한 지점에 있었기 때문에, 우리는 거의 포복하다시피 이동하면서 잎사귀가 떨어진 나무들이나 튀어나온 바위들에서 시선을 떼지 않았죠. 매복 가능성이 그 어느 때보다 높았고, 그런 이유로 눈을 깜빡거릴 여유조차 없었던 겁니다. 그 지난주 화요일에 앨라배마 연대의 어느 공격정찰대가 이런 갈림길에서 경계를 게을리하다가 사실상 전멸되다시피 했지요. 미군에게도 그런 일이 일어났으니 우리에게는 무슨 일이 있을지 모르는 일이었죠. 물론 미군들은 불에 탄 나무들 사이나 깊은 구덩이 안에 있지도 않았고, 대부분의 우리 동료들과 달리 매일 진지까지 포복으로 가지도 않았지요. 나는 랑헬을 유심히 보았어요. 그는 내 옆에서 앞으로 가고 있었죠. 나는 그의 입대 이유를 알고 싶었어요. 이봐요 선생, 선생에게는 다른 사람들과는 달리, 살아남은 사람들 대부분의 증언을 들을 기회가 있었을 거예요. 하지만 우리는 추위 속에서 어디로 가는지도 모른 채, 아니 어쩌면 죽음을 향해 나아가면서도 그런 기회를 가질 수 없었습니다. 우리가 왜, 그리고 어디로 가는지 질문을 던질 때면 항상 침묵이 흘렀어요. 그 침묵은 우리를 둘러싼 안개만큼 진했고, 갈수록 우리의 두려움을 크게 만들었고, 행군하는 동안 우리의 눈앞에 보이는 모든 것을 변형시켰지요. 나무들은 환영과 같았고, 바위들은 답답하고 괴로운 모습으로 금방이라도 우리를 덮칠 것 같았어요. 소리에 대해서는 말도 꺼내고 싶지 않아요. 나뭇가지 부러지는 소리, 혹은 어느 새의 울음소리마저도 우리 귀에는 요란한 소리를 내며 떨리는 철모나 밤에 울부짖는 악마들의 소리처럼 들렸으니까요. 심지어 가장 가까운 병사가 앞으로 나아가는 소리에조차 흠칫 놀라 비극의 주인공이 될 뻔했던 적이 한두 번이 아니었어요. 제때 손가락으로 방아쇠 당기는 것을 방해해, 적이라고 생각했던 사람이 뒤돌아보니 소중한 동료였다는 사실을 깨닫게 한 것은 의심의 여지 없이 추위였습니다.

중위는 정지를 명령했고 우리는 하나둘 그의 주변으로 모였어요. 그는 총검으로 바닥에 보이는 철도의 침목과 철길을 가리켰어요. 우리가 있는 곳이 어디지? 철길은 전쟁 초기의 맹렬한 폭격으로 소실되어 있었지만 그래도 몇몇 구간은 온전하게 남아 있었지요. 기능이야 달라졌지만요. 그것은 이제 기차가 아니라, 버려진 광산의 화차가 다니는 철길이었습니다. 조금 더 안으로 들어가자 평행선을 긋던 철길이 부드럽게 내려가는 것이 보였어요. 그리고 100미터 정도 더 나아가자 그 철길이 마침내 경사 끝에서 갱도의 시커먼 목구멍 속으로 사라진다는 것을 알았지요.

"무연탄 광산이야." 중위가 말했어요. 무슨 말이라도 해야 했기 때문에 그런 말을 한 거지요. 물론 장교들은 부산에서 전쟁 무대의 산악지형에 관한 교육을 받았고, 그래서 비나스코는 우리가 어떤 지형의 땅을 밟고 있는지 아주 잘 알고 있었어요.

"갈린데스, 우리가 찾는 정찰대가 길을 잃어버린 곳이 바로 어느 광산 근처 아니었나?" 중위가 내게 물었죠. 나는 고개만 끄덕였을 뿐, 한마디도 하지 않았어요. 동료들이 있을지도 모르는 갱도로 나아가는 게 아주 당연했으니까요. 이내 우리는 광산 안쪽에 몸을 숨겼고, '검둥이' 구아린은 화차 위에 털썩 주저앉더니, 마치 욕조에 있는 것처럼 육중한 두 다리를 화차 바깥으로 꺼내놓았습니다. 우리는 그를 따라했고, 최선을 다해 몸을 웅크렸어요. 바로 그 순간 바깥에서 총격전이 벌어졌고 기관총과 박격포 소리가 났어요. 폭발로 인해 우리가 있는 곳까지 먼지가 들어왔지요. 누가 싸우는 것일까? 우리 모두는 마치 우리가 없는 가운데 파티가 시작된 것처럼 서로 얼굴을 쳐다보았어요. 적은 누구를 공격하고, 누가 적을 공격하는 것일까? 우리 파견대를 비롯해 세 개의 파견대가 전투를 벌이고 있는 게 분명했어요. 아무도 명령을 내리지 않았지만, 우리는 마치 갑작스러운 명령이라도 받은 것처럼 일제히 자리에서 일어났습니다. 끔찍스럽고 막연한 느낌 속에서 모두 경계하는 눈으로, 나침반을 쳐다보는 중위를 바라보았어요. 그러자 우리의 예감은 확신으로 변했지요. 우리는 길을 잃었고, 그것으로도 충분치 않아 적군과 아군의 화염 속으로 들어왔던 겁니다. 안드라데가 죽은 게 이 비슷한 상황 아니었나? 누가 총격전을 벌이고 있건 간에, 이내 화차 철길을 발견하고 광산을 찾아 들어올 게 뻔했어요. 중위는 정찰대를 두 그룹으로 나누고 갱도 입구에 위치를 잡으라고 명령했어요. 전투 한가운데로 들어가는 건 자살행위야, 그는 이렇게 말하고서 우리 그룹을 이끌었지요. 랑헬, '타말리토' 페냐, '검둥이' 구아린, 엘킨, '푸투마요'와 나를 비롯한 병사들이 한 그룹을 이루었어요. 그리고 카다비드, 페뉴엘라, 앙가리타와 다른 네 명의 병사로 이루어진 그룹이 광산 오른쪽에 자리잡았죠. 공격에 대응하는 게 아니면, 절대로 사격을 개시하지 말라는 명령이 하달되었습니다. 하지만 그전에 전투를 벌이고 있는 자들이 누구인지 확인해야 했어요. 그러지 않으면 동료를 향해 사격할 수도 있었거든요. 맞아요. 그래서 우리는 우리의 허락 없이 움직이는 것들을 두 눈 부릅뜨고 쳐다봐야만 했어요. 모두에게 두려움을 불러일으킨 그 영원과도 같은 순간 동안, 우리는 손에 수류탄을 들고, 손가락이 있어야 하는 곳에 손가락을 대고 기다렸지요. 몇 초 간격으로 사격이 반복되었고 우리는 기다림에 지쳐 녹초가 되었지요. 한밤중에 안개 속에서 누구와 맞서 싸워야 한단 말인가? 중위는 갱도 입구에서 5, 6미터 떨어진 바위 뒤에 위치를 잡으라고 명령했어요. 후퇴할 때 적어도 광산으로는 들어가지 않게 하려는 조치였지요. 그랬다가는 단 한 명도 목숨을 건지지 못할 게 뻔했거든요. 앞에서 20미터쯤 떨어진 곳에서 걷는 소리와 뛰는 소리가 들려왔고 우리는 즉시 방어 태세를 취했어요. 하지만 우리를 무시한 총격전은 계속 이어졌고, 그래서 우리는 우리가 한쪽 측면에 있다는 사실을 깨달았지요. 그러니까 우리는 삼각형을 이룬 전투대형의 한쪽 끝에서 우리가 있는 곳이 화기의 영향을 받을 때까지 기다렸어요. 공격을 받으면, 그 공격이 감행된 방향을 향해 반격을 개시할 작정이었지요. 초조함에 피로가 더해지자 온몸에서 통증이 느껴졌어요. 골반이 빠지는 느낌이 들어 통증을 달래보려고 양손을 허리로 가져갔는데, 내가 보기에도 우스꽝스러운 자세였지요. 서로 주고받는 총격전이 잠시 소강상태에 돌입하자 나는 그 틈을 이용해 일어나려고 했어요. 그런데 누군가가 내 옆으로 이동하고 있다는 걸 알았죠. 누구인지 보려고 쳐다볼 필요도 없었어요. 정도를 벗어난 로션 냄새로 엘킨이라는 걸 단박에 알 수 있었거든요. 그는 자기 위치에서 페뉴엘라가 있는 곳으로 이동했고, 페뉴엘라는 자기 동료의 예의 없는 행동에 투덜대면서 포복으로 기어 '검둥이' 구아린 옆에 자리를 잡았어요. 우리는 엘킨의 행동을 이해할 수 없었어요. 그는 결국 8미터 정도 떨어져 있던 중위와 갱도 입구에 아주 가까이 있던 '타말리토' 페냐 사이에 위치하게 되었지요. 나는 철길 위에 자리잡았고요. 순간, 안개가 엷어지면서 시야가 넓어졌어요. 난 엘킨을 쳐다보았어요. 어둠 속에서 그의 눈은 마치 시퍼런 빛을 뿜어내는 두 개의 단추처럼 보였고, 나는 그가 왜 위치를 바꾸었을까 궁금했지요. '검둥이' 구아린과 함께 있는 게 마음에 들지 않았나보지. 다시 사격이 시작되자 그가 바닥에 엎드리는 걸 보며 나는 생각했어요. 아니면 '검둥이' 구아린 쪽에서 싸구려 로션 냄새 때문에 구역질이 나 그를 거부했을 수도 있었고요. 사실 그런 로션은 사용을 금지시켜야 했어요. 역겨운 싸구려 향내였을 뿐만 아니라, 20미터 밖에서도 적이 그 냄새를 간파하고 우리에게 집중 포화를 퍼부을 수 있었거든요. 그 냄새는 땀냄새와 섞인 나머지 대원들의 체취와 아주 달랐어요. 우리는 샤워도 하지 못한 몸 위로 매일매일 겹겹이 내려앉은 냄새에다, 우리가 기어다니던 땅의 냄새를 발산했고, 아직 기관총에 박살나지 않았다는 걸 증명하는 발냄새를 풍겼지요. 사실 우리에게 피와 두려움의 냄새는 시와 비슷했어요. 한편 엘킨이 뿜어내는 싸구려 호스티스 냄새는 '투정쟁이' 라미레스의 사악하고 음흉한 냄새와 완벽하게 상호 보완을 이루었지요. 라미레스, 그놈은 둘도 없는 개자식이었어요. 두 놈의 체취는 우리의 냄새, 고통스럽고 거친 생존의 냄새와 아무런 관련도 없었어요. 우리 위치에서 정면으로 보이는 저 먼 곳에서 다시 혼란이 시작되었고, 이내 나는 남쪽을 지키고 있는 부대의 움직임을 간파했습니다. 중위 역시 눈치채고는 총검으로 내게 그쪽을 가리켰어요. 경계를 늦추지 말고 그곳을 감시하라는 의미였지요. 나는 페뉴엘라와 구아린에게 똑같이 지시했어요. 엘킨은 중위와의 거리를 좁히고 있었죠. 자신을 보호하기 위한 조치인 것 같았습니다. 수류탄 하나가 카다비드가 있는 곳에서 불과 10미터 떨어진 지점에서 폭발했고, 우리는 모두 펄쩍 뛰면서 뇌가 명령을 내릴 때를 기다릴 새도 없이 본능적으로 사격을 개시했어요. 그러자 바로 그걸 기다리기라도 했던 것처럼, 세 방향에서 동시에 총알과 폭탄이 빗발치듯 쏟아졌지요. 우리는 북쪽과 남쪽을 향해 사격했고, 다른 두 파견대는 상대방을 향해, 그리고 우리를 향해 사격했습니다. 그나마 중위의 예방조치가 효과적이었다는 게 불행 중 다행이었어요. 바위는 거의 그 누구도 격파할 수 없는 방어진지가 되어주었거든요. 그렇게 우리는 누가 누구를 향해 사격하는지 분명하게 밝혀질 때까지 기다릴 수 있었어요. 다른 두 파견대 중의 하나가 짧은 구간의 철길을 발견하고서 관심을 집중했는데 우리가 그곳에 있다는 걸 알아차린 게 분명했어요. 물론 그들은 우리가 누구인지 확인할 수는 없었습니다. 마치 다른 두 파견대의 병사들이 모두 죽었거나 후퇴한 것처럼, 사격이 중단된 시간이 너무 길어졌어요. 우리는 모두 비교적 먼 곳에 떨어져 있었지만, 상대방이 어둠 속에서 몸을 웅크리고는 애써 숨을 참고 있는 게 느껴졌지요. 그들도 날이 밝아 상황이 분명해지기를 바라고 있는 것 같았어요. 심지어 새들조차 입을 다물었고 바람은 얼음벽에서 얼어버린 것 같았지요. 멀리서 굉음이 들려왔을 때까지 얼마나 시간이 흘렀는지 모르겠어요. 아마도 다른 고지에서 대포가 다시 불을 뿜는 것 같았어요. 그리고 그 소리를 듣자 본능적으로 나는 중위를 쳐다보며 그의 반응과 지시를 기다렸지요. 그때 내가 있던 곳에서 10미터쯤 떨어진 지점에 앉아 있는 그를 보았어요. 그는 하늘을 쳐다보고 있었고, 철모가 이마 위에서 한쪽으로 약간 기울어져 있었어요. M1 소총을 놓지 않은 채, 입을 약간 벌리고 무슨 말인가 속삭이는 것 같았지만, 그 말은 그 누구에게도 닿지 못했어요. 마치 말조차 공중에 얼어붙은 것 같았죠. 나는 그가 있는 곳까지 포복해 가서 그를 가볍게 건드렸어요. 그러자 그의 몸이 쿵 소리를 내며 뒤로 넘어졌어요. 총알이 오른쪽 귀밑을 지나 반대편 관자놀이를 관통해 있었지요. 만져보니 몸이 급격히 식어가고 있었어요. 그러고는 내 주변을 둘러보았지요. 랑헬과 구아린이 더이상 되돌릴 수 없는 일이 벌어졌다고 확신하고는 이미 중위 근처로 와 있었어요. '검둥이' 구아린은 나침반을 집어 바늘이 북쪽이나 목적지를 가리키는 게 아니라 미친듯이 떨고 있다는 것을 확인했어요. 이유를 알 수 없는 욕지기가 치밀었어요. 나는 멍하고 슬퍼져 주저앉고 말았습니다. 목에서 씁쓸한 맛이 느껴지면서 눈물이 쏟아져나왔어요. 외로움 때문인지 역겨움 때문인지 알 수가 없었어요. 랑헬은 추위로 곱은 손가락으로 중위의 눈을 감겨주었고, 창피하다는 생각도 못한 채 마구 눈물을 흘렸어요. '검둥이' 구아린은 껌을 마구 씹어댔고, '푸투마요', 앙가리타, 카다비드, '타말리토' 페냐가 모든 예방조치에 등을 돌리고서 하나 둘 죽은 지휘관에게 가까이 다가와 그를 둘러쌌지요. 그것이 마치 신호인 양, 우리 앞에 있던 두 파견대가 서로를 향해 사격을 시작했어요. 이제 그들은 지도에서 지워진 것처럼 우리의 존재를 완전히 무시하고 있었습니다. 우리는 본능적으로 다시 급히 바위 뒤로 몸을 숨겼어요. 그때 다시 엘킨의 강력한 로션 냄새가 나를 덮쳤죠. 뒤를 돌아보았지만 그 어디에서도 그가 보이지 않았어요. 그 비천하고 간사하고 음흉한 냄새가 비나스코 중위의 몸에서도 나고 있었습니다. 나는 힘들게 시체를 끌고서 나를 엄호하는 동료들이 있는 곳으로 갔어요. 몇 초 후 갈가리 찢긴 안개 사이로 갱도 입구 근처에 있는 엘킨이 보였습니다. 그는 다리에 소총을 올려놓은 채 휴식 자세를 취하고 있었어요. 우리는 서로의 얼굴을 쳐다보았지요. 멀리서 보니 그의 눈에서 빛나던 불꽃이 꺼진 것 같았어요.

4

전쟁이 끝나고 얼마 후에 우리는 '투정쟁이' 라미레스에 대한 소식을 들었어요. 몇몇 기자들이 센세이션을 일으킬 요량으로 전선에서 돌아온 병사들의 상황을 비딱하게 쓴 취재기사가 실렸던 때였죠. 그러자 참전용사 여럿이 그 기자들에게 목소리를 높였어요. 그 기사들의 내용이 대대의 거의 모든 구성원들을 슬픔에 잠기게 만든 트라우마에 관한 것이었거든요. 〈오피니온〉의 기자는 그것을 '제대증후군'이라고 불렀어요. 다른 신문들은 특별한 사례에 관심을 집중시켰습니다. 모든 사례에는 사회부적응, 좌절, 중범죄라는 특징이 있었지요. 아마도 이런 취재기사들 중 그나마 저의가 없던 것은 '한국에서 현실로'라는 제목으로 실린 연재기사 정도였을 겁니다. 몇 번에 걸쳐 연재된 그 기사를 쓴 사람은 가르시아 마르케스라는 젊은 기자였어요. 나는 카다비드를 통해 가르시아 마르케스를 만났어요. 카다비드는 전선에서 돌아오자마자 다시 신문기자로 일하기 시작했죠. 그가 〈엘 임파르시알〉에 실은 기사들은 9월 화재로 소실되어버렸어요. 그가 왜 아시아에서의 경험에 관해 그 누구에게도 명확하게 말하려 하지 않았는지 그 이유는 아무도 모릅니다. 반면에 그는 가르시아 마르케스에게 소중한 자료를 건네주어, 몇몇 참전용사들을 인터뷰하고 그들에 관한 취재기사를 쓰도록 해주었어요. 그 기사들은 이내 국민들의 관심을 불러일으켰지요. 가르시아 마르케스는 우리 또래였는데, 이슬람 금욕주의 수도사처럼 창백하고 비쩍 마른데다 줄담배를 피워댔습니다. 처음 만났을 때 모습이 여전히 기억나요. 머리카락이 아주 새까맣고 곱슬곱슬했어요. 눈썹이 진했고, 오른쪽 콧구멍 근처에 사마귀가 하나 있었고, 볼레로 가수 같은 콧수염을 기르고 있었어요. 가장 먼저 그는 왜 별명이 '사색가'였냐고 물었어요. 나를 소개시켜준 카다비드는 내가 대답하길 기다리다가, 시간에 쫓겨 결국 배꼽을 잡고 웃으면서 대답 대신 질문을 던졌지요.

"이 친구보다 내성적이고 자기 생각에 골몰하는 사람을 혹시 알아? 그런 질문으로 시간 낭비하지 마. 답은 스스로 찾아."

나는 가르시아 마르케스의 옷 입는 스타일도 잘 기억하고 있어요. 살을 에는 것 같은 추위 속에서도 살아남았던 한국의 고지를 떠오르게 하는 안데스의 고산지대가 아니라, 마치 카리브 해의 어느 따뜻한 항구에 사는 사람처럼 시원시원하고 화려한 색의 옷을 입고 있었어요. 그는 정확하고 우아한 표현을 좋아하는 사람이었고, 상대방을 쳐다보는 그 베두인 같은 눈빛에서는 구체적으로 말할 수 없는 불안한 호기심이 느껴졌어요. 그의 기사 문체는 이미 주변 친구들에게서 높은 평가를 받았고 독자들의 관심도 끌고 있었죠. 취재기사에 수록된 자료들은 아주 정확하고 상세했고, 군더더기 없는 그의 글에는 문체에 대한 분명한 의지가 서려 있었어요. 그가 신문기자를 그만두면 훌륭한 작가가 될 거라는 사람들의 말에는 일리가 있었어요.

일련의 취재기사는 참전용사들의 처지에 대한 관심을 불러일으켰어요. 실제로 그들 중 몇몇은 귀국 후 얼마 못 가 범죄의 세계에 빠졌어요. 사회에 적응하지 못했고 돈도 한푼 없었지요. 조국은 그들을 완전히 무시했습니다. 그도 그럴 것이 우리가 돌아왔을 때 이미 '공포의 밤'은 끝나 있었거든요. 우리를 세상 저쪽 끝으로 보냈던 정부는 품위와 체면을 지키라는 국민의 요구로 이미 정리되었고, 낙관주의에 입각해 기품 있게 정부를 관리하는 어느 군인이 그 자리를 차지하고 있었어요. 그러나 군인들의 협력에도 불구하고 참전용사들의 처지는 바뀌지 않았습니다. 이런 상황에서 가르시아 마르케스의 기사는 그가 너무나 멋지게도 '평화의 희생자들'이라고 칭한 사람들에게 다시 눈을 돌리게 했어요. 참전용사들 대부분은 그 기자의 글과 자신들의 처지가 같다고 느꼈습니다. 그런데 얼마 지나지 않아 다른 목소리들이 들리기 시작했지요. 가장 격앙된 목소리를 낸 사람들 중의 하나가 바로 '투정쟁이' 라미레스였어요. 그는 히메네스 데 케사다 거리의 카페에서 가르시아 마르케스를 찾아다녔고, 신문기사에서 자기 이름을 언급하지 않았다는 이유로 주둥이를 뭉개버리겠다고 공언했어요. 어쨌든 황당한 허세였죠. 마르케스는 일화를 소개하면서 어느 정도 주인공 역할을 맡았던 이름들만 언급했거든요. 예를 들면 그는 귀국하면서 총에 맞아 죽은 산 후안 하사나 카르도소 하사, 그리고 칸토르 하사에게 일어난 일들을 서술했어요. 카냐스고르다스에서 칼에 찔려 죽은 앙헬 파비오 고에스, 도주를 시도하다가 경찰의 총에 맞아 쓰러진 '거짓말쟁이' 카를로스 에프라인 라로타도 언급했어요. 아리엘 두란 박사도 특별히 언급했지요. 가르시아 마르케스가 제대군인들의 정신 상태에 관해 알기 위해 인터뷰한 정신과 의사인데, 이 주제는 끝없는 사색거리를 이끌어냈어요. 어느 날 나는 마시스테 가르세스를 만났습니다. 그는 보고타의 산 프란시스코강 어귀에 있는 술집 '타이타닉'에서 가장 멋진 호스티스의 애인이었어요. 그는 '투정쟁이' 라미레스가 미쳤다고 하더군요. 그리고 자기는 가르시아 마르케스가 라미레스의 존재도 모를 거라고 확신한다면서, 인터뷰에 응한 참전용사들은 그의 기사에 전적으로 동의하고, 가르시아 마르케스와 그 신문사 간부들에게도 그 사실을 분명하게 밝혔다고 했어요. 마시스테는 계속해서 이야기했는데, 그 이야기 때문에 나는 평소보다 더욱 깊은 사색에 잠기게 됐지요. '투정쟁이' 라미레스가 마르케스를 그렇게 증오한 이유는 그 몇 년 전에 생긴 앙금 때문인 것 같아요.

당시 '투정쟁이'와 가르시아 마르케스는 학년은 달랐지만, 함께 시파키라 국립고등학교를 다니고 있었어요. '투정쟁이'는 '라 만키타'라는 여학생을 마음에 두고 있었는데, 그애는 그를 무시하고서 해안지방 출신 학생의 애인이 되었죠. 이런 일은 결코 잊을 수 없는 법이지요. 마시스테는 '투정쟁이'의 광기를 보여주는 또다른 증거를 들려주었어요. 가르시아 마르케스가 육체적, 정신적 두려움 때문에 종군기자로 한반도에 가는 것을 거부했고, 그런 다음 한국에 관한 기사를 쓰는 데 전념했다는 소문이 라스 아구아스의 소굴에서 떠돌았다고 해요. '투정쟁이'는 유타 전선에서 북쪽으로 진군하던 중에 적군과 교전한 세 공격정찰대의 이야기를 바로 자신이 그 기자에게 들려주었다고 주장했지요. 그의 거짓말은 여기서 그치지 않았어요. 기자가 이런 사건들을 서술하면서 관보에 의존했다고 우겼는데 기자는 인용부호를 사용해 몇몇 단락을 분명하게 인용했을 뿐이었어요. 이런 주장이 설득력을 얻지 못하게 되자, '투정쟁이'는 가르시아 마르케스의 기사가 가장 중요한 것에 관해서는 입을 다물고 있으며, 자기가 보건대 그것은 한 정찰대의 실종 사건이라고 주장했어요. 그러면서 그 정찰대를 수색하는 작전에서 자기는 부상을 입고 후방으로 이송되었지만, 우리는 계속해서 나아갔고 결국 적군과 아군의 틈에 끼게 되었다고 이야기했어요. 나 역시 참가한 작전이었죠. 그러면서 그는 가르시아 마르케스가 귀국 후 삶과 관련된 수치스럽고 명예롭지 못한 측면, 즉 사회부적응과 비참한 삶의 이야기를 강조하면서 자극적인 기사를 작성했지만, 많은 사람들이 전사하고 몇몇은 드높은 용기로 미국 훈장까지 받은 바로 그 전선에서 우리가 겪은 영웅적인 긴 시간에 관해서는 침묵했다고 비난했지요. '투정쟁이'

라미레스는 또 기자가 이런 모든 것은 중요하게 여기지 않으면서, 요코하마의 사창가 출입이나 일본 창녀의 싼 화대에 관해서만 관심을 쏟는 등 하찮은 것에 희희낙락한다면서 불만을 토로했어요. '투정쟁이'는 완전히 미친 상태였습니다. 나는 독자들이 전선에서 보낸 우리의 삶뿐 아니라, 휴가를 어떻게 보냈는지 제대 후의 삶은 어땠는지에 대해서도 관심이 있었다고 생각해요. 가르시아 마르케스가 절제력이 강했고 심지어 조심성이 많았다는 생각도 들고요. 그가 모든 진실을 있는 그대로 썼다면 독자들이 어떤 표정을 지었을지 익히 상상이 돼요. 사실은 진정한 교육적 소명을 지닌 어떤 군인이 가련한 일본 창녀들에게 팔미라와 아르메니아, 혹은 페레이라의 다정스러운 스페인어를 가르쳐주었어요. 그리고 여자들은 그 누구와도 비교할 수 없을 정도로 상냥하게 그런 표현을 병사들과 연습했지요. 사실 일본 여자들이 몸을 주면서 "내 보지 5달러" "섹스 세 번을 두 번 요금으로" "어리니까 기본 요금의 두 배" 같은 말을 하는 소리를 들으면 성욕이 고취됐어요. 한 명의 예외도 없이 모두 "일본 여자, 잘 빨아"라고 말했습니다. 하지만 '투정쟁이' 라미레스를 비롯한 다른 사람들을 화나게 만든 건 가르시아 마르케스의 조심성이 아니었어요. 그들이 화가 난 건 기사의 문맥과 상관없이 끄집어낸 몇몇 대목 때문이었는데, 이를테면 "한국전쟁 참전용사들은 모두 정신적 불균형을 보인다" 따위였지요. 격앙된 어조로 쓰인 여러 통의 편지가 신문사에 도착했고, 기자는 그 편지 내용을 기사에 실었어요. 하지만 불에 기름을 붓는 격이었지요. 그의 기사 '훈장을 저당잡힌 영웅'에도 잘 나타나 있어요. 기자는 슬픈 이야기를 소개하면서, 절도와 소매치기와 범죄에 연루된 몇몇 참전용사들의 비행적 삶을 길게 늘어놓았어요. 라로타의 이름이 언급된 것을 반긴 사람은 거의 없었습니다. 그는 '투정쟁이' 라미레스처럼 자기가 전투를 천 번도 넘게 겪었다고 말했지만 실제로는 후방부대에만 있었지요. 그런 언급을 반길 수 없었던 것이, 독자들은 그런 거짓말쟁이들과 정말로 목숨을 걸고 한국에서 싸운 병사들을 곧잘 동일시했거든요. 하지만 어쨌거나 몇몇 참전용사들이 저지른 시끄러운 사건들을 무시할 수는 없었습니다. 이를테면 산디에고에서 두 명을 총으로 쏴 죽이고는 냉소적으로 그 일을 자랑한 어떤 참전용사의 경우가 그랬지요. 그 외에도 수많은 경우들 때문에 기자는 그런 주장이 옳다고 생각하게 되었고 정보원들의 신원을 조심스럽게 다루었어요. 그래서 참전용사들이 귀국한 후 국가의 안녕을 해쳤던 몇몇 사건들은 행간 속에 스며들었지요. 〈엘 문도〉에서 안시사르 에페스 기자는 한 참전용사가 페레이라에서 주연을 맡은 사건을 가장 씁쓸한 사건 중의 하나로 다루었어요. 권투 선수 마마토코가 살해되었던 시절부터 음란하고 험한 사건들을 전문적으로 취급하던 신문이었죠. 전선에서 돌아오자 페레이라의 참전용사는 '찰스 애틀러스'라는 과시적인 이름이 붙은 체육관을 열었어요. 그것 자체는 그리 특이할 만한 일이 아니었지요. 하지만 두 달 후 체육관은 이중 사업의 본거지로 발각되었어요. 역기와 철봉과 링, 그리고 근력 강화 기구들 뒤로 엄청난 이익을 내는 인신매매 사업이 숨어 있었던 겁니다. 포주는 도시의 여자들뿐만 아니라 도스 케브라다스의 남자아이들까지 데리고 있으면서 동일한 서비스를 제공하고 있었어요. 전혀 이상한 일은 아니었어요. 특히 강제 추방과 가난으로 난도질을 당한 지역에서는요. 추문은 급속히 번졌어요. 그게 문란하고 돈 되는 사업이라는 점 이외에도, 그곳에서 욕망을 발산하던 사람들이 한창 일을 치를 때 그들 자신도 모르게 사진이 찍혔다고 알려지면서 국가적인 반향을 일으켰지요. 사진들은 포르노 출판인들에게 판매되었고, 손님들은 다음 차례를 기다리며 흥분하기 위해 잡지를 구입했지요. 그런데 자기들이 반복해서 하려는 행위를 낱낱이 드러낸 주인공의 모습이 바로 자기 자신임을 알게 되었을 때, 그들이 얼마나 놀랐을지 생각해봐요. 게다가 사진과 잡지를 넘어서 영화까지 제작되었다니까요. 편집은 어설펐지만 흥분시키는 임무는 완벽하게 수행하는 영화였지요. 심지어 한국의 참호와 막사와 포대에 갇혀 있던 억눌린 동포들이 그 자료를 애타게 갈망하는 독자들이라는 말도 떠돌았어요. 사진과 잡지는 효과적인 방식으로 몰래 배포되었고, 너무나 명예롭지 못한 소식이 절정에 이르자 소스라치게 놀란 귀부인들과 사제들은 불결함이 극에 달했다고 말했지요. 바로 그때 체육관 주인이 한국의 전쟁터에 있었으며 동원 해제 후 귀국했다는 사실이 알려졌죠. 몰래 촬영된 손님들 가운데 한 명이 자기 손으로 정의를 구현하겠다고 마음먹지 않았다면, 이 모든 일들은 고상한 지역으로 이름 높은 페레이라의 추한 얼룩으로만 남았을 겁니다. 그 손님의 이름은 옥타비오 가비리아였고, 그가 변두리의 청년과 항문 성교를 하는 모습이 영화에 담겨 있었지요. 안시사르 에페스가 자신 있게 구상해낸 경로에 의하면, 이 16밀리 영화는 우선 호놀룰루의 싸구려 사창가에 도착한 뒤 부산의 막사로 향했고, 도쿄와 요코하마의 포르노 극장이 종착점이었어요. 매우 잘 조직된 연결망이 존재하고 있음을 암시하는 것이었지요. 또한 극동 지역으로 향하는 영화와 잡지는 아마도 부대에게 제공될 무기와 탄약, 그리고 식량과 함께 선적되었을 것이라고 추정할 수 있었어요. 일단 그곳에 도착하면 겉으로는 코르시라는 병사가 이끄는 것처럼 보이는—누가 봐도 그는 이름뿐인 두목이라는 걸 알 수 있었지요—어느 그룹이 그 자료를 인수해서 병사들과 그 지역의 포주들, 특히 일본인 포주들에게 직접 배포했습니다. 이런 사진과 잡지의 비밀 유통에 야쿠자가 개입되어 있다는 건 공공연한 비밀이었어요. 포르노 매매업자들은 선적과 배포 경로를 아주 잘 알고 있었고, 그래서 그 추문에 처음부터 군인들이 연루되어 있을 거라는 사실을 그 누구도 이상하게 생각하지 않았지요. 군 고위층이 개입을 결정하고 나섰습니다. 한편으로는 군부의 이름과 명예를 서둘러 회복할 필요가 있었고, 다른 한편으로는 미국의 압력 때문이었죠. 그들은 심지어 우리나라가 포르노민주주의 국가가 되었다고 비난하기도 했습니다. 그러나 미국인들을 화나게 만든 진짜 이유는 할리우드의 사생아인 그들이 완전히 만족시켜줄 수 없었던 억눌린 성욕 시장을 우리 사업가들이 독차지해버렸기 때문이라는 걸 모르는 사람은 아무도 없었어요. 사진 한 장이 천 번의 수음보다 더 소중하다, 이런 모토로 자극제의 판매와 소비가 촉진되었지요. 근대식 성상파괴주의, 즉 새로운 이미지 전쟁이 발발하기 직전이었어요. 바로 그때 옥타비오 가비리아가 페레이라에서 체육관 주인을 살해한 겁니다. 잔학무도한 범죄였어요. 그는 차가운 목소리로 살인을 낱낱이 자백했습니다. 살인 동기를 털어놓고 사건을 재구성하면서는 몹시 흥분한 듯했어요. 그는 이단평행봉 위에서 한창 연습중이던 주인을 급습해, 한쪽 다리에 총을 쏴 꼼짝 못하게 만들고는 링에 묶었지요. 그러고 조서에 적힌 것처럼 그의 사지를 절단하기 시작했어요. 이 일은 금요일 밤에 일어났고, 월요일 아침 체육관을 연 관리인이 피가 모조리 빠져버린 주인의 시체를 발견했습니다. 이 가공할 만한 범죄는 만인의 관심을 불러일으켰고, 신중하고 빈틈없는 초동수사 덕분에 지역적 차원을 넘어 국가적 차원의 관심사가 되었어요. 무슨 일이 일어난 것일까? 체육관 주인이 매춘업에 종사하는 참전용사였다는 사실은 그다지 중요하지 않았어요. 비슷한 사건들이 연일 등장하고 있었고, 심지어 현직 성직자들에게도 있는 일이었거든요. 이 사건이 중요해진 건 가비리아의 진술 때문이었습니다. 그는 매우 근거 있는 설명으로 자신의 범죄를 정당화했죠. 존엄한 시골 귀족으로서 자기가 비열한 행위를 저질렀다는 건 인정하지만, 자신의 모습을 촬영해 국내와 극동의 모든 주둔부대에서 상영한 것은 자기 명예를 훼손한 불법행위라고 비난하며 고발했어요. 바로 이 때문에 똥물이 군대로 튄 겁니다. 페레이라에서 방심한 고객들의 은밀한 사생활을 포르노로 만들고 태평양의 가장 머나먼 지역에 주둔한 군인들의 저열한 본능을 자극하는 연결망을 관리한 사람은 누구였을까요? 바로 그때, 즉 살해당한 참전용사의 행적에 대한 조사를 진행하던 중에, 에이킨 빅토리호가 호놀룰루에 정박해 있는 동안 그가 도망친 적이 있다는 보고서가 관심을 끌게 되었어요. 그 자료가 사냥개들의 관심을 일깨운 거지요. 호놀룰루는 처음부터 포르노 배급지로 탐지된 곳이었으니까요. 나중에는 함상에서의 몇몇 사건들이 이야기되었고, 처음으로 오를란도 게레로 대위라는 장교의 이름이 등장했어요. 사진에 상당한 취미가 있다고 익히 알려진 사람이었죠. 하지만 그건 큰 의미가 있진 않았어요. 체육관 주인과 대위의 취미 사이의 인과관계를 분명히 찾을 수 없었거든요. 그래서 그 자료와 장교의 이름은 마치 서류 위에 앉은 하찮은 먼지처럼 과소평가되었습니다. 하지만 의문은 여전히 남아 있었고, 이런저런 의심이 군부와 언론의 몇몇 그룹에서 급속도로 번져나가기 시작했어요. 그 병사와 게레로 대위는 어떤 관계였을까요? 친구건 아니건, 그들의 관계는 군부가 설정한 관계 이상이었고, 그래서 그 누구도 한국에서의 그들의 행동을 머릿속에서 지울 수가 없었어요. 코르시가 매우 가까운 곳에서 따르는 채로 그들이 그곳에서 함께 있었고, 그러자 즉시 포르노 열기가 고개를 들었다는 것도 잊을 수 없는 사실이었죠. 하지만 그 일들은 그냥 그 정도에 머물러 있었어요. 그런데 몇 달이 흐르자 참전용사들의 귀국과 그 문제에 대한 새로운 소식이 전국적으로 퍼져나갔습니다. 이 모든 것들 중에서 분명한 것이 있다면, 그것은 가르시아 마르케스의 초기 기사는 안시사르 예페스가 〈엘 문도〉에 실은 장문의 기사처럼 항상 불건전한 세부사항으로 빠져들지는 않았다는 겁니다. 해안지방 출신인 그 기자는 주의를 기울여 모든 참전용사가 살인자나 도둑은 아니라는 사실을 말했지만, 그럴 수도 있다는 의심은 남겨두었고 그를 모방하는 사람들은 수십 명으로 늘어났어요. 가비리아가 저지른 추잡한 살인은 가르시아 마르케스의 두 동료를 통해 그 상황이 세밀하고 빈틈없이 다루어졌어요. 그러나 참전용사 라로타에 관해 쓴 기사와는 달리, 그들의 기사에서 그 사건은 거리에서 떠들어대는 이야기 이상의 중요성을 획득하지는 못했지요. 유효한 질문은 단 하나, 그 범죄에서 소시오패스는 과연 누구인가 하는 것뿐이었죠. 체육관 주인일까요, 아니면 옥타비아 가비리아일까요? 가르시아 마르케스는 그 해답을 교묘하게 제시했어요. 그는 시바테 정신병원으로 갔습니다. 그리고 이 사건을 전혀 언급하지 않은 채, 그곳에 한국전 참전용사는 아무도 감금되어 있지 않다는 것을 확인해냈습니다. 그는 전선에서 감정의 동요를 겪지 않았던 사람들도 "어떤 괴팍한 성질의 관리가 그들을 보자마자—그는 마지막 기사에서 이렇게 썼습니다—정신이상자라는 혐의를 두었기 때문에" 일자리를 구하지 못한 경우가 많은 반면, 전선에서 감정의 동요를 경험한 사람들도 차분하게 일하는 경우가 많다는 사실을 밝혀냈습니다. 참전용사들에 대한 그런 적대적 분위기와 관련이 없을지도 모르지만, 나는 그들에 대한 공격이 늘어났고, 전선에서 돌아온 지 얼마 안 돼 몇 명이 사망했다는 점을 지적하고 싶어요. 한편 참전용사들은 언론이 전쟁에서 돌아온 부적응자, 참호에 들어가보지도 않았으면서도 자신들을 영웅이라고 치부하는 사람들, 혹은 정신이상자로 오인된 사람들에 관해 말하면서 특히 자신들을 부당하게 대한다고 생각했어요. 그리고 독자들은 이런 기사들을 읽으면서, 객관적이고 신중한 기자의 걱정과, 기분이 상한 사람들에 의해 기자가 아니라 '개자'라고 불리던 작자들의 병적인 억측을 구별하지 못했죠. 하지만 그건 새로운 현상이 아니에요. 한국전에 참전한 병사들에 대한 그런 생각들이 수정되고 증폭되고, 상상할 수 없는 온갖 공포 속에 반복되었다고 생각지 않습니까? 베트남전에 참전했던 한 병사의 경우도 마찬가지였습니다. 그 역시 미군에게 훈련을 받았는데, 어느 날 오후 자기 어머니와 가족 몇과 이웃을 죽이고는, 어떤 식당으로 가, 평화롭게 오소부코와 스파게티를 먹고 있던 수십 명을 살해해 그날의 일정을 비극적으로 마감했지요. 놀랍게도 그 식당의 이름이 '공동묘지'였다지요?

5

나는 마지막 교대부대의 일원이었어요. 내가 한국으로 갔을 때는 전쟁이 아니라 협상이 진행중이었지요. 나는 훈련보충대에서 교육을 받았습니다. 그곳은 보고타 보병부대 소속이었어요. 이제는 캐롤라인제도로 갈 필요도 없었고, 부산에서 훈련을 받을 필요도 없었어요. 부족한 교육은 전선에서 전투 경험이 있는 병사들에게서 직접 받을 수 있었으니까요. 진정한 의미의 포화 세례가 없었던 덕분에 나는 인시그나레스와 친구가 되었어요. 그는 미국 병영에서 훈련을 받는 행운을 누린 해안지방 사람으로, 보잘것없는 출신이라는 자기 자신의 때를 벗겨버릴 줄 알았던 사람이었어요. 그가 꾼 가장 큰 꿈은 미국인들이 주는 장학금을 받는 거였지요. 그가 장학금을 받았는지는 잘 모르겠지만, 나는 그가 성공했다고 확신합니다. 그는 다른 동료들에 관해서도 말했어요. 몇몇은 이미 교체된 사람들이었죠. 특히 무선통신기 작동을 도와주던 어린아이나 다름없는 에르메스에 관해 말했어요. 다른 사람들도 많이 떠올렸지요. 물론 나는 그들을 만난 적은 없어요. 하지만 인시그나레스가 한 이야기는 아주 잘 기억하고 있어요. 선생은 이미 그를 인터뷰했겠지요.

전쟁에 관해서는 이야기하지 않겠어요. 이미 말했듯이 나는 그 어떤 전투에도 참가하지 않았으니까. 내가 해줄 수 있는 이야기는 한반도에 주둔했던 우리 부대의 마지막 몇 달, 특히 귀국할 무렵 우리에게 일어난 일과 관련이 있어요. 내가 그나마 전투와 가장 가까이 있었을 때는 우리에게 정렬하라는 지시가 떨어진 후 부동자세로 휴전 관련 소식을 들을 때였죠. 나는 별다른 감흥 없이 그날을 기억하고 있어요. 1953년 7월 27일이었고, 우리에겐 2인분의 야전식량이 지급되었어요. 어느 편에서도 땅 한 뙈기 양보하지 않았기 때문이지요. 그 상태가 오늘날까지 지속되고 있고요. 모두가 판문점의 휴전협정에 관해 말했지만, 불모 고지에서 끔찍한 살상을 당한 후였기 때문에 그 어떤 것도 우리 장교들을 위로할 수는 없었어요. 그러고서 몇 년 후에 나는 보고타의 어느 극장 관람석에서 분노를 참지 못하고 휘파람을 불어대며 욕을 퍼붓는 참전용사들을 보았습니다. 불모 고지에 관한 하이로 아니발의 연극이었는데, 그들을 조국과 역사에 대한 배신자로 취급하고 있었죠. 작품에서 대령이 어릿광대를 죽이고 미쳐버릴 무렵 그들의 분노는 극에 달했지요. 대령은 불모 고지에서 정신줄을 놓아버린 상태였고, 그래서 내키는 대로 아무나 죽일 수 있다고 말했어요. 흥미롭게도 어느 참전용사가 커피숍을 돌아다니면서 극작가를 찾으려 했지요. 그는 그 극작가가 작품에서 자기를 웃음거리로 만들었다면서 죽여버리겠다고 별렀어요. 중공군과 평화협정을 맺은 후에도 한국전은 이처럼 우리나라에서 계속되고 있었어요. 나는 지금도 계속되고 있다고 생각하고요. 중요한 건 좀 전에 선생에게 말한 그 참전용사는 그가 자랑하는 것처럼 불모 고지에서 영웅적인 행위를 하지 않았다는 점입니다. 아란다 소령이 이 작자에 관해 선생에게 많은 이야기를 해줄 수 있을 거예요. 사람들은 그를 두려워하는데 충분히 일리가 있어요. 심지어 참전용사들도 그를 피하죠. 항상 무장하고 다니는데다 마음대로 활보하면서 그들을 비웃기 때문이에요. 모든 것에 관해 충분히 많이 아는 또다른 사람은 야녜스입니다. 전쟁이 끝나고 오륙 년 후에 그는 〈38선〉이란 작품을 무대에 올렸는데, 난 그때 그를 알게 되었어요. 그 작품에서는 모든 행위가 참호 속에서 일어나지요. 도쿄에서 그는 사노 세키를 데려왔어요. 그 일본인은 연극에 관해서는 모르는 게 없는 '걸어다니는 백과사전'이었어요. 두 사람은 함께 '끈질긴 술책'이라는 극단을 만들었는데, 그 극단은 '테테'라는 이름으로 더 잘 알려져 있지요. 그 극단에서 파티뇨와 폰테베드라, 그리고 당연히 야네스 같은 현재 가장 널리 알려진 몇몇 감독들이 첫 무대를 꾸몄어요. 전쟁은 적어도 연극에 대한 관심을 불러일으키는 데 일조했어요, 그렇게 생각하지 않나요? 어쨌건 하던 이야기로 돌아가지요. 두 군대의 위치는 군사분계선을 중심으로 그대로 남게 되었지만 우리는 즉시 귀국하지 않았습니다. 우리는 휴전협상이 이루어지고 일 년이 조금 넘은 1954년 10월에 부산을 떠났어요. 우리가 향수를 느꼈을 것이라고는 생각하지 마세요. 그런데 그 십육 개월 동안, 그러니까 휴전협정 이후 우린 무엇을 했을까요? 아무것도 하지 않았어요. 아니, 무언가를 했다고도 할 수 있지요. 민정경찰 역할을 했으니까요. 우리는 중공군들이 넘어오지 못하도록 점령 지역과 경계선을 밤낮으로 순찰했습니다. 정말 따분한 일이었지요. 다른 병사들이 전쟁터에 발도 들여본 적 없는 우리에게 자신들의 공적을 이야기할 때면 특히 그랬어요. 그들에 의하면, 그들은 모두 끝내주게 용감한 놈들이었고, 미군들은 심지어 그들의 용기를 기리면서 군화에 입을 맞추기까지 했다고 했지요. 그런데 문제는 그 가련한 작자들이 자신들이 한 거짓말을 믿어버렸다는 거예요. 전쟁 때문에 뇌가 흐느적거려 사리판단이 흐려진 거예요. 어쨌거나 그들이 실제 있었던 일들, 가령 참호 속에서 일어났던 일들을 이야기할 때면 닭살이 돋을 만큼 소름이 끼쳤지요. 후에 야네스는 바로 이런 일들을 각색해서 작품을 만들었습니다. 하지만 흥미로운 것은 전선에만 있지 않았어요. 야전텐트 안에만 머물렀던 우리 같은 병사들에게도 이야깃거리가 있었지요. 내가 있었던 함대에 아름다움을 추구하던 사제인 다닐로 카스트리욘 신부가 타고 있었다는 걸 기억해요.

"비야밀, 그 사제에게는 한 시간도 허용하지 마." 가장 경험 많은 병사들이 내게 알려주었고, 그건 사실이었어요. 양지에서건 음지에서건 그는 마르세야 출신의 예쁘고 수염도 나지 않은 어린 소년에게 치근댔지요. 그 녀석이야 관계를 했는지 어땠는지 모르겠지만, 나는 대죄를 저질러 총살을 당하는 순간이라 해도, 결코 그에게 내 죄를 고백하지 않았을 겁니다. 사람들 말에 의하면, 그는 속죄하기 위해 한 달 동안 앉지 말라는 식의 벌을 내렸다고 해요. 영혼이 없는 잔인무도한 신부였어요. 내게 가장 충격적인 이야기를 들려준 사람은 페뉴엘라였어요. 어느 날 신부는 실종 정찰대 구조 작전을 전개하다가 실패하여 전사한 군인들에게 성유를 뿌리고 축복을 내렸죠. 그런데 장례 대열의 마지막에 있던 비나스코 중위의 시체는 못 본 척 지나가더랍니다.

"신부님, 마지막 전사자에게 축복을 내리지 않으셨습니다." 아벤다뇨 중령이 이렇게 말하면서 오른손으로 장교의 시체를 가리켰어요.

"난 이 사람의 죄를 사할 수 없습니다. 이 사람은 대죄를 저지르다가 사망했습니다." 사제는 이렇게 말하면서 중위의 시체에서 멀어져갔어요. 동료들에게 마지막 작별인사를 하기 위해 모인 군인들은 아연실색하지 않을 수 없었지요.

"신부님이 그걸 어떻게 안단 말입니까?" 아벤다뇨 중령이 화를 내며 물었어요. "중위가 언제 신부님께 고백이라도 했나요? 우리는 모두 중위가 믿음이 강한 사람이 아니라는 걸 압니다. 하지만 그게 이 순간 죄 사함을 베풀지 못할 정도로 중대합니까?"

"그 때문이 아닙니다. 난 사람들의 얼굴에서 영혼의 상태를 읽는 법을 알고 있습니다. 비나스코 중위의 얼굴에는 죄가 서려 있습니다."

"그게 뭐가 중요하다는 겁니까? 임무 수행중 용감하게 전사했다는 사실만으로도 죄 사함을 받을 수 있는데, 왜 신부님은 동일한 작전에서 전사한 다른 사람들에게는 축복을 내리면서 그에게는 그렇게 하지 않는 것입니까?" 중령은 화가 치밀어 시뻘게진 얼굴로 소리쳤어요.

"죄 사함을 베풀지, 베풀지 않을지 결정하는 사람은 바로 나입니다. 왜 아무 관련도 없는 일에 개입하는 거지요? 난 당신에게 이 사람은 중대한 죄를 짓다가 전사했다고 말하고 있고 그것으로 충분합니다. 나는 그들이 빌어먹을 지옥으로 가거나 그러지 않도록 정할 수 있는 사람입니다." 대대원 전체가 비난의 눈길을 던지며 역겹다는 표정을 짓고 있는데도, 카스트리욘 신부는 전혀 아랑곳하지 않은 채 자기 막사로 향했어요.

좋아요, 이제 하던 이야기로 돌아가지요. 귀국 장면은 영화에서 나오는 모습 같았어요. 우리는 으스대며 행진했고, 대통령 경호부대와 심지어 권력을 장악한 군인까지도 모습을 보였어요. 연설도 있었지요. 아주 길고 지겨웠지만, 모든 연사들이 훌륭한 실패작을 언급하는 걸 잊었지요. 녹십자 전투, 바르불라 전투, 불모 고지 전투 말입니다. 그리고 수많은 전사자와 부상자, 실종자와 포로도 언급하지 않았습니다. 내 관심을 사로잡은 건 상이군인들이었어요. 우리가 7번 대로로 행진하고 있을 때, 그들은 인도에서 나와 우리에게 인사했어요. 절름발이, 외팔이, 외눈박이, 모두가 조국의 성유를 받아 국기를 바람에 휘날리거나 손수건을 흔들면서 만세를 외치고 끊임없이 눈물을 흘리고 있었지요. 상류사회의 귀부인들은 입술에 립스틱을 잔뜩 칠하고 음부까지 보석으로 장식한 채, 장갑 낀 손으로 영웅들에게 인사했어요. 한국에서 귀국한 우리는 '영웅'이라고 불렸거든요. 나는 아무 말도 하지 않았어요. 말했다시피 난 전쟁터에 있어본 적이 없거든요. 콜롬비아 병사의 운명이 무엇인지 선생은 알고 있습니까? 농담 같겠지만, 그즈음 우리는 새로운 군사 교리를 주입받았어요. 콜롬비아 병사에게는 두 가지 가능성이 있다는 것이었죠. 전방 아니면 후방. 후방으로 가면 아무 문제가 없어요. 그러나 전방으로 가면 두 가지 가능성이 있지요. 죽든지 살아남든지. 살아남는다면 아무 문제가 없어요. 하지만 죽는다면 두 가지 가능성이 있지요. 화장되든지 매장되든지. 매장된다면 아무 문제가 없어요. 화장된다면 두 가지 가능성이 있지요. 재를 납골함에 보관하든지 그걸로 종이를 만들든지. 납골함에 보관한다면 아무 문제가 없어요. 그런데 종이를 만든다면 두 가지 가능성이 있어요. 신문지로 만들든지 화장지로 만들든지. 신문지로 만든다면 아무 문제가 없어요. 하지만 만일 화장지로 만든다면 두 가지 가능성이 있지요. 전방이든지 후방이든지, 즉 앞쪽이든지 뒤쪽이든지…… 이미 아시겠지만, 콜롬비아 병사는 종이처럼 모든 걸 참고 견뎌내요. 나는 재로 종이를 만들 수 있느냐고 물었고, 그런 걸 물어본 벌로 사흘 동안 화장실 청소를 했어요. 군인들 언어보다 더 확신으로 가득한 언어를 알고 있나요?

누구나 귀국을 원한 건 아니었어요. 한쪽 팔이 절단된 채 제대한 내 사촌에게는 끔찍스럽게 놀랄 만한 운명이 기다리고 있었지요. 그는 매일 〈엘 티엠포〉 신문사로 가서 광고면의 구인란을 살펴보았어요. 한쪽 손에 연필과 종이를 들고서요. 그런데 그때 자기 화를 이기지 못한 어떤 인간쓰레기가 술에 취한 채 무장을 하고 신문사 건물에 난입해서 불을 질렀어요. 정신을 집중해 신문을 읽던 내 사촌은 빠져나오지 못한 채 화재 현장에서 죽고 말았죠. 인간쓰레기는 보수당 지도자들의 이름을 부르며 환호했고, 경찰의 호위를 받으며 자기 발에 차이는 모든 것을 초토화시켰어요. 1952년 9월 6일이었지요. 그런데 가장 슬픈 일은 내 사촌이 가장 먼저 입대한 사람들 중의 한 명일 정도로 성난 보수주의자였다는 사실입니다. 우리는 그를 다정하게 '코레아노'*라고 불렀어요. 그 별명은 라우레아노와 운韻이 같았거든요. 그리고 마리아노, 올라노와 함께 '아노'**라는 소리를 갖고 있어서 운이 잘 맞았어요. 그런데 왜 보수주의자인 그가 보수당 대변지인 〈엘 시글로〉가 아니라 자유당 계열인 〈엘 티엠포〉 건물에 있었을까요? 그것은 그가 골수 보수주의자였지만 〈엘 시글로〉에서 일자리를 찾을 확률은 사막에서 물개를 사냥하는 것과 같다는 사실을 알고 있었기 때문입니다. 야전텐트에만 머물러 있던 또다른 참전군인은 허세로 가득한 소설들을 탐독하면서, 중대한 순간이 되면 관 속에서 잠자는 방법을 택했어요. 관은 그의 침대였고, 펜싱 연습 외에는 그 무엇도 그를 거기서 꺼낼 수 없었지요. 그는 자기가 진짜 검객이라고 믿었거든요. 선생도 알 수 있겠지만, 그는 모든 면에서 뒤처진 채 태어났죠. 그런데 가장 슬픈 일은 그가 제대하고

---

* 스페인어로 '한국인'이라는 뜻이다.

** 스페인어로 '항문'이라는 뜻이다.

서 두 달이 지나 한밤중에 라스 니에베스 거리를 배회할 때 그만 어떤 강도가 그를 칼로 정확하게 찔러 죽여버렸다는 사실입니다. 여기서 나는 다시 선생에게 묻고 싶어요. 그런 일을 당하려고 그가 전쟁에서 돌아온 것일까요?

6

오랫동안 나는 장교의 철모에 앉아 있는 벌을 지켜보았어요. 처음에는 움직이지 않았지요. 마치 차가운 금속 위의 황금빛 브로치처럼 고정되어 있었어요. 그러고는 위로 나아가더니 중앙에 자리를 잡았어요. 마치 프로이센 병사들의 철모를 장식한 화살촉 같았어요. 장교는 움직이지 않았지만, 병사들이 그토록 뚫어지게, 그토록 집요하게 자기를 쳐다보는 이유를 알지 못했습니다. 보초 교대에 관한 지시사항을 전달하고 야간정찰에 나설 병사들의 이름을 부른 후, 그는 부동자세로 있던 우리를 해산시켰어요. 우리는 너무나 피곤한 나머지 두 시간 전부터 발로 딛고 있던 바로 그 자리에 털썩 주저앉았지요. 나는 우리가 있는 곳에서 10미터 정도 위에 있던 눈부신 벚꽃을 바라보면서, 아름답고 화려한 그 시기의 나무들에 매료되었어요. 햇빛은 저기 적군의 고지에 부딪혀, 화려한 나뭇가지에 눈부신 무지갯빛을 선사하고 있었죠. 갑자기 벌이 천천히 날아다니기 시작했어요. 아무도 입을 열지 않았습니다. 아무도 웃지 않았고 누구도 아무런 표정을 짓지 않았어요. 우리는 5, 6미터 거리에 있는 장교를 주의깊게 쳐다보았어요. 벌은 다시 움직이지 않았고, 나는 갑자기 영원의 정확한 의미에 대해 생각했지요. 전쟁이 영원하기 때문은 아니었어요. 사나흘 후면 우리는 배를 타고 돌아갈 예정이었거든요. 나는 어릴 적, 그러니까 내가 초등학교 과정을 밟은 벨렌 데 움브리아 수도원 신부들이 계획한 피정중에, 설교대에서 설교자가 '영원'이란 단어로 우리를 놀라게 했던 것을 떠올렸어요. 자세하게 묘사된 지옥의 공포도 영원의 정의보다 우리를 두렵게 하지는 않았습니다.

"영원이란," 신부가 말했습니다. "우리 지구만큼 커다란, 거대한 강철 구체란다. 그 위에 파리 한 마리가 앉아 있어. 파리가 날개 끝으로 구체에 작은 이랑을 그렸을 때는 기껏해야 영원의 한순간만이 흘러 있을 거야." 하지만 나의 회상은 장교의 갑작스러운 반응으로 깨지고 말았지요.

"왜 날 쳐다보는 거야, 개자식들!"

벌이 움직였어요. 장교의 머리가 움직여서인지, 아니면 그의 날카로운 목소리 때문인지 알 수가 없었지요. 움직였지만 그곳을 떠나지는 않았어요. 오히려 철모 위에 더욱 단단히 고정된 것처럼 보였습니다. 장교의 목덜미로 떨어지는 햇빛을 받자 벌은 갑자기 황혼 속의 황금 조각처럼 빛났어요.

"내 말 못 들었나?" 그는 화를 내면서 자기 오른편에 있는 중사 옆에 멈추었어요. "난 쓸데없는 말을 지껄이지 않아. 그러니 왜 그러는지 말을 하든지, 아니면 지금 당장 일어나 정렬한 다음 뱃고동 소리가 출항 시간을 알릴 때까지 구보를 하도록 해."

아무도 움직이지 않았어요. 철모의 벌이 발산하는 뜨거운 광채가 비밀스럽고 은밀한 감정으로 우리를 꼼짝 못하게 만든 것 같았지요. 대대의 모든 병사들이 그런 빛의 기적에 관심을 보였고, 우리를 사로잡은 온화함과 평온은 점점 커져가는 장교의 분노와 극명한 대조를 이루었습니다. 장교는 갈수록 초조해하면서 모든 병사들의 침묵에 상처를 입고는 분노로 몸을 떨며 2미터가량 앞으로 나아가 병사들 앞에 멈추었어요. 병사들은 점점 강도가 높아지는 그의 공격성에는 아랑곳하지 않고 태평스럽게 담배를 피웠지요. 몇 달 전에 전쟁이 끝났고, 이미 평화협정이 체결되었으며, 사나흘 후면 고향으로 돌아갈 텐데, 왜 저렇게 과격하고 폭력적인 행동을 하는 걸까? 최면에 걸린 사람들처럼 우리는 모두 벌이 철모에서 도망칠 순간을 기다렸어요. 하지만 그 순간은 영원처럼 길어졌지요. 심지어 우리는 움직이지도 않았습니다. 그러자 장교는 소총 개머리판으로 가장 가까이에 있던 병사를 후려쳤어요. 그 병사는 비틀거렸지만 소리를 지르지는 않았어요. 피하지 않았죠. 장교의 머리에서 시선을 떼지도 않았고요. 장교는 병사들 사이로 오가기 시작했어요. 병사들의 침묵 때문에 갈수록 초조하고 불안해했고, 결국은 두려워하게 되었지요. 우리는 모두 그를 에워쌌고, 하나같이 그의 철모에 시선을 고정했어요. 그러자 장교는 조심스럽고 신중하게 등을 돌리고 물러서는 쪽을 택했지요. 그의 손가락은 경계를 늦추지 않은 채 소총의 방아쇠 위에 놓여 있었고 눈 또한 방심하지 않고 있었지만, 정확하고 안전하게 총을 쏠 태세는 아니었어요. 턱은 마치 사랑니로 개암을 부수듯이 광포하게 일그러져 있었고, 분노는 두려움과 뒤섞여 있었지요. 마치 장교가 그곳에 없는 것처럼 우리는 벌만 바라보면서 무슨 일이 일어날지 기다렸습니다. 바로 그때 장교가 이마에 흥건한 땀을 닦기 위해 철모를 벗었고, 병사들은 모두 오후의 피곤하고 나른한 햇빛 아래 또렷하게 그려진 그의 얼굴 윤곽을 보았어요. 그를 보고는 있었지만, 환한 햇볕이 얼굴을 비추어 제대로는 볼 수 없었지요. 바로 그때 햇볕의 눈물처럼 벌이 철모로 미끄러지더니 날아오르면서 황금빛 공기와 뒤섞였어요. 그러자 우리는 모두 다시 생명을 얻은 것처럼 앞으로 몇 발짝 내디뎠어요. 장교의 얼굴은 돌연한 공포에 사로잡혀 사색이 되었죠. 갑자기 가장 젊은 병사 중 한 명이 웃음을 터뜨렸고, 개머리판으로 맞은 병사를 포함한 나머지 병사들도 모두 따라서 웃음을 터뜨렸습니다. 기적은 이루어졌어, 나는 이렇게 생각하면서 장교를 쳐다보았어요. 그는 막사로 마구 뛰어가려다가, 몇몇 병사들이 다시 자리에 앉고 다른 병사들은 아무런 걱정 없이 즐겁게 다시 병영으로 행진하는 것을 보고는 발길을 멈추었지요. 그의 옆을 지나치다가 땀으로 뒤덮인 장교의 이마 위로 순간의 광채가 몇 개의 이랑을 그리고 있는 것을 보았어요. 석양빛 덕분에 생긴 모습이었죠. 마치 시간이 불안해하며 머뭇거리다가 멈춰버린 것 같았어요.

이쪽 편에서 하얀 손수건과 두 나라의 국기가 나부낀다. 연단에는 즐겁고 기쁘고 명랑하게 손을 흔드는 어린아이들이 가득하다. 마치 삼십육 년 전 부에나벤투라의 뜨거운 햇살 아래 하얀 옷을 입고서 출항하는 배와 작별하던 비센티나스 여학교의 학생들이 바람 부는 방향으로 손을 흔들던 모습을 그대로 따라하려는 것 같다.

저쪽 편으로는 발연통이 보이고 경찰의 총성이 들리지만, 시위자들은 시위를 그만두지 않는다. 경찰과 맞서다가 사망한 이석규 열사의 장례식이 끝나자 열사의 동료들이 거리를 점령했고, 그 옆으로 무기한 파업을 선언한 현대그룹 노동자들이 행진을 한다.

한가운데, 그러니까 초청자 옆에 서 있던 비르힐리오는 점점 심해지는 갑작스러운 통증에 배가 쪼개지는 듯한 느낌, 소위 할복할 때 받는다는 느낌을 참을 수 없어 지붕 없는 리무진의 손잡이를 움켜쥐었다. 그의 손이 고통으로 딱딱하게 굳어지면서 경련을 일으키는 듯이 보였지만 그는 그걸 숨기려고 애를 썼다. 얼굴은 죽은 사람처럼 창백하고 해쓱했으며, 끈끈하고 지독한 식은땀으로 뒤범벅되어 있었다. 불현듯 초청자인 전두환 대통령이 비르힐리오가 갈기갈기 찢기는 고통을 감내하고 있다는 사실을 눈치채고는 부관을 향해 큰 소리로 말했다. 지체 없이 지시를 수행하라는 말투로.

"Uisarul Puruszyo!"

서울대학교 병원에 도착해서야 비로소 우리 모두는 그 말이 다급히 의사를 청하는 말이었다는 것을 알았다. 비르힐리오는 발을 질질 끌다시피 하면서 수술실로 들어갔고, 한 시간 반 동안 장 천공으로 인한 복막염 수술을 받았다. 모든 건 알래스카에 기착했을 때, 즉 일요일 밤에 시작되었다. 그의 주치의나 앵커리지 미 공군기지 병원의 의사들도 사태의 심각성을 깨닫지 못했었다. 비르힐리오는 룸서비스로 주문한 알래스카 킹크랩 때문에 복통이 생겼다고 여겼고, 그의 주치의는 궤양 때문일 거라고 생각했다. 어쨌거나 여정을 중단할 만큼 중대하지는 않았다. 하지만 그런 상태에서도, 그리고 태평양의 기류를 활용하기 위해 아침 여섯시 반에 출발할 것이라고 통보해놓고도, 여정은 아홉시가 되어서야 재개되었다. 이상한 일이 벌어지고 있었지만, 그 누구도 우리에게 제대로 된 설명을 해주지 않았다. 한국까지 오는 아홉 시간 동안 비르힐리오는 무엇을 느꼈을까? 심지어 군대 안전부의 고문 책임자조차 이 질문에 대답하지 못할 것이다. 한국 의사들은 게실염이 자주 발생하는 에스상결장 부분을 떼어냈다. 복막염과 게실염이 가장 위험했다. 게실이 파열되면 똥 찌꺼기들이 흩어져 다른 기관들이 감염되기 때문이다. 정치 분야에서도 그런 일이 일상적으로 벌어진다. 정통한 사람들은 옥수수 전병을 먹지 않고 변비로 고통받는 사람들이 이 질병을 앓는다고 한다. 수술을 받으면 모든 위험이 사라지는 것일까? 보좌관들은 그렇다고 말했다. 심지어 비르힐리오와 겨루다가 요란하게 패배한—이번에도 한국으로 갈 수 없었던—알바로* 같은 독설가조차 불행한 결말에 이를 것이라는 희망을 갖지 않았다.

비르힐리오의 죽음? 우리에게 필요한 건 단지 그것뿐일지도 모른다. 하지만 그건 한국에서 죽은 콜롬비아인의 숫자에 겨우 하나를 덧붙이는 것에 지나지 않을 것이었다. 고통스럽긴 하지만 질병은 관리할 수 있고 실제로 그렇게 되었다. 비르힐리오는 회복했지만 공식 일정은 중단되었다. 귀부인들의 말에 따르자면 아직 쇼핑도 안 했는데 조국으로 돌아가게 생겼던 것이다. 그러나 이 말은 적절하지 않다. 비서관 중 한 명인 콘데는 조국으로 돌아가기 전 자기 사이즈에 맞는 셔츠를 이미 서른여섯 벌 맞추었기 때문이다. 이 행동은 아마도 콜롬비아 대대의 한국전 참전 이래 삼십육 년이 흘렀음을 기념하려는 것이었는지도 모른다. 또한 평화협상 자문 위원은 서울의 아편 끽연실을 둘러보면서 자기가 피우는 마리화나와 다른 환각제의 질을 비교하고자 했다. 몇몇 기업인들은 그대로 서울에 머물렀다. 서명해야 할 중요한 협정도 있었고, 무엇보다 그들이 서울로 온 이유는 바로 그것이었기 때문이다. 정치인들과 총신들도 이런 일정 변화를 전혀 반기지 않았다. 자신들의 계획,

---

* 1986년 콜롬비아 대통령 선거에서 비르힐리오 바르코에게 패배한 보수당 후보 알바로 고메스 우르타도를 일컫는다.

특히 무엇보다도 야간 계획을 다음 기회로 미뤄야만 했기 때문이다. 물론 우리 중 몇은 이미 첫날 밤에 신라 호텔—비르힐리오의 슬픔과 괴로움에 적합하도록 우리 언론은 호텔 이름을 '신라'에서 비명을 지른다는 의미의 '치야'로 바꾸어 표기했다—을 빠져나와 참전용사 동포인 레오넬 갈린데스가 운영하는 나이트클럽을 찾아갔다. 나는 일정이 그해 내내 연장되어도 상관없었지만, 어쨌거나 기대와 희망으로 가득차 비행기에 올라탄 며칠 전의 그 사람이 이미 아니었다.

정권태 교수가 제공한 정보는 내 손에 있는 자료들을 재평가해주었고, 공식 자료에 대한 의문에 일리가 있음을 보여주었으며, 연구 방향을 완전히 바꾸어놓았다. 갈린데스에 관해 말하자면, 그는 자기 경험을 떠올려보건대 한국 교수가 제공한 수치는 분명한 진실로 제시될 수 있다는 의견을 밝혔다. 휠체어에 앉아 있었지만 매우 확신에 차 설명했던 그때처럼 그가 내 눈앞에서 그토록 분명하게 움직인 적은 없었다. 향락주의에 빠진 불구자의 말에는 종종 고통과 향수가 배어 있었고, 어떤 때는 기쁨이 가득했다. 그의 나이의 반도 안 되는 그의 아내는 동포들의 비난에도 불구하고 그를 사랑하고 있었고, 남편의 한계 앞에서도 자기가 헌신적이라는 것을 보여주었으며, '밀로의 비너스'를 자기가 얼마나 효율적으로 운영하는지도 드러냈다. 왜 내가 돌아가겠어? 다른 참전용사들은 그들이 입대할 때 들었던 약속들이 거짓이라는 슬픈 사실을 이미 경험을 통해 확인했다. '사색가' 로차는 내게 전쟁에 관한 비밀을 털어놓으면서, 자기를 비롯해 입대한 동료들은 애국자가 아니라 용병이었으며 봉급으로 꿈을 기대했다고 말했다. 그리고 환상은 거짓으로 판명났다. 왜 콜롬비아는 세계 여러 국가 중에서 유일하게 미국인들에게 목숨을 바쳤을까? 사회학자들과 역사학자들은 계속해서 이렇게 자문한다. 쉴새없이 허풍을 떨며 반공을 외치던 매카시 같은 프랑코가 통치하던 스페인도 군대를 파견하지 않았다. 우리의 식민 모국도 자기 자식들을 보내지 않았는데, 왜 그들의 사생아인 우리는 가야만 했을까? 프랑코의 스페인과 한국전쟁 사이의 유일한 관계는 '코레아'라고 불리던 창녀뿐이었는데, 그녀는 마드리드 근교의 토레혼 데 아르도스 미군기지 근처에서 일하고 있었다. 정권태 교수와 갈린데스, 그리고 라비니아가 모두 의도적일 정도로 침묵을 지키고 있는 가운데 나는 이 모든 사실을 떠올렸다. 내가 그 어느 때보다도 우리 아버지와 가까이 있던 쌀쌀한 아침이었다. 정말로 우리 아버지는 묘비 아래에서 영면을 취하고 있을까? 3개국의 국기와 메달로 뒤덮인 그 관에는 어떤 빌어먹을 귀신이 살고 있단 말인가? 우리 어머니가 이해할 수 없는 침묵을 지키면서 가짜 장례식을 치르던 날, 외교관들과 장교들은 그 관을 에워싸고 있었다. 전투중에 사망했을까? 살해당했을까? 왜, 누구 때문에? 아버지의 명성은 갈수록 희미해졌다. 비나스코 중위는 훈장이라는 화려한 미사여구에 뒤덮여 진실과 함께 흐릿해졌다. 이런 모든 것 뒤로 내 자부심, 즉 내가 영웅의 아들이라며 부리던 허세도 사라졌다. 무엇 때문에 산 바르톨로메 학교의 예수회 신부들은 국기 게양식을 치르면서 나에게 앞으로 나오라고 한 다음, 학생들이 따라야 할 본보기라고 입이 마르도록 칭찬한 것일까? 우리 젊은이들의 미래에 대한 믿음과 조국을 위해 목숨을 바친 세대의 용기 속에서 희망을 보았기 때문이었을 것이다. 내 삶의 일부를 생각해보고 참전용사들의 증언을 들은 후, 나는 믿음과 소망 같은 희망적이고 추어주는 단어들에게서 양철 냄새가 난다는 것을 알았다. 믿음과 소망과 사랑 같은 신학적 미덕은 내 조국에서 자비와 관용으로 축소된다. 군인들의 쩌렁쩌렁 울리는 연설도 마찬가지다. 나는 '고졸' 야녜스를 떠올린다. 그는 어떤 전투 이야기를 하다가 웃음을 참지 못하고는, 모든 군사 교리는 폭풍우 한가운데서도 미친듯이 꿋꿋하다고 말했다. 도대체 얼마나 많은 전사자들이 이 묘지에 묻혀 있을까? 궁금하다. 그 질문은 마치 함께 온 사람들의 관심을 일깨우라고 나를 부추기는 것 같다.

마침내 아버지 묘지 앞에 섰을 때, 다시 말하면 무한한 십자가의 바닷속에서 길을 잃은 어느 십자가 앞에 서자 내가 감격에 사로잡혔다고 말한다면, 그건 거짓이다. 조국은 전사자들이고 그 전사자들은 가문의 명예를 드높일 것이다, 라는 말은 거짓이다. 지금 내가 서 있는 이 넓디넓은 묘지는 거짓으로 세워진 기념물이기 때문이다. 약속을 믿은 사람들을 기만하는 기념물이기 때문이다. 그들의 선행은 비바람과 망각으로 망가져버린 더러운 십자가 아래서 그들을 덮고 있는 땅뙈기만하다. 여기에 내 아버지가 누워 있어, 나는 이런 생각을 해보지만 그 어느 것에서도 감동을 받지 못한다. 갈린데스, 정권태 교수와 라비니아의 시선이 느껴진다. 라비니아는 지병으로 괴로워하는 비르힐리오를 호위하면서 슬퍼하는 사람들로부터 빠져나와 우리 아버지의 유령을 따라서 지옥까지 나와 함께 와주었다. 거의 한 시간 동안 우리는 광활한 묘지를 배회했다. 사실 우리 일행은 우습기 짝이 없었다. 휠체어를 아주 훌륭하게 다루는 불구자가 마치 안내인처럼 일행의 선두에 서 있었다. 그 뒤로 땅딸막하고 옷차림이 단정한 한국인 교수가 있었는데, 그는 종종 부드럽게 휠체어를 밀기도 했고, 때때로 발걸음을 멈추어 묘비의 이름과 날짜를 읽기도 했다. 빨간 머리의 미녀는 나보다도 그들과 더 가깝게, 마치 내 슬픔을 방해하기가 두렵다는 듯 엉덩이를 한시도 가만히 두지 않고 자갈과 잔디밭 위를 불안하게 걸었다. 그 행렬의 마지막이 나다. 이 아버지 없는 자는 고통과 향수가 아니라 호기심 때문에 자기 아버지가 누워 있는 곳에 세워진 십자가를 찾는다. 우리 아버지는 너무나 먼 시대의 지시물이라 내게 아무것도 말해주지 못했다. 아버지는 내가 여섯 살 때의 사진과 느낌, 그리고 희미한 기억이 서로 교차하면서 행방불명된 지시물에 불과했다. 다른 사람들에게, 조국을 위해 목숨 바친 사람의 아들이라면서 대표적 본보기로 나를 내세우는 사람들에게 더 중요한 인물이었다. 그래서 나는 내 것이 아닌 것을 가지고 주인 행세를 하는 것 같은 느낌을 받았다. 어머니도 아버지에 관해 말하지 않았다. 말할 일이 있으면, 누군가—집에 찾아온 친구나 친척, 신문기자 같은 사람—의 존경 어린 의견에 대한 대답처럼 중립적인 어조로 간단하게 말했다. 반면에 우리 아버지는 학교 운동장 너머로 갈수록 존재감이 커져갔다. 그러니까 도처에 그의 기억이 남아 있는 거실, 다시 말하면 메달과 훈장과 군복, 기도문과 조문이 있는 거실로 갈수록 더욱 커지고 있었다. 하지만 그건 내 세상이 아니었다. 어머니가 아버지에 관해 더 자주 말해주었다면, 그랬다면 나는 다른 사람들이 원하거나 믿는 것처럼 그에 대한 기억을 찬미했을 것이다. 하지만 그런 일은 일어나지 않았다. 나는 상복 입은 어머니를 본 기억은 있지만, 마치 상복에 진저리가 난 과부처럼 그 기간은 아주 짧았다. 어느 날 아구델로 대령이 계속 찾아오자 막내 이모가 잘 입은 상복은 최고의 재산이자 새 삶을 살기 위한 최고의 미끼라고 말한 것도 기억한다. 나는 그 말을 제대로 이해하지 못했지만, 어머니는 그 말을 듣자 검은 상복을 벗어버렸다. 대신 핑크빛이나 파란색의 딱 달라붙는 외출복을 입고, 입술에 립스틱을 칠하고, 하이힐과 팬티스타킹을 신었다. 그리고 영웅적인 비나스코 중위에 관해서는 결코 말하지 않으면서 계속 침묵 속에서 살았다. 내가 열세 살이었을 때 할아버지와 할머니는 어머니의 침묵을 깰 방법이 없다고 말했고, 나는 아구델로 대령을 떠올렸다. 그 말을 들은 지 넉 달 후에 어머니는 암으로 세상을 떠났다. 유방암 진단 후 세상을 떠나기까지의 짧은 기간에도 어머니는 아버지에 대해 일언반구도 없었다. 하지만 예수회 신부들은 계속 아버지에 관해 말했고, 나는 다시 동급생들 사이에서, 그리고 여러 차례 승강이를 벌였던 동네 여자아이들 사이에서 인기를 모았다. 라비니아는 검은 선글라스를 벗고 눈을 닦는다. 나는 눈물 때문이라고는 생각하지 않는다. 빨간 머리 여자들은 결코 울지 않으며, 게다가 그녀는 이 모든 것과 아무 상관도 없기 때문이다. 왜 장례식은 시장에 새로 출시된 다양한 검은색 선글라스의 상설 전시장처럼 되어버리는 것일까? 불투명한 유리알 뒤로 눈을 숨겨야 하는 사람들은 군인과 죽은 사람의 친척이다. 어제 우리는 노련한 조종사처럼 휠체어를 운전하며 백화점의 무빙워크를 타고 부지런히 돌아다닌 갈린데스의 안내를 받으며 삼풍백화점을 둘러보았다. 거기서 라비니아는 서너 개의 선글라스를 끼어보았다. 반면에 갈린데스는 악기점의 하모니카 앞에서 얼이 빠져 있었다. 그 악기는 안드라데가 불던 하모니카와 똑같고, 그는 하모니카 때문에 목숨을 잃었지만 대신 정찰대 동료들의 목숨을 구했다고 한다. 우리 아버지의 무덤을 찾아낸 사람은 갈린데스였다. 그는 다른 무덤들에 대해서도 말하면서, 자기 친구들 여럿이 그들이 태어난 곳에서 멀리 떨어진 곳의 묘비 아래서 먼지와 부식토로 변해가고 있다고 했다. 그곳에는 아로야베와 솔라노 박사, 그리고 키뇨네스가 있었고, 키뇨네스 옆에는 대부분의 참전용사들에게 거의 전설로 남아 있는 안드라데가 묻혀 있었다. 그리고 테예스 대위의 무덤을 비롯한 수백 개의 무덤이 더 있었다.

정권태 교수는 기침을 한다. 그는 이런 식으로 우리가 이곳에서 시간을 너무 많이 지체하고 있으며 이제 호텔로 돌아가야 할 시간이라고 말하는 것 같다. 내 생각에는 나를 이곳에서 떼어놓기 위해 그러는 것 같다. 그가 그렇게 행동한 까닭은 내가 감격하지도 감정에 사로잡히지도 않았으며, '라미로 비나스코 중위, 1923~1952'라고 이름과 연도만 적힌 쓸쓸하고 버려진 십자가보다 더 차갑다는 것을 눈치챘기 때문이다. 나는 십자가 아래에 꽃을 놓고, 그 어느 때보다도 내가 가짜인 것처럼 느끼면서 십자성호를 긋는다. 라비니아는 나를 껴안아주고, 나는 그녀의 온기와 숨결을 느낀다. 호색한 같은 내 시선 앞에서 그녀는 아름답기 짝이 없는 초록색 눈 위로 다시 선글라스를 쓴다. 정권태 교수는 사방을 둘러본다. 나처럼 십자가의 바닷속에서 길을 잃고 질식한 것 같다. 그때 갈린데스가 동쪽을 향해 팔을 내민다. 그렇게 우리에게 출구를 가리켜주려는 것 같다. 친척이건 구경꾼이건 우리는 모두 한마디도 하지 않고 안내자의 날쌘 휠체어 뒤를 따라 움직이기 시작한다. 라비니아와 정 교수는 지금 우리가 있는 나라와 관련된 것을 떠올리게 한다. 우리 아버지의 이야기와 가장 유명한 전투들을 제외하고 나는 한국에 대해 거의 아는 바가 없다. 그리고 이 나라에 관한 질문을 받으면, 나는 그냥 사실만을 이야기했다. 다들 나를 초대해서 보여줘야만 한다고 느낀 한국전쟁 관련 영화들을 제외하면, 내가 한국에 관해 아는 것이라고는 제임스 본드가 나오는 어떤 영화에서 골드핑거의 건장한 경호원이자 부하의 조국이 한국이라는 것과 금속으로 테를 두른 그의 모자가 골프 클럽에 있는 어느 여신상의 머리를 떨어뜨린다는 것뿐이다. 또 영화 〈세브린느〉에서 카트린 드뇌브가 일하는 사창가로 달려가는 신원미상의 사람이 한국인이라는 것도 알고 있다. 그 한국인은 그녀와 자기 전에 무엇이 담겨 있는지 알 수 없는 이상한 상자를 가방에서 꺼내 콘솔 위에 올려놓곤 했다. 라비니아가 가까이 있어서 그런지, 그녀를 보자 드뇌브가 떠오르고, 동시에 정권태 교수를 보자 조잡한 영화에 나오는 이상한 상자의 주인과 비슷하다는 생각이 든다. 이 좋은 두 친구들을 나의 적절치 못한 상상력이 이끄는 교활하고 추잡한 일에 관련시키다니 일종의 죄책감이 든다.

며칠 전 들었던 갈린데스의 회상처럼 휠체어가 무덤들 사이로 나아가면서 길을 연다. 왜 참전용사들의 증언은 군사학교 교본이나 몇몇 장교의 자서전 혹은 군사백과사전에 즐겁게 기록된 정보와 그토록 모순되는 걸까? 의심의 여지가 없다. 그런 모순이 존재하는 이유가 지금 전사자들 속에서 갑자기 확신처럼 내게 다가온다. 우리나라에서는 진실이 기억과 양립될 수 없기 때문이다. 정권태 교수는 갈린데스의 휠체어 뒤로 가서 마치 항상 하는 일처럼 부드럽게 휠체어를 민다. 참전용사들을 제외하고 그의 나라와 나의 나라에서 두말할 나위 없는 현실처럼 행세하는 역사적 사기의 위험성을 가장 먼저 알려준 사람이 정 교수다. 정권태 교수가 우리를 갈린데스에게 소개시켜준 밤에 카르데나스 장군이 우리와 함께 있었던 것은 그나마 다행이었다. 최소한의 의심의 여지도 없었다. 모든 참전용사들이 이 묘지에 묻힌 것은 아니었다. 모든 참전용사들이 재가 되어 본국으로 돌아간 것도 아니었다. 모든 참전용사들이, 자신들에게 등을 돌리고 자신들을 반사회적 집단으로 치부하는 나라로 돌아가, 좌절과 분노 속에 그 나라 퇴역군인의 수를 늘린 것도 아니었다. 갈린데스의 말은 너무나 설득력이 있었고, 장군은 사건들의 공식 서술에 무언가가 부족하다는 것을 용감하게 인정했다. 그러나 그는 정권태 교수가 어떤 복사본을 선물하자 더욱 놀랐다. 기존의 역사와는 다른 시각을 드러내는 책과 원고였는데, 서울대학교뿐만 아니라 외무부 문서보관소의 말소된 보고서들에서나 확인할 수 있는 내용들을 담고 있었다. 그런데 불모 고지의 참사가 발생했을 때 미국이 원했던 것은 이것이 아니었을까? 왜 콜롬비아에서는 이런 연구 결과가 출간되지 않았을까? 전쟁은 우리가 들은 바대로 진행되지 않았다. 아마도 이런 이유 때문에 9월의 그날 아침 우리가 함께 묘지로 가자고 초대했을 때 장군이 거절한 것 같다. 그는 그날의 의전행사와 관련된 핑계를 대면서 비르힐리오의 건강 상태가 심각하기에 자기가 반드시 참석해야 한다고 말했다. 아마 그도 우리처럼 환멸에 젖어 있는 것 같았다. 우리는 전쟁이 끝난 날부터 우리에게 주입된 거짓 역사를 지겨워하고 있었고, 현실을 덕지덕지 치장해주는 허구에 신물이 나 있었다. 우리나라에서 허구란 회의주의자들이 일상의 가혹함을 일깨우기 위해 헛되이 가하는 타격들의 다른 이름이기 때문이다. 장군은 오지 않았지만 대신 라비니아가 함께 와주었다. 그녀는 펠로폰네소스 전쟁처럼 멀게만 느껴지는 그 전쟁의 전사자들에게는 아무런 관심도 없었다. 그녀가 중요하게 생각한 것은 우리 아버지였다. 아버지 무덤을 찾아가는 내가 느낄, 이해할 만한 고통에만 관심이 있었다. 그녀에게는 나만 중요했고, 우리가 돌아올 무렵에는 결국 나도 그녀에게 관심의 대상이 되지 못했다. 그녀가 내게서 슬픔도 눈물도 보지 못했으며 향수의 기척도 느끼지 못했기 때문이다. 우리 아버지를 둘러싼 모든 전설이 새로운 증언을 들을 때마다 해체되고 있는 지금, 내가 어떻게 그런 감정을 느낄 수 있겠는가? 모호함과 의문 그리고 불신 속에서 숨막혀하는 역사를 가지는 게 무슨 특권이라도 된단 말인가?

그때 라비니아가 하이힐을 자갈에 잘못 디디면서 넘어졌다. 교수는 그녀를 도와줄 수 없었다. 우리 앞으로 2, 3미터 떨어져 갈린데스의 휠체어를 밀고 있었기 때문이다. 나도 제때 그녀를 잡아줄 수 없었다. 곧 다가올 비바람의 혐오스러운 모습을 잿빛으로 그리기 시작하는 지평선을 하염없이 바라보면서 정신을 팔고 있었기 때문이다. 하지만 몸을 숙여 그녀가 일어나도록 도와주면서 나는 거의 아찔한 상태로 사람들이 라비니아에 관해 떠든 말이 사실임을 확인했다. 그녀가 결코 속옷을 입는 법이 없다는 말이었다. 그건 나의 환상이 아니었다. 일어나 치마에 묻은 흙을 떨어내는 동안 그녀는 내 눈을 뚫어지게 쳐다보면서 당황스러울 정도로 솔직하게 말했다.

"이제 직접 봤으니 내 진짜 머리카락 색깔이 뭔지 말할 수 있겠군요."

출구로 가는 오솔길로 몇 발짝 내디딘 후, 나는 뒤를 돌아보고서 비나스코 중위의 무덤이 무한하게 많은 묘비 사이로 사라졌다는 것을 깨닫는다. 이 길고 진저리 나는 여정, 이런 회상, 답이 존재할 것 같지 않은 이런 이해하기 어려운 질문에도 똑같은 일이 일어나지 않았을까? 내 기억에 의미를 부여할 무언가를 찾아 뒤돌아보았다가 단지 의혹과 침묵만 발견한 나는, 이제 간직할 유일한 비밀은 저 여자가 넘어지면서 내게 드러낸 근사하고 부드러운 속살의 비밀뿐이라고 생각한다. 바로 그 순간 나는 비바람을 예고하는 첫 번개에 눈이 부셨고, 사라져가는 십자가의 지평선이 얼마나 괴롭고 슬픈 모습인지 느낄 수 있었다.

콜롬비아에서 다시 태어난 한국전쟁 소설

콜롬비아 소설은 우리에게 친숙하면서도 낯설다. 가르시아 마르케스 같은 작가는 너무나 잘 알려져 있지만, 그 외 작가들에게는 아직도 관심이 없고 그들에 대한 소개도 찾아보기 힘들기 때문이다. 익히 알려진 것처럼 가르시아 마르케스는 1970년대부터 그의 등록상표와 같은 '마술적 사실주의'로 세계적인 관심의 대상이 된다. 더군다나 미국과 유럽 대륙에서 포스트모더니즘 논쟁이 가열되면서 세계문학계는 그에게 이목을 집중하고, 그의 마술적 사실주의는 전 세계 예술계를 지배하는 흐름으로 자리잡는다. 가르시아 마르케스 이후 콜롬비아의 소설은 '붐'을 이루면서 여러 걸출한 작가들을 배출해 라틴아메리카 내에서 입지를 공고히 하면서 세계문학계의 주목을 받는다. 그러나 우리나라에서는 알바로 무티스와 라우라 레스트레포 정도가 알려져 있을 뿐이다.

1980년대 이후 불기 시작한 콜롬비아 소설의 '붐'을 이루는 작가들을 간단하게 살펴보면, 가르시아 마르케스와 같은 세대에 속하지만 1980년대에 들어 더욱 성숙해지면서 문학적 진가를 인정받고 있는 알바로 무티스와 1989년 라틴아메리카 최고의 문학상인 로물로 가예고스 상을 받은 마누엘 메히아 바예호를 들 수 있다. 한편 가르시아 마르케스보다 젊으며 1980년대부터 진가를 인정받는 작가들로는 헤르만 에스피노사, 라파엘 움베르토 모레노 두란, 로드리고 파라 산도발, 페르난도 바예호, 라우라 레스트레포 등이 있다. 그리고 1990년대 이후 라틴아메리카를 비롯하여 유럽과 미국에서 주목받고 있는 작가로는 산티아고 감보아, 마리오 멘도사, 엔리케 세라노, 호르헤 프랑코 등이 있다. 하지만 이들 중에서도 특히 라파엘 움베르토 모레노 두란은 1980년대 이후 콜롬비아 문학을 대표하는 작가로 손꼽힌다.

포스트모던 역사소설과 라파엘 움베르토 모레노 두란

포스트모던 역사소설이란 두 가지의 논쟁적인 용어를 포함하고 있다. 그것은 포스트모던 소설과 역사소설이란 문제를 담고 있기 때문이다. 우선 포스트모던 소설에 대해서는 다양한 의견이 존재하지만, 가장 중요한 것은 모더니즘 작가들이 무질서 속에서 질서를 찾았다면, 포스트모던 작가들은 무질서를 수용한다는 점이다. 모더니즘 작가들이 언어의 실험에 치중했다면, 포스트모던 작가들은 언어기호와 관련되어 허무주의적 관점을 표출한다. 아마도 이런 포스트모던 작가들의 가장 큰 특징은 현실에 대한 개념일 것이다. 모더니즘 작가들과 달리 포스트모던 작가들은 지극히 자의적이고 혼란스러운 현실을 만들어내고, 그것은 대부분 아이러니 혹은 패러디와 관련되어 있다.

한편 아이러니와 패러디는 현대 역사소설의 주요 기법이기도 하다. 현대 작가들은 이런 기법을 이용해 공식 역사 담론에 비판적인 입장을 취하면서, 과거의 정형화된 판본을 의문시하는 것으로 역사에 대한 관심을 드러낸다. 그런 목적을 이루기 위해, 그들은 '서사적 거리'를 제거한다. 즉 일인칭 서술, 내면 독백이나 구어체 대화의 사용을 통해 역사적 과거와 현재의 거리를 사라지게 한다. 여기서 국가적 신화는 해체되고 파괴되며, 한 사회의 근본적 가치의 상징으로 사용되는 영웅들은 유머와 아이러니를 통해 탈신비화된다.

최근 라틴아메리카 역사소설에는 두 가지의 상이한 경향이 존재한다. 하나는 알레호 카르펜티에르의 작품들처럼 과거를 재구성하려는 경향이고, 다른 하나는 후안 호세 사에르의 작품처럼 역사를 파괴하려는 경향이다. 전자는 사용 가능한 역사적 자료에 바탕을 두고 있으며, 후자는 작가의 자유로운 상상에서 나온다. 이런 두 갈래는 구심력 역사소설과 원심력 역사소설에 해당한다. 구심력 역사소설은 과거에 충실하고 정연한 관점을 구성하며 나아가는 소설 담론을 지향한다. 그래서 역사를 다시 쓰는 작업은 역사학이나 유럽 문학에서 전해진 과거의 판본을 의문시하는 것에 제한되지 않고, 패자나 소외된 자들의 관점에서 만든 라틴아메리카 역사로 확장된다.

하지만 원심력 역사소설은 진실의 개념을 문제시한다는 측면에서 구심력 소설과는 차이점을 보인다. 이 힘은 진정한 과거를 재구성하려는 담론을 해체하는 것으로 나타난다. 즉, 역사의 진지한 모든 해석을 패러디하고 우습게 만들어버린다. 이런 목표를 이루기 위해 작가는 상이한 시기의 이미지를 결합하고 자의적으로 현재의 요소들과 과거의 요소들을 뒤섞는 포스트모던적인 유희에 전념한다. 이런 점에서 구심력에 지배되는 소설은 전통적인 역사소설의 모델에 접근하며, 원심력을 따르는 작품들은 포스트모던 소설의 경향을 띤다. 구심력 역사소설은 관습을 따르거나 파괴하기도 하지만, 그것은 독자가 과거의 재구성에 대한 믿음을 잃지 않도록 하는 선에서 이루어진다. 반면에 원심력 역사소설은 현실을 충실히 묘사하려는 소망을 비웃으면서, 역사소설의 규범에 의문을 제기한다.

라파엘 움베르토 모레노 두란은 콜롬비아 포스트모던 소설의 대표 작가로 평가된다. 모레노 두란의 작품은 첫번째 소설 『여인들의 장난』(1976)부터 포스트모던 작품으로 분류된다. 그는 이 작품에 관해 "언어유희와 이중적 의미의 탐색, 의미의 확장과 중립적 화자 설정이 처음부터 내 소설과의 관계를 결정지은 몇 가지 목표였습니다"라고 말한다. '여성 모음곡' 3부작의 첫 작품인 이 소설을 비롯해, 이후 발표된 『디아나의 촉각』과 『마돈나와의 변덕스러운 피날레』에서도 언어유희를 통한 의미 확장은 계속 이어진다. 가령 그는 『디아나의 촉각』의 진정한 놀이가 "성적인 재료가 최대한의 밀도를 지니게 하고 글쓰기를 통해 의미를 증폭하는 것"으로 이루어져 있다고 밝히며, 『마돈나와의 변덕스러운 피날레』에서 역시 '정액semen'과 '의미론semantics'의 관계를 점검하는 등, 언어유희는 계속해서 중요한 주제로 사용된다.

다음 작품인 『외무부 장관의 고양이들』은 과거 역사를 점검하는 역사소설 경향을 띠면서 언어유희를 잘 보여준다. 이 작품은 19세기 후반부터 1949년에 이르기까지 삼대에 걸친 콜롬비아 외교관 가문을 다루며, 그 가족의 역사는 펠릭스 바라오나 프라데나스에 의해 서술된다. 그는 자기의 삶을 점검할 뿐만 아니라 할아버지이자 바라오나 집안의 가부장인 곤살로의 업적과 아버지 산티아고의 업적을 이야기한다.

한편 다섯번째 소설인 『무적의 기사』는 세르반테스의 『돈키호테』와 루이스 마르틴산토스의 『침묵의 시간』과 상호텍스트를 이루면서 패러디와 아이러니, 풍자와 유머를 활용한다. 이런 점에서 모레노 두란은 언어유희의 대가로 평가받는 마누엘 푸익이나 기예르모 카브레라 인판테 같은 작가들의 후계자라고 평가될 수 있다.

여섯번째 장편소설인 『맘브루』는 다시 과거로 돌아가서 현재 콜롬비아에서 거의 언급되지 않는 역사적 사건을 다룬다. 바로 북한군과 중공군에 맞서 싸운 콜롬비아 병사들에 관한 이야기다. 이 소설을 구성하고 있는 다양한 목소리는 한국전쟁 참전이라는 과거와 기정사실로 인식된 역사적 진실에 질문을 던지는 포스트모던 소설가들의 관심을 반영한다. 특히 이 작품은 유머와 아이러니를 통해 엄숙한 공식 역사를 해체한다. 공식 역사를 다룰 경우 엄숙한 문체를 사용해야 하지만, 중심과 진실이 해체된 원심력 소설에서는 그런 문체로 글을 쓸 수 없기 때문이다. 그래서 아이러니 사용이 불가피하다. 모레노 두란은 원심력 역사소설을 향해 나아가면서 포스트모던 관점에서 한국전쟁의 부조리함을 서술한다.

한편 생전의 마지막 소설인 『카뮈, 아프리카 커넥션』은 프랑스 작가 알베르 카뮈의 취향 중의 하나인 일부다처제를 합리화하는 사랑에 관한 이상야릇한 가정으로 나아간다. 그리고 여러 여자와의 관계, 특히 그가 없을 때 그를 비웃는 마약중독자인 첫번째 아내와의 관계에서 그가 얼마나 고통스러워했는지를 살핀다. 또한 결핵과 천식과 각혈 증세를 비롯해, 축구에 대한 사랑, 심지어 사르트르와의 논쟁도 언급된다. 이 작품은 제2차세계대전이 끝난 후 카뮈가 전 유럽에서 명성을 누리던 시기의 삶을 강조한다. 그러나 그의 삶은 동시에 그의 친구의 시선, 즉 카뮈의 수많은 발자취를 따라가는 기자 르콩트의 시선에서 관찰된다. 나아가 이 작품은 알제리와 프랑스의 관계, 즉, 아프리카 내에서의 프랑스 식민주의에 관한 논쟁, 이런 정치적 충동 속에서 뒤섞이는 책략과 사악한 욕망, 상대방을 헐뜯는 투사들의 악한 흉계까지도 다루고 있다.

『맘브루』의 구조와 목소리들

『맘브루』는 모두 6부로 이루어져 있으며, 이탤릭체*로 이야기의 시작과 각 부의 맨 뒤에 하나씩, 총 일곱 개의 글이 삽입되어 있다. 각 부는 다시 여섯 개의 소부분으로 나뉘면서 여러 화자의 목소리를 들려준다. 이 화자들은 한국전 참전병사이거나 장교이지만, 모두가 전쟁의 희생자이고 정부에 의해 기만당한 사람들이다. 이들은 역사가 비나스코의 인터뷰에 응하면서 자신들의 이야기를 들려준다. 이 자료의 일부는

* 역사가 비나스코의 관점에서 서술된 부분이 원문에는 이텔릭체로 삽입되어 있으나 본 번역서에서는 가독성을 고려해 이탤릭체를 사용하지 않았다.

한국전쟁에서 전사한 역사가 비나스코의 아버지 라미로 비나스코 중위의 삶을 이야기한다. 한편 이탤릭체로 삽입된 글에서는 라미로 중위의 아들인 비나스코가 비르힐리오 바르코 대통령의 방한 수행원 자격으로 서울로 가는 장면이 서술된다. 그는 여정의 따분함을 떨쳐버리기 위해 수행원들과 대화를 나누면서 그 대화를 옮겨 적고, 동시에 어린 시절의 한 장면, 즉 한국에서 전사한 자신의 아버지 비나스코 중위의 시체 없는 장례식을 기억한다.

이 소설은 비르힐리오 바르코 콜롬비아 대통령의 방한 여행과 콜롬비아 병사들이 한국전에 참전하기 위해 떠나는 장면을 병렬 배치하며 시작한다. 비르힐리오의 항공기는 3만 피트의 고도에서 태평양 위를 순항한다. 그 아래로 푸른 남빛의 바닷물은 삼십육 년 전 한국의 항구로 향하던 에이킨 빅토리호의 하얀 항적을 그린다. 화자 비나스코는 "같은 하늘, 같은 바다, 동일한 여정, 변경 불가능해 보이는 항로. 첫번째 원정의 결과를 생각하며, 이 새로운 여정의 끝에는 어떤 운명이 우리를 기다리고 있을까"(11쪽) 자문한다. 다시 말하면, 비행기로는 대통령과 중위의 아들 비나스코가 한국을 향해 간다. 그리고 저 아래로는 배를 타고 머나먼 미지의 땅을 향해 가는 과거가 있다. 그 과거 속에는 혼란스러운 전쟁 상황 속에서 목숨을 잃는 비나스코 중위를 비롯해 라우레아노 고메스 대통령이 파견한 콜롬비아 병사들이 있다.

비나스코는 콜롬비아에서 가장 인정받는 역사가 중의 한 명이다. 그는 국내외 유명 도서관과 문서보관소를 방문했을 뿐만 아니라, 올라야 에레라 시절에 벌어진 페루와의 전쟁부터 수에즈 운하와 관련된 조그만 전쟁에 이르기까지 콜롬비아가 참전했던 국제전 전문가이다. 특히 그는 콜롬비아군의 한국전 참전에 관한 글을 여러 편 발표했다. 콜롬비아군의 한국전 참전과 관련된 공식 판본에 반대해 논쟁을 벌이기도 했으며, 런던 대학의 에릭 홉스봄 교수를 비롯한 다른 나라의 역사학자들과 알고 지내는 사이다.

역사가 비나스코는 비르힐리오 대통령의 방한 수행원으로 초청받을 수 있는 두 가지의 조건을 갖추고 있다. 그는 한국과 콜롬비아의 관계를 비롯해 콜롬비아군에 관한 광범위한 역사 지식이 있을 뿐만 아니라 한국전쟁중에 전사한 장교의 아들이었다. 그는 기꺼이 그 초청을 수락한다. 정권태 교수를 개인적으로 만나 아버지의 죽음과 관련된 사항을 알아보고 그의 아버지가 세상을 떠난 곳을 직접 찾아가볼 수 있을뿐더러, 한국에 머무르고 있는 참전용사 레오넬 갈린데스를 인터뷰할 수 있는 기회였기 때문이다. 그는 갈린데스가 중요한 사실들을 말해줄 것이라고 내심 기대하고 있었다.

이 작품에는 갈린데스를 비롯한 일곱 참전용사, 즉 일곱 정보원의 목소리가 등장한다. 이들은 각각 자신들의 이야기를 들려주면서 구체적인 역할을 수행한다. 올리베리오 로차는 세상을 시적인 시선으로 바라보며, 바에나 중위의 이야기는 농담과 빈정거림으로 가득하고, 미겔 아르벨라에스는 긴장감을 조성하며, 인시그나레스는 전쟁의 일상을 관찰하며, 비야밀은 전쟁의 결과가 얼마나 잔인하고 참혹한지를 보여준다. 모레노 두란은 한국전에 참가했던 오천 명이 넘는 병사들 중에서 그리 대표적이랄 것도 없는 일곱 명의 목소리를 선택하고, 주인공인 역사가 비나스코를 통해 그것들을 하나로 통합하려고 한다. 이런 다양한 목소리와 역사가의 통합적 관점은 이 작품의 초석을 이룬다.

작품의 후반부에서 역사가 비나스코는 인터뷰한 사람들의 증언을 그대로 옮겨 적었다고 밝히면서 "내 마음대로 한 유일한 작업은 (…) 내밀한 이야기들의 말투를 점검하는 일뿐이었다. 그러지 않으면, 은어와 사투리, 관용구가 뒤범벅된 결과가 나올 것이 뻔하기 때문이었다"(358쪽)라고 말한다. 이렇게 자의적으로 증언을 자신의 언어로 다듬는 글쓰기 태도는 증언들의 다성적인 효과를 제한하며, 모든 증언의 문체와 언어를 유사하게 보이도록 만든다. 그러나 비나스코는 이런 글쓰기 방식을 옹호한다. "나는 몇몇 장교들이 내 보고서 가운데 이미 출판된 몇몇 부분을 의문시하면서, 실제로 있었던 일처럼 그럴듯하게 꾸며낸 판본에 불과하다고 한 경멸적인 의견을 수용하지 않는다. 그럴듯하게 꾸몄건 아니건, 내 판본은 적어도 가장 확실하고 믿을 만하며 이해 가능하게 쓰여 있다. (…) 내가 나눈 모든 대화를 녹음한 테이프는 그것들을 생생하게 보여주는 증거이다."(358~359쪽)

『맘브루』는 모레노 두란의 다른 작품들에 비해 상대적으로 다성적 효과가 덜 강조된 편이다. 이것은 역사가 비나스코가 참전군인의 기억을 역사가의 언어로 옮겼다는 데 기인한다. 하지만 모레노 두란이 역사가를 통해 선택한 방법은 문체의 결정과 관련이 있다. 우선 문체적으로 하급병사들—파스토, 안티오키아, 해안지방, 보고타 출신—의 지방적 말투에서 해방될 수 있었다. 만일 그렇게 하지 않았다면 이 작품은 20세기 초의 리얼리즘으로 향했을 것이기 때문이다.

작품의 출처와 문학적 유희, 그리고 상호텍스트

이 책의 여러 장면에서 역사가는 허구적이건 실제건 인용한 작품의 출처를 밝힌다. 특히 러셀 램지의 『한국에서의 콜롬비아 대대』와 러셀 구겔러 대위의 『한국전쟁에서의 소부대 전투기술』을 인용한다. 한편 콜롬비아 사람들이 쓴 작품 목록도 제공한다. 루이스 노보아와 발렌시아 대위의 회고록, 카이세도 몬투아의 『한국전쟁 참호에서 쓴 일기』, 알레한드로 마르티네스 로아의 『한국에서 흘린 피』, 아벤다뇨 중령의 『화염의 훈장』이 그것이다. 그리고 여러 번에 걸쳐 가브리엘 가르시아 마르케스의 신문기사들을 언급하는데, 특히 참전용사들이 전쟁에서 돌아왔을 때 그들이 겪게 된 가난과 실업, 그리고 사회적 부적응에 관해 〈엘 임파르시알〉에 게재된 글*을 인용한다.

하지만 이런 구체적 자료가 모레노 두란의 소설과 동일선상에 있는 것은 아니다. 모레노 두란은 〈레포르마〉와의 인터뷰에서 "한국전쟁은 위대한 소설작품을 만들어내지 못했습니다. 그것은 오로지 자기만족적인 문학만을 태동시킨 새로운 신화가 되었습니다. 그 전쟁의 책임자들과 군인들이 쓴 거의 '자위적'인 작품에 불과했습니다"라고 지적한다. 이것은 그가 기존의 역사적 자료와 거리를 유지하려고 한다는 점을 암시한다.

모레노 두란의 기존 작품들과 마찬가지로, 이 소설 역시 역사적 자료에 바탕을 두고 언어유희, 농담, 독창적인 문구 등을 사용해 작품에

---

* 가르시아 마르케스의 이 글은 실제로는 〈엘 임파르시알〉이 아니라 〈엘 에스펙타도르〉에 게재되었다.

다양한 색채를 부여한다. 가령 현재 콜롬비아의 유명 인사들을 언급하면서 그는 '고전적 전통'에 관해 말한다. "오라시오와 아니발, 다리오와 후베날, 아우렐리오와 옥타비오, 심지어 플리니오와 아풀레요 등 짝지을 수 있는 이름의 목록은 하염없이 길게 나열될 수 있다. 그런데 왜 이 나라에는 브루투스 같은 인물은 단 한 명도 없을까?"(25쪽)

또한 그는 속담이나 격언을 사용하기도 한다. 그가 가장 선호하는 주제 중의 하나인 여성들에 관해서, 그는 "예수회 교육을 받은 여자들은 자신의 음부에 비싼 값을 매긴다"(27쪽)나 "모든 창녀에게는 자기희생적인 어머니, 어떤 순간이라도 자식들의 주린 배를 채워주려는 어머니의 모습이 있다고 생각했어요"(113쪽)라고 말한다. 또한 은밀한 신체 부위와 성관계에 관해서는 일본어로 언급하기도 한다. 병사들에게 도착하는 포르노 잡지에 관해 말하면서, 그는 "사진 한 장이 천 번의 수음보다 더 소중하다"(394쪽)라고 지적한다. 전쟁에 관해서도 냉소적인 농담이 등장한다. 『손자병법』의 내용 역시 왜곡되어 나타난다.

이런 문체와 형식을 통해 역사가 비나스코의 목소리를 빌려 작가가 전하려는 것은 한국전쟁이나 콜롬비아의 한국전 참전과 같은 역사적 사건에 관해서는 결코 진실에 도달할 수 없다는 것이다. 소설의 끝부분에서 비나스코는 좌절감에 사로잡혀 이렇게 말한다. "전쟁은 우리가 들은 바대로 진행되지 않았다. 아마도 이런 이유 때문에 9월의 그날 아침 우리가 함께 묘지로 가자고 초대했을 때 장군이 거절한 것 같다. (…) 아마 그도 우리처럼 환멸에 젖어 있는 것 같았다. 우리는 전쟁이 끝난 날부터 우리에게 주입된 거짓 역사를 지겨워하고 있었고, 현실을 덕지덕지 치장해주는 허구에 신물이 나 있었다. 우리나라에서 허구란 회의

주의자들이 일상의 가혹함을 일깨우기 위해 헛되이 가하는 타격들의 다른 이름이기 때문이다."(419쪽)

이렇게 비나스코는 공식 역사가 허구이자 익살극에 불과하다는 것을 깨닫는다. 그것은 동시에 모레노 두란의 무기가 바로 유머와 아이러니일 수밖에 없다는 점을 보여준다. 그는 엄숙하기 그지없는 역사를 향해 총을 쏜다. 공식 역사에 동의하지 않고 그것을 수용할 수 없기에 엄숙한 필체로 글을 쓸 수 없으며, 따라서 아이러니와 패러디를 비롯한 문학적 유희가 작품의 필수조건이 되는 것이다.

이런 문학적 유희와 더불어 이 작품에서는 베르길리우스의 『아이네이스』와의 상호텍스트성을 볼 수 있다. 베르길리우스의 작품은 '고졸' 야네스가 함대와 관련된 박식한 지식을 보여줄 때 등장한다. 그러나 비나스코의 여행은 베르길리우스의 여행과 다르다. 이것은 '내 아버지는 누구인가'라는 핵심 관심사와 관련된다. 익히 알려져 있듯이, 어둠의 세계로의 하강은 『아이네이스』의 전통에서 유래한다. 트로이 전쟁에서 패한 후, 아이네아스는 자신의 아버지 앙키세스를 찾아 지옥으로 내려간다. 아이네아스는 살아 있는 아버지를 만나지만, 비나스코는 자기 아버지가 죽었다는 사실을 알고 있다는 점에서 두 작품은 차이를 보인다. 아이네아스와 달리 아버지가 없는 그는 아버지의 흔적을 찾기 위해 콜롬비아 폭력사태 동안 경험했던 어린 시절의 쓰라린 고통을 잊고 한국으로 향한다. 그리고 아버지의 죽음에 대한 진실이 자신이 알고 있던 것과는 다르다는 사실을 깨닫고 진정한 역사가 존재하는 새로운 조국을 건설할 필요를 느낀다. 하지만 비나스코는 새로운 조국을 건설할 수 있는 사람이 아니다. 아버지가 전쟁터로 떠난 이후 줄곧 그의 조국은 죽은 자들의 왕국이었기 때문이다.

이런 아버지의 부재는 개인적인 차원을 넘어 집단적 의미를 띤다. 전쟁터에서 아버지를 잃은 사람이 비나스코 혼자는 아니기 때문이다. '타말리토' 페냐와 인시그나레스도 1950년대 콜롬비아 폭력사태에서 아버지를 잃은 사람들이다. 역설적이게도 그들은 콜롬비아 사람들 사이의 전쟁을 피하기 위해 한국전쟁에 참여한 젊은이들이다. 아버지의 무덤 앞에서 비나스코는 말한다. "그 행렬의 마지막이 나다. 이 아버지 없는 자는 고통과 향수가 아니라 호기심 때문에 자기 아버지가 누워 있는 곳에 세워진 십자가를 찾는다."(415쪽)

전쟁에 관한 성찰

이 소설의 제목은 역사적 배경이 있는 노래이다. 여기서 맘브루는 영국 말버러 가문의 첫번째 백작인 존 처칠을 지칭한다. 그는 1709년 스페인 왕위계승 전쟁중에 일어난 말플라케 전투에 영국 총사령관으로 참가했고, 사보이의 오이겐이 지휘하는 십만 명의 신성로마제국 군대와 연합하여 빌라르 원수가 지휘하던 프랑스군을 대파했다. 이 노래는 주적인 영국의 총사령관을 조롱하기 위해 프랑스 병사들이 부른 노래였다. 프랑스 사람들의 뇌리에서 잊혔다가 루이 16세의 아내인 마리 앙투아네트의 유모가 이 노래를 불러준 것을 계기로 베르사유 궁전에서 다시 불리게 되었다. 그리고 부르봉 왕조의 영향으로 이 노래는 스페인으로 건너오게 되었다. 이 노래는 영국의 국민적 영웅이 전투중에 목숨을 잃었고 결코 돌아오지 못하리라는 내용을 담고 있다. 프랑스 사람들은 '말버러'라는 이름의 발음을 너무 어려워한 나머지 '맘브루'라고 바꿔 불렀다.

이 노래에는 여섯 개 이상의 연이 있다. 그리고 후렴구는 "맘브루는 전쟁에 갔다네 / 너무 슬퍼, 너무 가슴 아파, 너무 괴로워"로 시작한다. 그러고 나서 이렇게 이어진다. "맘브루는 죽었다네 / 너무 슬퍼, 너무 가슴 아파, 너무 괴로워 / 그는 묻힐 곳으로 간다네." 익히 짐작할 수 있듯이 이 노래는 전쟁터로의 출정과 기나긴 기다림, 그리고 적군 대장의 죽음과 매장을 다룬다. 이런 이유로 이 노래는 반전 조직의 신호로 사용되며, 오늘날 스페인의 사라고사에는 〈맘브루〉라는 평화주의 잡지가 있다.

소설의 작중인물인 홉스봄 교수는 전쟁이란 세월이 지날수록 커져가는 괴물이며 현대화되고 번창하는 존재라면서 "우리의 세기가 역사상 가장 치명적인 세기이며 진정한 야만의 극치라는 것은 틀린 소리가 아니라네"(281쪽)라고 지적한다. 런던에서 역사가 비나스코와 만났을 때 그는 이렇게 말한다. "콜롬비아는 사실상 미국의 사주를 받아 한국에 가서 북한군과 싸웠지만, 북한군이 동시에 중공군의 사주를 받았다는 것도 모른 채 러시아군과 싸운 꼴이 되었다는 소리야."(281쪽) 여기서 한국전쟁은 전 지구적 차원의 전쟁으로 제시된다. 그는 "제3차세계대전은 한국에서 시작됐거든. 많은 사람들이 줄기차게 지칭하던 '냉전'을 말하는 것이네. 한국전쟁은 특정 지역에서 일어난 전쟁이었지만 전쟁터가 아니라 협상 테이블에서 전쟁이 끝났다는 것을 보여주지. 새로운 방식이자 새로운 전략이었어"(281쪽)라고 지적하면서, 한국전쟁의 의미를 국제전 차원에서 해석한다.

한편 콜롬비아의 참전에 관해 이 소설은 여러 가지 의견을 제시한다. 어떤 사람들은 그것이 실수였다고 생각하면서, 당시 대통령인 라우레아노 고메스가 정치적 편의로 참전을 추진했다고 주장한다. 비나스코는 "문민 독재정권이었고, 대통령뿐 아니라 그가 임명한 사람도 근본적인 변화에 귀를 기울이지 않았으며, 그래서 나라를 지옥으로, 죽음의 수용소로 만들었다는 것은 모두들 알고 있으니까. 나는 또한 많은 사람들이 그 잔인무도한 죽음의 수용소에서 탈출하기 위해 한국으로 갔다고 종종 생각했소"(219쪽)라고 지적하는 카르데나스 장군의 말을 통해 당시 콜롬비아는 민주선거를 통해 대통령을 선출했지만, 그의 정치는 독재와 다르지 않았다고 비판한다.

그러나 한국전쟁 참전용사 협회 회장인 카르데나스 장군은 콜롬비아의 한국전쟁 참여를 긍정적으로 평가하기도 한다. 그는 한국전쟁이 히로시마에 원자폭탄이 떨어진 후 불과 오 년 후에 일어났다고 지적하면서, 콜롬비아는 제2차세계대전중 그 어느 편에도 서지 않았고, 한국전쟁이야말로 콜롬비아 군대를 혁신할 수 있는 둘도 없는 기회였다고 밝히면서, 군사적 차원의 중요성을 강조한다. 그는 전사자들의 숫자를 중시하지 않는다. 그러면서 한국이라는 바로 그 전쟁터에서 백 명 이상의 장교와 육백 명에 달하는 하사관들이 교육을 받았다고 반론한다. 군대는 무기를 현대화했으며, 군인들은 전투기법을 배우고 새로운 전략과 전술을 습득했으며, 고산지대에서 실전을 경험한 결과 콜롬비아는 라틴아메리카 대륙에서 가장 강력하고 효율적인 군대 중의 하나를 갖게 되었다는 것이다.

한편 모레노 두란은 한국전쟁에 관해 이렇게 평가한다.

스물다섯 살이나 서른 살가량 된 콜롬비아 사람에게 한국전쟁은 교과서에도 등장하지 않는 이국적인 것입니다. 우리나라에서는 그 전쟁에 대한 평가가 제대로 이루어지지 않았습니다. 그 전쟁은 매우 복잡하기에 아직도 이해하기 힘든 것들이 있습니다. 소설 속의 등장인물인 홉스봄 교수는 이미 제3차세계대전은 지나갔다고 설명합니다. 그것은 냉전이 아니라 바로 한국전쟁이었습니다. 남한은 북한과 싸우고 있었지만, 남한은 미국과 함께였고, 북한은 중공과 소련과 함께였습니다. 그것은 이 세상에서 가장 심하게 날조된 전쟁이었습니다. 인류역사를 통틀어보아도 전쟁이 시작되었던 장소에서 전쟁이 끝난 것은 한국전쟁이 유일합니다. 전쟁이 공식적으로 끝났을 때, 적군들은 여전히 그 자리에 있었습니다. 콜롬비아는 제3차세계대전에 참가했으면서도 결코 그런 사실을 모르고 있었던 것이지요……

그러나 이런 의견은 공식 역사와는 매우 다르다. 즉, 작가의 진실은 역사와 양립되지 못한다. 그것은 기존의 공식 역사가 정치사 혹은 군사軍史에 머물러 있기 때문이다. 그렇기에 작가는 소설에 의존하여 그 진정한 의미를 파헤치려고 한다. 이런 점에서 『맘브루』가 보여주는 전쟁은 한국전쟁의 역사적 사실이 아니라 그 전쟁이 자신의 조국에게 진정 어떤 의미를 지니고 있는지로 나아간다. 그것은 바나나 농장 대학살 사건의 진정한 의미가 『백년의 고독』에서 발견되듯이, 콜롬비아의 한국전 참전에 대한 진정한 의미를 『맘브루』에서 구현하고자 하는 노력이다. 이런 점에서 문학비평가 발렌시아 고엘켈의 지적은 적절하다.

전쟁에서 수십 명의 콜롬비아 병사들이 사망했고 수많은 콜롬비아 사람들의 운명이 일그러졌다. 그러나 한국에서의 일화는 빠르게 망각 속으로 빠져들었다. 불모 고지와 다른 치열한 전쟁터에서 전사한 우리 동포들을 기리기 위해 한국정부가 선사한 100번가의 기념탑*이 남아 있을 뿐이다. 이 일화에 관해서 성도열전식의 애국문학이 존재하지만, 그것들은 모레노 두란의 소설을 특징지을 수 있는 방식과는 달리 전쟁의 모순이나 수정론에 반대하면서 망각을 합리화하는 위대한 민족적 열정을 보여줄 뿐이다. 우리는 한국전쟁을 잊기로 결심했으며, 그 전쟁의 참전용사들도 잊기로 했다. 우리는 우리 역사의 잔인하고 잘못된 사건들을 잊고자 했던 것처럼, 그 피비린내 나는 일화에 흙을 뿌렸다. 이 책의 작가가 제안하듯이 기억과 진실을 대면시키고, 그것의 양립불가능성을 인정하기가 두려워서 그랬을 것이다.

모레노 두란의 『맘브루』는 역사와 문학 사이에 존재하는 관계를 탐구하며, 역사 수정과 관련한 문학의 역할에 관심을 보이는 라틴아메리카 포스트모던 역사소설과 맥을 같이한다. 오랫동안 라틴아메리카 역사가들은 유럽적 관점을 받아들였는데, 그것은 자신들의 유럽중심주

---

* 이 기념탑이 100번가에 세워질 당시에는 그 부근이 한가한 고급주택가였다. 그러나 이후 그곳이 번화가로 변하면서 기념탑은 극심한 교통체증을 유발하게 되었고, 이로 인해 현재는 콜롬비아 육군대학으로 이전되었다.

의적 성향에 의거한 '사실'을 선택하고 정돈하는 것으로 이루어져 있다. 결과적으로 얼마 전까지, 그리고 지금도 계속해서 역사의 '공식' 판본만이 알려지고 있다. '공식 역사'가 항상 권력을 지지한다는 사실을 가정하면서 라틴아메리카 현대 작가들은 역사적 의식의 혁명을 시도하고 있으며, 이런 현상은 『맘브루』에서도 그대로 나타난다. 그것은 문화적 탈식민화인 동시에 현 체제의 합법성에 대한 의문이기도 하다.

한국전쟁의 정치적 함의: 콜롬비아 내에서의 의미

『맘브루』는 한국전쟁을 다루고 있지만, 그것은 콜롬비아를 이해하고 수십 년 전부터 폭력에 휘말린 국가의 드라마를 설명하기 위함이다. 작가가 패러디와 유머, 그리고 아이러니를 사용하는 것은 폭력으로 엉망이 된 나라의 한국전 참전 같은 의미 없는 행위를 고발하려는 목적이다. 콜롬비아의 한국전 참전이라는 국가적 일화를 어떻게 평가하느냐는 질문에 모레노 두란은 이렇게 말한다. "절대적 패배이자 가장 광포한 면죄부입니다. 미 국방성조차 콜롬비아 대대의 패배를 조사하라고 지시했는데, 사령관들의 부주의로 피해를 입은 우리나라는 왜 그렇게 하지 않았는지 아무도 모릅니다. 우리는 다시 각각의 패배 뒤에서 거짓말로 포장된 영광을 만납니다. 빌어먹을 전략가들은 손에 수갑을 차고 되돌아오는 게 아니라 훈장을 가득 달고 돌아옵니다."

이런 점에서 『맘브루』는 죽음의 공포를 경험했고 그 죽음에서 헤어나올 수 없었던 국가의 비극이기도 하다. 콜롬비아 폭력사태가 발생한

1948년 4월 9일부터 지금까지 콜롬비아의 역사를 구성하는 야만의 프레스코화이며, 콜롬비아 폭력의 기억인 것이다. 기억은 그들의 역사를 망각에서 구할 수 있는 유일한 방법이다. 모레노 두란은 타국의 전쟁에 참여하는 것은 난센스에 불과하다는 생각을 넘어, 그 전쟁을 국가의 비극이자 국가를 이해하는 방식으로 발전시킨다. 그리고 그 기억을 시작으로 과거와 현재는 맞물린다. 다시 말해 그는 현재의 관점에서 멀거나 가까운 과거를 말하면서, 지금까지도 계속되고 있는 콜롬비아의 문제들을 이야기한다. 이렇게 모레노 두란은 『맘브루』에서 과거의 이미지를 현재의 요소들과 자의적으로 뒤섞으면서 포스트모던 역사소설로 나아간다.

『맘브루』는 공식 역사가 있을 뿐 기억이 없는 콜롬비아를 공격하는 용감한 작품이다. 모레노 두란에게는 위정자들의 입장에서 쓰인 폭력적이고 정치적인 역사를 고발하는 윤리적 시선이 있다. 특히 특정한 이데올로기에 바탕을 두지 않은 채, 작가가 어렸을 때 일어났던 한국전쟁을 이야기하면서 콜롬비아 역사의 한 페이지에 빛을 비춘다. 그리고 역사를 복구하기 위해 그는 연구자로서의 인내심, 신랄한 비판을 서슴지 않는 작가로서의 재능, 그리고 무엇보다도 소름 끼칠 정도의 소설적 상상력을 사용한다. 이렇게 문학적 유희를 통해 진실에 의문을 던진 포스트모던 역사소설 『맘브루』를 통해 한국전쟁은 진정한 문학적 소재가 된 것이다.

R. H. 모레노 두란 연보

Rafael Humberto Moreno-Durán

1946년	11월 7일 콜롬비아 퉁하에서 태어남.
1949년	보고타로 이주하여 정착.
1965~1969년	콜롬비아 국립대학에서 법학과 정치학을 공부함.
1968년	문학월간지 『에코*Eco*』에 「로트레아몽, 반란의 머리말」 발표.
1969년	소설 『여인들의 장난*Juego de damas*』을 쓰기 시작. 콜롬비아의 주요 일간지 〈엘 티엠포*El Tiempo*〉 〈엘 에스펙타도르*El Espectador*〉 〈엘 시글로*El Siglo*〉에 에세이 발표.
1971년	변호사 자격 취득.
1972년	페루의 리마에 거주하며 가톨릭대학에서 라틴아메리카 문학을 강의함.
1973년	바르셀로나에 정착하여 전업 작가 생활을 시작함. 『여인들의 장난』을 마무리하지만 '여성 모음곡*Fémina suite*' 3부작의 1부로 출간하기 위해 개작 시작.
1974년	'여성 모음곡' 2부인 『디아나의 촉각*El toque de Diana*』을 쓰기 시작.
1975년	로마와 빈에 잠시 체류함. 『디아나의 촉각』 초고를 마치고, '여성 모음곡' 3부작의 마지막 작품인 『마돈나와의 변덕스러운 피날레*Finale capriccioso con Madonna*』를 쓰기 시작.
1976년	비평집 『야만에서 상상으로*De la barbarie a la imaginación*』 출간. 가르시아 마르케스의 『단편 전집*Cuentos completos*』의 서문을 씀.
1977년	『여인들의 장난』 출간. 사십 년간의 프랑코 독재가 끝나고

최초의 민주선거가 치러진 날짜와 출간 날짜가 일치하자, 작가는 이 소설을 '스페인 민주정권 최초의 책'이라고 칭함.

1978년 카를로스 라마 등과 함께 유럽의 라틴아메리카 작가 펜클럽 창립.

1980년 주요 작가와 함께 문학월간지 『키메라*Quimera*』 창간.

1981년 『디아나의 촉각』 출간.

1983년 『마돈나와의 변덕스러운 피날레』 출간. 라틴아메리카 최고 권위의 문학학술지 〈레비스타 이베로아메리카나*Revista Iberoamericana*〉에 그의 문학전기 일부가 '장엄한 음절'이란 제목으로 발표됨.

1986년 단편집 『대도시의 여인들*Metropolitanas*』 출간.

1987년 소설 『외무부 장관의 고양이들*Los felinos del canciller*』 출간. 이 작품은 스페인의 나달 문학상 최종 후보로 선정됨. 유럽 생활을 청산하고 고국 콜롬비아로 돌아감.

1988년 『외무부 장관의 고양이들』이 로물로 가예고스 상 최종 후보로 선정됨.

1991년 라틴아메리카 주요 작가들과 대담하는 형식의 텔레비전 프로그램 〈으뜸 되는 말*Palabra mayor*〉을 진행하기 시작. 모니카 사르미엔토 두케와 결혼. 『우화 속의 술집*Taberna in fábula*』 출간.

1993년 소설 『무적의 기사*El caballero de la invicta*』 출간.

1994년 새로운 텔레비전 프로그램 〈백년의 상상*Cien años de imaginación*〉을 진행하기 시작.

1995년 문학자서전 『떠돌이 매처럼*Como balcón peregrino*』과 단편집 『조치 취하기*Cartas en el asunto*』 출간. 미국 라틴아메리카 연구회의 초청을 받아 워싱턴과 뉴올리언스로 여행.

1996년 소설 『맘브루*Mambrú*』 출간.

1999년 시사주간지 〈세마나*Semana*〉가 '여성 모음곡' 3부작을 20세기 최고의 콜롬비아 소설 다섯 편 중 하나로 선정.

2000년 단편집 『판도라*Pandora*』 출간. 에세이집 『음모자들의 축제 *El festín de los conjurados*』 출간.

2001년 단편집 『우수의 기분*El humor de la melancolía*』 출간.

2003년 소설 『카뮈, 아프리카 커넥션*Camus, la conexión afrincana*』 출간. 〈엘 티엠포〉가 '최고의 콜롬비아 작가 25명' 중 하나로 그를 선정하면서 『맘브루』를 대표작으로 재출간.

2004년 에세이집 『바벨의 여인들*Mujeres de Babel*』 출간.

2005년 희곡 『습관의 문제*Cuestión de hábitos*』 출간. 산 세바스티안 문학상 수상. 에세이집 『파우스트: 너무 많이 읽은 지옥*Fausto: el infierno tan leído*』 출간. 식도암으로 보고타에서 사망함. 유작 『내 염소 위의 나체 여인*Desnuda sobre mi cabra*』 출간.

문학동네 세계문학전집 발간에 부쳐

세계문학은 국민문학 혹은 지역문학을 떠나 존재하는 문학이 아니지만 그것들의 총합도 아니다. 세계문학이라는 용어에는 그 나름의 언어와 전통을 갖고 있는 국민문학이나 지역문학의 존재를 인정하면서 그것을 넘어서는 문학의 보편적 질서에 대한 관념이 새겨져 있다. 그 용어를 처음 고안한 19세기 유럽인들은 유럽 문학을 중심으로 그 질서를 구축했지만 풍부한 국민문학의 전통을 가지고 있는 현대의 문학 강국들은 나름의 방식으로 세계문학을 이해하면서 정전(正典)의 목록을 작성하고 또 수정한다.

한국에서도 세계문학 관념은 우리 사회와 문화의 변화 속에서 거듭 수정돼왔다. 어느 시기에는 제국 일본의 교양주의를 반영한 세계문학 관념이, 어느 시기에는 제3세계 민족주의에 동조한 세계문학 관념이 출현했고, 그러한 관념을 실천한 전집물이 출판됐다. 21세기 한국에 새로운 세계문학전집이 필요하다는 것은 명백하다. 우리의 지성과 감성의 기준에 부합하는 세계문학을 다시 구상할 때가 되었다.

문학동네 세계문학전집은 범세계적으로 통용되는 고전에 대한 상식을 존중하면서도 지난 반세기 동안 해외 주요 언어권에서 창작과 연구의 진전에 따라 일어난 정전의 변동을 고려하여 편성되었다. 그래서 불멸의 명작은 물론 동시대 세계의 중요한 정치 · 문화적 실천에 영감을 준 새로운 작품들을 두루 포함시켰다.

창립 이후 지금까지 한국문학 및 번역문학 출판에서 가장 전문적이고 생산적인 그룹을 대표해온 문학동네가 그간 축적한 문학 출판 경험을 바탕으로 새로운 세계문학전집을 펴낸다. 인류가 무지와 몽매의 어둠 속을 방황하면서도 끝내 길을 잃지 않은 것은 세계문학사의 하늘에 떠 있는 빛나는 별들이 길잡이가 되어주었기 때문이다. 우리가 자부심과 사명감 속에서 그리게 될 이 새로운 별자리가 독자들의 관심과 애정에 힘입어 우리 모두의 뿌듯한 자산이 되기를 소망한다.

문학동네 세계문학전집 편집위원

민은경, 박유하, 변현태, 송병선, 이재룡, 홍길표, 남진우, 황종연

지은이 **R. H. 모레노 두란**
1946년 콜롬비아 퉁하에서 태어났다. 라틴아메리카의 대표적인 포스트모던 작가로, 아이러니와 패러디 등의 문학적 유희를 통해 기존의 담론을 해체하고 역사적 진실에 의문을 던지는 작품들을 발표해왔다. 주요 작품으로 '여성 모음곡' 3부작, 『외무부 장관의 고양이들』『무적의 기사』『카뮈, 아프리카 커넥션』 등이 있다. 2005년 사망했다.

옮긴이 **송병선**
한국외국어대학교 스페인어과를 졸업하고, 콜롬비아의 카로 이 쿠에르보 연구소에서 석사학위를, 하베리아나 대학교에서 박사학위를 취득했다. 하베리아나 대학교 전임교수를 역임했으며, 현재 울산대학교 스페인·중남미학과 교수로 재직중이다. 지은 책으로 『영화 속의 문학 읽기』『보르헤스의 미로에 빠지기』『'붐 소설'을 넘어서』 등이 있으며, 옮긴 책으로 『거미여인의 키스』『콜레라 시대의 사랑』『새엄마 찬양』『나쁜 소녀의 짓궂음』『판탈레온과 특별봉사대』『마크롤 가비에로의 모험』『염소의 축제』 등이 있다.

세계문학전집 127
맘브루

양장본 초판 인쇄 2015년 6월 8일
양장본 초판 발행 2015년 6월 18일

지은이 R. H. 모레노 두란 | 옮긴이 송병선 | 펴낸이 강병선

책임편집 문서연 | 편집 최은영 최민유 김이선
디자인 김마리 이주영 | 저작권 한문숙 박혜연 김지영
마케팅 정민호 이미진 정진아 양서연 | 홍보 김희숙 김상만 한수진 이천희
제작 강신은 김동욱 임현식 | 제작처 영신사

펴낸곳 (주)문학동네
출판등록 1993년 10월 22일 제406-2003-000045호
주소 413-120 경기도 파주시 회동길 210
전자우편 editor@munhak.com | 대표전화 031)955-8888 | 팩스 031)955-8855
문의전화 031)955-1927(마케팅), 031)955-2677(편집)
문학동네카페 http://cafe.naver.com/mhdn
문학동네트위터 http://twitter.com/munhakdongne

ISBN 978-89-546-3667-4 (04870)
978-89-546-1020-9 (세트)

www.munhak.com

문학동네 세계문학전집

1, 2, 3 안나 카레니나 레프 톨스토이 | 박형규 옮김
4 판탈레온과 특별봉사대 마리오 바르가스 요사 | 송병선 옮김
5 황금 물고기 르 클레지오 | 최수철 옮김
6 템페스트 윌리엄 셰익스피어 | 이경식 옮김
7 위대한 개츠비 F. 스콧 피츠제럴드 | 김영하 옮김
8 아름다운 애너벨 리 싸늘하게 죽다 오에 겐자부로 | 박유하 옮김
9, 10 파우스트 요한 볼프강 폰 괴테 | 이인웅 옮김
11 가면의 고백 미시마 유키오 | 양윤옥 옮김
12 킴 러디어드 키플링 | 하창수 옮김
13 나귀 가죽 오노레 드 발자크 | 이철의 옮김
14 피아노 치는 여자 엘프리데 옐리네크 | 이병애 옮김
15 1984 조지 오웰 | 김기혁 옮김
16 벤야멘타 하인학교 – 야콥 폰 군텐 이야기 로베르트 발저 | 홍길표 옮김
17, 18 적과 흑 스탕달 | 이규식 옮김
19, 20 휴먼 스테인 필립 로스 | 박범수 옮김
21 체스 이야기·낯선 여인의 편지 슈테판 츠바이크 | 김연수 옮김
22 왼손잡이 니콜라이 레스코프 | 이상훈 옮김
23 소송 프란츠 카프카 | 권혁준 옮김
24 마크롤 가비에로의 모험 알바로 무티스 | 송병선 옮김
25 파계 시마자키 도손 | 노영희 옮김
26 내 생명 앗아가주오 앙헬레스 마스트레타 | 강성식 옮김
27 여명 시도니가브리엘 콜레트 | 송기정 옮김
28 한때 흑인이었던 남자의 자서전 제임스 웰든 존슨 | 천승걸 옮김
29 슬픈 짐승 모니카 마론 | 김미선 옮김
30 피로 물든 방 앤절라 카터 | 이귀우 옮김
31 숨그네 헤르타 뮐러 | 박경희 옮김
32 우리 시대의 영웅 미하일 레르몬토프 | 김연경 옮김
33, 34 실낙원 존 밀턴 | 조신권 옮김
35 복낙원 존 밀턴 | 조신권 옮김
36 포로기 오오카 쇼헤이 | 허호 옮김
37 동물농장·파리와 런던의 따라지 인생 조지 오웰 | 김기혁 옮김

38 루이 랑베르 오노레 드 발자크 | 송기정 옮김

39 코틀로반 안드레이 플라토노프 | 김철균 옮김

40 어두운 상점들의 거리 파트릭 모디아노 | 김화영 옮김

41 순교자 김은국 | 도정일 옮김

42 젊은 베르테르의 슬픔 요한 볼프강 폰 괴테 | 안장혁 옮김

43 더블린 사람들 제임스 조이스 | 진선주 옮김

44 설득 제인 오스틴 | 원영선, 전신화 옮김

45 인공호흡 리카르도 피글리아 | 엄지영 옮김

46 정글북 러디어드 키플링 | 손향숙 옮김

47 외로운 남자 외젠 이오네스코 | 이재룡 옮김

48 에피 브리스트 테오도어 폰타네 | 한미희 옮김

49 둔황 이노우에 야스시 | 임용택 옮김

50 미크로메가스·캉디드 혹은 낙관주의 볼테르 | 이병애 옮김

51, 52 염소의 축제 마리오 바르가스 요사 | 송병선 옮김

53 고야산 스님·초롱불 노래 이즈미 교카 | 임태균 옮김

54 다니엘서 E. L. 닥터로 | 정상준 옮김

55 이날을 위한 우산 빌헬름 게나치노 | 박교진 옮김

56 톰 소여의 모험 마크 트웨인 | 강미경 옮김

57 카사노바의 귀향·꿈의 노벨레 아르투어 슈니츨러 | 모명숙 옮김

58 바보들을 위한 학교 사샤 소콜로프 | 권정임 옮김

59 어느 어릿광대의 견해 하인리히 뵐 | 신동도 옮김

60 웃는 늑대 쓰시마 유코 | 김훈아 옮김

61 팔코너 존 치버 | 박영원 옮김

62 한눈팔기 나쓰메 소세키 | 조영석 옮김

63, 64 톰 아저씨의 오두막 해리엇 비처 스토 | 이종인 옮김

65 아버지와 아들 이반 투르게네프 | 이항재 옮김

66 베니스의 상인 윌리엄 셰익스피어 | 이경식 옮김

67 해부학자 페데리코 안다아시 | 조구호 옮김

68 긴 이별을 위한 짧은 편지 페터 한트케 | 안장혁 옮김

69 호텔 뒤락 애니타 브루크너 | 김정 옮김

70 잔해 쥘리앵 그린 | 김종우 옮김

71 절망 블라디미르 나보코프 | 최종술 옮김

72 더버빌가의 테스 토머스 하디 | 유명숙 옮김

73 감상소설 미하일 조셴코 | 백용식 옮김

74 빙하와 어둠의 공포 크리스토프 란스마이어 | 진일상 옮김

75 쓰가루·석별·옛날이야기 다자이 오사무 | 서재곤 옮김

76 이인 알베르 카뮈 | 이기언 옮김

77 달려라, 토끼 존 업다이크 | 정영목 옮김

78 몰락하는 자 토마스 베른하르트 | 박인원 옮김

79, 80 한밤의 아이들 살만 루슈디 | 김진준 옮김

81 죽은 군대의 장군 이스마일 카다레 | 이창실 옮김

82 페레이라가 주장하다 안토니오 타부키 | 이승수 옮김

83, 84 목로주점 에밀 졸라 | 박명숙 옮김

85 아베 일족 모리 오가이 | 권태민 옮김

86 폭풍의 언덕 에밀리 브론테 | 김정아 옮김

87, 88 늦여름 아달베르트 슈티프터 | 박종대 옮김

89 클레브 공작부인 라파예트 부인 | 류재화 옮김

90 P세대 빅토르 펠레빈 | 박혜경 옮김

91 노인과 바다 어니스트 헤밍웨이 | 이인규 옮김

92 물방울 메도루마 슌 | 유은경 옮김

93 도깨비불 피에르 드리외라로셸 | 이재룡 옮김

94 프랑켄슈타인 메리 셸리 | 김선형 옮김

95 래그타임 E. L. 닥터로 | 최용준 옮김

96 캔터빌의 유령 오스카 와일드 | 김미나 옮김

97 만(卍)·시게모토 소장의 어머니 다니자키 준이치로 | 김춘미, 이호철 옮김

98 맨해튼 트랜스퍼 존 더스패서스 | 박경희 옮김

99 단순한 열정 아니 에르노 | 최정수 옮김

100 열세 걸음 모옌 | 임홍빈 옮김

101 데미안 헤르만 헤세 | 안인희 옮김

102 수레바퀴 아래서 헤르만 헤세 | 한미희 옮김

103 소리와 분노 윌리엄 포크너 | 공진호 옮김

104 곰 윌리엄 포크너 | 민은영 옮김

105 롤리타 블라디미르 나보코프 | 김진준 옮김

106, 107 부활 레프 톨스토이 | 백승무 옮김

108, 109 모래그릇 마쓰모토 세이초 | 이병진 옮김

110 은둔자 막심 고리키 | 이강은 옮김

111 불타버린 지도 아베 고보 | 이영미 옮김

112 말라볼리아가의 사람들 조반니 베르가 | 김운찬 옮김

113 디어 라이프 앨리스 먼로 | 정연희 옮김

114 돈 카를로스 프리드리히 실러 | 안인희 옮김

115 인간 짐승 에밀 졸라 | 이철의 옮김

116 빌러비드 토니 모리슨 | 최인자 옮김

117, 118 미국의 목가 필립 로스 | 정영목 옮김

119 대성당 레이먼드 카버 | 김연수 옮김

120 나나 에밀 졸라 | 김치수 옮김

121, 122 제르미날 에밀 졸라 | 박명숙 옮김

123 현기증. 감정들 W. G. 제발트 | 배수아 옮김

124 강 동쪽의 기담 나가이 가후 | 정병호 옮김

125 붉은 밤의 도시들 윌리엄 버로스 | 박인찬 옮김

126 수고양이 무어의 인생관 E. T. A. 호프만 | 박은경 옮김

127 맘브루 R. H. 모레노 두란 | 송병선 옮김

128 익사 오에 겐자부로 | 박유하 옮김

● 문학동네 세계문학전집은 계속 출간됩니다